WAGNER

Geboren am See der Tränen

CHRISTA WAGNER

Geboren am See der Tränen

MILITÄRVERLAG
DER DEUTSCHEN DEMOKRATISCHEN
REPUBLIK

Die Illustrationen schuf Professor Fritz Cremer während seiner Arbeiten für seine Müttergruppe des Ravensbrückdenkmals. Der Verlag dankt ihm für sein Einverständnis, diese Studien nachdrucken zu dürfen.

ISBN 3-327-00426-9
2. Auflage, 1988

Lizenz-Nr. 5
LSV 7002
Printed in the German Democratic Republic
Gesamtgestaltung: Günter Hennersdorf
Gesamtherstellung: Offizin Andersen Nexö,
Graphischer Großbetrieb, Leipzig III/18/38
Bestellnummer 746 976 2
01180

DIE GESCHICHTE LODERT
WIE EIN GEWALTIGES FEUER,
UND JEDER VON UNS
WIRFT REISIG HINEIN.

Juri Trifonow

Verfolgt und ergriffen. Überraschend kams nicht. Es war vorauszusehn, wohin das führte, als ich anfing, die Mappen aufzuschlagen, und sie mich gefangennahmen.

Zu Hause sein und doch weit weg; frei und zugleich gefesselt, in einer sumpfigen Gegend festgehalten, wo es bei Strafe untersagt ist zu lachen, zu lieben, zu essen, zu trinken, strengstens verboten zu sprechen, zu singen, zu tanzen, zu lesen, zu schreiben ...

Leben und nicht leben dürfen, weil ein Gesetz die Luft zum Atmen verweigert? Widersinnig das alles. Ungereimt auch, was auf dem zerknitterten Zettel steht. «Wir mußten miteinander auskommen, gezwungenermaßen, und haben weder vorher noch hinterher eine solche Gemeinschaft erlebt wie gerade am Ort des Grauens.»

Es sind aber keine Ungereimtheiten, es ist nicht paradox. Ich weiß, an welche Gemeinschaft erinnert wird, bin am Ort des Grauens. Er beschäftigt mich seit Jahr und Tag, hält mich gefangen, verfolgt mich bis in den Traum, bereitet schlaflose Nächte.

Auf dem Schreibtisch, in Regalen und Schubfächern stapeln sich die Belege, Mappe für Mappe. Hinterlassenschaften, vergilbte Schriftstücke. Sehr sprödes Material: Prozeßakten, Protokolle, Biographien, Erlebnisberichte, Illustrationen, Tagebuchnotizen, Briefe. Jedes Schriftstück ein Schicksal.

Tausende Frauenschicksale, überliefert aus dem Konzentrationslager Ravensbrück. Wahrheiten, Tatsachen – ungeheuerlich, unglaublich. Immer und immer wieder nehme ich die Dokumente zur Hand, prüfend, vergleichend, um aus der Fülle historischer Quellen das Wesentliche, Beweiskräftigste herauszukristallisieren, scheue mich aber jedesmal, auch nur eines dieser Zeugnisse als unwichtig abzuheften, zögere, den zusammengetragenen Berg so hochdramatischer Urkunden rigoros zu verkleinern. Qual der Auswahl! Erspart bleibt sie einem nicht, wenn man überwältigenden Stoff bewältigen möchte.

Ob ich jemals damit fertig werde? Verdichten, straffen, kürzen – erneuter Versuch, Berichte aus schrecklicher Geschichte zu Papier zu bringen.

Wahlverwandtschaft

Leise schnurrt der Recorder. Auf dem Band die Stimmen dreier Frauen. Maries dunkle, rauhe, fast männlich tiefe Stimme; Tanjas leicht singender Tonfall, sanft guttural, stokkend auch, erregt vibrierend. Ich muß das Band oft zurückspulen. Tanja ist schwer zu verstehn. Sie spricht russisch, nur manchmal einige Wörter oder kurze Sätze in unserer Sprache, dazwischen unterdrücktes Schluchzen, rührendes Bemühen, gegen Tränen anzukämpfen. Meine Stimme klingt belegt und merkwürdig fremd.

Das Band wurde 1976 aufgenommen, in Marie Krügers Wohnung, in der Karl-Marx-Allee. Unsere Gespräche drehten sich um jene schlimme Zeit, als auf Verbrüderung zwischen Deutschen und Russen die Todesstrafe stand. Sie schlossen trotzdem Freundschaft. Mehr noch. Die Berlinerin und die Leningraderin fühlten sich verwandt, zur selben Familie gehörig. Beide am selben Tag aus ein und demselben KZ befreit. Tanja, 1921 geboren, sagte Mamitschka zu Marie, und der achtzigjährigen Marie war anzumerken, wie sehr ihr diese Vertraulichkeit gefiel. «Tanja ist in Ravensbrück die

Tochter von Block drei gewesen – ein junges Mädchen, schmal wien Handtuch. Na ja, und da haben sich Häftlinge um sie gekümmert, sie bemuttert ... Tanja könnte durchaus meine leibliche Tochter sein. Wir besuchen uns jedes Jahr, mal ist sie hier bei uns, mal fahre ich zu ihr.»

Marie und Tanja wünschten sich, so alt zu werden, daß sie noch Silvester 1999 auf 2000 gemeinsam feiern können. Aber für Marie war die Wegstrecke wohl doch zu weit; sie ist im Frühling 1979 verstorben. Leider geht nicht immer alles nach Wunsch, würde sie sagen.

Als sie mich 1976 mit dem Tonbandgerät vor ihrer Tür stehen sah, brummelte sie scherzhaft entrüstet. «Ach so, aushorchen willst du unsereinen und gleich festnageln, mit diesem Dingsda.»

Auf den ersten Blick schien sie mir uralt zu sein. Doch kaum hatte sie ein paar Worte gesprochen, verschwand dieser Eindruck. Sie besaß eine erstaunliche Vitalität und behauptete, es noch mit uns Jüngeren aufnehmen zu können, schließlich sei sie am 30. April 1945 – dem Tag ihrer und Tanjas Befreiung – neu geboren worden.

Ein Glücksfall, diese beiden Frauen kennengelernt zu haben. Und wie gut solch ein «Dingsda». Man läßt Jahre später das Band laufen und hört Maries rauhe Stimme. «Illegalität, Widerstand? Freilich, einfach ists nicht gewesen. Aber was blieb denn weiter übrig, wenn man sein Gewissen nicht belasten, seiner Gesinnung nicht untreu werden wollte. Wir hatten doch außer unserem Leben und unserer Überzeugung sowieso keine Reichtümer zu verlieren ... Mut, was ist Mut? Nichts anderes, als Schwierigkeiten, Angst, Schwäche überwinden. Nein, als Helden haben wir uns nicht gefühlt, wir wußten nur eins: Es ist vernünftig, ja lebenswichtig, was wir tun.»

Durch nichts zu erschüttern, die Marie? O doch. Sie war empfindlich, reagierte zum Beispiel sehr gereizt auf das harmlose Wort «Schmuckstück» und fand es zum Heulen, wenn jemand sang «Lustig ist das Zigeunerleben». Gewisse Begriffe und gewisse Lieder konnte sie nicht ertragen. Das hing auch mit Ravensbrück zusammen. Dort nämlich sind halbverhungerte Gefangene von ihren Peinigern «Schmuckstücke» genannt worden, und die Romñis und romane Tschawes (Zigeunerfrauen und -kinder) gingen dort elendiglich zugrunde. Auch gehörte Marie zu den Ungeduldigen, Unruhevollen, die niemals rundum froh und zufrieden sein können, weil sie bei aller Lebenslust nicht die Augen davor verschließen, daß auf der Welt noch immer großer Hunger herrscht und Unmenschlichkeit wuchert.

Übrigens hatte sie oft Gäste, Kinder vor allem. «Das junge Völkchen kommt gern, und ich mag junge Gesichter um mich. Wir sitzen ganze Nachmittage und erzählen. Da erfährt man so allerhand Wissenswertes voneinander. Kinder und alte Leute haben sich viel zu sagen.»

Marie, klein von Gestalt und überschlank, dürr fast. Eine Greisin, flink noch und kerzengerade, nicht gebeugt, trotz der harten Schule des Lebens. Unbeugsam sowieso. Weiß und gelichtet ihr Haar, zerfurcht ihr Gesicht, blank und klar ihre Augen. Rauhe Stimme, rauhe Schale, weiches, empfindsames Gemüt. Durch niemanden bezwungen, das gelang nur dem Tod. Als Vorbild hat sie sich nicht betrachtet. Vielmehr verstand sie sich als Agitator, nahm kein Blatt vor den Mund, war nicht auf Lob und Dank aus, verbat sich Effekthascherei, wollte nicht angestaunt, sondern begriffen werden. «Zeit des Faschismus – vorbei, vergangen, abgetan? Nie wird das für mich vorbei und vergessen sein. Die junge Generation weiß sich heutzutage kaum ein Bild davon zu machen, was sich damals zugetragen hat. Außerdem – sie sind ja noch da, die Urheber solcher Kapitalverbrechen.»

Vergangenheit – Gegenwart

Reise durch heimatliche Fluren, vorbei an Dörfern, an kleineren und größeren Städten, durch Landschaften, von denen gesagt und geschrieben wird, daß sie voller Erinnerung, die Schauder hervorruft, und voller Stimmen, die verstummt sind, deren Klang jedoch in uns nachweht.

Der Zug fährt aus Berlin, Richtung Norden. Rieselfelder, Gemüseanbau, Acker, Wiesen, später Wald. Kiefern beiderseits der Strecke. Sonne aus makellosem Blau. Sommersonne. Juli, heiß und trocken.

Einige Stationen hinter Oranienburg steige ich aus. Kleiner Bahnhof, kleine Stadt, und die Kirche ist leicht zu finden.

Drinnen angenehm kühl, erfrischend. Aber nicht deshalb zog es mich dorthinein. Anziehungspunkt war die Kanzel, auf der ich mir den Geistlichen vorstellte, der 1942 ermordeter weiblicher KZ-Häftlinge gedachte und seiner Gemeinde ebenso mutig aufrüttelnd wie warnend und mahnend Gottesgebot predigte: «Du sollst nicht töten. Du sollst nicht falsch Zeugnis ablegen wider deine Mitmenschen. Du sollst deinen Nächsten lieben wie dich selbst. Du sollst gütig und barmherzig sein und mit edlem Samariterwerk nicht müßig säumen, bis der arme Lazarus an deine Tür klopft. Denn siehe, unermeßliches Leid herrscht an dem Gestade, und das Evangelium trägt uns auf, zu heilen zerstoßene Herzen, beizustehen den unschuldig Gefangenen, daß sie erlöst werden aus ihrer Pein.»

Dem Manne gebührt uneingeschränkte Hochachtung, seinen Zuhörern nicht minder. Kein Denunziant saß unter ihnen.

Das Städtchen liegt an einem See. Mein Weg führt an diesem See entlang, zwei Kilometer vielleicht. An seinen Rändern Gebüsch und Waldstreifen. Hier und da freier Strand, Badeplätzchen, an denen sich Kinder tummeln. Eine leichte Brise bewegt die Wasseroberfläche, kleine Wellen glitzern in der Sonne.

Wundern würde mich nicht, erzählte jemand, das Wasser dieses Sees wäre salzhaltig gewesen, von den Tränen, die an seinen Ufern geflossen, und noch heute schmecke es zuweilen seltsam rauchig, von den Rußschwaden, die jahrelang über dem Gewässer niedergesunken, und von der Asche, die auf seinem Grund verstreut.

Das Gebüsch wird undurchdringlicher. Ich verlasse den Pfad am Ufer, wate durch Sumpf und Sand, überquere eine Waldwiese, auf der Sowjetsoldaten Fußball spielen, erklimme eine Böschung, laufe nun auf einer gepflasterten Straße, vorbei an kleinen Häusern mit Vorgärten. Links wieder Wald. Kiefern. Im Walde, etwas versteckt, ebenfalls Häuschen, mit Balkonen, Erkern, Grünanlagen, Terrassen – Landhäuser, einst von professionellen Mördern bewohnt.

Die Straße endet auf einem großen Platz, rechts vom See begrenzt, an der Stirnseite von einer hohen Mauer, linker Hand von massiven, bedrückend wirkenden Gebäuden.

Auf dem Platz Stille. Kein lautes Rufen, kein Gelächter. Niemand rennt, niemand hastet, niemand stampft geräuschvoll über die Steinfliesen und die breiten Steinstufen, wenn er sich links den Gebäuden zuwendet. Die andere Hälfte des Platzes gleicht einem Park – hochgewachsene Bäume mit ausladenden Kronen, schmale Fußwege, kurzer Rasen.

Längs der Mauer – in Sichthöhe und nebeneinander angebracht – kupferne Lettern: die Namen fast aller Nationen Europas. Unter den Lettern Blumen, sehr viele Blumen und Kränze. Es ist ein Grab, das sich an der Mauer hinstreckt, ein Massengrab, über und über mit Rosen bepflanzt, die in voller Blüte stehn.

Am See ein Denkmal. Hoher Sockel, oben – aufrecht stehend – eine Frauengestalt, abgehärmt, ausgemergelt, aber noch kräftig genug, ihre völlig erschöpfte Kameradin zu tragen. Die Aufrechte blickt über den See, zum jenseitigen Ufer, wo sich der Kirchturm und die Dächer des Städtchens aus dem Laub der Bäume erheben, und ihre Haltung symbolisiert die Kraft der Schwachen, versinnbildlicht, daß hier eine Unbeugsame vorwärtsschreitend eine Todgeweihte dem Leben entgegenträgt.

Bunte Blumenpracht, Rosenduft, leise plätschernde Wellen, Vogelgesang, strahlender Sonnenschein. Am Denkmal ausländische Besucher – Frauen, Männer, Jugendliche. Vor der Mauer Jungen und Mädchen – eine Schulklasse. Die Kinder unterhalten sich flüsternd, legen behutsam ihre Sträußchen auf den Rand des Grabes.

Friedliche, feierliche Stille. Hier ist eine Ruhestätte, ein Platz der Andacht, des Gedenkens. Hier geschieht nichts Ungeheuerliches mehr.

Trotz sommerlicher Hitze erfaßt mich Kälte. Man weiß doch, was sich hinter dieser Mauer abgespielt hat, sieht den Stacheldraht, dessen Berührung lebensgefährlich war, sieht das unheimliche Gebäude mit dem breiten Kamin. Und dort, die enge Gasse – ein Durchgang zwischen zwei Mauerwänden. Ein Durchgang? Ein Gang vom Leben zum Tod, in dem nachts Schüsse fielen. Wenige Schritte von der dunklen Schlucht entfernt das Ungetüm, die tonnenschwere, grob zusammengefügte Walze mit dem Gestänge. Offenbar ein Überbleibsel aus mittelalterlicher Fron. Rudiment längst vergangener, längst versunkener Zeiten? Nein. Ein Arbeitsgerät, benutzt in unserem technisch so hoch entwickelten Jahrhundert, benutzt im Lande der Dichter und Denker, um Wege, Straßen, Plätze, Unebnes einzuebnen, platt und glatt zu walzen. Wer bewegte diesen Koloß? Menschen! Vierundzwanzig Frauen – ob jung, ob alt, ob schwach, ob krank, in die Riemen gezurrt.

Frauen, wie Zugtiere ins Joch gezwängt, glätteten auch jene Straße, die mich auf diesen Platz führte. Ächzten nicht die Steine? Wollten sie mir nicht ihre Geschichten zuraunen? Geschichten aus zweitausendzweihundert und noch einer Nacht, als sie in kleinen ungeschickten Mädchenhänden lagen oder die Hände einer fieberkranken Mutter wundstießen oder den zitternden Händen der Greisin entglitten; als Frauen kniend über scharfkantigen Splitt rutschten und auf ihre Rücken die Knute niedersauste, als unzählige Wunden klafften, zahllose Frauenhände bluteten, von Frauenstirnen Schweiß rann, Frauenaugen weinten ...

Sind die graublau und rötlich gesprenkelten Pflastersteine nicht selbst erstarrt, nicht ein zweites Mal versteinert vor Entsetzen darüber, an diesem tausendmal verfluchten Ort als Marterweg gedient zu haben?

Wenn Steine reden könnten. Die Walze kann das. Eine stumme, aber sehr beredte Zeugin. Ihr plumper, unförmiger Körper, von Schrunden und Rissen zernagt, ihr kolossales Gewicht sprechen für sich. Keiner läuft achtlos an ihr vorbei. Manche ziehen probehalber am Gestänge, kopfschüttelnd. Sie läßt sich nicht bewegen. Ihre zermalmende Wucht er-

scheint noch heute ehemaligen Ravensbrückerinnen im Traum. «Da dreht sie sich, schneller, immer schneller, du hast das Gefühl, sie rast auf dich zu. Man erwacht vom eignen Angstgeschrei», erzählte mir eine Belgierin, die von solchen Träumen geplagt wird.

Ein Aufschrei, ganz deutlich. Wer schreit, hier und jetzt? Ich – der Walze den Rücken zugekehrt – stehe vor dem Bunker. Zellenbau, Gefängnis im Gefängnis. Ich gehe hinein, langsam, widerstrebend, gehe durch jede einzelne Zelle, vernehme Stimmen, dumpfe Klopfzeichen und Schreie, Wimmern, klatschende Peitschenhiebe.

Sinnestäuschung. Nichts ist zu hören. Nur mein Herz pocht und hämmert und zuckt, als ob ich die Peitschenhiebe auf meinem Leibe spürte, als ob ich mich krümmte unter den Schlägen, vor Schmerz und Demütigung und Scham und Haß.

Ich bin nie hinter dieser oder einer anderen Gefängnismauer, nie in einer Zelle eingesperrt gewesen. Kein Faschist hat mich gequält, jedenfalls nicht physisch. – Muß man erst von einer Bestie angefallen werden, um zu erkennen, daß sie gefährlich ist? Muß man erst in den Würgegriff der Erfüllungsgehilfen des Klassengegners geraten, um zu wissen, daß sie und ihre Auftraggeber vor keiner Schandtat zurückschrekken?

Nein, hinter Gitter wurde ich nicht gebracht. Aber – «Ach, wir hatten viele Herren, hatten Tiger und Hyänen, und der Stiefel glich dem Stiefel immer, und uns trat er.»

Ob Kaiserreich, ob Weimarer Republik, ob Nazireich, der Stiefel glich dem Stiefel immer. So etwas prägt sich unauslöschlich ein, wenn man zu den Getretenen gehört. Wie tief das Erschrecken einer Elfjährigen, als Gestiefelte ihren Vater verhafteten, ihn abführten – durch die Straßen, über den Marktplatz zum Rathaus –, von da auf einen Lastwagen prügelten, mit Fäusten und Gewehrkolben auf ihn einschlagend. Es standen mehrere Lastwagen bereit, und es wurden viele Bürger meiner Heimatstadt weggeschleppt, Männer vor allem, aber auch Frauen.

Kindheitserlebnis, eingestanzt am 2. März 1933, wenige Tage nach dem Reichtagsbrand, dem «Flammenzeichen», bestellt als Anlaß, «gemeingefährliche Elemente» auszumerzen, mindestens jedoch abzusondern, um – wie man sagte – den Volkskörper zu reinigen. Der Volkskörper – was immer das bedeuten mag im Dunste wölfischen Sprachgebrauchs – wurde nicht gesäubert, er wurde ekelhaft beschmutzt, mit Schimpf und Schande bedeckt. Und die Massenverhaftungen hatten nur den einen Zweck, das Volk zu entwaffnen, zu entmündigen, es reif und mürbe zu machen für den gigantischen Raubzug.

Einige der Abgeführten und Mißhandelten kehrten am selben Abend nach Hause zurück. Mein Vater nicht. Er fuhr auf einem dieser Lastwagen an seiner Familie vorbei. Entführt ins «Schutzhaftlager». – «Ich möchte die Menschen lehren, wie man das Leben lebt./ Kann selbst mich nicht erwehren des Leids, das an mir klebt.» Verse aus solch einem Lager, geschrieben von Erich Mühsam, Schriftsteller, Dichter, Mitinitiator der Bayrischen Räterepublik, 1934 im KZ Oranienburg erschlagen.

Niemals waren Deutsche so schutzlos wie seit dem Augenblick, da Hindenburg als Reichspräsident Hitler zum Reichskanzler ernannte und am 28. Februar 1933 – also unmittelbar nach dem «Flammenzeichen» – eine von den Faschisten vorbereitete Notverordnung zum «Schutz für Volk und Staat» unterschrieb, die sofort in Kraft trat.

Schutz für das Volk? Eine Notverordnung, die qualvolle Angst, qualvolle Sorgen, qualvolle Gewissensnot verordnete: Tausende in die Illegalität gezwungen; Hunderte bereits ermordet; Hunderte ins Exil getrieben; aber und aber Tausende inhaftiert, aber und aber Tausende unter Polizeiaufsicht, im Zustand völliger Rechtlosigkeit, bei Tag und Nacht darauf gefaßt, abgeholt zu werden. – Ein Heer deutscher Männer und Frauen ausgeschaltet, um ein ganzes Volk gleichzuschalten.

Unbestreitbar ist: Die Furcht vor Konzentrationslagern hockte über dem Land, griff um sich, erfaßte nahezu alle unteren und mittleren Schichten, bis in Hitlers Anhängerschaft hinein. Genau das aber war beabsichtigt, genau das lag im Interesse seiner Geldgeber – Angstpsychose erzeugen! Mit der Furcht im Nacken wird aus den Massen das Letzte herauszuholen sein, auch die bedingungslose Bereitschaft zu Mord und Völkermord.

Wenn ich im Ravensbrücker Zellenbau den Atem anhalte, meine ich noch heute Klopfzeichen zu hören und Schreie, Wimmern, klatschende Peitschenhiebe. Und mir ist, als hätte ich mitten unter den Gepeinigten gestanden, die aus ganz Europa zusammengetrieben wurden und hier am Ufer dieses märkischen Sees, in märkischer Heide, märkischem Sumpf Unsagbares erdulden mußten. Zu Arbeitstieren erniedrigt, zur Vernichtung bestimmt, täglich neuer Qual ausgesetzt, allnächtlich mit tausend Ängsten in kurze Träume entfliehend, tausendmal verzweifelnd und ebenso oft ans Leben glaubend, weil ihnen trotz alledem inmitten dieser Barbarei Menschlichkeit begegnete und sie Hoffnung schöpften, Zuversicht, geboren aus starken Frauenherzen, die schwach und krank, geboren auch aus der tausendfältigen Gefahr, die über allen schwebte und sie aneinanderkettete, ihnen gebot, sich gegenseitig zu ermutigen, zu trösten, zu stützen, zu schützen, zu retten.

Das Denkmal am Ufer, die Mauer, das Grab – letzte Ruhestätte ungezählter Frauen und Kinder.

Mahnmal

Sich erinnern, Vergangenes vergegenwärtigen. Spuren verfolgen, rekonstruieren, wie etwas begann und wohin es sich entwickelte.

Wann eigentlich stand die Ravensbrücker Mauer? Wann frühestens hätten Menschenfänger mich hinter diese Mauer zerren können?

Als kurz nach dem Reichstagsbrand auch Frauen abgeholt wurden, interessierte sich die Willkürherrschaft noch nicht für Minderjährige. Später, einige Jahre später, wäre kindliches Alter kein Hinderungsgrund gewesen, mit in einem «Umerziehungslager» zu verschwinden. Die Nazis versäumten zwar nicht, lauthals ihre Hochachtung vor der Frau und Mutter – der «gebenedeiten Gebärerin» – zu beteuern, versäumten nicht, ihre Liebe zum Kind, zur Jugend zu besingen («Jugend, Jugend, ihr seid der Zukunft Soldaten»), planten indes, ganze Familien, ganze Sippen, ganze Bevölkerungsgruppen einzufangen und systematisch zu Tode zu martern, planten vornehmlich, Kommunisten, Juden, Zigeuner, Slawen und andere «Untermenschen» wie lästige Insekten vom Erdboden zu tilgen.

1933 standen sie damit erst am blutigen Anfang, waren erst dabei, Entvölkerungspläne großen Stils zu entwerfen. 1933 existierte auch das Frauen-KZ am Schwedtsee noch nicht. Ihre Jagdgründe stießen damals noch auf Grenzen. Das Dritte Reich dehnte sich noch nicht über das ins Auge gefaßte Großdeutschland und also vorläufig auch noch nicht kriegerisch angriffswütig über den europäischen Kontinent aus. Man brauchte eine gewisse Anlaufzeit, eine bestimmte Schubkraft, mußte zunächst «Boden gewinnen», mußte rüsten, aufrüsten für den Gewaltsprung zur Weltherrschaft und zuallererst eben den innerdeutschen Widerstand brechen.

Da die Zahl weiblicher Häftlinge gegenüber der ihrer männlichen Leidensgenossen doch niedriger, hatte man 1933 genügend Zellen, sie unterzubringen. Frauen sperrte man in Zuchthäuser – Bautzen, Waldheim, Jauer – oder in um- und ausgeräumte Klöster wie Gotteszell oder ins «Schutzhaftlager» Moringen oder in die Lichtenburg, um nur einige zu nennen. Die Lichtenburg bei Prettin im Kreis Torgau, im Herbst 1937 als Frauen-KZ eingerichtet, war eine Art Sammelbecken für Ravensbrück. Und als Ravensbrück stand, hob wenige Monate später das große Völkermorden an.

«Im Kalender ist der Tag noch nicht verzeichnet», schreibt Bertolt Brecht 1937 im Exil. «Der Anstreicher spricht von kommenden großen Zeiten ... Die Wälder wachsen noch. Die Äcker tragen noch. Die Städte stehen noch. Die Menschen atmen noch ... Wenn der Anstreicher über Frieden redet, sehen die Straßenarbeiter auf die Autobahnen und sehen knietiefen Beton, bestimmt für schwere Tanks.»

Scheinfriede. Vorkriegszeit. Brandgeruch lag in der Luft. Konfliktherde schwelten knisternd, wurden geschürt, entzündeten sich mal hier, mal da zur vernichtenden Flamme. Der zweite Weltkrieg war längst im Gange, bevor er ausbrach. 1935 überfällt Mussolini Äthiopien mit der Begründung, «diese Region vor dem Bolschewismus zu bewahren». 1936 bilden Mussolini und Hitler im trauten Ringverein die «Achse Berlin–Rom». Im selben Jahr wird der Antikominternpakt zwischen Deutschland und Japan abgeschlossen, putschen Franco und Spießgesellen gegen die spanische Republik; Hitler und Mussolini beeilen sich, den Putschisten unter die Arme zu greifen. 1937 tritt Italien dem Antikominternpakt bei – die aggressivsten Staaten vereinigen sich zum «Kreuzzug gegen den Kommunismus», beschließen, in konzentrierten Gewaltverbrechen Europa, Asien, Afrika und möglichst die ganze Welt unter sich aufzuteilen. Japan löst am 7. Juli 1937 Krieg gegen China aus, wie üblich getarnt als «Strafexpedition», als «Rettungsmaßnahme gegen das Vordringen des Kommunismus in Asien». China kämpfte, brannte, blutete. Auch das republikanische Spanien kämpfte, brannte, blutete. Aus vielen Ländern kamen Freiwillige zu Hilfe. Über Spaniens Himmel tauchten Raubvögel auf. Made in Germany. Im Herkunftsland ist weder das Motorengebrüll der «Legion Condor» zu hören noch das pfeifende Rauschen ausgeklinkter Bomben noch das ohrenbetäubende Krachen, wenn sie einschlagen und Menschen, Tiere, Häuser zerfetzen. In Berlin wird zur selben Zeit die Olympiade genutzt, der Weltöffentlichkeit eine friedfertige Idylle vorzugaukeln. Doch die Zeichen sind gesetzt, und man wird bald zu hören bekommen und zu fühlen, daß die Zerstörung Guernicas nur eine Generalprobe gewesen ist.

Ab 1937/38 drastische Lebensmittelverknappung. «Kanonen statt Butter!» – Presse, Rundfunk, Wochenschau, alle Medien rühren die Propagandatrommel. Pausenlos sich steigernde Hetze gegen «Erz- und Erbfeinde», gegen «deutschfeindliche Machenschaften» und angebliche Unterdrückung des

«Deutschtums im Ausland» und so weiter und so fort. Schrei nach Revanche. Psychologische Kriegsvorbereitung nach allen Regeln der Irreführung. Angriffsziele vorerst Österreich und die Tschechoslowakei. Man lügt das Blaue vom Himmel, beschuldigt andere dessen, was man selber vorhat, fingiert, manipuliert, verdreht Tatsachen, unterstellt diesen Nachbarstaaten Erpressung, bezichtigt sie der Aggressionsabsichten und allerlei Schändlichkeiten mehr.

März 1938: Österreich wird in die Zange genommen, einverleibt, «heimgeholt». Heimgesucht, vergewaltigt, zum Gau Ostmark degradiert. – «Führer in Wien mit großem Jubel empfangen.» Liest man in den Zeitungen, hört man aus dem Radio. Stimmte auch. Nur ist das nicht die ganze Wahrheit gewesen. Wo Faschisten auftraten, trafen sie auch auf Antifaschisten. «Wo ein Jubel war, da war auch Trauer, wo ein Unrecht war, da war auch ein Aufruhr.» Natürlich paßte die Kehrseite der Medaille nicht ins jubilierende Empfangsgepränge. Von Widerstand keine Silbe, und daß sich der braune Terror nun entfesselt auf die angegliederte Beute stürzte, kommentierte Goebbels' Journaille mit dem Argument «Greuelmärchen».

Greuelmärchen? Massenverhaftungen – allein im März 1938 rund 76000 Österreicher festgenommen. Mord und Totschlag. Judenverfolgung, Verfolgungsjagd auf Kommunisten, Sozialisten, Gewerkschafter, Christen. Die ersten Gefangenentransporte nach Dachau, nach Buchenwald oder ab August 1938 ins rasch aus dem Boden gestampfte KZ Mauthausen.

August. Gewitterschwüle. Dunkle Wolken ziehen auf. Donnergrollen. Oder schon Kanonendonner? – In Fernost militärische Attacken Japans gegen die Mongolische Volksrepublik und damit gegen die Sowjetunion, die der MVR brüderlich verbunden. Grenzverletzungen am Chassan-See, Vorstoß auf sowjetisches Territorium. In Europa schickt Hitler, nun Oberbefehlshaber der Wehrmacht, Truppen an die Grenzen zur ČSR, weil diese nach dem ersten Weltkrieg entstandene Republik deutschen Revanchisten ein Dorn im Auge und darum von der Landkarte zu streichen ist.

Goebbels' Propagandamühlen heizen die Stimmung an. Waffengerassel, Militärparaden, Aufmärsche, übelste Verleumdungsfeldzüge mit Schußrichtung Tschechoslowakei. Der Zusammenprall scheint unvermeidlich. Krieg, Weltkrieg gar?

Nein, noch nicht. In Fernost erteilt die Sowjetunion den Japanern eine gebührende Abfuhr; sie müssen sich zurückziehen. In Europa wird der bis zum Siedepunkt erhitzte Konflikt eingedämmt – aber nur vorübergehend und um welchen Preis! Da England und Frankreich für die ČSR Sicherheitsgarantien übernommen hatten, verlegen sie sich auf eine sogenannte Befriedungspolitik, weichen ihrer Beistandspflicht aus, kapitulieren vor Hitler, befriedigen Deutschlands Revanchedurst, üben Verrat, opfern die Tschechoslowakei.

September 1938 – «Münchner Abkommen». Freie Bahn, Grenzpfähle niederzutrampeln und ins Sudetengebiet einzumarschieren. Selbstredend umjubelt. Dieselbe Litanei wie im Fall Österreich, nur mit einer Abänderung: «Widerstand im Keime erstickt.» Fanatisches Heilgebrüll überdröhnt das furchtbare Los der tschechischen Bevölkerung, überschreit die Hilferufe der Gefolterten, die Massenverhaftungen, Judenverfolgungen, die Gefangenentransporte ...

9./10. November – «Kristallnacht». Glas knirscht unter den Füßen. Pogrome, Verwüstung, Zerstörung im Land der Gaue. Deutsche und österreichische Juden zu Freiwild erklärt, ausgeraubt, ausgeplündert; ihre Wohnungen, ihre Geschäfte demoliert: Zehntausende verhaftet, viele ermordet. Synagogen gehn in Flammen auf. Faschisten haben eine manische Lust daran zu brandschatzen.

März 1939. Die Slowakei unterwirft sich Hitlers Diktat, hängt als Marionette am Gängelband, und aus den Rundfunkempfängern schallt triumphierendes Hosianna: «Führer setzt Zug um Zug Versailler Schandvertrag außer Kraft» und hat «den historischen Entschluß gefaßt, Prag unter deutsche Schirmherrschaft zu stellen». – Nicht nur die Goldene Stadt, der gesamte tschechische Grund und Boden unterm SS-Stiefel – «Protektorat». Jubel abgeschwächt, Widerstand nicht zu verheimlichen.

Binnen eines Jahres blähte sich das «Altreich» zu «Großdeutschland» auf. Alles erschachert, ergaunert, erpreßt, in München ausgehandelt, durch verhängnisvolle Zugeständnisse englischer und französischer Politiker. Sie glaubten, sich damit ihre Konkurrenten an Rhein und Ruhr vom Leibe gehalten und deren Eroberungsgier auf den Osten gelenkt zu haben. Doch waren sie einem fatalen Irrtum erlegen.

Deutschland – ein Polyp. Gebiete an sich gerissen, die im ersten Weltkrieg verlorengingen; Territorium benachbarter Staaten okkupiert; zahllose Gefangene gemacht – schon in Friedenszeiten!

Wohin mit den vielen Gefangenen? Kein Problem. Zwar hatten die Spitzen der Herrenrasse Umfang und Stärke des Widerstands geringer veranschlagt, vorgebaut aber hatten sie. Landraub, Krieg, Häftlingszustrom waren einkalkuliert. Darum hatte man weder Kosten noch Mühe gescheut, die Gaue nach verschwiegenen Erdflecken abzusuchen, hatte nicht gespart, weder an Zement noch an Holz noch an Baukapazität oder Transportmitteln, nicht gegeizt mit Finanzen, Energie, Antreibern und Arbeitskräften, hatte gemauert und gezimmert und nach dem Dachauer Modell weitere Schandflecke in die Landschaft gesetzt:

August	1936	KZ Sachsenhausen
Juli	1937	KZ Buchenwald
Mai	1938	KZ Flossenbürg
August	1938	KZ Mauthausen (Österreich)
Dezember	1938	KZ Neuengamme

Daran ist Volk-ohne-Raum-Strategie abzulesen.

Das Frauen-KZ Ravensbrück befindet sich Winter 1938/39 noch im Aufbau.

Entstehung: Himmler inspizierte von Zeit zu Zeit einige der Menschenkäfige und stellte fest, daß jene für weibliche Gefangene entschieden zu klein wären – angesichts der weitgesteckten Pläne –, fand sie auch zu verstreut und das ganze Getriebe nicht straff genug, eben nicht vereinbar mit dem Ziel der «Neuordnung Europas», und drängte auf Konzentration, auf großräumige Zentralisation.

SS-Obergruppenführer Eicke – Chef aller KZ-Lager – verwies auf die Lichtenburg als mögliches Zentrum. Aber dieser Vorschlag entsprach nicht dem Geschmack Himmlers, der sich nun persönlich nach Baugrund für einen neuen Zwinger umsah. Bei seinen Streifzügen, die er des öfteren von Hohenlychen aus unternahm, entdeckte er Sommer 1938 ein Dörfchen an der Himmelpforter Heide, dessen Lage und Umgebung ihm ideal erschienen: Abseits vom Trubel, abseits von Verkehrsadern, von Gewässern und dichtem Wald umschlossen, versteckt vor Neugier und dennoch bequem erreichbar. Bahnlinie Fürstenberg–Oranienburg–Berlin ganz in der Nähe. An- und Abtransport also gesichert.

Unverzüglich befahl er, das Ravensbrücker Gelände zu beschlagnahmen: «Sperrgebiet – Zutritt für Unbefugte strengstens verboten!»

Nach der Ernte – Oktober, November – rückten Bautrupps an, fünfhundert Mann, Häftlinge aus Sachsenhausen, abkommandiert, den Pferch zu zimmern: a tempo! Auch im Winter hurtig, hurtig. Die SS stand unter Druck, unter Zeitdruck. SS-Obergruppenführer Pohl – Wirtschaftsleiter sämtlicher SS-Objekte – trieb selbst die Antreiber zur Eile an. «Dieser Bau muß spätestens Frühjahr neununddreißig bezugsfertig sein, damit der Laden klappt, wenns richtig losgeht.»

Wenn was richtig losgeht?

Wenn die Panzer rollen, wenn sie Grenzen überrollen, Länder zerstampfen und das Heer der Häftlinge anschwillt. Deshalb mußte KZ Ravensbrück stehn, wenigstens im Rohbau. Alsdann ummauern, siebenfach verdrahten, isolieren, Starkstrom durchjagen. Markant die Wachtürme ringsum. Vor dem Haupteingang Warnschilder mit Totenschädel und gekreuzten Knochen: «Achtung, Lebensgefahr!»

Himmler hatte den Ehrgeiz, diese mörderische Sträflingsinsel am 18. Mai für empfangsbereit zu erklären. Der 18. Mai 1939 fiel auf einen Donnerstag, und es war ein Feiertag, nämlich Himmelfahrt. Zwischen Frühnachrichten und kurzweiliger Frühmusik gibt der Rundfunkansager einen launigen Bericht zur Wetterlage. «Heiter bis wolkig, über zwanzig Grad Wärme. Aussichten aber nicht gerade rosig. Ein über Nordfrankreich und dem Kanal heranziehendes Tief macht sich im Laufe des Nachmittags unangenehm bemerkbar. Vatertag mit Regenschirm.»

Der Himmel weinte, als der Güterzug mit den ersten Häftlingen auf dem Anschlußgleis Fürstenberg–Ravensbrück stand: deutsche und österreichische Frauen aus der Lichtenburg. Sie hofften, ahnten, wußten ja: Überall regen sich gute Kräfte, auch da draußen in Stadt und Land werden Hitlergegner sich finden. Wie aber hätte es sie ermutigt, wäre ihnen zu Ohren gekommen, daß sich an diesem arbeitsfreien Tag vielerorts Antifaschisten aufgemacht hatten, ins Grüne zu fahren, und eine Gruppe der Ausflügler sogar ziemlich nahe war.

In der Tat. Am frühen Morgen strebten Wandersleute aus verschiednen Richtungen einem Walde bei Oranienburg zu. Sie hatten verabredet, sich dort zu treffen. Familienzusammenkunft der Mitstreiter um Robert Uhrig – Männer, Frauen, Jugendliche, Kinder. Die Kinder begaben sich dann und wann auf Schleichpfade, spielten Indianer, Späher, damit die Älteren, die unter den Bäumen lagerten, ungestört ihre Gedanken austauschen, ihre Probleme besprechen, ihre Texte entwerfen konnten. Texte für Flugblätter. Kurz und informativ sollten die Sätze sein und in einer Sprache, die jeder versteht. Vielleicht so: Wohin soll das noch führen? Deutschland hat Polen den Nichtangriffspakt aufgekündigt und erhebt immer neue Gebietsansprüche, fordert jetzt Danzig! Polen, das nächste Opfer? Kriegs- und Eroberungsgelüste sind nicht unsere Gelüste. Hitler, Geschäftsführer des Großkapitals, ist nicht unser Führer. Das Volk wehrt sich – wir wollen Butter statt Kanonen! Krieg dem Kriege! Nieder mit der Hitlertyrannei!

So vielleicht oder auch anders. Jedenfalls ging es ihnen darum, gegen den Krieg zu rüsten. Selbst wenn kaum Aussicht bestand, die bereits in Gang gesetzte faschistische Kriegswalze noch aufzuhalten, waren sie sich einig, nun erst recht nicht nachzulassen, nun erst recht in Wort, Schrift und Tat des geknebelten Volkes elementarste Lebensinteressen zu verfechten, seiner wahren Meinung, seinem wirklichen Willen Ausdruck zu geben. Und sie verließen den Wald auch nicht, als es zu regnen begann, rückten nur dichter zusammen unter dem schützenden Laubdach der Bäume. Gewußt haben sie nicht, daß Himmler ungefähr vierzig, fünfzig Kilometer von ihnen entfernt ein neues KZ «einweiht».

Das Tor ist noch geschlossen. Hinter dem Tor SS-Wachmannschaften zur Eröffnung angetreten – weibliches wie männliches Personal, getrimmt auf absoluten Gehorsam. Ein junger SS-Offizier, Eigenschaften verkörpernd, die sein Führer so sehr mag – «zäh wie Leder, hart wie Kruppstahl, flink wie ein Windhund» –, verliest Richtlinien: «Die wir jetzt hier empfangen, das sind keine Menschen, das sind Schädlinge und werden als solche behandelt. Ja keine Sentimentalitäten, ja keine Gefühlsduseleien, ja keine Weichheit zeigen! Gelobt sei, was hart macht!»

Das Tor wird geöffnet, Gefangene einzulassen, die schon ihre Erfahrungen haben mit derartigen Richtlinien. Dennoch wissen auch sie nicht, daß nun eine Gratwanderung beginnt, der Grat schmaler und schmaler, die Absturzgefahr größer und größer wird und der Weg hinaufführt zum Berge Golgatha, zur Schädelstätte.

Woher auch sollten sie wissen, welche Planentwürfe in den Panzerschränken und den Köpfen der auf Weltherrschaft Versessenen ihrer Verwirklichung harrten. Pläne, grob skizziert, noch auf dem Reißbrett zu vervollständigen, im Probelauf durchzuspielen, wie das funktioniert, wenn man einen Omnibus, einen LKW oder einen Eisenbahnwaggon umfunktioniert, ihn abdichtet, mit Abgasen füllt und eiskalt berechnet, wie lange es dauert, soundso viele Menschen auf diese Art zu töten. Planmäßiger, vorsätzlicher Massenmord. Projekte auch für weitaus umfangreichere Erstickungsanlagen sind im Gespräch. «Wir haben uns das vorgenommen, und wir werden es tun», sagte Himmler.

Post an uns

Briefe, unfrankiert, ohne Datum, ohne Umschlag, ohne Adresse, irgendwann einmal während des zweiten Weltkrieges abgeschickt, über drei Jahrzehnte später erst angekommen. Briefe junger polnischer Partisaninnen, geschrieben in Ravensbrück, hinausgeschmuggelt, Kilometer um Kilometer nordostwärts getragen, in einem Glasbehälter bewahrt und vergraben, 1975 bei Ausschachtungen unweit Burg Stargard gefunden.

«Auf dieser harten, fremden Erde hinterlassen wir Spuren. Wir waren hier, und wir bleiben ... Am schlafenden See schau ich in die Tiefe des Wassers, entlaufe dem Dunkel und sehe im Sand ein Grab.»

«Es ist schwer, sehr schwer – kein Licht, keine Wärme, der Hunger ... Judith erschossen, viele, ach so viele erschossen. Es war ihr Tod, der uns hartnäckig weiterkämpfen ließ.»

«Wir sind müde und wundern uns, daß wir leben.»

«Ich habe Angst, mein Brot zu essen, habe Angst, mein Kind zu vergessen ... Heute nur Wasser aus aufgetautem Schnee.»

«KZ – Abbild aller Schrecken der Welt, Ort, wo die Kraft der Schwachen den Schrecken sich entgegenstellt.»

«Schmerzenswald von Ravensbrück, wir sahen kaum des Blattes Grün.»

Rufe aus dem Schmerzenswald, Bilder, unsäglich peinigende Fragen, erschütternde Tatsachen, unfaßbare Beobachtungen. Der klagenden und anklagenden Zeugnisse sind Legionen.

Streiflichter.

Ein Foto: SS-Aufseherinnen führen Kinder an der Hand. Wohin führen diese wohlgenährten gestiefelten Damen diese kurzgeschornen, hohlwangigen, zerlumpten Kinder?

Noch ein Foto: Frau Dr. med. Herta Oberheuser – aus der Stirn gekämmtes Haar, das Gesicht verschlossen, zugeknöpft wie ihr strenges graues Kostüm. Sie liebte nichts glühender als ihren Führer und ihren Beruf, liebte es, Kinder, junge

Mädchen, junge Frauen zu sterilisieren, liebte es, an jungen, gesunden, kräftigen Mädchen und Frauen Vivisektionen vorzunehmen, liebte es, kranken, alten, schwachen Frauen tödliche Injektionen einzuspritzen – «die waren doch sowieso zum Tode verurteilt, ich habe ihnen nur das Sterben erleichtert».

Wenn Vieh verladen wird, hat die Roheit der Viehtreiber ihre Grenzen. Tiere sind gesetzlich geschützt. Menschenfracht stand unter keinerlei schützendem Gesetz. «... und abends kommen wir zurück, aus dem kreischenden Räderwerk der Fabrikhallen, aus dumpfen, kräftezehrenden Knochenmühlen in Viehwaggons gepeitscht, stürzen in andere Schinderstätten und übelriechende Baracken, fühlen nicht mehr unsere Glieder, fühlen nicht mehr, daß wir Frauen sind, fühlen uns sterbensmüde, todunglücklich, zerschlagen ... Wie lange kann man so leben?»

Ein SS-Mann kutschierte mit dem Motorrad durch die Lagerstraße, überfuhr den Hund der Oberaufseherin. SS-Arzt Dr. Schiedlausky operierte den Hund, flickte ihn wieder zusammen. Der SS-Mann wurde bestraft, drei Tage Arrest. «So tierlieb sind sie! Der SS-Mann revanchierte sich – an uns; er schlug eine von uns zum Krüppel.»

«Schlagen ist unmenschlich. Man hätte die Pflicht, den Täter zu überzeugen, daß er sich selber am meisten damit schädigt. Aber wieviel Zeit hat der Geschlagene zum Überzeugen, bevor man ihn totschlägt?»

«... gemordet hatten sie, mit allem, was sich als Mordwaffe anbot – Gewehrkolben, Brechstangen, Holzknüppel, Steine –, auch mit der Handkante. Manchmal genügte ein Daumendruck auf die Kehle, ein Frauenhals ist leicht zerbrechlich ... Danach saßen sie in der Kantine bei Bier und Schnaps und Bratwurst mit Sauerkraut, lachten sich halb krumm, wenn einer ihr geselliges Beisammensein mit Zoten würzte, oder sangen feucht-fröhliche Schunkellieder oder ‹Schwarzbraun ist die Haselnuß›. Wir Frauen, angewiesen, die Mörder zu bedienen, sahen, hörten, erlebten das und versuchten zu begreifen, warum ihre blutbefleckten Hände ihnen nicht den Appetit verderben, warum sie so ungeniert geile Witze reißen, so unbekümmert lachen und singen können, angesichts unserer Qual.»

«Es steht keinem auf der Stirn geschrieben, wie und was er ist. Darum Kennzeichen. Die einen sind gezeichnet mit Hakenkreuzen, SS-Runen, Totenköpfen, die anderen mit dem roten Winkel. So konnte man sie gut auseinanderhalten.»

Eine Pariserin, eine Berlinerin, eine Moskauerin – im Krankenbau auf ein und derselben Pritsche. «Miteinander reden? Sehr schwierig, sich zu verständigen. Die Worte fehlten. Aber gerade das machte uns zu Verbündeten, und aller Trost dieser Erde sprach aus unserer Einigkeit.»

Wieviel Nächstenliebe sie doch gaben, wieviel Wärme sie abgaben, wieviel Schmerzen sie ertrugen, um ihre Ideale, ihre Ideen und Träume, ihre Menschlichkeit nicht zu verlieren.

Der Reihe nach erzählen. Unsichtbares sichtbar machen – Gefühle, Gedanken, Haltungen –, Tote ins Leben zurückrufen. Wer das wirklich und wahrhaftig könnte!

L'enfer des femmes – Hölle der Frauen. Sie nannten es Inferno, sagten und sagen noch: Das ist, das war die Hölle! Übereinstimmend sagen sie das, weil die Sprache versagt, nicht nur die deutsche. In keiner anderen Sprache findet sich ein Ausdruck, der genau trifft, was sie antrafen, was sie traf, sie getroffen hat.

«Inferno, durch die Hölle gehn.» Dante wird zitiert, sehr oft sogar, in fast allen Büchern und Schriften über KZ-Lager. Aber Dantesche Höllenqualen waren himmlisch dagegen, und er hat sie geschildert als Quelle der Reinigung, der Läuterung. Bei ihm war Hölle ein Ort der Sühne für Schuldbeladene und – ein Vorhof zum Paradies: Inferno, Purgatorio, Paradiso.

Ein KZ war nur Inferno und hält keinen Vergleich mit der Hölle aus, wie Dante sie beschrieb. Die zur KZ-Hölle fuhren – zu Höllenqualen, Höllenfeuer verdammt –, waren das Sünder? Wessen hatten sie sich schuldig gemacht? Hatten sie überhaupt etwas zu sühnen, abzubüßen? Selbst wenn man an Kriminelle oder Asoziale denkt, die auch dort schmachteten – wodurch sind sie denn kriminell, asozial geworden? Und war ihre Schuld so groß, daß sie im Fegefeuer leiden mußten, ohne sich rechtfertigen zu können, ohne Paradiso?

Was sich hinter KZ-Mauern abgespielt hat, wir werden es nie in allen Einzelheiten erfahren. Elf Millionen Menschen vernichtet! Und viele, viele gingen zugrunde, ohne sich jemals in der Vorhalle des Todes mitgeteilt zu haben. Ein Lied vielleicht, schwermütig, sehnsuchtsvoll; ein fragender, anklagender Blick aus großen traurigen Kinderaugen – nichts weiter. Nein, nicht alles ist bekannt geworden, nicht alles wird ans Licht der Öffentlichkeit dringen können, auch deshalb nicht, weil sich Unsägliches ereignete, das unseren Wortschatz und unser Vorstellungsvermögen übersteigt.

Der Reihe nach erzählen? Nun ja. Hinter der Mauer von Ravensbrück eine andere Welt. Ein Gemeinwesen, bis zum Brechen angefüllt mit Wesen und grenzenloser Gemeinheit. KZ – eine Stadt neuartiger Struktur. Die Bewohner rechtlos, hemmungslos unterdrückt, zu Parias herabgewürdigt. Die Verwaltung – Sitz der Handlanger einer modernen Sklaverei. Kein Marktplatz in dieser Barackenstadt, nur ein Umschlagplatz für Menschenhändler. Keine Geschäfte, nur hektische Geschäftigkeit und eine Leichenhalle. Kein Kirchturm, dafür ein hoher Kamin – der Schlot auf dem Krematorium außerhalb der Mauer. Kein Raum zum Leben, kein Lebensraum. Hier wird nicht gelebt, hier wird nur gelitten, gearbeitet, gestorben, und zwar fügsam, wenn es nach dem Ratschluß der Sklavenhalter gehen sollte.

Makaber ein Spruch: «Arbeit macht frei!» Die Gefangenen sehen, hören, lesen diesen Spruch und werden grausam gezwungen, die Stätte ihrer Vernichtung auf- und auszubauen. Wie niemals zuvor erfahren sie hier der Arbeit Frongewalt, erleben, was Profitwirtschaft bedeutet, wenn ihre brutale Visage ungeschminkt zum Vorschein kommt; erleben, daß sie durch ihrer Hände Arbeit ihr eignes Unglück vermehren. «Was ich schaffe, bringt mich um.» Und an ihren Füßen klirrt die Kette, die nur schwerer wird. Auch verrichten sie bestimmte Innendienste. Zum Beispiel fährt Tag für Tag ein Karren durch die Straßen dieser Barackenstadt, um Tote einzusammeln. Frauen liegen auf dem Karren, Frauen ziehen und schieben den Karren. Eine SS-Aufseherin läuft nebenher, kommandiert: «Ein Lied!», schwingt eine schmiegsame Peitsche. Die Lebenden ziehen und schieben den Karren singend zum Tor hinaus, ihre Stimmen zittern, ihre Lippen zukken, ihre Herzen erbeben.

Überlebensaussichten?

Verpflegungssatz 1943 200 Gramm Brot, trocknes Brot, ausgegeben entweder morgens oder abends. Früh ein Becher Malzkaffee, schwarze Zichorienbrühe. Mittags ein Blechnapf Wassersuppe, Steckrüben, Kohl, angereichert mit einigen Kartoffelstückchen – mal versalzen, mal angesäuert, mal ungesalzen; schmackhaft nie. Abends wieder Suppe gleicher Qualität. Am Wochenende 20 bis 50 Gramm Margarine, 50 Gramm Wurst oder Käse und einen Löffel Marmelade. Sonnabends und sonntags nur je eine warme Mahlzeit.

Bis 1944 erhielten arbeitende Häftlinge mittags drei Pellkartoffeln zusätzlich. Wie lange aber blieb man arbeitsfähig, und wie viele waren arbeitsfähig? Ab Mitte 1944 schwammen in der Wassersuppe nur noch Kartoffelschalen, Dörrgemüse, verfaulte Kohlblätter. Die Brotration sank auf 100 Gramm pro Tag und niedriger; manchmal gab es tagelang überhaupt nichts Eßbares.

Ein Mensch, der schwere Arbeit verrichtet, benötigt täglich 3000 bis 3800 Kalorien; die schwer schuftenden Frauen in Ravensbrück bekamen höchstens 800 bis 1000. Je mehr Kriegsjahre, desto weniger Kalorien. Übermenschliche körperliche und seelische Belastung bei einem Minimum an Nahrung. Wer schwach, krank, verbraucht oder alt war, dessen Leben flackerte wie eine abgebrannte Kerze, der kleinste Lufthauch blies es aus.

Expertise, angefertigt von einem Dr. med. Münch, der als ehemaliger SS-Arzt hinreichend Einblick besaß: «75% aller Häftlinge unterernährt. Der Mensch ist kein Perpetuum mobile, sondern kann, wie alle Geschöpfe der Natur, auch nur existieren und Arbeit leisten durch ständige Ergänzung der verbrauchten Energien ... Bei Kaloriendefizit ergänzt der Körper mangelnde Nahrungszufuhr durch Fettabbau ... Mit einem Reservepolster von 10 kg kann ein Mensch ohne körperliche Betätigung 40 Tage leben, ehe der Vorrat aufgebraucht ist ... Danach beginnt das zweite Stadium. Kal-Defizit wird nur noch aus der Eiweißsubstanz des Körpers gedeckt, innerer und äußerer Verfall setzt ein (im Männer-KZ ‹Muselmann›, im Frauen-KZ ‹Schmuckstück› genannt). Da der Körper über keinerlei Eiweißvorrat mehr verfügt, bedeutet jedes Verlustgramm auch Verlust an lebenswichtigen Aufbaustoffen und führt mit Sicherheit zum Absterben durch Schwund und Destruierung aller Organe ... Hungerödeme entstehen, weil überschüssiges Wasser ins Gewebe dringt ... Auch seelisch befindet sich der ‹Muselmann› oder das ‹Schmuckstück› im Zustand des Absterbens, es erlischt die Anteilnahme am eignen Geschick. Menschen, die ein Kal-Defizit aufwiesen, mußten im KZ unweigerlich zugrunde gehn, da alle Voraussetzungen für Genesung fehlten ... Für die Masse der Häftlinge war die Aussicht, erfolgversprechend gegen den körperlichen Verfall anzukämpfen, so gering, daß von vornherein ihr Todesurteil unabwendbar ... Die durchschnittliche Lebenserwartung betrug 6 Monate.»

Wer Not und Brot teilte, erhielt sich und andere am Leben. Beistand, Mitgefühl, das hieß Selbsterhaltung; andere ermutigen, andere beschützen und damit sich selber Mut machen, sich selber eine Schutzhaut weben.

Ehrlich sein ist keine Kunst, wenn man sich gemütlich und satt in weichen Sesseln räkeln kann. Hunger tut weh, Hunger verführt zu Diebstahl, zum Verrat, Hunger führt zum Wahnsinn.

KZ-Häftlinge sind ständig hungrig, ständig unterernährt. Dabei ehrlich bleiben, dabei seine Menschenwürde bewahren ist allein schon eine Heldentat. So manche Hungrige leistete für eine einzige Scheibe Brot der SS Spitzeldienste.

Einzug in die Todeszone. Und das ist blutiger Ernst.

Als sie einzogen, standen 14 Wohnbaracken, 2 Revier- und 2 Verwaltungsbaracken und einige höher wirkende Steinbauten. Sonst ringsum aufgewühlter Sandboden, schlammiges unplaniertes Gelände, das trockenzulegen, glatt zu walzen, begehbar, befahrbar und für die SS bewohnbar zu machen war – von Häftlingen.

Gefangene Frauen – Hunderte, Tausende, Zehntausende; weit über hunderttausend haben diesen infernalischen Schindanger kennenlernen müssen. Politisch Verfolgte mit dem roten Winkel, rassisch Verfolgte mit dem J im gelben Stern oder dem Z auf bunten Flicken, wegen ihres Glaubens Verfolgte mit dem violetten Dreieck der Bibelforscher; und da waren sogenannte Arbeitsscheue mit dem schwarzen, Kriminelle mit dem grünen Winkel. Alle jedoch gleichgemacht, alle einander zum Verwechseln ähnlich.

Empfangsappell. Frauen in graublauer Zebrakleidung, aufgestellt, angetreten, in Reih und Glied ausgerichtet. Vor ihnen ein Dutzend Schwarzuniformierte. Verhaltensregeln, Anweisungen, Einteilung in Kolonnen oder Arbeitskommandos, Einweisung in die Baracken – jene dahin, diese dorthin. «Juden und jüdische Bastarde auf Block elf! Allen anderen wird nur ein einziges Mal – nämlich hier und heute – geraten, Block elf zu meiden wie die Pest. Dort wohnt der Aussatz, wer mit ihm in Berührung kommt, steckt sich an!»

Politische Häftlinge machten sich da ihren eignen Vers, wußten zur Genüge, wen sie zu meiden hatten und wer hier Pesthauch verbreitete. Zudem zwang man sie, mit Grünwinkligen in ein und derselben Baracke zu hausen. Aber sie wehrten sich, protestierten, forderten Trennung von Kriminellen. Und setzten sich durch, bezogen Block 1.

Setzten sich durch. Das ist leicht gesagt und so leicht, so einfach, so schnell hingeschrieben. Doch welch harte Prüfungen, welch langen, langwierigen Kampf hatten sie zu bestehen, wieviel Schläge, wieviel Strafe mußten sie hinnehmen, wieviel Tapferkeit, Ausdauer, Entschlußkraft aufbringen, ehe sie sagen konnten, es ist erreicht. «Weihnachten 1940 hatten wirs geschafft. Eine Baracke ganz für uns allein! – Freiwillig verzichteten wir auf die zweistöckigen Betten, ließen gern aufstocken, begnügten uns mit weniger Platz, damit alle Politischen Platz in Block 1 fanden ... Das war unser erster größerer Sieg.»

Ein Sieg, der wohltätig ausstrahlte, auch auf Block 11. Man hatte ja schon früher zusammengefunden – in der Lichtenburg oder noch früher, hatte im Widerstand außerhalb wie innerhalb der Gefängnismauern geheime Fäden geknüpft, die um so fester, je stärker die Belastung. «Es ist unendlich schwer und unendlich schön, sich zu verstehn.»

Weihnachten 1940 also bezogen sie Block 1. Da hatten sie schon zwanzig Monate Ravensbrücker Erfahrungen gesammelt, da waren sie schon «Alteingesessene», da hatte der Tod schon Lücken in ihre Reihen gerissen, und da mußten sie sich mit immer weniger Platz begnügen, weil der Zustrom nicht abriß, weil der Krieg seine Opfer aufs Schlachtfeld und in die KZ-Lager warf.

Die Erfahrenen, «Alteingesessenen»

Unter den allerersten, hinter denen sich Mai 1939 das Tor schloß, eine Frau, deren Name nicht nur bei uns einen ehrenvollen Klang hat. Sie ist weltbekannt und hochverehrt – Olga Benario-Prestes, gezeichnet, ausgezeichnet mit dem gelben Stern, im Stern ein roter Winkel. Vertraute von Block 1, Blockälteste auf Block 11, Ratgeberin, Schwester, Freundin, Trösterin, alles in einem. Wenn sie erzählte, vergaßen ihre Genossinnen, wo sie sich befanden. «Sie erzählte so anschaulich, daß wir glaubten, fremde Erdteile zu bereisen oder das Land der Zukunft zu betreten.»

Unter den ersten sowieso viele Funktionärinnen der Arbeiterbewegung. Deutsche, österreichische Frauen, die schon den ersten Weltkrieg erlebt, an der Seite ihrer Männer gegen Krieg und aufkommenden Faschismus gekämpft hatten und deren Familienmitglieder ebenso verfolgt, bedroht, bespitzelt oder eingesperrt wie sie selber; manche ihrer Angehörigen gar schon ermordet. Einige Namen aus der Vielzahl jener ersten Ravensbrückerinnen sollen hier für alle stehn: Elise Ewert-Saborowski, Tilde Klose, Olga Körner, Käthe Leichter, Doris Maase, Rosel Menzer, Käthe Rentmeister, Minna Villain.

Namen, Namen, eine lange Liste. Der Stamm, tief verwurzelt mit der Arbeiterklasse, erstarkt in revolutionären Kämpfen. Erprobte Illegale, die auch hier ihre Prüfung bestanden, ihre Kenntnisse und Erfahrungen weitergaben, auch hier nicht aufsteckten, wenngleich sie oft mit ihren Kräften am Ende waren und verzagen wollten.

Und die Hauptvertreter des Terrorapparates am Ort?

Lagerkommandant Koegel, SS-Hauptsturmführer, vormals im SS-Stab Dachau, dann Kommandant des Lagers Lichtenburg, nun Ravensbrück. SS-Hauptsturmführer Wicklein und Mayer – seine Beihelfer. Daneben noch ein Gestapokommissar, SS-Ärzte, der Rapportführer, der Arbeitsdienstführer, die Blockführerinnen. Nicht zu vergessen: Oberaufseherin Zimmer und Hundestaffelführerin Rabenstein – genannt Rabenaas –, darauf spezialisiert, Bluthunde abzurichten. Beide hatte Koegel mit aus der Lichtenburg übernommen, beide wurden in die SS aufgenommen, da solche Dienste anzutreten nur tauglich, wer zum Totenkopfverband gehörte.

Die Lichtenburg – eigentlich Hedwigsburg im Dorf Lichtenburg –, ein mittelalterliches Schloß, seit 1812 Strafanstalt, verwittert, verkommen, mit hochummauerten Innenhöfen, dunklen Verliesen, kahlen, feuchten Sälen, lichtlos, trostlos. Ein düsterer Bau. Alptraum. Sie waren beinahe froh, die Gefangenen, als sie in Ravensbrück auf dem Appellplatz standen, glaubten, sie hätten es nun doch etwas leichter. Neue, saubere Unterkünfte in schöner Gegend, ein See dicht am Lager, sanfte Hügel, Feld und Wald, Kiefernduft, Maiengrün.

Das Warnschild mit dem Totenschädel, den gekreuzten Knochen und der Aufschrift «Achtung, Lebensgefahr!», die Betonsäulen mit dem stachligen Drahtgeflecht von Pfahl zu Pfahl und den weißen Porzellanhütchen, die Wachtürme mit den SS-Aufsehern? Sie hattens nicht übersehen. Beklemmend, ja. Doch der Anblick raubte ihnen noch nicht das

Gefühl, hier freier atmen, sich hier freier bewegen zu können, da sie einer Katakombe entstiegen waren. Auch Olga Benario glaubte, es würde heller, freundlicher, erträglicher sein als in dem vermoderten Rattenloch. Sie wurden alle sehr bald eines Schlechteren belehrt.

Einige Wochen nach ihrer Ankunft brütende Hitze. Die Häftlinge barfuß auf sonnendurchglühten Steinen, kniend über Splitt rutschend. Bücken, bücken, bücken, klopfen, klopfen. Große, scharfkantige Steine zerschlagen und ins Erdreich klopfen. Die sengende Sonne, der schmerzende Rükken. Das Klirren der Hämmer sticht bis ins Herz, bis ins Hirn, dröhnt im Kopf. Wie das schmerzt, wie das alles schmerzt, die zerschrammten Handflächen, voller Blasen, aufgerieben, blutend, die wundgerissenen Fingerkuppen, die aufgescheuerten Knie, Schienbeine, Fußsohlen …

Nur flüsternd gibt die eine der anderen einen Tip, wie man sich für Sekunden unauffällig ausruhen kann. Nur verstohlen stützt eine die andere beim Vorwärtsrutschen. Nur in unbeobachteten Augenblicken zerreißt die eine ihr Taschentuch oder reißt ein Stück von ihrem Unterrock ab, wickelt sich und ihrer Nachbarin Stoffstreifchen um die Hände. «Steine und Staub dringen nun doch nicht mehr allzu tief, nicht mehr allzu schmerzhaft in offene Wunden. Und man erträgts, weil die anderen es ertragen.»

Ertragen es alle? Man blickt um sich, auch das verstohlen. Dort hinten bricht eine Frau zusammen, und am Ende der klopfenden Reihe liegt ein Mädchen, Gesicht zur Erde, haltlos weinend, die schmale Gestalt wie vom Fieber geschüttelt. Weiter vorn richtet sich eine Greisin auf, streckt langsam den gekrümmten, steif gewordenen Rücken, beugt und streckt sich einige Male, drückt die zerschundenen Hände gegen die Wirbelsäule, mildert den einen mit dem anderen Schmerz, legt ihren Kopf in den Nacken. Ihr Körper schwankt, ihr Mund öffnet und schließt sich, stammelt Worte, die niemand versteht. Nur eine andere Stimme ist zu vernehmen, roh, böse, brutal: «He, he, heja-hopp, hopp, ihr faulen Säue, keine Müdigkeit vorschützen! Weitermachen, immer lustig, hopp, hopp, hopp!» Ochsenziemer klatschen auf Frauenrücken.

Sommerglut, tagelang. Die Hitze flimmert. Die Luft flimmert vor den Augen. Trockne, aufgeplatzte Lippen, ausgedörrt die Kehle, die Zunge klebt am Gaumen. Quälender Durst. «Bei Strafe verboten, während der Arbeit zu trinken!»

Wenn schon diese oder jene Aufpasserin so mitfühlend sein und den Durst der Gequälten stillen würde, sie hätte sich der Ungnade ihrer Befehlsgeber ausgesetzt. Und da lag ja auch ein prickelnder Reiz in dem Erlebnis, Macht über andere ausüben zu dürfen, andere vor sich kriechen, verdursten, verröcheln zu sehn.

Die Sonne brennt unbarmherzig. Kein Schatten.

Wasser ...! – Wasser ...!

Der See lockt. Welche Wonne, jetzt da hineinzuspringen, unterzutauchen. Oder nur mal rasch die brennenden, schmerzenden, blutenden Hände ins Wasser halten, sich abkühlen, einen Schluck trinken. Da huscht auch schon ein junges Mädchen blitzschnell aus der Reihe – Durst, Durst, ich verdurste! Die Kleine läuft, stolpert, rafft sich wieder auf, läuft zum See.

«Nero, faß!»

Der Hund rast ihr nach, beißt sich an ihr fest. Niemand wagt aufzuschauen, niemand wagt um Hilfe zu rufen, niemand wagt zu schreien, niemand darf dem Mädchen zu Hilfe kommen. Alles bei Strafe verboten. Das Mädchen aber schreit gellend.

Sie senken ihre Köpfe, rutschen über Schottersteine, hämmern, klopfen. Der Schweiß rinnt von ihren Stirnen, ihre Augen schwimmen in Tränen.

Das Mädchen, vierzehn- oder fünfzehnjährig, war Zigeunerin, eingeliefert am 29. Juni 1939. An diesem Junitag kamen 440 Romñis mit ihren Kindern. Woher kamen sie? Aus Österreich, aus dem Burgenland. Aus ihren Wohnwagen, von ihren Rastplätzen vertrieben, von ihren Männern, Vätern, erwachsenen Söhnen und Brüdern, von ihren Stammesgenossen getrennt, ihres persönlichen Eigentums und der Freiheit beraubt.

Warum hatte man sie vertrieben und ins KZ gesperrt, was

hatten sie verbrochen? Nichts, außer daß ihre Wanderlust unstillbar und sie die Freiheit mehr liebten als ihr Leben. Nach Lesart der Nürnberger Rassengesetze aber galten sie als artfremd, als Fremdkörper, als Makel, den Herrenmenschen nicht auf sich sitzenlassen konnten, den sie tilgen, ausräuchern mußten.

Nun also die ersten Romñis im Lager, die ersten Tschechinnen auch und – die ersten Kinder!

Mai 1939 Lagerstärke: 874 Frauen. Januar 1940 Lagerstärke: 2002 Frauen, Mädchen und Kinder.

Das Mädchen, vom Hund gehetzt, angefallen, stark verletzt, war auch noch ein Kind.

Erst abends, nach Arbeitsschluß, war erlaubt, Zusammengebrochene, Bewußtlose, Verwundete aufzuheben und mit zurückzutragen. Manche der Hingesunkenen waren inzwischen verstorben, manche hatte der Hitzschlag oder der Herzschlag oder die Schläge auf Kopf und Rücken sofort tödlich getroffen. Manche gaben noch Lebenszeichen von sich. Das Mädchen lebte noch. Sie trugen es zum Krankenbau. «Doris – wo ist Doris? – Sucht sie, rasch, rasch, hier verblutet ein Kind!»

Doris Maase, Medizinerin, Kommunistin. Ihr Vater ist Landarzt gewesen. Doris, frühzeitig Einblick erhalten in soziale Probleme der armen Landbevölkerung, will gleich dem Vater heilen und helfen, Schmerzen und Not lindern helfen. Sie studiert in Stuttgart, schließt sich einer roten Studentengruppe an, wird relegiert, setzt ihr Studium in der Schweiz fort. Nach ihrer Promotion überlegt sie nicht lange, wo sie hingehört, kehrt nach Deutschland zurück, praktiziert legal und illegal. Im Mai 1935 wird sie verhaftet. Zuchthaus, die Lichtenburg, Ravensbrück sind ihre Stationen. Hier wie da helfend, heilend, schmerzlindernd wirkend, ihrer Berufung als kommunistische Ärztin treu.

Ein Tag geht zu Ende, ein glutheißer Julitag.

Wie kalt ist Kälte, wenn man innerlich friert? Wie bitter und salzig ätzend sind ungeweinte Tränen? Wie sengend ist, was man früher einmal lebensspendende Wärme, goldne Sonnenstrahlen hieß?

Der See, das Städtchen am anderen Ufer, die schilfbewachsnen kleinen Buchten, der nahe Wald, Baumwipfel, die von draußen über die Mauer grüßen – betrachten sie das noch mit Wohlgefallen, sehen sie noch die Naturschönheiten der Umgebung als tröstliches Geschenk? Nein, nichts mehr davon! Der See glitzert höhnisch, das Städtchen unerreichbar, feindselig und fremd hockt es am jenseitigen Ufer, die Bäume werfen nachts gespenstische Schatten, tags verweigern sie ihre erfrischende Kühle, der Wald steht düster und stumm. Es scheint, als hätte sich alles gegen sie verschworen, selbst die Erde und das Himmelszelt.

Wie spät mag es jetzt wohl sein, fragt sich Olga. Mitternacht schon? – Schlaf doch endlich!

Einschlafen, das war schwer. Viele lagen noch wach, todmüde, überreizt, körperlich und seelisch ermattet, von Schmerzen geplagt. Stöhnen, Schluchzen, unterdrücktes Wehklagen, Flüstern auch, überströmende Traurigkeit, verdrängte Sehnsucht nach Liebe, Güte, Zärtlichkeit, nach der Heimat, dem Zuhause, der Freiheit. Die leisen, manchmal auch deutlicher vernehmbaren Seufzer – es hörte nicht auf. Und erst tief in der Nacht fielen sie in einen unruhigen Halbschlaf.

Zwei, drei Stunden Ruhe. Vielleicht ist die eine oder andere fest eingeschlafen, vielleicht träumt die eine oder andere einen schönen Traum, aus dem sie nicht erwachen möchte. Aber sie fahren alle jäh hoch, werden von jaulendem Sirenengeheul aufgeschreckt, aus ihrem Halbschlaf, ihrem tiefen Schlaf, aus schönen oder schrecklichen Träumen gerissen. Vier Uhr, Wecksignal, «Frühappell»!

Nach dem Appell muß Olga Benario ins Revier, zum Lagerarzt beordert. Der SS-Arzt schaut sich die Gefangene flüchtig an, prüft ihren Pulsschlag, ihren Blutdruck und erklärt sie für transportfähig. Sie hat kaum Zeit, sich von ihren Genossinnen zu verabschieden. Rosel Menzer, mit Olga auf Block 11, fragt bestürzt, was denn los sei, warum Olga denn so mir nichts, dir nichts weg müsse. Olga fragt sich das auch.

Sieben Uhr dreißig. Auf dem Anschlußgleis Ravensbrück–Fürstenberg steht ein kurzer Zug. Lokomotive, Tender und nur ein einziger Eisenbahnwagen – Gefängnis auf Rädern. Olga im vergitterten Abteil. Im Nebenabteil ihr Begleitkommando. Der Leiter des Kommandos hat ein Schreiben in der Tasche. Vermerke: «Die B. ist Halbjüdin, streng zu isolieren. In Einzelhaft nehmen, nach Bedarf fesseln. Agentin Moskaus. Wühltätigkeit für die Kommunistische Internationale.»

Eine gefährliche Frau, diese Olga Benario, gefährlich klug obendrein. Sie ist gebürtige Münchnerin, Tochter eines jüdischen Rechtsanwalts, der sich politisch engagierte und Mitglied der SPD war. Ihre Mutter, Nichtjüdin, etwas scheu, weltabgewandt, lebensfremd, desinteressiert am Zeitgeschehen. Olga, stark vom Vater beeinflußt, rückte weiter nach links als er, fühlte sich zur Arbeiterklasse, zu Jungkommunisten hingezogen, geriet mit dem Vater in Konflikt. Kaum den Kinderschuhen entwachsen, knapp siebzehnjährig, trennte sie sich vom Elternhaus.

Ihr neues Zuhause? Der KJVD und Berlin. Hier wird sie rasch bekannt, ja umschwärmt, bewundert. Ein schönes Mädchen, kontaktfreudig, sportlich, draufgängerisch. Sie befreit mit Hilfe einiger Genossen in einem tollkühnen Handstreich ihren Freund aus dem Moabiter Untersuchungsgefängnis und ist hinterher überrascht, was sie sich da getraut hatte.

Lebhaft, mutig, aktiv, geistig rege, wie sie war, wählte man sie bald in leitende Funktionen, bis ins Sekretariat der KJI (Kommunistische Jugend-Internationale). Sie reist durch Länder und Erdteile, mit wachem Verstand und heißem Herz lernend und lehrend, Rat sich holend und Rat gebend; und ein politischer Auftrag führt sie nach Brasilien. «Du wirst einen Mann begleiten, sozusagen als Beschirmerin. Er ist ein sehr gefragter Mann, bei Freund und Feind gefragt; behüte ihn gut! Die Fahrt, die ihr antretet, wird keine Vergnügungsreise», sagte ein Genosse zu Olga. Das war 1934 in Moskau, und der bei Freund wie Feind Gefragte hieß Luiz Carlos Prestes. «Mit einer Hand brachte er Gerechtigkeit, mit der anderen Freiheit. Vor allem aber war er der Ritter der Hoffnung. Das verzweifelte Volk, das sich gegen die Knechtschaft erhoben hatte, gab ihm diesen Namen.» So Jorge Amado über Prestes.

Carlos – Ritter der Hoffnung. Olga sein Schutzengel. Aus der politischen Verbindung wurde ein Bund fürs Leben. Eine kurze Ehe, aber eine große Harmonie zwischen zwei Menschen, die sich dem Kampf um die Befreiung der Menschheit verschrieben hatten.

1935 reift in Brasilien eine Situation heran, die zur Veränderung der Verhältnisse drängt. Die revolutionär-demokratische Allianz – ein Bündnis, das linke Kräfte, liberales Bürgertum und beachtliche Teile des patriotisch gesinnten Militärs vereinigt – hat alle Aussicht, bei den nächsten Wahlen zu siegen, die Vargas-Diktatur zu stürzen. Das riesige Land der Latifundistas wird von Streiks und Unruhen erfaßt, hier und da auch von bewaffneten Auseinandersetzungen. Der Ruf nach Demokratie, nach Freiheit, nach sozialer Gerechtigkeit wird lauter. Die Reaktion antwortet mit Terror, zerschlägt die Allianz, zerschlägt des Volkes Hoffnung. Vargas bleibt Diktator. Carlos und Olga müssen sich trennen, im März 1936. Eine gewaltsame Trennung – er festgenommen, sie festgenommen.

Im Mai schreibt Olga aus dem Gefängnis an Carlos ins Gefängnis: «Ich habe eine freudige Nachricht für Dich. Wir bekommen ein Kind ...»

Das Kind aber wird nicht in Amerika, es wird in Europa geboren. Die Gestapo fahndete schon seit Jahren steckbrieflich nach der Kommunistin Benario. Brasiliens Polizei lieferte Olga diensteifrig den Nazis ans Messer.

September 1936. Ein Schiff, beflaggt mit Hakenkreuzfähnchen, stampft Europa entgegen. An Bord Olga, hochschwanger. Außer ihr werden noch andere politische Gefangene aus der Vargas-Diktatur in die Hitler-Diktatur abgeschoben. Unter ihnen Elise Ewert-Saborowski, kurz Sabo genannt, Journalistin, Schriftstellerin, Kommunistin. Ihr Mann, Arthur Ewert, ist 1933 als Mitglied des EKKI (Exekutivkomitee der Kommunistischen Internationale) nach Brasilien delegiert worden. Sabo ging mit ihm. Das Ehepaar Ewert lernte das Ehepaar Prestes kennen. Bekanntschaft, innige Freundschaft – unterbrochen, durch Willkürakt zerrissen. Arthur und Sabo verhaftet, als Vargas' Leibgarde im Dezember 1935 die Erhebung des brasilianischen Volkes abwürgte und das Land nach «moskauhörigen Spionen» durchschnüffelte.

Sabo nun mit Olga auf dem Schiff, genauer: ganz unten, in einem dunklen Käfig neben dem Maschinenraum. «Und Arthur», fragt Olga, «wo ist er? Was ist mit ihm?» Sabo kann nicht antworten, bricht in Tränen aus, schlägt die Hände vors Gesicht. Sie vermutet, daß man ihn umgebracht hat. Ihre Vermutung geht knapp an der Wahrheit vorbei. Arthur Ewert, gräßlich mißhandelt, furchtbar zugerichtet, liegt in einem brasilianischen Lazarett für psychisch gestörte Häftlinge.

Berlin, Frauengefängnis Barnimstraße. Olgas Tochter wird geboren, am 27. November. Einige Monate darf sie sich mit ihrem Säugling in der Mütterzelle aufhalten, danach Mutter und Kind in Einzelhaft. Ab Mitte 1937 befindet sich in einer anderen Zelle ebenfalls eine junge Mutter, aber ohne ihr Kind – Liselotte Herrmann, die erste Frau, gegen die das Mordregime ein Todesurteil gefällt hat. Olga und Lilo im selben Gitterbau und doch weit voneinander entfernt. Als Lilo zur Richtstätte geführt wird, ist Olga schon nicht mehr in der Barnimstraße.

Ob sie sich jemals begegnet sind – Olga und Lilo? Wer weiß, vielleicht. Gewiß aber haben beide daran gedacht, daß Rosa Luxemburg 1915/16 hier in einer der Zellen Briefe an Sonja Liebknecht schrieb. Gewiß haben beide den gleichen Gedanken nachgehangen: Wo wir auch sind, überall fließt uns Kraft zu, überall Freunde, überall Kampfgefährten.

Sabo auch hier. Zwischen ihr und Olga Trennwände. Einzelhaft. Sabo hat Sehnsucht, möchte gar zu gern das Baby sehen und endlich einmal wieder mit Olga sprechen, sich bei ihr ausweinen. Den Gegner um etwas bitten fällt schwer. Die Sehnsucht ist größer als ihr Stolz. Sie bittet Weihnachten 1936 die Gefängnisleitung um eine Begegnung mit Olga. Vergeblich. Sie wiederholt ihre Bitte. Olga stellt gleichlautende Anträge. Erst im August 1937 gestattete man einen Besuch. Olga, Sabo, das Kind – schön, wunderschön, diese wenigen Stunden. Ein Vierteljahr später verläßt Sabo das Gefängnis – «Überführung in die Lichtenburg».

Olga noch in der Barnimstraße, mit ihrem Kind, das nun schon seinen ersten Geburtstag hinter Gittern erlebte. Zwei Monate darf Olga ihre Tochter noch bei sich behalten. Sie gab ihr den Namen Anita-Leocadia, benannt nach Anita Garibaldi, Brasilianerin, Frau des italienischen Nationalhelden, und nach Carlos' Mutter, Leocadia Prestes.

Das Kind, obwohl hinter Gefängnismauern geboren, ist gesund und kräftig. Olga stillt es. Sie ist auch noch gesund und kräftig genug und hat wie wohl jede Mutter den heißen Wunsch, den starken Willen, ihr Kind so gut wie nur irgend möglich zu pflegen, damit es gedeiht, trotz aller Fährnisse. Der Säugling wächst heran, strampelt, jauchzt, erkennt seine Mutter, lächelt, lacht, beginnt auf allen vieren durch die Zelle zu krabbeln, bekommt den ersten Zahn, lernt sitzen und stehen, unternimmt die ersten Gehversuche, spricht die ersten Silben.

Der Vater in Brasilien zu 16 Jahren Zuchthaus verurteilt. Einzelhaft wie Olga. Sie schreibt ihm: «Die üblichen fünf Schritte vor- und rückwärts sind bei Anita fünfzehn bis zwanzig. Und da trippelt sie, an beiden Händchen von mir geführt, auf und ab.»

Mutterglück, überschattet von Gram und Schmerz und bangen Fragen: Wie geht es meinem Geliebten? Was wird aus unserem Kind?

Olga macht sich keine Illusionen, kannte ja die Grausamkeit des Gegners. Der hatte vor, Anita faschistischen Adoptiveltern zu übergeben oder in ein Waisenhaus zu stecken. Sein Plan scheitert an Olga und wird endgültig durchkreuzt von einer anderen außergewöhnlichen Frau.

Carlos' Mutter, siebzig Jahre alt, kämpft mit einem Löwenherz, kämpft um ihren Sohn, um ihre Schwiegertochter, um das Kind, löst eine weltweite Solidaritätsbewegung aus, um wenigstens ihre Enkelin zu befreien. Und siegt auch, holt Anita zu sich. – Für Olga dennoch tiefstes Herzeleid. Wieder Trennung, wieder Abschied. Wieder ein neuer, heftiger Schmerz, der lange bohrt und brennt und ihr fast die Brust zersprengt. Ein Schmerz, nur gelindert durch den Trost, Anita bei dieser einmaligen Großmutter zu wissen. Aber als sie von ihrer Tochter getrennt wird, läßt man sie im unklaren, wer das Kind in seine Obhut nimmt. Der Feind ergötzt sich an den Ängsten einer Mutter.

Am 15. Februar 1938, wenige Tage nach ihrem 30. Geburtstag, öffnet sich Olgas Zellentür. «Transport in die Lichtenburg!» Überraschend kam das nicht, sie war darauf gefaßt und auch innerlich bedeutend ruhiger, denn aus einem Brief von Leocadia Prestes hatte sie erfahren, daß Anita sicher aufgehoben ist.

In der Lichtenburg wird Olga streng isoliert, regelrecht eingekerkert, in einem unterirdischen Verlies. Dunkelhaft, da sie als «bolschewistische Verschwörerin jüdischer Abstammung doppelt gefährlich». Später mit Jüdinnen in einer Gemeinschaftszelle, aber noch isoliert von den anderen. Neue Bekanntschaften, neue Kontakte ließen sich jedoch auch außerhalb dieser Zelle herstellen. Wiederbegegnungen ebenfalls und – ein Wiedersehn mit Sabo. Leider nur von fern, durch Blicke und Grüße, die Kameradinnen heimlich ermöglichten oder vermittelten. Das Wachpersonal hatte ja zu verhindern, daß zwei so innig verbundene Kommunistinnen sich in die Arme fallen.

Mai 1939 aus der modrigen finsteren Grotte nach Ravensbrück. Hier laufen sie noch gemeinsam durchs Tor, verlieren sich aber bald darauf aus den Augen. Sabo – Untersuchungshäftling – muß sofort in den Strafblock. Olga wird am 20. Juli 1939 unter Bewachung zum Tor hinausgeführt und sitzt in dem vergitterten Abteil.

Der kurze Zug fährt nach Fürstenberg, rangiert. Eisenbahner kuppeln das rollende Gefängnis ab und an einen Personenzug an. Weiterfahrt. Zwei Tage, zwei Nächte – Neubrandenburg, Pasewalk, Stettin. Von dort nach Berlin. Das Begleitkommando hatte den Auftrag, Olga und einige andere Häftlinge, die unterwegs zustiegen, in der Prinz-Albrecht-Straße abzuliefern. Gestapohöhle – Vernehmungen, Kreuzverhöre.

Was tut sich außerhalb der Folterkammern?

Alle Tage, die jetzt noch scheinbar friedlich verlaufen, treiben mit rasanter Schnelligkeit auf den einen Tag zu, der im Kalender schwarz angekreuzt werden wird.

Deutschland, bis an die Zähne bewaffnet, will Krieg, und zwar um jeden Preis. Unverfroren werden immer neue, immer maßlosere Gebietsansprüche erhoben. Nun der Griff nach Danzig und dem sogenannten Polnischen Korridor.

Danzig – seit Ende des ersten Weltkrieges als Freie Stadt unter den Schutz des Völkerbundes gestellt –, ein Tummelplatz der Nazis. Ganz legal untergräbt die Hitlerpartei den Freistaat Danzig. Und der Korridor? Dieser Streifen Land ermöglichte Polen seit 1919 den Zugang zur Ostsee. Für Revanchepolitiker Stachel genug, wider besseres Wissen zu behaupten, er schneide Ostpreußen von Deutschland ab, Stachel genug, Danzig wie den Korridor als casus belli zu mißbrauchen.

Die Lage ist aufs höchste gespannt, die Zündschnur glimmt. Hitler fordert Gott und die Welt heraus, fordert ultimativ «angestammtes Besitztum zurück», speit Gift und Galle gegen Frankreich, England, Polen und den Völkerbund. Kein Zweifel, Hitlerdeutschland will Krieg vom Zaune brechen, zumal es in großen Schwierigkeiten steckt. Die Rüstung hat Unsummen verschlungen, die Staatskasse ist leer. Die Lebensbedingungen verschlechtern sich zusehends – Lohnsenkungen, Arbeitszeitverlängerung, Akkordhetze, Verteuerung, stark gedrosselte Konsumgüterproduktion. Alles deutet auf Rationierung hin. Lebensmittelkarten, Bezugscheine, Kleiderkarten sind schon gedruckt. In Kürze wird nichts mehr ohne Marken, nichts mehr ohne Bezugschein, nichts mehr ohne Punkte zu haben sein, nicht für die breite Masse. – Alarmsignale, hörbar, sichtbar, empfindlich spürbar, wohin das führt. Aber die überwiegende Mehrheit der Deutschen folgte, ohne sonderlich aufzubegehren.

Vielleicht murrten die Berliner, als Ende Juli buchstäblich

aus heiterem Himmel die Sirenen heulten, minutenlang, furchterregend, und Naziblockwarte eiligst treppauf, treppab liefen, von Tür zu Tür: «Los, los, alles runter, in den Keller!»

«Fliegeralarm in der Reichshauptstadt – Sturzbomber über dem Berliner Osten.» Titelblatt, Schlagzeile im «Völkischen Beobachter» vom 27. Juli 1939. Wie denn, was denn? Erdreistet sich da irgendso ein Erbfeind, mitten im Frieden Berlin einäschern zu wollen? – Aber nein, es flogen von nirgendwo Sturzbomber die Hauptstadt an. Es war eine spektakulär aufgezogene Luftschutzübung. Probealarm mit allen Schikanen.

Olga noch in der Prinz-Albrecht-Straße. Vernehmungen, wochenlang, Versuche auch, sie umzustimmen. Die Zeit schien dafür günstig, denn es bahnte sich etwas sehr Merkwürdiges an.

Dienstag, 22. August. Sämtliche Nazi-Presseorgane erscheinen mit knallroter Balkenüberschrift, sofort ins Auge springend: «Nichtangriffspakt Deutschland – Sowjetunion. Reichsaußenminister von Ribbentrop Mittwoch in Moskau.»

Die Sowjetunion schließt einen Vertrag mit Hitlerdeutschland? Der Naziaußenminister in Moskau? Erste Informationen nur aus der faschistischen Presse! Welche Gedanken mögen Olga Benario durch den Kopf gegangen sein, als man ihr am 23. August frühmorgens mit der Scheibe Brot und dem ungenießbaren Zichorienaufguß das Tageblatt Goebbelsscher Machart in die Zelle geschoben und sie Nachrichten, Kommentare und den Leitartikel über den Abschluß des Nichtangriffspakts gelesen hatte? Bittere Gedanken, weil die Sowjetunion faktisch gezwungen war, diesen Schritt zu gehn – in Fernost von Japan militärisch bedrängt, im Westen von Deutschland; ihr Bemühen um ein System kollektiver Sicherheit in Europa war gescheitert, die Westmächte verzögerten weitere Verhandlungen; sie hatte gar keine andere Wahl, als den unsicheren, schwankenden Steg zu betreten, um die scharfgeschliffene Speerspitze mit einem Nichtangriffspakt zu entschärfen, abzufangen, und wenn es auch nur für einen gewissen Zeitraum sein sollte. Woher Olga das wußte? Sie bekam des öfteren Nazizeitungen zu Gesicht, verstand zwischen den Zeilen zu lesen, befragte ihr Gedächtnis, ihr Gewissen, ihr politisches Wissen, kombinierte, schloß vom scheinbar Nebensächlichen aufs Hauptsächliche, und nichts und niemand war imstande, ihr Vertrauen zur Sowjetunion zu erschüttern.

«Mein Gott, sind Sie halsstarrig, päpstlicher als der Papst. Berlin reicht Moskau die Hand, und Moskau schlägt ein. Warenaustausch, Meinungsaustausch, Handel und Wandel ... Na bitte, folgen wir doch diesem schönen Beispiel, tauschen wir Meinungen aus, verständigen auch wir uns.» Sagt ein Gestapokommissar, Olga sitzt vor ihm. Zwischen ihr und ihm ein wuchtiger Schreibtisch und – Welten.

Es ist Ende August, und die Verhöre sind noch nicht zu Ende. Sie hört nur noch mit halbem Ohr zu, wenn man sie vernimmt, weiß genau, was man von ihr hören will, antwortet nicht mehr, hüllt sich in Schweigen, panzert sich, flieht in ihre Gedankenwelt, flieht zu Carlos, zu Anita, zu Freunden, Genossen, sieht sich in Moskau, Paris, London, Rio.

Der Gestapokommissar hat Geduld, es reizt ihn, die Widerstandskraft dieser Gefangenen zu brechen. Verhöre tags und nachts, Versuche auch, sie zu ködern, Angebote, Verlockungen, den gelben Stern abtrennen zu dürfen, wenn ... Das Ganze mal auf die harte, mal auf die sanfte Tour. Ohne Erfolg. Die Kommunistin ist weder zu biegen noch zu brechen.

Etwa um die Zeit, kurz bevor der Nichtangriffspakt abgeschlossen wurde, versammelt Hitler Generale um sich und hält eine Rede. Nicht über alle Sender. Eine Rede unter Ausschluß der Öffentlichkeit, nur für Militärs bestimmt, deren soldatische Herzen höher schlagen, als sie Hitlers kernige und sehr offenherzige Worte vernehmen: «Unsere Stärke ist unsere Schnelligkeit und unsere Brutalität. Dschingis-Chan hat Millionen Frauen und Kinder in den Tod gejagt, bewußt und fröhlichen Herzens. Die Geschichte sieht in ihm nur den großen Staatengründer ... So habe ich – einstweilen nur im Osten – meine Totenkopfverbände bereitgestellt, mit dem Befehl, unbarmherzig und mitleidlos Mann, Weib und Kind polnischer Abstammung und Sprache in den Tod zu schikken. Nur so gewinnen wir den Lebensraum, den wir brauchen ... Der Angriff und die Vernichtung Polens beginnt ... Für Sie, meine Herren, winken Ruhm und Ehre, wie seit Jahrhunderten nicht mehr. Seien Sie hart, seien Sie schonungslos.»

31. August Provokationen an der Grenze zu Polen. «Grenzzwischenfälle». Man benötigte ja einen plausiblen Vorwand, den Krieg zu erklären. SS-Geheimabteilungen inszenieren «polnische Überfälle» – abends auf den Sender Gleiwitz, nachts auf das Zollhaus Hochlinden, auf das Forsthaus Pitschen. Entlang der ganzen Grenze stehen Wehrmachtverbände angriffsbereit.

Knapp fünf Stunden waren seit Mitternacht vergangen, die Menschen schliefen noch, als der Krieg begann. Freitag, 1. September, vier Uhr fünfundvierzig, Feuer aus allen Rohren. Überfall auf Polen. Die Brandfackel – glimmend seit Versailles und ständig angeblasen, drohend lodernd seit dem Reichstagsbrand – entfachte ein Flammenmeer, das Europa und die halbe Welt überflutete.

Worte einer Proletarierin an ihre Söhne: «Da ihr nun also geht, eurer Herren blutiges Geschäft auszurichten, vergeßt mir nicht – eurer Herren Niederlage ist nicht die eure, so auch ist ihr Sieg nicht euer Sieg.» Kein Wunschdenken, keine bloße dichterische Erfindung Bertolt Brechts. Es hat sie ja gegeben, diese proletarischen, klassenbewußten Mütter. Sie redeten ihren Söhnen eindringlich ins Gewissen, nicht erst bei Kriegsausbruch. Und deutsche Söhne antifaschistisch gesinnter Mütter haben sich daran erinnert, sind übergelaufen, haben die Waffen umgedreht, auf den eigentlichen Feind gerichtet, oder standen schon vorher auf der richtigen Seite – die Söhne und auch die Töchter –, kämpften neben ihren Müttern und Vätern, neben ihren Genossen an der lautlosen Front oder in Spanien oder wo auch immer. Wer diesen Kampfabschnitt wählte, ging ein Risiko ein, weitaus gefährlicher als das seiner Landsleute, die im feldgrauen Rock dem «Führer» dienten. Und wenn es auch zu wenige waren, so hatten sich doch nicht wenige für diesen schwierigen, gefahrvollen Einsatz an der Befreiungsfront entschieden. Ihre Taten wurden in keinem Wehrmachtbericht erwähnt, auf sie wurden keine Heldenlieder, keine Lobgesänge angestimmt, keine Auszeichnungen zierten ihre Brust, und doch haben gerade sie ihrem Vaterland den allergrößten Dienst erwiesen.

Während die ersten Geschützfeuer dieses verheerenden Krieges in Europa widerhallen, während Panzer und Sturzbomber Polen und das polnische Volk auszulöschen trachten, rollt in Ravensbrück die Walze. KZ-Lager – wohl eines der gräßlichsten Schlachtfelder faschistischer Aggression. Vernichtungskampf gegen Menschen, die man sowieso schon überwältigt hatte, die unbewaffnet waren, ohne Schutz, und die nichts weiter zu ihrer Verteidigung besaßen als ihren Widerstandswillen.

Ravensbrück: Elise Ewert-Saborowski als Untersuchungshäftling im Strafblock. Neben ihr Gefangene aller Kategorien, viele politische mit schwebenden Verfahren, in Lebensgefahr schwebend. Wer schwebte hier nicht in Lebensgefahr? Im Strafblock waren ohnehin die meisten dem Tode näher als dem Leben, allein schon durch die Bedingungen, die dort herrschten. Sabo suchte nicht die Nähe des Todes, suchte Leben, Gleichgesinnte. Politische fanden immer zueinander, und es fand sich auch ein Eckchen, miteinander zu reden. Sabo brauchte das Gespräch wie die Luft zum Atmen. Sie wollte menschliche Stimmen hören, Worte, deren Sinn ihr vertraut, wollte sich selber mitteilen, wollte aussprechen, was ihr auf der Seele brannte.

«Schutzhäftling Ewert betreibt Feindpropaganda.» – Wer Sabo denunzierte, ist nie aufgeklärt worden. Aber das Verfahren hing nun nicht mehr in der Schwebe – abgeschlossen, beschlossen ihr Todesurteil, ohne Gerichtsverhandlung. «Kurzer Prozeß.» Schläge, Tag für Tag, und eines Tages erschlagen.

Man hatte ja schon in Brasilien auf sie eingeschlagen und auf Olga, auf Carlos, auf Arthur. Auf Arthur Ewert derart grausam, daß sich sein Geist verwirrte. Jorge Amado setzte in seinem Roman «Ritter der Hoffnung» all diesen Genossen ein Denkmal. Über Sabo-Elise schreibt er: «In ihrer Brust ein Herz, so stark, so unbezwinglich, ein Herz, das ihr Kraft gab, Schmerzen zu besiegen, aufzustehen und weiterzugehn.»

Doch der steile steinige Pfad schien endlos zu sein. Er wird niemals enden, dachte sie, jahrelang werde ich so weitergehn müssen, ohne einen Ort der Ruhe. Wann sind wir am Ziel?

Sabo erschlagen, einfach so. Hatte niemand ihre Schreie gehört? Hat sie überhaupt geschrien?

Wenn irgendwer in diesem weiten Areal am See der Tränen vor Schmerz und Todesangst aufschrie, drang der Schrei selten bis in alle Winkel. Tagsüber sowieso nicht. Tagsüber dominierte der Rundfunk, da wurde das Lager berieselt, beschallt, aus Lautsprechern. Marschmusik, Nachrichten, Walzerklänge, Kommentare, Schlager, Wehrmachtberichte, Operettenmelodien, Siegesfanfaren, Wunschkonzerte, «Führer»-Reden. Ja, auch hier «Gemeinschaftsempfang».

So hörten sie im September eine Hitlerrede, hörten, was er zum Nichtangriffspakt zu sagen hatte. «Das ist ein Pakt, der zwischen uns für alle Zeit jede Gewaltanwendung ausschließt. Dieser Pakt wird nie zerbrechen, diese politische Entscheidung ist eine endgültige.»

Lüge, Heuchelei, raffinierter Propagandatrick, mit Kurz- und Langzeitwirkung, sonderlich mit Alibifunktion, um zwei Jahre später, wenn er den Pakt bricht, behaupten zu können, man wasche seine Hände in Unschuld. Was er da sagte, war nicht zuletzt auch als Versuchsballon gedacht, die Meinung zu erforschen, zu prüfen, wie seine Worte ankommen. Er sprach in der Kroll-Oper. Die Ränge voll besetzt, bis hinauf zur Galerie. Seine Zuhörer spendeten tosenden Beifall. Was bedeutete das? Sollte die Sowjetunion durch diesen Theaterdonner in Sicherheit gewiegt werden? Sollten zudem die Claqueure der Stimmung im eignen Volke Rechnung tragen? Denn trotz jahrelanger massivster antikommunistischer Hetze war unter der deutschen Arbeiterklasse die Sympathie für das Land Lenins noch nicht erloschen.

Der starke Beifall rauschte aus den Lautsprechern über den Appellplatz. Die Häftlinge schwiegen. Sie trauten weder dem Wortgeprassel noch dem stürmischen Applaus. Viele aber hofften bei aller Skepsis, daß man es doch nicht wagen würde, die Sowjetunion anzutasten.

Über Lautsprecher hörten sie auch, Frankreich und England hätten Deutschland den Krieg erklärt, um Polen beizustehn, überhörten jedoch nicht das Hohngelächter der Faschisten, weil die englische ebenso wie die französische Armee kaum einen Schuß abgab und der Beistand für Polen reine Formsache, Spiegelgefecht. Die Franzosen selber nannten diesen ihren Krieg la drôle de guerre. Wahrhaftig ein seltsamer, ein komischer Krieg, da er nicht gegen Nazideutschland, sondern gegen Franzosen geführt wurde, gegen Kommunisten, Sozialisten, gegen jeden, der Faschisten bekämpfte, und also auch gegen deutsche Antifaschisten, die in Frankreich Asyl gefunden hatten. Schon Ende August war die «Humanité» verboten, Ende September die FKP in die Illegalität getrieben worden. Es gab nun auch in diesem Lande Massenverhaftungen, Massenverfolgungen und Lager, in denen Deutsche, Spanier, Franzosen festgehalten wurden, obwohl noch keine Hitlertruppen durch Paris defilierten.

Alles das hörten, wußten, sahen die Häftlinge von Ravensbrück nicht. Doch einiges davon erfuhren sie in den Folgejahren, als Deportierte aus Frankreich das Lager füllten – Widerstandskämpferinnen, Frauen aus dem Maquis, der Résistance, dem spanischen Befreiungskrieg –, darunter auch deutsche.

Aber wir schreiben erst Oktober 1939.

Die Lautsprecher dudeln fast ununterbrochen, den ganzen Tag. Häftlinge der Hofkolonne ziehen mit Eimer und Kehrbesen über die Lagerstraße. Aus den klirrenden Tontrichtern scheppert Heinz Rühmanns Stimme «Das kann doch einen Seemann nicht erschüttern, keine Angst, keine Angst, Rosmarie». Kurz darauf befragt eine Reporterin die «lieben Volksgenossen», worüber sie sich Sorgen machen. «Sie brauchen dringend neue Schuhe? Sie möchten wissen, wann Sie einen Bezugschein für Schuhe beantragen können? Lesen Sie keine Zeitung? Hören Sie kein Radio? Wer zwei Paar Schuhe besitzt, kann erst einen Antrag auf ein Paar neue stellen, wenn die Reparatur der alten nicht mehr möglich ist. Hat man nur zwei Paar Sommerschuhe, ändert das nichts an der Regel. Sorgen auch um Strümpfe? Volksgenossen dürfen sechs Paar

Strümpfe im Schrank haben, wer weniger besitzt, ist selber schuld.»

Die Häftlinge der Hofkolonne blinzeln sich vielsagend zu. Schau, schau, wie man die Leute da draußen abspeist, nichts als Hohn und Spott.

Aber die Frauen blicken auch sich an, wie sie bekleidet sind. Sträflingskittel, darüber eine sackleinene Scheuerschürze. Das Ganze mit Beginn der kalten Jahreszeit komplettiert durch eine dreiviertellange Drillichjacke. Kein ordentliches Schuhwerk, durchlöcherte oder gar keine Strümpfe. Die Füße, mit Papier oder Lappen umwickelt, stekken in klobigen Holzschuhen, die nur von Oktober bis April getragen werden dürfen. Ravensbrückerinnen haben indes gegen weitaus größere Schwierigkeiten anzugehn als nur gegen Witterungsunbilden, sind von weitaus größeren Sorgen geplagt als von Kleidersorgen. Ihr Leben ist kein Leben, der Tod eine alltägliche Erscheinung, die Baracke kein Zuhause, das Essen kein Essen, der Kittel ihr Wochentags- und Sonntagskleid, ihr Arbeits- und häufig auch ihr Schlafanzug, der Tag ohne Anfang, ohne Ende, ohne Ruhe. Ein ruheloser, endloser Kampf ums nackte Dasein. Und auf Block 11 fragt man sich mit allergrößter Sorge, wo Olga geblieben ist, wohin man sie verschleppt hat, ob sie noch lebt.

Olga lebt, ist noch immer in der Prinz-Albrecht-Straße Verhören ausgesetzt und verlockenden Angeboten, den gelben Stern ablegen zu dürfen, wenn sie abschwört. Vergebens. Die Kommunistin schwört nicht ab, bekennt sich zum roten Winkel im gelben Davidstern, kehrt zu ihren Leidensgefährten zurück. Und als sie zurückkommt, ist Sabo nicht mehr am Leben.

Aufputschende Sportpalastatmosphäre, ausgestrahlt über alle Sender in alle Stuben, falls alle in allen Stuben diese Welle hereinlassen. «Gemeinschaftsempfang» in allen Fabriken und Verwaltungen. «Sonderappell» in Ravensbrück.

«Der Führer an sein Volk»: «Was die Zukunft bringt, das wissen wir nicht. Nur über eins sind wir uns im klaren – unter keinen Umständen wird irgend jemand irgendwann irgendeine deutsche Kapitulation erleben ... Aus dem Krieg sind wir Nationalsozialisten gekommen, aus Kriegserlebnissen stammt unser Gedankengut ... Der Krieg ist unser heiliges Feuer, in dem das Großdeutsche Reich geschmiedet wird.»

Inzwischen hat dieses «heilige Feuer» bereits über zehntausend deutsche Soldaten verheizt, über dreißigtausend liegen irgendwo verwundet, über dreitausend sind vermißt, ganz zu schweigen von den Verlusten der polnischen Armee und der polnischen Zivilbevölkerung. Doch darüber läßt der «Führer» sich nicht lang und breit aus, spricht begreiflicherweise auch nicht davon, daß er Mann, Weib, Kind polnischer Abstammung in den Tod zu schicken gedenkt, frei nach Dschingis-Chan, bewußt und fröhlichen Herzens.

Die Ravensbrücker Häftlinge werden da im Laufe der Zeit genauer informiert, sie erfahren von Augenzeugen und erleben am eignen Leib, was Goebbelspropaganda verschweigt. In den Baracken wird es enger und enger. Der Zustrom schwillt an – polnische Frauen, polnische Mädchen, darunter sehr viele Angehörige der Intelligenz.

Eine unbekannte Bekannte

Als Olga zurückkehrt, findet sie sich kaum zurecht. Betäubt von der Fülle und dem Lärm, betäubt noch von den letzten Wochen und Monaten, bestürmt von neuen Eindrücken, vom Wirbel der Gefühle, die ebenso ergreifend wie niederschmetternd.

Auf der Lagerstraße kommt ihr Jožka Jaburkova entgegen. Das heißt, Jožka sieht eine hochgewachsene Frau, nahe am Tor, umstellt von Wächtern, dann ohne Bewachung langsam weiterlaufend, etwas ratlos und wie suchend um sich blikkend. Jožka kannte die Frau nicht, erkannte sie aber, erkannte sie von einem Porträt, das 1937 um die Welt ging. Ein Foto, Postkartengröße: Olga mit Anita-Leocadia hinter vergittertem Fenster. Jožka hatte dieses Bild in den Straßen

Prags verkauft. Der Erlös stützte den internationalen Solidaritätsfonds, unterstützte die Befreiungsbewegung für Mutter und Kind. Auch hatte ihr kürzlich Tilde Klose gesagt, daß Olga hier im Lager gewesen ist. «Am zwanzigsten Juli wurde sie weggeholt, vermutlich nach Berlin zur Gestapo. Seitdem haben wir nichts wieder von ihr gehört.»

Nun sieht Jožka diese bekannte Unbekannte, geht freudig erregt auf sie zu. Und Olga wundert sich kein bißchen. Es tut gut, von einer Fremden so herzlich begrüßt zu werden.

Wer ist Jožka Jaburkova? Eine tschechische Kommunistin, Stadträtin von Prag, gebürtig aus Vitkovice im Ostravaer Kohlenrevier. Sie verehrte Clara Zetkin und war von Jugend an in der proletarischen Frauenbewegung aktiv. Eine Arbeiterin mit stark ausgeprägtem Bildungsbedürfnis, lernte auch, ihre Gedanken schriftlich zu fixieren, sich schreibend zu erklären. Julius Fučik – einer ihrer Lehrmeister – hilft ihr, die schlummernden Fähigkeiten in sich zu entdecken. Sie schreibt Märchen, Kurzgeschichten, politische Artikel auch und Reportagen, die in der Arbeiterpresse erscheinen, entwickelt sich zur Redakteurin, wird Chefredakteurin, eifert Clara Zetkin nach, gibt eine Frauenzeitschrift heraus, «Die Säerin». Tenor dieser Zeitschrift: Die Emanzipation der Frau ist nicht möglich ohne Emanzipation des Proletariats. Als Stadträtin macht sie sich zum Anwalt der unteren Volksschichten, fordert für Arbeiter- und Bauernkinder eine solide Grundausbildung, fordert Kinderkrippen, Kindergärten, kostenlose Schulspeisung, greift die Finanzpolitik an, fordert Kürzung des Etats zugunsten der Notleidenden und Bildungsbedürftigen. Geachtet von den Armen, begeifert von den Reichen, wird sie am 17. Mai 1939 verhaftet, bald nachdem die Faschisten Prag unter ihre Stiefel nahmen. Seit August 1939 ist sie im Lager – Verbündete der österreichischen und deutschen Genossinnen, hingebungsvoll bemüht, unter ihren Mitgefangenen Wissen zu verbreiten, Schmerz, Not, Bedrängnis zu lindern. Selten hat sie eine Gelegenheit ausgelassen, sich Neuankömmlingen zu widmen. Lebensentscheidend für Gefangene, wenn ihnen bei ihrer Ankunft jemand hilfreich, trostreich, vertrauenerweckend zur Seite stand.

Jožka erweckte Vertrauen, machte Mut, tröstete und hatte doch selber Trost bitter nötig. Die Ungewißheit über das Schicksal ihres Mannes bereitete ihr tiefen Kummer. Sie bezwang sich, sprang über ihren eignen Schatten. Vor dem großen Leid, das sie erleben und mit ansehen mußte, verblaßte eigener Kummer.

Nun also begrüßt sie Olga Benario, tröstet auch sie, hilft ihr über den Verlust Sabos hinweg. Ein Händedruck, ein verständnisinniger Blick sagen mehr als Worte. Das Erkennen geistiger Übereinstimmung entschädigt für vieles. Und sie können sich manchmal sogar noch an etwas erfreuen, haben noch nicht verlernt, in glücklichen Sekunden glücklich zu sein.

Unter den Rotwinkligen herrscht Freude, weil Olga zurück ist. Unbegreiflich, daß man sich freut, wenn eine Frau in diese Hölle zurückkehrt. Aber es war so. Freude vor allem auf Block 11. «Gott sei Dank sage ich als Atheistin, daß du wieder da bist. Hast uns sehr gefehlt.» Rosel Menzer fällt Olga um den Hals und geht, burschikos Rührung verbergend, zur Tagesordnung über. «Kommst genau zur rechten Zeit. Wir bereiten uns nämlich auf November vor, auf den siebenten.»

Rosel Menzer, Jahrgang 1894, stammte aus Litauen. Armer Leute Kind. «Zehn Geschwister. Es hat manchmal nicht fürs trockne Brot gereicht, und zur Schule gingen wir auch nicht ... Hab bis heute nicht richtig schreiben gelernt.» Sehr jung noch, kaum vierzehnjährig, begab sie sich auf Wanderschaft nach Berlin, später nach Dresden, verdingte sich als Dienstmagd, dann als Näherin, besuchte Schneiderkurse und Arbeiterbildungskurse. Das war 1910. An diese Zirkelabende erinnert sie sich oft, und wenn sie mal mit Olga und einigen anderen zusammensaß, erzählte sie gern davon. «Ein Lehrer hat zu uns gesprochen, der wußte einfach alles. Marx-Zitate, Verse von Schiller, Goethe, Hölderlin, Heine und solchen Geistesgrößen blätterte er auswendig hin. Ihr glaubt nicht, wie ich für diesen Mann geschwärmt hab. Er war doppelt so alt wie ich, aber mir bubberte jedesmal das Herze, wenn ich ihn sah. Die anderen Zirkelteilnehmer diskutierten immer fleißig mit, nur ich blieb stumm. Nach einem Vortrag übers

Kommunistische Manifest wartete er an der Tür auf mich und fragte, warum ich denn nie einen Ton sagen würde. Ich lispelte vor Aufregung und Verlegenheit, schämte mich, weil ich so ein schlechtes Deutsch sprach, gestand ihm das auch, gestand, daß ich nicht einmal lesen und schreiben konnte. Also, was soll ich euch sagen, er unterrichtete mich, und wir heirateten. Aber in Orthographie haperts bei mir noch heute ... Ein paar Jahre später – neunzehnhundertvierzehn –, da schien er mir nicht mehr in allem recht zu haben. Wir waren Sozialdemokraten, doch den Hurra-Patriotismus der Sozialdemokratie verstand ich nicht. Was hatte das noch mit Marx und Engels, was hatte das noch mit August Bebel zu tun? Ganz unglücklich war ich. Die Argumente meines Mannes überzeugten mich nicht. Und da liefen uns Sozialisten übern Weg, die politisch viel klarer dachten als wir. Olga Körner zum Beispiel, kluge, gute Genossin, wurde sogar Abgeordnete, saß später im Reichstag, KPD-Fraktion. – Ja, ja, und jetzt sitzt sie hier, Block drei. So ist das eben. Ihre Jungs auch verhaftet, auch im KZ. Man darf gar nicht dran denken. Sie denkt viel zuviel daran, härmt sich sehr, die Körner-Olga. Damals, neunzehnhundertsechzehn, sah sie natürlich anders aus als heute, schönes, dichtes, rotblondes Haar und voller im Gesicht, obwohl wir auch seinerzeit kaum was zu beißen hatten. Aber wir wurschtelten uns durch, kochten unsre Runkelrüben in ein und demselben Topf, hielten zusammen wie die Kletten, haben uns von der SPD getrennt, sind in die USPD eingetreten und 1920 mit Ernst Thälmann zur KPD übergewechselt. Da hatten wir endlich unsere politische Heimat gefunden.»

Der 7. November war Rosel Menzers wichtigster Feiertag. «Warum Weihnachten das höchste Fest sein soll, leuchtet mir überhaupt nicht ein. Der siebente November, ja, an dem ist doch was dran, da weiß man doch, was passierte und was gefeiert wird. Jedenfalls wurde bei uns dieser Tag immer wie Weihnachten begangen, mit Großreinemachen, Kuchenbakken, kleinen Geschenken, und alle Genossen von Dresden-Striesen kamen zu uns. Bestimmt feiern meine beiden Mädels auch in diesem Jahr Weihnachten im November.»

Und dann brach die Kälte ein

Winter in Ravensbrück. Der erste Kriegswinter. Schneeberge, Schneemassen, Schneeverwehungen, die in ganz Deutschland den Verkehr lahmlegten. Schon im November frostig.

Warme Kleidung, warme Unterwäsche, ein warmes Bett, eine warme Stube? Nicht in Ravensbrück. Die Hungerrationen nach Kriegsausbruch noch schmaler. Schwerstarbeit auch im Winter. Straßenbau, Fundamente ausschachten für die SS-Siedlung. In den Blocks nur kleine Kanonenöfen, die stark rußten, aber keine Wärme ausstrahlten. Die Häftlinge frieren von früh bis spät, von spät bis früh und haben nichts Nahrhaftes im Magen.

Zitternd stehen sie morgens auf dem Appellplatz. Der Boden steinhart gefroren. Aus dem See steigen dichte Nebelschwaden. «Man wird uns doch heute nicht hinausjagen?!»

Man jagte sie hinaus, Hacke, Eispickel, Spaten geschultert.

Nach einer Stunde Rückpfiff. «Alle Kommandos zurück!» Der Nebel war so dicht geworden, daß die Lagerleitung Fluchtversuche befürchtete. Nur der Strafblock mußte wieder zum Tor hinaus, unter verstärkter Bewachung. Der Nebel verwischte die Konturen, dämpfte den Schritt der Kolonne, die sich entfernte, umwallt vom Dunst, schemenhaft zerfließend, unsichtbar schließlich, als habe die Erde sie verschluckt.

Revierbaracke, Schreibstube. In der Schreibstube Häftlinge – Doris Maase, einige Pflegerinnen und die Revierschreiberin. Sie füllen Krankenblätter aus, ziehen Fieberkurven, lauschen auf Geräusche im Innern der Baracke und auf das Getrappel der Strafkolonne draußen im knirschenden Schnee.

Maria Fischer, eine der Pflegerinnen, macht nebenbei Aufzeichnungen, hält fest, was sich ereignet. «Vom Fenster aus sehen wir den Zug in der grauen Nebelwand verschwinden ... Nicht lange danach lösen sich plötzlich seltsame Gruppen aus den Wolkenfeldern, merkwürdig verrenkte Gestalten, hinkend, sich aufeinander stützend, sich gegenseitig tragend. Spukerscheinungen? – Frauen mit erfrorenen Gliedmaßen, Unterkühlte, halbtot, bewußtlos, im Koma. Schwere und schwerste Kreislaufstörungen.

Uns standen die Haare zu Berge. Wir wußten nicht, wo anfangen. Um uns herum nur Schmerzenslaute, Stöhnen, Wimmern. Überall auf den Fußböden leblose Körper. Ein schreckliches Durcheinander, eiliges Hin und Her – dort schnell, schnell Medikamente einflößen, da schnell, schnell Wiederbelebungsversuche.

In dieser Hektik fiel gar nicht auf, daß sich noch andere eingefunden hatten, die nicht ins Revier gehörten, uns aber behilflich sein wollten. Höchste Zeit, denn es wurden immer mehr Leblose hereingeschleift, und jene, die eben noch als Samariter fungiert hatten, waren jetzt selbst Opfer der Kälte. Eine Situation, so grausig, daß sich nun auch SS-Ärzte und SS-Schwestern bequemten, Erste Hilfe zu leisten und der Lagerarzt endlich für die Erstarrten Revieraufnahme verordnete.

Draußen hackten noch immer siebzig, achtzig Frauen mit Eispickeln an den Baugruben. Und da kam Doris auf den Gedanken auszurechnen, wieviel es kostet, Halberfrorene medizinisch zu behandeln. Fünf Mark durchschnittlich pro Stunde pro Patient. Sie sagte es laut, schrieb es auch auf, detailliert. Dem verantwortlichen SS-Arzt war das natürlich zu viel des Guten. Er setzte sich mit Koegel in Verbindung, und Koegel befahl daraufhin, die Außenarbeiten sofort abzubrechen, gezwungenermaßen, um Kosten zu senken.»

Für siebzig, achtzig Frauen verringerten sich dadurch an diesem Tage Eiseskälte, Schmerzschwelle, Angst, Gefahr um ein weniges, was einzig und allein Doris Maase und ihren Kameradinnen im Revier zu verdanken war. Denn SS-Ärzte, SS-Lagerleitungen waren nicht darauf vereidigt, Gesundheit und Leben der Gefangenen zu schonen, die hatten andere Interessen zu vertreten, hatten Befehlsgewalt, Leib und Leben der Häftlinge zu gefährden.

Koegel, kraft seines Amtes Oberbefehlshaber der Gewalttätigen, verhängte Strafen, strenge und strengste Strafen, verhängte Arrest, strengen und strengsten Arrest, und wenn er durch die Lagerstraße ging, durfte sich niemand blicken lassen. Harmlos noch die Ohrfeigen und Fußtritte, die er austeilte, wenn ihm jemand in die Quere kam. Gegen Jüdinnen und Zeugen Jehovas war er besonders brutal, ja sadistisch.

Am 19. Dezember 1939 verhängte er strengen Arrest. Seine Opfer – Bibelforscher, beschäftigt in der Nähstube und angehalten, Brustbeutel für die Wehrmacht zu nähen. Ernste Bibelforscher sind ernsthafte Kriegsgegner, unabhängig vom Charakter eines Krieges, sie sind immer strikt dagegen. In Ravensbrück hatten sie recht, dagegen zu sein. Sie weigerten sich, berührten weder Nadel noch Faden noch Schere noch Stoff. Koegel ahndete das mit drei Wochen Bunker, verschärft durch einmal vierundzwanzig Stunden wöchentlich im Freien an der Mauer, alle miteinander, achtzehn Frauen, ohne Rücksicht auf Alter und Gesundheitszustand. Was sagte er, als eine nach der anderen in den Schnee sank? «Frische Luft hat noch niemandem geschadet, hier seid ihr mit euerm Gott unter einem Dach. Wie, ihr friert? Betet zu Gott, er wird euch wärmen. Wie, ihr hungert? Betet zu Gott, er wird euch nähren.»

Auf Straßen und Plätzen draußen im Lande klapperten «WHW-Büchsen», Geldsammlung fürs «Winterhilfswerk» – «Keiner soll hungern, keiner soll frieren!»

Am Heiligen Abend standen 184 Ravensbrückerinnen von morgens sieben Uhr bis zum nächsten Morgen hungernd und frierend an der Mauer. Warum? Eine hatte beim Bäumefällen Tannenzweige abgebrochen und als Mitbringsel, als kleine Weihnachtsüberraschung, unter ihrer Drillichjacke versteckt. Das erzürnte den Lagerkommandanten. «Wer nicht hören will, muß fühlen!» Eine wollte ihren Stubenkameradinnen ein Geschenk machen, alle mußten dafür einen Tag und eine Nacht unter freiem Himmel verbringen. Aus den Lautsprechern erklangen Weihnachtslieder.

Das Jahr 1940 fängt mit einem Himmlerbesuch an. Die SS in hellster Aufregung. Die Häftlinge werden in jeden Winkel gescheucht. Alles muß blitzsauber sein, wenn ER kommt.

Dann kam er, Anfang Januar, und wenn er kam, war das stets mit einer huldvollen und mindestens einer unheilvollen

Handlung verbunden. Huldvoll läßt er sich herab, einige deutsche Häftlinge zu entlassen, manchmal sogar politische Inhaftierte. Ravensbrückerinnen wissen darüber zu berichten, so Hanna Sturm, eine österreichische Sozialistin: «Jänner 40 sind unter den Entlassenen unsere Lagerälteste Betty Wittmann und unsere ‹Badefrau› Seppl Schneider. Strahlend vor Glück, noch am selben Tag nach Hause gehn zu können. Zwiespältig unsere Gefühle. Schön, daß einige freikommen. Aber die Freiheit, in die sie kommen, ist äußerst fragwürdig. Schlimm, wenn sie der Gestapo wieder in die Fänge geraten. Halb neidisch, halb wehmutsvoll sehen wir ihnen nach, denn es gehen prächtige Genossinnen, die wir sehr vermissen werden.»

Was hatte Himmler noch im Gepäck? Zwei Wünsche. Er wünschte, daß ab sofort allen Neuzugängen der Kopf geschoren wird, «aus hygienischen Gründen». Hintergrund? Demütigung, Entwürdigung. Außerdem ist Frauenhaar einträglich zu verwerten, als Füllmaterial für Matratzen in Kasernen. Himmler wünscht also kahlgeschorene Frauen und – er führt die Prügelstrafe ein! Letzteres wünscht er an Ort und Stelle vorgeführt zu bekommen. Das geschieht auch. Man war unterrichtet von seinem Wunsch, hatte in Sachsenhausen ein Gerät anfertigen lassen: den Bock, das berüchtigte Folterinstrument nazistischer Erziehung – ein festgefügter, leicht schräg ansteigender Tisch mit einer muldenförmigen Platte, die aus schmalen, aber sehr stabilen Holzleisten besteht und ähnlich wie ein Lattenrost kleine Zwischenräume aufweist. Der Bock ist ferner mit Schlaufen, Riemen und einer Fußsperre versehen. In diese Sperre hat der Mensch sich zu stellen und seinen Körper über den Lattenrost zu legen, bäuchlings. Um die Hüften wird ein breiter Gurt geschnallt; die ausgestreckten Arme, von Lederschlaufen gefesselt, sind an den Handgelenken durch Klammern weit nach vorn gespannt.

«Über den Bock geschnallt», hieß es fortan. Oder: «Du gehst über den Bock», wenn jemand nach Ansicht der SS harte Strafe verdiente, weil er sich unterstand, das Kopftuch etwas keck ums inzwischen wieder nachgewachsene Haar zu knoten.

Es wird also dem Reichsführer SS demonstriert, wie sich das vollzieht. Miterlebt haben es fast alle, Hanna Sturm auch. «Der Bock steht da. Wir stehen da, angetreten auf dem Appellplatz. Strenger Frost, meterhohe Schneeberge. Lagerkommandant Koegel überwacht den Strafvollzug. SS-Oberaufseherin Langefeld liest vor, an wen wieviel Schläge auszuteilen sind – 5, 10, 15, 20 oder mehr – und weshalb.

Das ‹gerechte Strafmaß› in diesem Vorführungsfall: 10 Schläge. Weshalb? ‹Verstoß gegen die Lagerordnung›. So präzise begründeten sie ihre Sanktionen immer. 10 Schläge? Da hatte die ‹Delinquentin› vielleicht ihren Blechnapf nicht auf Hochglanz poliert.

Eine Frau wird über den Bock geschnallt. Zwei SS-Männer vollstrecken das Urteil, schwingen abwechselnd die Peitsche. Wer ausgepeitscht wird, muß die Schläge laut mitzählen – ‹eins ..., zwei ..., drei ...› Wir zucken bei jedem Schlag zusammen. Sie gibt keinen Laut von sich, und wir schreien, obwohl unsere Lippen schweigen.»

Himmler, der Mann mit dem Dutzendgesicht und dem lauernden, stechenden Blick, verborgen hinter starken Brillengläsern; der Mann mit dem Habitus eines stocksteifen verknöcherten Bürokraten, scheinheilig frömmelnd, philisterhaft pedantisch, Ausgeburt deutscher Gründlichkeit, Buchhalter, Statthalter des Todes – Himmler überzeugte sich davon, daß seine SS-Leute zu prügeln verstehn, und sagte zu Koegel: «Auf eins muß ich doch hinweisen, Obersturmbannführer, kleiner Lapsus, den Sie korrigieren müssen. Künftig hat ein Arzt dabeizusein, falls Komplikationen ... Sie wissen schon, nicht wahr?» – «Jawoll, Reichsführer!» Man verabschiedete sich, hackenknallend, Arme halb hochgerissen. Himmler winkte lässig und rauschte davon.

«Wir sahen in dieser einen Frau die ganze Menschheit geschlagen. Und es blieb ja nicht bei dieser einen Auspeitschung. Der Vorgang wiederholte sich jede Woche mindestens zwanzigmal. Nur fand die Exekution nicht mehr öffentlich, nicht auf dem Appellplatz statt, sondern im Zellenbau. Wenn es windstill war, hörten wir gräßliche Schreie.»

Hermann Franz-Joseph Pister, Lagerkommandant von Buchenwald, erklärte nach 1945 vor einem polnischen Gericht: «Arreststrafen, Prügelstrafen konnten nur vom Kommandanten verhängt werden ... Prügelstrafe war mit eine der härtesten Strafen ... Altersgrenze für den Empfang der Stockhiebe war das fünfzigste Lebensjahr. Ich verhängte nie mehr als fünfzehn Stockhiebe, da der Häftling weitere Schläge durch Ermattung sowieso kaum verspürte und eine höhere Anzahl Stockschläge ihn arbeitsunfähig gemacht hätte.»

Quarantäne oder: Was der Mensch aushält

Erlebnisse, Empfindungen, Gedanken einer Frau, die eigentlich nie etwas mit Politik zu tun haben wollte. Gertrud Popp, bürgerlicher Herkunft. Eine glückliche Frau, ohne Sorgen, ohne Kampf ums tägliche Brot, hat nie daran gedacht, jemals kämpfen zu müssen. Sie und ihr Mann parteilos, Humanisten. Sie hatten jüdische Freunde, gaben diese Freundschaft nicht auf, liebten ihr Heimatland, waren aber keine Nationalisten. Und nun soll sie selbst erzählen.

«Am 8. Juni 39 kamen sie Fred holen. Mich belästigten sie vorerst nicht, Fred nahm alles auf sich. Ich war wie gelähmt, unfähig, mich zu rühren. Sie kamen auch wieder, nachdem sie Fred geholt hatten, stellten die Wohnung auf den Kopf ... Ich achtete nicht darauf, was sie suchten. Die Angst um Fred war viel drückender. Schon Monate in Untersuchungshaft ... Der Prozeß! Wie wird der Prozeß ausgehn?

Und dann kamen sie auch mich holen. Sie hatten meine Tagebücher gefunden und darin meine ‹undeutsche› – sprich antinazistische – Gesinnung herausgelesen. Das genügte als Beweismaterial, auch mir einen Prozeß anzuhängen ... Einmal, es war im November 39, gestattete man uns ein kurzes Wiedersehn. Ich weiß nicht, weshalb. Vielleicht dachten sie, noch irgend etwas zu erfahren. Aber wir sprachen nicht viel, lächelten uns nur an ... Fred, Fred, mein Liebster, wie haben sie dich gequält ... Das überstehst du nicht. Und ich, was wird aus mir, ohne dich?

Meine Gedanken fliegen zurück in unser stilles Heim. Sie hatten es ausgeräumt, ausgeräubert. ‹Beschlagnahmt› sagten sie dazu, als sie mich noch einmal in die Wohnung führten, den Raub zu bestätigen, auf einer Liste gegenzuzeichnen, daß hier nicht etwa geplündert worden ist. Stutzflügel, Schmuck, Teppiche, Gemälde, Radiotruhe, das Auto, Bargeld, Freds Patente – ‹beschlagnahmt›. Aber das berührte mich nicht mehr, weine dem Zeug keine Träne nach. Wäre bereit gewesen, alles freiwillig herzugeben, wenn sie mir nur Fred gelassen hätten.

Was der Mensch aushält! Ich lebe noch, vergrabe mich in Erinnerungen an unsere glückliche Zweisamkeit ... Heiße Sehnsucht, wilde Verzweiflung bemächtigt sich meiner. Herrische Kommandos rufen mich in die Wirklichkeit zurück. Ach so, ja, ich bin auf dem Bahnhof ... Auf welchem Bahnhof? Gleichgültig. Es waren so viele Bahnhöfe, und auf jedem großes Wehgeschrei, lautes Jammern, viele Gefangene, Männer, Frauen. Sammeltransport. Es ist Januar, der 10. Januar 1940. Reise durch Deutschland, acht Tage, acht Nächte. Tags fährt der Zug, nachts hält er, fährt und hält und fährt, und überall da, wo er hält, steigen Verhaftete zu. Wir nächtigen in Gefängnissen verschiedener Städte. Verwanzte Kellerlöcher ... Wir sind Kellerasseln, würgen üblen Fraß in uns hinein, steigen wieder in den Zug. Reise durch ein fremdes Land. Ja, Deutschland ist mir fremd und kalt und unheimlich geworden.

Ravensbrück. Einlaß am Höllentor – unbeschreiblich. Zu alledem hoher Schnee, beißender Frost. Wir im Freien, so lange, bis fünfzig oder sechzig ‹Neulinge› vor uns ‹abgefertigt› sind. Ein Duschraum. Splitternackt auskleiden. SS-Männer ‹helfen nach›, ekelhaft, schamlos. Ich fliege am ganzen Körper. Unaufhaltsam rinnen die Tränen, wie von selbst, ich kann gar nichts dagegen machen. Auch hier plündern sie mich nochmals aus – meinen Ehering, meine Armbanduhr, die allerletzten Andenken geraubt, und auch mein Haar. Verliere fast den Verstand, verliere fast meine Selbstbeherrschung.

Ein Tag und eine Nacht vergangen, ehe wir Block 16 betre-

ten – Zugangsblock, durch Lattenzaun vom Lager abgeteilt. Massenquartier, alles bunt durcheinander. Neben politisch, rassisch oder in Glaubensfragen Verfolgten alles nur denkbare Gesindel – Berufsverbrecherinnen, Asoziale, Straßenmädchen, betrogene Betrüger, Abschaum einer Ordnung, die Pauperismus gebiert. Eine Fallgrube, eine Schlangengrube. Das nennt sich Quarantäne.

Drei Wochen in diesem Hexenkessel. Für mich die größte psychische Pein. Aber Pein war alles hier, auch die Wohnbaracke im Lager. Jede Unterkunft hat eine A- und eine B-Seite ... und ein Separatzimmer – ‹Nur für Dienstpersonal› –, Kabinett der SS-Blockführerin. Wir aber können uns kaum bewegen. Bettgestelle doppelt nebeneinander, dreifach übereinander, schmale Zwischengänge, schmale Spinde, ein langer primitiv gezimmerter Tisch, zwei lange Holzbänke, einige Schemel.

Äußerlich unterscheiden wir uns nur noch durch die Farbe der Winkel. Manche, die bestimmte Funktionen ausüben, tragen Armbinden. Block- und Stubenälteste am rechten Ärmel ein gelbes, Kolonnen- und Anweisungshäftlinge ein rotes, Pflegerinnen im Revier ein grünes Band ... Verwirrend das alles. Erinnerungen an früher, an zu Hause? Verschluckt, verweht, verschüttet, wie vom Magmageröll überlagert ... Haftpsychose ergreift mich, körperliche Störungen treten auf, die Mensis bleibt aus. Wer bin ich – ein Mensch, eine Frau? Das war ich – geliebt, verwöhnt, gepflegt, gewöhnt an ein schönes gepflegtes Heim, an Komfort, gewöhnt, täglich zu baden, mich zu frisieren, elegant zu kleiden. Frisieren, baden, kleiden? Luxus, gar nicht nötig, gar nicht möglich, sich hier zu pflegen, auch kein Kamm mehr nötig ... Häßlich sehe ich aus, schmutzig, verwahrlost. Ich bin entsetzt über mich selbst, es erdrückt mich. Erdrückend allein der Gedanke, daß draußen das Leben weitergeht, daß die Menschen lachen, fröhlich sind, sich in ein sauberes Bett legen können, ausgehn können, wenn ihnen danach ist, in Restaurants sitzen, im Café, Kino, Theater ... Ein Abgrund trennt mich von meinem bisherigen Leben. Wo habe ich gelebt? In der Galaxis? Wo bin ich hingeraten? Auf einen anderen Stern?

Nein, ich werde mich dieser Psychose nicht ergeben! Wenn sich hier mit der Zeit viele in einen tranceähnlichen Zustand flüchten, sich apathisch, widerstandslos treiben lassen, so treibt mich die tiefe seelische Verletzung und der noch tiefere Haß zur Sammlung meiner Willenskraft, treibt mich zur Tätigkeit, zur Bewegung ... Noch lebe ich und will spüren, daß ich lebe. Als ich mich von anderen abschloß, überfiel mich Haltlosigkeit. Inzwischen habe ich, trotz der wenigen Wochen, einen lehrreichen Weg zurückgelegt und Menschen gefunden, die eigentlich nichts weiter von mir verlangen, als zu wagen, was ich im Grunde auch gewollt habe: der Wirklichkeit ins Gesicht sehn. Mutig schon, wer tragischen Geschehnissen begegnet und damit fertig wird. An mir ist es nun, mich auf der Höhe zu zeigen.

Härteste, ungewohnte Arbeit. Stubben roden, Bäume fällen, Steine karren, Straßen glattwalzen, Schleppkähne entladen – Briketts, Ziegelsteine. Durch der Hände lange Kette um die Wette fliegt der Stein ... Wenn du nicht rasch genug zugreifst, fliegen dir Ziegelsteine und Briketts an den Kopf, gegen Brust, Leib, Knie, auf die Füße. Und noch nie schien so viel Schnee gefallen zu sein wie gerade in den Monaten Januar, Februar 1940. Dieser strenge Frost, diese klirrende Kälte. Erfrierungen im Gesicht, erfrorene, abgestorbene Glieder. Amputationen keine Seltenheit. In den Baracken kriechen wir zu dritt, viert, fünft eng aneinander, uns gegenseitig zu wärmen. Über Tisch, Bänke, Schemel und Bettkanten hängen nasse Kleider, steifgefroren, hart wie Bretter ... Wir haben aufgehört, von unserem Elend zu reden, denken an Herdfeuer, an summende Bratäpfel, die in der Ofenröhre duftend schmurgeln, denken an kochendheißen Tee ...

Ende Februar noch immer eisige Kälte. Außenkommando. Kartoffelmieten aufbuddeln, Kartoffeln in Körbe sacken, die Körbe zum Kartoffelkeller tragen. Ich habe das Gefühl, als müßte mein armes Herz erfrieren. Abends derart kaputt und unterkühlt, daß man nicht weiß, wie man sich ins Lager zurückschleppen soll. Man möchte auf der Stelle umsinken, liegenbleiben, keinen Schritt weiter! Aber wir schleppen uns weiter, schleppen uns zurück. Noch steht uns Appell bevor.

Endlos, diese Appelle – stehen, stehen, warten. Stehen, das geht zuerst in die Knie, dann in die Waden. Wadenkrämpfe, als würdest du zersägt. Die Säge ist plötzlich im Rücken, jeder einzelne Wirbel wird angeritzt. Hinsetzen, sich wenigstens anlehnen dürfen ... Lenk dich ab, denk an was Schönes! – Jetzt klettert der sägende Schmerz höher, im Nacken spürst du, daß da etwas zerreißt, der Kopf wird schwer. Mein Kopf – was ist los? Mir ist, als wäre mein Schädel ein Luftballon, kurz bevor er platzt.»

Eine Frau wird ohnmächtig, Gertrud Popp. Jemand ruft nach einem Sanitäter. «Hilfe, so helft doch der Frau! Man kann sie doch nicht auf dem Erdboden liegenlassen!» – Die Wächter finden, Kälte mache «müde Weibsen munter», sie lachen, amüsieren sich. Was ist denn schon dabei? Eine fällt um. Na und?

«So wurde Nacht um dich. Und als du wieder denken konntest, lagst du nicht mehr auf hartgefrorener Erde, lagst auf der Pritsche. Sie hatten dich mitgenommen, deine Gefährtinnen von Block drei. Eine sehr kalte Nacht. Die Innenwände der Baracke reifüberzogen, glitzernd wie ein Kristallpalast, die Fensterscheiben dick mit phantastischen Eisblumen bestreut. Durch die Ritzen der Holzwände wehte feiner Schnee über die Gesichter der Schlafenden, ihr Atemhauch stieg als weißer Nebel auf, blieb an der Decke hängen, die sich mit kleinen Eiszapfen und Rauhreif schmückte.

Der Abendappell hatte neun Frauen das Leben gekostet. Wir waren tief erschüttert. Wir ahnten ja nicht, was noch alles auf uns zukommen sollte.»

Nun Erlebnisse, Empfindungen, Gedanken einer Frau, die aus der Arbeiterklasse stammt.

Maria Schindler, Österreicherin, Mitglied der SPÖ. Ihr Mann ebenfalls Sozialist. 1934 große Streikbewegung, Straßenkämpfe, Klassenschlachten. Eine Volksfront ist im Werden, ein antifaschistischer Schutzwall gegen Dollfuß. Der Keil aber ist schon angespitzt, die Einheitsfront zu spalten – «teile und herrsche!» Marias Mann erlebte das nicht mehr, er fiel in den Februarkämpfen des Jahres 1934.

März 1938 – Annexion Österreichs. Maria, illegal, wird bei einem Treff in Wien, Caféhaus Schwarzenberg, verhaftet. Ein Schauprozeß findet statt, gegen 128 Antifaschisten, darunter 40 Frauen. Die Frauen werden freigesprochen, aber nicht freigelassen. «Schutzhaft» auf unbestimmte Zeit. Also Konzentrationslager!

«Wir hatten ja schon so allerlei davon gehört. Nun bin ich hier, in der Unterwelt, im Orkus ... Quarantäne, auch auf unbestimmte Zeit. Vier Wochen, sechs Wochen, je nachdem, wie lang sie brauchen, um aus den Dossiers festzustellen, wer du ihrer Meinung nach bist ... Du bist ein geschorenes, numeriertes, zebragestreiftes Etwas mit rotem Winkel. Als wir uns anschaun, wir ‹Neuen› – so verunstaltet, wie wir sind –, erkennen wir uns nicht wieder. Ich muß unwillkürlich lachen. Eins freut mich sogar: Der Winkel zeigt allen, die es sehen woll'n, daß ich eine Rote bin.

Immer noch Quarantäne, noch immer nicht bei den anderen, die uns, vom Zugangsblock aus gesehn, richtig glücklich vorkommen. Ich werd zur politischen Abteilung gerufen – Gestapofiliale in Ravensbrück ... Wieder mal Verhöre ... Sie woll'n dich zermürben. Laß dir nicht anmerken, daß du Angst hast! Sie stecken mich in den Bau. Einzelzelle, Dunkelhaft.

Zellenbau, zwei Stockwerke, achtzig Einzelzellen. Meine Zelle ist eiskalt ... Ich friere, ich hab Hunger. Nur alle drei Tage eine Kelle lauwarme Wassersuppe, nichts weiter, außer frühmorgens undefinierbare schleimige schwarze Lorke und trocknes Kommißbrot. Dafür Züchtigung, ‹Zähmung› der Widerspenstigen. Auspeitschung. Jede Woche Strafvollzug, gewöhnlich freitags. Einmal schnallten sie auch mich auf den Bock, weil ich gesungen hatte, von Mantua und Andreas Hofer. Fünfzehn Schläge. Nach dem sechsten Schlag schwanden mir die Sinne. Koegel und ein Arzt stehen daneben, der eine als Beobachter, der andere als medizinischer Gutachter. Ist Vorschrift, könnte ja sein, daß der Ausgepeitschten unter den Hieben das Herz aufhört zu schlagen. Wenn es passiert, haben nicht die Schläge oder die Schläger oder überhaupt die Ungeheuerlichkeit solcher Züchtigung den Tod verursacht, nein, die Exekutierte hatte ein zu schwaches Herz, und der

Arzt hält als Todesursache fest: ‹Herzversagen infolge Herzklappenfehlers› ... Überstanden, ausgestanden – so oder so. Ich kam wieder zu Bewußtsein. Überstanden!

Nach drei Wochen Zellenbau endlich in einen Block, endlich nicht mehr allein, auch ein bisserl weiter weg vom Zugriff der Gestapo, etwas abgesicherter. Hier ists schon besser, erträglicher.

Hatte sehr viel Glück und hab gute Kumpel ... War ziemlich fertig, ziemlich herunter. Steineklopfen oder Fron an der Walze? Ich glaub, da wär ich draufgegangen ... Sitze in der Schreibstube, ordne Karteikarten, erhalte Einblick. Verschaff ihn mir. Weiß nun doch schon genauer über das Triebwerk Bescheid, kann Warnsignale geben. Muß auch ‹Abgänge› austragen, ins Sterberegister eintragen. Das ist ganz furchtbar. Gestapo Berlin schickt Todesurteile an Gestapo Ravensbrück. Der Kommissar vollstreckt sie, hier im Lager, nicht eigenhändig, er läßt sie vollstrecken. Nachts knallen Schüsse.»

Europa unterjocht

Die Kriegswalze überrollt westliche Länder. April/Mai 1940 Norwegen, Dänemark, Luxemburg, Belgien, Holland unterm Nazistiefel.

Holland in Not! Es kannte Kriege nur aus der Ferne und aus Büchern. Krieg? Bei uns doch nicht, sagten die Holländer, wir sind weit weg vom Schuß, uns greift niemand an, da wir niemanden angreifen. Wir sind neutral. Um uns hat schon der Krieg 1914–18 einen Bogen gemacht.

Diese Illusion: Insel der Neutralität! Dieser Wunschtraum: Uns geschieht nichts. Wurden Stimmen laut, die an das Drohen der Sturmflut gemahnten, zerstreute die Obrigkeit des Volkes Ängste, wiegte ihre Untertanen in einen sanften Schlummer, aus dem sie böse erwachten. «Flugzeuge über Lufthafen Schiphol!» Deutsche Flugzeuge, todbringende mit dem Balkenkreuz!

In der Nacht vom 9. zum 10. Mai 1940 kamen sie, vier Uhr

morgens. Diebe in der Nacht, Raubmörder, die sich nachts einschleichen. – Überraschungsschlag mit dem Ziel, unter Umgehung der Maginot-Linie von Norden her in Frankreich einzubrechen. Und sie legten Pontonbrücken über die breiten Flüsse Hollands, äscherten Städte und Dörfer ein, zerstörten aus der Luft fast ganz Rotterdam und jubelten: Blitzkrieg, Blitzsieg! Luftwaffe, Panzer, Infanterie zerpflügten das Flachland, bereiteten das Jagdgelände auf, den Nachfolgetrupps – SD, SS, Gestapo – Fanggründe zu sichern.

Hatte Ribbentrop nicht am 25. August 1939 den Beneluxstaaten feierlichst versprochen, Deutschland würde «im Falle eines Krieges ihre Neutralität gewährleisten»? Versprechen werden gegeben mit dem Vorsatz, sie nicht zu halten.

Seyß-Inquart, Österreicher, fanatischer Faschist, wurde Reichskommissar der Niederlande, Gewährsmann, daß Holland in bitterste Not geriet. Das Volk beugte sich nicht. Schon im Mai 1940 erscheinen die ersten Flugblätter, gedruckt und verbreitet von der «Geuzenaktie». Das Volk liest die Flugschriften. «Wir haben einen neuen Alba, mit Blutbad und Inquisition. Wir haben gegen das inquisitorische Spanien einen achtzigjährigen Krieg geführt. Auch jetzt werden wir uns befreien, niemals werden wir eine deutsche Provinz!»

Seyß-Inquarts Antwort? Hetzjagd auf Widerstandskämpfer, Emigranten, Juden. Als die erste Verhaftungswelle einsetzt, rufen Kommunisten und Gewerkschafter zum Streik. Hunderttausende treten in den Ausstand. Alle Räder stehen still, alle Schulen und Hochschulen, alle Ämter, alle Läden bleiben geschlossen, zwei Tage lang. Seyß-Inquart läßt seine Kettenhunde los, die rebellischen Geusen schlagkräftig zu belehren, wie eng sie an Deutschland gefesselt sind.

22. Juni 1940 – Frankreich kapituliert. Hitler in Paris. Im Wald von Compiegne unterzeichnen Frankreichs Machthaber die Kapitulationsurkunde. München schlägt auf sie zurück! Das nördliche Frankreich wird besetzt. Millionen Menschen fliehen südwärts, in die noch unbesetzte Zone.

Kennt ihr die Via Dolorosa, fragen sie oft noch heute. Wer kannte sie nicht. Sie erstreckte sich vom Kanal bis zu den Pyrenäen. Via Dolorosa – Straße der Schmerzensmutter, eine

Straße ohne Gegenverkehr, entstanden nach der faschistischen Invasion in Belgien und dem Fall der Maginot-Linie, als die große Flucht begann. Nicht nur Franzosen flohen, auch Holländer, Belgier, Luxemburger verließen ihre Heimat, jede Gelegenheit und jedes Vehikel nutzend. Bepackt, hochbeladen die Autos, Pferdegespanne, Ochsenkarren, Fahrräder; bepackt die Handwagen und Kinderwagen im endlosen Zug der Flüchtlinge, die sich zu Fuß aufgemacht hatten, dem Süden Frankreichs entgegen – schneller, schneller, nur weg aus der Gefahrenzone, schneller, schneller Hitlers Horden entfliehn! – Aber die Menschen kamen nur langsam vorwärts, und die Gefahr begleitete sie, flog über ihnen. Stukas kreisten in der Luft, setzten zum Tiefflug an. Grabkreuze entlang der Fluchtstrecke und offene Briefe, Botschaften, politische Bekenntnisse, Liebeserklärungen, Geburtsanzeigen, Mitteilungen jeglicher Art an Mauern, Haustüren, Scheunentoren, Zaunpfosten, Bäumen. Klagende, anklagende Zeitgeschichte auf Holz und Gestein. Notrufe, Wegweiser, um sich wiederzufinden, Namen derer, die sich suchten, Treffpunkte, vermutliche Aufenthalte, hingekritzelt mit Kohle, Kreide, Lippenstift, manchmal auch mit allerletzter Kraft die allerletzte Nachricht mit Fingernägeln eingekratzt, die eigne Todesanzeige, blutrot.

Via Dolorosa, Straße der Schmerzensmutter, über die sich ein Flüchtlingsstrom von Nord nach Süd bewegte, darunter auch Deutsche – Männer und Frauen –, aus ihrem holländischen, belgischen, luxemburgischen oder nordfranzösischen Exil in eine ebenso unsichere Zone wechselnd. Flüchtlinge, Vertriebene, Gehetzte, deren Via Dolorosa oft, all zu oft in den Tod führte oder in einem KZ endete.

Ravensbrück – unaufhörlich der Menschenstrom. Die Frauen sehen Europa hereinströmen, lesen am Zustrom ab, wie Hitlerdeutschland ein Land nach dem anderen überwältigt, ein Volk nach dem anderen versklavt, merken aber auch, daß die Völker sich wehren, daß der Widerstand gegen den faschistischen Aggressor zunimmt.

Frauen des Kontinents, hier konzentriert. Sie sollen bezwungen, in die Knie gezwungen, vernichtet werden.

«Holländerinnen kommen!»

SS-Wachposten und SS-Aufseherinnen vergnügen sich daran, die Frauen aus dem Land der Tulpen und Windmühlen «auf Trab zu bringen». Fünfzig Deportierte ungefähr, junge zumeist, deutlich gezeichnet vom Trennungsschmerz und den Strapazen der Fahrt. Sie stehen vor dem Krankenbau, sind noch nicht «abgefertigt», noch nicht registriert, noch ungeschoren, tragen noch ihre eigene Kleidung. Verstört, ungläubig blicken sie auf das seltsame Treiben: Hunde kläffen, Peitschen knallen, Schwarzuniformierte stoßen bösartig klingende Anfeuerungskommandos aus. Graue Gestalten schaufeln emsig, tragen Kies-, Schlacke-, Sandberge ab, bugsieren vollbeladne Schubkarren durch die Gegend, werfen Schlacke, Sand, Kies im Gelände breit.

Und plötzlich werden sie selber mit Gebrüll und Peitschenknall aufgefordert loszuschaufeln. Keine rührt sich vom Fleck. Sie stehen eng beieinander, erschrocken, ängstlich, aber auch empört, aufgebracht. Man hatte ihnen gesagt, sie kämen nach Deutschland, in ein Arbeitslager, zur Bewährung. Daß es sich um eine so furchterregende Sträflingskolonie handeln würde und man ihnen zumutete, schon in den ersten Stunden schwere Erdmassen zu bewegen, ohne Arbeitskleidung, ohne sich vorher ein wenig erfrischen, ein wenig stärken und erholen zu können, das hatten sie nicht erwartet. Nein, so lassen wir nicht mit uns umspringen! – Sie glaubten noch daran, sich beschweren zu dürfen.

«Beschweren?» fragt eine SS-Aufseherin, zieht die Augenbrauen hoch, runzelt die Stirn. Ihr Blick ist nicht unfreundlich. Sie schüttelt den Kopf, lächelt. «Tz, tz, tz – beschweren wollt ihr euch?» Sie nicken, die Holländerinnen, überzeugt, es gehe gut aus, und bilden einen Halbkreis um das scheinbar verständnisvolle Fräulein Wachtmeister. Die Aufseherin fühlt sich bedrängt, hebt leicht abwehrend beide Hände – «Nicht zu nahe! Zurück, zurück!» Sie greift nach einer Schaufel, hat den Stiel fest im Griff, dreht sich einige Male schwungvoll um die eigene Achse wie ein Hammerwerfer. Das Schaufelblatt trifft sechs, sieben der Umstehenden. Alle weichen laut aufschreiend zurück. «Was glotzt ihr so?» fragt die Hammerwerferin. «Hier wird nicht geglotzt, hier wird sich nicht beschwert, hier wird rangeklotzt. Versteht ihr kein Deutsch!»

Sie schlugen immerzu, diese staatlich ausgebildeten Rohlinge. Das bestätigen alle ihre Opfer, man liest es aus jedem Schriftstück, das die Geschlagenen hinterlassen oder einem überlassen haben, man hört es aus jedem Gespräch mit Überlebenden.

Das Tonband läuft. Ich höre Maries rauhe Stimme. «Genaugenommen sind solche Figuren zu bemitleiden, dreschen doch nur, weil sie sonst selber gedroschen würden, schlagen, weil sie selber geschlagen worden waren. Man hatte ihr Gewissen zerschlagen, mit einer uralten Mär. ‹Willst du nicht mein Bruder sein, schlag ich dir den Schädel ein!› Das Tischlein deckt sich, wenn der Knüppel aus dem Sack fährt. Sie schlagen, weils verlangt wird, schlagen, damit sie ihre Stellung nicht verlieren und die Schläge auf dem eignen Rücken nicht so hart spüren. Der Knüppel gegen uns, das ist ihr Ausgleich. Sie können sich dann immer noch sagen, denen gehts tausendmal dreckiger als mir.»

Sie schlugen also immerzu. Gründe fanden sich immer. Wenn morgens die Arbeitskolonnen durchs Tor hinausmarschierten und eine Gefangene ihren Blechnapf links statt rechts am Gürtel trug oder nicht exakt in der Reihe lief oder sich umdrehte oder ein Wort sprach oder nicht mitsang, wenn «ein Lied» befohlen wurde, prügelten, knüppelten, schlugen sie. Dabei konnten die meisten Gefangenen wirklich nichts verstehen – weder die Kommandos noch die Befehle, Anweisungen, Vorschriften, noch kannten sie Melodie und Text der Lieder. Denn es waren Ausländerinnen. Sie sollten entnervt, sollten lebensmüde werden. Das gehörte zu den Obliegenheiten der Prügelgarde.

Platzangst

«... dieses verfluchte Sirenengeheul in der Früh! Wie ein Dolchstoß ins Herz! Manche werfen sich auf den Pritschen hin und her, brüllen aus Leibeskräften, um den fürchterlichen Heulton zu übertreffen. Vier Uhr. Eine halbe Stunde später mußt du fertig sein, dich gewaschen, angezogen, das Bett tadellos gerichtet, den Becher Spülicht hinuntergeschlürft, dein Brot gekaut haben.» Wer spricht? Gretl Stabey, eine Wienerin. «Brot auf der Zunge zergehen lassen, mit Ruhe und Genuß. Wie herrlich. Brot ist Leben, Energie. Du aber hast keine Ruhe, kannst nichts genießen, hast keine Energie, hast dein Frühstück schon am Abend vorher oder während der Nacht verzehrt. ‹Unser täglich Brot gib uns heute ...› Meine Bettnachbarin gibt mir einen Bissen ab. Ihre Energie überträgt sich auf mich. Erst jetzt erwache ich richtig, ordne hastig die erbärmliche Koje, renne zum Waschraum. Aber wasch dich mal, wenn dort Hunderte sich um die Becken drängeln. Oder geh mal auf die Toilette, wenn das ein ekelerregender Ort ist ... Weg, nur weg, raus hier!

Hinaus auf den Platz. Frühappell.

Die Oberaufseherin ist schon da – Schreckschraube, Herrscherin über ...zigtausend Seelen.

Wir stehen in Fünferreihen, Block für Block, Zählappell, Quälappell. Zweimal täglich, früh und abends, anderthalb bis zwei Stunden unbeweglich ausharren. Dazu noch ‹Arbeitsformierung›, wir sagten Arbeitsvermehrung. Aber da konnte man sich bewegen, mußte nicht stehen, es war so etwas wie ein Vorbeimarsch, wo sie uns reihenweise abzählten, blockweise einteilten, scharenweise in Kommandos aufteilten und man nie wußte, ob man nicht auch gevierteilt wurde. So vergingen, rund gerechnet, täglich fünf Stunden allein durch Stehen, Abzählen, Vorbeimarsch, Einteilen, Aufteilen. Anfangs hatten die Herrenmenschen noch sehr viel Zeit, uns mit Appellen zu quälen.»

Rüstungskonzerne forderten noch keine Sklaven an. Das Siemenswerk – Niederlassung Ravensbrück, 1942 nahe am

Lager aus dem Boden gestampft – wurde erst projektiert; die Herren Wirtschaftsführer traten den Herren von der SS noch nicht auf die Zehen, um sie zu erinnern, daß man Sklaven nicht unproduktiv herumstehen lassen darf, weil dadurch Werte verlorengehn, sonderlich der Mehrwert.

«Wir standen und standen, Schulter an Schulter. Die Kopftücher vorschriftsmäßig gebunden, die Knöpfe vom Kittel vorschriftsmäßig geschlossen, die Schürzenbänder vorschriftsmäßig geknotet. Kurzärmlig, ohne Schuh, ohne Strümpfe – auch dies vorschriftsmäßig, weil verboten war, in der Sommerzeit Beine und Füße zu bekleiden. Der Sommer begann nach dem Kalender unserer Blutsauger am 1. Mai und endete am 30. September. Es war nicht April und nicht Oktober. Es war Juli. Doch auch im Juli ist es morgens halb fünf mitunter recht kühl. Aber nun traben die Aufseherinnen an, die werden uns schon einheizen.»

Sechzehn Blocks stehen. Die vorderste Linie steht nicht ausgerichtet. Eine Schnur muß her oder besser eine Latte, mit der kann man gleich auf die Füße wammern und gegen die Schienbeine wummern, egal, wohin, Hauptsache, es wird gemerkt, daß hier ordnungsliebende Deutsche am Werke sind, Linie reinzubringen. Eine steht ein paar Zentimeter über der Linie, sie bekommt die Latte zu spüren. Wer hinter oder neben ihr steht, bekommt auch was mit ab. «Wir stürzen, fangen uns im Sturz, halten einander fest. Die Linie ist nun gänzlich verschoben, und die Latte fährt der Reihe nach über unsere Köpfe. Eine ältere Frau hat sich ein Stück Karton als Schutz unter ihre nackten Füße gelegt. Ihre Kameradinnen wollten sie warnen. Die Warnung kam zu spät. ‹Dir werd ich zeigen, was es heißt, auf deutscher Erde stehn zu dürfen, du alte Vettel!› Wir hören es klatschen, wir hören es brüllen und aufbrüllen, möchten uns die Ohren verstopfen. Nicht hinhören, nicht hinsehen, sonst drehst du durch!»

Ohnmächtige, Umgesunkene, Geschlagene gibt es heute wie jeden Tag. Meldungen werden auch heute fällig sein, und Meldungen bedeuten, die und die und die und die Arrest, Zellenbau, Strafblock, «auf den Bock». Nachstehen, einen, zwei, drei Tage ohne Essen und Trinken. Und wofür?

Manche haben die Hände auf den Rücken gelegt, wie um sich selber festzuhalten. Das aber ist verboten. Manche Mutter hat ihr Kind auf den Arm genommen, weil das Kleine noch sehr müde ist. Wieder eine andere hat gewagt zu wispern, oder ein junges noch unerfahrenes Ding hat sich gar erdreistet zu lächeln, über wer weiß was, vielleicht über den Wind, der zärtlich ihr Gesicht streichelte. «Aber das alles ist strengstens untersagt. Und der Appell ist noch nicht vorbei. Jetzt eine heiser bellende Stimme. ‹Achtung! Wenn das Sirenenzeichen ertönt, hört alles auf mein Kommando!› Die Sirene heult, das Kommando gilt. ‹Rechts schwenkt, im Laufschritt zur Wäscherei, marsch-marsch!›

Warum zur Wäscherei? Die befindet sich ganz am Ende des Lagers, an der Mauer, wo die Kiefern wachsen und der Wald beginnt. Und wie sollen wir barfuß im Laufschritt dahinkommen? Der Boden ist mit Schotter, mit Schlacke, mit Kohlengruß beworfen. Aber es ist komisch mit uns Menschen, wir können viel mehr, als wir uns zutrauen, denn wir laufen, nicht sehr geordnet, doch im Laufschritt zur Mauer am Ende des Lagers und – prallen zurück. Eine Frau hängt im Draht. Mit ausgebreiteten Armen hängt sie dort, wie ein silbergrauer Falter, der sich im Spinnennetz verfangen hat.

Der Appell ist vorbei. Manche beneiden die Frau – für sie ist nun alles vorbei. Wieviel Tage halten wir uns noch aufrecht? Wann sind wir soweit, wann bin ich soweit, den Tod zu suchen?»

Das war programmiert. Sie sollten sich der Todessehnsucht hingeben, sollten aufgeben. Doch Ravensbrück ist auch eine Geburtsstätte, Leben gebärend, Leben erhaltend.

Ilse Mach, Mitglied der KPČ, Deutsche aus dem Grenzgebiet, seit März 1940 im Lager, berichtet über ihre Erfahrungen. «Attacken auf die innere Haltung wurden in jeder Minute geritten, mit jedem Schimpfwort, das man uns an den Kopf warf, mit jedem Hieb, der uns traf, mit jedem Kommando, jedem Befehl, jeder Nötigung, auf Knien zu rutschen, über Stöcke zu springen oder angesichts sterbender, angesichts erschlagener, erschossener, verhungerter Kameradinnen lustige Liedchen zu singen.

Im April 1940 hatten sie eine junge Österreicherin niedergeknüppelt. Susi Benesch, klein, schwächlich. Sie konnte die schwerbeladene Schubkarre nicht anheben. Eine SS-Aufseherin betrachtete das als Sabotage und schlug wie toll geworden. Einige von uns traten dazwischen, um Susi zu schützen. Aber sofort war ein Rudel Sklavenwächter zur Stelle ...

Susi verstarb. Ein zerschmettertes Gesicht, aufgelöst, zerstört. Ein Menschenleben vernichtet. Wie furchtbar, und wie schrecklich unsere Wehrlosigkeit.

Ach, es geschah täglich so viel Grauenhaftes. Tag für Tag, Nacht für Nacht rangen und rannten wir um unser Leben. Die Haut hing in Fetzen von unseren Händen und Füßen. Unmöglich, überhaupt etwas anzufassen, unmöglich, sich auf den Beinen zu halten, geschweige denn Gleise zu verlegen, Straßen zu pflastern, Karren und Kipploren zu beladen und fortzubewegen. Wers nicht schaffte, wurde gepeinigt, gesteinigt ... Hunderte, Tausende gingen schon dabei zugrunde in der Anfangszeit. Eine Zeit, von der wir glaubten, sie sei an Grausamkeit nicht zu überbieten. Wir hatten uns grausam getäuscht ... Daß es jemand durchgestanden hat, daß jemand überlebte, ist in den seltensten Fällen alleiniges Verdienst desjenigen, der durchstand und überlebte, ist aber auch selten nur Zufall gewesen, sondern die Frucht unserer Gemeinsamkeit. Sie wollten uns auseinanderdividieren, gegeneinander aufbringen, wollten uns einzeln zerbrechen. Aber sie haben uns zusammengebracht, zusammengeschweißt. Schon kurios, wie der Klassenfeind mitunter das genaue Gegenteil von dem erreicht, was er eigentlich erreichen will.»

«Aktion T 4» und «Sonderbehandlung 14 f 13»

Nazistaat – Synonym für nackte Gewalt, durch Finanzhyänen legalisierter Terrorismus, Spiegelbild ihrer hemmungslosen Herrschsucht. Der gesamte Staatsapparat war auf totale Unterdrückung ausgerichtet, auf Beseitigung aller potentiellen Widersacher, auf Liquidierung eines jeden, der sich nicht fügte oder nicht ins Welteroberungskonzept einfügen ließ, zum Beispiel weil Krankheit ihn lähmte. Den ausführenden Organen dieses Staates war Vandalismus erlaubt, sonderlich in KZ-Lagern.

KZ – Umkehrung aller Begriffe. Tägliche Tragödien werden zur blutigen Posse. Hier treibt man mit Entsetzen Scherz. Wie müssen die Opfer beschaffen sein, das auszuhalten? Stark ist ein zu schwaches Wort. Körperliche Stärke war noch nicht einmal ausschlaggebend. Ausschlaggebend waren charakterliche Festigkeit, geistige Überlegenheit, moralische Widerstandskraft und der Zusammenhalt. Nichts Schicksalhaftes. Vereinigung, Solidarität waren meistens ganz bewußt herbeigeführt, bewußt geübt, und auch die einzige Form, sich der ständigen Tortur zu erwehren.

Lagerälteste, Blockälteste, Stubenälteste sein – unerhört kompliziert, lebensgefährlich für jede, die ihre Aufgabe ehrenhaft erfüllen wollte, sie als Kampfauftrag verstand. Prellbock sein. Sich vor Mitgefangene stellen, sie vor Angriffen der SS schützen, schützen auch vor der Gefahr, sich gegenseitig das ohnehin gefährdete Dasein noch zu erschweren. Streitigkeiten untereinander schlichten, nach Möglichkeit vermeiden. Doch sie waren unvermeidbar.

Tausende und aber Tausende Frauen hierher verbannt, Auge in Auge mit wildester Barbarei – das belastete jede einzelne ungeheuer. Sich damit abfinden war nur zu bewältigen durch Mimikry, sich verstellen, der Umgebung anpassen, sein Ich notgedrungen reduzieren. Was zu hohen inneren Spannungen führte, zu Zerreißproben auf Schritt und Tritt.

Ravensbrück – ein konfliktgeladenes Ballungsgebiet. Da waren auch die Unterschiede der Nationalität, woraus sich unterschiedliche Mentalität, Sitten, Gebräuche herleiten, die nun hier oftmals frontal aufeinanderprallten. Da waren die Sprachunterschiede, die häufig Mißverständnisse provozierten. Da waren tausenderlei Vorurteile, unterschiedlichste Temperamente, verschiedenartigste Lebenserfahrungen und Bildungsgrade, mannigfaltigste soziale Herkunft, jegliche Altersunterschiede, gegensätzliche politische und religiöse Ansichten, vielfältigste Gründe der Verhaftung, ungleiche Intensität der Verfolgung. Dauer der Haft, Gesundheitszustand, seelische Verfassung – bei jeder Gefangenen anders. So viele Frauen, so viele Unterschiede. Unterschiedlich auch ihre Fähigkeit, mit der Trennung von zu Hause, mit der Sehnsucht nach Liebe, Geborgenheit, Glück fertigzuwerden ... All das äußert sich ja bei Frauen elementarer, wuchtiger, erschütternder und in hundertfachen Varianten übersteigerter Sensibilität. Zusammenstöße unvermeidlich. Tiefste Depressionen, Gemütskrankheit, Neurose, Wahnsinn sehr oft die Folgeerscheinung.

Nazistaat – Unrechtsstaat in höchster Potenz. Ihn zu bekämpfen war kein Hochverrat, sondern Notwehr und edelste Menschenpflicht. Die Gefangenen waren nicht schuld an der Existenz solcher mörderischen Lager. «Wir hatten keinen Einfluß darauf, ob sie gebaut werden oder nicht», sagten die Rotwinkligen, «aber da sie existieren und wir hier vegetieren, liegt es an uns, zu verhindern, daß sie den Zweck erfüllen, dem sie dienen sollen, nämlich uns zu vernichten. Darum geht an alle, die uns hören, der Rat, den Schlägen des Gegners auszuweichen, ihm sowenig wie möglich Angriffsflächen zu bieten. Solange wir nicht zurückschlagen können, bleibt uns nur, die Brandung zu durchsegeln. Das haben wir gelernt, im Klassenkampf, wenn Polizei auf uns gehetzt wurde.»

Olga Benario ist als Blockälteste verantwortlich, daß Schläge abgefangen, entschärft werden oder überhaupt wegfallen. Verantwortlich auch dafür, daß es auf dem Block sauber, anständig, ehrlich zugeht, diszipliniert. Unerläßlich, wenn Hunderte, auf engstem Raum zusammengepfercht, miteinander auskommen müssen. Schier unlösbar, diese Aufgabe. Sie verlangte ein hohes Maß an Organisationstalent, erforderte Menschenkenntnis, Feingefühl, Diplomatie, pädagogisches Geschick. Aufopferung bis weit über die Grenzen der Belastbarkeit! Geradestehn, den Buckel hinhalten für jede kleinste Nachlässigkeit. Anzeigen, Meldungen, Denunziationen verhindern, abschwächen, heimlich abändern, die Höhe der Strafe herabdrücken; Regelverstöße bagatellisieren, der

SS-Blockführerin bereits übermittelte Anzeigen wieder abluchsen, ausländische Kameradinnen unterrichten, sie orientieren, informieren, ihnen die abnormen, irrsinnigen Normen der Lagerordnung verdeutlichen, übersetzen. Dolmetschen – auch das lebenswichtig, lebensrettend. Wie oft war Olga am Rande der Verzweiflung. Hätte sie niemanden gehabt, auf den sie sich verlassen konnte, wäre sie längst zwischen den Mahlsteinen zerrieben worden. Aber sie stand ja nicht allein, es gab ja diese verläßliche Gemeinschaft, diesen Geheimbund. «Das große Vertrauen zwischen uns erwies sich bald als stark genug, auch auf andere überzuspringen. Es bewährte sich, ohne zu enttäuschen. Unbezahlbar sind Hände, die sich wirklich reichen, Blicke, die sich ohne Worte verstehen, Worte, die halten, was sie versprechen.»

Aus dem engsten Kreis der Vertrauten, die sich in Block 11 unbedingt aufeinander stützen konnten, seien einige namentlich erwähnt, stellvertretend für viele: Hede Baas, Berti Jakoby, Irene Langer, Käthe Leichter, Rosel Menzer und Ruth Grynspan, die Jugendliche.

Ruth, im Sommer 1940 zu Olga gekommen, zweiundzwanzig Jahre alt, temperamentvoll, selbstbewußt, lustig – noch lustig und auch nicht so leicht unterzukriegen. Mitglied einer jüdischen Widerstandsgruppe vom Wedding, die sich entschlossen hatte, mit einer kommunistischen Organisation zusammenzuarbeiten – fast alles Jugendliche, Arbeiter, Studenten. Ruth wurde 1937 verhaftet, mit mehreren aus diesen beiden Gruppen angeklagt wegen Vorbereitung zum Hochverrat, kam ins Polizeigefängnis am Alexanderplatz, dann von einem Zuchthaus ins andere.

Wo Ruth auftauchte, gewann sie bald die Sympathie ihrer Mitmenschen, ob draußen, in der zweifelhaften Freiheit, oder hinter Gefängnismauern. «Wir mochten sie alle sehr gern. Ihr Schwung, ihre Fröhlichkeit steckten an, belebend wie ein Frühlingswind, der Veilchenduft heranweht», sagte Jožka Jaburkova einmal. Ruth munterte ihre Freunde auf und ihre Zellengenossen. Es wurde jedesmal bedauert, wenn sie nur kurze Zeit blieb. «Schade, unser Spatz fliegt wieder aus ...» – Spatz, Schwalbe, Schwälbchen ihre Beinamen. Sie trillerte und zwitscherte, weckte Lebensgeister auch hier in Ravensbrück. Ältere und alte Frauen, die besonders stark unter der Trennung von ihren Kindern litten, fanden an ihr Halt, zum Beispiel Frida Rosenthal, deren Töchter und Enkel nach Großbritannien emigriert waren, oder Rosel Menzer, deren Töchter in Dresden lebten, ständig mit den Gefahren der Illegalität, Verfolgung, Festnahme konfrontiert. Zu Rosel Menzer hatte Ruth Grynspan Tochter-Mutter-Beziehungen, mit Olga fühlte sie sich verschwistert. Ein liebenswertes, quirliges Mädel, begeisterungsfähig und begabt, andere mitzureißen. Dünn, abgemagert, wie alle – «früher vollschlank, dick kann man schon sagen, schlank gefall ich mir besser». Lebensbejahend, auch wenn der Himmel sich verfinsterte. Unabwendbares nicht dramatisierend, auf wunderbare Wende hoffend. Lebenskünstlerin? Wenn man so will, auch das. Frei war sie, seit sie bewußt lebte, frei auch in der Unfreiheit. «Der helle Pol des Menschlichen war ihr sichtbar, und sie ertrug den dunklen als Durchgang, als Übergang.» Lebensbewältigung. Wer hier an Geist und Seele keinen Schaden nahm, ist ein starker Charakter gewesen, hat das schwere Leben bewältigt.

Auf Block 11 befand sich eine ganze Reihe junger Mädchen, und es kamen immer mehr dazu. Viele aktiv, einfallsreich, beherzt, wenn es darum ging, helfend einzugreifen, Nachrichten von draußen mitzubringen oder fürs Wochenende eine besinnlich-unterhaltsame Feierstunde auszugestalten. «Unsere Goldkinder», sagte Frida Rosenthal, «goldne Hände, goldne Herzen, goldne Ideen.»

Wer goldne Ideen in die Tat umsetzt, wird am See der Tränen vom Unglück heimgesucht.

Nach einem Gewitterregen dampfte die Erde. Auch die Fußbodenbretter und Barackenwände strömten schwüle, stikkige Hitze aus. Block 11 – ein Treibhaus, ein Backofen. Augustsonne brennt aufs Teerdach. Die Baracke ist überbelegt, der Tagesraum kein Aufenthaltsraum mehr, auch hier drei Doppelpritschen übereinander, auch hier auf jeder Doppelpritsche drei, oftmals vier Frauen. Sie schwitzen, sie ringen nach Atem, drängen an die weitgeöffneten Fenster.

Im Raum herrscht Dunkelheit, am hellichten Tag! Kein Licht, keine Luft, kein Wasser, kein Brot; die Fenster von außen mit Brettern zugenagelt, die Tür von außen fest verriegelt. Niemand darf hinaus, niemand herein, drei Tage lang nicht. Anordnung vom Lagerkommandanten: «Block elf wird dicht gemacht!» Gefangene sind gezwungen, ihren Mitgefangenen Licht, Luft, Wasser abzusperren.

«Hilfe, Hilfe! Helft uns, wir ersticken!»

Martha hilft. Martha von der Reparaturkolonne bringt Luft und Licht. Ihr Kommando hatte diese Abdichtungen vornehmen müssen, bewerkstelligte das aber sehr klug, mit größtmöglicher Garantie auf Durchlässigkeit.

Nur wer es mitgemacht hat, kann ermessen, wieviel Mut dazu gehörte, beim Vernageln zu kurze Stifte zu verwenden oder längere nicht zu tief einzuschlagen, obwohl Bewacher kontrollierten. Nur wer unter einem heißen Dach wie in einem Brutkasten gehockt hat, kann nachfühlen, daß es leben-, ja glückspendend gewesen sein muß, die Bretter vor den Fenstern einen kleinen Spalt öffnen zu können. Nicht nur die Scheibe Brot, nicht nur das trostreiche Wort, nicht nur der freundschaftliche Händedruck, auch eine winzige Quelle, aus der Licht und Luft flossen, war Beistand.

Belgische, deutsche, französische, holländische, luxemburgische, österreichische, polnische, tschechische Frauen halbierten ihre Brotzuteilung. Frauen der Hof- und Reparaturkolonne trugen die unschätzbare Gabe weiter, hin zu Block 11, lockerten die Absperrvorrichtungen, um den Bedrängten das Brot der internationalen Solidarität zu reichen. Lichtstrahl, Hoffnungsstrahl.

Satt wurden sie nicht davon. Vielleicht hat es nicht einmal für alle gereicht. Aber darauf kam es gar nicht so sehr an. Wichtig war, zu erfahren, daß Hungrige Hungernde nicht hungern ließen. Wichtig war, zu erleben, daß Geschlagene sich nicht geschlagen geben, dem Feind nicht völlig hilflos, nicht völlig schutzlos ausgeliefert waren und auch hier nicht vergaßen: «Wer im Stich läßt seinesgleichen, läßt ja nur sich selbst im Stich.»

Was aber bezweckte der Gegner? Warum sollten im «Judenblock» Atemnot, Hungersnot, Erstickungsgefahr um sich greifen?

Gründe waren rasch zur Hand. Olgas Block hatte sich erlaubt, einen Lyrikabend zu veranstalten – Gedichte, musikalische Vorträge. Das war streng verboten. Außerdem gab man vor, in der SS-Kantine sei eingebrochen worden. Razzien in allen Baracken, ohne etwas zu finden. Dennoch Kollektivstrafe fürs gesamte Lager: stundenlanges Strammstehn und einen Tag kein Brot, keine Suppe, nichts Trinkbares. «Judenblock wird sonderbehandelt!» Später stellte sich heraus, der Einbruch war fingiert, um ein Manko in der Küche und in der Kasse zu vertuschen und die Löcher durch Essenentzug wieder aufzufüllen.

Der eigentliche Grund aber war auch das nicht. Zwar paßte vorgetäuschter Einbruch bestens in den Streifen, und die korrupten Zuchtmeister nutzten das weidlich aus, hatten selber keine richtige Vorstellung, was sich noch dahinter verbarg. Nicht einmal Koegel sah zunächst durch. Die Sache war nicht von ihm ausgeheckt worden, sondern an allerhöchster Stelle.

Ist es ein Test gewesen, Test für Holocaust, erste größere Erstickungsversuche?

Die Frauen in Ravensbrück ahnungslos.

Etwa um dieselbe Zeit geht ein Transport ab, dreißig, vierzig Häftlinge, alte und gebrechliche, kranke oder sonstwie arbeitsunfähige, darunter auch die junge Zigeunerin – im Sommer 1939 durch Hundebisse schwer verletzt und seitdem körperbehindert.

Betroffenheit bei Doris Maase, bei den Häftlingsärztinnen überhaupt und bei den Pflegerinnen. Betroffenheit in den Blocks. «Wieso plötzlich Abtransporte?» Fragen, Gerüchte, Hoffnung auch, daß stimmen könnte, was SS-Ärzte und SS-Schwestern sagten: «Die kommen ins Sanatorium.»

Wohin? In welches Sanatorium? Niemand erfuhr es genau, außer Koegel, der SS-Lagerarzt und noch einige vom Pulk der Mörder.

Die Häftlinge sind nicht sehr weit gefahren, nur ein Stück mit dem LKW in die Himmelpforter Heide. Dort stiegen sie um. SS-Männer waren behilflich. «Etwas schneller, meine Damen, der Zug fährt in wenigen Minuten ab!»

Es war ein Eisenbahnwagen, mitten im Wald, auf Schienen. Doch ohne Lokomotive. Die war auch nicht nötig. Ein umgebauter, umfunktionierter Waggon. Probelauf. Ein Motor wird angeworfen, der den Waggon mit Abgasen füllt ...

Holocaust begann nicht erst 1942 mit den Massentransporten nach Auschwitz. Holocaust begann schon 1939/40 mit den Massentötungsaktionen «T 4» in den Heil- und Pflegestätten. «Gnadentod für unheilbar Kranke», sagten die Mörder dazu, «Euthanasie, der schöne, der sanfte, der schmerzlose Tod.»

«Gespräche mit Hitler», Titel eines Buches von Hermann Rauschning, einem konservativen Politiker, 1933 Senatspräsident der Freien Stadt Danzig, NSDAP-Mitglied, überzeugt, diese Partei verfolge lobenswerte Ziele. Rauschning kannte Hitler aus nächster Nähe, unterhielt sich mit ihm, brach mit ihm, legte Amt und Würden nieder und sein Parteibuch auf den Tisch, emigrierte 1937 in die Schweiz, veröffentlichte seine Erlebnisse, seine Erfahrungen, so auch die «Gespräche mit Hitler». Gespräche unter anderem über die «Technik der Entvölkerung».

«Hitler: ‹Wenn Sie mich fragen, was ich unter Entvölkerung verstehe, so werde ich Ihnen sagen, daß ich die Vernichtung ganzer rassischer Einheiten im Auge habe, und dies werde ich tun, ich sehe darin – grob ausgedrückt – meine Aufgabe ... Wir müssen eine Technik der Entvölkerung schaffen ... Die Natur ist grausam, daher dürfen auch wir grausam sein. Wenn ich die Blüte des deutschen Volkes – ohne jedes Bedauern über das Vergießen kostbaren deutschen Blutes – in die Hölle des Krieges schicke, so habe ich natürlich auch das Recht, Millionen von Menschen niederer Rasse zu vernichten, die sich wie Ungeziefer vermehren.›»

Bereits 1935 hatte Hitler seinem Reichsärzteführer nahegelegt, man solle doch nun allmählich daran denken, «lebensunwerte Individuen zu entfernen ... Alles Kranke und Schwache muß weggehämmert werden.»

Im Januar 1939 ergeht an Heydrich der Auftrag, «im Reichsgebiet die Geheime Kommandosache T 4 organisatorisch vorzubereiten», und am 1. September 1939, genau an dem Tag, als der Krieg vom Zaun gebrochen wurde, verfügt Hitler offiziell die Euthanasie.

Der «schöne» Tod schlich durch Deutschland, so gut wie reisefertig schon Monate vor dem Überfall auf Polen. Es war nur noch eine Frage der Koordinierung zwischen gewissen Instanzen. Die ausführende Instanz saß in Berlin, Tiergartenstraße 4 – Tarnbezeichnung der Aktion daher «T 4».

Gleich zu Beginn des Jahres 1940 gab der Gesundheitsminister eine Direktive heraus. «Geheime Reichssache» an die Chefärzte sämtlicher Heil- und Pflegestätten, «unheilbar Kranke» da und da und dort und dort in dafür präparierten Anstalten einer «Sonderbehandlung zu unterziehen». Indikation: «Sanfter Tod unerwünschten Volkstums». Man beachte, welche Mission im KZ-Staat der Gesundheitsminister hatte. Wer opponierte, wer gegen den Faschismus Widerstand leistete, war sowieso seines Lebens nicht sicher; wer nicht arbeiten, nicht exerzieren, nicht in die Rüstung, nicht in die Kasernen, nicht aufs Schlachtfeld marschieren konnte, weil er krank war, der wurde umgebracht.

Das Programm lief, und das Transportunternehmen, das die Opfer in den «sanften» Tod transportierte, lief unter dem Namen «Gemeinnütziger Krankentransport GmbH». Omnibusse fuhren durchs Land, Omnibusse mit farbig angestrichenen oder dicht verhängten Fensterscheiben, damit die Passanten die Gesichter hinter den Scheiben nicht erkennen und die Passagiere nicht sehen, wohin sie fahren. Man hatte an alles gedacht. In den betreffenden Anstalten, die vollbesetzte Omnibusse erwarteten, gab es Standesämter, dort stellten Beamte Urkunden aus – Sterbeurkunden –, und einige andere Beamte verschickten Kondolenzbriefe. «Müssen wir Ihnen die schmerzliche Nachricht übermitteln, daß Ihr Sohn ..., Ihre Tochter ..., Ihre Mutter ..., Ihr Vater ..., Ihre Ehefrau ..., Ihr Ehemann am 9. 2. 1940 infolge akuter Kreislaufstörung ..., Lungenembolie ..., Herzkollaps ..., Magendurchbruch ..., Darmverschluß ..., Altersschwäche verstorben ist. Herzliches Beileid, mit deutschem Gruß. Heil Hitler.»

70273 Menschen ins Gas geschickt, und das waren alles

Deutsche. Deutsche Frauen, deutsche Männer, deutsche Kinder – kaltlächelnd beseitigt, nur weil sie krank, also «Nichtsnutze», «nicht würdig» zu leben. Aus welchen Motiven dies noch geschah, verrät eine Statistik, gefunden 1945 in Hartheim. Da ist nicht nur die Zahl der Ermordeten addiert, da ist auch mit peinlichster Akribie ausgewiesen und genauestens errechnet, wieviel Betten dadurch frei geworden sind, wieviel Platz, wieviel Quadratmeter Raum man gewonnen, welche Mengen Lebensmittel und wieviel Geld man eingespart hat.

Seit Juni 1940 wendete sich die «Aktion T 4» nicht nur gegen das eigne Volk, sondern auch gegen Menschen, die inzwischen Auffang-, Sammel-, KZ-Lager übervölkerten. «Wir müssen da aufräumen, Platz schaffen! Wir haben uns vorgenommen, Juden, Zigeuner, Bolschewisten und dieses ganze Untermenschentum auszurotten, und nun machen wir das auch», sagte Himmler und ordnete an, das Vergasen auf KZ-Lager auszudehnen, unter strengster Geheimhaltung und dem Aktenzeichen «Sonderbehandlung 14 f 13». Die Todeskammern waren anfangs – wie schon erwähnt – Eisenbahnwaggons oder auch Lastwagen. «Ein Provisorium», eröffnete Himmler seinem Konsortium, «Bernburg ist noch nicht betriebsfertig.»

Oktober 1940 schickte er ein Geheimkommando aus Berlin nach Bernburg, das unter Leitung von Dr. med. Eberle in der dortigen Landesheil- und Pflegeanstalt die neu eingerichtete Sonderabteilung übernahm. Stärke des Kommandos: 120 Mann. Alles, was sie übernahmen und unternahmen, war «Gekados» (Geheime Kommandosache). Auch die Omnibusse, die in Bernburg eintrafen, sehr geheimnisvoll, geheimnisumwittert. Man hatte schon Grausiges davon munkeln gehört.

Den Fahrzeugen entstiegen in Bernburg nicht nur Heil- und Pflegebedürftige, es stiegen auch Gesunde aus, Angehörige verschiedener Nationen, KZ-Häftlinge – Buchenwalder, Sachsenhausener, Ravensbrückerinnen, Juden, Jüdinnen, Zigeuner, Zigeunerinnen, Deutsche auch, Deutsche aus unterschiedlichen Schichten, übrigens auch Soldaten der Wehrmacht, verwundete, amputierte, blind- und taubgeschossene

Kriegskrüppel. Eben alles «Ausschuß», nicht mehr «verwendungsfähig», «unerwünschtes Menschenmaterial, das sich wie Ungeziefer vermehrt».

Nachdem die Männer und Frauen ausgestiegen waren, mußten sie einen separaten Eingang benutzen, von dort mehrere Ordinationszimmer durchlaufen. Nackt, mit einer aufgedruckten Nummer zwischen den Schulterblättern, traten sie über eine Treppe in einen Gang. Ein Kellergang, schwach beleuchtet. Hinter einer Tür das «Bad», die «Duschanlage». Achtzig bis hundert Personen «faßte der Duschraum». Tür auf, Tür zu, Brause auf. Kein Tropfen Wasser ... Und alles mechanisiert. Die Erstickten gelangten über ein Fließband direkt in den Sezierraum. Ärzte sezierten sozusagen am laufenden Band Leichen, entnahmen Organe, vorzugsweise das Gehirn. Bereitstehende Packer verpackten das «Material», für «medizinische Versuchszwecke».

60000 Menschen in Bernburg vernichtet. Aus dem Schornstein des Krematoriums schlugen hohe Flammen, vor allem nachts. Der Feuerschein färbte den Himmel glutrot. Bernburgs Einwohner fragten sich, warum dort so oft so hohe Flammen herauszüngeln und was da wohl verbrannt werde und weshalb der Schornstein tagsüber kein Feuer speit.

Menschen von der Flamme verzehrt – auch Rosel Menzer, Käthe Leichter, Tilde Klose, Ruth Grynspan, Olga Benario ... Aber noch leben sie, noch ahnen sie nichts davon, noch schnürt es ihre Herzen nicht ab, noch bleiben ihnen Hoffnung und Lebensmut erhalten.

Veränderungen, unmerkliche und spürbare

Oktober/November 1940.

«Olga bastelt, stört sie nicht!» Ruth Grynspan hält die Tischecke frei, an der Olga sitzt, und hält allzu Neugierige fern.

Olga arbeitete an einer Zeitung, überprüfte noch einmal die Beiträge. Es ist eine winzig kleine Zeitung, geschrieben in winziger Schrift. Kurznachrichten, kurze Verse, Aphorismen,

Sentenzen. Ein Puzzle, zusammengesetzt aus Zitaten, die ihr oder ihren Kameradinnen eingefallen waren, ein Puzzle aus aufklärenden Informationen.

Die Zeitung, von Hand zu Hand weitergereicht, wird leise vorgelesen, in geheimen Zirkeln, bei heimlichen Treffs am 7. November: «Auf dem Balkan führt Mussolini Krieg gegen Griechenland. Stukas werfen Bomben auf ‹Engelland› ... Der Krug geht so lange zum Brunnen, bis er bricht. Physikalische Gesetze kennen Faschisten offenbar nicht.»

Das faschistische Italien bedroht den Balkan. Das faschistische Deutschland bombardiert London, Birmingham, Sheffield, Coventry, annektiert Elsaß-Lothringen, tauft es November 1940 in «Gau Westmark» um. SS und SD «säubern den Gau». Massenverhaftungen, Vertreibungen, Repressalien. 300000 Bauern sollen von Haus und Hof verjagt werden, «Landnahme für arische Erbhofbauern». Aufruhr, Widerstand elsaß-lothringischer Arbeiter und Bauern. Streiks, Protestdemonstrationen, Protestaktionen, auch Verzweiflungstaten. Bauern schlachten ihr Vieh ab, zünden ihre Gehöfte an, zerstören ihr Eigentum lieber selber, ehe sie es dem barbarischen Feind überlassen müssen, fliehen nach Frankreich, tauchen irgendwo unter.

Durchs Frauen-KZ am Schwedtsee schmettern Fanfaren der Hitlerjugend. Lautsprecher auf voller Lautstärke. «Wir werden weiter marschieren, wenn alles in Scherben fällt ...»

Was in Elsaß-Lothringen geschieht, hören die Gefangenen nicht, auch nicht, daß in den USA endlos darüber debattiert wird, ob Hitlerdeutschland ein Übel oder kein Übel ist.

Moskau erstrahlt abends im Glanze vieler Lichter. Straßen, Plätze und Parks sind belebt, auch nachts spielen die Moskauer im hellerleuchteten Gorki-Park noch Domino. Westlich der Grenzen zur UdSSR sind die Lichter ausgegangen. Verdunklung. Es ist finster geworden in Europa, und die Sowjetbürger fragen sich besorgt, ob es gelingt, fürs Vaterland den Frieden zu erhalten.

Diese Sorge bewegt viele Menschen in vielen Ländern.

In Berlin – Reichskanzlei – macht man sich andere Gedanken. Da finden Stabsbesprechungen statt, Planspiele, schon seit Mitte 1940, und im Dezember liegt dem Generalstab eine neue Geheime Kommandosache vor, der «Plan Barbarossa» – Überfall auf die Sowjetunion! Man ist sich nur noch nicht ganz im klaren, wie man das dem Volke und der Welt beibringt. Die Worte Erich Weinerts werden hochaktuell: «Der Überfall auf die Sowjetunion stellt den Plan zur Rettung der Reaktion.»

Der «Plan Barbarossa» liegt unter Verschluß. Aber die Lage verändert sich fortwährend. Man konnte nie den Tag vor dem Abend loben, wußte nie, was die nächste Stunde brachte und wann die Stunde schlägt.

Im Dezember atmosphärische Veränderungen in Ravensbrück, hörbar, bemerkbar von heute auf morgen. Die Lautsprecher übertragen keine Radiosendungen mehr – keine Nachrichten, keine Heeresberichte, keine «Führer-Reden», keine «Wunschkonzerte». Aus den Tontrichtern nur noch Beschallung vom Plattenteller – Marschmusik, Schlager – und plärrende SS-Kommandostimmen. Der «Großdeutsche Rundfunk» schweigt. Koegel hat ihn zum Schweigen gebracht, befehlsgemäß. «Pst! Feind hört mit!» Da sich im Lager mehr und mehr ausländische «deutschfeindliche Elemente» ansammeln, verliert – wie höh'ren Orts ganz richtig erkannt – Goebbels' gleisnerische Propaganda ihre Wirkung, verkehrt sich ins Gegenteil, zum Vorschein kommt mehr und mehr der hinkende Pferdefuß. Darum Funkstille.

Im Dezember auch Veränderungen im Personalbestand der SS-Ärzte. Dr. Herta Oberheuser beginnt ihre Laufbahn als Lagerärztin. Humor der Oberheuser. «Du kommst ins Stübchen, da machst du dich aus dem Stäubchen.» – Vom «Stübchen» wird noch die Rede sein.

Sie hatte sich beworben, hatte sich als Lagerärztin angeboten, nachdem sie Ravensbrück besichtigt und dort «so wunderbar viele» Frauen gesehen hatte, die ihr, der Spezialistin für Haut- und Geschlechtskrankheiten, «reichlich Studienmaterial lieferten».

Dr. Oberheuser, ein Scheusal in Menschengestalt, wie alle SS-Ärzte. Ihre Aufgabe war es nicht, Kranke zu heilen, ihre Aufgabe war, Gesunde gesundheitlich zu ruinieren und ins

Jenseits zu befördern. Und das meisterte Frau Doktor zur vollsten Zufriedenheit ihrer Vorgesetzten. Deshalb avancierte sie auch von der Lagerärztin zur rechten Hand Professor Dr. Gebhardts – SS-Brigadeführer, Reichsarzt SS, Chefarzt der SS-Krankenanstalten Hohenlychen, Experte in Sachen Sterilisierung, Vivisektionen etc., intimer Freund und Leibarzt Himmlers, zudem – groteskerweise – 1945 noch Präsident des DRK.

Aber das sagt Frau Doktor selber, zwar etwas niedergedrückt, denn sieben Jahre später steht sie in Nürnberg vor Gericht.

Angaben zur Person: «Ich, Herta Oberheuser, am 15. März 1911 in Köln am Rhein geboren, studierte Medizin an den Universitäten Bonn und Düsseldorf und machte 1937 meinen Doktor. Von 1937 bis Dezember 1940 war ich Assistentin an der Medizinischen Klinik Düsseldorf sowie an der Hautklinik daselbst. 1935 trat ich dem Bund Deutscher Mädchen bei und hatte den Rang einer Ringärztin. Im Mai 1937 wurde ich Mitglied der NSDAP. Ich war gleichfalls Mitglied des NS-Ärztebundes. Von Dezember 1940 bis Juni 1943 war ich Hautspezialistin und Lagerärztin des KZ Ravensbrück. Meine Vorgesetzten waren bis 1942 Dr. Sonntag, danach Dr. Schiedlausky. Von Juni 1943 bis Kriegsende war ich Assistenzärztin bei Professor Dr. Karl Gebhardt im Krankenhaus Hohenlychen.»

Der Richter fragt, ob sie sich zu den Anklagepunkten schuldig oder nichtschuldig erkläre. Die Oberheuser antwortet: «Nichtschuldig.»

Die Zahl der Toten in Ravensbrück erhöhte sich ab Dezember 1940 von Monat zu Monat sprunghaft, freilich nicht allein durch die Schuld der Oberheuser. Doch ihre Verbrechen sind hundertfach erwiesen. Sie wird verurteilt, zu 20 Jahren Haft. Das war 1947/48. Vier Jahre später setzt der Hohe Kommissar McCloy die Haft auf 10 Jahre herab. 1953 wird Massenmörderin Oberheuser wegen «guter Führung» vorfristig entlassen, erhält Genehmigung, wieder zu praktizieren, und überdies noch 10000 Mark Entschädigung, da sie «durch die Haftjahre finanzielle Einbußen erlitt».

Mit Antritt der Oberheuser verschlechterte sich die Situation in Ravensbrück für alle Häftlinge, nur war das nicht von einem Tag auf den anderen für alle offensichtlich.

Daß sich die politischen Gefangenen nach hartnäckigen Protesten durchgesetzt hatten und Weihnachten 1940 Block 1 bezogen – eine Baracke, ausschließlich ihnen vorbehalten –, wirkte von heute auf morgen wie eine Erlösung, verbesserte die Situation vieler Häftlinge von einem Tag auf den anderen spürbar.

Wie sie selber es gesehen und angepackt haben, geht aus mehreren Erlebnisberichten hervor.

«Als kriminell abqualifiziert, mit Kriminellen auf eine Stufe gestellt? Nein, das nahmen wir nicht widerspruchslos hin, dagegen wehrten wir uns von Anfang an. Zuerst Einzelproteste, mündlich, schriftlich; im Laufe der Zeit energischer, geschlossener auch. Widerstand war ja ganz anders, als man allgemein denkt. Er entwickelte sich lautlos und äußerte sich, wenn er Fuß gefaßt hatte, ohne Paukenschlag, ohne Sturmgeläut. Spektakel nutzt überhaupt nichts. Taktisch vorgehn, still, bedachtsam. Etwas dagegen tun, indem man nichts tut, zum Beispiel. Also taten wir nichts. Man brauchte ja unsere Arbeitskraft, brauchte uns in den Schreibstuben, der Effektenkammer, der Aufnahme, in der Küche, in den Werkstätten, der Wäscherei, im Arbeitseinsatz, im Revier, im Bad. Und wir hattens auch drauf angelegt, Funktionen zu besetzen, uns da unentbehrlich zu machen. Sehr wichtig, eine legale Beschäftigung zu haben, wenn man illegal etwas bewirken möchte... Entscheidend war, Einblick in den Mechanismus der Lagerleitung zu gewinnen, Kenntnis zu erhalten, was sie ungefähr plant, um sich darauf einstellen, sich wappnen zu können. Sich wappnen, das hieß auch, den Gewaltapparat des Gegners nach Lücken abzutasten, an gewisse Unterlagen heranzukommen. Dem Terror vorbeugen, den Gegner verunsichern, Widersprüche zwischen SS, Gestapo und Rüstungsmanagern aufspüren, zu unseren Gunsten dort nachhaken, wo sich Gegensätze zeigten. Selbstverständlich war uns das meiste gar nicht zugänglich, selbstverständlich wußten und überblickten wir längst nicht alles. Manches aber doch. Hier und da hatten wir schon Sandkörnchen ins

Getriebe gestreut und wenns knirschte, der SS stichhaltig nachgewiesen, daß durch Schlamperei und Unfähigkeit der Wachmannschaften oder Zivilangestellten Pannen verursacht würden, die wir Häftlinge auszubügeln haben. Gegen Schufte muß man eben mit List agieren, sonst ist man verloren, hat Heinrich Heine geraten… Kurz und gut, man brauchte uns, rief uns, wir aber erschienen nicht, meldeten uns krank, gaben immer nachdrücklicher zu verstehen, daß wir nicht länger gewillt sind, mit Kriminellen unter einem Dach zu hausen. Weit über ein Jahr dauerte es, dann hatten wirs geschafft. Das war unser erster größerer Sieg, fühlbar, sichtbar für Freund und Feind.»

Und sie nutzten den Schwung, den Auftrieb, als sie Weihnachten umgezogen waren, setzten binnen weniger Wochen eine zweite wichtige Forderung durch: «Das Verbot, mit jüdischen Gefangenen zu sprechen, muß fallen!»

Kontakte bestanden seit langem. Treffs mal da, mal dort, illegale Zusammenkünfte, auch aus feierlichen Anlässen. So im Januar, zum ehrenden Gedenken an Rosa Luxemburg, Karl Liebknecht, W. I. Lenin, oder im März, zum Internationalen Frauentag, am 1. Mai, am 7. November. Doch sie verlangten danach, sich in arbeitsfreien Stunden besuchen oder in der Lagerstraße treffen zu können, ganz legal, wie man sich mit anderen Kameradinnen traf.

An einem Sonntag im Januar 1941 ließen sie es einfach drauf ankommen. SS-Oberaufseherin Langefeld traute ihren Augen nicht, als sie gewahrte, daß Politische von Block 1 mit Jüdinnen Arm in Arm, Seite an Seite durch die Lagerstraße spazierten. Umgehend rief sie verantwortliche Häftlingsfunktionäre zu sich – Lagerälteste Bertl Teege, Lagerläuferin, Blockälteste, Stubenälteste –, mindestens zwei Drittel Rotwinklige. Was denn hier eigentlich einreiße, fragte sie konsterniert, und ob man «denn total übergeschnappt» sei, das sei ja «ein Stück aus dem Tollhaus! Untergehakt mit der jüdischen Brut … Skandalös! Werde dafür sorgen, daß die Betreffenden in den Bau wandern! Hinterher können sie sich garantiert allesamt auf dem Judenblock wiederfinden!»

«Da stell ich ab sofort meine Funktion zur Verfügung»,

konterte Bertl Teege, «denn mich betriffts auch, ich gehöre auch zu den Untergehakten. Im übrigen macht es uns nichts aus, mit jüdischen Frauen zusammenzuleben, das würden wir nicht als Strafe betrachten.»

Sie wichen nicht zurück, die zum Rapport Gerufenen, behaupteten nahezu einmütig ihren Standpunkt.

Vielleicht hat es die Langefeld beeindruckt, auch was Bertl Teege sagte, Konsequenz imponierte ihr. Vielleicht fürchtete sie, eine Lagerälteste entbehren zu müssen, die etwas von Organisation verstand. Vielleicht hatte sie Angst vor Koegel, Angst, er würde den «skandalösen» Affront ihr selber zur Last legen. Wie oder was auch immer, die Angelegenheit wurde Koegel unterschlagen, das Sprech- und Besuchsverbot stillschweigend so halb und halb aufgehoben, und der demonstrative Sonntagsspaziergang hatte kein allzu schlimmes Nachspiel. «Strafen verhältnismäßig gering, jedenfalls auszuhalten, auszuhalten vor allem deshalb, weil wir wieder auf einen Erfolg zurückblicken konnten, der unsere Herzen stärkte.»

Oft hatten sie nicht Gelegenheit, sich zu besuchen oder zwischen den Baracken spazierenzugehn. Freizeit war äußerst knapp. Wenn dieser seltene Fall jedoch eintrat und die Langefeld Untergehakten der Blöcke 1 und 11 begegnete, wandte sie sich ab – nichts gesehen, nichts geschehen.

Wer wußte schon, was in dieser Frau vorging. «Nebelkrähe», «Schreckschraube» wurde sie von den Häftlingen genannt. Immer mißmutig, übellaunig, immer ein finsteres Gesicht. Unnahbar, streng, hartherzig, schnell dabei zu bestrafen. Geschlagen hat sie nicht. Eine fanatische Nazisse, durch und durch faschistisch verludert war sie wohl noch nicht. Früher ist sie mal Sozialfürsorgerin gewesen – in der Weimarer Zeit –, dann Gefängniswärterin. Verwitwet überdies, verbittert auch. Eine Frau, nicht mehr jung, noch nicht alt, eine Unbefriedigte, die sich selber nicht mochte und keinen Weg fand, ihrem Dilemma zu entkommen. Daß sich ihr ein Weg öffnete, ist ein anderes Kapitel.

«Strafen verhältnismäßig gering, jedenfalls auszuhalten.» Fünf Rotwinklige zu drei Wochen Arrest verurteilt, weil sie sich mit Jüdinnen solidarisierten.

Block 12 – Arrestblock, Strafblock. Insassen kriminelle, asoziale, politische Häftlinge, Bibelforscherinnen auch, Zeugen Jehovas. Der Block doppelt, dreifach isoliert, ringsum Stacheldraht und Doppelposten.

«Wer sich grober Verstöße gegen die Lagerordnung schuldig macht, wird eingebunkert.» Jede Politische, die zum zweiten Male in «Schutzhaft genommen» oder gegen die noch zu recherchieren ist, muß gleich bei ihrer Ankunft in den Bunker. Zellenbau und Strafblock – Gefängnisse im KZ. Die Funktionen sind vornehmlich von Kriminellen besetzt, leicht zu korrumpieren, Wachs in den Händen der SS und Gestapo. Der Arrestblock brechend voll, tausend und mehr, obwohl nur für zweihundertsiebzig Gefangene als Kerker gedacht. Die Sterblichkeit liegt wesentlich höher als in den anderen, den normalen Unterkünften. Aber was ist hier normal? Verhältnisse zum Verrücktwerden, und viele wurden es auch.

Tagebuchnotizen, Aufzeichnungen, Erinnerungen politischer Häftlinge geben Auskunft über die Atmosphäre im Ravensbrücker Strafblock: «Eine der quälendsten Lasten solcher Gefangenschaft ist der Zwang zum ungewollten Beisammensein, der Zwang, Tag für Tag, Nacht für Nacht die Anwesenheit Krimineller erdulden zu müssen. Widerwärtig, kaum zu ertragen. Sie randalieren, lassen ihren Gefühlen, ihren Trieben freien Lauf, rücksichtslos, hemmungslos, koste es, was es wolle, völlig egal, wer das auszubaden hat, völlig egal, ob der ganze Block dafür büßen muß. Wie die Narren, immer bereit, aufeinander loszugehn, sich aufzureizen, aufzugeilen. Nur wenige bewahren ihr menschliches Antlitz. Schon zerstört, bevor sie hierher kamen, verwahrlosen sie mehr und mehr. Essen beherrscht ihr ganzes Denken und Tun. Lasterhaft, diebisch, gerissen schleichen sie nachts von Bett zu Bett, von Spind zu Spind, nehmen alles mit, was sich ihnen bietet. Und ihre Obszönitäten, ihr widerliches Geraufe um eine Brotrinde, ihre irren Stoßgebete.

Zusammengesperrt mit Kriminellen ist ungefähr das Letzte. Nach der Regie unsres Gegners soll es ja für uns auch das Letzte sein. Entweder du parierst, oder du krepierst! Das ist sein Motto. Und bei manch einer erreicht er, daß sie aufgibt. Aber verdient nicht auch jemand, der hier nicht standgehalten hat, unsere Achtung? Er leidet viel stärker unter seiner Schwäche als der Starke, Mutige unterm Fallbeil.

2. Februar 1941. Wir trauern um Krystyna, eine polnische Kameradin, Mutter von drei Kindern. Aus Częstochowa kam sie, war bei den Partisanen, ihr Mann auch. Ihn traf gleich die erste Kugel, als eine SD-Rotte den Unterschlupf entdeckte. Gestern, 1. Februar, vormittags 11.30 Uhr, holten sie Krystyna zur Hinrichtung. Ich weiß nicht, ob ich so ruhig bleiben könnte, wenn sie mich holen würden, zum letzten Gang. Sie lief mit stolz erhobenem Kopf an uns vorbei. ‹Grüßt mir meine Kinder, grüßt mir mein Polen!› Selbst die ordinärsten BVerinnen hielten den Atem an, als Krystyna ging, waren still, beinahe gesittet, für einige Minuten. Wohl mehr aus Angst denn aus Ehrfurcht. Aber wir waren dankbar für die Stille.

Sie sind ja zu bedauern, die Gestrauchelten, haben sich im Dschungel einer geldgierigen Welt verirrt. Wir Politischen sehen doch wenigstens einen Ausweg aus dieser Misere, unterhalten uns über schöne Dinge, können auf Gutes zurückblicken, uns an glückliche Stunden erinnern, uns ausmalen, wie es künftig einmal sein wird, nach dem Faschismus. Die anderen aber, die Kriminellen? Sie haben immer nur im Abseits gestanden, sind auf Abwege geraten, in der Gosse gelandet. Auch wenn sie sich da wieder herausgerappelt und ein Weilchen über Wasser gehalten hatten, sie wurden ja immer wieder zurückgestoßen, zurück in die Müllgrube, hatten nichts, woran sie sich klammern konnten, nichts als den ungezähmten Haß auf jeden, der sie hinderte, so zu leben, wie sie dachten, es sei leben. Haß auch gegen uns, Haß, weil wir ihre Zügellosigkeit zu bremsen, das Chaos ein wenig zu mildern suchten. Sie begreifen nicht oder wollen nicht begreifen, daß in einer solchen Zusammenballung von Menschen so unterschiedlicher Herkunft ein gewisses Maß an Vernunft zu walten hat, um die Zwangsgemeinschaft, in die man nun einmal hineingepreßt wurde, nicht noch zusätzlich durch eigne Schuld zu verschlimmern. Unsere Versuche, das nervtötende Gekreische zu dämpfen, die Zänkereien, Diebereien, Keilereien zu unterbinden – Sisyphusarbeit, die nur rohes Gelächter, Hohn und Spott erntete. Man will ja sowieso nur das Mindeste. Du möchtest mal ungestört sein, ungestört ein paar Zeilen schreiben, möchtest einen Brief lesen oder deine Sachen säubern, dich mal von Kopf bis Fuß frischmachen, dich mal für wenige Augenblicke unbeobachtet fühlen. Aber das ist unmöglich. Jeden kleinsten Schritt Bewegungsfreiheit muß man sich hart erkämpfen. Nachts liegst du mit mehreren auf der Pritsche, oben, dicht unterm Barackendach. Krank und elend, wie wir alle sind, weigern sich die meisten, bei geöffneten Fenstern zu schlafen. Die Luft im Raum ist bald verbraucht, dunstig, stickig, stinkig. Dreckig, verlaust das Laken, die Zudecke, das Bettgestell. Du vergehst fast vor Ekel, und du glaubst, es nicht länger zu ertragen, an Menschen gefesselt zu sein, mit denen dich nichts weiter verbindet als diese Fessel der Gefangenschaft. Sosehr du dich auch zusammennimmst, sooft du dir auch sagst, es sind doch Menschen, du weißt doch, woher dieses gottserbärmliche Elend rührt, hab doch Geduld, hab doch wenigstens Mitleid, wenn du schon keine Sympathie aufbringst – sooft man sich das alles auch sagt, die Nerven streiken doch einmal. Deine Geduld hat auch ihre Grenzen, einmal ist sie erschöpft, und dann fängst auch du an herumzubrüllen, harte, böse Worte zu sagen, die du kurz darauf bitter bereust. Du schämst dich und hast nur einen Wunsch: Weg von hier!

Flucht? An Flucht ist nicht zu denken. Fliehen – von hier? Aussichtslos. Aber es gibt wohl kaum einen Gefangenen, der nicht an Flucht denkt. Er läßt auch nicht davon ab, wenn er genau weiß, es ist zwecklos. Träume umgaukeln ihn, verwegene Träume von verwegenen Ausbrüchen.»

Auch Schuscha träumte von Flucht. Sie vielleicht öfter als alle anderen. Schuscha, eine junge Zigeunerin, nicht zu bändigen. Gefangen sein – schlimmer als der Tod. «... so unerbittlich treibt mich heute dieser grausame Sturm, wirbelt mich wie ein buntes Herbstblatt über Täler und Berge.»

Sie wehrt sich wie eine Wildkatze, beißt, kratzt, schlägt um sich, wenn sie angegriffen wird, besonders wild, wenn SS nach ihr greift. Wildkatze? Wildtaube, die fortwährend gegen Gitterstäbe flattert. Ich habe Flügel, ich kann fliegen ...

Sie schwingt sich hoch, fliegt, flieht. Flieht aus dem Strafblock, wirft ein strohgefülltes Kopfpolster über den Draht, springt hinterher. Fliege, Wildtaube, fliege! Der straffgespannte stachlige Draht mit den tödlichen Funken wird nun dein Gefieder nicht verglühen ... Sie schwebt, fällt, stürzt, schlägt auf einem Dach auf. Es ist das Dach der SS-Kantine ...

Nacht. Eine Februarnacht.

«Von Scheinwerfern grell beleuchtet, liegt unser umstelltes Leben. Eine graue froststarrende Sandwüste, von Schakalen belauert. Baracken in stiller, unheimlicher Nacht, Bretterkisten gleich, die lebende Leichname einsargen. Lebend begraben. Plötzlich das durchdringende Aufjaulen der Heulboje. Es reißt uns aus einem Alptraum, und wir stellen fest: Die Wirklichkeit ist gräßlicher als der Traum.

Was ist los? Es kann doch nur etwas Gräßliches sein, wenn mitten in der Nacht die Sirene heult. Scharfe Pfiffe, scharfe Schüsse, schauerliches Hundegebell. Strafappell!

Überreizt, übermüdet, schlaftrunken hasten wir hinaus – Junge, Alte, Kranke, Behinderte, Mütter, mit ihren Kindern auf dem Arm oder an der Hand. Wer nicht schnell genug ist, wird zum Stellplatz geprügelt.

Warum müssen wir strammstehen in dieser kalten Winternacht? Unsere Blicke suchen den Wald, gehen sehnsüchtig über die Mauer, bleiben an den Baumkronen hängen. Kommt die Sonne denn noch immer nicht? Sie kommt nicht, sie ist ja da, wartet auf uns, unverrückbar, scheint auch nachts, wenn der Erdball sich gedreht hat, auch tags, wenn dunkle Wolken sie verdecken.

Nur langsam dämmert es im Osten – Morgengrauen. Tageslicht, Tagesgrauen. Wir sehen und hören mit Grausen: Jemand ist geflüchtet! Deshalb die Sirene, deshalb die Pfiffe, Schüsse, das Hundegebell. Darum also hat man uns in der Nacht auf die Lagerstraße gepeitscht. Eine Zigeunerin soll ausgebrochen sein, aus dem Arrestbau. Aus dem Strafblock? – Irrsinn! Wir stehen, bis die Sonne im Mittag steht, und wissen nicht mehr, ob es uns noch gibt.

Kommando ‹Weggetreten!›

Wir sind weggetreten, nicht voll bei Bewußtsein, schieben, zerren, schleppen, tragen uns gegenseitig vom Platz. Bis ins Herz durchfroren, schleppen wir uns über Erfrorene, schleppen uns zu den Baracken, kriechen auf unsere Pritschen, heben und ziehen uns hinauf oder strecken uns da aus, wo die Kräfte uns verlassen. Blutsaugendes Ungeziefer fällt über uns her. Wir spüren es nicht. Hysterisches Lachen, hysterisches Schluchzen. Hunger wühlt in den Gedärmen. Strafappell, ohne Morgentrunk, ohne Mittagsmahl, ohne Abendbrot. Stehtag, Fasttag, Fastnacht.»

Harte, härteste Repressalien fürs gesamte Lager, weil ein armes gequältes Menschenkind sich Flügel erdachte, der Hölle zu entfliehen.

«Hurra, ich bin wieder da!» Schuscha soll es ausrufen. Schuscha kann aber nicht rufen. Ihr wird ein Schild umgehängt. «Hurra, ich bin wieder da!»

Wildkatze, Wildtaube eingefangen, halbtotgeschlagen, von denen, die sie einfingen und zurückschleiften, in den Käfig. Der Lagerkommandant stachelte die ohnehin gereizte Menge der Kriminellen an, selbst «Recht zu sprechen». Tagelang keine Krume Brot, keinen Napf Suppe gesehen, geschweige denn gegessen. Durch Aushungern zur Raserei gebracht, übten Hungrige Lynchjustiz an Schuscha. «Tödliche Rache, Schreckensschreie. Und du stellst dir vor, wie auch du mit einem solchen Schrei aus der Welt gehst. Weg von hier, nur weg!

Fliehen? Eine hats versucht, mutig, todesmutig. Nein, du fliehst nicht, verläßt nur die Baracke, trittst über die Schwelle ins Freie und bildest dir ein, auf dem schmalen Erdstreifen zwischen Arrestbau und Stacheldrahtzaun frei zu sein. Ja, geh, geh hinaus ...»

Draußen tiefhängende Regenwolken, die ihre Schleusen öffnen. Ravensbrück, ein trauriger, trostloser Ort, am traurigsten, trostlosesten, wenn es regnet. Schlamm, schwarzer, schmieriger, zähklebriger Schlamm. «Alles schlammig und schwammig, alles schwarz. Schwarzverrußte Schornsteine, schwarz glänzende Schlacke auf der Lagerstraße. Schwarze Teerdächer, wie Sargdeckel über dicht aneinandergereihte hölzerne Kotter gewölbt. Schwarze, laut krächzende Raben auf den Dächern und der Mauer. Schwarze Uniformen, schwarzgraue Regencapes mit Geier und SS-Runen. Und durchs Drahtgeflecht, das dich abtrennt vom Lager, siehst du eine Frau, schwarzhaarig, vollschlank, etwas üppig sogar, nicht geschoren, gut gekleidet, bedeutend besser gekleidet als alle übrigen Häftlinge, auch nie hungrig. Eine adrette Frau. SS-Männer schnalzen mit der Zunge, wenn sie vorbeigeht. Carmen Mory, ‹lupus vulgaris›, abscheulicher Wolf genannt oder auch schwarzer Engel. Und du siehst nur noch schwarz und lehnst dich heftig auf gegen schwarze Gedanken.»

Schlimm, schlimmer, am schlimmsten. Das ganze Lager schlimm, der Krankenbau schlimmer, Bunker und Strafblock noch ärger, am allerschlimmsten aber das «Stübchen».

Krankenblock 10, Tbc-Block mit dem «Stübchen». Im «Stübchen» Geisteskranke, aus Heil- und Pflegeanstalten dem KZ überwiesen. Als man sie hier einlieferte, waren sie noch fähig, sich zu artikulieren, fähig, sich zu betätigen, keineswegs so behindert, so krank, daß sie in eine Zwangsjacke mußten. Harmlose, gutmütige Menschen sind es gewesen, haben Anstaltsgärten gepflegt, Blumen und Bäumchen gepflanzt und begossen, Wege geharkt, sich jedes grünen Hälmchens erfreut und jedes guten Wortes, das man ihnen schenkte. Jetzt geben sie nur noch unartikulierte Laute von sich.

Ins «Stübchen» gesperrt nicht nur sie, auch Geistesgestörte, die gesund waren, deren Geist sich erst durchs Lagerleben verwirrte.

Blockälteste auf Block 10: Carmen Mory, eine gebürtige Schweizerin. Sie war in dunkle Affären verwickelt. Schmuggelei, Hehlerei, Spionage, mal für den französischen, mal für den englischen Geheimdienst, augenblicklich für die Ravensbrücker SS. Günstling, Liebling der Lagerleitung. Selbst untere Chargen der SS müssen befürchten, von ihr angeschwärzt zu werden, sollte einer es über sich bringen, mit Gefangenen ein menschliches Wort zu wechseln. Carmen Mory, Agentin, Spitzel, hauptsächlich aber Komplizin bei der «Raumbeschaffung».

Das Euthanasie-Programm gegen Deutsche wurde 1941 formell gestoppt. Trotz strengster Geheimhaltung hatte es sich nicht verheimlichen lassen, hatte Unruhen, Proteste hervorgerufen – bei den Hinterbliebenen, beim Pflegepersonal, bei verantwortungsbewußten Ärzten und auch in kirchlichen Kreisen, in Gemeinden, unter Geistlichen. Einige Mutige, die ihr Gewissen nicht belasten wollten – so Bischof Clemens August von Galen –, wagten, Strafanzeige zu erstatten, wagten, die Massenvernichtung von der Kanzel herab anzuklagen.

Aber hinter den Kulissen ging es weiter. Verwundete Offiziere, verwundete Soldaten der Wehrmacht brauchten Platz. Also «Raum her!» Die Heime für geistig und körperlich Behinderte wurden geräumt und in Lazarette umgewandelt. Wo blieben die ehemaligen Insassen? Zu Tausenden umgebracht, durch Spritzen oder Einflößen überdosierter Betäubungsmittel; Arbeitsfähige sind kurzerhand ins KZ gesperrt worden. Unter den Rechtlosen die Rechtlosesten, unter den Geknechteten die Geknechtetsten, unter den Gequälten die Gequältesten, unter den Hilflosen die Hilflosesten, und sie wußten nicht, wie ihnen geschah.

Carmen Mory treibt ihr Unwesen. Der schwarze Engel beschaffte Raum, herrschte über Block 10, bestimmte über Leben und Tod. Das «Stübchen» – 50 Quadratmeter groß. Dahinein quetscht sie 85 todwunde Seelen. Kein Sonnenstrahl findet Einlaß. Im Fensterrahmen statt Glas Bretter, unterm Fenster ein Kübel. Raubtierkäfig, Tobsuchtszelle. Eine Schreckenskammer, wie kein Horrorfilm sie darzustellen vermag. Kein Bett, kein Tisch, kein Stuhl, keine Waschgelegenheit – nichts. Nur schmutzstarrende Pferdedecken. Darauf liegen, stehen, sitzen sie, damit decken sie sich zu, wenn es ihnen gelingt, ein Zipfelchen zu erwischen. Sie reißen sich die Decken aus der Hand, reißen sich die Kleider und die Haut vom Leibe, kratzen sich gegenseitig die Augen aus. Grauenhaft, tierisch das Gebrüll, bestialisch der Gestank. Sie wälzen sich in ihrem Unrat, wälzen sich in ihrem Blut. Ihre Körper voller Ekzeme, voller schwärender Wunden, voller Eiterbeulen. Die Wände bespritzt, blutbesudelt, es wimmelt von Wanzen, Flöhen, Läusen. Zweimal am Tag geht die Tür auf – früh und abends. Die Unglücklichen stürzen zum Ausgang. Luft, Licht, Befreiung erhoffend. Erbarmungslos zurückgepeitscht, verkriechen sie sich im äußersten Winkel. Morgens wird Brot ausgeteilt – 100 Gramm; abends steht der Essenkübel vor der Tür, bewacht von zwei Männern mit Knüppeln. Viele, viele der Geschöpfe gehen leer aus, weil sie sich nicht bis nach vorn durchkämpfen konnten oder ihnen der Napf fehlt oder entrissen wurde oder auskippte. Sie sind auf halbe Ration gesetzt – Anordnung der Lagerärztin, der Hautspezialistin. Sie sollen verhungern, sollen sich gegenseitig zerfleischen.

Ein entsetzliches Bild. Man möchte sich dem verschließen: Das ist nicht wahr, das kann nicht wahr sein! Aber es ist so gewesen, und es öffnet einem die Augen, man erkennt die bodenlose Verworfenheit, durchschaut ein System, das Bestialität züchtet und Kreaturen, wie die Mory, und Scheusale, wie die Oberheuser. Erinnert sei an den «Humor» dieser Akademikerin: «Du kommst ins Stübchen, da machst du dich aus dem Stäubchen.»

Und nichts davon drang nach außen!

Was sich im größten Frauengefängnis, das die Geschichte je gesehen hat, zutrug, löste unter der Bevölkerung keine Unruhen, keine Empörung, keine Proteste aus. Konnte es auch nicht. Denn wer erfuhr damals etwas darüber? Das Gros der Deutschen nicht. Ravensbrück? Nie gehört, diesen Ortsnamen. Eine kleine Ansiedlung, nirgendwo erwähnt, auf keiner Landkarte verzeichnet, ungenannt, unbekannt. Auch der faschistischen Presse konnte niemand jemals die Mitteilung entnehmen, es gebe am Schwedtsee ein Frauen-Konzentrationslager, was sie ja 1933 im Falle Dachau noch für mitteilenswert gehalten hatte. In der Folgezeit verlor sie kaum ein Sterbenswörtchen – nicht über Sachsenhausen, nicht über Buchenwald, über keine dieser Menschenpressen, schon gar nicht über eine, wo man Frauen und Kinder zerquälte, und erst recht nicht über Auschwitz.

Kriegsgewinnler kannten sich da allerdings aus. Zum Beispiel ein Herr Friedhelm Jonas, Großverdiener in einer sächsischen Kleinstadt, Ratsherr und Bauunternehmer, gleich nach Kriegsausbruch uk-gestellt, «unabkömmlich». Nazi selbstredend und geschäftstüchtig. Sein Geschäft florierte. Er hatte direkten Draht zu hohen Tieren der Gauleitung, ja zu noch höheren, wie zu SS-Obergruppenführer Pohl, und hatte stets lukrative Aufträge in der Tasche, wichtige Aufträge, «wehrwirtschaftlich wichtige». Sein Betrieb stellte Barackenteile her und Barackendörfchen auf. Sein Slogan: «Wir rammen ein und nageln zu, fertig ist der Bau im Nu.»

Firma Jonas half «Erziehungs- und Umerziehungslager» aufstellen, Wehrmachtbaracken, RAD-Lager, KZ-Lager. Eins-drei-fix hingepflanzt, unerhört profitabel das Unternehmen. Rittergutsbesitzer Wolfram Ahrer von der Au und Sägewerksbesitzer Hinrich Detzke waren mit von der Partie.

Ein Städtchen in waldreicher Gegend, viel Land- und Forstwirtschaft, wenig Industrie, viel Bauern, viel Landproletariat, viel Armut. Über arm und reich und groß und klein thronte Baron Ahrer von der Au, dem Wald und Feld gehörten. Er lieferte das Holz, Detzke schnitt es zu, Jonas baute Lager auf.

1940 – der Krieg hatte Polen überrollt, zerstampfte westliche Länder und inspirierte Jonas' Unternehmergeist. Polnisches Gebiet war nun auch sein Baugrund, von dem er Besitz ergriff. «Generalgouvernement – eine Goldgrube; respektable Geschäftsabschlüsse unter Dach und Fach.» So Friedhelm Jonas. Der Bauplatz erlangte später schreckliche Weltberühmtheit. Im Umkreis standen einst sieben Dörfer. 1940 wurden sie dem Erdboden gleichgemacht.

Das Schicksal dieser Siedlungen war schon Ende 1939 beschlossene Sache. Am Zusammenfluß von Weichsel und Sola wird ab Mai 1940 Neuland bebaut. Ein außerordentliches

Projekt, Industrieanlagen gewaltiger Dimensionen, Chemische Werke IG Farben, Labors, Forschungsinstitute und so weiter. Selbstverständlich auch Kasinos, Kasernen, Kantinen, Heime, Wohnhäuser, Wohnblöcke vor allem, da Hunderttausende und mehr Unterkunft und Beschäftigung finden sollten. Fürwahr, Auschwitz – ein gewaltiges Werk der Gewaltherrschaft, das Maßstäbe setzte, die zum Himmel schreien.

Jonas, immer unterrichtet, wenn es um «wehrwirtschaftlich wichtige Aufträge» ging, trug SS-Obergruppenführer Pohl seine sofortige Bereitschaft an, «am Aufbau mitzuwirken».

Krautjunker, Fabrikanten – Drahtzieher und Nutznießer der faschistischen Diktatur, die händereibend den großen Schnitt machen, überdurchschnittliche Profite einstreichen. Jonas, der gerissenste vom Trio, krankhaft eitel, selbstgefällig, herrschsüchtig, Tyrann im Betrieb wie zu Hause.

Welches Gewerbe Jonas und Co. betrieben, war wenigen bekannt. Doch gänzlich verborgen blieb auch das nicht. Antifaschisten brachten manches in Erfahrung und trugen es weiter, von Mund zu Mund oder auf hektographierten Flugzetteln. «Unsere wirklichen Feinde hocken in allernächster Nachbarschaft!!»

Kein Raum für die Liebe

Während die Oberen aus Politik und Wirtschaft sich am Kriege berauschten und bereicherten, während Jonas seine Geschäfte machte, neue Verträge abschloß, neue Lager in die Landschaft setzte – auch an Ort und Stelle, zwischen Kirmeswiese und Schrebergärten, während die Tage sich zum Monat, die Monate zum Jahr rundeten und sich das Lager zwischen Kirmeswiese und Schrebergärten mit Kriegsgefangenen füllte – während all dem entwickelte sich in diesem Städtchen ein Drama. Romeo und Julia, das alte Trauerspiel.

Julia, achtzehnjährig, klein, rotbäckig, funkelnde Kulleraugen, blonde lange Zöpfe, manchmal als Affenschaukel, manchmal als Kranz hochgesteckt. Mit Haarkrone wirkte sie größer und älter, die Hannelore Fabian. Keine so ätherisch elfenzarte Gestalt wie die Julia aus Verona, auch nicht in Samt und Seide und Spitzen gehüllt. Meistens betont bäurisch gekleidet. Schwingender Dirndlrock, enganliegender buntbestickter Spenzer oder «Berchtesgadner-Jäckchen», weißwollne Kniestrümpfe, derbe Schuh.

Hannelore, Tochter eines Postbeamten, angestellt bei Hinrich Detzke als Stenotypistin. Sie stellte sich gut an, fleißig, geschickt. Detzke mochte junge hübsche Mädchen und stellte ihr in Aussicht, sie zu fördern. Das spornt an. Hannelore befleißigte sich, ihren Chef nicht zu enttäuschen, war überhaupt bestrebt, niemand zu enttäuschen. Ein ehrliches, strebsames Mädel, BDM-Mitglied, Vorturnerin einer Gymnastikgruppe von «Glaube und Schönheit».

Plötzlich verändert sie sich auffallend, vernachlässigt auch «Glaube und Schönheit». Ihre Wangen noch rosig, aber nicht mehr so rund und rot. In ihren Kulleraugen ein sehnsüchtiger Glanz. Sie verzehrte sich in heißer Liebe zu Romeo, und er verzehrte sich nach ihr.

Sie hüteten ihr Geheimnis. Die Umwelt hatte es noch nicht entdeckt, rückte ihnen noch nicht zu nahe. Und die Welt wußte sowieso nichts von dieser Liebe, wurde sowieso nicht davon bewegt, sondern von Haß und Krieg und Sterben und Verderben und von dem Kampf gegen das Verderben.

Einige Splitter aus dem Geschehen der ersten Monate des Jahres 1941:

Januar. Irgendwo im besetzten Frankreich ist ein Ehepaar verhaftet worden – Elisabeth und Gyula Alpari, Emigranten, Kommunisten. Sie Deutsche, er Ungar, beide bekannt in der ungarischen, der deutschen und internationalen Arbeiterbewegung, beide nun gefangen, nach Deutschland deportiert. Elisabeth nach Ravensbrück, Gyula nach Sachsenhausen.

Anfang Februar. Paris unter einer Schnee- und Eisdecke. Paris hungert, Paris friert. Frauen ziehen mit ihren Kindern vor die Bürgermeistereien, belagern die Verwaltungsräume, ziehen erst wieder ab, als ihnen Lebensmittel und Heizmaterial bewilligt werden.

Mitte Februar. SD-Spezialeinheiten wüten im proletarischen Judenviertel von Amsterdam. Hafenarbeiter kommen den Bedrängten zu Hilfe. Gestapo nimmt daraufhin 400 Geiseln fest, droht, sie zu erschießen. Das löst spontan, ja explosivartig eine mächtige Streikwelle aus, die von Amsterdam auf Zaandam, Hilversum, Utrecht, Rotterdam übergreift. Generalstreik! Seyß-Inquarts Kettenhunde kopflos, machtlos. Zwei Tage lang beherrschen die Streikenden das Feld, halten ihre Unterdrücker im Zaum. «Es waren die schönsten Tage meines Lebens», sagt vierzig Jahre später ein Arbeiter, als er danach gefragt wird, und legt an der Statue, die sich in Amsterdam erhebt, einen Blumenstrauß nieder. «Sehen Sie, man hat uns sogar ein Denkmal gesetzt.» Ein Monument, das heute weithin sichtbar an den 25. und 26. Februar 1941 erinnert. Kraftvoll, selbstbewußt, kampfentschlossen, der Mann da oben auf dem breiten Sockel – «De Dokwerker».

Noch Februar. In Ravensbrück zahlreiche Neuzugänge, darunter Elisabeth Alpari und Emmy Thoma. Elisabeth, angeklagt des Hochverrats, wird sofort im Zellenbau eingeschlossen, kommt erst zwölf Monate später wieder heraus, und zwar an dem Tag, als man sie und viele andere Ravensbrückerinnen nach Bernburg schickt, ins Gas ... Emmy ist seit 1934 in Haft, sechs Jahre Zuchthaus. Ginge es, wenigstens formal, nach Recht und Gesetz, hätte sie Ende 1940, Anfang 1941 entlassen werden müssen. Aber es ging nicht danach. Man entließ Emmy nur aus dem Zuchthaus ins KZ. – Ravensbrück also, das eingemauerte Areal am See der Tränen. Zugefroren das Gewässer, eingeschneit das Areal, frierende, erfrorene Herzen. In der Lagerstraße erfrorene Gebeine. Emmys Lippen zuckten, ihr Herz erbebte – sie wurde dem Leichenkommando zugeteilt.

Das Eis will und will nicht schmelzen. Der holde belebende Blick des Frühlings läßt lange auf sich warten. Und noch ehe die bleiche Sonne langsam höher steigt, bringt sie an den Tag, daß der Winter 1940/41 Italien erschüttert und geschwächt hatte. Mussolini-Italien, dem kruppstahlharten Achsenpartner verpflichtet und seit Juni 1940 mit in den Krieg hineingezogen, hatte sich schon April 1939 Albanien untertan gemacht, drang September 1940 von Libyen her nach Ägypten vor, überfiel Ende Oktober 1940 vom einverleibten Albanien aus Griechenland. Es verfolgte übrigens sowohl in Nordafrika als auch in Griechenland durchaus eigennützige Interessen – wer Ägypten und den Balkan beherrscht, hat in der Weltpolitik eine Vormachtstellung erobert. Der Duce aber erlitt eine Niederlage nach der anderen, seine Truppen wurden in die Flucht geschlagen – in Nordafrika von den Engländern, in Griechenland von Griechen und Albanern. Der Berliner Achsenfreund mißbilligte Mussolinis eigenmächtiges Vorpreschen in strategisch wichtige Räume, die Großdeutschland für sich beanspruchte, und versicherte diplomatisch grinsend, dem Duce «Entsatz zu bieten». Am 1. März marschierten Hitlertruppen durch Rumänien, besetzten im Einvernehmen mit der profaschistischen Regierung Bulgariens das Heimatland Georgi Dimitroffs. «Wüstenfuchs» Rommel landete in Libyen, stoppte den Rückzug der Italiener, aber nur, um jetzt mit seinem Afrikakorps gegen Ägypten anzurennen.

22. März. Tausendfünfhundert Frauen belagern die deutsche Botschaft in Paris, um die Befreiung ihrer inhaftierten Männer zu ertrotzen.

Rosenberg, Verfasser der Irrlehre vom «Mythos des 20. Jahrhunderts», hält vor ausgesuchtem Publikum in der Sorbonne eine Vorlesung über das «rassenreine, vom Klassenkampf befreite Deutschland». Georges Politzer, Franzose, Philosoph, verfaßt eine Streitschrift, die illegal große Verbreitung findet. Darin steht: «Nazistische Erhebung ist nichts anderes als die Konterrevolution des 20. Jahrhunderts.»

30. März. Berlin. Hitler bespricht mit dem Generalstab zum wiederholten Male den «Plan Barbarossa», erläutert knapp, unter welchem Hauptaspekt der Überfall auf die Sowjetunion zu betrachten ist. «Es handelt sich um einen Vernichtungskampf …»

6. April. Ungarn und Bulgarien – Aufmarschbasis der großdeutschen Wehrmacht, die sich auf Jugoslawien und Griechenland stürzt. Blitzsiege innerhalb von zwei Wochen.

Der europäische Kontinent stöhnt unterm Nazitritt. Man

hat es erreicht, hat fast alles «fest im Griff». Britannia scheint ein weit abgelegenes zerbombtes Ruinenfeld zu sein, vom Meer umspült, dem Untergang geweiht. Bleibt nur noch die Völkerfamilie da drüben im Osten, hinter dem Bug. «Wir werden die Sensen wetzen, die Messer schärfen», sagte Hitler 1933 und meinte damit, daß sie unentwegt trainieren für die Entscheidungsschlacht gegen den Kommunismus.

Manches von dem, was sich in der Welt bewegte oder was die Welt bewegte und erschütterte, drang ins Städtchen.

Romeo und Julia – der Welt entrückt. Wie Traumwandler. Nichts zählte, nur sie und er und die kurzen Augenblicke ihrer Begegnung. Ein rascher Händedruck, ein flüchtiges scheues Berühren. Wonnevoll schon, wenn einer den anderen aus der Ferne sah. – Und dann ihr Versteck. Der Geräteschuppen im Schrebergarten. Eine enge Bude. Wellblechdach, harter Zementboden, bestreut mit Humus, Laub, Sägespänen. Der Bretterverschlag vollgestellt – Werkzeugschrank, Gartenstühle, Gartengeräte und allerlei Gerümpel.

Liebende sind erfinderisch, Wachposten bestechlich, das abgezäunte Barackenlager hatte keine unüberwindliche Sperrmauer, und Fabians Schrebergarten war mit wenigen beherzten Sprüngen zu erreichen. Doch haben sie selten gewagt, ihr Versteck aufzusuchen.

Balkonszene aus «Romeo und Julia»: «Obwohl ich dein mich freue, freu ich mich nicht des Bundes dieser Nacht. Er ist zu rasch, zu unbedacht, zu plötzlich, gleicht allzusehr dem Blitz, der nicht mehr ist, noch eh man sagen kann, es blitzt.»

Sie sagten und dachten nichts dergleichen, verglichen sich nicht mit Romeo und Julia, hatten Shakespeares Drama weder gesehen noch gelesen. Bange Gedanken schoben sie weit von sich. Verzaubert, als ob sie auf einer einsamen Insel, draußen auf dem Ozean, in lauer Nacht unter Palmen und sternklarem Himmel sich finden. Innig umschlungen, als ob nichts sie je anfechten, niemand sie je trennen könnte. Beseelt nur vom Augenblick, beseelt von dem einzigen Wunsch, die Zeit möge stillstehn und ihre Zweisamkeit niemals ein Ende haben.

Sie verstand nicht alles, was er flüsterte, im Wonnemonat Mai. Denn es war Mai 1941, und er war Franzose, Kriegsgefangener, zweiundzwanzigjährig, Hinrich Detzkes Leibeigener!

Romeo und Julia im Faschismus. Die Eltern erbitterte Feinde, obwohl sie sich gar nicht kannten. Eingeredet, diktiert, befohlen, diese «Erzfeindschaft», aufgezwungen von Erzgaunern, die nach Erz und Öl und Gold und Silber und Kohle gierten. Die Kinder aber fragten nicht danach, fragten nur ihr Herz, fühlten nur ihre Liebe. Und die war grenzenlos, übermächtig. Eine verbotene Liebe, «schandbar». Das Unwetter blitzte schon auf, die Liebenden auseinanderzureißen.

Sägewerk. Auf dem Gelände steht Detzkes Wohnhaus. In der unteren Etage sind Büroräume. Das Vorzimmer vom Chef ist Julias Arbeitsraum. Sie sitzt an ihrem Schreibtisch, die Hände im Schoß. Sie ist allein. Detzke war von seiner Frau gerufen worden. «Zu Tisch, Hinrich, zu Tisch!»

Mittagspause. Der große Platz menschenleer. Julia schaut zum Fenster hinaus. Romeo winkt.

Sie standen hinter einem hochaufgetürmten Bretterstapel, wie selbstvergessen lagen sie sich in den Armen. Es regnete stark.

Frau Detzke, ordnungsliebend, bemerkte, daß ihrer Tochter Fahrrad am Bretterstapel lehnte. «Gudrun, sofort das Rad ins Trockne!»

Gudrun, zwölfjährig, braves, folgsames Kind, wetzt durch den strömenden Regen. «Vati, Vati, Mutti! Hannelore schmust mit dem Franzosen!»

«Du mußt es melden, Hinrich!» stieß Frau Detzke hervor, hastig, aufs höchste erregt, am ganze Leibe zitternd. «Du mußt, Hinrich, das ist unsere Pflicht. Gudrun hats gesehn!»

Er ans Telefon, Polizei, Gestapo. «Jawoll», versichert Detzke pflichteifrig, «jawoll, meine Tochter kanns bezeugen.»

Die Gestapo: «Schon unterwegs, ohne große Faxen, da machen wir kurzen Prozeß.»

Schnellverfahren. Standgericht. Ein Auto rast durch den Ort, Richtung Kiesgrube.

Romeo an der Steilwand dieser Grube. «Legt an, gebt Feuer!»

Julia starb mit. Sie lebte, aber ihr Herz war tot. Sie hörte nichts, sah nichts, fühlte nichts, ließ alles mit sich geschehen – versteinert, unberührt von den Vorgängen.

Als aus Richtung Kiesgrube das Echo der Schüsse hallte, wußten nur einige wenige, warum geschossen worden war. Keiner der Uneingeweihten vermutete, daß die Waffen auf einen Menschen gezielt, die Kugeln einen jungen Franzosen niedergestreckt hatten. Was solls schon gewesen sein? 'ne Übung oder so, geballert wird ja heutzutage öfter mal ...

Dann Gerüchte, Gewisper, Getuschel: Genaues weiß man nicht, aber es soll mit Hannelore Fabian zu tun haben. – Was? Hannelore?

Das Erschrecken kam später, ein paar Tage nach den Schüssen.

Kein Aufschrei des Entsetzens. Ein stummes, lähmendes Entsetzen, ein lautloser Aufruhr der Gefühle. Wahrnehmbar jedoch an Gesichtsausdrücken, am Verhalten, an Gesten und Reaktionen der Kleinstadtbewohner.

Stille im Ort. Nur ganz wenige Sensationslüsterne an den Straßenrändern. Nur ganz wenige Schaulustige öffneten ihre Fenster. Möglich, daß viele hinter den Gardinen standen. Wer zufällig unterwegs und ahnungslos war, stockte und suchte schnell um die nächste Straßenecke zu biegen oder in einem Hauseingang zu verschwinden. Sonst unheimliche Stille. Die einen beruhigten ihr Gewissen mit landläufigen Sprüchen: Selber schuld, die Göre. Oder: Das ist eben der Krieg. Andere zogen die Köpfe ein, duckten sich noch tiefer, dachten, die sind zu allem fähig. Wieder andere, die auf Gott vertrauten, murmelten: «Herr, verzeih ihnen nicht, denn sie wissen, was sie tun.» Selbst Treuteutsche und Hitleranbeter ergriff kalter Schauer, als man Hannelore Fabian durch die Straßen führte, und Hitlergegner schlugen zähneknirschend die Fäuste aneinander. «Finsterstes Mittelalter, fehlt nur noch der Scheiterhaufen.»

Kalkbleich Hannelores Gesicht, stumpf, ausdruckslos ihre Augen, kahl ihr Kopf. Die kleine Gestalt in Sackleinen gehüllt, um ihren Leib ein Strick, dessen Enden von zwei Grauvermummten gehalten werden. Um ihren Hals eine Schnur, daran ein großes Plakat:

«Deutsch sein heißt sauber sein!
Ich bin dreckiger als ein Schwein,
ich lass mich mit Franzosen ein.»

Welch eine Schande! – Schande für wen?

Was ist das für eine Gesellschaft, die die Liebe zwischen den Menschen verbietet? Woher nimmt sie, wer gibt ihr das Recht, Menschen physisch und psychisch zu vernichten, wie räudige Hunde abzuknallen, in den Staub zu treten, nur weil sie sich lieben?

In Deutschland kein Platz, kein Raum für die Liebe. «Volk ohne Raum.» Wahrhaftig. Wer den engen Raum verließ, den der Rosenbergsche «Mythos» dem «Arier» zudiktierte, wurde geächtet, zermahlen, zerbrochen. Wer das als normal empfand, wer dieses unmenschliche System duldete, wer ihm huldigte, wurde mitschuldig an Verbrechen, die niemals gutzumachen sind. Ein Teufelskreis. Und die Mehrzahl der Deutschen sah sich darin verstrickt. Nur wer sich selbst innerlich Freiraum verschaffte und den Mut aufbrachte, Widerstand zu leisten, durchbrach die Umzingelung, fand heraus aus Schuld und Mitschuld.

Hannelore betrat diesen Weg nicht aus eigener Kraft. Rettende Hände zogen sie ans rettende Ufer. Ihr Herz erwachte aus der Versteinerung. Sie begann wieder zu sehen, zu hören, zu fühlen, begann auf neue Weise zu denken und zu empfinden, betrachtete ihr Schicksal mit ganz anderen Augen. Aber dieser Weg führte durch die Hölle von Ravensbrück.

Bevor Hannelore ausbrach, bevor sie – einer starken Zuneigung folgend – unbewußt, rein emotionell diesen Teufelskreis sprengte, hatte sie nichts mit Antifaschisten gemeinsam. Nun aber kam sie ihnen näher, erkannte, wer Gutes, wer Böses will, erkannte, daß sie kein Einzelfall, erkannte jene Kräfte, die sich am Herzen der Welt vergreifen.

Durchgang ohne Ausgang

Ravensbrück wird ausgebaut, erweitert, vergrößert. Mauerdurchbruch, am anderen Ende des Lagers, hinter Block 16. Durchbruch, Durchgang. Ein zweites Tor. Es führt zum sogenannten I-Hof. Dort ist der Bauplatz. Bauherren erscheinen, auch solche wie Jonas, mit Fertigteilen. «Wir rammen ein und nageln zu, fertig ist der Bau im Nu.» Bautrupps folgen, Juni 1941. Maurer, Zimmerleute, Holzfäller, Planierer, Handwerker zahlreicher Gewerke, 600 Mann, Häftlinge aus Dachau. Der Wald wird gerodet, der Waldboden umgepflügt, ausgeschachtet. Die Walze glättet zerwühlte Erde. Einige Monate später noch ein Trupp Bauarbeiter, 900 Mann, Häftlinge aus Buchenwald.

Männer, Frauen, Kinder – an die Axt, an den Spaten, an die Spitzhacke, an die Walze gekettet.

Hinter dem Mauerdurchbruch entsteht der Industriehof. Stabile Bauten – Werkstätten, Fabrikhallen – und niedrige Holzkaten, Notunterkünfte.

Neben dem KZ, das sich zum größten Frauengefängnis der Welt auswächst, entsteht ein kleineres Männerlager, um die Bau- und Handwerkerkolonnen aus Sachsenhausen, Dachau und Buchenwald hier festzuhalten, da sie immerfort weiter auf- und ausbauen müssen, ein, zwei Kilometer von Ravensbrück entfernt auch das Jugendlager Uckermark. Ein Lager für straffällig gewordene, schwererziehbare oder «gefallene» Mädchen Großdeutschlands, vierzehn- bis achtzehnjährige. Hunderte von ihnen allein in dieser «Besserungsanstalt». Mädchen, die sich nach ihrem achtzehnten Lebensjahr «noch nicht gebessert haben, sind dem FKL Ravensbrück zu überantworten».

Im Stammlager jetzt also zwei Tore – Haupttor und Hoftor. Die «Stammbelegschaft» noch beieinander. Block 1 bis 3 politische Gefangene – deutsche, österreichische, polnische, tschechische. Man hat Verbindung mit belgischen, französischen, niederländischen, luxemburgischen Frauen und pflegt die traditionellen Kontakte zu Block 11. Viele der Politischen üben Funktionen aus – legale wie illegale, nach bestem Wissen und Gewissen. Doch die Last, die auf ihnen ruht, ist ungeheuer, und ihre Kräfte sind nicht unerschöpflich. «Stark wie Herkules müßte man sein, um den Augiasstall zu reinigen und Prometheus aus den Fesseln zu befreien», sagte Jožka Jaburkova müde. «Was tun wir denn, was bewirken wir denn schon? Nichts, nur Tropfen auf den heißen Stein.»

«Wir tun, was wir können, Jožka», erwiderte Tilde Klose, «und das Viele, was wir tun, entgeht leicht dem Blick, der sieht, wieviel getan werden müßte.»

Ja, sie müßten herkulische Kräfte haben, denn mit wachsender Zahl der Gefangenen wächst das jammervolle Elend. Zugänge jetzt auch aus Jugoslawien, Bulgarien, Griechenland; Frauen mit ihren Kindern, spanische Frauen, spanische Kinder, vorher in französischen Lagern interniert, von der Vichy-Polizei bereitwillig der SS übergeben.

Fast ganz Europa ist vertreten.

Ravensbrück, Konzentrationspunkt europäischer Frauen. Aber auch ein Treffpunkt Gleichgesinnter. Verbrüderung findet statt, Freundschaften werden geschlossen. Dann und wann erklingen kämpferische Melodien, heimlich, leise. «Avanti popolo», die Marseillaise, die Warschawjanka, «Brüder, zur Sonne, zur Freiheit», die Internationale ...

Ja, das alles hat es gegeben. Sie schöpften Kraft daraus, Zuversicht. Und wenn sie sich hier zum ersten Male trafen, bedurfte es mitunter nur einer ganz bestimmten Geste, eines Grußes, eines Wortes, sich zu erkennen. «Wir brauchen ja nur wenige Zeichen, um uns zu verstehen.» Es trafen sich auch manche wieder, die einander von früher kannten, gemeinsame Erinnerungen, gemeinsame Erlebnisse hatten. Dieses Wiedersehen! Augenblicke, die man nie vergißt. Das Erkennen, das Staunen. Lachend, schluchzend fällt man sich in die Arme. «Daß du lebst!» Man fühlt sich wie neugeboren. Doch es waren wenige, die solche Glücksminuten erlebten, häufig packte sie kurz danach Mutlosigkeit, Trauer.

Draußen wurden zur selben Zeit Rassenhaß, Völkerhaß, Völkermord gepredigt. Da wurden die Waffen gepriesen und gesegnet, die dem Internationalismus, der Völkerfreund-

schaft den Garaus machen sollten. Und die Terrorschraube wurde angezogen, im Frühling 1941, wenige Wochen vor dem Überfall auf die Sowjetunion. Noch vor zwei Jahren hatte Hitler gesagt: «Dieser Pakt wird nie zerbrechen.» Und schon sind sie dabei, ihn zu brechen. Goebbels' Sprachröhren pegelten die Stimmung darauf ein. «Wir kennen nur eine Aufgabe – Kampf gegen den Kommunismus ..., rücksichtsloses und energisches Durchgreifen gegen bolschewistische Hetzer, Freischärler, Saboteure und Juden; restlose Beseitigung jedes aktiven und passiven Widerstands.» Ihre Drohungen enthüllten gleichzeitig ihre Schwäche, sind unfreiwillige Eingeständnisse gewesen, daß sie in allen okkupierten Ländern auf erbitterten Widerstand stießen und auch im eignen Lande der Antifaschismus nicht totzukriegen war.

Münster/Westfalen. Einige katholische Geistliche bilden einen Zirkel, spenden ihre Opferstöcke den Verfolgten, treten in Seminaren und Predigten gegen den Nazistaat auf, prangern die Euthanasieverbrechen an, verteidigen Menschenrecht, Menschlichkeit, Menschenwürde. Ihr Wortführer ist Pater Muckermann. Er hat eine Mitarbeiterin, auf die er baut, die ihm vertraut – Nanda Herbermann. Die Gestapo ist auf den Pater aufmerksam geworden. Er reist viel umher, gelegentlich begleitet ihn Nanda. Die Gestapo folgt den beiden. Sie trennen sich, gehen verschiedene Wege, Nanda lenkt die Verfolger ab. Sie verlieren des Paters Spur. Er ist unauffindbar. «Greifen wir uns vorläufig das Fräulein Sekretärin ...»

Sie «greifen» sich Nanda. Sie durchläuft mehrere Gefängnisse – Münster, Herne, Berlin. Berlin, Alexanderplatz. Massenzelle. Frauen über Frauen. Frauen aller Altersstufen, aller Glaubensbekenntnisse, aller sozialen und politischen Schattierungen, Frauen auch, denen kein Laster fremd.

Es ist Ende Mai 1941, als Nanda in diese Zelle gestoßen wird. Sie erschrickt, es verschlägt ihr den Atem. Wenn ich nicht wüßte, daß es Frauen sind, denkt sie, aber vielleicht sehe ich bald genauso aus.

Sie bleibt nicht lange, nur fünf, sechs Tage, und dankt ihrem Gott. Weg von hier, egal, wohin, nur weg vom Alex!

Sie kommt nach Ravensbrück.

Aus Nandas Aufzeichnungen: «Als sie uns verladen, scheint die Sonne. Der Himmel über Berlin ist dunstig. Uns strahlt er blau, rosig angehaucht. Wanzennest, ade! Was aber wird uns noch alles blühen, was erwartet uns dort im Lager?

Die Mauer, das Tor. Hinter dem Tor ist man kein Mensch mehr. Getreten, gestoßen, geprügelt ... Ein geprügelter Hund geht zum ‹Erkennungsdienst› und erkennt sich nicht wieder. Und ich dachte, der Alex wäre das Niedrigste, dachte, tiefer gehts nimmer. Ich begreife überhaupt nichts. O Deutschland, Deutschland, unter aller Würde!

Tag für Tag schwerste Lasten hucken. Abstellen dürfen wir die Zementsäcke nicht. Angetrieben, schlimmer als eine Viehherde ... Wir hasten hin, hasten zurück, hin, zurück, stürzen, brechen zusammen. ‹Auf, auf, sprach der Fuchs zum Hasen. Willst du nicht? – Was, du kannst nicht?›

Sie brüllen mich an, schlagen mich. Ich brülle auch, brülle zurück.

Bunkerhaft. Ich sitze im Loch! – Zellenbau, Erdgeschoß, unterirdisch. Grabesluft ... In den Käfigen neben und über mir schauerliche Geräusche. Manchmal rast eine, trommelt wild gegen die eiserne Tür. Wieder eine andere singt im hohen schrillen Diskant Choräle. Die Stimme bricht ab. Hundegebell. Unmenschliche Schreie, die leiser und leiser werden und schließlich ersterben ... Nein, es ist nicht zu beschreiben, man findet keine Worte. Mein Gott, mein Gott, was habe ich dir getan, daß du mich so strafst?

Die Sonne blendet mich, als ich aus der Gruft aufsteige und in der Lagerstraße stehe.

Wohnblock – ein Bienenstock. Waben. Und wir hocken aufeinander, übereinander. Es surrt und summt und schwirrt ... Es schwirrt dir im Schädel, dich umschwirren Gespräche, Kreischen, Keifen, und plötzlich flieht der Schwarm auseinander, flieht unter Tische und Bänke, als die Tür aufgerissen wird und die SS-Aufseherin hereinstürmt. Fürchterliches Getöse. Eine wollte ihren Unterrock waschen. Aber das ist nicht gestattet. Hier ist überhaupt nichts gestattet. Hier darfst du nichts, hier mußt du nur. Mußt auf Befehl singen, auf Befehl lachen, auf Befehl deine Notdurft verrichten ... Deine Habseligkeiten, die dir noch verblieben, mußt du zu einem Bündel zusammenschnüren, abends, und am Fußende des verrotteten Strohsacks aufbewahren. Häufig werden die armseligen Bündel gestohlen oder gegen noch schmutzigere, noch zerschlissenere Lumpen ausgetauscht.

Es ist widersinnig, aber manchmal sehnst du dich nach der Einzelzelle. Nicht auszuhalten, dieses Tohuwabohu. Und doch, und doch hält mans aus, weil man muß, und auch, weil man vor sich selber bestehen will und sich sagt, du mußt hier durch! – Wie aber, wenn es nur ein Durchgang ist, ohne Ausgang?»

Es wird Nanda Herbermann nicht aufgefallen sein, daß man einen Tag bevor sie das Gefängnis am Alex verließ, dort ein junges Mädchen einlieferte, bleiches Gesicht, stumpfe, ausdruckslose Augen, kahlgeschorener Kopf. Hannelore Fabian, wegen «Verkehrs mit Ausländern» im Schnellverfahren zu «Schutzhaft» verurteilt, «auf unbestimmte Zeit». Anderen wird Hannelore aufgefallen sein, schon deshalb, weil sie kein Haar mehr auf dem Kopf hatte und sich in den äußersten Winkel verkroch, kein Wort sprach, kaum etwas aß, und wenn sie hervorkroch, sich ganz merkwürdig bewegte, wie aufgezogen, wie ein Automat.

Der Anfang vom Ende

Mitte Juni 1941. Jetzt vergehen nur noch wenige Tage bis zu dem Tag, wo die Welt erfährt: Hitlers Truppen haben die sowjetische Grenze überschritten. Die letzte Grenze, die Großdeutschland überschreitet, von nun an schreitet es seinem Untergang entgegen, schrumpft und schrumpft, hat sich übernommen, sich selbst das Grab geschaufelt. – Aber noch ist es nicht soweit, noch sehen sich die Brandstifter als Sieger, noch warten ihre Panzer auf den Angriffsbefehl, noch spannt sich über dem goldnen Meer ukrainischer Weizenfelder ein friedlicher Himmel.

Ob den Ravensbrückerinnen etwas schwant? Ob die emsige Bautätigkeit ihnen verrät, daß hier vorgebaut wird, vorgebaut auch für neue Gefangene aus dem Osten?

Sowjetische Frauen in Ravensbrück? Darauf waren sie nicht gefaßt, noch nicht. Mit Zustrom aber hatte der Ausbau zu tun, das war ihnen klar, darauf waren sie gefaßt, tags und nachts. Wenn sich das Haupttor öffnete und über Lautsprecher das Kommando ertönte: «Transportkolonne raustreten! Zugänge abfertigen!», rannten Lagerläuferinnen von Block zu Block, säumige Häftlinge der Trapo-Kolonne zusammenzutrommeln oder nachts aus dem Schlaf zu rütteln.

Gerufene oder Wachgerüttelte hatten sich schnellstens am Tor einzufinden und sich auf die verschiednen «Empfangsbereiche» zu begeben, wie Effektenkammer, Kleiderkammer, Registratur, Revier, Desinfektionsraum, Duschraum. Sie konnten Schirm und Schild sein, aber auch Schikanen, Greuel, Drangsal vermehren, je nachdem, mit welcher inneren Einstellung sie Zugänge aufnahmen.

Du bist neu, ein «Zugang». Das Tor hat sich hinter dir geschlossen. Von der SS, das weißt du inzwischen, ist nichts Gutes zu erwarten. Erwartet dich überhaupt etwas Gutes? Begegnest du hier überhaupt jemandem, der dir Gutes will? Man schiebt dich in einer Menschenschlange durch eine Tür. Du stehst vor dem Duschraum. Dein Gesicht brennt wie Feuer, deine Hände eiskalt, du zitterst, und der Schweiß bricht aus allen Poren. Dir ist, als stündest du nahe, ganz nahe an einem Abgrund. Ein kleiner Schritt nur, ein kleiner Stoß, mehr – so scheint dir – ist da nicht nötig. Der nächste Augenblick wird darüber entscheiden, ob du abstürzt oder nicht. Ein Schlag von dem SS-Mann, der auf dich zukommt, und du bist erledigt ... Er geht an dir vorbei, entfernt sich. Du spürst auf einmal die Hände einer Frau. Sie tupft dir das schweißnasse Gesicht ab. Sie sagt kein Wort. Oder sagte sie doch etwas? Ihre Lippen bewegten sich. Du hörst aber nichts. Bist du taub? Dieses Rauschen in den Ohren! Die Frau hält dich fest, nicht lange, zehn, fünfzehn Sekunden vielleicht. Es ist auch kein Festhalten. Sie legt nur ihre Hände auf deine Schultern, drückt dich sachte auf einen Stuhl. «So, Mädel, nun setz dich erst mal. Wer sitzt, fällt nicht so leicht um.» – Jetzt hörst du ihre Stimme, undeutlich noch, wie von weit her, aber du verstehst, was sie sagt. Das Rauschen in den Ohren hat nachgelassen; auch dein Herz pocht gleichmäßiger. Die Frau hüstelt beim Sprechen. Sie sitzt dir gegenüber. Du blickst ihr ins Gesicht und siehst ein Madonnengesicht. Oder kommt es dir nur so vor, als wäre es eine Madonna, die dich vom Abgrund wegführte?

O ja, es war ungeheuer wichtig, wie du hier von den Häftlingen aufgenommen, eingewiesen und von Station zu Station weitergeleitet wurdest.

Das Bad, die erste Station. Die Badefrau, eine Schlüsselfigur in der Stufenleiter. Käthe Rentmeister erwähnt in ihren Aufzeichnungen, wieviel von einer solchen Funktion abhing: «Unsere Badefrau ist Tilde Klose. Sie macht das nun schon seit Januar 1940, und die Zahl der Frauen, denen sie über schlimmste Anfangsklippen hinweggeholfen hat, ist wohl nicht mehr zu ermitteln ... Wenn Neue eintrafen, wäre es ohne Tilde auch gar nicht möglich gewesen herauszufinden, wer dabei ist oder wie und wo Unterstützung am dringendsten not tat.»

Tildes Wirkung auf den, der sie zum ersten Male hörte, sah, erlebte: Beruhigend, besänftigend. Ihre ganze Erscheinung strahlte Güte aus. Sie sprach langsam, bedächtig, mit gewinnender Einfachheit. Ihre Stimme etwas brüchig, als sei sie starke Raucherin. War sie nicht, sie war asthmakrank, räusperte sich oft, hüstelte, strich mit den Fingerspitzen massierend über ihren Hals. Die stockende Sprechweise gab ihr indes auch Gelegenheit, sich auf ihr Gegenüber einzustellen, nach Worten zu suchen, ihre Worte abzuwägen.

Wer ist Tilde Klose? Eine Rheinländerin, geboren 1892. Ihr Vater war Direktor der Städtischen Werke Solingen. Als ihre Eltern verstarben, ersetzte sie ihrem jüngeren Bruder Ott Vater und Mutter. Tilde vergötterte ihn, und er sie auch. Nach dem Lyzeum studierte sie Sprachwissenschaften – zwei Semester Romanistik in Paris, zwei Semester Anglistik in London –, verdiente sich ihr Studiengeld durch Übersetzungen, lernte nebenher noch Spanisch. Von London nach Düsseldorf, Auslandskorrespondentin beim Mannesmann-Konzern, drei Jahre beruflich in Den Haag tätig, wo sie mit Problemen der Arbeiterklasse in Berührung kommt. Nun will sie wissen, warum die Reichen reicher, die Armen ärmer werden, will den Dingen auf den Grund schauen, liest Marx und marxistische Literatur, wird Sozialistin, Mitglied der SPD, besonders stark engagiert in der proletarischen Frauenbewegung – Kampf um Gleichberechtigung, Kampf um Frieden, um Erhaltung des Lebens. Während des ersten Weltkrieges nimmt sie an Antikriegsaktionen teil. Bruder Ott steht politisch weiter links als seine Schwester, ist Anfang der zwanziger Jahre schon Kommunist. Sie möchte nicht hinter ihm zurückbleiben, läßt sich gern von ihm beeinflussen und beraten, reist auf seinen Vorschlag in die Sowjetunion. «Sowjetland – Land der Hoffnung, Zukunftsland ...» Die Reise ist für Tilde ein Wendepunkt. Kaum wieder zu Hause, bekennt sie sich zum Kommunismus, wird Mitglied der KPD. Da bricht auch schon die Nacht des Faschismus herein. Tilde im Röhrenwerk Mannesmann Motor und Multiplikator des Widerstands. Sie webt und wirkt am roten Band der illegalen Parteigruppen, verfaßt und verbreitet Aufklärungsmaterial, beherbergt gefährdete Genossen. Bruder Ott ebenfalls im Untergrund aktiv. Sie weiß nicht, wo er sich aufhält, sieht ihn auch nicht wieder, leidet sehr unter dieser Trennung. 1934 wird sie mit sechzig anderen Düsseldorfer Kommunisten verhaftet und in einem Prozeß wegen «Vorbereitung zum Hochverrat» zu vier Jahren Zuchthaus verurteilt. Danach «Vorbeugehaft», «Schutzhaftlager» Gotteszell, die Lichtenburg, Ravensbrück. Nie aufgehört, an dem roten Band zu wirken und zu weben. Im Lager war sie ein Begriff – «unsere Badefrau». Tilde hatte eine besondere Gabe, Trostlose aufzurichten, abzubringen von Trostlosigkeit. «Wer am längsten hier ist, darf nicht müde werden, Lebenswecker zu sein.»

Immer und immer wieder die gleichen Ratschläge geben, wenn Neulinge kamen; immer und immer wieder Niedergeschlagenen den Rücken stärken. Wurden die Erfahrenen, die Erprobten nicht doch einmal müde?

Was ist Güte, Freundlichkeit, Hilfsbereitschaft – hier, in

Ravensbrück, unter diesen Bedingungen? Ist das bloße Gutmütigkeit oder Naivität, herrührend aus Schwachheit, Sentiment, Mitleid? Ist das pure Selbstlosigkeit?

Wenn sie jemand wieder auf die Beine halfen, wenn sie Lebensmüde zu neuem Leben erweckten, halfen sie sich selber wieder auf, stärkten auch sich selbst den Rücken.

Hannelore Fabian zog sich aus und zog sich um. Statt der seidnen Unterwäsche, die sie trug, gab man ihr graue Fetzen, als Oberbekleidung grobes geflicktes Drillichzeug, viel zu groß, viel zu weit. Sie sah aus wie eine Vogelscheuche. Aber das erschütterte sie nicht, es war ihr gleichgültig, sie bemerkte ihre Verwandlung wohl auch gar nicht. Man hatte sie ja schon vorher verwandelt, entstellt, in Sackleinen gehüllt.

Fühllos, wie eine Marionette, war sie durchs Tor gegangen und durchs Lager, das fast jede erst einmal umwirft, jede erst einmal schockiert, wenn sie als Sträfling eintritt. Hannelore war nicht geschockt. Es traf sie nicht, was sie hier antraf; sie war vorher schon bis tief ins Herz getroffen worden. Was könnte ihr denn noch geschehen, das furchtbarer wäre? Und so unglaubhaft es auch klingen mag – der draußen erlittene Schock half ihr, wieder fühlen, sprechen, sehen zu lernen und gehen auch, sich regen und bewegen, anders als früher. Schritte aus ihrem Elend in eine andere Not, aber doch aus ihrem eignen Elend heraus. Schwer zu erklären, es war eben so. Und sie konnte manchmal schon wieder lachen.

Lachen? Meistens ist es Hysterie gewesen, oftmals auch ein provozierendes Lachen, um jemanden aus einer inneren Krise zu retten. Da sagt eine: «Ich kann nicht mehr, ich will nicht mehr.» Und jede, die in solch einem Augenblick keine Stütze hat, gibt auf, läßt sich treiben, versinkt.

Hannelore ließ sich treiben, versank aber nicht. Da kam mit der Zeit eins zum anderen, in Gefahrenmomenten stellte sich jemand wie zufällig vor sie, daß sie geschützt blieb. Die Starre fiel von ihr ab, lockerte sich bereits auf der ersten Station.

Freitag, 20. Juni 1941. Tilde empfängt Zugänge vom Alex, nicht sehr viele an diesem Tag. Kein Hochbetrieb. Auch hält sich die SS nicht lange auf, zieht sich ins Kommandanturgebäude zurück – Befehlsausgabe zum «Plan Barbarossa», streng geheim. Nur einige untere Chargen der Wachmannschaft lungern herum, versehen ihren Dienst merkwürdig lax, was zwar befremdet, aber als Glück empfunden wird. Tilde hat Muße, sich mit einzelnen Neulingen ausführlicher zu unterhalten als sonst.

Das Bad. Ein Vorraum. Bretterwände, ein Fenster, schräger Lichteinfall, Holzbänke, ein kleiner Tisch, zwei Stühle. Tilde sitzt am Tisch, ihr gegenüber Hannelore, den Kopf gesenkt, die Augen niedergeschlagen, versteifte Körperhaltung, stumm. Ihr Haar ist nachgewachsen, ein paar Zentimeter, und Tilde kann sich denken, warum das Mädchen schon vor der Einlieferung geschoren wurde. Sie räuspert sich, massiert ihren Hals. «Richtig angenehm, diese Ruhe heute ... Manchmal ists hier nämlich so laut, daß ich mich selbst nicht verstehe.» Tilde erklärt geschriebene und ungeschriebene Gesetze der Lagerordnung, vorsichtig, bedachtsam, wie jedesmal, wenn ihr eine Neue gegenübersitzt. Hannelore bleibt stumm und steif, senkt den Kopf noch tiefer, zieht leicht die Schultern hoch, ihre Hände umklammern krampfhaft die Stuhlkanten. «Du brauchst nichts zu sagen. Ich rede auch nicht, wenn ich nicht will. Reden ist Silber, Schweigen ist Gold. Kennst ja sicherlich dieses Sprichwort.» Hannelore blickt zum ersten Male auf, scheu, verwirrt, verwundert, senkt den Blick aber rasch wieder. Sie hört dir zu, denkt Tilde, schon ein Plus.

Zwei, drei Stunden später sitzen sie sich noch einmal gegenüber, an einem anderen kleinen Tisch, in einer anderen Bretterbude. Hannelore stumm und steif. «Du bist noch so jung, Mädchen, laß doch den Kopf nicht hängen, heul dich lieber mal gründlich aus, das erleichtert.» Tilde hüstelt, hustet sich die Atemwege frei. «Könntest meine Tochter sein. Weißt du, was? Stell dir einfach vor, ich wäre deine Mutter.» Hannelore fällt vornüber, ihr Kopf schlägt auf die Tischplatte. Zusammenbruch, Ausbruch. Es bricht aus ihr heraus.

Tilde schweigt, eigenartig berührt, angerührt von dem Geschickt dieses Mädchens, das wie nach langer Krankheit erste Gehversuche, erste Sprechversuche unternimmt.

Hannelore spricht flüsternd, abgehackt, vom Schluchzen geschüttelt, durchgerüttelt, wie gehetzt, da rundum Gespenster lauerten und sie nicht wußte, ob sie wach ist oder träumt, ob diese Frau wirklich existiert oder sie sich nur einbildet, es wäre jemand neben ihr, der ihr Verständnis entgegenbringt. «Angespuckt haben sie mich, ausgespuckt haben sie vor mir ... Vater und Mutter auch, alle ... Ich stehe immer noch mitten auf der Straße, laufe immer so durch die Stadt ... Meine Geburtsstadt, kenne jedes Haus, die Leute. Gehöre nicht mehr dazu, nicht mehr dorthin. Will auch nie mehr hin ... Seltsam, es tut nicht mal weh ... Am liebsten schlafen und nicht wieder aufwachen ... Warum stirbt man denn nicht, wenn man nichts mehr hat auf der Welt? Warum fällt man nicht tot um? Warum haben sie nicht auch mich erschossen? Ich will nicht mehr, ich kann nicht mehr weiterleben.»

Ein schmerzliches Lächeln huschte über Tildes Gesicht – Mädel, Mädel, was meinst du, wie oft ich gedacht habe, es ginge nicht mehr weiter mit mir, ich sei am Ende. Laut sagte sie: «Du lebst aber noch. Unser Lebenswille ist viel stärker, als wir glauben.»

Erwachte Hannelore? Bröckelte die Starre von ihr ab? Hob sie ihren Kopf höher? Bewirkten Tildes Wiederbelebungsversuche in Hannelore eine sofortige Wandlung? Nein. Doch sie fühlte, wie sich die Verkrampfung nach und nach löste, fühlte im Laufe der Zeit ihre Selbstachtung steigen. Und es erschien ihr wie ein Wunder, daß hier in Ravensbrück Probleme zur Sprache kamen, die sie ganz persönlich angingen, ihr eigenes Ich. Denn erst hier erkannte sie, wer schuldig ist, erkannte ihren Feind und sich selbst: Ich bin kein Abschaum, ich habe nichts Verwerfliches getan!

Hannelore, an einen Ort gespült, wo das Ungeheuer regiert, wo man aber auch – ist man nur hellhörig genug – nachzudenken beginnt. Ein deutsches Mädchen, dem von Staats wegen vorgegeben war, charakterlich zu verlumpen, entging der Lumperei, da es an menschliche Menschen geriet. Sowenig Hannelore sich einordnen läßt in die Reihen der politisch agierenden Widerstandskämpferinnen, sowenig wäre sie zu Bewußtsein gekommen ohne den Kontakt mit ihnen.

An diesem Junitag des Jahres 1941 stand sie allerdings noch ganz weit im Abseits. Der erste eiserne Reifen war zersprungen, ein Funke hatte ihr versteinertes Herz berührt. Leuchtspur eines Kometenschweifs, der ihr die Finsternis um ein geringes erhellte.

Sonnabend, 21. Juni 1941. Vorabend des Angriffs auf die Sowjetunion. Moskau. Ein gewöhnlicher Arbeitstag. Man freut sich aufs Wochenende. In den Zeitungen lesen die Moskauer, daß die Magnitogorsker Stahlwerker ihr Plansoll übererfüllt haben. In Lwow und Iwanowo sind neue Stoffmuster entworfen, neue Werkbänke konstruiert und produziert worden. An der Schwarzmeerküste, auf der Krim, in Sanatorien und Erholungsheimen erwartet man Kurgäste und Urlauber. Niemand denkt daran, daß der Krieg so nahe, obwohl er ja rundum schon brennt. Keiner der jungen Männer ahnt, daß er am nächsten Tag zu den Waffen gerufen wird.

Sonntag, 22. Juni 1941. Stukas greifen an, zerbomben ukrainische Städte und Dörfer, speien Feuer und Tod. Die Erde bebt. Hitlertruppen aller Waffengattungen durchbrechen auf breiter Front die Grenze zur Sowjetunion, dringen tief ins Land ein.

Paris. Eine Mansardenwohnung. Hier treffen sich Illegale – Jaques Duclos, Marie-Claude Vaillant-Couturier und andere. Es ist Marie-Claudes Wohnung, und immer, wenn sie zu ihr gehen, sagen sie: «Aufwärts, in den Taubenschlag.» Marie-Claude wird das später einmal in Ravensbrück erzählen. Aber jetzt ist sie noch frei, und die Genossen sitzen am Radio, fieberhaft gespannt auf Nachrichten aus der Sowjetunion.

Einige Stunden nach dem heimtückischen Überfall spricht Molotow. Die Kommunisten in der Pariser Mansardenwohnung hatten gehofft, Stalin zu hören. Er sprach erst am 3. Juli. Da hatten die Faschisten bereits Minsk und einen großen Teil Lettlands, Litauens und der Westukraine überrannt.

Regierende Politiker Großbritanniens und der USA

schwelgten teils in Spekulationen und schwebten teils in Ängsten. Ein englischer Diplomat, in Moskau akkreditiert, berichtet nach London: «Die Deutschen dringen in Sowjetrußland ein wie das Messer in die Butter.» Eine Falschmeldung war das nicht, es sah zunächst wirklich so aus, als könnten sie auch die Sowjetunion im Blitzkrieg bezwingen. Churchill und die Mächtigen an der Themse frohlockten einerseits, da Hitler als Vorreiter nach Osten galoppierte, wünschten dem Vorreiter andrerseits eine Niederlage, da er angedroht hatte, er werde «nach dem raschen Sieg über den Bolschewismus» England vernichten.

Am späten Abend des 23. Juni schickt der amerikanische Kriegsminister James Forestal noch eine Depesche an Präsident Franklin Delano Roosevelt: «In den letzten dreißig Stunden habe ich fast ausschließlich über den deutsch-russischen Krieg und seinen Einfluß auf unsere Politik nachgedacht ... Um mir über meine eigenen Ansichten klarzuwerden, habe ich den heutigen Tag in einer Beratung mit dem Stabschef für militärische Planung verbracht ... Ich bin froh, Ihnen mitteilen zu können, daß über die Grundlagen der Politik, die unserer Meinung nach betrieben werden muß, völlige Übereinstimmung besteht ... Deutschland wird mindestens einen Monat, möglicherweise maximal drei Monate vollauf mit der Zerschlagung Rußlands beschäftigt sein ... Diese unvorhergesehene wertvolle Atempause kommt uns sehr entgegen.»

Am 23. Juni 1941 die erste offizielle Nachricht der Nazipresse, fettgedruckte Balkenüberschrift: «Großdeutsche Wehrmacht im Osten angetreten. Entschlußkraft des Führers ..., und mit dem deutschen Volk dankt ihm Europa.»

Mussolini-Italien, Horthy-Ungarn, das profaschistische Rumänien, das profaschistische Finnland treten an, mit dem «Führer» den «Bolschewismus auszurotten». Sein Marionettenstaat Slowakei stellt ihm befehlsgemäß Kanonenfutter. Franco-Spaniens Falangisten entsenden ihre «Blaue Division» an die Ostfront. Frankreichs Kollaborateure in Vichy, Norwegens und anderer Länder Quislinge jubeln beifällig: «Deutschland führt Europas Krieg!»

Ernst Thälmann geht in seiner Zelle auf und ab. Gedanken, Selbstgespräche, Notizen – durch Kuriere veröffentlicht: «... das ist der Anfang vom Ende der faschistischen Ära ... Stalin bricht Hitler das Genick!»

So dachten viele in Deutschland und in der Welt, auch viele Nichtkommunisten, und es stand geschrieben an Mauern und Brückenpfeilern und auf Flugblättern, die von Brükken, Hochhäusern, Türmen herabflatterten: «Stalin bricht Hitler das Genick!»

Ende Juni 1941 war dieser Satz noch nicht bis nach Ravensbrück gedrungen. Im Keller eines SS-Gebäudes befand sich die Tischlerwerkstatt, ein Stützpunkt für Illegale. Hanna, die Österreicherin von der Tischlerkolonne, Martha, die Deutsche von der Reparatur- und Hofkolonne, und einige andere politische Häftlinge versammeln sich hier. Ernste Gesichter. Es traf sie hart, betraf ihr ureigenstes Lebensinteresse – mit der Sowjetunion stand und fiel ihr Lebensziel. «Habens die Banditen doch gewagt, unseren großen Bruder anzugreifen ... So schnell so weit vorgestoßen! Die Rote Armee weicht zurück ... Was nun, was nun?»

Martha suchte der Traurigkeit, der herben Enttäuschung, die in ihr aufstiegen, Herr zu werden. «Warten wirs doch erst mal ab, Menschenskinder, bange machen gilt nicht! Irgendwie reinigts wohl auch die Atmosphäre. Jetzt sind doch wenigstens klare Fronten geschaffen. Und die Rote Front hat noch immer standgehalten, auch wenns härteste Rückschläge gab.»

Paris. Illegaler Treff bei Marie-Claude, am 3. Juli 1941. Sie hören Radio Moskau. «Stalin spricht gedrückt und sehr langsam. Einmal unterbrach er sich mitten im Satz, trank einen Schluck. Seine Hände zitterten offenbar, denn er stieß mit den Zähnen gegen das Glas ... Seine Stimme leise, wie immer. Er sprach ja nie so feurig und emotionell wie Lenin. Nur hätte, was er sagte, fester, ausgeglichener gewirkt, wären nicht die schweren, müden Atemzüge gewesen ... Er sprach von den schlechten Ausgangspositionen zu Beginn dieses schrecklichen Krieges und von den ungeheuren Schwierigkeiten, dramatisierte zwar nicht, aber man spürte aus seinen

Worten den Ernst der Situation ... Die Wahrheit – bitter, sehr bitter. Doch schließlich, sie wurde ausgesprochen, man stand auf dem Boden der Tatsachen, machte sich nichts vor. Das war schon unerhört viel wert.»

Wer erzählt? Konstantin Simonow in seinen Tagebuchaufzeichnungen, Ilja Ehrenburg in seinen Memoiren, Jaques Duclos in seinen Erinnerungen. Marie-Claude wird es in Ravensbrück schildern. Aber jetzt – Juli 1941 – ist sie noch frei, und am 14. Juli ist sie unter den Menschenmassen zu finden, als das Volk von Paris zu Ehren des französischen Nationalfeiertages auf die Straße geht, trotz Verbots, der deutschen Besatzungsmacht zum Trotz. «Die Menge zog durch die Boulevards, über die Champs-Élysée, die Place de la République, die Place de la Bastille, den Faubourg Saint-Antoine; und überall waren Männer und Frauen mit den Farben der Trikolore geschmückt. Gruppen von je drei jungen Mädchen – eines blau, eines weiß, eines rot gekleidet – gingen in den Straßen auf und ab, ... aus den Caféhäusern drang die Marseillaise ... Wir hatten einen 14. Juli des Zorns und der Vorbereitung zum Kampf», berichtete die «Humanité».

Horizonte erschließen

Ob sich Himmler und Konsorten am Starnberger See von ihrer Konferenz erholten, weißt du nicht. Du weißt nur, daß er und andere hohe SS-Offiziere am 31. Juli 1941 die nächste Etappe der «Endlösung» besiegelten. Heydrich wird von Göring beauftragt, sie einzuleiten. Es geht alles sehr zügig. Er ruft im Reichssicherheitshauptamt eine spezielle Abteilung ins Leben, die massenhaft Leben abzuberufen hat. Leiter dieser Abteilung: SS-Standartenführer Adolf Eichmann. Endlich eine Aufgabe, die ihm liegt – nämlich die «Gesamtlösung der Judenfrage im deutschen Einflußgebiet» organisatorisch-technisch zu sichern, prompt, ohne Verzug. Das war an Termine gebunden, an Lade- und Transportraum, an pünktlichen Zugverkehr, an Festlegung von Sammelpunkten für

Zwangsdeportierte und so weiter und so fort. Genau Eichmanns Metier, da brachte er es zu Höchstleistungen, hatte in den betreffenden Gebieten auch diverse Ein- und Zutreiber. Geheimagenten, SS, SD, Gestapo, auch sogenannte Einsatzgruppen folgten den Naziarmeen, brandschatzten und mordeten hinter der Front und in allen bereits besetzten Ländern.

Das Ausrottungshauptamt Berlin ist nicht weit weg von Ravensbrück. Eichmann sitzt in seinem Berliner Büro am Schreibtisch, arrangiert den Massenmord. Ans Frauen-KZ denkt er nicht, er denkt in viel größeren Dimensionen. Ravensbrück taucht in seinem Arbeitsplan erst etwas später auf.

Wir befinden uns noch im Jahr 1941. Juli, August. Ein schöner Sommer, erträglich, nicht zu heiß, und in Ravensbrück schöne Wochen, beinahe wie Erholung. So etwas gabs hier noch nicht, und das wird es auch nie wieder geben.

Wie das denn?

Bertl Teege erzählt es uns. Bertl, Arbeiterin, Kommunistin, 1936 verhaftet, seit Anfang 1940 in Ravensbrück, zunächst Blockälteste auf Block 9, dann Lagerläuferin, Lagerälteste. Was sie erzählt, hat mit Block 9 zu tun. Dort sind auf der A-Seite Asoziale, auf der B-Seite Zigeunerinnen untergebracht. «Es muß der 15. oder 16. Juli gewesen sein, da fällt uns 'ne Jungsche von den Asozialen auf, die schleppt ihr linkes Bein so merkwürdig, schlenkerts steif nach vorn, zieht es steif nach ... Übrigens 'ne ulkige Nudel, hatte Mutterwitz, und von wegen asozial. Was dieses asoziale System so alles unter asozial rechnete. Das Mädel hatte in einer Munitionsbude gearbeitet und ein paar Tage blaugemacht, fühlte sich nicht wohl, und gleich hieß es: Arbeitsscheu, asozial, Sabotage, ab ins KZ!! Na ja, also die Kleine schleift ihr Bein. Wir beobachten das 'ne Weile, sehn plötzlich, daß auch andere sich so eigenartig vorwärts bewegten. Schien ansteckend zu sein, denn bald humpelten fünfzehn, zwanzig und mehr von Block neun auf dem rechten oder linken Bein. Wir müssen da was unternehmen, sagten wir uns, müssen zumindest Doris informieren. Vorher fragte ich die Mädels, was sie eigentlich hätten, warum sie hinken. Sie zuckten mit den Achseln. ‹Keinen blassen Schimmer, wir wachen auf und sind gelähmt.›

Gelähmt? Das konnten wir nicht auf sich beruhn lassen, hätte ja was Ernstes draus werden können, 'ne Seuche, das fehlte uns gerade noch. Kurzum, wir meldens der Oberaufseherin und im Revier ... Eines Nachts reißt mich jemand aus dem Schlaf. Ein Uhr erst, Mensch, was ist los? – ‹Steh auf, mach, mach›, sagte Ulla, unser Lagerwecker, ‹die Schreckschraube verlangt nach dir!› Ich also hin zur Langefeld und komme aus dem Staunen nicht heraus. Übergibt die mir fast sämtliche Schlüssel – mir, einer Gefangenen! Das glaubt keiner. Ich wollte es auch nicht glauben, war ganz baff, gibt die mir das Schlüsselbund für nahezu alle Räumlichkeiten – Küche, Kleiderkammer, Wäscherei, Bad, Desinfektion, Zellenbau ... Warum? Die ‹arische Rasse› befürchtete, da wäre spinale Kinderlähmung ausgebrochen. Drei volle Wochen ließ sich keiner von der Bande blicken, überzeugt, es grassiere Poliomyelitis. Ausnahmezustand, Lagersperre. Nur ein SS-Arzt blieb, ein Notdienst und die Torwache. Das war 'ne herrliche Zeit! Keine Appelle, keine Arbeitseinsätze, keine Schikanen, keine Prügel. Natürlich nahmen wir diese Gelegenheit wahr. Uns stand ja praktisch alles offen. Wir tauschten unsere verdreckten zerfetzten Sachen gegen frisches Zeug aus, überzogen die Betten neu, legten einen kleinen Vorrat Medikamente an, und vor allem zauberten unsere Kochkünstlerinnen mit bestmöglichen Zutaten eine Suppe, auf der mal Fettaugen schwammen – ein Genuß.

Auffallen durfte unsere Selbstversorgung freilich nicht. Trotzdem, es war wie Erholung. Wir gingen richtig spazieren, konnten uns mal richtig ausschlafen, uns mal bißchen wie Menschen fühlen, sangen, lachten, scherzten auch, besuchten uns gegenseitig, schlossen neue Bekanntschaften, aus denen feste Freundschaft wurde ... Erfahrene erzählten aus ihren Erfahrungen, manche hielten populärwissenschaftliche Vorträge über Geschichte, Philosophie, Juristerei, Medizin. Es waren ja viele akademisch Gebildete unter uns, und schaden konnte es niemandem, wenn er was davon mitbekam, allein schon wegen der Prophylaxe, damit man sich geistig und körperlich gesund erhält. Wie gesagt, es war einfach herrlich. Manchmal saßen wir bis tief in die Nacht hinein, unterhielten uns, erzählten uns Märchen, Theaterstücke, Romanhandlungen, Erlebnisse ...

Olga Benario konnte spannend erzählen; eine hervorragende Psychologin, sie wußte, wie uns zu helfen war. In allem, was sie sagte und tat, lag das leidenschaftliche Verlangen, die fernen Strände der neuen Zeit, von der wir träumten, in unser erbärmliches Dasein zu holen. Sie hatte ja auch sehr viel Spannendes erlebt, viel Interessantes gesehen – in der SU, in Frankreich, England, Brasilien. Und das regte an, auch von unseren Erlebnissen zu sprechen. Schließlich hatten wir alle Außergewöhnliches durchgemacht, kramten also hervor, was im Gedächtnis haftete.»

Sie kamen sich näher in den drei Wochen, wußten danach mehr voneinander und auch mehr von der Welt. Schärften ihr geistiges Rüstzeug, erweiterten ihre Horizonte, in Lehr- und Lernstunden, durch Erzählungen, Rezitationen, Gesang, Theater.

Theater in Ravensbrück?

Ja, auch das. Kleine Ausschnitte zumindest, Einakter, kurze Dialoge aus «Iphigenie», «Egmont», «Die Räuber». Und das nicht nur während dieser «Sommerfrische». Es war in Ravensbrück nicht anders als in Buchenwald, Sachsenhausen, Dachau, Mauthausen. Sie waren geübt, eine Rolle zu spielen, die Illegalen. Hier nun wirkten sie als Akteure in einer Arena, von Wölfen umschlichen, in einer Tragödie, die sich kein Shakespeare je hätte ausdenken können, auf einer Schaubühne, auf der sie all ihre Fähigkeiten einsetzen mußten, dem Drama nicht zu erliegen. «Wir wollten gar nichts Besonderes, wollten nur für eine Stunde Mensch sein, Gefühle äußern, Menschen bewegen. Uns verlangte danach, alles jemals Gehörte, Gelesene, Erfahrene, Vorgetragene in uns wachzurufen, in Szene zu setzen, unser Talent so zu beweisen, daß Lied und Wort, Mimik und Gestik Herzen aufschließen, eindringen in verhärtete Seelen.»

Mitten in der blutigen Tragödie eine künstlerische Darbietung, ein Aufzug aus einem Schauspiel, der Auftritt eines Gefangenenchores oder einer Solistin.

Das erlaubten sie sich? Ja, sie erlaubten sichs. Und Hannelore saß dabei, sie und Frauen oder Mädchen ihrer Herkunft, ihres Schicksals, denen erst hier im Lager die Augen aufgingen, was Faschismus eigentlich ist. Unerhört ermutigend für jene, die schon lange vorher Bescheid wußten, wenn eine der Unwissenden, Unerfahrenen sich ihnen vertrauensvoll näherte, sich ihnen anschloß. Lohn und Preis ihres Kampfes. Unschätzbar die Erfahrung, daß Menschen sich ändern können, Gutes als gut, Verderbliches als verderblich begreifen lernen, noch dazu an einem Ort, wo Verderbtheit Triumphe feierte. Mochten sie auch eingeschlossen sein, ohnmächtig zur großen aufrüttelnden Tat, zu schwach für den Schrei, der Mauern durchbricht. Rückschau und Vorschau waren ihnen nicht verschlossen, der Ton, Herzen zu öffnen, Köpfe zu erleuchten, stand ihnen nicht nur während dieser drei Wochen zur Verfügung, der Blick aus dem Wirrsal der Zeit war ihnen nicht verbaut.

Hermi, Österreicherin, und Martha Pauka, Deutsche – beide in der Effektenkammer beschäftigt –, hatten März 1940 zwischen Kleiderbergen und Altpapier Reklamheftchen gefunden – Goethes und Schillers Dramen und den zweiten Band «Krieg und Frieden» von Tolstoi. Völlig zerfleddert, vergammelt, durchnäßt, angeschimmelt. «Macht nichts, Hauptsache, wir haben was zum Lesen, zum Vorlesen.» Die kostbaren Funde waren schon oft und oft von Block zu Block gewandert. Sie lasen sichs immer wieder vor, zitierten, rezitierten, veränderten bisweilen den Wortlaut, aktualisierten ihn. Meistens jedoch wurden Lesungen, künstlerische oder allgemeinbildende wissenschaftliche Vorträge aus dem Gedächtnis bestritten. Sie unterrichteten sich, gaben Sprach-, Geschichts-, Gesangs-, Mathematikunterricht, gaben ab von ihrem Wissen, ihrem Können, ihren Fertigkeiten – was die eine nicht wußte, wußte die andere –, übten sich in der Körperbeherrschung, trainierten Körper und Geist. «Manche verhöhnten uns, witzelten darüber. Manchmal kam aber auch die eine oder andere der spöttisch Lächelnden, hörte zu, guckte zu, wenn wir etwas einstudierten oder vorführten, und war vielleicht schon dadurch ein bißchen nachdenklicher geworden, fand unser Tun nicht mehr ganz so lächerlich.»

Jožka Jaburkova erkannte besonders feinfühlig solche Veränderungen auf den Gesichtern ihrer Mithäftlinge und war richtig glücklich, wenn sie feststellte, daß sie sich nicht geirrt hatte. Jožka holte alles aus sich heraus, war auch hier kreativ, verfaßte Märchen, kleine Singspiele, Fabeln, Parabeln.

«So, im Kreise guter Freunde, die gute Gedanken haben, bildet sich der Mensch», sagte Bertl Teege, «im Wettstreit um gute Ideen kommt etwas zustande, das ich als kollektive Weisheit bezeichne.»

Nun muß ich doch einiges berichtigen. Denn das alles stimmt und stimmt wiederum nicht. Ja, sie erlaubten sich, frei ihre Gedanken zu äußern, aber nicht auf dem Appellplatz, nicht vor aller Augen und Ohren, nicht in jedem Block. Vorträge, Unterricht, Rezitationen, künstlerisch Unterhaltsames mal hier, mal da, vornehmlich in den Baracken 1, 2, 3, 5 und 11 oder im Revier, und auch da keineswegs unter Teilnahme aller. Vorsicht war stets geboten. Zudem gingen die verhältnismäßig freizügigen Wochen rasch zu Ende. Die Zahl der Hinkenden stieg und stieg. «Mitte August zählten wir sechsundneunzig Gelähmte. Das wurde für den SS-Klüngel nun doch ziemlich kritisch. Oranienburg fragte immer ungeduldiger, wo die Meldungen über Arbeitsergebnisse blieben. Eine Ärztekommission aus Berlin traf ein, genau zu untersuchen, ob es sich um spinale Kinderlähmung handele. – Tja, da war unsre schöne Zeit leider aus und vorbei. Die Humpelstilzchen hatten simuliert, perfekt, mit glänzendem Effekt. Lagerleitung, Lagerärzte waren die Blamierten. Daher verlief wohl auch die ganze Sache im Sande.»

Als sie Juli, August 1941 etwas Ruhe hatten und zu sich selbst kommen, ein wenig Luft holen, ein wenig ihre Kräfte schonen konnten, waren sie aber auch isolierter, noch strenger von der Außenwelt abgeschnitten. Lagersperre! Nichts durfte hinein, nichts heraus, keine Post, keine Zugänge, die ja meistens neue Nachrichten mitbrachten. Sie hörten und sahen nicht, was sich draußen ereignete. Sahen nur den Wechsel von Tag und Nacht. Manchmal gingen Gewitter nieder, zuckende Blitze, donnerndes Grollen … Wie wäre ihnen zu wünschen gewesen, auch das ferne Grollen zu hören, das

Wetterleuchten am östlichen Himmel zu sehen. Denn im August 1941 tritt die Rote Armee bei Jelnja zur Gegenoffensive an. Sie wird zwar gestoppt, hat jedoch der Welt gezeigt, daß die Hitlerwehrmacht zum allerersten Male einer Armee gegenübersteht, die nicht vor Blitzkriegern kapituliert.

Zur selben Zeit setzt Eichmann den Hebel in Bewegung, Europa durchzukämmen, «rassenrein» zu fegen.

Frankreich – Tausende Juden «zusammengefegt», in Drancy, einem Ghetto bei Paris, und anderen Ghettos auf französischem Boden. Eichmann hakt ab, erledigt, dieser Punkt. Nun zum nächsten Posten – Brüssel, dann Amsterdam, Rotterdam, Antwerpen, Luxemburg, Belgrad, Sofia ... Überall dasselbe Treiben. Wohin mit den Eingefangenen? Da weiß Eichmann Rat: Vorerst bleiben sie, wo sie sind, später wird man weitersehn – entweder an Ort und Stelle «beseitigen» oder ins «Generalgouvernement» deportieren, aber nur schubweise. Man ist an Termine gebunden, an Laderaum, Laderampen, sonderlich ist man auf eine ganz spezifische Rampe angewiesen, auf eine «Technik der Entvölkerung», die noch unfertig und vorläufig auf niedriger Entwicklungsstufe zu «erproben» ist, um «Erfahrungen zu sammeln», wie bei Kiew – Babi Jar – oder in Kowno und Lublin: Massaker, Massenerschießungen, Massengräber. «Ja, unsere Jungs von der Leibstandarte, das sind hartgesottene Burschen», sagt Himmler und setzt hinzu: «Man kann die soziale Lage des deutschen Volkes nur bessern, wenn man alle anderen totschlägt.»

September 1941. Deutschen Juden, die noch frei – vogelfrei –, wird diktiert, sich bei zuständigen Ämtern den Davidstern aushändigen zu lassen. «Nichtbefolgung zieht harte Strafe nach sich ... Judensterne sind auf der linken Seite der äußeren Kleidung zu tragen.» Verhaltensregeln, Gebrauchsanweisungen werden mitgeliefert, um auch dem Begriffsstutzigsten klarzumachen, daß er sich öffentlich als «artfremd» auszuweisen hat. Nun sind sie kenntlich, gezeichnet, sofort greifbar. Sie dürfen sich auf keine Parkbank setzen, dürfen kein Lokal, kein Kino, kein Theater, kaum einen Laden betreten. «Für Hunde und Juden verboten!» Dürfen sich ab 22 Uhr nicht mehr im Freien bewegen. Was durften sie überhaupt? Sterben. Eichmann darf stolz sein, im Arbeitsplan einen weiteren wichtigen Punkt erfüllt zu haben. Und jeder Deutsche, der Lust verspürt, darf Kinder, Frauen, Männer, die einen solchen Stern tragen, belästigen, bespeien, niederboxen, jeder, dem es Spaß macht, darf grölen: «Wenn's Judenblut vom Messer spritzt, dann gehts noch mal so gut.» Der Willkür sind keine Grenzen gesetzt.

Rapport des Chefs der Sicherheitspolizei an Himmler: «... wurde am 12. 10. 1941 mit dem Abfahren der Transporte aus dem Altreich begonnen. In täglichen Transporten zu je 1000 Personen werden 20000 Juden und 5000 Zigeuner in das Ghetto Litzmannstadt abgefahren.» – Eichmann streicht auf seiner Tabelle wieder einen Punkt.

Aus dem Bericht eines Oberleutnants der Wehrmacht, namens Walther, vom 1. November 1941: «Nach Vereinbarung mit der Dienststelle der SS holte ich die ausgesuchten Juden bzw. Zigeuner vom Gefangenenlager Belgrad ab ... Das Ausheben der Gruben nimmt den größten Teil der Zeit in Anspruch, während das Erschießen selbst sehr schnell geht (100 Mann in 40 Minuten.) ... Das Erschießen der Juden ist einfacher als das der Zigeuner.» – Eichmann hakt ab und denkt bei sich, diese Juden, direkt sympathisch, fügen sich williger in ihr Schicksal als das übrige Gesindel. Später, vor Gericht, wird er sagen: «Ich hatte ja nichts gegen Juden.»

Freiheit, die sie meinen

Zur Elite gehören elitäre Ambitionen, zum Beispiel Sammlerleidenschaft. Auserlesene Souvenirs erwerben und sie dezent zur Schau stellen. Im Empfangssalon ein exotisch anmutender Schrumpfkopf hinter spiegelblank polierten Scheiben einer Glasvitrine; auf dem niedrigen gekachelten Tischchen unter der Leselampe im Herrenzimmer ein Fotoalbum, ledergebunden. Das Leder von außergewöhnlicher Qualität, mehrfarbig oder unifarben, mit feingestichelten Ornamenten.

Leder, Lederhaut, Haut ...

Herbst 1941. Ravensbrück. Revier. Einige Häftlinge – Pflegerinnen, Ärztinnen, deutsche, österreichische, tschechische. Doris Maase ist dabei und Erika Buchmann, die Revierschreiberin. «Möchte bloß wissen, was das bedeuten soll», fragt Erika. «Welche Schurkerei brüten sie denn nun wieder aus?»

Keine kann ihr darauf Antwort geben, es ist ihnen ebenfalls schleierhaft. Eine Österreicherin meint: «Vielleicht strapazieren wir unsere Nerven ganz umsonst, vielleicht juckt Herrn Doktor nur die Neugier.»

Dr. Sonntag, SS-Arzt, hatte Erika Buchmann Formulare in die Hand gedrückt, höflich. «Bitte darum, blitzartig alle tätowierten Häftlinge listenmäßig zu erfassen.»

Ob sie will oder nicht, Erika muß von Block zu Block. Je mehr Baracken sie aufsucht, desto leichter ihr Schritt. Es gibt nicht sehr viele Frauen mit Tätowierungen.

Die wenigen, die sich vor Dr. Sonntag wie Aktmodelle drehen, wenden, spreizen müssen, verfluchen gewiß den Tag, als irgend jemand sie auf die Idee brachte, sich Namenszüge, Ornamente, größere und kleinere Bilder in die Haut ritzen zu lassen. Manch eine glaubte aber vielleicht auch, es würde ihr jetzt Vorteile bringen.

Dr. Sonntag begutachtete diese gestichelten Motive, suchte die schönsten davon aus. Ihre Trägerinnen hatten allein dadurch ihr Leben verwirkt. Es ging ein Transport ab nach Bernburg, darunter Tätowierte, die Dr. Sonntag ausgewählt hatte. Angehörige der «arischen Elite» – Ilse Koch zum Beispiel – wünschten aus solcherart geschmückter Menschenhaut «originelle Andenken» als Rarität fürs trauliche Heim. «Oh wie apart, dieser Lampenschirm. Könnten Sie mir nicht auch so etwas Dekoratives besorgen?» – «Aber gern, kein Problem, Anruf in Buchenwald genügt.»

Zeugenaussage des ehemaligen Häftlings Balachowsky vor dem Internationalen Militärgerichtshof in Nürnberg: «Die tätowierten Menschenhäute wurden in Block 2 in Buchenwald, im sogenannten ‹Pathologischen Block›, aufbewahrt ... Ich weiß nicht, ob es viele waren, weil ständig Häute hereinkamen und weitergegeben wurden; es gab nicht nur tätowierte, sondern auch einfach gegerbte Häute ...»

Frage des Richters: «Man hat also Menschen gehäutet?»

Antwort des Zeugen: «Man hat die Haut abgezogen und dann gegerbt ... Ich sah SS-Männer aus Block 2, dem ‹Pathologischen Block›, mit gegerbten Häuten unter dem Arm herauskommen. Ich weiß von Kameraden, die in Block 2 arbeiteten, daß dort Bestellungen auf Häute eingegangen sind und daß diese gegerbten Häute einigen Wachposten und Besuchern geschenkt wurden, die sie zum Einbinden von Büchern benutzten.»

Wozu ist der Mensch fähig? Er ist zu allem fähig, das weiß man und faßt es trotzdem nicht, zögert, fragt sich, ob man diese grauenhafte Tatsache hier nicht besser ausklammern sollte. Aber warum eigentlich? Die Büchse der Pandora ist noch nicht geschlossen. Und ich erinnere mich gerade in diesem Zusammenhang an den 17. Juni 1953, als eine aufgeputschte Meute in Halle das Tor der Strafanstalt sprengte, um die ehemalige Hundestaffelführerin Rabenstein wieder auf freien Fuß zu setzen. Welch Geist steckt hinter Leuten, die nach Freiheit rufen und die Freiheit der Bestie meinen!

Maria, hilf!

Der Oktober 1941 brachte noch einmal Wärme, ein Nachglühen des Sommers. In diesem Oktober kommt Maria Grollmuß nach Ravensbrück. «Wo findet man Frieden? Man findet ihn – wenn sonst nirgendwo ringsum – in sich selbst ... Im Winter ist der Garten wie tot. Aber es vollziehen sich unterirdisch geheimnisvolle Prozesse, die den Frühling hervorbringen. Hinterher ist alles leicht zu verstehen, wenn man spürt, daß der Frost nicht mehr zwickt.»

Maria Grollmuß – während des ersten Weltkrieges von der katholischen Jugend zum sozialistischen Studentenbund gewechselt – war ihrem Gefühl nach Christin, ihrem Reden und Handeln nach überzeugte Sozialistin. Felsenfest ihr

Glaube an das Gute im Menschen. «Der Mensch ist gut, wenn man ihm die Möglichkeit läßt, gut zu sein. Alle, ausgenommen der Klassenfeind und dessen Handlanger, könnten den Weg zueinander finden.» Sie schwärmte von der Verbrüderung, war aber keine exaltierte Schwärmerin, verlor sich nur manchmal in hochfliegende Zukunftsträume, fügte sich nicht in Gegebenes, wählte die Art zu leben und zu kämpfen selbst. Dem Groben, Gemeinen wich sie aus, am liebsten ins Freie. Aber – «ach, ich liege am See und verdurste!» – Immer Probleme wälzend, immer gedankenschwer, begierig auch, ihre Ideen zu verbreiten, fiel sie oft übergangslos in Melancholie, hatte ihre Schweigestunden. Auf den ersten Blick schien sie ein verschüchtertes, unbeholfenes Wesen zu sein, etwas linkisch und fahrig. Doch bald wußte man, sie ist mit ihren Gedanken immer ganz woanders, nur nicht da, wo Gefahr droht. Gelehrtentyp, zerstreuter Professor, könnte man fast sagen. Ihre Kameradinnen haben sie oft ermahnen und viel Angst um sie ausstehen müssen. Ihre Zerfahrenheit konnte ihr harte Strafen einbringen.

Maria Grollmuß, Jahrgang 1896, Dr. phil., Mitglied der SPD. «Ich träume davon, die katholische Linke mit der sozialistischen Linken vereint zu sehen.» Das war ihr Lebensziel, daran arbeitete sie, zuerst legal, dann im illegalen Widerstand, als Kurier zwischen SPD- und KPD-Funktionären, als Verbindungsglied zur Gewerkschaft, zu hohen Geistlichen, zur Bekennenden Kirche, zu Emigranten im Ausland.

Eine Villa in Radibor – ihr Elternhaus. Dort lebte sie mit ihrer jüngeren Schwester Cäcilia. Radibor, ein Ort bei Bautzen. Das Zittauer Gebirge ist nicht weit entfernt. Von hier läuft Maria über die tschechoslowakische Grenze, fährt nach Prag oder Brno. Im leichten Gepäck der Ausflüglerin schwerwiegendes Material – illegale Schriften, wichtige Informationen, Instruktionen, sehnsüchtig erwartete persönliche Grüße und Nachrichten für deutsche Exilanten.

Keiner vermutete in ihr eine Frau, die konspirierte und dem Widerstand neue Hilfsquellen erschloß. Trude Noack, Sozialistin, eine aus dem Kreis der Bautzener Antifaschisten, hat sich sehr oft an Maria gewandt. «Wir brauchen Hilfe,

Maria. Kannst du uns helfen?» – Maria half. «Durch ihre Beziehungen zu katholischen Geistlichen gelang es ihr, das Leben der Gefangenen im ‹Gelben Elend› in Bautzen und auch in Gefängnissen anderer Städte wesentlich zu erleichtern,» sagte Trude. «Es war ein schmerzlicher Verlust, als Maria selber verhaftet wurde.»

Marias Natürlichkeit, ihr freimütiger Charakter öffneten ihr die Türen. Sie fand ziemlich rasch Freunde und Helfer, so auch den Genossen Paul Herzog aus Bautzen. «Ich staunte über ihren Elan, gewann sofort Vertrauen zu ihr ... Wie sie auf mich gekommen war, weiß ich bis heute nicht ... Sie ist häufig bei uns gewesen, auch zu ungewöhnlicher Stunde und mit ungewöhnlichen Anliegen. Es kam vor, daß sie spät abends an unsrer Tür klingelte, weil ihr das Geld ausgegangen war und sie keine Fahrkarte nach Radibor lösen konnte. Wir halfen ihr selbstverständlich, behielten sie auch über Nacht bei uns ... Manchmal brachte sie einen Gast mit. Wir wußten dann schon, was es bedeutete, wenn sie jemanden als Tante Anna oder Onkel Fritz vorstellte, fragten nicht nach dem Woher und Wohin... Marias engste Kampfgefährten aber waren Dr. Reinmuth und Willi Elsner ... Aus den hohen Strafen, zu denen sie verurteilt wurden, ist zu ersehen, welches Gewicht die Nazis dem Wirken dieser drei Menschen beimaßen.»

Herbst 1934 – Maria festgenommen! Polizeipräsidium Dresden, Verbindungen jäh abgerissen. Unter ihren Genossen Besorgnis: Wer hat Maria verraten? Kennt der Verräter auch andere Namen? Wird Maria die Verhöre überstehn? «Sie muß sehr tapfer gewesen sein. Dichtgehalten hat sie, unsere Maria», sagte Trude Noack. «Tag und Nacht haben wir kein Auge zugetan, bei jedem Geräusch sind wir zusammengeschreckt. Unsere Nerven gespannt wie Drahtseile, immer drauf gewartet, daß Gestapo anklopft. Aber es ist niemand von uns hochgegangen.»

Ein Jahr später – Maria vorm «Volksgerichtshof». Urteil: Sechs Jahre Zuchthaus. In ihrem Schlußwort sagt sie: «Ich stehe zu dem, was ich getan habe, und ich werde es immer wieder tun, obwohl Sie mich deshalb anklagen.»

Zuchthaus Waldheim.

Marias größter Kummer, daß sie sich in praktischen Dingen so ungeschickt anstellt. Sehnsucht übermannt sie, Fernweh, Heimweh. Mit all ihren Gedanken weilt sie in Radibor, vergißt, daß sie in einer Zelle sitzt. Das war wohl eine ihrer stärksten und auch beneidenswertesten Eigenschaften: Sie konnte alles um sich her vergessen und in ihrer Welt untertauchen. War sie niedergedrückt, konnte sie sich an jedem Pflänzchen erfreuen, ja aufrichten, das zwischen harten Gesteinsfugen hervorsproß und also trotz scheinbar undurchdringlicher Materie ans Licht drängte. Ihre Hoffnung flammte ja so leicht auf, sie bewältigte ja so leicht Niedergeschlagenheit. Da brauchte nur eine zu bitten: «Maria, hilf mir doch mal! Ist Thomas Müntzer nun ein Revolutionär gewesen oder ein Utopist?» Schon war Maria dankbar für die Frage, schon war die Erschöpfung verflogen, schon fühlte sie sich entschädigt für die Tagesplagen und erhaben über Demütigungen, die man ihr kurz zuvor zugefügt hatte.

Die Jahre vergehen, auch sechs Jahre Zuchthaus. Im Herbst 1940 wird das alles überstanden sein.

Waldheim. Hackfruchternte. Maria ist mit auf dem Feld. «Hinter den Feldern und Wiesen und dem Erlengebüsch, da muß sie liegen», schreibt sie an Cäcilia und meint die Lausitz, glaubt bald daheim zu sein. «Halb bin ich schon zu Hause, und darum ist meine Sehnsucht eigentlich nur noch ein schönes Warten. Oktober, Oktober, rotglühend wie Zinnober – da wirds geschehen, da werde ich entlassen!»

Der Oktober vergeht, der November vergeht. Weihnachten 1940. «Der grüne Baum und der Duft der Wachslichter gilt für den einen und der flammende Holzklotz für die anderen, und der ganze holde Weihnachtszauber aller Völker und Länder gilt nur für die Glücklichen. Mir gilt er gar nichts mehr ... Daß man immer gut ist, wenn man glücklich ist, aber nicht immer glücklich, wenn man gut ist.»

Maria kommt nicht frei. Sie kommt von Waldheim nach Dresden, von Dresden nach Berlin. Der Zug fährt von Dresden über Bautzen, fährt dicht an Radibor vorbei. Sammeltransport zum Alex. Durchgangsstation. «Oktober, Oktober, rotglühend wie Zinnober ...» Ein Jahr ist es her, daß sie hoffte, sehnsüchtig hoffte, sich schon zu Hause sah. Sie hofft noch immer, jetzt nur darauf, dem Alex zu entkommen.

Oktober 1941 nach Ravensbrück. Das Bad – wohltuend, denn Maria hat besonderes Glück. Unter den Helferinnen im Duschraum eine Sorbin, Marka Graf, Pragerin, gebürtig aus Dubring bei Wittichenau. «Ich bin wieder unter Gleichgesinnten. Da ist beinahe alles gewonnen.»

In diesem Oktober war manches gewonnen, vieles verloren, für Blitzsieger gar manches zerronnen, die Schlacht verbissener, erbitterter, verlustreicher auf beiden Seiten.

Da war das OKH-Unternehmen «Taifun» in der Anfangsphase geplatzt. Als es begann, hatte es wie ein Orkan gewirkt. Hunderttausende Wehrmachtsoldaten, Tausende schwerer Waffen zerschossen, zerbombten, zerstörten das Land, wälzten sich gleich einem Lindwurm von Smolensk her auf die sowjetische Metropole zu. Innerhalb weniger Tage sollte Moskau genommen werden. Moskau hielt stand.

Da ist Leningrad in allerhöchster Gefahr, stark bedrängt, stark bedroht. Leningrad fällt nicht, Leningrad hält stand.

Da gerät Antonina Nikiforowa in deutsche Kriegsgefangenschaft. Sie ist Doktor der Medizin, Militärärztin, Angehörige der Roten Flotte. Eines Tages wird auch Antonina durch das Tor am See der Tränen gehen müssen. Jetzt sperrt man sie und andere weibliche Kriegsgefangene hinter ein Gatter nahe Lublin.

Da verstärken Frankreichs Patrioten die Befreiungsfront, schließen sich der Résistance an. Bei Epinay fliegt ein deutscher Munitionszug in die Luft, auf den SS-Kommandanten der Festung Nantes wird ein Attentat verübt. Die illegal erscheinende «Humanité» informiert ihre Leser davon: «Frankreich blutet ... Mehr als 150000 Französinnen und Franzosen in Gefängnissen und Lagern ... Gestern wieder 5 Hinrichtungen ... Sie wollen uns in die Knie zwingen, hausen in unserem Lande wie Vandalen ... Vandalen aber verstehen nur die Sprache der Gewalt, darum müssen wir eben in dieser Sprache antworten ... Frankreich blutet nicht nur, Frankreich kämpft auch.»

Da hat Hannelore ein Eckchen Geborgenheit gefunden und Tilde und Martha. Marthas gab es in Ravensbrück mehrere. Diese stammt aus Parchim, verhaftet im November 1940. Sie hatte für polnische Zwangsarbeiter Essen gekocht, es ihnen heimlich gebracht. Das war «Feindbegünstigung», sie wurde denunziert. Martha, achtundzwanzigjährig, Köchin, nun KZ-Häftling, Küchenfrau auch hier, gewitzt, tüchtig, tapfer, für besonders Hungrige immer etwas in der Schürzentasche, Kartoffeln, Möhren- oder Kohlrübenschnitzel, Würfelzucker, immer ein Augenmerk auf besonders Unterstützungsbedürftige.

Hannelore bekam ein Bett, ein Fach im Spind, einen Platz an dem langen Holztisch, fühlte sich nicht mehr ausgestoßen, geächtet, wurde nicht angespuckt, nicht von den Häftlingen dieser Baracke. Martha kümmerte sich um Hannelore, führte sie ins Lagerleben ein. – Arbeit außerhalb. Das Übliche. Neulinge spannte die SS ins härteste Joch. Baumstümpfe roden, Säcke, Kohlen, Steine über schmale Stege vom Schleppkahn zum Ufer karren, weiterkarren, das Seeufer planieren, im Morast waten, Sümpfe trockenlegen. – «Schneller, schneller! – Tempo, Tempo!» Hannelore fiel abends wie gerädert auf ihre Pritsche, vermied es, sich anzuschauen. Beim Waschen ließ es sich aber nun mal nicht vermeiden – die knochigen Schulterblätter, die tiefen Salznäpfe über den Schlüsselbeinen. Martha rumpelte ihr den Rücken ab. «Spindeldürr. Aber mach dir nichts draus, Magere sind widerstandsfähiger.»

Hannelore überläßt sich willig diesem Winkel der Geborgenheit, denkt oft an die «Badefrau», der sie in letzter Zeit nicht mehr so häufig begegnet wie in den Sommermonaten.

Tilde ist keine Badefrau mehr, sie ist krank. Ihr Asthmaleiden hatte sich verschlimmert, sie liegt im Tbc-Block. Blockälteste Carmen Mory, der schwarze Engel. Ein gefürchteter Block, eine gefürchtete Blockälteste. Trotzdem hatte sich Hannelore schon verschiedentlich ein Herz gefaßt, hatte sich herangewagt an den Krankenbau, Tilde zu besuchen. Ins Innere wagte sie sich nicht. Man hatte ihr gesagt, Tilde stehe um die und die Zeit an dem und dem Fenster. Hannelore winkte ihr zu, Tilde winkte zurück. Sehr froh ist Hannelore darüber gewesen, aus vielerlei Gründen: Weil sie sich zugewinkt, zugelächelt hatten, weil diese Frau am Fenster stand, also noch anzutreffen und noch kräftig genug war aufzustehen, und weil in ihr – Hannelore – ein ganz neues Gefühl aufkeimte. Nämlich die Freude, bewußt etwas zu wagen, das einem selbst und anderen hilft. Ja, froh war sie, überhaupt das Bedürfnis, den Wunsch zu haben, jemanden sehen zu wollen, der einem eigentlich fremd ist, und wenn man ihn sieht, sehr, sehr erleichtert zu sein, daß er lächelt, daß er lebt.

Als Maria im Oktober kam, lag Tilde schon im Krankenbau. Marias Starthilfe war die Sorbin Marka Graf. «Vielleicht kannst du mit zu mir auf den Block.» Zu mir, das hieß zu deutschen, österreichischen und tschechischen Kameradinnen. «Mal sehn, ob wir Glück haben.» Sie hatten Glück. Markas und Marias Blockälteste war Rosl Jochmann, Wienerin, beliebt, geschätzt, eine Frau mit Einfühlungsvermögen, mit Gerechtigkeitssinn, heiter ihr Gemüt. Das nächste Glück also. «Was für ein Gewinn, Rosl kennengelernt zu haben.»

Rosl Jochmann über Maria: «Sie ist mir gleich aufgefallen, weil sie einen Blick hatte, als ob sie in Wirklichkeit gar nicht hier wäre ... Maria wurde von uns verehrt und irgendwie sogar verwöhnt ... Sie lebte in höheren Regionen ... Für sie war Essen, Trinken, Kleidung, alles Äußerliche uninteressant ... Es machte ihr nicht viel aus, ob sie gut oder schlecht angezogen war, es machte ihr nichts aus, zu dritt oder viert auf der Doppelpritsche zu schlafen, es machte ihr nichts aus, mit knurrendem Magen herumzulaufen. Jedenfalls verlor sie nie ein Wort darüber. Sie ignorierte es, verdrängte es, schöpfte aus ihrem inneren Reichtum. Und das war gut für sie, aber auch gut für uns. Wer sich in ihrer Nähe aufhielt, klagte weniger, weil sie nicht klagte.

Sie mußte zuerst Schwerstarbeit verrichten, und ich sehe sie vor mir, wie sie mit blutenden Händen und halb erfroren abends hereinwankte. Wir sorgten bald dafür, daß sie unserem Kommando zugeteilt wurde, dem Kommando der Strikkerinnen ... Sie konnte gar nicht stricken. Wir übernahmen ihr ‹Pensum› ... Sie indessen erzählte uns, und wir vergaßen dabei Hunger, Kälte, Anstrengung ... Maria, ein wunderbarer Mensch, der uns mit fabelhaften Geschichten unterhielt oder uns geniale Meister nahebrachte – van Gogh, Goethe, Schiller, Beethoven ... ‹Seid umschlungen, Millionen ...› Das war ihre große Leidenschaft, ihre große Sehnsucht. Ihre Gedanken weilten schon im künftigen Traumland der klassenlosen Gesellschaft.»

Maria Grollmuß – eine sehr genügsame, bescheidene und sehr kluge Genossin –, verehrt, umsorgt, beschützt von ihren Leidensgefährtinnen.

Hannelore ist auch mit dieser Frau näher bekannt geworden, und zwar in der Strickerei.

Steckengeblieben

Man kommt nicht weiter. Wer ist «man»? Die, die anderen, die weiterkommen wollten – nach Moskau, nach Leningrad. Die Kreuzritter, die am 7. November 1941 über den Roten Platz marschieren wollten. Nun stehen sie vor Moskau, vor Leningrad – bis hierher und nicht weiter!

Moskau. Roter Platz. 7. November 1941. Stalin hält von der Tribüne des Lenin-Mausoleums eine kurze Ansprache an die Truppenteile der Roten Armee, die zur traditionellen Parade angetreten sind. Die Weltöffentlichkeit hatte weder diese Parade noch diese Rede erwartet. Noch unerwarteter, was Stalin sagte. «Moskau und Leningrad weichen nicht vor dem Ansturm der Hitlerhorden zurück. Der Feind steht tief im Heimatland, ja. Doch das Herz wird er nie erobern ... Die Landräuber wollen den Vernichtungskrieg. Nun ja, wenn sie ihn wollen, so werden sie ihn bekommen ... Hitlerdeutschland wird unter der Last seiner Schuld zusammenbrechen.»

November, Dezember 1941. Gegenoffensive der Roten Armee – Faschisten vor Moskau 100 bis 150 Kilometer zurückgeworfen; Panzergürtel bei Wolochow und Tichwin gesprengt, verhindert, daß der Feind Leningrad völlig abschnürt, die Lebensader zum Hinterland durchschneidet.

Am 20. Dezember meldet das Sowinformbüro: «Sieg an der Leningrader Front ..., deutsche Kräftegruppen bei Woibokalo vernichtet ... Verfolgung des zurückweichenden Gegners dauert an.»

Die Zeit der Blitzkriege und Blitzsiege ist vorbei. Nazideutschland hat seine erste große Niederlage einstecken müssen und dreht an der Zwinge, die besetzten Länder, die unterjochten Völker noch rücksichtsloser auszupressen.

Man braucht für die Rüstung Metall, Buntmetall, Altmetall, plündert überall rigoros, schleift auch Denkmäler – in Frankreich das von Victor Hugo, Rousseau, Diderot, Voltaire, La Fontaine, Pascal, Corneille, Bernard und so weiter und so weiter.

Man braucht billige Arbeitskräfte, zwingt Fünfzehn- bis Vierzigjährige männlichen und weiblichen Geschlechts nach Deutschland. Zunächst scheinheilig werbend. «Kommt freiwillig! Bei uns wird es euch an nichts fehlen – gute Entlohnung, Unterkunft und Verpflegung garantiert und gratis! Wann und wo ist euch das schon mal geboten worden?»

Es fanden sich nicht sehr viele Freiwillige.

Reaktion der Besatzer? «Bist du nicht willig, so brauch ich Gewalt!» Erpressung, Zwangsrekrutierung.

Die Bedrängten wehren sich, entziehen sich den Gewalttätern. Der Widerstand wächst, gewinnt an Umfang und Schlagkraft, bringt dem Aggressor empfindliche Verluste bei.

Reaktion der Gewaltherrscher? Dezember 1941 «NN-Erlaß» – «Nacht-und-Nebel». Ein «Führerbefehl», erschienen als OKW-Befehl, unterzeichnet von Generalfeldmarschall Keitel: «Es ist der lange erwogene Wille des Führers, daß in den besetzten Gebieten bei Angriffen gegen das Reich oder die Besatzungsmacht den Tätern mit anderen Maßnahmen begegnet werden soll als bisher ... Bei solchen Taten werden Freiheitsstrafen, auch lebenslange Zuchthausstrafen als Zeichen von Schwäche gewertet. Eine wirksame und nachhaltige Abschreckung ist nur durch Todesstrafen oder durch Maßnahmen zu erreichen, die die Angehörigen und die Bevölkerung über das Schicksal des Täters im ungewissen halten.» Der «NN-Erlaß» richtete sich gegen Westeuropa – gegen Frankreich, Belgien, Holland, Luxemburg, Norwegen, Dänemark –, wo die Faschisten ihren Terror anfangs etwas zügelten, sich als Heilsbringer drapierten, ernsthaft glaubend, mit westlichen Völkern leichtes Spiel zu haben. Im Osten kannten sie von vornherein keinerlei Pardon, und in den geraubten Gebieten der Sowjetunion mordeten SS und Wehrmacht kraft der blutrünstigen Kommissarbefehle.

Die führende Sippschaft unterläßt nichts, was den Reichtum der Reichen vermehren könnte. Sie räubert nicht nur andere Länder und Völker aus, sie prellt und schröpft auch das eigne Volk nach Strich und Faden. «Denkt an unsere tapferen Soldaten! Spendet, spendet! Die Heimat hilft der Front!»

«Reichsspinnstoffsammlung». Schamlos wird die Liebe der Mütter, Frauen, Kinder mißbraucht. Sie spenden, räumen Schubfächer, Schränke, Truhen aus, verschicken Liebesgaben an «unbekannte Frontsoldaten». Riesige Mengen kommen zusammen. Nur ein lächerlich geringer Teil gelangt in die Schützengräben. Wer hat gewußt, daß Himmler den Löwenanteil dieser Opfergaben kassierte?

Auf dem Anschlußgleis Fürstenberg–Ravensbrück rollen Güterzüge an. In den Waggons Textilien. Zu Bergen stapelt sich in Ravensbrücker Depots, was Mütter, Ehefrauen, Bräute, was viele Kinder gesammelt, gespendet, selbst gefertigt haben. Ergebnisse der Spinnstoffsammlung – in Ravensbrück abgeliefert, hier von Häftlingen sortiert, getrennt, gereinigt, umgearbeitet oder zerfasert, durch den Reißwolf gedreht, zu neuen Fasern gesponnen, zu neuen Stoffen verwebt, zu neuer Bekleidung verarbeitet – Herren-, Damen-, Kinderbekleidung, getragen von Angehörigen der Waffen-SS und deren Familien. Ravensbrückerinnen wußten, wie schändlich das deutsche Volk betrogen worden ist.

Auf dem Anschlußgleis auch Güterzüge mit Ladungen von der Ostfront. Soldatenröcke, Soldatenmäntel, Soldatenhosen, Soldatenmützen – zerschossen, zerfetzt, angesengt, verdreckt, blutbefleckt. Wehrmachtuniformen.

Ravensbrückerinnen wußten und sahen mehr als die außerhalb der Mauer, sahen auch das Sterben der Deutschen, die aufs Schlachtfeld gehetzt worden waren. Dieser Widerstreit der Gefühle, wenn deutsche Häftlinge Uniformen ausladen, umladen, zur Schneiderei befördern, dort ausbreiten, aussondern mußten. Zögernd, zaghaft nehmen sie Stück für Stück auf, mit spitzen Fingern, ingrimmig, zähneknirschend das Völkergemetzel verfluchend. Nicht selten, daß sie voller Ach und Weh aufstöhnten; nicht selten, daß sie den Tod des unbekannten Soldaten betrauerten. Manche äußerte sich auch darüber, klagend, leise seufzend. Und es passierte, daß eine Gefangene neben ihr seufzend zurück flüsterte: «Arme Kerle, mußten dran glauben, weil sie den Schwindel geglaubt haben – ‹Für Hitler durch Nacht und durch Not …› Gegen ihn durch Nacht und Not, dann hätts doch wenigstens einen Sinn gehabt.» Wieder eine andere erschrak bis ins Herz, da sie ihren Mann, ihren Sohn, ihren Bruder, ihren Geliebten irgendwo draußen an der Ostfront wußte und der blutverschmierte zerschossene feldgraue Rock, den sie in ihren Händen hielt, vielleicht jener sein könnte, den er getragen hatte.

Block 11. Olga Benario und Ruth Grynspan zogen sich seit einigen Monaten dann und wann in eine etwas stillere Ecke zurück, blätterten in Zeitungen, deren sie habhaft geworden, suchten nach ganz bestimmten graphischen Darstellungen, nach ganz bestimmten Informationen. Wenn es auch faschistische Zeitungen waren, ein Bild konnte man sich machen. Sie zeichneten Karten vom östlichen Kriegsschauplatz. Nichts Erfreuliches, nichts Tröstliches. Die Deutschen marschierten auf Moskau. Aber das war im September, Oktober.

Ende 1941 frohe Botschaften: Vormarsch gestoppt! Ruth und Olga brauchten die auf Moskau zielenden Pfeile nicht mehr zu verlängern, den braunen Ring um Leningrad nicht zu verengen. Und Januar, Februar 1942 zeigen rote Pfeile von Moskau südwestwärts, schieben die braunen Pfeile zurück.

Woher wissen Olga und ihre Genossinnen von Gegenangriffen der Roten Armee? Einmal durch Vergleiche älterer mit aktuellen Zeitungsausschnitten. Im Nazi-Blätterwald rauschten neue Töne. Das begann schon Anfang Dezember 1941, als Wehrmachtberichte vom Wetter sprachen und Moskau nicht mehr erwähnten. Aufmerksamen Lesern entging nicht, daß die Blitzkrieger sich plötzlich umstellen mußten auf «planmäßige Frontverkürzung». Vielsagend, verräterisch.

Den greifbarsten Hinweis auf erste empfindliche Niederlagen, das eindeutigste Zeugnis erster Rückzugsgefechte der Hitlertruppen übermittelte Janina, eine polnische Kameradin aus der Schneiderei.

Janina sortierte aus den Uniformen Mäntel, Hosen, Jacken heraus, die mit wenig Aufwand wiederherzurichten waren. Sie hat eine Jacke auf dem Schoß, wendet sie, schaut in allen Taschen nach, stutzt. In einer der Taschen knistert Papier. Ein Brief, denkt sie, faltet den Bogen auseinander. Kein Brief, nichts Handgeschriebenes, etwas Gedrucktes. Ein Flugblatt, ein Aufruf der Roten Armee an deutsche Soldaten, darin einige Angaben, welche Städte und Ortschaften die Sowjetarmee zurückerobert hatte: Wolokolamsk – Tagesmärsche nordwestlich Moskau; Stariza – mindestens siebzig Kilometer südwestlich von Kalinin, das die Faschisten besetzt und nun also verloren hatten; Koselsk, Beljow, Jefremow – alles westlich der ehemaligen Frontlinie! Zerstoben der Wunschtraum der Ostlandritter, Tula zu stürmen, Moskau zu nehmen.

Ruth und Olga veränderten ihre Karte, verlängerten die roten Pfeile vor Moskau, verstärkten den roten Verteidigungsgürtel um Leningrad. Olga schrieb einen Vers von Prischwin auf die Rückseite. «Was nützt die drohende Gebärde, das Schwertgeklirr in der Welt, wo Sturm und Hagel, ja selbst die Erde es mit den Bolschewiki hält.»

Treffen

Gegen Ende 1941 trifft so manches ein, trifft so vieles zusammen, fallen so manche Entscheidungen – von rechts über Tod und Versklavung, von links über Freiheit und Leben. Die Waage zwischen Hoffnung und Hoffnungslosigkeit neigt sich langsam, langsam der Hoffnung entgegen. Heute leicht zu sagen, da man weiß, wer wen besiegte.

Honolulu, Hauptstadt der Hawaii-Inseln, erbaut an der Südküste der Insel Oahu, deren vorgelagerte Korallenriffe einen gut geschützten Hafen bilden, Anziehungspunkt und Anlegeplatz aller Südseefahrer. Nahe der Stadt ein Kriegshafen mit großen Trockendocks und Funkstation. Kriegshafen Pearl Harbor, strategisch wichtiger amerikanischer Flottenstützpunkt. Anfang Dezember 1941 fallen japanische Bomben auf Pearl Harbor. Und ab jetzt sind auch die USA Teilnehmer des zweiten Weltkrieges. Daraus ergibt sich eine gewisse Annäherung zwischen Ost und West. Moskau – Treffen zwischen Stalin und Eden.

Paris. Eine Frau zum Tode verurteilt – Marie Dubois, fünfundzwanzig Jahre alt, Mutter von zwei Kindern. Sie hat nichts anderes verbrochen, als daß sie Frankreich liebt und die Frau eines Kommunisten ist, den die Gestapo sucht. Durch Paris geht ein Sturm der Empörung. Die Henker wagen es nicht, Marie Dubois hinzurichten. Hoffnungsschimmer, da es zornigen Massenprotesten gelingt, den Massenmördern Opfer zu entreißen.

Ravensbrück. Eine Sonderkommission trifft ein, aus Berlin, mit Dr. med. Fritz Mennecke an der Spitze. Voll Fleiß und Eifer widmet er sich seiner Aufgabe. Das kann er hier in aller Beschaulichkeit, hier wird sich kein Sturm der Empörung erheben, hier hat man die Massen fest im Griff.

Dr. med. Mennecke, Arzt aus Leidenschaft, zärtlicher, aufmerksamer Ehegatte. Er schreibt seiner Gattin täglich einen Brief – «... ich habe mein Tagewerk vollbracht und sitze wieder im Hotel. Das Ergebnis meiner heutigen Arbeit sind 95 Bögen (von 2000) ... Noch viel zu tun, aber, mein Lieb, die Arbeit flutscht nur so, weil ja die Köpfe jeweils schon getippt sind und ich nur Diagnosen, Hauptsymptome etc. eintrage ... In meinem Bett schlafe ich herrlich.»

Die Sonderkommission weilt von Mitte November bis Ende Dezember 1941 in Ravensbrück. Am Morgen des 28. November begann Dr. Menneckes Liebesbrief mit den Worten: «Auf gehts, zum fröhlichen Jagen!» – Ausmerzen, ausrotten, Menschen tilgen wie Ungeziefer ...

Manchmal saß Hannelore abends vor der Baracke, auch im Winter, wartete auf Martha. Und wenn sie kam – etwas schlurfend, die Füße in selbstgefertigten Babuschen –, war es Hannelore, als gehe ein Stern auf, tröstend, weil er schwieg und man selber zu ihm nichts zu sagen brauchte, der einfach nur da war, zuverlässig, unverlierbar. Auch durch Martha verringerte sich ein Teil der Last, die Hannelore gelähmt, verstört hatte. Lief ihr Leben jetzt mitunter ab, als bedrohe sie nicht, was hier gang und gäbe, nämlich spurlos zu verschwinden, so brauste die Gefahr doch in unmittelbarer Nähe.

Schien die Sonne, oder schien sie nicht? War der Himmel niedrig, wolkenverhangen, oder hoch, frostklar? Ich weiß es nicht, keine sagt etwas darüber aus. Kalt ist es gewesen an den Nachmittagen im Dezember 1941, als sie in langen Schlangen vor dem Revier standen und die ersten zehn Frauen sich entblößen mußten, ehe sie ins Revier gelassen wurden. Unter den SS-Ärzten unbekannte Gesichter, aber Dr. Sonntag und Dr. Herta Oberheuser waren dabei.

Rosel Menzer guckt sich um. Sie steht noch draußen in der Schlange. Wen haben sie denn eigentlich hierher bestellt? Uns von Block elf. Sonst nur lauter Schwerkranke, geistig und körperlich Behinderte, Alte und Gebrechliche. Warum stehen hier denn alle Jüdinnen, auch die jungen und gesunden Kameradinnen?

Sprechzimmer. Ein Zimmer, in dem nicht gesprochen wird. Dr. Sonntag angelt mit dem Knauf seines Spazierstöckchens diese oder jene aus der Zehnerreihe, kreist einige Male mit dem Zeigefinger, was heißen soll: umdrehen, links herum, rechts herum.

Fünf, sechs Ärzte in weißen Kitteln. Sie beobachten nur, werfen sich Blicke zu, verständigen sich durch mysteriöse Zeichen. Dr. Mennecke füllt Bögen aus.

Keine Untersuchung. Eine Beschauung. Was soll man davon halten? Als sich im Lager Unruhe, Angst breitmacht, Gerüchte umherschwirren und die Frage nicht verstummt, weshalb diese Sonderkommission aus Berlin hier ist, gibt die Lagerleitung zu verstehen, es handele sich um eine Gesundheitskommission, die darüber entscheide, welche Häftlinge in ein Erholungsheim oder in kleinere, ruhigere Nebenlager geschickt werden könnten.

Angst, Erregung, Unruhe verflogen etwas. Manche Gesunde ergriff sogar Neid, und sie griff zur List, erfand irgendeine Krankheit, meldete sich im Revier, bat um Aufnahme: Ich möchte auch gern in eines dieser kleineren Lager ... Leidend waren sie alle, keine brauchte zu simulieren, krank waren sie alle, vor Heimweh, Sehnsucht, Furcht, Hunger, Schinderei. Selbst politische Häftlinge vermuteten ein Körnchen Wahrheit in den Erklärungen der SS, sagten sich, vielleicht ist die eine oder andere mit in solch einem Transport unterzubringen und dadurch zu retten. Sie hatten schon so viele Gefährtinnen elend zugrunde gehen sehn, glücklich diejenige, der man hier heraushelfen konnte.

Erholungsheim, kleinere, ruhigere Nebenlager? Nichts da. Entvölkerungspolitik, von langer Hand vorbereitet, von Hitler, Göring, Himmler, Heydrich, Kaltenbrunner, Eichmann in die Wege geleitet, Schritt für Schritt, durch Beschlüsse, Verordnungen, Geheime Kommandosachen, auf den verschiedenen Konferenzen, letztmalig am 20. Januar 1942 auf der Wannsee-Konferenz.

Worüber wurde da konferiert?

Erstens: «Den Osten germanisieren ...» Zweitens «wird Europa von Westen nach Osten durchgekämmt ... Im Zuge dieser Endlösung der europäischen Judenfrage kommen rund 11 Millionen Juden in Betracht.» Endstation? «Duschräume», Gaskammern, Verbrennungsanlagen.

Und wie immer geht alles «ruck, zuck». Noch im Januar 1942 wird ein neues Hauptamt gegründet, das einschlägige Ämter vereinigt. Der Firmenname harmlos, unverdächtig: WVHA, Wirtschafts-Verwaltungs-Hauptamt, mit 1600 Beschäftigten. SS-Obergruppenführer Pohl lenkt und leitet die «Geschäfte». Sein verlängerter Arm: Eichmann.

Erste Resultate legen Eichmann und Heydrich bereits im Februar 1942 Himmler vor. «Estland von Juden gereinigt.» – «Und Lettland?» fragt Himmler. Da ist ihnen ebenfalls eine «positive Bilanz» zugegangen. «In Lettland Anzahl der Juden von 29500 auf 2500 gesunken.» Himmler nimmt das freudig zur Kenntnis. «Alle Achtung, sieben Monate unter deutscher Verwaltung und schon fast judenrein.»

Die Lawine rollt und rollt, bricht über die Lager herein.

Ravensbrück, Februar 1942. Lagerälteste Bertl Teege, Lagerläuferinnen und Häftlinge der Transportkolonne werden geweckt, drei Stunden nach Mitternacht. Ilse Mach, Revierhelferin, berichtet: «Es ist der 4. Februar, wir mußten ungefähr siebzig, achtzig Häftlinge aus den Betten holen – kranke, alte, gebrechliche ... Aus dem Tbc-Block unsere Tilde Klose, unsere Lina Bertram, auch einige Bibelforscherinnen. Sie erhielten Zivilsachen, wurden im Bad kontrolliert, ob sie auch nichts Wertvolles bei sich versteckt hatten, durften sich wieder ankleiden. ‹Beeilt euch›, sagte die Oberheuser, ‹macht, macht, der Autobus steht schon vorm Tor.› – Sie beeilten sich, freuten sich, hier wegzukommen, verabschiedeten sich ganz aufgeregt ... Lina und Tilde nur betrübt, daß es so überstürzt gehen mußte und sie keine Zeit mehr hatten, ihren anderen Kameradinnen die Hand zu drücken. ‹Salute an alle, alle, alle›, rief Tilde, ‹denkt mal an uns, vergeßt uns nicht!›

Wir glaubten ja, sie kämen in ein Genesungsheim oder ins Invalidenheim, weil so viele alte und schwerkranke Frauen dabei waren, Gehbehinderte, Prothesenträger ... Tilde Klose und Lina Bertram waren gar nicht so schwerkrank, aber wir freuten uns mit ihnen, dachten, gut für sie, vielleicht ist das ihre Rettung ...

Während der nächsten zwei Monate fuhren noch des öfteren Autobusse oder Lastwagen vor, meistens zur nächtlichen Stunde, und jedesmal mußten wir zirka hundert Frauen aus dem Schlaf wecken. Doch auch da glaubten wir noch nicht, was später zur schrecklichen Gewißheit werden sollte. Hätte uns einer gesagt, die Frauen sind direkt in ihren Tod gefahren, wir hätten ihn für wahnsinnig gehalten.»

12. Februar 1942. Olga Benario hat Geburtstag, ihren vierunddreißigsten. Sie sitzt abends mit engsten Vertrauten zusammen – eine kleine internationale Runde. Es ist Olgas letzter Geburtstag. Aber noch wissen sie es nicht, sprechen auch nicht übers Lebensende, sprechen vom Ende des Faschismus, von dem, was danach kommt, denken über Fragen nach, die

schon zu einer anderen Zeit gehören, wollen die menschliche Wärme ihrer unzerreißbaren Freundschaft spüren. Jožka Jaburkova schenkt Olga ein selbstverfaßtes Märchen, liest es vor. Ihre Stimme wird leiser und leiser. Jožka hat ungeheure Müdigkeit zu überwinden, die nicht nur von schlaflosen Nächten rührt.

Eines Tages, noch Mitte Februar, hieß es, alle Häftlinge, die «nicht voll einsatzfähig», sollten sich melden. Das Lager sei überfüllt, man wolle dem Abhilfe schaffen. Alte und Versehrte würden entlassen, bedingt Arbeitsfähige kämen in Nebenlager.

Außer denen, die alt, invalide, arbeitsunfähig waren, meldeten sich auch jüngere, gesündere, um herauszukommen.

20. Februar, zeitig morgens, stockdunkel noch. Im Bad Aufgerufene, keine Freiwilligen: Elisabeth Alpari, Hede Bassova (Prag), Olga Benario, Dr. jur. Herta Breuer (Wien), Ruth Grynspan, Dr. med. Berti Jakoby, Dr. med. Irene Langer (Wien), Dr. jur. Käthe Leichter (Wien), Lucie Mann, Rosel Menzer, Erna Polakova (Prag), Dora Rihova (Prag), Sophie Schober (Linz) und viele andere, die meisten aus Block 11. Bertl Teege hat das miterlebt. «Sie standen da, entblößt. Visite, Spießrutenlauf durch ein Spalier von SS ... Auf einmal erscheint Koegel. ‹Stopp, stopp! Alles zurück in die Blocks!›

Draußen harter Winter, auf den Straßen Schneeverwehungen, Eisglätte. Verkehrsstockungen. Die Transportmittel kamen nicht bis Ravensbrück durch. Mehrere Male ging das so. Wir wurden immer nervöser, vor allem die Frauen auf Block elf. Sie hatten schon alles abgeben müssen, Bettzeug, Decken, Eßgeschirr – ganz auf Abruf.

Anfang März erneut Abtransporte – das eine Mal nur Schwerkranke, das nächste Mal nur jüdische Häftlinge, das dritte Mal Kriminelle, solche von der übelsten Sorte, Langstrafige, die man schon zu den Berufsverbrecherinnen zählen mußte. Wieder schwankten unsere Meinungen zwischen Hoffen und Bangen. Die Kriminellen waren fast begeistert. ‹Die stecken uns bestimmt nach Waldheim. Dort gehörn wir auch hin, besser Zet als Kazet›, sagten sie und konntens gar nicht erwarten, das bereitstehende Fahrzeug zu besteigen.

Die Transporte – unheimlich. Martha Pauka aus der Effektenkammer erzählte, da seien Säcke und Kisten angekommen, in den Säcken Kleider, Unter- und Oberbekleidung, in den Kisten Arm-, Bein- und Zahnprothesen, Brillen, Schuhe, Waschbeutel, Etuis, allerlei kleine persönliche Dinge. Martha habe vieles davon als Eigentum der abtransportierten Häftlinge wiedererkannt. Sie war ganz fertig. Wir auch. Unglaublich, unausdenkbar, wir wollten und wolltens nicht glauben. Man kennt das ja – eine schlimme Nachricht trifft ein, Tod eines nahen Verwandten, der Mutter gar. Aber man faßt es nicht, will lachen, will das nicht ernst nehmen. Wir schwiegen, unfähig, uns vorzustellen, daß wahr sein könnte, was uns doch allmählich immer klarer wurde.»

Was tun, was tun? Sofort alle Zuverlässigen davon informieren, alle, die es unbedingt wissen müssen. Einzelne aus diesen Vernichtungstransporten können vielleicht doch noch gerettet werden. Verstecken oder ihre Nummern vertauschen oder, oder, oder ... «Wir forderten die Freiwilligen auf, sich wieder von der Liste streichen zu lassen, es hätten sich schon zu viele gemeldet. ‹Bleibt doch hier! Denkt ihr, woanders gehts euch weniger dreckig?› Wir suchten noch nach weiteren Möglichkeiten, fieberhaft, bis uns nichts mehr möglich. Für die meisten Betroffenen war es sowieso besser, wenn sie an Invalidenheim, leichteres Arbeitslager, an Entlassung glaubten. Warum sollten sie zu all den Qualen auch noch diese entsetzliche Qual ertragen müssen, wenn doch feststand, daß ihnen nicht zu helfen war?»

Sich zurückhalten, nicht aufschreien, nicht aussprechen, was man weiß – eine seelische Marter ohnegleichen. Und doch war Schweigen ein Abwehrmittel, da es im Interesse aller Häftlinge lag, Panik zu vermeiden. «Es drehte sich das Herz um, wenn wir die Ahnungslosen lachen hörten, während sie sich auskleideten und die Sträflingslumpen in die Ecke warfen, auf den Haufen, der wuchs und wuchs ... Wie sie sich freuten über ihr vermeintliches Glück und uns dasselbe oder doch wenigstens ähnlich viel Glück wünschten. Dies zu hören – ihr Lachen, ihre Worte, ihre hoffnungsfrohen Abschiedsgrüße –, es war tausendmal qualvoller, als ohnmächtig zusehen zu müssen, wenn eine Hoffnungslose in den Draht lief.»

Zerreißt da nicht etwas, wenn man solche Schreie in sich erstickt?

Die Monate Januar, Februar, März, April 42 – verlustreich, schmerzensreich, tränenreich, überall, wo Faschismus wütete. Jaques Duclos schreibt: «Eine Periode, in der wir sehr viele Genossen verloren ...» Viele hingerichtet, viele verhaftet. Verhaftet Danielle Casanova, eine außergewöhnlich mutige Jungkommunistin, tapfere Kämpferin der Résistance, Vermittlerin zwischen Jugend und Partei. Verhaftet Felix Cadras, ein junger Genosse mit großer Zukunft, begabt, kühn; seine Schwester Georgette war bereits ein Jahr vorher den Faschisten in die Hände gefallen. Verhaftet Madeleine Lafitte; ihr Mann, Schriftsteller, Poet, schon seit Monaten im KZ. Verhaftet Georges Politzer, Kommunist, Philosoph. Verhaftet auch Marie-Claude Vaillant-Couturier. Einmal wird Marie-Claude das alles in Ravensbrück erzählen, aber im März 1942 ist sie noch in einem französischen Gitterbau.

Märzwind, Frühlingswind. «Winter ade, Scheiden tut weh ...» Singt da wer? Begrüßt da jemand lachend und frohen Herzens den Frühling? Da singt niemand, da lacht niemand. Nur weh ist allen, die wissen, weh und wund Seele und Herz.

«Fertigmachen zum Transport!»

Nummern werden aufgerufen, Zahlen, Zahlen. Nummern aus der Liste, die schon Dezember 1941 aufgestellt worden war, als Dr. med. Mennecke Bögen ausfüllte. Olga, Ruth und Rosel befinden sich nicht unter den Aufgerufenen.

Frauen und Mädchen von Block 11 machen sich fertig «zum Transport». Gefaßt die einen, schicksalsergeben die anderen, manche nur scheinbar gelassen, manche entnervt, voll der schlimmsten Ahnungen eine jede. Sie sind noch auf ihrem Block. «Was geschieht mit uns? Wo schaffen die uns hin?» Immer wieder fragen sie das.

In welche Gegend, an welchen Ort diese Transporte fuhren, wußten ihre Kameradinnen nicht. Daß der Ort Bernburg hieß, konnte erst nach 1945 genau ermittelt werden. Auf die

Frage, was geschieht, hätten sie antworten müssen: Nach allem, was wir herausgefunden haben, wird diese Fahrt wahrscheinlich eure letzte sein. Aber wer bringt das fertig? Sie brachtens nicht übers Herz und nicht über die Lippen. Sie antworteten: «Wolln wir doch mal glauben, was die Lagerleitung dazu erklärt hat – ein Teil kommt ins Krankenhaus nach Buch, die übrigen in ein stilleres Lager, einige können nach Hause gehn. Ihr seht doch selbst, das Lager ist proppenvoll, wir liegen hier wie die Heringe. In Kürze werden verschiedene Werkhallen auf Hochtouren laufen – Dachauer Betriebe, Schneiderei, Weberei, Strickerei, alles modernisiert, mechanisiert, Akkordarbeit, ‹Pensum-Pensum›. Siemens wird auch bald mit der Produktion beginnen. Da brauchen die eben nur kräftige Arme.»

«Ja, schon», entgegneten die Fragenden, «aber warum werden immer so viele von uns fortgeschickt, auch junge, kräftige, gesunde?»

«Warum, warum», erwiderte Ruth heftiger als gewollt. «Na, warum wohl? Ist doch nichts Neues, daß man uns in Reservate verbannt. ‹Juden – tödliches Gift für Arier.› Wenn sie auch blind sind vor lauter Rassenwahn, so blind sind sie nicht zu übersehen, daß hier im Lager die künstlich hochgezüchteten Rassenschranken einstürzen. Lange Rede, kurzer Sinn – die haben vor, uns noch strenger abzusondern, die schicken uns in ein Ghetto. Was weiß ich, wohin. Wir werdens ja erfahren.»

Sie wollten ja so gern ihren eignen Worten glauben, sprachen sich ja damit selber Mut zu, bliesen das glimmende Fünkchen Hoffnung immer wieder an, auch bei sich selbst. Wenn die Hoffnung erlischt, erlischt das Leben! – «Vielleicht sind wir alle überreizt und sehen Gespenster. Möglicherweise liegen die abtransportierten Körperbehinderten wirklich in einem Invalidenheim, man hat ihnen dort Anstaltskleidung gegeben und ihre Sachen zurückbefördert, weil hier solches Zeug Mangelware ist. Könnte doch durchaus sein, oder? – Könnte sein, ja. Aber die Prothesen, die Brillen ... Ist doch alles zurückgekommen ...»

Fluchtpläne entstanden. Auf der Karte, die Olga und Ruth

gezeichnet hatten, suchten sie nach dem Frontverlauf. Wo steht die Rote Armee? Ob man sich bis dorthin durchkämpfen kann? Eine Woche vorbei, und wieder Lastwagen vorm Tor, wieder müssen etwa einhundert Frauen Abschied nehmen.

Unter den Zurückgebliebenen Rosel Menzer, Ruth Grynspan, Olga Benario. Trauer, unsagbar. Das ertragen, ohne irrsinnig zu werden!

Block 11 wie leergefegt. Von achthundert Frauen und Mädchen noch ungefähr neunzig anwesend.

Im «Völkischen Beobachter» ist zu lesen, die Einrichtung von KZ-Lagern sei «eines der größten Erziehungswerke aller Zeiten. In diesen modernsten Erziehungsanstalten der Welt wird alles Menschenmögliche getan, kriminelle, asoziale, höchst gefährliche Elemente zu einem brauchbaren Bestandteil der Gesellschaft umzuschmelzen ... Ganz selten sind aus einem Konzentrationslager Klagen zu hören.» Der Zynismus ist nicht zu überbieten.

Ostersonnabend. Zwei Feiertage liegen vor ihnen. Nachmittags klart der Himmel auf, die Sonne bricht durch Wolkenfelder, die der Wind auseinanderschob, und seltsame Figuren wechseln da oben in rascher Folge.

Sie gehen spazieren. Rosel und Olga haben Ruth in die Mitte genommen. Vor und hinter ihnen laufen andere Grüppchen, zu zweit, zu dritt. Gesprochen wird nicht viel. Sie geben sich die allergrößte Mühe, ruhig, besonnen, gelöst zu wirken. Innerlich ist jeder Nerv gefoltert. Ruth, noch vor kurzem in solchen Stunden quirlig, lustig, aufgelegt, andere zu erheitern – heute schweigt sie. Sonst gewöhnlich von Kindern und Jugendlichen umgeben – heute weicht Ruth nicht von Olgas und Rosels Seite. Sonst von vielen aufgesucht, die ihr Herz ausschütteten, auch von Hannelore, und glücklich, wenn jemand sie aufsuchte – heute möchte Ruth nicht angesprochen werden. Der Tod wohnt ja immer in uns, nur wird er uns, wenns mit rechten Dingen zugeht, nicht tagtäglich vor Augen gehalten. Hier ja. Ruth ermahnt sich: Gib dich jetzt nicht dem Schmerz hin! Wehre dich gegen die heranbrausende Flut der Ängste!

Osterspaziergang. Der Wind trägt eine Melodie durchs Lager, fremd, schwermütig, plötzlich feurig, stark rhythmisch. Bertl Teege sagt: «Das kommt aus dem Zigeunerblock. Die singen und tanzen andauernd, singen sich nachts in den Schlaf, haben schon oft genug Prügel dafür einstecken müssen.»

Rosels Schritte werden schleppender. «Möchtest du, daß wir umkehren?» fragt Olga. Rosel schluchzt, schluckt, unterdrückt aufsteigende Tränen. «Man kann ..., die können doch nicht alle umbringen. Nein, unmöglich, nicht auszudenken, das kann nicht sein! Ich bin schon alt, aber Olga und hier, unser Spatz, dieses junge Menschenkind ... Ach, was red ich da, entschuldigt, hört nicht auf mich, vergeßt es! Noch leben wir ja.»

Dienstag nach Ostern, morgens gegen fünf Uhr: «Block elf, alles raustreten!»

SS-Obersturmbannführer und Lagerkommandant Koegel, SS-Standortarzt Dr. Schiedlausky, SS-Lagerärztin Dr. Oberheuser, SS-Oberaufseherin Langefeld stehen am geöffneten Tor. Vorm Tor ein Autobus. Und die Kommunistin Bertl Teege, Häftling und Lagerälteste, muß der SS-Oberaufseherin melden: «Block elf vollzählig angetreten.»

Die letzten aus Block 11 ziehen vorbei, in der ersten Reihe Rosel Menzer, Ruth Grynspan, Olga Benario. Die Blicke, die Blicke! Ade, Bertl, sag auch all den anderen, daß wir nun gegangen sind ...

Sie haben bis zuletzt den Kopf hochgehalten, bis zuletzt einen klaren Kopf behalten, bis zuletzt auch gehofft, daß es doch nicht die allerletzte Fahrt ist, gehofft, es biete sich ihnen doch noch ein Fluchtweg. Olga schrieb einen Zettel, schrieb Städte auf, durch die sie gefahren sind, und nähte das Stück Papier in den Rocksaum ihres Kleides. Es war so vereinbart mit den Genossinnen der Effektenkammer. Und Martha Pauka fand dieses endgültig letzte Lebenszeichen. «Berlin-Buch, Dessau – Quarantäne, frd. Aufnahme.»

Sie sind nicht mehr, man hat sie umgebracht. Und irgendwo blühten Narzissen, nicht weniger schön als vorher, die Vögel zwitscherten noch ebenso lieblich im Gezweig der grünenden Bäume am Seeufer. Und heute abend werden wir unser Brot essen ... Hätte uns das früher einmal jemand gesagt, hätten wir das früher einmal in einem Buch gelesen – nein, nein, nein, hätten wir gedacht, so etwas gibt es nicht, alles Lüge, alles erfunden, Schauergeschichten, Phantasieprodukt. Doch die wirklichen Tragödien – das wissen wir jetzt – ereignen sich fern jeder dichterischen Phantasie.

Pablo Neruda an Olga Benario-Prestes: «Verehrte, geliebte Tochter, hier wird niemand Deinen Namen vergessen! Du gehörst zu uns, tapfere stolze Frau, Geliebte des Ritters der Hoffnung ... Es ist gut, daß wir Menschen wie Dich unter uns wissen, es ist gut, daß wir uns an Menschen wie Dich erinnern ... Das Tor unserer Herzen ist aufgestoßen, und Du ziehst bei uns ein.»

Wundverband

Hannelore abseits, wenngleich nicht völlig unberührt von diesen schrecklichen Ereignissen, so doch nicht eingeweiht, nicht einbezogen, nicht direkt betroffen, vielmehr etwas zurückgezogen, im Winkel einer relativen Geborgenheit. So viele sind gegangen, grußlos, ohne Spuren zu hinterlassen. Ihrer «Badefrau» kann sie nicht mehr von weitem zuwinken, spurlos ist Tilde Klose jedoch nicht aus Hannelores Leben verschwunden und auch nicht Ruth Grynspan.

Ein Kommen und Gehen. Martha, die Köchin, ein ruhender Pol. Sie wenigstens – darauf kann Hannelore sich verlassen – ist jeden Morgen und jeden Abend ein Weilchen neben ihr. Neue Bekanntschaften hatte sie gemacht, selten aus eignem Antrieb, immer war da Zufall im Spiel oder ein Vorfall, ein Unfall. Erst wenn sie Vertrauen gefaßt hatte, trieb der eigne Wille sie an, die neuen Bekannten aufzusuchen, so Ruth Grynspan, Nanda Herbermann, die Polin Danuta, die Revierhelferin Emmy Thoma.

Danuta hatte sie im Dezember 1941 kennengelernt. «Heiligabend», dämmrig schon. Ein Junge, ein spanisches Kind, sechs, sieben Jahre etwa, zitternd, frierend, weinend, sucht seinen Block, hat sich verlaufen. Hannelore friert auch, möchte auch laut losheulen, der «Heilige Abend» ist keiner. Sie läuft auf ihre Baracke zu, der Junge läuft ihr in die Arme. Er versteht sie nicht, sie versteht ihn nicht, trocknet ihm die Tränen, reibt seine kalten Händchen zwischen ihren kalten Händen. Da kommt eine Frau vorbei, die Polin Danuta. «Brüderchen von dir?» Hannelore verneint. «No egal», sagt Danuta, «jetzt Bruder und Schwester. Ihr mit in Baracke, wo Lichter brennen.»

Bescherung, karg, armselig genug, aber doch Abglanz eines festlich geschmückten Kronensaales. Einige Tannenzweige, ein paar Kerzenstummel, ein Gabentisch, darauf Bilderbücher, seltsame Büchlein, zusammengeheftet aus Ansichtskarten, außerdem Strümpfe, Wollmützen, Schals, Handschuhe, selbstgestrickt, gehäkelt aus aufgetrennten alten Wolljacken. Frauen, Mädchen, vor allem aber Kinder am Tisch. Danuta hatte angeregt, die Lagerkinder Weihnachten mit Kerzenschein und kleinen Geschenken zu überraschen.

Wer ist Danuta? Referendarin, Partisanin, Blockälteste auf Block 2, Insassen hauptsächlich polnische Widerstandskämpferinnen. Danuta wurde im Frühjahr 1940 verhaftet. Gefängnis Warschau, U-Haft, Einzelzelle. Vernehmungen, physische und psychische Quälereien. Im Zimmer des Gestapokommissars eine reichgedeckte Tafel, es duftete nach frischgebrühtem Kaffee. Danuta in ihrer Zelle bei Wasser und Brot. Ihre Zelle stand übrigens unter Wasser. Danuta mußte immer durch Wasser waten; wenn es versickerte, wurde nachgeflutet.

Der Kommissar lud sie ein, an seinem Frühstückstisch Platz zu nehmen. «Sie können sich bedienen, wenn ...», sagte er. Das Ergebnis seiner Befragung stellte ihn nicht zufrieden. Schläge. Danuta verweigerte daraufhin jegliche Antwort. «Die Macht der Ohnmächtigen ist das Schweigen.» Eines Tages brachte man sie mit fünfzehn ihrer Mitgefangenen unter starker Bewachung in ein einsames Gehege südlich Warschau. Jede erhielt einen Spaten und den Befehl, ihr eignes

Grab auszuheben. Sie standen vor ihren Gräbern. Alle ihre Kameradinnen zum Tode verurteilt. Danuta einziger U-Häftling. Kurze Kommandos, Gewehrsalven. Rechts und links von ihr sanken die Erschossenen ins Grab. Sie ungetroffen, unverletzt. «Eine kleine Lektion. Hoffe, wir haben Sie nicht allzusehr erschreckt», sagte der Kommissar, als man sie wieder in sein Zimmer führte. Sie schwieg. Ihre Gegner glaubten, Danuta an einem anderen Ort doch noch zum Reden zu bringen, nämlich in Ravensbrück.

Danuta, die Seele von Block 2, hartnäckig, geduldig, ideenreich auf der Suche nach Gelegenheiten, am Ort des Grauens Zuversicht auszustrahlen.

Seit Weihnachten 1941 datiert auch Hannelores Bekanntschaft mit Nanda Herbermann und Ruth Grynspan. Beide saßen mit in der Baracke, als die Lichter brannten. Frauenschicksale, ineinander verwoben; Frauen, die zueinander gefunden, und jede nahm von der anderen eine Goldspur in sich auf. Ruth zum Beispiel zwang Hannelore nachzudenken, über sich hinaus zu denken, weiterzudenken. Manchmal schämte sich Hannelore, eine Deutsche zu sein. Und im nächsten Moment schämte sie sich dieses Schamgefühls, da Ruth meinte, man dürfe die Deutschen nicht alle über einen Kamm scheren, sie – Hannelore – würde doch selbst erleben, daß es andere, bessere Deutsche gibt. Hannelore wiederum zwang Ruth Achtung ab, weil Ruth bemerkte, daß hier ein Mädchen, eine ehemalige Hitlermaid, ihre Fähigkeit wahrnimmt, sich zu besinnen und zu Verstand zu kommen.

Die tonnenschwere Walze glättet nicht nur aufgewühlten Erdboden, sie walzt auch Schneemassen breit und glatt. Januar 1942 – Hannelore im Joch der Walze. Sie rutscht aus, verletzt sich an dem scharfkantigen Gestänge. Rißwunde am linken Oberarm. Sie muß ins Revier. Die Pflegerin schüttelt bedenklich den Kopf. «Sieht böse aus. Werd dich gleich selbst verarzten. Beiß die Zähne zusammen!» Sie behandelt die Wunde, säubert die Wundränder, träufelt Jodtinktur darauf, legt einen Verband an.

Hannelore verbeißt den brennenden Schmerz. Sie ist zum

erstenmal hier in Behandlung und denkt, was mag diese Frau alles schon gesehen haben, grauenvoll, das würde ich nie schaffen, nicht einen Tag könnte ich diese Zustände ertragen. Was sie allein während der Wartezeit erblickte ... Niemals zuvor hatte sie menschliche Körper gesehen, die so bis aufs Skelett abgemagert, verwüstet waren, niemals Wunden von zwei Spannen Länge, in denen der Eiter die Knochen bloßlegte.

Wer hier Samariterdienste leistete, mußte sich vielfach wappnen, mußte nach allen Seiten ankämpfen – gegen die Krankheit, gegen den Tod, gegen die Apathie, gegen den Schmutz, gegen die SS. Ja, manchmal sah es so aus, als ob sich Pflegerinnen und Häftlingsärztinnen auch gegen ihre Leidensgenossinnen richteten, da sie häufig erzürnt sagten: «Kommt doch nicht bei jedem Schnupfen ins Revier!» Aber sie wußten schon, warum sie das sagten. Es gab weder Prophylaxe noch Therapie, weder Schonung noch Schonkost, keine Hygiene, kaum Medikamente, kaum Verbandmaterial; SS-Ärzte waren keine Ärzte, SS-Schwestern keine Schwestern. Hätte es auch keine Ärzte gegeben, die dem Eid des Hippokrates verpflichtet, nämlich die gefangenen Medizinerinnen, und keine Häftlinge, die das Los einer Krankenpflegerin, einer Heilgehilfin auf sich nahmen, die Sterblichkeit wäre mindestens doppelt so hoch gewesen.

Nein, dachte Hannelore, ins Revier bringt mich niemand wieder, lieber sonstwo sterben, nur nicht hier. Wie verkraftet das bloß diese Frau?

«So, der Verband sitzt», sagte die Pflegerin. «Das kriegen wir schon hin. Bei Martha auf'm Block bist du? Na ja, dann wechseln wir den Verband übermorgen. Ich komme zu dir.» Diese Samariterin war eigentlich Revierschreiberin, hieß Emmy Thoma und half nur aus, wenn jemand rasch ambulant behandelt werden mußte.

Emmy Thoma – 1902 geboren, von Beruf Kontoristin – war noch ein Kind, als kurz nacheinander ihre Eltern verstarben. Sie und ihre sechs Geschwister wachsen in einer kleinen Bauernwirtschaft auf, bei Verwandten. Emmy, die jüngste, das Nesthäkchen, darf eine Handelsschule besuchen. «Du sollst mal was Bessres werden.» Wie groß die Enttäuschung, als sie sich – neunzehnjährig – mit Kommunisten «herumtreibt». Es hat sie ja dann auch umhergetrieben. Mit einundzwanzig das erste Mal verhaftet, mehr aus Versehen. 1923 war die KPD verboten. Emmy hatte für einen polizeilich gesuchten Funktionär hier und da schriftliche Arbeiten erledigt, Stenogramme aufgenommen und abgetippt, nach Feierabend. Sie war bei ihm, als die Polizei den Genossen festnahm, und wurde mit festgesetzt. Zwei Tage Gefängnis. 1934 erneut verhaftet. Diesmal nicht aus Versehen, diesmal war sie die Gesuchte. Prozeß. Urteil: sechs Jahre Zuchthaus, «abgebüßt» in Jauer. Danach nicht entlassen, sondern – wie aus ihrer Prozeßakte hervorgeht – «als unverbesserlich» ins KZ.

Zuerst Leichenkommando, seit Mitte 1941 trägt sie die grüne Armbinde der Revierhelfer. «Das gab uns etwas Bewegungsfreiheit, in mancherlei Hinsicht.» Emmy beschaffte Mull, Watte, Bandagen, Tabletten, Beruhigungsmittel, Wundpflaster, verborgen unter der grünen Armbinde oder in einem «Geheimfach» ihrer Drillichjacke. Emmy – als Kind zur unbedingten Ehrlichkeit erzogen – stiehlt, wo immer und wann immer sich Gelegenheit bietet.

Einmal hörte sie, wie Maria Grollmuß einen saftigen Fluch ausstieß. «Wußte gar nicht, daß auch du fluchen kannst, wo hast du denn das gelernt?»

«Bei euch, hier im Lager. Fluchen, wie gut das tut, wie das Luft macht! Wo aber hast du stehlen gelernt?» fragte Maria.

«Im Kampf um die Menschenrechte», antwortete Emmy.

«Ja, oh ja», sagte Maria, «es ist doch höchst sonderbar, wie oft wir krumme Wege gehn müssen, um auf dem geraden Weg zu bleiben.»

Hannelores Wunde verheilte nur sehr langsam, schmerzte heftig. Fieber trat auf. Martha stellte sich schützend vor Hannelore. «Nein, Mädel, in den Krankenbau legst du dich nicht! Hab für dich 'ne leichte Arbeit in der Strickerei.» Sie sei dort den ganzen Tag im Trocknen, bis auf die Appelle, aber wenn sie sich einigermaßen aufrecht halte, käme sie schon über den Winter.

Strickerei, genauer: Handstrickerei. Eine lange Baracke mit langen Tischen, langen Bänken, für etwa zweihundert Gefangene. Vorn am Eingang auf erhöhtem Sitz die Aufpasserin. Ihr gegenüber eine Ablage, dahinter eine Kontrolleurin, zählend, prüfend, Fertigprodukte taxierend. Den übrigen Raum füllen die Arbeitsbienen.

Ein eigentümlicher Geruch schlug ihr entgegen, wenn sie morgens den Raum betrat, eine Geruchsmischung aus kleiner Posamentenwerkstatt und großem Siechenheim, und es fiel Hannelore anfangs schwer, tief durchzuatmen. Sonst aber war es hier angenehm, angenehm still. Nur leises Gemurmel und das Klappern der Stricknadeln. Für Kranke und Frauen im Greisenalter jedoch auch kein leichtes, zehn Stunden täglich sitzen, stopfen, stricken, zertrennen, Wollsachen aufräufeln, verfitztes Garn entwirren, Fädchen knüpfen, Knäule wickeln. Trotzdem günstiger als in der Mattenflechterei oder der Schneiderei. In der Handstrickerei war man vor Schindern und Schlägern ziemlich sicher, hier wirkte Käthe Rentmeister, die rote Käthe, einundsechzig Jahre alt, Mutter von sechs Kindern, alle der Mutter nachgeraten, alle Töchter und Söhne rot. Käthe 1934 abgeholt, mit ihr auch einige ihrer Kinder. Seither Gefangene – Moringen, die Lichtenburg, Ravensbrück. Wenn die SS-Aufseherin etwas zu bemängeln hatte, nahm Käthe das auf ihre Kappe.

Adele, die Bibelforscherin, schickte nicht nur einmal Bittgebete an Jehova, er möge seinen Segen ausschütten über Käthe, da sie vieler Menschen Kreuz auf sich geladen, ohne zu zagen. Niemand merkte Käthe an, wieviel Angst sie ausstand, Angst um ihre Töchter und Söhne im Zuchthaus, im KZ.

Auch die Kontrolleurin eine Politische, «rückfällig», also zum zweiten oder dritten Male in Haft. Sie war energisch und freundlich zugleich, bisweilen aber in sich versunken, wie geistesabwesend.

Die Gespräche plätscherten still dahin, selten fiel ein lautes Wort, fast nie ein rohes. Einmal erzählte Oma Franke eine Legende, die handelte von den zehn Gerechten, und Hannelore hatte das Gefühl, nicht nur mit zehn Gerechten an einem

Tisch zu sitzen. Eine Gemeinschaft der Gebrechlichen, bemüht, aufeinander Rücksicht zu nehmen.

Am anderen Ende des langen Tisches knüpfte Maria Grollmuß entwirrte Fädchen. Hannelore beobachtete, daß dort die Frauen aufmerksam lauschten, wenn Maria sprach, und richtete es mitunter so ein, ihren Arbeitsplatz in Marias Nähe zu verlegen.

«Gibt es einen blinden Maler?», fragte Maria einmal und antwortete sich selbst. «Nein, soviel ich weiß. Aber es gibt einen Tonkünstler, der vollendete Musik komponiert hat, ohne die Töne hören zu können, denn er war in seinen letzten Schaffensjahren taub. Ihr kennt ihn, habt bestimmt alle schon von ihm gehört, auch seine Musik gehört – Beethoven. Arm war er, krank, leidend. ‹Ich bin beinahe an den Bettelstab gebracht, aber darben kann ich nicht sehen, geben muß ich›, sagte er. Dieser Leidgeplagte resignierte nicht, verwandelte sein Leid in eine Hymne. Seine Neunte Sinfonie, im Mai 1824 uraufgeführt, in Wien, vor dreitausend Menschen. Als die Schlußakkorde verklungen sind, rührte sich keine Hand. Zutiefst ergriffen, überwältigt alle Zuhörer. Dann aber bricht Jubel aus, eine Woge der Begeisterung. Sie weinen und jauchzen, fallen sich in die Arme, küssen sich. So sehr hat Beethovens ‹Hymne an die Freude› bewegt, mitgerissen, daß sie sich als Menschen erkennen, aus sich herausgehn, sich ihrer Gefühle nicht schämen, nicht ihres Jubels, nicht ihrer Küsse und Tränen.»

Die Vernichtungstransporte nach Bernburg schlugen auch in die Reihen der stillen Strickerinnen große Lücken. Andere nahmen die verwaisten Plätze ein. Erregung, Angst breitete sich unter diesem Dach nicht übermäßig aus. Man wußte nicht, wohin die Transporte gehen, und war überzeugt, die Kameradinnen würden es nun leichter haben.

Musterung

Illegale in den Verwaltungsbüros witterten es zuerst: Da ist was im Gange! Soundso viele sollen «ausgesucht», soundso viele «zusammengestellt», soundso viele «überstellt» werden. Vorwiegend junge Häftlinge, «bereitgestellt» für Männerlager, nach Buchenwald, Dachau, Sachsenhausen, Mauthausen «zu überführen».

Sie gaben sich Warnsignale. Aber die Vorbereitungen liefen schon. Musterung aller Gefangenen bis zum fünfundzwanzigsten Lebensjahr. Hannelore ist dabei.

Erste Musterung – oberflächlich. Sie brauchen sich nicht zu entkleiden. Die Herren möchten nur einen ungefähren Eindruck gewinnen. Langsamer Vorbeimarsch. Die Herren nicken entweder oder schütteln ihre Häupter, meist schütteln sie.

Nächste, engere Auswahl, gründlichere Musterung. Hannelore ist dabei. Ihr Herz klopft sehr stark, sie hat feuchte Hände, ihre Knie zittern. Sie wird ins Sprechzimmer gerufen. Anwesend Dr. Sonntag, Dr. Oberheuser und einige unbekannte SS-Offiziere. Sie darf sich setzen. Ihr gegenüber ein SS-Offizier. Er hat einen Aktenstoß neben sich und eine Akte vor sich liegen, schaut flüchtig nach, blickt auf. «Ah so, du bist die Fabian. Hübsches Kind, wie ich sehe; französisch kannst dus auch, wie ich aus den Unterlagen ersehe.»

Hannelore zuckt zusammen. Die obszöne Anspielung versteht sie nicht, nur das Wörtchen französisch sticht ins Herz. Nun hört sie kaum, was er noch sagt, nun rauscht es in ihren Ohren. – Was sagt er da? In ein Männerlager soll sie? Wenn sie sich freiwillig melde, wäre sie in einigen Monaten ein freier Mensch, könne nach Hause gehn??!! – Sie will aber nicht nach Hause, hat kein Zuhause. Hannelore begreift kein Wort, sagt nur: «Nein, nein! Nein, nein!»

Ihr Herz klopft noch immer heftig, ihre Knie zittern noch immer sehr stark. Aber sie ist heilfroh, als sie wieder draußen auf der Lagerstraße steht.

Was es mit dieser Musterung auf sich hatte, erklärte Herrmann Franz-Joseph Pister, Kommandant von Buchenwald, nach 1945 vor Gericht: «Das Bordell im Lager Buchenwald wurde auf persönliche Anordnung des Reichsführers SS erbaut ... Ich fuhr nach Mauthausen, um ein dort bestehendes Bordell zu besichtigen, skizzierte dies unter Angabe von Verbesserungen und beauftragte die Bauleitung, aus diesen Skizzen und ihren Plänen einen endgültigen Plan bei der Amtsgruppe D – WVHA, SS-Obergruppenführer Pohl – einzureichen. Die Amtsgruppe D erteilte dann dem KL Ravensbrück den Befehl, mir 15 Frauen für das Bordell zur Verfügung zu stellen. Ich selbst fuhr nach Ravensbrück und suchte mir die sich freiwillig meldenden Personen aus ... Nach Ansicht des Reichsführers SS würde die Arbeitsleistung durch Errichtung eines Bordells im Lager erhöht.»

Jeweils 18 Ravensbrücker Gefangene sind den verschiedenen Männerlagern «überstellt» worden, begleitet, bewacht, «betreut» von SS-Scharführerinnen. Den unfreiwillig Freiwilligen war Haftentlassung versprochen, wenn sie sechs Monate ihren Körper feilboten, die Arbeitslust der Häftlinge zu steigern.

Wer in Dachau, Buchenwald, Sachsenhausen, Mauthausen am «Sonderbau» vorbeilief, sah den Anschlag: «Eintritt 2,-RM. Dauer 20 Minuten.» SS-Scharführerinnen saßen an der Kasse und drückten auf einen Klingelknopf, wenn 20 Minuten um waren. Kein politischer Häftling trat dort ein, nur Kriminelle und Angehörige der «Elite», vom letzten Mannschaftsgrad bis zum höchsten Offizier.

Weibliche Häftlinge sind aber auch für andere Zwecke in Männerlager überwiesen worden. Dazu Passagen aus dem Memorandum eines Doktors namens Rascher, im KZ Dachau beschäftigt, und zwar mit «Aufwärmungsversuchen nach extremer Unterkühlung». Er schreibt: «Für meine Experimente wurden mir aus dem FKL Ravensbrück 4 Frauen zugewiesen. Eine dieser Frauen zeigt einwandfrei nordische Rassemerkmale – blondes Haar, blaue Augen, entsprechende Kopfform, entsprechender Körperbau, knapp 22 Jahre alt. Ich fragte dieses Mädchen, warum es sich ins Bordell gemeldet habe, und bekam die Antwort, ‹um aus dem

Lager herauszukommen›. Auf meine Einwendung, daß es doch eine ungeheure Schmach sei, sich freiwillig als Bordellmädchen zu melden, wurde mir erwidert, ‹ein halbes Jahr Bordell ist immer noch besser als ein Monat KL›. – Es folgte dann die Aufzählung einer Reihe seltsamer Zustände aus dem Lager. Die geschilderten Umstände wurden zum größten Teil von den anderen Bordellmädchen und den aus Ravensbrück mitgekommenen Aufseherinnen bestätigt.»

SS-Hauptsturmführer Dr. med. Rascher mordete, experimentierte mit Menschen, als ob es Hunde, Katzen, Ratten wären, prüfte u. a., wie lange es dauert, bis halberstarrte, bewußtlose männliche Häftlinge, die Stunden im eiskalten Wasser gelegen hatten, durch nackte Frauenkörper wieder aufgewärmt, wieder zu Bewußtsein gekommen sind, klatschte hocherfreut in die Hände, wenn er bei diesen Männern sinnliche Erregung wahrnahm, empörte sich aber, als er unter den ihm zugewiesenen Mädchen eines entdeckte, das «einwandfrei nordische Rassemerkmale» aufwies. Das widerstrebte seinem «rassischen Empfinden». Er ist auch entrüstet über die Zustände in Ravensbrück und schreibt an den Reichsführer SS. Beschwert sich also bei Himmler. Schizophrenie! Nur geht die Geschichte ja weiter. Himmler liest das Memorandum, eilt flugs nach Dachau, beguckt sich die Gefangene. Sie ist wirklich blond und blauäugig. Auch der Reichsführer SS kanns mit seinem «rassischen Empfinden» nicht vereinbaren, die junge Blonde der Prostitution und Raschers Versuchen zu überlassen; er überläßt sie einem «rassisch einwandfreien» Etablissement – «Ahnenerbe», «Lebensborn». Hier hat sie sich mit kraftstrotzenden blonden SS-Männern zu paaren, «um dem Führer reinrassische Kinder zu schenken».

«Im Zuge der Endlösung ...»

Hannelore, die nein gesagt hatte, ist dennoch zwangsweise verschickt worden.

Ihr Kopf ruhte im Schoß einer Frau. Sie spürte deren Hände an ihren Wangen. Um sie her noch andere Frauen. Manche sangen leise, summten eine schwermütige Melodie. Hannelore rührte sich nicht. Sie lag wach und blickte in einen sternübersäten Nachthimmel.

Das war eine glückliche Stunde. Sie hätte gewünscht, immer so zu liegen, die Hände an ihrem Gesicht zu fühlen, das Lied im Ohr, das ihr fremd und doch schon vertraut. Aber jetzt war Tag. Hannelore saß mit dem Rücken an eine kalte zitternde Wand gelehnt, über Kopf und Schultern eine schmutzige Decke. Aprilregen nieselte auf sie herab.

Der Güterzug ratterte. Sie fahren, halten, fahren, halten, werden umgeladen, aus offenen in geschlossene Waggons, fahren, fahren. Um Hannelore fremdsprachige Laute, fremde Gesichter. Feindselige? Nein. Das hätte sie auch nicht erwartet, nach allem, was dem vorangegangen war. Nur eben fremde, ihr noch nicht näher bekannte Gesichter – Zigeunerinnen mit ihren Kindern. Ein langer Zug. In den Waggons eintausend Ravensbrücker Häftlinge. Zielbahnhof Auschwitz-Birkenau.

Auschwitz-Birkenau! Und da singen die Zigeunerinnen? Ja, wissen sie denn nicht? Und Hannelore? Weiß denn auch sie nicht, wohin die Reise geht? Und warum ist sie allein, unter lauter Fremden?

Hannelore war nicht allein, und so fremd waren ihr die Unbekannten doch nicht, sie hatte sich schon mit ihnen angefreundet, sonderlich mit den Kindern. Ein Kindermädchen ist sie geworden. Mütter und Kinder dankten es ihr, nahmen sie als Mitglied in ihre Großfamilie auf. Und in den anderen Waggons befanden sich Frauen, die Hannelore gut kannte – Emmy Thoma zum Beispiel, die Revierschreiberin, und Bertl Teege, die Lagerälteste. Aber keine weiß, wohin sie fahren, keine weiß, was Auschwitz-Birkenau bedeutet.

Ravensbrück liegt hinter ihnen. Es war schlimm genug, was sich dort zugetragen hatte, schlimmer kann es wohl kaum kommen.

Daß lange Güterzüge fahren, von West nach Ost, mit Menschenfracht in offenen Waggons, in geschlossenen Waggons, vergittert, verriegelt, bewacht, und auf diesen Fahrten eine erste Auslese stattfindet, der Tod sich seine ersten Opfer holt, war planmäßig, zielstrebig. Zug um Zug vorgesehen. Nur sie, die Menschen in den Waggons, sahens nicht voraus. Es rollte lawinenartig heran. Sie taten ihr möglichstes, sich der Lawine entgegenzustemmen, die Vorgänge zu durchschauen, bis ihnen nichts mehr zu tun übrigblieb, bis ihnen die Augen übergingen. Lebendes Frachtgut, an Händen und Füßen gebunden, verfügbar, dahin und dorthin verladen, abgeschoben, nun in die Nähe einer Rampe.

Die Spediteure scheuten das Rampenlicht, saßen nicht auf offener Bühne, vorn an der Rampe, saßen ganz oben, unsichtbar, in ihren Logen, ihren Geheimkabinetten, am Schaltpult, bedienten die Hebel, die Stellwerke, schalteten ein, schalteten aus, gaben Abfahrtssignale. Von langer Hand vorbereitet – wie schon gesagt –, von Etappe zu Etappe ins Rollen gebracht, letzte Durchführungsbestimmungen am 20. Januar 1942 verabschiedet, mit dem Vorsatz, die Bevölkerung Europas radikal zu dezimieren.

«... an keine Grenze gebunden ...»

Ob die Bewohner Bernburgs darauf achteten, als sich im wetterwendischen April des Jahres 1942 nahe der Landes-Heil- und Pflegeanstalt etwas veränderte? Anzunehmen. Wie auch immer. Jedenfalls stieg aus dem Schornstein des Krematoriums kein schwefelgelber Feuerschein mehr gegen den Nachthimmel, wenigstens nicht mehr so oft und nicht mehr so hoch auflodernd.

Das Geheimkommando unter Leitung von Dr. med. Eberle – Oktober 1940 von Himmler nach Bernburg beordert – hatte seine Hauptmission erfüllt. Jetzt ging es um bedeutend größere Dinge, um Aktionen gigantischeren Ausmaßes. Denn März, April 1942 stand das Signal auf Grün, da rollten die vollgestopften Güterzüge von West nach Ost, in Todeslager – Treblinka, Majdanek, Auschwitz. Und kurz nachdem der letzte Autobus Richtung Dessau–Bernburg gefahren war, geht von Ravensbrück der erste Transport Richtung Auschwitz-Birkenau ab. Unter den eintausend Häftlingen etwa fünfzig deutsche, davon mehrere mit grünem, einige mit schwarzem, einige mit violettem Winkel und siebzehn Rotwinklige. Ansonsten fast nur Romas und Sintis. Keine weiß, wohin sie fahren. Selbst SS-Oberaufseherin Langefeld, die zum Begleitkommando gehört, ist nicht über Einzelheiten unterrichtet. Sie kennt lediglich ihren Dienstbefehl, und der lautet: «KL Auschwitz-Birkenau nach den Grundregeln der Lagerordnung durchorganisieren.»

Bertl Teege, die Lagerälteste, Emmy Thoma, die Revierschreiberin – weg von Ravensbrück. Mit ihnen fünfzehn andere politische Gefangene deutscher Nationalität. Wollte man sich ihrer entledigen? War es vielleicht aufgefallen, daß die Häftlinge in der Lagerältesten eine Stütze hatten? Durchaus möglich, denn als Nachfolgerin trat eine Kriminelle diese Funktion an. Aufgefallen war der SS aber besonders Bertls Organisationstalent. Das benötigte man in Birkenau, um «den Betrieb einzurichten», wie die Langefeld sagte. «Dort gehts noch drunter und drüber.» – Erfahrene Häftlinge, politisch kampferfahrene, wissen ihre Talente zu gebrauchen. Insofern kann man sicher sein, daß Bertl und ihre Genossinnen auch in Birkenau den Grundregeln der SS entgegenwirkten.

Von der Langefeld wird man wieder etwas hören, von einigen Häftlingen erst 1944/45, von den meisten nichts mehr.

März, April 1942. In polnischen Gebieten hebt eine neue grausame Menschenjagd an – die «Aktion Reinhard», nach Reinhard Heydrich benannt. Henkersknechte der berüchtigten SS-Einsatzgruppe Globocnik durchstreifen Städte und Dörfer, treiben die jüdische Bevölkerung in Vernichtungslager des «Generalgouvernements».

Seit März, April 1942 auch verstärkte Hatz auf Arbeitskräfte, vornehmlich in den eroberten Gebieten der Sowjetunion. Jagd auf Jugendliche. Ob auf dem Dorfanger, auf Fußballplätzen, in Kinos, ganz egal, wo, sie fangen männliche und weibliche Jugendliche ein, zur Zwangsarbeit nach Deutschland. Kaum ein halbes Jahr später erzählen sowjetische Mädchen in Ravensbrück, mit welchen Methoden SS- und Wehrmachtsoldaten dabei vorgingen.

Noch März. Geheimschreiben vom 17. ds. Mts.: «Aufgrund einer Besprechung im Führerhauptquartier sollen die KZ in stärkerem Maße für die Rüstungsfertigung eingespannt werden. In der gestrigen Besprechung gab SS-Brigadeführer Gluecks bekannt, daß auch Ravensbrück mit 6000 arbeitsfähigen Frauen in Frage kommt.»

30. April 1942. Befehl an alle KZ-Kommandanten: Einsatz der Arbeitskräfte «muß im wahrsten Sinne des Wortes erschöpfend sein ... Die Arbeitszeit ist an keine Grenzen gebunden ... Alle Umstände, welche die Arbeitszeit verkürzen können (Mahlzeiten, Appelle u. a.), sind daher auf ein nicht mehr zu verdichtendes Mindestmaß zu beschränken. Zeitraubende Anmärsche und Mittagspausen nur zu Essenzwecken sind verboten. Gezeichnet Pohl, SS-Obergruppenführer und General der Waffen-SS.»

Aufschlußreich in diesem Zusammenhang noch ein Himmlerbefehl an alle Wehrwirtschaftsführer, Materialverschwendung, Arbeitszeitvergeudung, Arbeitsbummelei u. a. strengstens zu bestrafen. Die Strafandrohung bezog sich auf «Ostarbeiter», «Fremdarbeiter», KZ-Häftlinge und auf alle «Volksgenossen». «... für Arbeitsverweigerung und lässiges Arbeiten ist in schweren Fällen Sonderbehandlung (Tötung ohne richterliches Urteil) zu beantragen. Sonderbehandlung erfolgt durch den Strang.» So waren alle gleichgemacht, wie das Gesetz es befahl. Auch das deutsche Volk stranguliert, unter Morddrohung und Strafverfolgung an den Schraubstock, in die Rüstungszwinge gepreßt.

Im KZ brauchte man keine Formalitäten zu wahren. Eine neue Welle brauste auf die Lager zu: Vernichtung durch Arbeit! Französinnen nannten das «die trockene Guillotine».

April, Mai hörten sie diese Welle noch nicht heranbrausen, da schöpften sie neuen Mut, da grünte und blühte die Natur. Frühling weckt Hoffnung.

Maria Grollmuß in der Handstrickerei. Sie sehnt sich ins Freie. Einige ihrer Gefährtinnen, mit denen sie im selben Block zusammen ist, arbeiten auf den Feldern der großen Güter, in der «Compturei» oder auf Himmlers Domäne bei Hohenlychen. Rosl Jochmann, die Blockälteste, kennt Marias Sehnsucht. «Wir hatten sehr gute Genossinnen im Arbeitseinsatz. Ich sprach mit ihnen wegen Maria, und sie verhalfen ihr zur Landbaukolonne.»

Maria überglücklich, mit hinausgehen zu können. «Ein Tag außerhalb des Lagers, und sie sprühte förmlich vor Ideen, schmiedete Pläne, Zukunftspläne ... Sie träumte und verführte zum Träumen.»

Abends ist Maria erschöpft, wie alle, doch neubelebt. Noch ganz glücklich, sagt sie zu Rosl Jochmann: «Ach, Rose, ich bin dir ja so dankbar. Es war ein wunderschöner Tag.»

Rosl erbleicht, und Maria ist untröstlich. Denn an diesem Tage war viel Schreckliches passiert: Gegen zwölf Uhr im Lager Ausnahmezustand. Baracken verschlossen und von einem SS-Kordon umstellt. Kein Gesicht durfte sich an den Fenstern zeigen. Nur von der Küchenbaracke aus beobachteten einige Häftlinge, daß Wachposten acht Frauen abführten, über den leeren Platz, durchs Tor hinaus. «Kurz darauf fallen Schüsse, am hellichten Tag. Die Luft war lind und mild, vom Seeufer trug der Wind den gelben Blütenstaub der Weidenkätzchen über die Mauer.»

Acht polnische Partisaninnen erschossen! Eine hieß Grazyna Chrustowska und war erst zwanzig Jahre alt. Sie hinterließ Tagebuchaufzeichnungen, Gedichte auch, Verse wie diese:

«Zu früh hat der Schmerz mich getroffen.
Mein Körper ist ausgebrannt.
Geblieben nur graue Asche.
Das Schweigen verdeckt die Wahrheit –
und ich stehe mitten im Feuer»

Frühling weckt Hoffnung. Schüsse zerstören Hoffnung. Doch

sie keimt immer wieder auf. Wer könnte sonst leben? «Judith erschossen, Grazyna erschossen, viele, ach so viele. Es war ihr Tod, der uns hartnäckig weiterkämpfen ließ.»

Gestorben wurde hier Tag für Tag. Erschießungen waren auch als Abschreckung gedacht, damit ja keine Gefangene vergaß, daß sie sich jederzeit im Schußfeld bewegte. Leichtfertig, jetzt zu sagen, es hätte sie nicht abgeschreckt; vermessen, jetzt zu behaupten, sie wären unerschrocken aufgestanden, mit dem Ruf «Trotz alledem!» das Banner zu erheben, das den Erschossenen aus den Händen geglitten. Oft, so oft ließen sie die Arme sinken, oft waren sie gar nicht in der Lage, ihre Arme zu heben, sich zu bewegen, waren ans Krankenbett gefesselt und also vielfach gefesselt, wie Minna Villain.

Minna, 1891 geboren, gehörte schon zur «Stammbelegschaft». Sie kam aus einer ostpreußischen Arbeiterfamilie, Vater Maurer. Vierzehnjährig geht sie nach Berlin als Hausgehilfin, lernt einen Mann kennen, Dr. Villain. Er ist Arzt, Kinderarzt. Sie mögen sich, lieben sich, heiraten. Die Villains haben einen großen Bekanntenkreis, viele Freunde, besonders gern haben sie junge Menschen um sich. Beide stehen der SPD nahe, beide aktive Hitlergegner. Minna häufig unterwegs, für «Kinderland», eine Arbeiterorganisation, in Nazideutschland verboten und verfolgt. Minna wird 1939 aus ihrer Berliner Wohnung geholt. Kein Prozeß, keine Anklage. «Vorbeugehaft», «Schutzhaft», KZ. Seit einem Jahr ist sie krank, schwerkrank, sehr schwach. Sie kann sich kaum mehr erheben, kaum den Löffel halten, muß von Hildegard, der Samariterin, gefüttert werden. Aber unter ihrem siechen, hinfälligen Körper, in ihrem Strohsack, hält sie illegales Material versteckt, Aufzeichnungen, Tagebuchnotizen, auch die von Grazyna Chrustowska. «Und wenn ich auch sterbe, vergehen werde ich nicht, das internationale Kampfbündnis, an dem ich mitgewirkt habe, wird weiterbestehn», sagte Minna wenige Tage vor ihrem Tode. Sie verstarb am 5. Mai 1942.

Am 18. Mai setzt in Berlin eine Gruppe Jugendlicher ein sichtbares Zeichen des Widerstands: Im Lustgarten brennen Exponate der infamen Hetzausstellung «Das Sowjetparadies». Zwölf Mutige der Widerstandsgruppe Herbert Baum hatten Spreng- und Brandsätze gelegt. Protestflamme gegen den Antikommunismus. Ihre Tat ein Fanal unverbrüchlicher Freundschaft zur Sowjetmacht.

Der Frühling setzt noch andere Zeichen. Da formieren sich sowjetische Partisaneneinheiten, bilden faktisch eine zweite Front im Rücken des barbarischen Feindes; und da erheben sich tschechische Freiheitskämpfer gegen Heydrich, den Teufel von Prag.

Hoffnungsvolle Vorzeichen.

Schmerzhaft, opferreich die Rückschläge. Faschistische Vergeltung. Schon Anfang Juni sind die Häscher den Genossen um Herbert Baum auf der Spur. Juni, Juli, August Verhaftungen, Hinrichtungen. Unter den ersten Todesopfern Herbert Baum. Er habe, so sagen die Henker, Selbstmord verübt. Bis 1943 dauert die Verfolgung. Fünfundachtzig Mitglieder der Gruppe festgenommen, davon fünfunddreißig umgebracht. Grausame Rache auch gegen die tschechische Bevölkerung. Das Dorf Lidice zerstört, alle minderjährigen Kinder von ihren Eltern getrennt, alle weiblichen Dorfbewohner ab vierzehntem Lebensjahr eingesperrt, alle männlichen ab fünfzehntem Lebensjahr erschossen.

Die Schüsse von Lidice dringen bis nach Ravensbrück.

Im Mai noch nicht. Im Mai dringen Gerüchte durchs Lager. Quelle der Gerüchte ist Revier I. Erstaunliches vollzieht sich. Umbau, Ausbau. Novität. Ein dunkler Raum verändert sich in einen hellen, vor Sauberkeit strahlenden OP-Saal, weiß gekachelt, weiße Leinengardinen vor den Fenstern, neu der Fußbodenbelag, keimfrei, staubfrei; weißlackierte chromblitzende Instrumentenschränke, glänzende breite Waschbekken, fließendes Wasser, warm und kalt. Es sieht alles prächtig aus. Die Häftlinge rätseln: gutes oder böses Omen? Verbesserung oder Verschlechterung? Ein böses Vorzeichen. Noch im selben Jahr erleben sie, daß dieser OP-Saal eine Folterkammer ist.

Ein Novum auch, was Nanda Herbermann, die von der Registratur aus den Appellplatz überblicken kann, am 14. Juni beobachtet.

«Sie standen nicht stramm in Reih und Glied, wie befohlen. Sie saßen oder lagen auf ihren Bündeln oder liefen stark erregt umher – die einen schweigsam, die anderen laut, die dritten furios aufbegehrend. Zweihundert Frauen und Mädchen ungefähr. Offenbar sprachen sie die gleiche Sprache, offenbar kannten sie sich auch alle, als ob sie lange Zeit miteinander gelebt hätten. Das war noch nicht vorgekommen, daß so viele sich von Anfang an gut verstanden, so viele gleich bei der Ankunft entschlossen waren, sich zu widersetzen. Es mußte mit ihnen eine besondere Bewandtnis haben.»

Ja, die Frauen aus Lidice waren sich einig, fügten sich nicht, gehorchten nicht den Befehlen der SS. Schmerzerfüllt, gramgebeugt, haßerfüllt trotzten sie dem Feind. Ihr Heimatdorf niedergebrannt, ihre Männer, Söhne, Väter, Brüder erschossen, ihre Kinder geraubt. Welche Frau, welche Mutter, welches Herz erträgt das?

Sie negierten jedes SS-Kommando, schlugen um sich, sobald SS-Leute sich ihnen näherten, weigerten sich mit Händen und Füßen, registriert, numeriert, geschoren zu werden.

Aufruhr in Ravensbrück. Die Häftlinge voller Teilnahme, fast uneingeschränkt, bis hin zu den Kriminellen. Sympathiebezeugungen, Beistand, moralische und materielle Hilfe.

Frantiska Hronikova, eine der Frauen aus Lidice, erinnerte sich: «Nachmittags sperrte man uns in einen großen Schuppen. Block elf – gähnende Leere, vollkommen ausgeräumt, nur Stroh und Spreu auf dem Fußboden. Drei Tage kein Essen, kein Brot, keine Suppe, nichts. Auch war streng untersagt, mit uns zu sprechen. Aber sie kamen doch, unsere tschechischen Kameradinnen und österreichische, deutsche, französische, polnische. Sie brachten uns, was sie entbehren konnten ... Jožka Jaburkova tröstete uns, erzählte auch, wer vorher in diesem Block gewesen ist. ‹Verzweifelt nicht, weint, weint nur, weint den Schmerz von der Seele›, sagte Jožka. ‹Was sie uns antun, vergessen werden wirs nie. Aber die Zeit wird kommen, wo das Blutvergießen aufhört ... Irgendwie werden wirs schon schaffen, die Tränen zu trocknen, wenn wir in unsere befreite Heimat zurückgekehrt sind.› – Den Block nannten wir fortan ‹Lidice› ... Nachts träumte ich in den ersten Wochen immer von meinem Mann, fragte ihn immer die gleiche Frage: Wo sind unsere Kinder? Später träumte ich nur noch von den Kindern.»

Da ist eine andere Frau, die träumt auch, noch später, lange, lange danach, in ihren Memoiren, erschienen 1978 in der BRD. Lina Heydrich, Witwe des Teufels von Prag: «Die Aufgabe, die mein Mann hatte, war eine rein positive Aufgabe. Ich bin sicher, er wollte nur das Beste ... Ich kann diese Dinge nicht politisch sehen. Für mich war die Zeit in Böhmen eine wunderbare Zeit, ich habe mich da so wohl gefühlt. Wenn ich könnte, wie ich wollte, würde ich wieder zurückgehen.»

Worte einer Mutter, gesprochen 1980 im neuen Lidice: «Das schlimmste ist, daß man nicht einmal weiß, wohin man die Blumen fürs Grab der Kinder legen soll.»

Das Grab der Kinder – wo ist es? Einhundertsechs Kinder, den Müttern entrissen, der Heimat entrissen, obdachlos, heimatlos, elternlos, schutzlos. Geraubt, entführt, selektiert – nach Majdanek, Treblinka, Auschwitz die einen; blondhaarige, blauäugige «germanisiert», bei «arischen» Zieheltern dem Vaterland entfremdet. Einundachtzig Kinder bleiben trotz intensivster Nachforschung unauffindbar.

«Jožka tröstete uns», sagte Frantiska Hronikova, «die Solidarität war groß. Das lag nun ganz und gar nicht in den Berechnungen der Faschisten, war aber auch ganz und gar nicht zu unterdrücken, wurde stets neu geboren. Mitten im Vernichtungstaumel blühte unsichtbar die rote Nelke.»

«Solidatrität, Hilfsbereitschaft der Antifaschisten aller Länder war wirklich sehr groß», schreibt Marie Wiedmeyer in einem Bericht über ihre illegale Funktion im Ravensbrücker Industriehof. «Kam ein neuer Transport, wußten wir ziemlich rasch, wieviel angekommen sind, aus welchen Ländern sie kommen und wer dabei ist. Im Bad, in der Lagerpolizei, im Revier, in der Aufnahme, kurz – überall hatten wir Kameradinnen, auf die Verlaß war. Sie informierten uns, wer von den Neuen am meisten gefährdet ist. So konnten wir doch gewisse Vorkehrungen zu ihrem Schutz treffen.»

Juli 1942 – Zugänge, Deportierte aus Frankreich. Ein Eilbote – die Lagerläuferin – trägt neueste Nachrichten vom Revier zu Käthe Rentmeister: «Unter den Französinnen ist eine Schwerkranke, verletzt, an der rechten Hand infiziert, Blutvergiftung. Rosenthal will amputieren! – Die Frau ist aktives Mitglied der Résistance, sie heißt Marta Desrumeaux.»

Marta Desrumeaux? Kennst du doch, hast doch den Namen schon mal gehört, denkt Käthe. Wann war denn das gleich? Wer hatte denn von dieser Frau gesprochen? – Ach ja, natürlich, jetzt fällts mir ein, Olga Benario erzählte von einem Streik in Nordfrankreich und von einer Frau, die da eine so hervorragende Rolle gespielt habe. Olga sagte noch, ihren Namen müsse man sich merken.

Käthe trägt die Nachricht weiter. Und bei allen, die den Namen schon einmal gehört hatten, wird Olga lebendig: Ja, erinnre mich genau, als sie über den Textilarbeiterstreik in Lille sprach.

Der Arm von Marta Desrumeaux wird nicht amputiert, sie verschwindet aus dem Blickfeld der SS-Ärzte. Eine tschechische Ärztin behandelt sie. Nach ihrer Genesung übernimmt Marta eine Schlüsselfunktion, setzt fort, was Tilde Klose begonnen hatte, wird Badefrau.

Marta – nicht nur körperlich, auch seelisch groß und kräftig – packt energisch zu, geht gradewegs die Probleme an, ist dabei mütterlich, gefühlvoll und sehr praktisch, sachlich, sehr realistisch. «Proletarische Politik ist die Kunst, jede Lage zu nutzen, um die Lage der Unterdrückten zu erleichtern, ohne zu versäumen einzuschätzen, was real möglich und was unmöglich», sagte sie. «Politische Gefangene sind nichts anderes als Kriegsgefangene, Kämpfer, die einen heiligen, gerechten Krieg gegen den barbarischen Klassenfeind führen.» Sie konnte übrigens sehr zornig werden, vertrug aber auch viel Kritik. Kein bloßer Gefühlsmensch, kein bloßer Verstandsmensch, ein gefühlsbetonter Vernunftsmensch, eben ein Mensch, eine kämpferische Arbeiterfrau.

Um sich besser verständlich machen zu können, keine Mißverständnisse zu riskieren, lernte Marta Deutsch. Sie erwarb sich Ansehen unter den Häftlingen, überlebte, nahm 1949 am ersten Gedenktreffen in Ravensbrück teil, wurde im selben Jahr Bürgermeisterin von Lille, und auf Äußerungen eines Journalisten, der ihren Widerstand gegen Krieg und Faschismus, ihre Furchtlosigkeit im KZ bewunderte, antwortete sie: «Widerstand – ja. Furchtlos – nein. Furchtlos war ich nicht, bin es auch heute nicht ... Ohne Furcht ist wohl niemand von uns gewesen. Nichts verdirbt den Charakter mehr, als angstschlotternd vor sich selbst zu leugnen, daß man Angst hat. Im Kreise der Genossinnen haben wir uns niemals geschämt, wenn die Furcht, der Nervendruck, die Erinnerungen an schöne Tage oder an geliebte Menschen uns heiße Tränen abpreßte, haben uns niemals gescheut, unsere Ohmacht, unsere Hilf- und Ratlosigkeit durch gelegentliche Wutausbrüche zu kompensieren, haben uns aber auch dazu erzogen, unseren seelischen Haushalt zu pflegen. Schwer, ungemein schwer, das Gleichgewicht auszubalancieren. Wir waren ja nie ausgeglichen, nie entspannt, die Spannungen ließen ja niemals nach. Welche Medizin wir hatten, uns dennoch immer wieder zu fangen, unsere Fassung dennoch nicht zu verlieren? Unantastbare Menschenwürde, Selbstbewußtsein, Solidarität. Sich aufeinander stützen, um den täglichen Gefahren so unversehrt, so verlustlos wie nur irgend möglich zu begegnen, auch wenn die Erhaltung des einen Menschenlebens oftmals den Verlust des eigenen Lebens bedeutete.»

Verlust des eigenen Lebens. – Viele weinten, viele trauerten. Die Feldbaukolonne brachte Mohnblumen von draußen mit herein. Brennendrote Blütenkelche, zu Ehren der Toten, für Jožka Jaburkova, deren Herz zu schlagen aufgehört hatte. Aus Not, Niederlagen, über Höhen, durch Tiefen und tiefes Leid geschritten, in noch größere Not, noch tieferes Leid gestoßen – «hinter jedem Grabstein eine Weltgeschichte».

Seit Wochen, ja Monaten körperlich und seelisch ermattet, lebensmüde, sterbensmüde. «Das nimmt mich alles so mit», klagte sie. Ihr Gesundheitszustand verschlechtert sich zusehends. Sie erhält schlimme Nachrichten von Zuhaus, sieht hier nur Schlimmes. Der endgültige Abschied von Olga und all den anderen. Die furchtbare Gewißheit, daß also auch

Tilde Klose nicht mehr am Leben ist, Tilde, mit der sie sich besonders verbunden fühlte, da beide auf gleiche oder doch ähnliche Erfahrungen aus der proletarischen Frauen- und der Antikriegsbewegung zurückblicken konnten. Und dann die entsetzlichen Ereignisse nach dem Attentat auf Heydrich, die Frauen aus Lidice, das ungewisse Schicksal der Kinder dieses Dorfes ... Sie findet innerlich keine Sekunde Ruhe, findet keinen Schlaf mehr, leidet unsagbar unter der Ohnmacht, nicht helfen, nicht genügend helfen zu können. Dabei gibt sie alles, was sie hat, schöpft sich aus, erschöpft sich. Ihr aber kam es so vor, als halte sie nur noch Totenwache, Wache bei den Ermordeten. Ein martervolles Wachsein: Nichts, nichts, gar nichts hab ich erreicht, nichts getan, nichts im Vergleich zu dem, was zu leisten not täte. Dieses Mißverhältnis zwischen übermenschlicher Anstrengung und den – wie sie empfand – kläglichen Resultaten, warf sie nieder.

Ihre Gefährtinnen besuchen sie. Kein Tag vergeht, an dem nicht wenigstens eine für kurze Zeit an ihrem Bett sitzt. Jožka lächelt dankbar, spricht auch, aber mühsam, undeutlich. Ihre Kräfte schwinden. Bald erkennt sie nicht mehr, wer neben ihr sitzt. Ihr Geist verwirrt sich. Und in den Augenblicken, wo sie noch klar denken, sehen, fühlen kann, quält sie sich: Bruderschaft mit dem Tode – damit leben, darauf kommts hier an. Ich kann so nicht leben. Du träumst, Jožka, wach auf! Du wirst sehen, es ist alles gar nicht wahr. Aber es ist doch wahr, ist doch Wirklichkeit! Da haben wir gekämpft, haben uns ihnen entgegengeworfen, sie aufzuhalten. Es ist uns nicht gelungen, wir sind noch zu schwach. Zu schwach? Sind sie stärker als wir? Ach, ich weiß doch nicht, weiß nur, daß meine Kräfte versiegen ... Bin entwaffnet, bin kein Kämpfer mehr. Wieder einer weniger ...

Einmal, Jožka lag mit hohem Fieber, da hörte sie Gesang, schönen Gesang, aus vielen Kehlen. Ein russisches Lied. Sie jauchzt: Die Unsrigen! Die Rote Armee ist hier, endlich, endlich! Sie erhebt sich, wankt zum Fenster. Tatsächlich, dort auf dem Platz marschierten singende Sowjetfrauen. Und Jožka sang mit, erkannte nicht, daß es Häftlinge waren, die ersten Ukrainerinnen – noch in Zivil, manche im Russenkittel.

Dr. Herta Oberheusers Diagnose: «Total verrückt, die Tschechin, sie randaliert. Sofort umbetten, ab mit ihr, ins Chambre séparée!» Jožka sträubte sich, bäumte sich auf. Die SS-Ärztin hatte eine Spritze in der Hand.

Einzelzelle, Jožka, die Todwunde, allein, im Bunker, getrennt von ihren Mitstreiterinnen, einem Übermaß an Müdigkeit und Anstrengung, einem Übermaß an seelischen und körperlichen Qualen erlegen. Anderer Menschen Leben erhaltend und das eigene verloren – am 31. Juli 1942. Vor ein paar Wochen hatte sie noch die Frauen aus Lidice getröstet: «Verzweifelt nicht, weint, weint nur, weint den Schmerz von der Seele ... Irgendwie werden wir es schon schaffen, unsere Tränen zu trocknen.»

«Führungswechsel»

Sommer/Herbst 1942 – «Wachablösung» in Ravensbrück. Einschneidende Veränderung, die mit der großen Flutwelle zusammenhing, die über alle KZ-Lager hereinbrach. Vernichtung durch Arbeit!

Bisher schlug die «Elite» drauflos, mordete wahllos – «nutzlos, unrentabel». Jetzt sagten die Herren der Rüstungsindustrie: Stopp, erschlagt die Untermenschen nicht, vergast sie erst, wenn wir sie verbraucht haben. KZ-Häftlinge kosten so gut wie nichts, bringen aber sehr viel ein, wenn man sie bis zum Umfallen schuften läßt. Sie arbeiten sich selber zu Tode, und totes Menschenmaterial ist auch noch verwertbar – Seife aus den Fettresten; Knochenmehl für Leime; Haar als Füllung für Polsterkissen und Matratzen; Verbrennungsrückstände als Düngemittel. Wenn das massenhaft geschieht – welch ein Gewinn!

Das zu realisieren, mußte man natürlich zunächst einmal «umorganisieren», alles «straff durchorganisieren». Beratung ganz oben, zwischen Propagandaminister Goebbels und Justizminister Thierack. Der Justizminister diktiert danach seiner Sekretärin eine Aktennotiz: «Hinsichtlich der Vernichtung asozialen Lebens steht Dr. Goebbels auf dem Standpunkt, daß Juden und Zigeuner schlechthin, Polen, die etwa drei bis vier Jahre Zuchthaus zu verbüßen hätten, Tschechen und Deutsche, die zum Tode, lebenslangem Zuchthaus oder Sicherheitsverwahrung verurteilt wären, vernichtet werden sollen. Der Gedanke der Vernichtung durch Arbeit sei der beste.»

Darum die personellen Veränderungen in Ravensbrück.

Fast die gesamte Lagerleitung ausgewechselt. Koegel abgelöst durch Suhren – einen Gestapomann, hat vorher in Sachsenhausen eisern durchgegriffen. Koegel versetzt nach Flossenbürg, später nach Birkenau. SS-Oberaufseherin Mandel – gefährlicher, bösartiger als die Langenfeld – wird nach Birkenau dirigiert. In Ravensbrück tritt an ihre Stelle die Binz, deren Ehrgeiz es ist, die tollwütigen Schlägertypen ihrer männlichen Artgenossen noch zu überbieten. Im Arbeitseinsatz ebenfalls ein Neuer, SS-Obersturmführer Dittmann, vormals Vernichtungslager Stutthof. Er sagte von sich: «Wer mir in die Klauen gerät, kommt nicht wieder raus.» Auch in der politischen Abteilung (Gestapo) Umbesetzung. Der Neue heißt Ramdohr, hatte sich in Kassel «bewährt», der Kommissar, oft belobigt, weil ihm «ausgezeichnete Methoden einfallen, die Leute zum Reden zu bringen».

Das erste, was Suhren verändert, ist der Strafvollzug. Aber Illegale in den Schreibstuben und der Registratur hatten vorwarnen können. Ein kurzer Blick auf bestimmte Schriftstücke, ein Gespräch zwischen Zivilangestellten oder SS-Männern, das belauscht worden war. Die Wände sind dünn, Illegale sind hellhörig, hören von zwei Rundschreiben. Sie kennen den Text nicht wortwörtlich, kennen nur den Inhalt. Es sind Himmlerbefehle. Der eine besagt, wenn verschärfte Prügelstrafen verhängt würden, habe «der Strafvollzug auf das unbekleidete Gesäß zu erfolgen». Im zweiten steht, Prügelstrafen dürften nicht mehr vom Wachpersonal, sondern müßten «unter der befohlenen Dienstaufsicht von Häftlingen vollzogen werden».

Die Gefangenen beugen vor, verhüten Prügelstrafen, hüten sich vor dem «Bock». Zu verhindern ist das nicht immer, aber die Zahl der Fälle kann verringert werden. «Achtung, sie ziehen die Schlinge fester, sie wollen uns auseinanderpeitschen!»

Im Büro der Oberaufseherin laufen alle Meldungen zusammen – Meldungen über «besondere Vorkommnisse», Anzeigen gegen Häftlinge, die sich nach KZ-Regeln strafbar gemacht haben. Von dort gingen die Anzeigen und Strafanträge weiter zur Registratur. Manche verschwanden schon auf dem Weg, fielen unter den Tisch, kamen abhanden. In der Registratur sitzen wachsame Häftlinge an den Karteikästen, wie Maria Fischer, Nanda Herbermann, Maria Schindler u.a. Sie registrieren den Soll- und Ist-Stand, Zahl der Häftlinge, Zugänge, Abgänge, Reviereinweisungen, Strafen, Gründe der Bestrafung, Strafhöhe und dergleichen. Jeden Abend ist dem Abteilungsleiter Bericht zu geben, fein säuberlich getippt. Er hatte gegenzuzeichnen und den Bericht weiterzuleiten. Er aber wußte nicht, was tagsüber angefallen, wer gemeldet, denunziert worden war, und verließ sich darauf, daß stimmte, was ihm berichtet wurde, unterschrieb daher gewöhnlich, ohne nachzuprüfen. Wenn die Prügler in Aktion traten und statt zwanzig nur zehn Opfer über den Bock schnallten, waren das immer noch zehn zuviel, immer noch viel zuviel Schmerzen, viel zuviel Wunden. Zehn Frauen jedoch hatte man schützen können. Ein Erfolg der Selbstverteidigung.

«Der Reichsführer SS hat befohlen»: Gefangene sollen Gefangene schlagen!

Lagerkommandant Suhren ist verantwortlich, daß dieser Befehl auch strikt befolgt wird. Er geht durch den Zellenbau und durch den Strafblock, nötigt Häftlinge, die Peitsche zu schwingen, lockt mit Entlassung aus dem Bunker. Erst auf das verführerische Angebot, ein größeres Stück Brot, einen Nachschlag Suppe verzehren zu dürfen und von Schwerstarbeit befreit zu sein, finden sich zwei Kriminelle für das schmutzige Geschäft. Verwünscht wurden diese Bereitwilligen, tief verachtet, und waren doch auch nur erbarmungswürdig Geschlagene.

Wenn Anfang des Jahres die vernichtende Lawine auf Ahnungslose herabstürzte, nach den neuen Ereignissen durchschauten viele die Zusammenhänge. Man hatte die Blocks geleert, um leere Räume wieder aufzufüllen. Antransporte aus allen Himmelsrichtungen, Deportierte aus allen Ländern. Dann der Führungswechsel, durchsichtig, erkennbar, worauf das abzielte. Nun waren sie schon gewarnt. Nun standen auch schon die Fabrikhallen vom Siemenskonzern. Die Produktion lief an, Oktober 1942. Täglich zogen die Siemenskolonnen zwischen Lager und Werk hin und her, die eine frühmorgens hin und spätabends zurück, die andere spätabends hin und frühmorgens zurück. Die Nachtschicht schlief auf den Pritschen der Tagschicht.

«Arbeit macht frei!»

Ilse Hunger, Genossin aus Leipzig, 1941 verhaftet. Seit 1942 in Ravensbrück, beschäftigt als Schreibkraft im sogenannten Arbeitseinsatz. Eine komplizierte, aber sehr wichtige Position, nicht nur kompliziert, sie zu halten, auch schwierig und gefahrvoll, diese Funktion auszuüben. Lange nach 1945 einmal befragt, welche Glücksansprüche sie habe, antwortet Ilse: «Glücksansprüche? Ach du liebe Zeit, Allerweltsfrage. Einer meiner größten Ansprüche wäre, daß die Existenz unserer Republik unter allen Dächern der Republik als Glück empfunden würde, daß sich hier jeder Mann und jedwede Frau so geborgen, so heimisch fühlte wie ich. Zu anspruchsvoll, zu unbescheiden, nicht wahr? Man lebt ja häufig in der Vorstellung, was man selber fühlt, müßten andere genauso fühlen, was man selber weiß und begriffen hat, müßten andere auch wissen und begriffen haben. Aber so ist es eben nicht. Jeder empfindet anders, jeder hat andere Erlebnisse, jeder ist eine kleine Welt für sich. Wenn ich auf meine Lebenserfahrungen zurückblicke, darf ich wohl sagen – was wir in der Illegalität erlebt haben, öffnete uns die Augen auch darüber, was Glück, Anspruch auf Glück ist. Glück, so haben wirs am eignen Leib erfahren, ist nicht etwas, wonach man einfach verlangt, worauf man einfach mir nichts dir nichts Anspruch erhebt, und dann hat es auch gefälligst dazusein. Glück, das ist etwas, was man mit anderen sich schafft. Es beruht auf der Lebensweise, ist abhängig von den Gegebenheiten. Glück stellt sich ein im Tun des Richtigen. Was aber ist unter gegebenen Umständen richtiges Tun? Einmal haben wir gedacht, richtig zu handeln, als wir einigen Kameradinnen aus den Krankenblocks heraushalfen, in der Meinung, sie dadurch retten zu können, und wir empfanden als großes Glück, was sich hinterher als herzzerreißendes Unglück entpuppte. Darüber tröstet nichts, gar nichts hinweg ... Es gibt so schöne Sprüche, zum Beispiel: Wer etwas riskiert, darf nicht verzagen, wenn er verliert. Uns, im KZ, hätten solche Sprüche wie Hohn geklungen. Wir waren verzagt, deprimiert, oft, sehr oft in haltlose Verzweiflung gestürzt. Und das ging ja immer hart auf hart, ohne Unterlaß, Monat für Monat, Jahr für Jahr ... Wenn ich nur an den ‹Arbeitseinsatz› denke – ‹Einsatz der Arbeitskräfte muß im wahrsten Sinne des Wortes erschöpfend sein›. O ja, da ist der Klassengegner ganz konsequent. Eingesetzt hat er uns, bis wir nicht mehr krauchen konnten, bis wir ausgelaugt, ausgemergelt, ‹Schmuckstücke› waren.»

«Eingesetzt» in der Rüstung. Die Frauen nach wenigen Monaten total fertig, völlig ruiniert, kraftlos; leere, stumpfsinnige Augen, faltige graue Haut; ausgepreßt wie Zitronen, schlaff, um Jahre gealtert. Ein täglich wachsendes Heer «nutzlos» Gewordener, die den Weg alles Wertlosen antraten, auf den Müll geworfen, «abgeschrieben», gestrichen aus den Listen. Vernichtung, jetzt direkt gesteuert von Industriekapitänen.

Aus Ilse Hungers Aufzeichnungen: «Bis 1942 forderten hauptsächlich nur landwirtschaftliche Betriebe KZ-Häftlinge als Arbeitskräfte an. Feldbaukommandos waren unter den Gefangenen übrigens sehr begehrt, vor allem deshalb, weil die Bauern gewöhnlich Zusatzverpflegung austeilten. Kunststück, sie brauchten ja pro Tag pro Arbeitskraft nur 1,50 Mark ans KZ zu zahlen. Ab 1942 wurde Ravensbrück Sklavenmarkt für Rüstungsbetriebe. Siemens etablierte sich unmittelbar neben dem Lager und eröffnete den Sklavenhandel. Die Herren Direktoren besichtigten die ‹Ware Mensch›, wählten, suchten aus. Selektionen für den Höllenschlund der Kapitalisten. Frauen werden genauestens auf ihre Geschicklichkeit, ihre Fingerfertigkeit, auf ihre Fachkenntnisse, ihre Muskelkraft geprüft. Und dann kamen sie wie die Schmeißfliegen, die vom Röchling-Konzern, von den Heinkel-Flugzeug-Werken und und und ... Abtransporte dreimal wöchentlich je 500 oder 1000 Frauen, weg, in Außen- und Nebenlager der Waffenschmiede, auch in Nebenlager, die zu Buchenwald, Dachau, Mauthausen, Sachsenhausen gehörten und den Rüstungsmonopolen unterstanden. Sind die Häftlinge dort fertiggemacht, restlos ausgebeutet worden, nicht mehr arbeitsfähig, kehrten sie zurück, nur noch Schatten ihrer selbst, nur noch Haut und Knochen. Die Sterblichkeit erhöhte sich rasant. Das Krematorium schaffte es nicht mehr, den Leichenberg in Asche zu verwandeln. An die Firma Topf & Söhne, Erfurt, ging der Auftrag, zwei neue Verbrennungsöfen zu setzen.

‹Arbeit macht frei!› – Ob in Außenlagern, ob im Stammlager oder bei Siemens, überall dasselbe, überall moderne Sklaverei. Malochen, malochen, bis der Sklave so frei ist, zu sterben oder freiwillig aus dem Leben zu gehen. SS-Obersturmführer Dittmann war so frei, uns das gängige Nazideutsch nicht vorzuenthalten: ‹Schreibt euch hinter die Ohren – der einzige Weg in die Freiheit ist der Weg durch den Schornstein.›

KZ Ravensbrück selbst eine große Industrieanlage. Der I-Hof das Kernstück. Produktion abgestimmt auf Frauenberufe: Schneiderei, Strickerei, Spulerei, Spinnerei, Weberei, Kürschnerei, Mattenflechterei. Dicht daneben die Baracken für 3000 Häftlinge. Ganz rationell. Sie treten aus ihrem Schlafstall und sind mit wenigen Schritten am Arbeitsplatz. ‹Dachauer Knochenmühle›, der Schrecken aller Ravensbrükkerinnen, besonders die Mattenflechterei und Schneiderei I.»

Mattenflechterei, Binderei – ohne Mechanik, alles mit der Hand zu fertigen. Strohseile flechten und zusammenknüpfen, 20, 30 Meter pro Schicht, unter der ständigen Drohung, auf den Bock geschnallt zu werden, wenn das Soll nicht stimmt. Es gab Frauen, die 50 und mehr Meter knüpften in ihrer Angst. Und welche Atmosphäre!

Strohballen, auf dem Fußboden ausgebreitet, mit Wasser besprengt, um die Halme aufzuweichen, damit sie sich biegen, binden, flechten lassen. Dunst stieg auf, feucht, stickig die Luft, starke Staubentwicklung. Die Hände der Frauen aufgerissen, bedeckt mit Blasen und Schnittwunden. Eitrige Ekzeme, lebensgefährliche Infekte, Wundbrand keine Seltenheit. In den dunstigen Räumen weder Be- noch Entlüftung. Nachts zum Ersticken, weil die Fenster verdunkelt werden mußten. Die Häftlinge unterernährt, leicht anfällig. Staub, Schmutz, Bazillen, Krankheitserreger untergraben ihren ohnehin geschwächten Gesundheitszustand. Sie husten, erkranken an Asthma, Tuberkulose, schwinden dahin.

Beschäftigte in der Mattenflechterei? Zigeunerinnen und die Frauen aus Lidice. Sie sind überdies von Zeit zu Zeit verurteilt, dort wochenlang ununterbrochen zu arbeiten, tags und nachts, nur mit kurzen Zwischenpausen für Essen und Schlaf an Ort und Stelle. Manch eine erhob sich nicht wieder, hatte auf den Strohballen dieser Schinderstätte den Tod gefunden.

Die Zigeunerinnen flochten aus Weidenruten und Binsen Einkaufskörbe, Rückenkiepen, Reisekörbe, Kehrbesen und aus Strohhalmen Schuhe, dicke Überschuhe für Soldaten an der Ostfront.

Exquisite Nebenabteilung der Mattenflechterei war das Kunstgewerbe, erwünscht von kunstsinnigen «Führerpersönlichkeiten», geleitet von Häftlingen, vornehmlich von polnischen Kunstgewerblerinnen. Feinste Handarbeiten entstanden hier, Spitzenerzeugnisse für die Spitzen von Staat und Wirtschaft.

Schneiderei I – größte Uniformschneiderei Hitlerdeutschlands, zunächst Lieferant von Häftlingsbekleidung für alle KZ-Lager. Ab 1942/43 nur noch Lieferant von SS- und Wehrmachtuniformen. Tag- und Nachtarbeit, je Schicht 600 Näherinnen in einer langgestreckten niedrigen Werkhalle. Darin Einlegetische für Zuschnitte, Handarbeits- und Kontrolltische, 14 Fließbänder. Jeweils eines schob sich an 26 Nähmaschinen vorbei. Dazu verschiedene Spezial- und Knopflochmaschinen, die das Rattern der Nähmaschinen noch überdröhnten.

«Pensum, Pensum!» die Antreiberparole. Das Pensum wurde herausgeprügelt. Es ging nie, keinen Tag, keine Nacht ohne Prügel ab.

An den Maschinen bleiche, angstvoll um sich blickende und rastlos arbeitende Frauen. Je näher der schlagende SS-Mann kam, desto fahriger, desto unsicherer wurden ihre Blicke, ihre Handgriffe. Hatten sie das Pensum glücklich geschafft, wurde es sofort erhöht. Beispiel: Tarnjacken. «Soll pro Band 120 Stück in 12 Stunden.» Als das erfüllt und ein Weilchen gehalten wurde, steigerten Akkordnehmer die Stückzahl auf 220, obwohl sich die Arbeitszeit wegen Stromausfalls von 12 auf 8 Stunden reduzierte. Dieses neue Pensum zu erreichen – einfach unmöglich. Wer es aber nicht erfüllte, bekam auch keine Zulage, bekam nicht die Scheibe Brot, nicht die Scheibe Wurst.

Zusätzliche Erschwernis: Abnutzung der Maschinen! Ersatzteile fehlen. Primitivste Mittel zur Instandsetzung und Instandhaltung. Wochenlang keine Treibriemen. Die provisorisch geflickten hielten nur einige Stunden. Folge? Produktionsstockung, Pensum nie erreicht.

Nähnadeln – eine Extrafolter. Häufig gab es keine passenden Nadeln und wenn, nur aus schlechtem Material, sie bogen sich, brachen leicht ab. Zahllos die Schläge für abgebrochene Nadeln. Brot war nicht mit Gold aufzuwiegen. Dennoch tauschten viele Näherinnen ihr Brot gegen illegal beschaffte solide Nähnadeln, aus Furcht, mißhandelt zu werden. Ähnlich beim Nähgarn. Ersatzzwirne – neue Qualen, neue Quälereien. Der Faden riß schon beim ersten Anlauf.

Gustav Binder, Anführer der Prügelhelden, SS-Unterscharführer, Österreicher, ungeschlacht, gedrungen, stiernackig. Er flößte allein durch sein Äußeres, durch seinen plumpen Gang und seine Stimme Furcht ein. Wenn irgendwo nach Meinung der Wirtschaftsführer etwas nicht funktionierte, wurde «Schindergustav» auf die Häftlinge losgelassen.

Eine Schicht geht zu Ende. Arbeitsschluß. «Wir hocken an unseren Maschinen, übermüdet, ausgepumpt, hungrig, verzweifelt. ‹Pensum› nicht geschafft! Wir wissen, was nun kommt. Schindergustavs Auftritt. Hochrot im Gesicht, hervorquellende Augen – so stürzt er wutschnaubend von einer zur anderen, reißt sie an den Haaren, schlägt ihre Stirn gegen die Maschine, versetzt ihr Fausthiebe, versetzt ihr Hiebe mit der Reitpeitsche, schlägt, peitscht, brüllt, bis er selber ganz erschlagen ist. Nach einer solchen Orgie sah er immer aus wie ein Irrer.»

Gustav Binder – genau der Typ, den die Nazis förderten und beförderten.

Die blutig geschlagenen, häufig stark verletzten Frauen wurden nicht etwa krank geschrieben; sie mußten am nächsten Tag oder zur nächsten Schicht wieder voll da sein. Es bestand nämlich eine Verfügung, wonach es der SS nicht gestattet sei zu schlagen. Wer prügeln wolle, müsse dies bei der Lagerleitung vorher beantragen, müsse begründen, weshalb. Da keine Anträge eingingen, gab es im Totenkopfverband halt auch keine Schläger. Wer Gegenteiliges behauptete, war schlagend zu widerlegen. Alles zweckdienlich und vorausschauend durchdacht. Auch die Arbeitshetze, die unmenschliche Antreiberei tiefgründig und «harmonisch aufeinander abgestimmt». Kalkulatoren von Siemens, Heinkel und anderen Zweigen der Industrie errechneten exakt, daß ein KZ-Häftling durchschnittlich 4 bis 5 Monate «verfügbar» ist. Nachschub war garantiert. Die SS sicherte zu, erkrankte, erschöpfte Sklaven sofort abzuberufen und durch kräftigere, gesündere zu ersetzen. NS-Größen, SS- und Wirtschaftsführer knobelten gemeinsam das Akkordsystem aus und die Skala der Strafen. Eine Hand wäscht die andere, sie wirtschafteten Hand in Hand.

Otto Ambros, Vorstandsmitglied im IG-Farben-Trust, Bevollmächtigter für den Aufbau des Buna-Betriebes Auschwitz-Monowitz, unterrichtete seine Direktion über das Baugeschehen, über die regelmäßig wöchentlich einmal stattfindenden Arbeitsbesprechungen und vergaß nicht hinzuzufügen: «... außerdem wirkt sich unsere Freundschaft mit der SS sehr segensreich aus. Anläßlich eines Abendessens, das uns die Leitung des Konzentrationslagers gab, haben wir weiterhin alle Maßnahmen festgelegt, welche die Einschaltung des wirklich hervorragenden Betriebs des KZ-Lagers zugunsten der Buna-Werke betreffen.»

Verstümmelt und zerstückelt

Manchmal fragte ich mich, warum hörst du nicht auf, darüber zu schreiben? Machst dich ja selbst ganz fertig. Wirf doch keinen Blick mehr in die Mappen, verschließ das Manuskript im Schubfach, laß doch die Dinge ruhn! Wir sehnen uns alle nach Ruhe und Frieden, sehnen uns danach, Luft zu holen, ohne dabei den Pesthauch einatmen zu müssen, den sie seinerzeit verströmten. Wie kommt es, daß der Faschismus uns noch immer so stark beschäftigt, uns noch immer keine Ruhe gönnt, obwohl er geschlagen am Boden liegt? – Liegt er wirklich geschlagen am Boden?

Auf der Straße gehen einige Mädchen. Du stehst oben am Fenster. Dein Mann steht neben dir. Die Mädchen lachen, kichern, necken sich, albern herum. Jan sagt, die jungen Mädchen heutzutage werden immer hübscher; ihr Anblick ist ein richtiger Freudenspender.

Und du? Was siehst du? Du siehst das Lager, siehst neues Entsetzen: Mädchen als Blutspender, junge Mädchen als Experimentierobjekte. Stellst dir vor, daß jemand nach diesen hübschen Mädchen da unten auf der Straße greifen könnte, sie für Versuchszwecke zu mißbrauchen, sie zu verunstalten, ihnen das Blut aus den Adern zu zapfen, tiefe Wunden in ihre Beine zu schneiden, die Wunden mit Glassplittern zu füllen ...

Bei den ersten drei Versuchsreihen wurden – nach Dr. Fischers Aussage – einmal Bakterien, dann Bakterien und winzige Holzsplitter, schließlich Bakterien, Holz- und Glassplitter in die Wunden eingenäht. In diesem Stadium besuchte Reichsarzt SS Dr. Grawitz das Lager Ravensbrück.

Dazu Dr. Fischer, laut Gerichtsprotokoll: «Ich erklärte Dr. Grawitz die Einzelheiten der Operationen und ihre Resultate. Dr. Grawitz unterbrach mich, bevor ich meinen Bericht beenden konnte, und bemerkte, daß die Bedingungen, unter welchen die Experimente ausgeführt worden sind, den herrschenden Bedingungen an der Front nicht genügend gleichkämen.

Er fragte mich, wieviel Todesfälle es gegeben habe. Keine, antwortete ich. Darauf sagte er, dies bekräftige seine Ansicht, daß die Eingriffe nicht in Übereinstimmung mit seinen Anweisungen durchgeführt worden wären. Die Experimente seien nur ‹Flohbisse› gewesen. Da der Zweck dieser Versuche aber darin bestehe, die Wirksamkeit von Sulfonamiden in Schußwunden festzustellen, würde es notwendig sein, den Testpersonen richtige Schußwunden beizubringen. Er befahl, die nächsten Versuchsreihen im Einklang mit diesen seinen Richtlinien vorzunehmen.»

Es begann im Juli 1942. SS-Ärztin Oberheuser studiert eine Namensliste, Nummern und Namen junger polnischer Partisaninnen, die mit einem Todesurteil ins Lager gekommen waren. Frau Doktor bestellt zehn dieser Mädchen zu sich, gesunde, kräftige, gut gebaute Mädchen. Sie wurden untersucht, besser: besichtigt. Und nun soll Hildegard, Samariterin im Revier I, weitersprechen.

«Fünf behielt die Oberheuser gleich da. Ein Zimmer mußte geräumt werden. Auf die Frage, was man mit ihnen vorhabe, keine Antwort. Wir Pflegerinnen durften den Raum nicht betreten. Niemand von uns konnte ermitteln, was SS-Schwestern und Dr. Oberheuser in diesem Zimmer verrichteten.

Am nächsten Morgen mußten sämtliche Helferinnen den Krankenbau verlassen. Revier I gesperrt für den Lagerbetrieb. Ein Auto fuhr vor, dem zwei unbekannte Männer entstiegen.

Noch wußten wir nicht, was da geschehen sollte, und die jungen Polinnen auch nicht ... Man hatte sie eingeschläfert, und als sie aufwachten, konnten sie sich nicht erheben, waren auf ihren Pritschen festgeschnallt und trugen wulstige straff gewickelte Verbände – die eine am linken, die andere am rechten Schienbein, die dritte vom Knie bis zum Knöchel bandagiert, die vierte an der Wade, die fünfte am Oberschenkel. Zur Aufsicht und Pflege nur eine SS-Schwester zugelassen. Die Mädchen lagen da, mit hohem Fieber, wahnsinnigen Schmerzen, rasendem Pulsschlag. Eine, siebzehnjährig, warf sich hin und her, schrie markerschütternd. Sie wurde umgebettet, isoliert behandelt, kam aus der Isolierung nicht lebend heraus.

Nach und nach wurden die Häftlinge dann doch mit zur Betreuung hinzugezogen und erfuhren allmählich, daß Professor Dr. Gebhardt und Dr. Fischer hier experimentierten ... Nun klärte sich auf, weshalb im Frühjahr so ein prächtiger, blitzblanker OP-Saal eingerichtet worden war, und wir machten es unter unseren Mitgefangenen bekannt, sagten ihnen, was sich dort Teuflisches zuträgt, daß man junge Mädchen auf den OP-Tisch zwingt und an ihnen Eingriffe vornimmt. Operationen am gesunden Organismus, zu Versuchszwecken – Menschen als Versuchskarnickel!

‹Kaninchen›, so nannten wir später diese Unglücklichen auch. Ich hatte zeitweilig achtzehn zu pflegen. Herzabschnürend ihr Wehklagen, ihre schmerzverzerrten Gesichter, ihre angstgeweiteten Augen.

Insgesamt sind im Laufe des Jahres über siebzig polnische Kameradinnen unters Skalpell der SS-Banditen gekommen, manche drei- und viermal. Wir sahen zwanzig bis dreißig Zentimeter lange Einschnitte an ihren Waden, Oberschenkeln und Schienbeinen. Die Wunden stark entzündet, stark eiternd. Mikroskopische Untersuchungen der Absonderungen, die wir heimlich durchführten, deuteten auf schwere Infektionen.»

Vorsätzliche Infizierung, experimentelle Eingriffe, die den Körper septisch verseuchten, Eingriffe, vielfach ohne Betäubung, um wahrheitsgetreu Bedingungen auf dem Kriegsschauplatz zu simulieren – Öffnen der Weichteile, Auffüllen offener Wunden mit Bakterien, Mikroben, Schmutzpartikeln, Glas- und Holzspänen, Gasbrandbazillen, Tetanusbazillen. Die Folge? Tod oder Verkrüppelung, Verstümmelung, langes Krankenlager, Siechtum. Operationen an einmal Operierten mehrmals wiederholt – künstliche Knochenbrüche, Muskelrisse, Nervenstrangverletzungen, verursacht durch richtige Schüsse. Nach den willkürlich hervorgerufnen Verwundungen experimentelle «Heilmethoden», auch Knochen-, Muskel-, Hauttransplantationen.

Aus dem Bericht einer jungen Polin, Iza Siczinska, Medizinstudentin: «Es sollte alles streng geheim bleiben. Aber die Wahrheit drang durch. Bald wußten wir von den Ungeheuerlichkeiten. Vivisektionen!

Ende November 1942 war ich Helferin im OP-Saal, hatte ein Krankenzimmer zu betreuen, in dem unsere ‹Kaninchen› lagen – zehn polnische Mädchen und eine Deutsche, die schon etwas älter war. Fast täglich entnahmen SS-Schwestern den Operierten Blutproben ... Verbände erneuern war Sache der SS-Ärzte, ein- bis zweimal wöchentlich. Als Dr. Fischer von Dr. Rosenthal abgelöst wurde, gestaltete sich der ‹Verbandstag› zur Höllenqual. Die Mädchen schrien, sträubten sich verzweifelt, riefen nach Mutter und Vater ... Rosenthal, immer mit Zigarette zwischen den Lippen, deklamierte Verse, wenn er mit Zange und Klemmen in den Wunden herumstocherte. Noch heute geht mir ein Schauer durch alle Glieder, wenn ich daran denke.

Einmal kam Marina, eine junge Ukrainerin, zur Sprechstunde. Sie hatte einen geschwollenen Knöchel. Rosenthal schickte sie zuerst wieder weg, ‹die simuliert›. Als sie erneut vorsprach, wies er sie bei den ‹Kaninchen› ein. Sie war zwanzig Jahre alt, gesund, kräftig. ‹Ich bin doch nicht krank! Hab mir doch nur den Fuß verknackst ... Laßt mich hier raus! Was wollt ihr von mir?›

Es half nichts. SS-Schwester Milleville rasierte Marinas Beine. Marina hatte enorme Kraft. Eine zweite Schwester mußte sie festhalten, da wir uns weigerten. Es gelang den beiden nur mit Narkotika, das Mädchen willenlos zu machen. Dann trug man sie in den OP ... Wir standen dabei, ohnmächtig. Operation, Wundbrand, Amputation. Marina verstarb ... Der deutschen Frau hatten sie den rechten Arm amputiert. Auch sie verstarb kurz darauf. Den Arm hat Professor Dr. Gebhardt mitgenommen, nach Hohenlychen.

An Geistesgestörten sind ganz besonders gefährliche Experimente vorgenommen worden; keine hat die Gehirnoperationen überstanden. – Die Heimat Goethes in Händen von Ungeheuern.»

Was besagten doch faschistische Richtlinien? «KZ-Häftlinge sind keine Menschen, das sind Schädlinge und werden als solche behandelt.» Mithin stürzten sich Experten experimenteller Wissenschaften auf die Lager. Himmler öffnete ihnen Tür und Tor.

Hohenlychen. Professor Dr. Gebhardts Stammsitz – die Klinik. Daneben ein SS-Lazarett und ein Sanatorium für SS- und Wehrmachtoffiziere. Gebhardt gern gesehner Gast bei Himmler, auf dessen Jagdschloß. Im Lazarett verwundete Offiziere. Man benötigte gesundes Blut für Transfusionen, gesunde Drüsen, gesunde Körperteile, jugendfrische Haut für Transplantationen. Je nach Bedarf tragen SS-Ärzte verschnürte Pakete aus dem Frauen-KZ ins Lazarett; je nach Bedarf bringt ein Auto junge gesunde Häftlinge aus Ravensbrück dorthin. Was sich abspielt, davon dringt nichts nach außen. Die Mädchen kehren auch nicht wieder.

Die Oberheuser hat sich bei all diesen Experimenten «aufgeopfert» und «hervorragende Verdienste erworben». Sie war mit der Leitung verschiedener Versuchsreihen beauftragt und mit Feuereifer am Suchen und Versuchen, wurde deshalb auch ausgezeichnet und vom Professor an sein Institut Hohenlychen berufen.

Forschende Zerstückler bewunderten sich selbst, priesen sonderlich die Umstände, unter denen sie ihre Leistungen vollbrachten, hielten das schriftlich fest, zum Beispiel SS-Brigadeführer Professor Dr. Clauberg in Auschwitz: «Wir haben hier die einmalige Möglichkeit zu experimentieren, so etwas wird uns nie wieder geboten, die Menschen sterben ja sowieso.»

Die Wissenschaft sank im Dritten Reich auf das Niveau der Straßenräuber und Wegelagerer, paßte sich dem Ungeist der Kapitalverbrecher an. Das Recht war nur mehr Faustrecht, die Philosophie eine Dirne, die sich dem «Mythos des

20. Jahrhunderts» hingab, und Ärzte hörten auf, Helfer der Menschheit zu sein, versahen skrupellos das Handwerk der Metzger und Henker.

Unterwegs, durch den brennenden Dornbusch

Sie, die Gefangenen, die Illegalen, die Antifaschisten, waren willens, nicht aufzugeben, hatten – im ganzen gesehn – die Kraft, auch nach schmerzlichsten Verlusten, nach härtesten Nackenschlägen wieder Mut zu fassen.

Was sie darüber selbst geschrieben oder erzählt haben? Schilderungen, die sich schwer weitererzählen lassen. Ich höre sie sprechen, während ich ihre Erinnerungen und Berichte lese oder mit ihnen zusammensitze oder das Tonband abhöre. Die Anstrengungen sind es vor allem, die Strapazen, die man heraushört, die übermenschlichen Anstrengungen zur Rettung vor dem Zerstörtwerden, der leidenschaftliche Lebenswille ungebrochener Menschen und ihr Erschauern vorm Sterbenmüssen. Das weht einem immer entgegen aus ihren Biographien, schriftlichen und mündlichen Berichten.

Dem Grauen, der Vernichtung entgehen – aber wie? In der Gewalt eines tyrannischen Gegners, und dennoch Tapferkeit, Lebensmut aufbringen. Wie leicht sinkt da Willenskraft, wie schnell erlischt da Begeisterung, leidenschaftliche Glut. Und doch bleibt ihnen nichts anderes, als von dem Grauen, das sie umgibt, Distanz zu gewinnen, sich aufzuraffen.

Alle Kräfte mobilisieren? – Es ist nur zu wahr: «Die Konflikte ergreifen in einem so ungleichen Kampf den ganzen Menschen, und seine Mittel, sich zu wehren, sind gering ...» Der Konflikt zwischen Wollen und Nichtkönnen, dieser Widerspruch allein hätte genügt, sie zu zerbrechen. Aber sie haben sich ihm gestellt, unterwegs, auf den schmalen abschüssigen Pfaden der Illegalität, durch den brennenden Dornbusch. «Einmal kommen wir an, dort, in der helleren, besseren Zukunft! Ob ich dann noch lebe, wer weiß?»

Erleben wollten sie es alle. Der Gedanke an das grundsätzlich andere, eben an ihre Zukunft, hielt sie aufrecht, sich treu bis zum letzten Atemzug. Und ich höre sie nicht nur sprechen, ich sehe sie auch gehen – Europas Frauen –, durch die Dörfer, die Städte, die Straßen, die Wälder. Nein, sie gehen nicht. Sie hasten , eilen, flüchten; lauschen ins Dunkel, bleiben stehen, die Hand aufs wild klopfende Herz gepreßt. Unter all den Mutigen Tanja, die Leningraderin, und Yvonne.

Yvonne, Luxemburgerin, geboren am 6. 11. 1921. Vater Schlosser, Mutter Näherin, Bruder Walter Feinmechaniker. Yvonne, Modistin, mit sechzehn schon Sprecherin der sozialistischen Jugend. Mit siebzehn Mitglied der KP Luxemburgs. Das war 1938.

Seit Mai 1940 steht sie und ihre ganze Familie in der patriotischen Front gegen die faschistischen Okkupanten. Vater und Bruder 1941 verhaftet, abgeführt, ins KZ entführt – Walter nach Dachau, der Vater nach Mauthausen. Yvonne jung verheiratet. «Durch einen Sommer sind wir gegangen, haben uns frühmorgens den Tau vom Gras geschenkt, und jedes Wort war eine Liebkosung.» Ihr Ehemann Arthur wird gesucht. Er geht tiefer in die Illegalität.

Abschied von Arthur, Frühjahr 1942. Hat sie ihn begleitet, ein Stück auf dem unbekannten Weg? «Wir küssen uns, mein Herz zieht sich zusammen. Arthur geht. Ich gehe, die Straße schwankt unter meinen Füßen, meine Augen sind tränenblind.»

August 1942. Der Gegner bricht bei Yvonne ein. Sie ist hochschwanger. «Fällt so der Tod mich an – mit Getrampel von SS-Stiefeln, mit Gewehrkolben, die an meine Tür donnern? Ich bin allein. Arthur werden sie nicht kriegen, er ist in Sicherheit!

Das Gepolter schwillt an. Und es gibt keinen Ausweg. Ich sitze hier, allein, bis zum Schluß, bis zu dem Augenblick, der am schwersten zu verstehen ist, an den man oft gedacht hat, in Gefahrenmomenten, in Sekunden größter Nervenanspannung, die es bei der illegalen Arbeit so häufig gibt, wenn innerlich Unruhe aufflackert, obwohl die Gespräche sich um ganz andere Probleme drehten. Man dachte aber daran, sprach auch manchmal davon, war vorbereitet. Doch hoffte man ja, es möge ein Alptraum bleiben. Nun kein Alptraum, aus dem du erwachen kannst. Mein Gesicht blutleer, ich fühls, auch mein Kopf leer. Nimm dich zusammen! Liefere dich ihnen nicht selbst aus, halt fest, was in dir ist – die Gedanken, die Geheimnisse, die Namen, die Verbindungen und die Liebe samt dem Kind, das nun wohl nicht mehr geboren werden wird.

Was geschieht da um mich herum? Ein Durcheinander von Uniformen, Mützen, Armen, Beinen. So schreckliche Verrenkungen, so schreckliches Gekeuche und Gestampfe. Keine Menschen sehe ich, nur Stiefel, die etwas zertreten, Arme, die in Schubkästen, Schrankfächern, Bücherregalen herumfuchteln, Finger, die etwas suchen, etwas zerdrücken, zerfleddern. Laß sie suchen, laß sie wühlen. Sie werden nichts finden. Selbst wenn sie fänden, was ihrer Ansicht nach ein Indiz sein könnte, daß sie hier sind, ist Beweis genug, irgend jemand hat die Nerven verloren.

Ich schließe die Augen, damit sie nicht bemerken, wie mich das alles peinigt.»

Verfolgt und ergriffen – nun auch Yvonne. Schicksale der Gehetzten glichen einander. Was danach folgte, als Yvonne «festgesetzt» war, geschah nicht ganz so oft, da nur Frauen es durchzumachen hatten: Anfang September Entbindung, im Gefängnis zu Trier. «Soll ich mich freuen, daß Karl Marx in dieser Stadt geboren wurde und meine Tochter auch?» Yvonne hat noch großes Glück. Ihre Mutter darf das Kind zu sich holen.

Als Deutsche – SS, SD, Gestapo – bei Yvonne, der Luxemburgerin, eindrangen, hatte in Ravensbrück eine andere junge Europäerin Schutz bei Deutschen gefunden. Tanja, die Leningraderin, kurz nach ihrer Ankunft von den Häftlingen aus Block 3 in Fürsorge genommen. «Die allererste Russin im Lager. Das sprach sich schnell herum unter uns. Sie sah noch wie ein Kind aus. Wir schätzten sie höchstens auf sechzehn, siebzehn Jahre, so ein schmächtiges kleines Mädelchen. Aber sie war schon einundzwanzig.»

Tanja also, die Tochter von Block 3, genau wie Yvonne Jahrgang 1921. Ich schalte den Recorder ein, höre ihre Stimme: «Juni einundvierzig – Krieg! Wir haben nicht gedacht, daß Krieg über uns kommt. Was für ein Unglück! Diese große Erregung überall, diese plötzlichen Veränderungen in unserem Leben. So viele Tränen, so viel Leid. Bomben auf Leningrad. Wir halten Brandwache auf den Dächern, tags, nachts ... Der Feind drang tief in unser Land ein, schrecklich wie Pest und Seuche ... Wir verstehen nicht, warum die Unsrigen immer zurückweichen, immer nur zurück. Das darf doch nicht sein!

Ich arbeitete in einem Konstruktionsbüro als technische Zeichnerin. Aber nun hielt mich nichts mehr. Zeichnen war jetzt nicht so wichtig. Am siebenundzwanzigsten Juni meldete ich mich als Sanitäterin bei der Leningrader Volkswehrdivision – alles Arbeiter, Kirow-Werker.

Unsere Division ging am ersten Juli schon weg, an die Front bei Pskow. Bald aber gerieten wir in einen Kessel, vom Gegner umzingelt. Viele Gruppen stießen noch zu uns, Versprengte. Wir sammelten uns und zogen durch den Wald, lange Wochen. Mal ein bißchen ausgeruht und weiter. Einmal sahen wir Eisenbahnschienen und nicht weit davon entfernt ein kleines Dorf ... Kameraden sagten, komm, Tanja, wir bringen dich dorthin, deine Füße sind ganz wund, deine Uniform ist schmutzig und zerrissen, und du bist hungrig und müde.

Bei einer Bäuerin konnten wir etwas essen und trinken und so schön schwitzen in der Sauna. Die Frau schenkte mir saubere Wäsche, Bluse und Rock auch, und als ich gebadet hatte, richtete sie mir das Bett. Schlaf, schlaf, sagte sie.»

Tanja schlief lange und fest. Ihre Kameraden waren bereits in die Wälder zurückgekehrt. Die Bäuerin aber wünschte, Tanja möge nicht fortgehn. «Bleib hier», bat sie. «Mein Mann ist an der Front, ich bin allein mit der Tochter. Bleib, Täubchen, hilf mir; sechs Hände schaffen mehr, sechs Augen sehen schärfer, sechs Ohren hören besser.»

Tanja blieb, Herbst und Winter 1941.

Januar 1942 – Razzia. Menschenfänger im Dorf. Jagd auf

Jugendliche. Tanja wird als «Ostarbeiterin» nach Deutschland verschickt.

Das Tonband läuft: «Leipzig, Flugzeugwerke Heinkel. Viele Leute in einer Baracke, junge, ältere – Franzosen, Russen, Ukrainer, Polen, Belgier. Alle wie Gefangene, Sklavenarbeit, schwere Arbeit. Wir wehrten uns, Gefangene zu sein, wehrten uns, Sklaven zu sein, wehrten uns, für den Feind zu arbeiten. Das wäre Verrat an uns, Verrat an der Heimat gewesen. Viele sind zum Direktor bestellt worden. Ich auch. Er fragte, warum ich nicht arbeite. ‹Woher kommst du, aus welcher Stadt? – Soso, Leningrad. Wenn du gut arbeitest, kannst du bald zurück, Leningrad wird deutsch und wieder Petersburg heißen.› Ich habe so geweint. ‹Leningrad wird nie deutsch, das ist unsere Stadt! Ich will nicht, daß Bomben auf meine russische Stadt fallen.› Der Direktor lachte böse. ‹Nun gut, wenn du nicht in die Flugzeugwerft zurückgehst, darfst du auch nicht zurück in die Heimat.› – Zwei Uniformierte holten mich ab, schnauzten, ich hätte sabotiert und bolschewistische Propaganda betrieben. Sie sperrten mich in eine Zelle und im August zweiundvierzig ins Lager.»

Ravensbrück. August 1942. Die SS empfängt zwanzig, dreißig Eingelieferte – Ukrainerinnen, Slowakinnen und Tanja, die erste Russin. SS-Sturmbannführer Bräuning, Lagerleiter und einer der Stellvertreter Suhrens, schreitet die Reihe ab, bleibt vor dieser und jener stehen, auch vor Tanja. Ein kleines, schmächtiges Mädchen, spitz, hohlwangig. Er fragt, warum sie sich die Chance verderbe, in Deutschland gutes Geld zu verdienen; auch würde sie doch erst hier, bei den Deutschen, lernen, was Leben eigentlich heiße. In Rußland habe sie doch nichts zu lachen gehabt. «Hast doch, wie man sieht, bei Väterchen Stalin nichts Anständiges zu essen bekommen.»

Jemand soll übersetzen. Aber Tanja sagt, das sei nicht nötig, sie habe schon verstanden. Sie antwortet auf deutsch, gebrochen zwar, stockend, betont langsam auch, so daß niemand mißverstand: Die Ehre, bei Stalin Tischgast gewesen zu sein, habe sie leider noch nicht gehabt, doch habe sie nun Deutschland kennengelernt. Seit einem halben Jahr wisse

sie, wie weh Hunger tut und wie schmerzhaft es ist, gezwungen zu werden, Vater und Mutter, Bruder und Schwester zu verraten. Lieber wolle sie sterben, als die Hand gegen ihr Heimatland erheben zu müssen. Bräuning schneidet ihr das Wort ab. «Schluß mit dem Gequassel!»

Einige Häftlinge – deutsche Politische – hatten vom Bad aus die Szene miterlebt und gesehen, welche Gefahr dem jungen Mädchen droht. Sie nahmen sich der Leningraderin an. «Damals gab es in Ravensbrück noch keine Baracke für russische Frauen. Deutsche Kommunistinnen haben mich in ihrem Schlafraum untergebracht. Ich wurde die Tochter von Block drei.» Viele Jugendliche, so auch die fünfzehnjährige Lydia aus Saporoshje, fanden wie Tanja Lagermütter, die sich um sie sorgten, als wären es ihre eigenen Kinder.

Der Herbst beginnt. Und mit dem Herbst 1942 beginnt die Operation «Feuerzauber», eine militärische Operation, die darauf zielt, das Herz der Revolution lahmzulegen, Leningrad auszulöschen, auszuhungern. Aber es ist ein Rohrkrepierer – kaum begonnen, schon gescheitert. Keine Pauken, keine Trompeten, keine Siegesfanfaren. Der Rundfunk spricht nur von «Frontbegradigung». Ein Wort, das in OKW-Berichten immer öfter zu hören sein wird. Ravensbrückerinnen wissen, was das bedeutet, und jede Frontbegradigung stärkt ihr Rückgrat, bestärkt ihren Lebensmut.

Trennung

Woran tüfteln sie denn so beharrlich, die Himmler, Eichmann, Kaltenbrunner?

Ein Insektenvertilgungsmittel wird erprobt. Es wirkt radikal, ist also verwendbar, sehr zu empfehlen. Die Nachfrage ist groß und enorm die Produktionssteigerung in den Chemiewerken Leverkusen, bei Höchst, bei IG Farben. Das Mittel wird in riesigen Mengen hergestellt, auf Büchsen abgefüllt und sofort ausgeliefert. Auf den Büchsen Etiketts: «Vorsicht, lebensgefährlich! Behälter nur im Freien öffnen! – Zyklon B».

Auf Höß, Kommandant von Auschwitz, wirkte Zyklon B ungemein beruhigend, «da ja in absehbarer Zeit mit der Massenvernichtung der Juden begonnen werden mußte, und noch war weder Eichmann noch mir die Art der Tötung dieser zu erwartenden Massen klar ... Nun hatten wir das Gas und auch den Vorgang entdeckt.»

Eichmann aber hatte zuvor noch mit Pohl etwas zu bereden. «Wenn ich mir einen Hinweis erlauben dürfte, Obergruppenführer?» – Sein Vorschlag lief darauf hinaus, alle jüdischen Häftlinge aus Buchenwald, Dachau, Flossenbürg, Groß-Rosen, Mauthausen, Neuengamme, Ravensbrück, Sachsenhausen usw. gegen die in Auschwitz, Bełzec, Treblinka oder Majdanek befindlichen nichtjüdischen Häftlinge auszutauschen.

Pohl formulierte Eichmanns Hinweis umgehend als Direktive an alle KZ-Kommandanten. Himmler schaltete sich auch ein, wendete sich mit «Geheimer Reichssache» an den Chef der Sicherheitspolizei Berlin: «Das wichtigste ist mir nach wie vor, daß jetzt an Juden nach dem Osten gefahren wird, was überhaupt menschenmöglich ist. In den kurzen Monatsmeldungen ... will ich lediglich mitgeteilt bekommen, was monatlich abgefahren worden ist und was zu diesem Zeitpunkt noch an Juden übrigbleibt.»

Im Spätsommer 1942 hatte sich in Ravensbrück die Zahl jüdischer Häftlinge durch Deportationen aus westlichen Ländern schon wieder auf ungefähr 1200 erhöht. 800 werden nach Auschwitz transportiert, darunter auch einige politische Gefangene, wie Maria Schindler. Von Auschwitz treffen im Austausch prompt Zugänge ein – 2500 nichtjüdische Frauen; mit ihnen SS-Oberaufseherin Langefeld, die sich merklich verändert hat. Man kann mit ihr sprechen, sie läßt mit sich reden, ist freundlicher, menschlicher.

Mit diesem Transport kommen eine Berlinerin namens Gitta Krakauer und ein sowjetisches Mädchen namens Eleonora Idsikowskaja.

In Zeiten der Bewährung wird alles überprüft – dein Anstand, deine Treue, deine Charakterstärke, deine Herzensgröße. Wie groß ist ein Herz, wie stark ein Charakter, wie hoch Anstand, wie fest Treue?

Da lebt in Berlin eine Frau, Nichtjüdin, verheiratet mit einem deutschen Juden, glücklich verheiratet. Sie haben drei Kinder – zwei Töchter, einen Sohn.

Nazizeit. Dunkle Schatten über der Familie. Deutschland verlassen? Nur die älteste Tochter emigriert auf Anraten der Eltern nach England. Die anderen Familienmitglieder trennen sich nicht. Die Frau – Gitta Krakauer – trennt sich nicht von ihrem Manne, obwohl sie mehr als einmal dazu aufgefordert wurde. Sie ist nicht von ihm zu trennen, auch nicht, als er ein Schreiben zugestellt bekommt, daß ihn nötigt, sich dann und dann da und da einzufinden.

«Wir gehen mit dir», entscheidet die Frau.

«Was redest du da?»

«Die Kinder und ich, wir bleiben nicht allein hier, wir lassen dich nicht allein fortgehen.»

Der Mann fühlt in diesem Augenblick: Seine größte Angst, seine härteste Probe wäre gewesen, sich von seiner Familie trennen zu müssen.

Gitta Krakauer nun mit ihrer dreizehnjährigen Tochter in Ravensbrück. «Dort, wo mein Mann hingebracht werden sollte, dort wollten auch wir sein – die Kinder und ich. Zwei, drei Wochen hatten wir für uns gerettet. Dann Auschwitz! Die Stunde der Trennung blieb uns nicht erspart. Mann und Sohn ins Männerlager, Edith und ich ins sogenannte Mütterlager. Ich habe meinen Mann und meinen Jungen noch einmal flüchtig gesehen, als wir Frauen in der Umgebung von Birkenau auf den Feldern Steine lesen mußten. Ein Lastwagen fuhr vorbei, und da erkannte ich beide, rief nach ihnen, wollte dem Lastauto hinterherlaufen. Aber man hielt mich zurück, verschloß mir den Mund. Sie werden mich auch nicht gehört haben. Alles Nachforschen, alles Nachfragen, alles Suchen umsonst. Ich weiß nicht, wo sie abgeblieben sind. Nichts mehr weiß ich von meinen Lieben.»

Höß, der Lagerkommandant von Auschwitz, erklärte nach 1945 vor Gericht: «Zwei SS-Ärzte waren in Auschwitz tätig, um die einlaufenden Gefangenentransporte zu untersuchen. Die Gefangenen mußten bei einem der Ärzte vorbeigehen, der bei ihrem Vorbeimarsch durch Zeichen die Entscheidung fällte. Diejenigen, die zur Arbeit taugten, wurden ins Lager geschickt. Andere wurden sofort in die Vernichtungsanlagen geschickt. Kinder im zarten Alter wurden unterschiedslos vernichtet, da sie aufgrund ihrer Jugend unfähig waren zu arbeiten. Noch eine andere Verbesserung, die wir gegenüber Treblinka machten, war diejenige, daß in Treblinka die Opfer fast immer wußten, daß sie vernichtet werden sollten, während in Auschwitz wir uns bemühten, die Opfer zum Narren zu halten, indem sie glaubten, daß sie ein Entlausungsverfahren durchzumachen hätten. Natürlich erkannten sie auch häufig unsere wahren Absichten, und wir hatten deswegen manchmal Aufruhr und Schwierigkeiten ... Wir sollten diese Vernichtungen im geheimen ausführen, aber der faule und Übelkeit erregende Gestank, der von der ununterbrochenen Körperverbrennung ausging, durchdrang die ganze Gegend.»

Jetzt zu Eleonora Idsikowskaja, neunzehn Jahre alt. In ihrem Fall muß etwas berichtigt werden. Eleonora kam nicht aus Auschwitz, sondern aus dem Berliner Polizeigefängnis Alexanderplatz. Sie ist eine Verschleppte, hat sich wie Tanja geweigert, Waffen zu produzieren, die gegen ihr Land gerichtet sind, geweigert, wie sich auch die noch jüngere Sonja Kudrewzewa weigerte.

Sonja, ein sechzehnjähriges Mädchen, weilte bei Verwandten zu Besuch in einem ukrainischen Dorf. Ein kleines Haus mit vielen Bewohnern – Großmutter, Großvater, Tante, Onkel, Vettern, Cousinen. «Wir wurden regelrecht eingefangen. Wie Hundefänger streunende Hunde aufgreifen, so fingen uns die deutschen Soldaten ein – auf der Dorfstraße, von der Feldarbeit, die jungen Burschen vom Fußballplatz. Ja, man hat Häuser in Brand gesteckt, wenn Zwangsverpflichtete nicht bereit waren, ihre Heimat zu verlassen. Wer herbeieilte, die Brände zu löschen, wurde brutal zurückgedrängt, geschlagen, verhaftet. Die Leute fielen auf die Knie, bittend, um Gnade bettelnd. Aber die Deutschen ließen sich nicht erweichen ...

Wenn die Eingefangenen oder Verpflichteten sich widersetzten, drohte man, das ganze Dorf niederzubrennen. Viele flohen in die Wälder, suchten Schutz in Kirchen. Die Faschisten sperrten die Eltern ein, bis deren Söhne und Töchter gefunden waren.

Aus ukrainischen Dörfern wallfahrten die Bewohner an bestimmten Tagen zum Kloster Potschajew. Ostern 1942 fuhren plötzlich Militärautos vor, Deutsche sprangen heraus, drangen ins Kloster, nahmen alle Pilger fest.

Als sie uns holten, hatten wir gerade Gäste, darunter mindestens ein Dutzend Jugendliche. Babuschka feierte ihren Namenstag. Zuerst lockten sie – ‹Rabota in Deutschland gut, sehr gut› – und versprachen goldene Berge. Wir sagten nein. Da wurden sie rabiat, zerrten uns gewaltsam mit. Wir hatten nicht einmal Zeit, uns umzuziehen oder ein paar Dinge einzupacken, nicht einmal Zeit, uns richtig von unseren Verwandten zu verabschieden.

Arbeit in Deutschland gut? Goldene Berge? Ein Lager mit Stacheldraht. Schufterei, Plackerei ... Von früh bis spät standen sie mit der siebenschwänzigen Knute hinter uns. Frei bewegen durften wir uns nicht. Geld bekamen wir auch nicht, nur Bettelpfennige. Ein Gefängnis war das, wie Sträflinge behandelten sie uns, für den Krieg gegen unser Land sollten wir arbeiten ... Abends und nachts besprachen wir, was man dagegen tun könnte. Angst hatten wir alle, und bei manchen war die Angst vor den Faschisten wohl größer als der Mut. Aber viele, ich weiß nicht genau, vielleicht sechzig Prozent, ließen sich nicht abschrecken zu sabotieren.

Irgendein Spitzbube muß uns verraten haben. Eines Tages wurden mehrere von uns abgeführt, ich auch ... Exkursionen durch verschiedene Städte, Aufenthalt in verschiedenen Zuchthäusern. Zum Schluß hierher, nach Ravensbrück ... Man sagt in Deutschland, wir Russen wären ein wildes unkultiviertes Volk, eine Tatarenhorde ... Ich danke Gott, daß ich eine russische Tatarin bin.»

Und Eleonora, was empfindet, was denkt, was erzählt sie?

«Dieses Lager, ein einziger Schrecken, fürchterlich, mit seinen schwarzen Straßen, den Aufseherinnen in ihren grauen

Umhängen, mit ihrem bösartigen Geschrei, ihren bellenden Kommandos, wie Nebelkrähen, wie Fledermäuse umherflatternd. Ich kann das alles gar nicht richtig ausdrücken, mir fehlen die Worte. Ich wußte bis dahin ja nicht, was ein KZ ist und warum ich eigentlich hier bin und wie lange – alles unbekannt. Ich war in einem ‹Ostarbeiterlager›, hatte sabotiert und zur Sabotage aufgehetzt, wie man sagte. Viele hatten das getan, und viele sahen sich danach im KZ. Ein großes Glück, daß wir hier mit Landsmänninnen zusammentrafen.

Einmal, um die Weihnachtszeit, da schloß man uns ein. Kollektivstrafe für Baracke 23 und 25. Dort nur Frauen und Mädchen von uns. Fenster verschlossen, Türen verschlossen, Wasser abgestellt. Zwei Tage vollkommen dicht. Und nichts zu essen, nichts zu trinken.

Warum? Wir wußten es nicht, konnten es überhaupt nicht begreifen, es war unerklärlich. Auch den Grund verstanden wir nicht. Eine von uns sollte angeblich etwas gestohlen haben. Aber das stimmte nicht, es sei denn, man ist schon ein Dieb, wenn man sich einen Schluck Wasser nimmt.

Als wir uns davon überzeugen mußten, daß sie uns wirklich ohne Nahrung lassen – ja, was sollten wir tun? Nicht verzagen, Mädels, sagten wir, setzten uns hin und sangen, sangen laut und zornig. Wenn das auch nicht sättigte, es machte doch froh, ja auch ein wenig stolz. Und das schönste daran – unser Gesang wurde gehört, von den Häftlingen der anderen Blocks. Wir spürten die Sympathie unserer Kameradinnen. Obwohl wir streng von ihnen ferngehalten wurden und sie sich uns nicht nähern durften, schlichen sie doch heran … Wie sie es fertigbrachten, uns durch Spalten und Ritzen Brot zuzustecken – rätselhaft.

Gesungen haben wir sehr oft, weil unsere russischen Lieder an die Heimat erinnerten, an das Vorkriegsleben, an zu Hause, an alles, was uns die schreckliche Gefangenschaft in diesem schrecklichen Deutschland erträglicher machte.»

Offenes Geheimnis, daß es in Deutschland schrecklich war, offenes Geheimnis auch, daß überall und allerorts geschnüffelt wurde. Denunzianten, Spitzel, Zuträger, Telefonüberwachung, Postüberwachung.

Schnüffler in einem Hauptpostamt Berlins öffnen und lesen Briefe, erfahren aus diesen Briefen haargenau das, was Tanja, Eleonora, Sonja erlebten, als sie eingefangen, als sie verschleppt worden sind. Einer meldet nach oben: «In den Briefen aus der Ukraine zeichnet sich eine weitere scharfe Verschlechterung der Stimmung ab. Unter dem Eindruck der verstärkten Aushebung von Arbeitskräften für das Reich hat sich der ukrainischen Bevölkerung ein panischer Schrecken bemächtigt. Entsetzte Schilderungen von Zwangsmaßnahmen der Verwaltungsbehörden bei Erfassung von Ostarbeitern ... Die Abneigung, dem Ruf zum Arbeitseinsatz im Reichsgebiet zu folgen, ist offenbar ständig gewachsen ... Um dennoch die Arbeitertransporte in der angesetzten Kopfzahl sicherzustellen, werden angeblich Männer und Frauen – einschließlich Jugendlicher vom 15. Lebensjahr ab – auf der Straße, von den Märkten und Dorffestlichkeiten, aus der Kirche aufgegriffen und fortgeschafft. Die Einwohner halten sich deshalb ängstlich verborgen ... Zu der Anwendung der Prügelstrafe ist nach den vorliegenden Briefen ... das Niederbrennen der Gehöfte bzw. ganzer Dörfer als Vergeltung ... getreten», wenn die Bewohner sich der Sklaverei entzogen.

Schreckenszeit.

Man verbirgt sich, versteckt sich, flieht in die Wälder. Von der Wolga bis zum Atlantik, von Hammerfest bis zum Mittelmeer sind die Drangsalierten auf der Flucht – in den Untergrund, zur Widerstandsbewegung, zu den Volksbefreiungsarmeen.

Am 7. November 1942 landen amerikanische und englische Schiffe an der nordafrikanischen Küste. Auftrieb für die algerische Befreiungsfront, Auftrieb auch für die Patrioten Frankreichs, denn in Nordafrika bildet sich eine französische Armee, die auf seiten der Alliierten kämpft.

Landung der Anglo-Amerikaner – das traf die Blitzkrieger. Getroffene Hunde bellen. Sie bellten laut, besetzten nun ganz Frankreich, hißten November 1942 auch über der bis dahin «freien» Zone ihre Hakenkreuzfahne.

31. Dezember 1942. In einer Waldsiedlung unweit Iwanowo feiern sowjetische und französische Piloten Silvester. Trink-

sprüche auf das neue Jahr und auf den Sieg. Internationale Waffenbrüderschaft. Sie kämpfen Seite an Seite – Männer der Roten Luftflotte und Männer der Flugzeugstaffel «Normandie – Nemen».

Sowjetsterne in Ravensbrück

«Führerhauptquartier» bei Winniza. Generale, Marschälle und Hitler vor einer Generalstabskarte. «Ich wollte zur Wolga kommen, und zwar an einer bestimmten Stelle, an einer bestimmten Stadt. Zufällig trägt sie den Namen Stalins. Dort schneidet man nämlich dreißig Millionen Tonnen Verkehr ab. Darunter fast neun Millionen Tonnen Ölverkehr. Dort floß der ganze Weizen aus diesen gewaltigen Gebieten der Ukraine, des Kubangebietes zusammen ... Dort ist das Manganerz gefördert worden; dort war ein gigantischer Umschlagplatz. Den wollte ich nehmen ...»

Freilich, freilich, das wollten sie nehmen – Hitler und seine Finanziers –, auch die kaukasischen Ölfelder wollten sie erobern, Sommer und Herbst 1942, als ihre Panzer durch die Steppe zur Wolga rasselten. Aber sie hatten sich verrechnet. November 1942 war die Rote Armee zur Gegenoffensive übergegangen, hatte den Ring um Stalingrad geschlossen. Die Paulusarmee – eingekesselt, aufgerieben – ergab sich Anfang Februar 1943. Stalingrad wurde zum Umschlagplatz, die räuberischen Eindringlinge dorthin zurückzuwerfen, woher sie kamen.

Das Jahr beginnt hoffnungsvoll. Siegesnachrichten laufen um die Welt. Fast überall unterbrechen die Radiostationen ihre Sendungen. Nur der «Großdeutsche Rundfunk» verschweigt noch, was alle Welt weiß, und umhüllt die eklatante Niederlage mit sieben geheimnisvollen Schleiern: «Opfergang der 6. Armee.» – «Opfergang»? Wer hat ihn befohlen? Wer hat sich wofür und für wen geopfert? – «Volkstrauer». Wer trauerte? Weinten Hitler, Himmler, Göring, Goebbels, weinte Krupp um die Opfer?

Am Schwedtsee tauschen die Frauen Glückwünsche aus. Ihre sonst so müden, glanzlosen Augen leuchten auf. «Wir, im Block der Politischen, befanden uns in gehobener Stimmung. Stalingrad – das ist die Wende! Vorher hatte man unbeirrt daran glauben müssen, daß der Umschwung kommen wird, wenn man nicht an sich selbst zweifeln wollte. Jetzt aber war für Zweifel und Verzweiflung kein Platz mehr. Nun glaubten wir nicht nur, nun wußten wir, die Sowjetunion siegt, die Befreiung naht.»

Es ging abwärts mit dem Dritten Reich. Rückzug im Osten. Gewaltige Verluste an Menschen und Material. Das mußte wieder wettgemacht, «herausgeholt» werden. 18. Februar 1943 Sportpalastgebrüll. Goebbels brüllt sich heiser: «Aus unseren Augen spricht wilde Entschlossenheit ... Und ich frage, wollt ihr den totalen Krieg?»

«Jaaa, jaaa, jaaa! – Heil, heil, heil!»

Wer brüllte «Ja» und «Heil»?

1933 geziemte es der deutschen Frau, an den Herd zurückzukehren, nur Hausfrau und Mutter zu sein, Arbeitsplätze frei zu machen für erwerbslose Männer. – Zehn Jahre später las mans genau andersherum: Weg vom Herd, weg von der Wiege, ab in die Rüstung, in die Kasernen, ans Flakgeschütz! Militarisiertes, reglementiertes, uniformiertes Leben. «Dienstverpflichtet» alle Deutschen, die man bislang noch nicht eingezogen oder «wehrwirtschaftlich erfaßt» hatte. Sechzehn- bis Fünfundsechzigjährige männlichen Geschlechts, Siebzehn- bis Fünfzigjährige weiblichen Geschlechts drakonisch in die Kriegsmaschinerie gespannt. Wie nicht anders zu erwarten, handelte es sich dabei um Angehörige der unteren und mittleren Volksschichten. «Wollt ihr den totalen Krieg?» – «Jaaa!»

Sie hatten ihn. Wer wollte ihn?

Arbeitsvieh, Kanonenfutter, Jasager – das wärs also gewesen, mehr sollte das Herrenvolk nicht sein.

Und aus allen unterjochten Ländern werden unaufhörlich Arbeitskräfte ins Land der Gaue gepreßt.

Druck erzeugt Gegendruck.

Wie überall in Europa sich der Gegendruck verstärkt, so

auch in Frankreich. Männer, Frauen, Jugendliche entziehen sich den Zwangsrekrutierungen, fliehen in die Berge und Wälder, stoßen zur Résistance, formieren sich zu Partisaneneinheiten, bilden den Maquis. Die illegal erscheinende «Humanité» schreibt: «Vor schwerbewaffneten Eintreibern nicht zu kapitulieren kommt dem Heldenmut der Verteidiger Moskaus, Leningrads, Stalingrads gleich ... Die Kämpfer erheben sich, bevor der Morgen graut.»

Im ältesten Stadtkern von Marseille verfügten Widerstandskämpfer über uneinnehmbare Bastionen, fanden dort sicheren Unterschlupf, vorbehaltlose Solidarität, sammelten dort ihre Kräfte. Anfang 1943 zerstören Sprengkommandos, Panzer, Bulldozer, Bagger dieses Wohnviertel um den alten Hafen – alles niedergewalzt, alles abgerissen. Faschistische Rache. Die Besatzer gaben das als Sanierung aus. 40000 Menschen sind davon betroffen: Umgebracht die einen, verhaftet die anderen, exmittiert die dritten. Vertreibung, Austreibung. Tausende durch Nacht und Nebel gehetzt, Tausende hinter KZ-Mauern verschwunden.

Im Frauen-KZ am See der Tränen wird keine Häftlingskleidung mehr produziert. Schneiderei I ist umgestellt auf schwarze und feldgraue Uniformen. Neuzugänge erhalten statt gestreiften Drillichs abgetragene Zivilsachen.

Aus dem Erlebnisbericht der Luxemburgerin Lily Unden, eingeliefert Februar 1943: «Unsere warme Ober- und Unterbekleidung mußten wir abgeben. Die Kleiderkammer verließen wir in dünnen Sommerfähnchen. Nein, keine Sträflingskostüme, die waren nicht mehr auf Lager. Wir erhielten die Kleider derjenigen, die uns vorausgegangen waren, voraus in den Tod. Kleider, auf Brust- und Rückenteil mit breiten auffälligen kontrastfarbenen Kreuzen bemalt. Lächerlich, grotesk hatte man uns ausstaffiert, wie für einen Maskenball. Es unterstrich noch das Elend unseres Daseins.»

Auf den meisten Blocks katastrophale Zustände. Sauberkeit und Ordnung einigermaßen aufrechtzuerhalten ist nur in den Baracken 1 bis 5 möglich. Dort hausen die Häftlinge noch nicht so furchtbar beengt, liegen nachts nicht wie Sprotten geschichtet, dort kann man sich noch bewegen, dort gibt es auch noch Bettzeug und genügend Eßgeschirr; jede hat einen Blechnapf, einen Löffel, einen Becher und hin und wieder auch ein frischgewaschenes Laken, zum Beispiel wenn sich hoher Besuch ansagt. Denn es sind Vorzeigeblocks. Je höher die Nummer der Baracke, desto katastrophaler die Zustände. Block 17 bis 32 total übervölkert …

«Nein, ich kann nicht verstehn, was meine Augen tagtäglich hier sehen! Solange mich die Bilder der Erinnerung unterhielten, ging alles gut. Da achtete ich nicht so sehr auf die Vorgänge im Lager und zwang mich, ruhig zu bleiben. Später sah ich mich richtig um und gewahrte entsetzt, was da eigentlich geschah.

Großdeutschland – ich hasse dich! Sei verflucht, Insel am See!

Klima kontinental, rauh und kalt im Winter, heiß und schwül im Sommer, sehr feucht im Frühjahr und Herbst. Windig fast immer. Der Wind wirbelt den schwarzen Staub der Schlacke auf, die den Todesacker bedeckt. Sommers über Invasionen von Mücken, Bremsen, Schmeißfliegen. In den Blocks Ungeziefer – Läuse, Flöhe, Wanzen in den Strohsäkken, in den Holzgestellen der Pritschen, an den Wänden, in unseren Sachen, an unserem Körper. Verheerend die Raumverhältnisse, verheerend die Zusammenballung so vieler Frauen unter einem Dach, verheerend die Spannungen.

Das Entnervendste – man kann sich nicht aus dem Weg gehn. Wenn du sitzen oder ein paar Schritte laufen oder dich ausstrecken möchtest, immer mußt du jemanden bitten beiseite zu rücken. Und auch du selbst stehst im Wege, auch du trittst beiseite, um Platz zu machen. Aber aus Platzmangel sind wir dauernd gezwungen, uns zu behindern. Rücksichtsvoll sein ist hier schon heroisch. Und du begreifst mit einem Male den Mechanismus, der in Gang gesetzt wird, uns aus dem Weg zu räumen.

Auf den Pritschen liegen wir so eng aneinander, daß keine es wagt, sich von der linken auf die rechte Seite zu drehen. Manchmal erwachst du nachts, weil dich ein Frösteln durchschauert, und da stellst du fest, der Körper neben dir erkaltet – deine Nachbarin ist verstorben. Unfaßbar zu sagen, daß der Tod uns nicht schreckte, nicht an diesem höllischen Ort, wo es Ausnahme und Erlösung war, still und schmerzlos an der Seite deiner Gefährten zu entschlafen.»

In der Nacht vom 26. auf den 27. Februar 1943 erwachen viele Ravensbrückerinnen. Es ist bitter kalt, sie frösteln nicht nur, sie frieren erbärmlich. Scharfer Nordost fegt über die Dächer. Schneegestöber, Eisglätte, Wege, Straßen, Plätze verweht.

Käthe Rentmeister, seit kurzem «Lagerwecker», kämpft sich durch das Schneetreiben von Block zu Block, Häftlinge der Transportkolonne wachzurütteln. Sonst eigentlich schon nichts Aufregendes mehr, daß nachts Transporte eintreffen. In dieser Nacht war es aufregend.

Käthe weiß noch nicht genau, wer ankommt. SS-Leute sprachen von einem «Russentransport», und Aufseherin Zieger meinte bedeutungsvoll: «Heute gehts rund! Lauter russische Flintenweiber.» Käthe dachte sich ihren Teil, weckte die Kolonne, raunte dieser und jener Kameradin zu: «Partisanen stehn vorm Tor, höchstwahrscheinlich aber sind es Angehörige der Roten Armee.»

Der Weckruf hatte auch den Schlaf anderer Häftlinge unterbrochen. Allgemeines Aufstöhnen. Man wünscht sich nichts sehnlicher, als eine Nacht mal richtig durchschlafen zu können. «Was ist los? – Wer kommt? – Rote Armee? – Partisanen?»

Gespräche schwirren durch die Baracken – hier flüsternd, schlaftrunken, da lauter, hellwach geführt. Entrüstung, Erstaunen, Kopfschütteln begleiten Frage und Antwort.

«Hast du schon gehört? Rotarmisten kommen ...»

«Wer erzählt denn so was? Mach keinen Quatsch, damit scherzt man nicht.»

«Nein, du, das ist kein Scherz. Ich habe auch gehört, daß russische Kriegsgefangene vorm Tor stehn.»

«Blödsinn!»

«Warum Blödsinn?»

«Das gibts einfach nicht. Genfer Konvention, verstehst du! Kriegsgefangene kommen in ein Kriegsgefangenenlager und nicht ins KZ.»

«Wenn ichs aber doch gehört habe.»

«Hier hört manche die Flöhe husten. Nichts als Spinnerei, Gerüchte, Latrinengeschwätz.»

Kein Geschwätz, kein Gerücht. Tatsache. Sie kamen, die Kriegsgefangenen. 536 weibliche Rotarmisten, medizinisch ausgebildetes Personal – Sanitäter, Krankenschwestern, Ärzte, Veterinärmediziner. Das Dritte Reich hielt sich nicht ans Völkerrecht, hielt nichts von vertraglichen Vereinbarungen. Völkerrecht war für dieses Reich sowieso ein Fremdwort und die Genfer Konvention ein Fetzen Papier, sonderlich wenn es sich um Offiziere und Soldaten der Roten Armee handelte.

Auf Block 3 erspähen mehrere politische Häftlinge, was in jener Nacht ablief. «SS bezieht Posten. Knallharte Befehle. Verschärfte Bewachung. Wir klettern von unseren Pritschen, drängeln uns vor den Fenstern, hauchen gegen die Eisblumen, reiben Gucklöcher in die Scheiben. – Draußen Dunkelheit und die Geräusche, die immer zu vernehmen sind, wenn Neue eintreffen.

Wir an den Ausgucken werden mit Fragen bestürmt: Was seht ihr? Was geht da vor? – Transportkommandos auf den Beinen. Licht in der Kommandantur, im Verwaltungsbau, in der Effektenkammer, im Bad, im Quarantäneblock. Jetzt erhellt ein Scheinwerfer die Lagerstraße. Bräuning und Suhren laufen zum Tor. Wenn die sogar ihre Federbetten verlassen, um den Empfang mitzuerleben, wird sich Außergewöhnliches ereignen. Ein zweiter Scheinwerfer beleuchtet den schneebedeckten Appellplatz, richtet seine Strahlen aufs Tor, das sich öffnet.

Sie kommen! – Wir sehen sie noch nicht, hören nur ihre Schritte, rhythmisch, gleichmäßig – links, links, links und links. Sicher, ruhig, selbstbewußt marschieren sie auf den Appellplatz. Nein, sie marschierten nicht, sie demonstrierten! SS-Befehle nichtachtend, reagierten sie während der Demonstration nur auf die knappen, kaum hörbaren Kommandos ihrer Brigadierin.

So ruhig, im Gleichschritt, wie sie auf der Lagerstraße angekommen waren, genauso ruhig, genauso demonstrativ diszipliniert schwenkten sie truppweise vom Platz, zu den Aufnahmestationen. Und waren nur in Decken gehüllt. Sie hatten sich unter freiem Himmel von ihren Uniformen trennen müssen. Röcke, Blusen, Mäntel, Stiefel, die Mützen und Käppis mit dem roten Stern lagen im Schnee.

Sowjetsterne in Ravensbrück! Uns kam es vor, als wären über Nacht die Sieger bei uns eingetroffen. Angehörige der Sowjetarmee, uns schon lieb und vertraut, noch ehe wir sie näher kennenlernten. Wir fühlten uns durch sie beschützt. Seltsam, in dieser Zeit, an diesem Ort. Aber es ist die Wahrheit. Und manche kritische, lebensgefährliche Situation haben wir danach in der Tat leichter durchgestanden.»

Der Zukunft zugewandt, sich dem Sterben verweigern

Ein sinnvolles Leben führen, höchste Befriedigung, höchste Erfüllung finden? Die Frage der Fragen. Sinnvoll, erfüllt ist dein Leben wohl hauptsächlich dann, wenn du eine neue, noch sehr unvollkommene Sache, die du als die einzig richtige erkannt hast, nach besten Kräften förderst und ihr zum Durchbruch verhilfst.

Dazu Ilse Hunger: «Konsequent antifaschistisch sein, das hieß ja nicht nur, den Faschismus bekämpfen, das hieß gleichzeitig, eine neue, sozial gerechte Gesellschaftsordnung zu erkämpfen, also auch im KZ, direkt unter den Augen des Gegners, nach unseren Idealen zu handeln. Leicht gesagt, schwer getan. Ein erbittertes Ringen um jedes einzelne Menschenleben, ein erbittertes Ringen um jede kleinste Bewegungsfreiheit, die es gestattet, unseren Wirkungskreis zu erweitern, uns eine gewisse Basis zu schaffen, um Einfluß nehmen zu können, legal, halblegal, illegal, mit allen Waffen, die uns geblieben. Nicht aufzuzählen, wieviel Selbstüberwindung das kostete und wieviel Demütigungen wir über uns ergehen lassen mußten, von den tödlichen Gefahren, die uns ständig drohten, ganz abgesehen.

Du sitzt in der Schreibstube. Im selben Raum Zivilangestellte, SS-Aufseherinnen, SS-Männer. Sie unterhalten sich, äußern sich vor dir mit der ihnen eignen Unverschämtheit, zwingen dir genüßlich eine Intimität auf, gegen die du dich noch nicht einmal verwahren kannst. Diese seelische Vergewaltigung! Man fragte sich immerzu, wie lange man das noch erträgt, mußte sich dauernd selber beschwichtigen, nicht aus der Rolle zu fallen. Oh, welche Lust, ihnen ins Gesicht zu spucken! – Oh, welche Lust aber auch, ihnen wieder ein Menschenleben abgerungen oder eine Zuverlässige in wichtige Kommandos eingeschleust zu haben! ‹Du gehst zur Hofkolonne, du zur Klempnerkolonne, du zur Malerkolonne. Da kommst du im Lager herum, halt Augen und Ohren offen!›»

Charlotte Müller – Berlinerin, Kommunistin, 1934 emigriert, 1940 in Brüssel verhaftet, seit April 1942 in Ravensbrück. Sie verstand etwas vom Klempnerhandwerk, konnte auch dachdeckern und manches andere reparieren. Instandzusetzen war tagtäglich in allen Bauten, vom Zellenbau bis zur letzten Baracke. Die Lagerleitung suchte 1943 dafür geeignete Kräfte. Charlotte meldete sich, und ihre Genossinnen unterstützen das. «Ja, Charlotte, pack zu, ergreif die Chance, übernimm die Klempnerei.» Sie packte zu, arbeitete erst eine Zeitlang allein. «Dann wurde mir klar, daß ich Hilfe brauchte, wenn alles so klappen sollte, wie ich es mir vorgestellt hatte.» Nun suchte sie geeignete Kräfte, bildete mit zwei sowjetischen Mädchen aus dem Block der Roten Armee und zwei jungen belgischen Genossinnen die Klempnerkolonne.

Eine internationale Reparaturbrigade, die sich verhältnismäßig frei im ganzen Lager umtun konnte. Fünf legalisierte Illegale, bereit, Augen und Ohren offenzuhalten, Beistand zu leisten, so oft und so wirksam wie möglich. Sie kamen wahrhaftig überall herum, haben geguckt und gelauscht, haben Rohrbrüche und Verstopfungen beseitigt, Dachschäden, Wasserhähne, Waschbecken, Türschlösser repariert, morsche Lichtleitungen geflickt, an Schränken und Wänden lockere Schrauben festgedreht, manchmal auch festsitzende gelokkert, beispielsweise an der Rückwand eines Medikamentenschranks, damit man im Notfall rasch Medizin besorgen konnte. Kurzum, sie haben geklempnert, geschlossert, geschraubt, gebohrt, Unfallquellen und Hilfsquellen entdeckt und abgesichert, Brände verhütet oder Brandherde gelöscht, gebrochene Kontakte gelötet, «was eben so anfiel ... Dinge haben wir bewerkstelligt, das will einem hinterher selber nicht in den Kopf.»

Als sich nach Stalingrad Hitlerdeutschlands Niederlage abzeichnete und den Nazis die Felle wegschwammen, zogen sie den Gefangenen das Hemd vom Leibe und die Decke von den Pritschen. Was blieb frierenden Hungrigen weiter übrig, als sich in der Kleiderkammer, Wäschekammer, im Stofflager und anderen Vorratskammern schadlos zu halten, wenn sie nicht erfrieren, nicht verhungern wollten? Ja, sie behüteten sich vor allzu großem Schaden. Und das ging nur, weil Antifaschisten wichtige Stützpunkte besetzt hielten. Was sie reparierten und heranschafften, reichte keineswegs aus, die Not aller zu lindern. Einigen aber konnte immer geholfen werden, sie froren nicht mehr so sehr an Leib und Seele, und das war für jede Beteiligte ein moralischer Halt.

Über den gegenseitigen Beistand schreibt Rosl Jochmann: «Wir kamen aus unterschiedlichsten Winkeln und Ecken des Kontinents – Arme und Reiche, bekannte Namen und unbekannte –, hier abrupt aus einer sehr verschiedenartigen Vergangenheit in eine ungeheuerliche Gegenwart verschlagen, ohne vom Kommenden mehr zu wissen, als daß es für einen großen Prozentsatz den Tod bringen würde. Wir haben vom ersten Tage an den Kampf aufgenommen, alles Trennende beiseite geschoben, das Einigende gesucht. Wer immer zu den Opfern des Terrors gehörte, gehörte zu uns. Sinnlos oder sinnvoll – diese Frage stand selten zur Debatte. Wir taten das Sinnvolle unter allen Umständen, und zum Sinnlosen wurden wir gezwungen. Die schönste Frucht unserer Leidenszeit? Das Bekenntnis zur Humanität.

Wir kämpften gegen Gewalt und Verzweiflung an, suchten und fanden uns in solidarischer Übereinkunft, hielten einander fest, weigerten uns zu sterben, verbargen Ängste, Verzweiflung, Erbitterung manchmal hinter verzweifelt bitterem Sarkasmus, entwickelten einen sechsten Sinn – auch ein

Selbstschutz! –, entwickelten Abwehrstoffe gegen Todesangst, gegen Panik, Hysterie, Gleichgültigkeit. Und haben dabei erfahren, daß nichts schwieriger, aber auch nichts glückhafter ist, als den Lebenswillen zu stärken, den Willen, sich aufzurichten und aufrecht weiterzugehn. Eines ist bei uns stets anzutreffen gewesen: Wir kamen uns zu Hilfe. Bedrohte kommen Bedrohten wohl immer zu Hilfe. Und das berechtigt zu hoffen.»

Die Toten klagen an

«Frühling läßt sein blaues Band wieder flattern durch die Lüfte ...» Die Herzen schlagen nicht höher, die Luft ist geschwängert von Brandgeruch, das Brot ist hart, und bittre Tränen rinnen drein.

2. März 1943 – Großangriff anglo-amerikanischer Bomberverbände auf Berlin. In Ravensbrück ist das zu hören und zu sehen. 16000 Menschen, sagt man, seien obdachlos geworden. Es brennt im Zentrum Berlins, es brennt in westlichen und südlichen Vororten. Durch brennende Straßen stolpern Menschen, tief gebeugt unter der Last ihrer Habe. Mit eilig zusammengeschnürten Bündeln, hastig gepackten Koffern, vielfach auch nur das nackte Leben rettend, stolpern sie über verkohlte Leichen, über rauchende Trümmer – fassungslos.

Ursache und Wirkung. Ein langer Weg zur Erkenntnis, ein böser Weg, wenn er über zerstörte Städte, verlorenes Hab und Gut, verlorenes, vernichtetes Leben führt. Haben sie die Ursache erkannt? Erkennen sie nicht nur die Wirkung? Haben sie tatsächlich begriffen, wer schuld ist an dem großen Unheil? Machen sie nicht vielmehr die Gegner des faschistischen Deutschlands dafür verantwortlich? Verteufeln sie nicht zu allererst und immer wieder die Russen, die Bolschewisten, die Kommunisten, die Juden? Man hatte es ihnen so eingetrichtert, und sie habens geschluckt, dieses Gift.

«Quo vadis, Michel?» Ein Plakat aus dem Jahre 1933 an den Mauern der österreichischen Hauptstadt. Auf dem Plakat ein großer starker Mann mit Schlafmütze. Niedergedrückt von einem gewaltigen Hakenkreuz, taumelt er dem Abgrund entgegen. – Spürst du nun, Michel, was für ein Symbol deinen Rücken krümmte? Spürst du nun, daß es dich hinabreißt?

Er spürt es noch nicht, läuft noch immer gebeugt, reckt sich nicht hoch, bringt es nicht fertig, sich aus eigner Kraft vom Hakenkreuz zu befreien. Blutend, ächzend, stöhnend taumelt er weiter.

Die Vernichtung geht weiter. Der Blutstrom fließt und fließt.

Schüsse in Ravensbrück. Stille. Dann wieder Schüsse, jenseits der Mauer. Exekution. Zwölf Kameradinnen ermordet, polnische Partisaninnen.

Auf dem Appellplatz Stille. Die Häftlinge angetreten. Die Gesichter der Frauen bewegt. Tränen des Schmerzes, Tränen der Trauer, Tränen der Ohnmacht, bittere Tränen schmerzhaft traurigen, ohnmächtigen Zorns.

Das war am 18. März 1943. Noch abends und nachts in den Baracken Stille – hier gedrückte, ängstliche Stille, da feierliche Stille des Gedenkens. Unter den politischen Häftlingen erinnert Marta Desrumeaux an die Pariser Kommune, an den Heldenmut der weiblichen Kommunarden, an die Blutwoche im Mai 1871, als die junge, noch schwache, unerfahrene allererste Arbeitermacht der Geschichte sich gegen den konterrevolutionären Ansturm zu behaupten suchte. Frauen warfen sich über die Kanonen der Nationalgarde, verhinderten den Abtransport der Waffen nach Versailles, errichteten am Place Pigalle Barrikaden, verteidigten ihre Barrikaden mit Todesverachtung, allen voran Louise Michel. Viele, sehr viele starben an der Mauer Pére Lachaise, hingemäht von den Gewehren der Bourgeoisie. «Les mortes accusent. – Die Toten klagen an. Verse Eugéne Pottiers über die Mauer der Föderierten.

Seht hier, die graue Gräbermauer,
der Maigefallnen Knochenhaus.
Paris trägt jedes Jahr hinaus
von Liebe voll den Kranz der Trauer ...

Seht – soviel Tote, soviel Rosen
am Grab der grauen Namenlosen ...»

Marta rezitierte diese Verse und trug noch ein Gelöbnis vor:

«Louise Michel, ihr Kommunarden, ihr Partisanen, ihr Erschossenen – wir schwören, euch nie zu vergessen. Denn solange auch nur ein Mensch an euch denkt, seid ihr nicht gestorben.»

Es war ein internationales Meeting, auf dem Marta sprach. Da saßen Frauen aus vielen Ländern Europas, und allzu viele bewahrten in ihrem Gedächtnis Menschen, die gefallen.

Gefallen auch die Polinnen, Angehörige der Widerstandsbewegung ihres Landes – Kuriere, Funker, Kundschafter, Mitglieder bewaffneter Einheiten, Mitglieder von Sanitätsabteilungen. Verraten die einen, entdeckt die anderen; gejagt, gehetzt, ergriffen und mit einem Todesurteil Ravensbrück «überstellt». «Bis zur Hinrichtung verwendungsfähig» stand in den Begleitpapieren.

Hunderte polnische Frauen und Mädchen «verwendungsfähig», als Versuchskaninchen, als Schlachtvieh, als Arbeitstiere. Tag und Nacht mit der Frage im Herzen, wann holen sie dich?

Eine Baracke in Ravensbrück, u-förmig gebaut, der Schneiderei angeschlossen. U-Baracke oder auch Todesblock genannt. Hier arbeiten sie, die zum Tode Verurteilten, die meisten jedenfalls. Und ihre Arbeit ist Höllenqual, ständige Folter. Der Stuhl, auf dem sie sitzen, ein Marterstuhl. Die Maschine, an der sie sitzen, ein höhnisch ratterndes Gewehr. Der Minutenzeiger ein scharfgeschliffenes Beil, das die Stunden zerhackt.

Von Zeit zu Zeit holt die Gestapo Verurteilte zur Hinrichtung, erfahrungsgemäß nachmittags gegen sechzehn Uhr. Keine weiß, an welchem Tag, keine weiß, wer geholt wird. Sie sitzen mit Todesangst an ihren Nähmaschinen. Und es sitzen da Verwandte – Mutter und Tochter, Geschwister, politisch Verwandte sowieso. Jeden Nachmittag, wenn die Stunde herannaht, bemächtigt sich ihrer unheimliche Erregung. Weinkrämpfe. Nervenschocks, Zusammenbrüche. Treten die Henker in den Raum, herrscht atemlose Stille.

Erschütternd die Abschiedsszenen, wenn einer der Mörder die Nummern derer verliest, die zur Hinrichtung geführt werden. Unbeschreiblich. Wer gehen mußte, nahm angesichts des Todes noch einmal all seine Kraft zusammen, riß sich aus der Umarmung, riß sich los, von der Mutter, der Tochter, der Schwester, der Kameradin, der Freundin, der Genossin, gestattete dem Feinde nicht, diesen allerletzten Händedruck zu entweihn.

Die Zurückgebliebenen, vom Trennungsschmerz übermannt, unfähig, sich zu fangen, unfähig, ihre Arbeit fortzusetzen. Nicht mehr «verwendungsfähig» und also «reif», demnächst auf der Liste zu stehen. Dachten sie vielleicht daran, weil ihre Maschinen nach einigen Minuten doch wieder ratterten? Nein, sie waren selbst dieses Gedankens nicht fähig. Man hatte für die U-Baracke besonders gefühlsrohe Aufsichtspersonen ausgesucht. Eine der gemeinsten, rohesten, brutalsten war SS-Aufseherin Krüger. Ihre Zuchtrute brachte den Todtraurigen bei, daß es eine Gnade ist, auf deutschen Nähmaschinen fleißig und flink schwarze Uniformen anfertigen zu dürfen.

Ein SS-Betrieb, wie Schneiderei I, forderte Höchstleistungen – «keine Gefühlsduseleien». Nun entspann sich daran so etwas wie ein Konkurrenzkampf zwischen Gestapo und SS. Die Gestapo forderte Hinrichtungen, wenigstens alle zwei, drei Monate. Jedesmal schwere seelische Erschütterungen. Jedesmal Produktionsausfall. SS-Wirtschaftsführer beklagten sich über stagnierende, ja rückläufige Bilanzen. Aber schließlich war man aufeinander angewiesen und einigte sich, «solche Störungen der Arbeitsatmosphäre zu vermeiden».

Gestapoleute erschienen weiterhin von Zeit zu Zeit nachmittags gegen sechzehn Uhr mit Listen. Allerdings nicht mehr in der U-Baracke, sondern im Wohnblock.

Polinnen, deren Nummern auf der Liste standen, erfuhren an dem betreffenden Tag frühmorgens nach dem Zählappell, daß sie «von der Arbeit befreit» sind und sich in ihrem Wohnblock «zur Verfügung halten» müssen. – Schon auf dem Appellplatz wurden sie von ihren Angehörigen, von ihren Freunden und Kampfgenossen getrennt, ohne sich verabschieden zu können. Der Jammer stieg lautlos hoch, zerriß nicht die Luft, störte nicht mehr die «Arbeitsatmosphäre», prallte zu einer anderen Zeit gegen andere Wände, verursachte andere Störungen.

Organische Störungen traten auf. Innere Erschütterungen, die niemals abklingen, zerstören das Nervensystem, zerstören den Organismus, rufen Gemütserkrankungen und andere schwere gesundheitliche Schäden hervor. Die Krankenziffer erhöhte sich. Man mußte das Revier erweitern. Zwei Wohnbaracken werden zu Krankenstuben umgeräumt.

Entartet

Viermal pro Woche Sprechstunde. Jedesmal zweihundert bis dreihundert Patienten in der Schlange vorm Krankenbau. Stundenlanges Stehen. Gar manche fiel schon während der Wartezeit um, blieb liegen, stand nie mehr auf.

Im «Sprechzimmer» Vorbeimarsch. «Los, los, zack-zack! Schneller, schneller, dawei, dawei!» Mit dem Arzt sprechen, ihm erklären, woran man leidet? Unmöglich, allein schon wegen der Sprachschwierigkeiten. Die Schlange schiebt sich an SS-Untersturmführer Dr. Rosenthal vorbei. Kurzes scheeles Beäugen, gröbste Beschimpfungen waren gewöhnlich seine einzigsten Behandlungsmethoden. «Weg, weg, hau ab! Die Nächste!» Stand eine Polin, eine Ukrainerin oder überhaupt eine Slawin vor ihm, schwang er sich auf, Kurzvorträge zu halten über die «Verkommenheit und Vertiertheit der slawischen Rasse». Dr. Rosenthal – ein verkommenes, vertiertes Exemplar deutscher Rassisten.

Die Krankenräume überbelegt. Flure, Korridore, Gänge voller Pritschen und Bahren, für «besondere Fälle». Kamen zum Beispiel jüdische Frauen, die an schweren Darmstörungen litten, hieß es «Fluraufnahme». In den Ohren der Häftlingsärzte und Revierhelfer ein entsetzliches Wort. Sie wußten, was den Kranken bevorstand, versuchten sie fernzuhalten, redeten ihnen gut zu, sich nicht im Revier behandeln zu lassen. Sehr oft führte das zu tragischen Mißverständnissen. Die Kranken glaubten, man wolle ihnen ärztliche Hilfe versagen.

Einmal lagen sechs Jüdinnen im Korridor, erkrankt an Ruhr. SS-Oberschwester Hoffmann gab ihnen auf Anordnung Dr. Rosenthals Injektionen. Es waren tödliche Injektionen. Das Gift wirkte rasch in den geschwächten Körpern.

SS-Obergruppenführer Pohls Order lautete: «Der Krankenstand darf 10 Prozent nicht überschreiten!»

Man hielt sich daran. Kranke, die nicht im Revier lagen, zählten nicht zu den Kranken. War das Revier überbelegt – über den vorgegebenen Prozentsatz hinaus –, reduzierten SS-Ärzte und SS-Schwestern den Stand auf das befohlene Maß: Jeder, der die Statistik verdirbt, hat gefälligst zu sterben. Wer das nicht allein zuwege bringt, dem kann leicht nachgeholfen werden – durch Spritzen mit Äther, Benzin, Evipan, Natrium, Phenol und dergleichen. Als daraufhin die Zahl der Toten hochschnellte, schrieb Himmler an alle KZ-Kommandanten, «aus kriegswirtschaftlichen Gründen ist die Sterblichkeitsziffer wesentlich zu senken, um die erforderliche Zahl arbeitsfähiger Häftlinge auf der Höhe zu halten».

Die Herren Führer und Kommandanten befanden sich unausgesetzt in einer Zwickmühle. Und so jagte eine Anweisung die andere, ein Befehl den anderen. Nichts änderte sich. Der Krankenstand stieg und stieg, und mit ihm erhöhte sich die Sterblichkeitsziffer. Die Zahl der Arbeitsfähigen stieg statistisch auch, allerdings nur, weil man Kranke, Verletzte, Verwundete zu Gesunden stempelte. Außerdem trafen ja fortlaufend neue Gefangene ein.

Der erwähnte Himmlerbefehl hatte zur Folge, daß erkrankte Häftlinge erst dann im Revier aufgenommen wurden, wenn sie vor Schwäche fast zusammenbrachen. Alle übrigen hatten arbeitsfähig zu sein, selbst wenn sie sich sterbenselend fühlten und stark fieberten. Man schickte sie mit einer «Bettkarte» in den Wohnblock zurück. Die Karte trug den Vermerk «Innendienst» und berechtigte angeblich dazu, sich schonen zu dürfen. Bettruhe, verordnet für Leichterkrankte mit erhöhter Temperatur, 38, 39 Grad Fieber galt nicht als erhöhte Temperatur, die Patientin galt nicht als bettlägerig, die «Bettkarte» nicht als Krankschreibung, obwohl es sich sehr oft um eine schwere Erkrankung handelte. Der Vermerk Innendienst bot keinen Schutz, körperlich anstrengender Außendienste enthoben zu sein. Und das ganze war darauf abgestimmt, die Statistik zu frisieren. Betrügen, manipulieren, massakrieren, selektieren, ausrotten, als noch verwendungsfähig dahin und dorthin überstellen war Hauptbeschäftigung der Lagerobrigkeit.

Von der Auswahl für Bordelle war schon die Rede. Nur wiederholte sie sich mindestens alle sechs Monate.

Eleonora Idsikowskaja, Moskauerin, erinnert sich: «Einmal mußten wir uns vorm Bad anstellen, die Kleider ablegen, uns nackt ausziehen, vor den Augen der SS-Männer entblößt dastehen, bis man uns hineinrief ... Und wie furchtbar, als wir sahen, daß die Tür geschlossen blieb und man uns zwang, durch ein Fenster zu steigen ... Es war eine der allerschrecklichsten Stunden. Wir schämten uns fast zu Tode ... Nur fragten wir uns dann aber auch, wer sich hier schämen müßte.

Welches Übermaß an Schamlosigkeit und Verworfenheit, welcher Grad an Perversion wirklich dahintersteckte, erfuhren wir erst später. Die SS traf auf solche Weise eine Vorauswahl, musterte uns, notierte sich, wer fürs Bordell geeignet sei.

O ja, sie kannten sich aus in den Finessen, uns zu entwürdigen. Doch was die Frage der Würde angeht, so liegt sie ja im Subjekt, nicht im Objekt. War uns nicht von einer deutschen Kommunistin erzählt worden, die man zwang, mit bloßen Händen eine Latrine zu entleeren und dabei die Internationale zu singen? Sie schöpfte, schöpfte, schöpfte und sang, sang laut: Die Internationale erkämpft das Menschenrecht!»

Maidemonstration

Rote Fahnen, schwarzrotgoldene Fahnen mit Hammer und Zirkel im Ährenkranz, blaue Fahnen mit der aufgehenden Sonne, Fahnen mit der Friedenstaube ... Die Internationale erklingt, aus Lautsprechern und aus den Kehlen der Demonstranten. Es ist der 1. Mai im Jahre 1981. Und abends sitzt du am Schreibtisch.

Leise schnurrt der Recorder. Tanjas Stimme. Sie spricht auch von einer Maidemonstration.

Ravensbrück 1943. «Wir haben uns kleine rote Bänder ans Kleid gesteckt. Eine Aufseherin ruft mich und fragt, was dieser rote Fetzen bedeutet. Ich antworte, es soll mich an meines Vaters Namenstag erinnern. Ich weiß nicht, ob sie mir das glaubte; sie war nicht sehr streng. Aber später hat sie mich zu der Binz geführt. Die Binz holte gleich Kommandant Suhren. Der verurteilte mich. Drei Wochen Bunker ... Dort waren wir acht Frauen und Mädchen in einer ganz engen Zelle, wo man nur sitzen oder stehen kann, liegen nicht. Und immer hat jemand durch den Spion geguckt, ob die Gefangenen auch ordentlich strammstehn, weil wir uns alle mit roten Fädchen geschmückt hatten. – Ach, wie groß ist doch ihre Angst gewesen vor so einer kleinen Demonstration, vor dem Bekenntnis zum Arbeitermai ... Wir in der Zelle haben manchmal geweint, aber nicht oft. Uns gab das ein starkes Gefühl, wenn der Feind Angst zeigt.

Drei Wochen Zellenbau sind lang und hart ... Wir kehrten ausgehungert in unsere Baracken zurück. Ich wohnte damals nicht mehr in Block drei, sondern schon im Block der Roten Armee. Alle haben sich gefreut, so herzlich, daß ich wieder bei ihnen war. Sie küßten mich, schenkten mir Zuckerwürfel und sagten, so, Tanja, heute feiern wir unseren Mai, karascho? – Als ich im Bunker war, hatten sie jeden Tag etwas dafür aufgehoben, ein Stückchen Brot, ein bißchen Zucker, Marmelade auch. Und noch etwas sehr Schönes hatten sie hingestellt: Birkenzweige, da waren schon zarte grüne Blätter herausgewachsen. Das alles kann ich nie, nie vergessen ...

Auf unserer Maifeier haben wir auch meine Lagermütter von Block drei als Gäste begrüßt.»

Sie feierten?

Warum nicht?

Ganz abgesehn vom 1. Mai, hatten sie doch allen Grund zum Feiern. Wenn sie sich trotz des Hungers Brot vom Munde absparten, für eine der Ihrigen, die im Bunker saß, dann nährten sie ihre Hoffnung, daß Tanja zurückkommt. Wohl ein Grund zum Feiern. Wenn Tanja und ihre Mitgefangenen im Bunker nur manchmal weinten und sich in ihnen das Gefühl ausbreitete, stärker als der Gegner zu sein, da er mit dieser harten Strafe, die er wegen eines dünnen roten Fädchen über sie verhängte, Angst und Schwäche offenbarte, dann ist das wohl ein Grund zum Feiern.

Überflüssig zu sagen, daß es keine rauschenden Feste gewesen sind. Sie waren schon froh gestimmt, wenn sie sich in geheimen Zirkeln trafen, Gedanken austauschten und kleine Geschenke, zum Beispiel getrocknete Wiesenblumen oder eine originell geschnitzte Kastanie. Glücklich auch, in Erinnerungen zu schwelgen, sich selbst eine Stunde der Entspannung und Ablenkung zu bescheren. Daß Überlebende auf solche erquickende Stunden zurückblicken können, macht sie noch heute froh und stolz.

Und nun kommst du nicht von Maifeiern los. Denn dir liegt ein Brief vor, geschrieben nach 1945, in dem auch an eine Maifeier erinnert wird.

Charlotte Müller, die deutsche Kommunistin und ehemalige Anweiserin der Ravensbrücker Klempnerkolonne, schreibt an Hanna Sturm, österreichische Sozialistin, ehemals Anweiserin der Ravensbrücker Tischlerkolonne: «Denkst Du manchmal noch an unseren 1. Mai im KZ? Dumme Frage. Wir vergessen sowieso nichts, nicht das Schreckliche und nicht das Erbauliche. Schreckliches darf man nicht vergessen, Schönes will man nicht vergessen. Also Erbauliches.

Weißt Du noch, wie wir zu Dir in die Werkstatt geschlichen kamen? – Wie haben wir auf die anderen gewartet! Gebangt auch – werden sie es schaffen, sich von ihrem Block zu entfernen, ohne daß es jemand, ders nicht wissen darf, bemerkt? – Endlich hören wir das vereinbarte Erkennungssignal. Sie sind da – Liesl und die norwegische Olga …

Aber wir warten noch auf eine andere Olga, auf die aus Dresden. Wieder horchen wir gespannt, warten, bangen. Wo bleibt Olga? Hoffentlich ist nichts schiefgegangen! – Endlich, endlich taucht sie auf. Endlich ist die Gruppe vollzählig wohlbehalten beisammen.

Wir wußten ja, es gab noch viele andere Gruppen und Grüppchen, die zusammenkamen. Ein verständnisinniges Kopfnicken, eine vertraute Handbewegung, ein leises Wort im Vorbeigehn, ein Blick schon verriet uns, daß man sich heute an mehreren Treffpunkten einfindet. Angehörige aller europäischen Nationen feierten im Lager den 1. Mai. Auf unsere Gruppe waren wir ein bißchen stolz, wir hatten zwei Ausländerinnen unter uns – Dich und Olga, die Norwegerin. Du saßest auf der Hobelbank. Wir drumherum, auf Kisten, Bretterstapeln, Sägespänen, egal wo, Hauptsache beieinander. Und dann wurde geredet und geredet. Olga Körner hatte ja immer viel zu erzählen, war aus unserm Trupp auch die mit den interessantesten politischen Erfahrungen. Wir fragten ihr ein Loch in den Bauch, wie das damals war, im Reichstag vor 1933 … Über alles mögliche und unmögliche haben wir gesprochen – was einmal wird, wie es einmal aussehen mag auf der Welt, nach dem Faschismus, wenn er besiegt ist. Da kamen wir richtig ins Schwärmen und mußten uns selber ermahnen, Menschenskinder, nicht so laut, vergeßt nicht, wo wir sind!

Kurz bevor wir uns trennten, hast Du sehr geheimnisvoll in Deiner Werkzeugkiste gekramt, mit Papier geraschelt und eine Kartonage auseinandergerollt. Eine Kohlezeichnung – auf weißem Grund ein rabenschwarzes zerbrochenes Hakenkreuz … Was wir ersehnten, Du hast es bildlich dargestellt. Aufbewahrt haben wir Dein Präsent wie ein Kleinod. Ich weiß auch noch genau, wo es lag – in der Tischlerwerkstatt, oben links, unter der Deckenwand, hinter einer Holzleiste … Mit derartig schönen Überraschungen hast Du uns oft erfreut und meistens zum passenden Zeitpunkt. Hanna, die vorwärtsweisende Anweiserin von der Sturmkolonne. Einen besseren Abschluß für unseren Treff hätte es damals gar nicht geben können. Wir umarmten uns alle, hakten uns unter und summten den Refrain unserer Hymne – Völker, hört die Signale!»

Auch eine Demonstration, eine Feier in Ravensbrück, stattgefunden am 1. Mai 1944. Da hatten sie noch ein Jahr vor sich bis zur Befreiung. Überlebende sagen, es sei das alleraller-schwerste Jahr gewesen.

Du aber bist noch nicht einmal so weit in deiner Beschreibung, bist noch im Jahre 1943, hast nur einen Sprung gemacht – entsprungen der U-Baracke, dem Todesblock, dem Bunker, dem Krankenbau, der Musterung, den Transporten. Hast dich hinübergerettet ins Jahr 1981. Geht ja auch ganz einfach, gedanklich von einem Dezennium ins andere zu springen. Du lebst ja und hast – wenn alles gut geht – noch eine Lebenserwartung, die bis ans Ende unseres Jahrhunderts reicht.

Lebenserwartung der KZ-Häftlinge? Durchschnittlich sechs Monate. Wer, wie Lily Unden, im Februar 1943 die tausendmal verfluchte Sträflingsinsel betreten hatte, mußte damit rechnen, den August nicht zu erleben. Und die zum Tode Verurteilten rechneten täglich mit ihrem Ende, hofften darauf, am nächsten Tag, in der nächsten Woche, im nächsten Monat noch am Leben zu sein, hofften wie alle auf wunderbare Fügung, gerettet, erlöst zu werden. Entkommen, entspringen? Aussichtslos.

Der Kalender 1943 zeigt ein spätes Ostern an. 25. April erster Feiertag. Vor Ostern die Karwoche – karen, klagen, trauern –, heilige, große oder stille Woche. Doch schon sechs Tage vor der Karwoche große Trauer.

Abendappell. Zwanzig Nummern und Namen werden aufgerufen. Wieder nur Polinnen, junge, ältere, alte, darunter die sechzigjährige Julia Szartowska, Oberst der polnischen Widerstandsbewegung. Sie müssen vortreten. Das übrige Heer der Gefangenen muß wegtreten. Der Appell ist zu Ende. Aber es dauert, ehe sich die Reihen auflösen. Manche Blocks verzögern bewußt, den Platz zu räumen. Die Politischen wollen herausbekommen, warum ihre polnischen Kameradinnen von Posten umstellt sind. Zehn Minuten, fünfzehn Minuten vergehen. Ein anderes Kommando übernimmt die Polinnen, führt sie vom Platz zum Tor.

Auf der Lagerstraße stehen noch immer viele Häftlinge. Sie wissen, daß es ein Erschießungskommando ist. Auch als die Schüsse verhallt waren, rührte sich keine der Gefangenen von der Stelle. SS-Oberaufseherin Langefeld drehte sich weg, störte nicht die erschütternde Andacht der Frauen.

Schweigeminute, Gedenkminute. Gestern noch hatte Julie Szartowska den Frauen im Todesblock zugeflüstert: «Unsere kommen vorwärts. Die Lage verändert sich schnell. Paßt auf, in einem halben Jahr sind wir vielleicht schon frei.» Und heute? Ach, Julie, du Optimistin. Als käme es hier darauf an, zu wissen, wie rasch sich die Lage verändert, wenn sie sich für uns doch nicht schnell genug ändert, wenn es uns täglich, stündlich ans Leben geht. Ein tödlicher Schuß, eine tödliche Spritze, ein tödlicher Schlag – Schluß, aus, einfach weg. Gestern, was war gleich gestern? «Unsere kommen vorwärts.» Oder vorgestern? Da brachte uns die kleine Halina zum Lachen, abends im Waschraum, mit ihrer drolligen Pantomime. Jetzt liegt sie draußen vorm Tor. – Wie hoch ist der Leichenberg schon, und wie hoch soll er noch werden? Es gibt nicht sehr viele, die Ravensbrück länger als ein Jahr überstehen. Wahnsinn. Ist es denn möglich, daß die Welt nichts davon erfährt?

Sie dachten vergeblich darüber nach, welcher Schrei ausgestoßen werden müßte, der die Welt aufrüttelt.

Entkommen aussichtslos. Und doch wird es immer wieder versucht. Ostern rückt näher. In der Karwoche fassen zwei polnische Häftlinge den tollkühnen Plan, eine Flucht zu wagen. Ihre Flucht gelingt. Einige Angehörige der Wachmannschaften halfen, sogenannte Hiwis, «Hilfswillige». Slowakische und ukrainische junge Burschen, als Bewacher in SS Uniform gesteckt, die sich – vom Gewissen geplagt – ermannten, echte, wahre Hilfsdienste zu leisten. Sie sind mit geflohen. Nach Monaten erst und auf abenteuerlichen Umwegen gelangten die Polinnen ins Ausland, berichteten, was sie erlebt hatten.

Verbindungen

Funksprüche aus der Schweiz nach Moskau: «OKW frischt Truppen auf, stellt neue Verbände zusammen.»

Das Oberkommando der faschistischen Wehrmacht hat enorme Schwierigkeiten damit, die Reserven sind nahezu erschöpft.

Funkspruch aus der Schweiz nach Moskau: «Auflage des OKW an Ungarn, zwei Armeekorps für die Ostfront bereitzustellen. Ähnliche Auflage auch an Rumänien.»

Ungarn und Rumänien aber sind überfordert, können ihren Blutzoll nicht in befohlener Höhe entrichten – abgewirtschaftet, ausgeblutet.

Das Dritte Reich rafft und räubert zusammen, was zusammenzuraffen ist. Ende Juni 1943 stehen sich am Kursker Bogen gewaltige Truppenverbände gegenüber. «Operation Zitadelle» läuft an. Offensive der Faschisten, letzter Versuch, das Blatt noch einmal zu wenden. Aber nichts geht mehr. Die sowjetischen Streitkräfte wehren den Angriff erfolgreich ab, greifen ihrerseits an. Die Offensive der Hitlerwehrmacht bricht kläglich zusammen.

Noch stehen keine sowjetischen Truppen vor Berlin. Aber anglo-amerikanische Bomberverbände fliegen die Hauptstadt Nazideutschlands pausenlos an. Sie wird zur Frontstadt erklärt. Mitte 1943 Postwurfsendungen an alle Haushalte. Goebbels an «seine Berliner»: «Es ist dringend erwünscht und im Interesse jedes einzelnen, der sich nicht aus beruflichen Gründen in Berlin aufhalten muß, sich in weniger luftgefährdete Gebiete zu begeben.» Fahrscheine sind gratis bei der «NS-Volkswohlfahrt» zu bekommen. Die Wirkung? Panik, überfüllte «NSV»-Büros, überfüllte Züge.

Während Tausende Berliner die Stadt verlassen, treffen auf Berliner Bahnhöfen Züge mit Menschenfracht ein, Güterzüge, Gefangenentransporte. In einem dieser Transporte sitzt Yvonne, die Luxemburgerin, aus dem Gefängnis Trier ins KZ «überstellt».

Die Erinnerungen sind da, alle auf einmal ... Gedanken an

ihren Mann – der Abschied von ihm, tränenblind. Gestapo, Verhaftung; dann Trier, die Vernehmung. Einen kurzen Augenblick lang spielte sie mit dem Gedanken, sich aus einem der geöffneten Fenster in den Hof hinabzustürzen. Aber diese Regung ging vorüber, weil sich das Kind in ihrem Leib regte. Dann die Geburt des Kindes. Ein scharfes Messer fuhr ihr durchs Herz, als der Arzt die Nabelschnur zerschnitt und ihr das kleine Menschlein in die Arme legte – mit einem Lächeln! Beinahe hätte sie ihm gedankt, ihm, dem Gefängnisarzt, ein Dankeschön gesagt.

Aus Yvonnes Tagebuch: «Die Hoffnungen, wie sie kamen und gingen. Trier, Dezember 1942. Einzelhaft. Seit Oktober allein.

2. Januar 1943. Die Einsamkeit der Zelle, die hohen Mauern drücken furchtbar. Ich öffne das Fenster, das vergitterte, und suche durch den engen Spalt das Weite. Dort drüben, hinter den bergigen Wäldern, fließt die Mosel, und da liegt auch schon mein Land, von der Sonne beschienen. Ich träume mich in mein Land.

10. Februar 1943. Neuschnee, von den Rundläufen, unten im Hof, zu Matsch zertreten. Seit 5. Februar hat sich meine Lage etwas gebessert, Einzelhaft aufgehoben. Laufe mit im Kreis. Die Menschen, deren Stimmen ich vorher nur hören konnte, sehe ich nun. Vorsichtig einige Verbindungen geknüpft. Wir begegnen im Hof zwei kleinen Mädchen, dreijährig, die Kinder des Oberwächters, Zwillinge, liebreizend anzuschaun, besonders in dieser rauhen Umgebung. Trotz, Haß steigt in mir hoch. Ich will mein Kind auch wachsen sehen! – Beruhige dich, es ist noch klein, und ehe es läuft. Was ist dann? Ja, was wird dann sein? Tägliche Fragen ohne Antwort. Trostlosigkeit und immer auch wieder neue Hoffnung durchziehen ein verwundetes Herz.»

Trostlosigkeit und Hoffnung wechselten von einem Herzschlag zum anderen. Der Ort, an den sie nun kam, stellte alle vorherige Trostlosigkeit in den Schatten. Den Willen, sich über Schatten zu erheben, verlor sie nicht. In der Gefangenschaft versinkt Vorhergegangenes schnell, man holt es sich aber auch schnell wieder zurück, wie kostbare Perlen, die ihren Glanz nur behalten, wenn man sie trägt. Sobald Yvonne spürte, daß ihre Kräfte schwanden, weil der Unflat, durch den man hier waten mußte, über ihr zusammenschlug, rang sie mit sich selbst, suchte nach rettenden Gedanken, nach Gedankenaustausch, holte sich Kraft aus der vereinten Kraft der Schwachen.

Am 8. Juli 1943 war sie in Ravensbrück angekommen. Die übliche Tortur, für Yvonne ein Schock, unvorstellbar, hier die Nerven zu behalten, unvorstellbar, hier wieder Mut zu fassen. Plötzlich trat jemand dicht an sie heran. «Erschrick nicht! Wir wissen, wer du bist. Du gehörst zu uns. Lily ist auch hier. Verzag nicht!»

Welch ein Gefühl! Du bist völlig fremd, verstört, eine Nummer unter Nummern, Unbekannte unter Unbekannten, und eine Fremde kommt auf dich zu, die dir sagt, du bist uns nicht fremd.

«... und jetzt bin ich auf einer Hochschule. Die illegale Organisation in Ravensbrück – meine Universität. Ich studiere, wie Menschen sich finden oder abstoßen, wie Achtung voreinander entsteht; studiere, um meine Fähigkeiten auszubilden, mit konspirativen Gesetzen der Willkür Grenzen setzen zu können. Meine Kraft allein wird nicht ausreichen, die Prüfungen zu bestehen. Darum ist ja überhaupt diese Universität gegründet worden, daß wir Verbindungen eingehen, den Schlägen des Gegners Paroli bieten. Das Herz tut weh, es blutet jedesmal, wenn meine Gedanken über die Mauer fliegen. Aber ich halte mich wieder fest an der einigenden Kette und werde daran festhalten, es ist die Kette vom Rettungsanker.»

Der erste Brief. Er kam spät. Es war Herbst, Oktober schon, obwohl Yvonnes Mutter ihn im August abgeschickt hatte. Aber es war ihr, als würde in einem stickigen Raum ein Fenster aufgestoßen, das Fenster zur Heimat. «Sonderbar, wie diese Briefe das Bild der Angehörigen verändern und doch auch bestätigen. Man weiß, wie sich alles vergrößert, fast ins Unwirkliche verschiebt, wenn man gefangen ist und nichts weiter von draußen in der Hand hält als einen Brief. Ein Satz, der eigentlich gar nichts Doppeldeutiges aussagen will, wenn er geschrieben wird, kann wie ein zerstörerischer Blitz einschlagen. Man grübelt über ein einziges Wort nach, manchmal monatelang. – ‹Bis jetzt sind wir – Deine Ferdinande und ich – noch gesund.› Was heißt ‹bis jetzt› und ‹noch›??? Ist mein Kind anfällig, ist Mutters Gesundheit untergraben, sind beide gefährdet? – Schlimm, dieses Grübeln.»

Schlimm vor allem, da keine sofort rückfragen konnte, und wenn sie rückfragte, lange, lange Zeit auf Antwort warten mußte.

Weil sich die Luxemburgerinnen nicht zum «Deutschtum» bekannten, sondern forderten, den Buchstaben L auf ihrem Winkel zu tragen, durften sie ihren Familien nur einmal schreiben, bei der Ankunft, danach nicht wieder. «Doch wir hatten unseren eigenen Postweg, hatten unseren Postillion top secret.»

Das bedarf der näheren Erklärung.

Jedes KZ hatte seine Spezialität – ein Sinfonieorchester, eine Frauenkapelle, eine Geldfälscherzentrale, einen Boxring, einen Zoo, eine Orangerie. In Ravensbrück waren es die Weberei und die Mattenflechterei, wo Häftlinge aus feinster Wolle die prächtigsten Teppiche knüpften oder Stroh in pures Gold verwandelten; die SS trieb einen schwunghaften Handel mit diesen Produkten. Neben dem Kunstgewerbe gab es noch die Angorakaninchen und das Treibhaus als Spezialitäten von Ravensbrück.

Angorazucht, eingerichtet 1942. Bibelforscherinnen, aufgefordert, die Tiere zu füttern und zu pflegen, weigerten sich, das zu tun. Tschechische und deutsche politische Häftlinge übernahmen den Angorastall. Eine gute Entscheidung, weil sie dadurch günstige Verbindungen nach draußen besaßen. Ein Arbeiter brachte das Futter. «Unser kleiner Kutscher, unser Botschafter», so nannten sie ihn. Jeden zweiten Tag kam er, von Anfang an aufgeschlossen, hilfsbereit. Ein mutiger Mann. Er half, wann, wo und wie immer er konnte, vermittelte Kontakte, verschickte Briefe, gab seine Adresse und die seiner Freunde nach Prag und in deutsche Städte weiter, regelte – unterstützt von Frau und Tochter – überhaupt den Postverkehr. Angehörige der Gefangenen schickten Briefe und Pakete an ihn, er brachte, auf dem Kutschbock oder unterm Futter versteckt, die wertvollen Sendungen ins Lager.

Eine kostbare Verbindung, eine Lebensader – zerrissen, durchgeschnitten 1944. Der unerschrockene, tapfere Arbeiter wurde verraten. Er, seine Frau, seine Tochter verhaftet. Jedes Schicksal ein Roman.

Das Treibhaus oder die Entdeckung des Dr. Madaus

Sie fragten sich oft, die Häftlinge, nicht nur in Ravensbrück, auch in all den anderen Lagern, fragten sich, was da eigentlich vorgeht, wunderten sich über seltsame Dinge.

Unerklärlich zum Beispiel, warum ein Doktor, der zwar Arzt, aber kein Zahnarzt ist, trotzdem Zahnbehandlungen vornimmt, und dies obendrein dann, wenn kein Häftling auf Außenkommando, wenn also alle anwesend. Nämlich sonntags. Sie müssen antreten, müssen sich dem SS-Arzt vorstellen, unterschiedslos, ob sie gute oder schlechte Zähne, ob sie Zahnweh haben oder nicht. Der Arzt, der kein Zahnarzt ist, zieht Zähne, egal, ob Schneide- oder Backenzähne, reißt auch Plomben, Brücken, Kronen heraus. Allerdings – ganz egal ist es ihm doch nicht, ihn interessieren nur Goldzähne, Goldkronen, Goldplomben. Er setzt die Zange an und erfüllt damit nichts anderes als einen Himmlerbefehl, «nicht nur bei toten, auch bei lebenden KZ-Häftlingen Zahngold zu entfernen».

Es ist den Gefangenen rätselhaft, daß man ihre Blutgruppen feststellen läßt und sie, als angeblich Minderwertige, auf einmal Blut spenden sollen. Ihr Blut tauglich für verwundete Herrenmenschen?

Keine Seltenheit auch, daß sie antreten mußten, wieder vorm Revier, aus allen Blocks, zu Hunderten, zu Tausenden, um eine Pille zu schlucken oder geimpft zu werden. Irgendwie können sie sich das ja noch erklären als Schutzimpfung gegen ansteckende Krankheiten. Da es eine Massenabfertigung war, ohne Rücksicht auf den jeweiligen psychischen und physischen Zustand, führten solche Schutzimpfungen in zahlreichen Fällen zu schweren Erkrankungen oder zum Tode.

Gynäkologische Untersuchungen in einem Frauen-KZ sind nichts Außergewöhnliches. Aber warum bei den Frauen und Mädchen, die SS-Arzt Dr. Treite September 1943 untersuchte, danach hohes Fieber und starke Schmerzen auftraten, blieb unerklärlich. Genau feststellbar und erklärbar war das erst nach 1945 aus den Hinterlassenschaften und Dokumenten der Nazis. Es handelte sich um Sterilisierungen.

Schon im Frühsommer hatte Professor Clauberg, der in Auschwitz etabliert war, 300 Frauen aus Ravensbrück angefordert, eben für Sterilisierungsexperimente. Sie überlebten das nicht.

Am 12. Juni 1943 nahm Himmler, laut Aktennotiz seiner Kanzlei, Rücksprache mit SS-Obergruppenführer Pohl, SS-Brigadeführer Gebhardt und Reichsarzt SS Grawitz. Inhalt dieser Konsultation? «Versuche der Unfruchtbarmachung an rassisch minderwertigen weiblichen Häftlingen, insbesondere Jüdinnen, Zigeunerinnen und Bolschewistinnen ... SS-Brigadeführer Prof. Clauberg wird seine Versuche im KL Auschwitz auch in Königshütte fortsetzen, resp. zu Ende führen ... SS-Brigadeführer Gebhardt übernimmt es, in Ravensbrück Parallelversuche mit dem Claubergschen Präparat durchzuführen. Er beauftragt Oberarzt Dr. Treite im KL Ravensbrück mit der Durchführung.»

Man bereitete sich schon seit langem auf diese schändlichen Versuche vor.

1941/42. Clauberg forscht und forscht, fanatisch. Zwischendurch korrespondiert er mit Himmler, «betreffs Fortpflanzungsbiologie»: «Wenn ich es kurz in Erinnerung bringen darf, so war damals das Weiterkommen in meiner Arbeit zunächst an der Frage gescheitert, wie die Zur-Verfügungstellung von KZ-Insassinnen vor sich gehen solle ... Da nunmehr vom Tierversuch auf die ersten Versuche am Menschen übergegangen werden muß ..., erlaube ich mir, den Vorschlag zu machen, die notwendigen Einrichtungen im KL Auschwitz durchführen lassen zu wollen ... Ich glaube, daß ... ein Anschluß an Ihr Lager in Oberschlesien die besten Voraussetzungen bieten würde ... Ihr sehr ergebener Professor Clauberg.»

Keine Frage, daß Himmler alles Nötige verfügt. Clauberg bedankt sich untertänigst und kommt seiner Pflicht nach, über den Stand seiner Forschungen zu berichten. «Die von mir erdachte Methode, ohne Operation eine Sterilisierung des weiblichen Organismus zu erzielen, ist so gut wie fertig ausgearbeitet. Sie erfolgt durch eine einzige Einspritzung vom Eingang der Gebärmutter her und kann bei der üblichen, jedem Arzt bekannten gynäkologischen Untersuchung vorgenommen werden ... Was die Frage anlangt, die Sie, Reichsführer, mir vor fast Jahresfrist stellten, nämlich in welcher Zeit es etwa möglich sein würde, 1000 Frauen auf diese Weise zu sterilisieren, so kann ich diese heute voraussehend beantworten ...: höchstwahrscheinlich mehrere hundert – wenn nicht gar 1000 – an einem Tage.»

Hierzu noch ein intimer Brief vom persönlichen Stab Himmlers an Clauberg: «Sehr geehrter Herr Professor! Der Reichsführer SS hat mich heute beauftragt, an Sie zu schreiben und Ihnen seinen Wunsch zu übermitteln, doch einmal ... nach Ravensbrück zu fahren, um dort die Sterilisierung von Jüdinnen nach Ihrem Verfahren durchzuführen. Die Jüdinnen selbst sollen nichts wissen. Im Rahmen einer allgemeinen Untersuchung könnten Sie nach Ansicht des Reichsführer SS die entsprechende Spritze verabreichen. Über die Wirksamkeit der erfolgten Sterilisierung müßten dann auch eingehende Versuche durchgeführt werden, größtenteils in der Art, daß nach einer bestimmten Zeit ... vielleicht durch Röntgenaufnahmen festgestellt wird, welche Veränderungen eingetreten sind. In dem einen oder anderen Fall dürfte aber auch ein praktischer Versuch in der Weise durchgeführt werden, daß man eine Jüdin mit einem Juden für eine gewisse Zeit zusammensperrt und dann sieht, welcher Erfolg dabei auftritt.»

Clauberg verfuhr exakt danach, sein forschender Ungeist drängte ihn, beliebig Mann und Frau «zusammenzusperren», drängte ihn, Menschen zu zerstören, unfruchtbar zu machen, schreckte nicht zurück, bei achtjährigen Mädchen damit anzufangen. Und die Opfer wußten nicht, was ihnen angetan wurde, krümmten sich in ihrem Schmerz.

Professoren wie Clauberg und Gebhardt traten zusammen, um zu begutachten, welche Symptome die Röntgenbilder aufweisen. Überhaupt hatten all die Genannten sich Jahre vorher des öfteren in Sachen Fortpflanzungsbiologie getroffen, ihre Meinungen zu ventilieren, Wettbewerbe unter Wissenschaftlern, Erfindern, Chemikern anzuregen, wer das beste Mittel entdeckt, entwickelt, erprobt.

Die Anregungen stießen im Kreis der SS-Verbrecher auf starke Resonanz. Ein Dr. Adolf Pokorny, Facharzt für Haut- und Geschlechtskrankheiten aus München, teilte am 4. Oktober 1941 seine Ideen Himmler schriftlich mit. «Getragen von dem Gedanken, daß der Feind nicht nur besiegt, sondern vernichtet werden muß, fühle ich mich verpflichtet, Ihnen als dem Reichsbeauftragten zur Festigung des deutschen Volkstums folgendes zu unterbreiten: Dr. Madaus veröffentlichte das Ergebnis seiner Forschung über eine medikamentöse Sterilisierung ... Bei der Lektüre dieses Artikels ist mir die ungeheure Wichtigkeit dieses Medikaments für den jetzigen Kampf ... eingefallen. Wenn es gelänge, aufgrund dieser Forschungen sobald als möglich ein Medikament herzustellen, das schon nach relativ kurzer Zeit eine unbemerkte Sterilisation beim Menschen erzeugt, so stände uns eine neue wirkungsvolle Waffe zur Verfügung. Allein der Gedanke, daß die drei Millionen momentan in deutscher Gefangenschaft befindlichen Bolschewisten sterilisiert werden könnten, so daß sie als Arbeiter zur Verfügung ständen, aber von der Fortpflanzung ausgeschlossen wären, eröffnet weitestgehende Perspektiven.»

Was hatte dieser Dr. Madaus entdeckt? Er hatte entdeckt, daß der Extrakt einer bestimmten südamerikanischen Pflanze – Schweigrohr –, als Pille oder Injektion verabreicht, dauernde Unfruchtbarkeit erzeugt. Himmler war entzückt. Die Entdeckung des Dr. Madaus kam vorrangig in Betracht. Natürlich dauerte alles seine Zeit, man war sich nicht sofort darüber einig, wie und wo massenhaft Schweigrohr anzupflanzen sich lohne, um daraus ein Medikament zu gewinnen, das die Fortpflanzung «unerwünschter» Menschenmassen verhindert. Aber im Frühjahr 1943 war es doch soweit gediehen. Man konnte dazu übergehn, Schweigrohr zu züchten.

Geheimschreiben vom 25. Mai 1943: «Reichsführer SS weist Reichsarzt SS Dr. Grawitz und SS-Obergruppenführer Pohl dahingehend an, in seinem Namen mit Dr. Madaus, Dresden-Radebeul, Fühlung zu nehmen und ihm den Wunsch zu übermitteln, über Fragen der medikamentösen Sterilisierung keine Veröffentlichungen mehr stattfinden zu lassen, ihm aber anzubieten, daß er bei uns die Möglichkeit zu Versuchen an verbrecherischen Personen, die an und für sich sterilisiert werden müssen, bekommt.»

Geheimschreiben unter gleichem Datum, gerichtet an alle KZ-Kommandanten: «Reichsführer SS drängt darauf, anhand der Bestandteile dieser Pflanze (Caladium seguinum – Schweigrohr) allenfalls schon Sterilisierungsversuche in den Konzentrationslagern durchzuführen. Ein Treibhaus soll FKL Ravensbrück erstellen.»

August 1943 – Meldung Suhrens an Himmler: «Befehl ausgeführt. Treibhaus erstellt.»

Das Treibhaus stand. Nur wuchs die Wurzel nicht so schnell. Das Medikament konnte nicht so rasch in großen Mengen hergestellt werden. Aber ihre Experimente machten Fortschritte, und man kann sich lebhaft vorstellen, wie weit sie gegangen wären, wenn ...

Wer sich fortpflanzen darf, bestimme ich; wer ein Mensch ist, bestimme ich – Hitler. Faschismus – Selbstentlarvung der Imperialisten. Hitler ihr säkularisierter Messias, «Retter des Abendlandes». Als sie ihn auf den Thron hoben, akzeptierten sie auch seine Herrschaftsmethoden.

Achsenbruch

Prag-Nusle, Strafanstalt Pankrac, Zelle 267. Rechts an der Wand ein schmaler Tisch. Am Tisch sitzt ein Mann. Der Mann schreibt. Es ist Julius Fučik. «Dreizehn Monate habe ich hier um mein und anderer Leben gerungen. Mit Mut und List. Sie haben in ihr Programm ‹nordische List› aufgenommen. Ich glaube, daß ich mich darin auch ausgekannt habe. Ich verliere nur, weil sie außerdem noch das Beil in der Hand haben ... Jetzt kommt nur das Warten. Zwei, drei Wochen, bis die Anklage ausgearbeitet ist, dann die Fahrt ins Reich, das Warten auf die Verhandlung, das Urteil und schließlich hundert Tage Warten auf die Hinrichtung. Das ist die Perspektive. Vielleicht also noch vier, vielleicht fünf Monate ... Wettlauf des Todes mit dem Tode. Was kommt früher: der Tod des Faschismus oder mein Tod? Ist das nur meine Frage? Ach nein, so fragen Zehntausende Häftlinge, so fragen Millionen von Soldaten, so fragen Dutzende Millionen von Menschen in ganz Europa und in der ganzen Welt. Der eine hat mehr, der andere weniger Aussicht ... Immer habe ich mir gedacht, wie traurig es ist, der letzte Soldat zu sein, den in der letzten Sekunde des Krieges die letzte Kugel ins Herz trifft. Aber einer muß dieser letzte sein. Wenn ich wüßte, daß ich es sein kann, möchte ich auf der Stelle sterben.»

Geschrieben am 22. Mai 1943. Da wußte Julius Fučik nicht, daß seine Henker es eilig haben, wußte nicht, daß er nur noch drei Monate und sechzehn Tage am Leben bleiben wird. Eines aber wußte er ganz sicher: Der Untergang, die Niederlage des Faschismus ist nicht mehr fern. Und jedes kleinste Signal, das in seine Zelle drang und ihm Verfallserscheinungen der Kräfte des Gegners anzeigte, registrierte er mit großer Genugtuung.

Mai, Juni – der Sommer verspricht heiß zu werden, nicht nur meterorologisch; brennend heiß und bewegend für Freund und Feind – rückwärts bewegend für den Feind! Im Süden Europas erhitzt sich das Klima. Den Faschisten wird der Boden unter den Füßen zu heiß, sie kommen ins Laufen.

Durch Ravensbrück weht ein erfrischender Wind. Zuerst wills niemand recht glauben, weil es zu schön ist, um wahr zu sein. Geflüster unter den Häftlingen: «Wißt ihr schon? Mussolini verhaftet! Faschisten in Italien aus dem Sattel gehoben!»

Begierig saugen sie solche Nachrichten auf, hoffnungsvoll, aber auch skeptisch. «Red kein Blech!» – «Ist Mussolini wirklich nicht mehr am Ruder?» – «Mensch, wenn das stimmt, mit dem Duce!» – «Abfall Italiens, die Achse bricht!»

Ja, es stimmte. Italien, kriegsmüde, marschierte nicht mehr oder nur noch widerwillig mit. Zudem waren die Alliierten auf Sizilien gelandet. Aus Furcht, der antifaschistische Widerstandskampf könnte Massencharakter annehmen, hatte König Viktor Emanuel III. einen Coup gestartet. Mussolini gestürzt und verbannt. Der neue Regierungschef hieß Badoglio, ein siebzigjähriger dem König treu ergebener Marschall. Das ereignete sich in den Wochen vom 10. bis 26. Juli.

Im August ist Sizilien von den Anglo-Amerikanern genommen; sie setzen über, auf die südlichste Festlandspitze Italiens. Aus dem Osten stößt die Rote Armee unaufhaltsam nach Westen vor. Die Kräfte der Unterdrückten, der Kraft- und Machtlosen verdoppeln sich, auch hinter Stacheldraht und Mauer: 2. August 1943, Aufstand in Treblinka!

Treblinka, seit Juli 1942 Mordstätte, errichtet in einer Einöde auf polnischer Erde. Nur ein kleines Lager. Einige wenige Baracken, durchschnittlich von etwa tausend Häftlingen belegt, mehr nicht, obwohl Tag für Tag auf dem Gleis vor einer Bahnhofsattrappe Züge einliefen, vollbeladen mit jüdischen Häftlingen aus anderen Lagern oder aus Ghettos, vollbeladen auch mit gefangenen Rotarmisten und Partisanen. Tag für Tag übte die Totenkopfstandarte ihr blutiges Handwerk aus. Treblinka, Ort hemmungsloser Vernichtung: 700 000 Menschenleben ausgelöscht, vergast, verscharrt – ein ganzes Jahr lang tagtäglich fast zweitausend. Der Aufstand setzt dem ein Ende. Als er ausbricht, verfügen die Aufständischen nur über ein Maschinengewehr, über einige Pistolen und Handgranaten. Sie erstürmen die Wachtürme, stecken Magazine, Verwaltungsgebäude, Baracken in Brand, zerschneiden die Telefonkabel, sprengen das Tor auf, reißen Mauern nieder, erobern einen Panzerspähwagen, beschießen damit SS-Quartiere und anrückende Liquidierungskommandos, halten den Feind in Schach, bis es sechshundert gelungen ist, die nahen Wälder zu erreichen. Nur vierzig der Befreiten überleben. Aber die Mordstätte Treblinka gibt es nicht mehr. Gelöscht vom Feuer der Aufständischen.

Kampfsignale der Befreiungsfront – hier und da schwächer, ab und an deutlicher vernehmbar, auch in Julius Fučiks Zelle. Er ist aber nicht mehr in Prag, sondern seit Juni im «Gelben Elend» in Bautzen und ab 24. August in Berlin-Moabit.

Mitte August verläßt eine Gruppe tschechischer Frauen die Festung Theresienstadt – Überführung nach Ravensbrück. Es sind alles politische Gefangene, darunter Gusta Fučikova. «Wir nahmen Abschied von unserer Heimat … Würden wir unsere Berge, unsere Wälder noch einmal wiedersehen?

Eine Nacht in Chemnitz. Am frühen Morgen Weiterfahrt. Der Zug hielt öfter. Wir sind erst abends in Berlin. Alex. Unsere Gruppe getrennt – Massenzelle die einen, der Rest hinauf, zum oberen Stockwerk, in eine kleinere Zelle. Maritschka und ich unter dem Rest. Eine Woche Alex … Eines abends, wir hatten uns schon hingelegt, plötzlich Fliegeralarm und gleich darauf Donnerschläge. Der Nachthimmel taghell. Bomben rauschten pfeifend herab, die Fensterscheiben klirrten, die Mauern erbebten. Es krachte so nahe, als wäre das Gefängnis getroffen. Bei jedem Einschlag applaudierten die russischen Mädchen.

Bomben auf Berlin auch an dem Tage, als man uns weiterbeförderte. Es war der 24. August. Von allen Seiten Feuer und Phosphor … Die Zeit stand still, die Ewigkeit hatte begonnen. Undurchdringliches Dunkel, Mond- und Sonnenfinsternis in einem. Nur ringsum Fauchen, Bersten, wütendes Geheul der furiosen Feuersbrunst … Die Berliner auf der Flucht – weg, raus aus diesem Hexenkessel, aus diesem schwefelgelben Flammenmeer! Durch die Prinz-Albrecht-Straße wälzt sich der Brand, durch Berlin wälzen sich Qualmwolken, Schuttmassen, Menschenmassen. Die Menschen strömen zum nächstgelegenen Bahnhof. Tausende drängen sich vor den verschlossenen Gittertoren, rütteln an den Stäben. Schreie, Entsetzensschreie: ‹Aufmachen, aufmachen! Laßt uns weg von hier! Öffnet die Gitter!›

Wir Gefangenen werden eiligst verladen, auf dem Güterbahnhof, und hören die Schreie. Wodurch unterscheidet sich eigentlich noch das Leben derer, die sich in Freiheit wähnen, von dem unsrigen? – Es war, wie gesagt, der 24. August, und es hieß, der Volksgerichtshof sei teilweise zerstört.»

Dort aber wird am 25. August Gericht gehalten. Verhandlung gegen Julius Fučik – letzter Verhandlungstag mit Urteilsverkündung. Richterspruch: «Tod durch den Strang.»

Gusta, nun in Ravensbrück, weiß das nicht, erfährt es erst viel später, und da glaubt sie es nicht, will es nicht glauben.

«Neulinge, wie wir, sind ‹verfügbar›. Wir müssen Kohl abladen und zum Vorratskeller tragen. Je zwei an einer Kiepe, die so festgefügt und mit Eisenbändern beschlagen ist, als müßte sie hundert Jahre halten. Schon die leere Kiepe war sehr schwer, vollgefüllt preßte sie uns alle Kraft aus dem Körper ... Und so ging das einige Wochen hindurch – morgens, mittags, abends, nachts. Man ließ uns kaum einen Augenblick Ruhe. Innerlich kamen wir sowieso nie zur Ruhe. Mich bewegte ständig der Gedanke an Julek, ständig hörte ich seine Worte, ich sollte mir keine Illusionen machen, was den Prozeßausgang betreffe, es sei denn, ein Wunder geschehe. Aber Wunder geschehen nicht, und mich ergriff kalte Angst. Julek verlieren – undenkbar! Welchen Sinn hätte mein Leben ohne ihn? Und wir schleppten unablässig Kohl ...

Ab und zu besuchten mich während der Quarantänewochen tschechische Genossinnen, die ich noch aus der Zeit kannte, als wir in Freiheit waren. Sie schenkten mir viel Aufmerksamkeit, brachten Strümpfe und so etwas wie Müffchen, damit ich mich nicht erkälte, denn Anfang September lag morgens schon Rauhreif.»

Schreiben durfte man auf dem Zugangsblock nicht und draußen, in den Wohnbaracken, auch nur einmal monatlich. Frühestens Ende September hätte Gusta ihren Angehörigen erst mitteilen können, wo sie sich befand. Aber die Genossinnen wußten einen illegalen Postweg, und so konnte sie schon eher einen Brief an Julius' Schwester abschicken. Antwort erhielt sie Mitte Oktober: «Liebe Gustina, als von Dir das Wäschepaket aus Theresienstadt kam, glaubte ich, du wärst auf dem Weg zu uns. Aber statt näher bist Du weiter entfernt, und wir müssen allein bleiben ... Von Julek haben wir auch Nachricht ... Die eine Hälfte seines Briefes ist für Dich bestimmt. Ihm wurde erlaubt, Post zu empfangen, und er bittet Dich, recht bald von Dir hören zu lassen. Du sollst ruhig und guten Mutes sein ... Juleks neue Adresse – Berlin, Strafanstalt Plötzensee.»

Gusta richtete sofort ein Gesuch an die Lagerleitung, ob sie ihrem Mann schreiben dürfe. «Ich wartete eine Woche, zwei Wochen. Nichts. Weder Erlaubnis noch Ablehnung. Zu der Zeit war ich schon in einer Wohnbaracke – Block 11, ‹Lidice›. Schmerzlich und tröstlich zugleich, hier so viele Bekannte zu sehen, auch Jošenka Baxova.

Jošenka, ebenfalls erst einige Zeit im Lager, erzählte mir, sie habe in einem Dresdener Gefängnis ihre Stiefschwester Lidmila getroffen (Mitangeklagte im Prozeß gegen Julius Fučik – die Autorin). Der Prozeß wäre vorbei, Julek und Mirek verurteilt, Lidmila freigesprochen, aber weiterhin Schutzhäftling, auf der Durchreise nach Prag ... Ja und, fragte ich nervös, gereizt, ungeduldig, was ist mit Julek, was mit Mirek? Wozu sind sie verurteilt? Sag doch, Jošenka! – Sie erwiderte, du weißt ja selbst, wie das Urteil nur lauten kann. Aber ich wollte es mir um nichts in der Welt eingestehn, ja, ich fürchtete, Jošenka könnte das schreckliche Wort aussprechen, und ließ sie einfach stehen, irrte durchs Lager, am Rande der Verzweiflung ... Vor sich selber kann man nicht davonrennen, außer in den Tod, und das war mir zu feige. Die verrücktesten Ideen spukten in meinem Kopf herum. Eine leuchtete immer wieder auf: Gut, Julek ist verurteilt, aber noch lebt er, noch bleiben mindestens hundert Tage bis zur Vollstreckung des Urteils. Ich rechnete aus, wann das sein würde, und kam auf den 3. Dezember. Dezember? Oh, bis dahinn konnte viel geschehen, bis dahin mußte etwas geschehen! Gab es nicht reale Beweise, daß Hitlerdeutschlands

Vasallen absprangen? War nicht auch davon gesprochen worden, die Rote Armee wolle im November vor den Toren Berlins stehen? Phantastisch, utopisch, ja. Könnten utopische Träume sich nicht doch verwirklichen? Julek – um ihn kreiste all mein Denken. Nacht für Nacht erwachte ich schweißgebadet. Alpdruck.»

Gusta schreibt an Julius, will sich selbst damit von dem Druck befreien, will sich ganz intensiv der gemeinsamen Jahre erinnern, schreibt von den Ausflügen ins Riesengebirge, schreibt von der Hohen Tatra, von den Poloninen, wo sie beide ihren Urlaub verbracht, erinnert an das Dörfchen Chotimer, in dem sie gewohnt hatten. «Ich wollte ihm hauptsächlich andeuten, daß ich mir die größte Mühe gab, den schrecklichsten aller Gedanken zu verdrängen.»

Als Neue vom Alex eingeliefert wurden, erfuhr sie, Plötzensee wäre teilweise zerstört, durch Bomben, einige Gefangene hätten fliehen können. «Wieder flammte in mir Hoffnung auf – vielleicht ist Julek unter ihnen! ... Eines Tages begegnete ich Lidmila. Also hatten die Nazis sie von Berlin über Dresden nach Prag befördert, um sie von dort hierher zu schicken ... Lidmila erzählte mir von der Gerichtsverhandlung, wie selbstbewußt Julek aufgetreten sei, bestellte mir auch Grüße von ihm, wir sollten keine trauernden Witwen bleiben. Wenn ihr die Freiheit erlebt, nutzt sie, habe er gesagt. Von seinem weiteren Schicksal wußte sie nichts, und ich ahnte nicht, daß mein Brief ihn gar nicht erreicht hatte, daß er überhaupt keine Briefe mehr erhalten kann und ich ihn niemals wiedersehen werde.»

Julius Fučik hingerichtet, am 8. September 1943. «Wir haben für die Freude gelebt, für die Freude sind wir in den Kampf gegangen ... Deshalb möge nie Trauer mit meinem Namen verbunden sein.»

Er ist nicht das letzte Opfer dieses Krieges, nicht das letzte Opfer des Faschismus, und wäre es doch so gern gewesen. Am selben Tag sterben viele, so viele. Am selben Tag fließen Ströme von Blut und Tränen. Am selben Tag schleift der Henker das Beil für die nächsten Opfer. Und der Krieg tobt weiter.

Hitler rast, weil die «Achse Berlin–Rom» endgültig zerborsten, der wichtigste Partner ausgefallen ist, und geht am 8. September mit Waffengewalt auf den ehemaligen Verbündeten los. Am 9. September landen amerikanische Streitkräfte bei Salerno in Süditalien. Die Militärregierung unter Badoglio bietet den Alliierten bedingungslose Kapitulation an und zieht sich samt König und Generalität aus Rom nach Bari zurück. Hitlertruppen besetzen Norditalien, Fallschirmjäger holen den Duce aus der Versenkung. Norditalien wird Marionettenstaat, sein Oberhaupt, Mussolini, einst angetreten, die Welt zu beherrschen, nun Lakai, Dienstbote Hitlers, dessen Stern auch immer tiefer und tiefer sinkt. Marschall Badoglio erklärt am 11. Oktober, daß Italien auf seiten der Alliierten kämpft, sich also mit Deutschland im Kriegszustand befindet. In den nördlichen Provinzen Terror, seit September nach gründlichster SS-Manier. Hetzjagd auf Antifaschisten und Juden. Verhaftungen, Verurteilungen, Hinrichtungen. Italiener in KZ-Lager oder deutsche Rüstungshallen deportiert.

An dem Tag, als Mussolini plötzlich von der Bildfläche verschwand, an diesem 25. Juli 1943 glaubte das italienische Volk, die Freiheit sei gekommen, der Krieg sei zu Ende. Aber es war ein Trugschluß. Der Kampf um Frieden und Freiheit hatte jetzt erst sein entscheidendes Stadium erreicht. Erste große Erfolge schon Ende September, als italienische Partisanen Neapel vom Feind befreien.

Belebung

Man atmet auf, wenn aus den Ravensbrücker Dokumenten, aus den Zeugnissen, Erlebnisberichten, Tagebuchnotizen hin und wieder kleine Lichtblicke schimmern.

Zdena, die tschechische Häftlingsärztin, hat Nachtwache. Sie läuft durch die Krankenräume, tupft einer Fiebernden die Schweißperlen von der Stirn, reicht da und dort einer Wehklagenden, die nicht einschlafen kann, Beruhigungstropfen. Medikamente aus ihrer Hand sind stärkend, heilkräftig.

Medikamente in einem KZ sind Luxus – eine Aspirintablette, in Flüssigkeit aufgelöst, für drei Patienten. Nur zu oft muß ein Schluck Kräutertee genügen. Aber auch beruhigende Kräuterdrogen unterliegen hier strengster Zuteilung.

Beruhigung, Stärkung, Heilung, Belebung, Wiederbelebung haben alle bitter nötig. Zu entscheiden, wer es am dringlichsten benötigt, fällt unsagbar schwer. Und damit das, was sie in der Hand hält, an die allerschwersten Fälle verteilt werden kann, greift Zdena bei leichteren Fällen zum beruhigenden Wort, erzählt der fiebrig wehklagenden Unruhigen von schönen Dingen, spricht in Bildern und über Bilder, über Gemälde, über Maler – über van Gogh zum Beispiel, seine berühmten Sonnenblumen, die leuchtenden Farben seiner Gemälde. Spricht Zdena mit einer Verzweifelten, Mutlosen, erzählt sie aus van Goghs Leben, erzählt, daß er selbst dann nicht zu malen aufhörte, als er leidend war, als er glaubte, Ketten an den Fußgelenken zu tragen, und sich angeschmiedet fühlte, wie Prometheus an den Fels.

Hatte sie eine Kranke in den Schlaf gewiegt, lockerte sich die Kette an ihren Füßen – Heilmethode, die Patient wie Arzt gleichermaßen wiederbelebte, selbst wenn der Patient nicht genau verstand, was der Arzt sagte. Und es war ja nicht Zdena allein, die mit beruhigenden Worten oftmals Wunder bewirkte. Jede Häftlingsärztin, jede Revierhelferin suchte durch heilsame Zuwendung den Mangel an Medizin zu ersetzen. Wie segensreich, wenn sie Unterstützung bekamen, wenn die Lagerläuferin oder eine Stubenälteste aus irgendeinem Wohnblock ihnen Tütchen und Beutelchen getrockneter Heilkräuter zusteckte, gesammelt von Häftlingen der Außenkommandos. Viele kannten die Heilkraft der Pflanzen. Zunächst sammelten sie nur für sich und den kleineren Kreis ihrer Bekannten. Die Nachfrage war groß, sie gaben ab von ihren Schätzen, im Wohnblock und darüber hinaus ans Revier.

Waldkolonne «Forst Neues Gut»

Das hüglige Waldgebiet zog sich an einem kleinen Fluß entlang, der einen halben Kilometer weiter unten an einer Hühnerfarm vorbeiplätscherte.

Maria Liberakowa, eine polnische Genossin aus Zakopane, leitete die Kolonne. Ein beliebtes Kommando. Wer dazu gehörte, wurde beneidet.

Die Waldkolonne beneidenswert? Harte Männerarbeit! Bei Hitze und Kälte, bei Wind und Wetter Bäume fällen, Stubben roden, Baumstämme über den Waldboden schleifen, sie zersägen und zu Klaftern aufschichten. Und doch – da ist Tannengrün, Fichtennadelduft, das Zwitschern der Vögel und winters wie sommers ein kleiner Hauch von Freiheit.

Marka Graf, die Tschechin, gehörte zum Waldkommando, Maria Grollmuß auch, außerdem die Polin Eugenia Kocwa und noch ungefähr fünfzehn andere. Nanette, die Belgierin, war die jüngste. «Mir gefiel das sehr – der Wald, die Ruhe, eine Kommandoleiterin, die nicht kommandierte, der Förster, der uns nicht peinigte. Manchmal gab er mir leichte Arbeit – Baumrinde abschälen oder Herbst und Winter Äste zu einem Reisighaufen zusammentragen, den er anbrannte. Ein Weilchen konnte man am Feuer sitzen, es schüren und sich einbilden, an einem ganz anderen Lagerfeuer zu sitzen.»

Hier, am Feuer, das wärmte, aber nicht verbrannte, entging Nanette der Wirklichkeit. Sie stocherte mit einem langen Ast im Reisighaufen, die Glut zu entfachen, warf trockenes dürres Gezweig hinein und Kiefernzapfen. Das Feuer loderte höher, es prasselte, knisterte, zischte. Ein scharfer, angenehm würziger Rauch stieg auf, mit ihm Erinnerung: Föhren an der belgischen Küste, Burschen und Mädchen, die um ein Lagerfeuer tanzen, Meeresrauschen, junge Gesichter, Lachen, Freude, Klampfen erklingen und leiser Gesang …

Nanette und ihre Mutter hatten für Untergrundkämpfer Waffen verborgen, hier und da auch von einer zur anderen Gruppe weitergegeben. Beide verhaftet, beide in Ravensbrück. Nanette, sehr jung, knapp siebzehn, erkrankte auf dem

Transport und kam gleich nach der Ankunft wegen Diphtherieverdachts in die Seuchenbaracke – fast ein Todesurteil. Sie wurde gerettet. Häftlingsärzte und Pflegerinnen halfen ihr wieder auf die Beine. Andere sorgten dafür, daß sich ihre Konstitution kräftigte. Außenarbeit, frische, saubere Luft, Bewegung im Freien taten ihr gut.

Wer mit dem Forstkommando das Lager verließ, hatte wirklich einige Vorteile. Auch waren die Arbeitsplätze im Wald fern der Mauer. Wo weder Mauer noch Gitter sind, eröffnet sich Illegalen aus der näheren und weiteren Umgebung dieser oder jener Weg, Kontakte mit den Gefangenen aufzunehmen. Der Wald ist tief, dicht, verschwiegen. Hohle Bäume, Himbeerhecken, Brombeergestrüpp eignen sich, Informationen, Briefe, Zeitungen, Lebensmittel, Medikamente und ähnliche lebenswichtige Dinge zu hinterlegen. «Und nebenbei oder während der Pausen suchten wir Kräuter, sammelten Blüten und Blätter, zarte Wurzeln, Beeren und Pilze, Brunnenkresse, Sauerampfer und verkohlte Holzstückchen – letztere als Medizin gegen Ruhr.»

Wald ohne Gatter. Bieten sich da nicht auch Fluchtmöglichkeiten? Ein gefährlicher Gedanke, der sie immer wieder lockt, den sie immer wieder verwerfen, aber nie gänzlich aus ihren Gedanken streichen. Freilich, wäre ihnen bekanntgeworden, daß im Herbst 1943 Eugenia Kocwa sich ernsthaft mit Fluchtgedanken trägt, sie hätten es ihr energisch ausgeredet.

Eugenia, eine Katholikin, war sehr still, verschlossen. Nicht abweisend, nein, aber doch etwas eigenbrötlerisch. Einmal von dem Gedanken an Flucht gepackt, kommt sie nicht mehr davon los. Punkt für Punkt legt sie sich einen ganz genauen Plan zurecht, in kleinen Etappen – bis dann und dann das Gelände unauffällig erkunden, bis dann und dann die Bekleidung unauffällig verändern, sich verkleiden. Ein Plan, den sie verwirklicht, ohne jemanden ins Vertrauen zu ziehen. Keine der Kameradinnen bemerkt, daß sich Eugenia auf eine Sache vorbereitet, die mit höchster Wahrscheinlichkeit für sie und andere tödlich ausgehen wird.

Maria Grollmuß, Erzählerin, die zum Träumen verführte,

ist auch in der Waldkolonne Erzählerin. Sie steht mit drei ihrer Kameradinnen am Sägebock – je zwei links und rechts am Griff der Säge. Ihr gegenüber Eugenia Kocwa und eine junge Elsässerin, neben ihr Marka Graf. Dicke Baumstämme zersägen, das ermüdet schnell. Marias Arme erlahmen. Sie reckt sich auf, breitet die Arme aus, winkelt sie an, verschränkt die Hände im Nacken, guckt in die Luft, gibt sich für wenige Augenblicke ihren Träumen hin, wie schön doch die Welt wäre, wenn ... Der SS-Aufseherin entgeht das nicht. Maria wird grob aus ihrer kurzen, innigen Naturbetrachtung geweckt. Warum stößt sie mich, warum schlägt sie mich? Eigentlich hat sie ein liebes Gesicht, nur jetzt sieht sie häßlich aus. Es muß sehr anstrengend sein, Menschen zu züchtigen. Womit hab ich sie erzürnt? Armes Ding, mußt mich mit schlagenden Argumenten darauf hinweisen, daß man hier nicht träumen darf.

Die Aufseherin geht weiter, zur nächsten Gruppe, sie ist auf Kontrollgang. Die vier Frauen am Sägebock ziehen das Blatt durch den dicken Stamm. «Ruh dich aus, Maria, tu nur so als ob», sagt Marka, «ich schaffs schon allein. Erzähl uns was.»

Maria hat den Schlag bereits verschmerzt, die Tränen verschluckt. Sie erzählt.

Von der Forstkolonne Neues Gut muß sie sich trotzdem trennen. Sie war den SS-Bewachern aufgefallen. Überdies erlahmten nicht nur ihre Arme. «Maria klagte nie über Müdigkeit, beklagte sich sowieso nie über irgend etwas», schreibt Marka Graf. «Wir merkten aber, ihre körperlichen Kräfte lassen nach, wußten andererseits, wie sehr das Gefühl sie stärkte, im Freien zu sein. Wir schonten und schützten sie, wo und wie immer wir konnten, und haben unsere Genossinnen im Arbeitseinsatz gefragt, ob es möglich sei, Maria in der Feldbaukolonne zu beschäftigen.»

Trennung vom eingespielten Kollektiv, tagsüber auch Trennung von Marka, der gebürtigen Lausitzerin. Einfach wars nicht. Aber man würde sich ja abends sehen, und ob Wald oder Feld, Hauptsache draußen.

Oktober, Kartoffelernte. Es regnet, später kam Nebel auf.

Der Himmel grau, die Felder ein einziger Schlamm. Der Boden lehmig. An den Sohlen der Holzschuhe fettig glänzende Dreckbatzen. Das erste, was Maria sagt, als sie abends auf Block 5 Marka Graf begegnet: «Schau, was ich heute gefunden habe – ein vierblättriges Kleeblatt, einen Glücksbringer!»

Widerstand, das hieß sich am Leben erhalten, hieß auch sich an etwas erfreuen können, hieß vor allem sich nähren, ernähren. Auf den Feldern Kartoffeln, Runkelrüben, rote Beete, Zuckerrüben. Ab und zu steckt man sich Knollen in den Brotbeutel. Herzklopfen, wenn man damit durchs Tor ging, vorbei an kontrollierenden Posten; Hochstimmung, wenn nichts entdeckt wurde.

Große Körbe mit Hackfrüchten füllen, die Körbe in Säcke umschütten, die Säcke zum Feldrand tragen. Das war auch nicht viel leichter als Bäume fällen und zersägen. Aber sie hatten männliche Helfer – kriegsgefangene Franzosen, Italiener, Rotarmisten. Die halfen nicht nur Körbe schleppen, die schenkten ihnen mitunter auch Leckerbissen: ein Brot oder Obst und Gemüse. Kalorienspender, Vitaminspender. Einmal deuteten sie auf einen Strauch. Die Frauen fanden unter den Zweigen auf fächerartig zusammengelegten Rübenblättern einen appetitlich aufgebauten Kranz orangefarbener Früchte – Möhren, gewaschen, säuberlich abgeschabt und rosettenförmig zerteilt, wie man Äpfel, Orangen oder Ananas reicht, damit auch das Auge sich dran erlabt. Maria war so gerührt, daß ihr Tränen übers Gesicht rannen. «Die lieben, lieben Jungs, wie haben sie das fürstlich serviert!»

Abends wartete man im Lager sehnsüchtig auf die Rückkehr der Außenkommandos wie auf ein freudiges Ereignis.

Aufsässig

Erwarten mußten sie stündlich das Schlimmste. Gewartet haben sie ständig auf irgend etwas Gutes, vor allem auf Nachrichten, die Auskunft gaben, wie es an den Fronten steht und wie lange es wohl noch dauern wird, bis ihre Qual ein Ende hat.

Herbst und Winter 1943 – Woche für Woche neue Transporte aus Frankreich, Griechenland, Jugoslawien, Italien. Nachrichten, die mit ihnen ins Lager kamen, sagten aus: Ab Juli, August, September ist weltweit erkennbar, daß der Antikominternpakt auf tönernen Füßen steht und das angeblich so felsenfeste Bündnis faschistischer Staaten wie Eis in der Sonne zu schmelzen beginnt. Die Stützpfeiler sind morsch. Hitlerdeutschland rutscht auf schiefer Ebene – gute, sehnsüchtig erwartete Nachricht.

Doch wenn die Häftlinge nun auf raschesten Vormarsch anglo-amerikanischer Truppen gehofft hatten, die im Süden Italiens operierten, so wurden ihre Hoffnungen arg getäuscht. Monat um Monat verging, peinlich langsam bewegten sich die westlichen Alliierten von Süd nach Nord, machten im Dezember 1943 sogar vor Mussolinis Rumpfstaat halt, griffen ihn nicht an. Kein Mensch, der Faschismus und Krieg haßte, begriff das.

Der Krieg wird in die Länge gezogen, das Ende der Qual hinausgeschoben.

In Ravensbrück schleift nicht der Henker das Beil, da schleift der SS-Arzt das Skalpell. Vivisektionen! Jagd auf «Kaninchen», obwohl Anfang 1943 versichert worden war, man hätte «das Forschungsprogramm abgeschlossen». Nun müssen sich die Opfer neuerlich darauf einstellen.

Der Hintergrund ist für Schlächter wie Opfer nicht ohne Belang. Zwar bewegen sich Amerikaner und Engländer im Schneckentempo vorwärts, im Osten aber bewegen sich Hitlertruppen im Eiltempo rückwärts. Im September hat die Rote Armee Smolensk befreit, im Oktober den Dnepr erreicht – vorwärts, nach Kiew! Die Faschisten kommen nicht mehr zum Stehen und vernichten auf dem Rückzug Mensch und Vieh, Haus und Hof, Städte und Dörfer, treiben Menschen und Tiere vor sich her, hinterlassen verbrannte Erde.

Himmler baut vor, läßt im «Generalgouvernement» vernichten, verbrennen, ausmerzen, noch ehe die braunen Horden polnisches Gebiet verlassen müssen. Warum hat er es so eilig? Himmler, einer der durchtriebensten, kaltblütigsten NS-Verbrecher, immer vorausschauend, auf Gangsterart vorausplanend. Er pflegte schon geraume Zeit sonderbare Beziehungen, hatte sich durch seine Agenten mit englischen und amerikanischen Dunkelmännern ins Benehmen gesetzt, darauf spekulierend, daß die Westmächte der Antihitlerkoalition den Rücken kehren und sich auf die Seite Deutschlands schlagen. Mit vereinten Kräften könnte dann der stürmische Vormarsch sowjetischer Armeen östlich der Grenze Polens ein für allemal gestoppt und zurückgeworfen werden. So spekulierten, so kalkulierten Himmler und andere Leute aus seinem Dunstkreis. Und darum läßt er polnisches Gebiet säubern, läßt Beweise faschistischer Greueltaten aus der Welt schaffen. Selbstherrlich genug zu glauben, es lasse sich da etwas vertuschen, befiehlt er im Oktober 1943 die «Aktion Erntefest» – «abmähen, aufräumen!», Leichenfelder aus- und umgraben, neu bestellen, als hätte es sie nie gegeben. SS, SD und Gestapo beseitigen nach und nach kleinere Todeslager wie Kulmhof, Belzec, Sobibor – Flurbereinigung, Zeugen und Zeugnisse unter die Erde bringen, damit Gras darüber wächst. Am 14. Oktober kommt es in Sobibor zu einem ähnlich heroischen Aufstand wie in Treblinka.

Widerstand auch in Ravensbrück. Kein Massenausbruch, kein bewaffneter Aufstand. Nur ein Aufruhr, aber zum ersten Male offene Abwehr, offene kollektive Verteidigung.

Es beginnt im Block 32, NN-Block, «Nacht und Nebel», seit kurzem eingerichtet, mit verschärften Haftbedingungen – strenger bewacht, strenger isoliert, Arbeitseinsätze außerhalb der Mauer verboten, Schreibverbot, härteres Strafmaß bei Regelverstößen.

Im NN-Block vorwiegend Gefangene mit dem Vermerk «Rückkehr unerwünscht», Antifaschisten aus fast allen Ländern Westeuropas, aber auch kriegsgefangene sowjetische Frauen und etwa vierzig der jungen polnischen Partisaninnen, die, zum Tode verurteilt, dem KZ überlassen und hier für chirurgische Experimente mißbraucht worden waren. Von siebzig Verstümmelten lagen ungeführ noch dreißig im Krankenbau, seit vielen Monaten, manche seit über einem Jahr. Die Wunden heilten nicht; und das Drama ging weiter, die Vivisektionen hörten nicht auf.

Kurzer Stimmungsbericht aus dem NN-Block: «Wir dachten, dieses gräßliche Kapitel sei wirklich abgeschlossen. Unfaßbar, als die Lagerleitung erneut zehn unserer polnischen Kameradinnen zur Schlachtbank führen wollte. Ihre körperliche und seelische Verfassung hatte sich gerade erst einigermaßen stabilisiert, sie hatten gerade wieder einigermaßen laufen gelernt. Uns packte ungeheure Erregung. Wir kochten vor Wut. Sind das noch Menschen, diese Nazis? Man muß es bezweifeln und verzweifelt fast daran. – Aufruhr im NN-Block!»

Vor allem Aufruhr der Gefühle. Und sie hätten nicht sagen können, welche Gefühle sie am meisten erregten – Haß, Angst, Zorn, würgender Ekel oder das unstillbare Bedürfnis, eine Waffe in der Hand zu fühlen, das heftige Verlangen, den Angriffen der Barbaren nicht ohnmächtig entgegentreten zu müssen.

Gestützt und bestärkt durch den Rückhalt der NN-Häftlinge, verteidigten sich die jungen Polinnen, schrieben einen Protestbrief, delegierten zwei der Ihren mit diesem Brief zum Lagerkommandanten. Offenes Protestschreiben, unterzeichnet von allen, die es betraf – das war außerordentlich. Zwei der Mutigen begaben sich zur Lagerleitung.

Riskierten sie damit nicht ihr Leben? Würde ihr Protest überhaupt etwas bewirken, außer neuem Leid? Daran dachten sie, wußten aber auch, daß er schon etwas bewirkt hatte, etwas Positives. Es hatte ihr Selbstbewußtsein, ihre Entschlußkraft erhöht, als sie sich hinsetzten, um ein Schriftstück zu verfassen, das dem Gegner offen ins Gesicht sagt, welche Verbrechen er an ihnen begeht, und von ihm Aufklärung fordert, ob solche Versuchsoperationen, die im krassen Widerspruch zum Völkerrecht stehen, aufgrund eines Urteils vorgenommen worden sind und weshalb sie fortgesetzt werden sollen. Beteiligt waren viele aus dem NN-Block, daß dieses Protestschreiben zustande kam, und inzwischen hatten auch Häftlinge anderer Blocks von der Verteidigungsaktion erfahren.

Daran dachten die zwei, als sie den Lagerkommandanten um ein Gespräch ersuchten. Vorgelassen wurden sie nicht.

Suhren empfing keine Häftlingsdelegation. Ihren Brief überreichten sie dennoch an seine Adresse, und er antwortete sogar. Sensationell! Aber dahinter steckte Niedertracht. Er hatte das Protestschreiben flüchtig zur Kenntnis genommen und die Polinnen eine Weile im unklaren gehalten, ehe er ihnen scheinheilig mitteilen ließ, es handele sich überhaupt nicht um Experimente, es handele sich bei den nochmaligen Operationen nur um geringfügige regulierende Eingriffe, die sich im Interesse einer Genesung der Patienten erforderlich machten. Darüber hinaus versprach er, für alle, die sich freiwillig einer solchen Nachbehandlung unterzögen, das Todesurteil aufzuheben.

Natürlich glaubte niemand im NN-Block seinen Worten. «Vielmehr befürchteten wir, daß unsere ‹Kaninchen› aus dem Leben verschwinden sollen. Es war immer doppelzüngig, hinterhältig, was der Gegner sagte, ihm ist nie zu glauben, nie zu trauen, ihm ist nur jede Schändlichkeit zuzutrauen, und oftmals erkannten wir gerade an seinem Zynismus seine wahren Absichten. Keines der polnischen Mädchen folgte Suhrens Zitat, keines meldete sich freiwillig. Daraufhin rückte SS an, umstellte unseren Block, riegelte ihn ab. Suchkommandos durchstöberten unsere Baracke.»

Man fand die zehn Gesuchten, zumal ihre verunstalteten Beine, ihre kaum vernarbten tiefen Schnittwunden sie verrieten. Bunkerhaft für alle zehn, wegen «Aufsässigkeit». Im Bunker dem Skalpell ausgeliefert. Nach überstandener «Nachbehandlung» sind drei der Gemarterten hingerichtet worden. «Es war ihr Tod, der uns hartnäckig weiterkämpfen ließ ...»

Dazu berichtet eine jener Polinnen, die weiterkämpften, obwohl forschende Metzger ihre Körper mehrfach zergliedert hatten. «Von uns befanden sich jetzt nur noch dreißig auf dem NN-Block. Das Kesseltreiben hielt an; sie suchten unausgesetzt nach uns. Lagerleitung, SS-Ärzte, SS-Schwestern verbreiteten, wir hätten uns freiwillig für eine ‹korrektive Operation› gemeldet, würden aber nicht im Revier erscheinen, wenn man uns rufe. Mindestens einmal wöchentlich forderten sie uns auf. Wir reagierten nicht. Seltsamerweise holten sie uns auch nicht, und nach einem Monat etwa unterließen sie sogar ihre Aufrufe, ließen statt dessen verlauten, man werde uns demnächst abtransportieren.

Neue Lüge oder Fakt? Hatten sie vor, uns anderswo umzubringen oder uns herauszulocken und auf der Stelle zusammenzuschießen?

So oder so, nun wollten wir doch Genaueres wissen. Alle ‹Kaninchen›, die schon etwas flotter laufen konnten, begaben sich auf die Lagerstraße, zum Büro der SS-Oberaufseherin. Es war ein Sonntag. Wir hatten diesen Tag bewußt gewählt, sonntags ist Ruhe, wenig SS im Lager.

Der Platz leer, das Büro verschlossen. Wir zogen weiter, zum Revier. Da trat uns die Binz entgegen, selber überrascht, uns zu sehen. ‹Was habt ihr denn hier verloren?›

Unsere Dolmetscherin antwortete mit einer Gegenfrage, den Abtransport betreffend, klärte auch, daß die Behauptung, wir wären freiwillig zur ‹Nachbehandlung› bereit, nicht der Wahrheit entsprach. Die Binz erwiderte, von Operation sei nicht mehr die Rede. ‹Ja, ihr habt ganz richtig gehört, ab gehts, auf Transport! – Was, ihr glaubt das nicht? Kanns euch schriftlich geben, schwarz auf weiß. Moment, ich hole die Unterlagen. Wartet hier, bin gleich zurück!› Sie drehte sich um und stiefelte eilig davon.

Uns schwante Böses. Wir warteten nicht, liefen ebenfalls weg, so schnell unsere verkrüppelten Beine uns trugen, liefen einzeln oder in kleinen Gruppen auf die Baracken zu.»

Ihre Ahnungen hatten sie nicht getrogen. SS-Oberaufseherin Binz kehrte mit einer Eskorte zurück, die «Kaninchen» einzufangen. Sie aber waren verschwunden, ein Grüppchen in dieser, ein anderes in jener Baracke, die meisten im Block der Roten Armee.

Enthüllung

Laufend Neuzugänge, laufend An- und Abtransporte. Manche, die ankamen, blieben nur wenige Tage.

Ravensbrück ist auch ein Durchgangslager. Viele, die hier

durchgingen, sind namenlos, spurlos verweht. Man hat sie gar nicht erst registriert, hat sie gleich weiterbefördert, nach Majdanek oder Auschwitz oder in eines der zahlreichen Ravensbrücker Nebenlager.

Auch wenn das umzingelte Areal am Schwedtsee für viele nur Zwischenstation, heillos übervölkert war es immer. Wo Massen unter solchen Bedingungen so konzentriert beieinanderliegen, treten Seuchen auf, und da wimmelt es von Ungeziefer aller Art. Wohnblöcke müssen geräumt werden. Baracke 9 wird um- und ausgeräumt, zum Liegeblock für Leichterkrankte umfunktioniert. Das Revier erweitert sich auf sieben Baracken mit je 300 Betten, auf jedem Bett zwei Kranke. Die Seuchen werden nicht eingedämmt. Das Ungeziefer vermehrt sich.

Dezember 1943 – Entlausung, blockweise. Auszug, Umzug von einer Baracke in die andere. Entkleidung, Verhüllung, «Salbung». Eugenia Kocwa beschrieb, wie das vor sich ging, als ihr Block dran war. «Alles, was wir auf dem Leib hatten, mußten wir ablegen, die Ärmelbündchen und den Saum unseres Kittels zunähen und alles, was wir besaßen, alles, was wir abgelegt hatten, da hineinstopfen. Mir wurde ganz schlecht, ich zitterte um mein Fluchtkostüm. Splitterfasernackt saßen wir auf den Pritschen, rückten zusammen, wie Schafe während eines Gewitters. Dann der Befehl, den Block zu verlassen. Für je zwei Frauen eine dünne verlauste Decke, um unsere Blöße zu verhüllen. Der winterlichen Kälte preisgegeben, hasteten wir durch die verschneite Lagerstraße zur Entwesungsanstalt.

Bibelforscherinnen waren damit beauftragt, uns zu desinfizieren. Sie gossen Petroleum auf unsere Köpfe und händigten uns eine übelriechende Salbe aus. Sechshundert Gefangene begossen und gesalbt! Einreibung, die starkes Hautbrennen, starkes Hautjucken verursachte. Es bildeten sich Wasserbläschen und große rote Flechten auf unserem Körper. Entlausung – eine Tortur sondergleichen. Desinfektion, die Läuse und Menschen tötete.

Wir, noch immer nackt, bekamen nach der ‹Salbung› Hemd, Schlüpfer, Sommerfähnchen, Holzpantoffeln zugeworfen. Jacken reichten nicht für alle, Strümpfe sparte man sowieso ein.

Mitternacht war vorüber, als wir uns – flankiert von SS – durch die Nacht tasteten, zu einem ungezieferfreien Brettergehäuse, neuerbaut, unbewohnt. Im Inneren völlige Dunkelheit, tiefschwarze Leere. Keine Pritschen, keine Tische, keine Bänke, kein Licht, absolut nichts. Nur vier Wände und blanker Fußboden.»

Wie gesagt, es war Dezember, als sie sommerlich bekleidet auf blankem Fußboden nächtigen mußten, und es war kurz vor Weihnachten.

Weihnachtszeit, schönste Zeit? Zeit höchster Belastung. Schneemassen, gequälte Menschenmassen, beißender Frost, Seuchengefahr, Hunger, verzehrende Sehnsucht.

«Grauen erfaßt uns vor dem, was in Deutschland geschieht», sagte Thomas Mann in einem seiner Kommentare, die BBC ab November, Dezember 1943 bis April, Mai 1945 regelmäßig ausstrahlte. Anklagen gegen den Faschismus, Plädoyers für die Opfer. Er sprach auch über KZ-Lager, nannte die Mörder beim Namen, enthüllte das Verbrechen von Auschwitz, entlarvte Hintergründe.

Wie sie sich doch einbildeten, ihre Nachrichtensperre sei absolut. Sie war es nicht, sie war rissig, durchlässig, hatte Lücken. Wahrheiten, Tatsachen gelangten nach draußen, ans Licht der Weltöffentlichkeit, schriftlich und mündlich. Augenzeugen berichteten vor internationalen Gremien. Politische Gefangene, aus KZ-Lagern, Zuchthäusern, Gefängnissen entlassen, durchbrachen mutig das Schweigen. Doris Maase, Spätherbst 1941 anläßlich eines Himmlerbesuchs entlassen, war eine jener mutigen Wahrheitsverkünder.

Doch nicht nur Amnestierte, nicht nur Entlassene, nicht nur Geflüchtete – wie die Polinnen, 1943 aus Ravensbrück, oder die zwei slowakischen Männer, 1944 aus Auschwitz entflohen –, auch die hinter Stacheldraht und Mauer suchten das Weltgewissen aufzurütteln. So die junge französische Kommunistin Danielle Casanova, Häftling in Auschwitz und jeden Kontakt nutzend, Kassiber hinaus zu befördern. Sich aufopfernd opferte sie ihr Leben in den Gaskammern.

Daß die Wahrheit allmählich durchdrang, wirkte mobilisierend. Internationale karitative Organisationen, die bisher kaum einen Finger gerührt hatten, besannen sich ihrer Menschenpflicht. Das Internationale Rote Kreuz forderte auf, den von der Ausrottung Bedrohten beizustehen, mit Solidaritätsadressen, Hilfsgütern, Paketsendungen. Wohltätigkeit, die vor allem moralisch stärkte. Materiell kam sie nur sehr wenigen zugute. Gefangene aus Holland und Luxemburg spürten 1943/44 fast nichts davon, die aus Frankreich und der Sowjetunion überhaupt nichts.

Als man den Häftlingen gestattete, sich Lebensmittel schikken zu lassen, dachten die Ravensbrückerinnen, es sei dem Internationalen Roten Kreuz und dessen wachsenden Aktivitäten zu verdanken. Sie hatten sich geirrt.

Der Gesundheitszustand verschlechterte sich nämlich von Tag zu Tag rapid, folglich sank die Arbeitsproduktivität und mit ihr die Profitrate. Das NS-Regime entlastete sich selbst durch dieses scheinbare Entgegenkommen, belastete die Angehörigen der Inhaftierten mit Verpflegungssorgen und gab sich obendrein den Anstrich, großmütig, human, großzügig zu sein. Übrigens bedienten sich die SS-Mannschaften als erste. Sobald Pakete eintrafen, raubten sie alle hochwertigen Nahrungs- und Genußmittel. Ganz abgesehen davon, erhielt die Masse der Häftlinge sowieso nichts geschickt. Es war auch außerhalb faschistischer Kerkermauern ein großes Problem, sich zu ernähren, zudem wußten viele der Angehörigen nichts von dieser Neuregelung und nichts darüber, wo sich ihre verhafteten Familienmitglieder befanden. Juden, Zigeuner, NN-Häftlinge und Gefangene aus der SU waren von jeglichem Postempfang ausgeschlossen. Wer mit seiner Familie oder mit engen Verwandten und Bekannten Verbindung hatte, schrieb natürlich sofort einen Wunschzettel.

Aus den Notizen einer Prager Studentin: «Wenn Mutter diesen Brief tatsächlich erhält, wird sie alles aufbieten, meine Wünsche zu erfüllen. Ich fragte mich aber auch, ob nicht alles, was Mutter besorgt, liebevoll zubereitet und verpackt, zuletzt nach den Tränen schmeckt, die sie darüber vergossen hat.

Weihnachten kam. Es kamen auch Pakete, gesammelt, gestapelt in einer leeren Baracke nahe der Häftlingsküche. Manchmal riskierten wir einen Blick durch die Fensterscheiben, wenn wir vorbeiliefen, entzifferten auch einige Namen der Empfänger. Ach, die Vorstellung, nach wer weiß wie langer Zeit endlich einmal wieder Dinge berühren zu können, die von geliebten Händen berührt worden waren! Ganz langsam würden wir unsere Päckchen auswickeln, ganz behutsam und genüßlich Stück um Stück aus dem bunten Papier lösen, jede kleinste Näscherei von allen Seiten betrachten, beriechen, betasten, den wohlvertrauten Duft von Zuhaus einatmen und uns dran erfreuen wie Kinder unterm Lichterbaum.

Als wir zur Paketausgabe gerufen wurden, fanden wir nur kärgliche Reste. Zerknüllt, zerfetzt die sorgfältige Verpakkung, zerbröselt, zerkrümelt, geplündert der Inhalt.»

Kurz vor Weihnachten ein Transport aus Auschwitz, da Auschwitz nur noch für Juden und Zigeuner bestimmt, diese Gefangenen jedoch «Mischlinge» oder keine Juden, keine Zigeuner waren.

Sie standen auf dem Appellplatz, Stunde um Stunde. Der Boden gefroren. Auf dem Platz glitzernder Schnee und eine hohe Tanne, geschmückt mit silbrig schimmernden Staniolstreifen und goldlockigem Engelshaar. Weinende, frierende, hungrige Menschen – viele ältere Frauen, viele junge Mädchen, viele Mütter mit ihren Kindern, viele elternlose Kinder.

Aus den Notizen der Prager Studentin: «22. Dezember 43. Manchmal wünsch ich mir den Tod. Dann hör ich ein Kind weinen, und schon ruft mich das Leben.»

Am seidenen Faden

Maßlose Traurigkeit, maßlose Sehnsucht – Auszehrung. Es schwächte Starke wie Schwache, raffte die Schwächsten dahin. Starke wie Schwache klammerten sich an jeden kleinsten Hoffnungsstrahl. Und allen stand noch das allerschwerste Jahr bevor.

Julek, Julek, wo bist du? Warum höre ich nichts von dir? – Voller Angst und Unruhe erwartete Gusta Fučikova Nachricht von zu Hause. Doch der November verging, der Dezember verging, Julius' Brief, den Liba – ihre Schwägerin – angekündigt hatte, traf nicht ein. Erst nach Neujahr erhielt sie seine Zeilen. «Das war für mich ein höchst bedeutungsvoller Tag. Aus diesem Brief ging klar hervor, daß Julek lebte ... Mich überströmte eine heiße Welle der Freude ... Überhaupt begann das Jahr 1944 sehr schön.» Es begann schön, weil sie endlich lesen konnte, was Julius ihr geschrieben hatte; es begann schön, weil die Rote Armee von Sieg zu Sieg schritt und im Februar Leningrad befreite und die Illegalen in Ravensbrück auch hier und da einiges erreichten, was ihren Mut beflügelte. Jedenfalls schien Gusta das Leben mit einem Male nicht mehr so unerträglich zu sein.

Tiefste Traurigkeit, höchste Freude – einander diametral widersprechende Gefühle, Gedanken, Stimmungen. Und der Trostlosigkeit noch Erfolgserlebnisse abringen?

Leningrad befreit – wunderbar! Blockade endgültig durchbrochen, Bahnlinie Moskau–Leningrad wieder dem Verkehr übergeben, Rote Armee wirft den Gegner westwärts – wundervoll!

Für Gusta besonders wundervoll, da sie annahm, ihr Mann sei noch am Leben. Sie wollte, daß er lebt. Es war eine schreckliche Selbsttäuschung. Aber vielleicht ist gerade diese Täuschung auch eine Kraftquelle gewesen, aus der sie schöpfte.

Erfolge im Lager? Ja, die gab es, und Gusta trug ihren gewichtigen Teil dazu bei. «Täglich verließ ich mit der Siemenskolonne das Stammlager – hinaus, hinauf zu den Hallen des Rüstungskonzerns, feinmechanische Instrumente für Flugzeuge und Schiffe produzieren, für Kampfflugzeuge und Schlachtschiffe.» Ein ungeheurer Konflikt, dem Todfeind bei der Produktion seiner Waffen helfen zu müssen.

Gusta arbeitete in der Materialausgabe und hatte unter anderem Geschäftsbriefe zu schreiben, nämlich Ersatzteilbestellungen. Wie alle bewußten Antifaschisten versuchte auch sie zu sabotieren. Der Materialverschleiß war enorm, die Ausschußquote stieg, Ersatzteile waren ein Engpaß. Meister Kruschko, ein Nazi, diktierte ihr in die Maschine, was wann wo zu bestellen ist. Wie die Frachtbriefe zum Briefkasten gelangten, darum kümmerte er sich nicht. Das ermutigte Gusta, ihn zu prüfen. Von mehreren Bestellungen schickte sie zwei nicht weg, zerriß die Originale, heftete die Durchschläge ab. Kruschko bemerkte nichts, keiner bemerkte es, der das nicht wissen durfte. Ihr Mut bekam Aufwind. Einmal waren zwanzig verschiedene Teile zu bestellen, in Berliner, Jenaer und Wiener Zulieferbetrieben. Gusta tippte die Scheine, Kruschko unterzeichnete, Gusta brachte sie zur Poststelle. Unterwegs gingen allerdings einige verloren – verloren sich in ihrer Kitteltasche und wenig später als winzige Schnipsel in der Sickergrube. Wenn infolgedessen bestimmte Lieferungen ausblieben, hegte Kruschko keinen Verdacht. Sabotage in seinem Sektor? Daran wagte er gar nicht zu denken, schon aus Furcht, selber mit der Gestapo Bekanntschaft machen zu müssen. Verzögerungen im Transportwesen, im Post- und Bahnverkehr waren sowieso an der Tagesordnung. Er schimpfte vor sich hin, kontrollierte die Durchschläge, verglich die Bestellnummern mit seinen Unterlagen. Aber es hatte alles seine Richtigkeit. Die Vorarbeiter krochen im Materiallager herum, suchten zwischen den Regalen, ob nicht vielleicht doch längst eingetroffen ist, worauf man so dringlichst wartete, fanden aber nichts. Kruschko murmelte etwas von Konventionalstrafe und Schlamperei der Betriebe, die ihre Liefertermine nicht einhalten, fluchte auf die Luftangriffe der Amis und Tommys, entfernte sich achselzuckend, nachdem er Gusta Mahnbriefe diktiert hatte. Da hochwichtige Ersatzteile fehlten, stockte der Produktionsfluß zeitweilig. Kleine Erfolge, die Gusta und ihre Genossinnen für sich verbuchen konnten.

Anička Vaváková, eine tschechische Kommunistin aus Wien, leitete die Siemenskolonne. Sie arbeitete im Hauptbüro, hatte mit Arbeitskräftelenkung zu tun, verstand sehr geschickt, politische Gefangene in wichtige Funktionen zu schleusen. Jede Woche führten Vertreter des Siemenskonzerns sogenannte Aufnahmeprüfungen durch. Wenn die

Prüflinge angetreten waren, tauschte Anička einige kriminelle gegen politische Häftlinge aus, die ihr von Kameradinnen der verschiedenen Nationen empfohlen worden waren. «Auf diese Weise bin auch ich zur Siemenskolonne gekommen», schreibt Gusta in einem ihrer Erlebnisberichte. «Anička durfte außerdem selbst Eignungsprüfungen vornehmen und hatte großen Einfluß darauf, wen die Herren Kriegsgewinnler akzeptierten und wen nicht. Dank Anička arbeiteten im Hauptbüro fast nur politische Gefangene, und auch in den Meisterkontoren jeder Halle saß unter den Häftlingen mindestens eine Genossin.» – Es war immer ein Sieg, wenn es glückte, Absichten des Gegners zu unterlaufen, ein Ansporn, nicht aufzustecken, Kraftreserve, die eigentlich nie versiegte. «Wie sonst hätten wir leben können?»

Materialausgabe – Gustas Wirkungsbereich. Neben ihr eine junge Polin und Martha Reichel, Proletarierin aus Magdeburg, parteilos. Marthas Mann, kommunistischer Funktionär, jahrelang illegal von Ort zu Ort, von einem Versteck ins andere geflüchtet, jahrelang von der Gestapo gesucht, schließlich aufgespürt, vor Gericht gestellt, zum Tode verurteilt. Martha jammerte nicht, brach nicht zusammen. Eine bewunderungswürdige Frau, ungemein tapfer, den jüngeren Mithäftlingen wie eine Mutter, immer darauf bedacht, ihnen das Leben zu erleichtern, Aufseherinnen, Antreiber, Schläger abzulenken, wenn sie bemerkte, daß ihre Schützlinge sich eine Atempause gönnten. Martha, eine Arbeiterfrau, unverwüstlich, unermüdlich im Erfinden.

Erfinden, sich etwas ausdenken, sich etwas herzaubern – aus dem Nichts. Sie hatten ja nichts, und nichts war erlaubt. Verboten alles, was das Leben lebenswert macht. Um existieren zu können, mußten sie ständig Verbote übertreten. Um Bestrafungen zu entgehen, mußten sie also findig sein, Phantasie entwickeln. Erstaunlich groß die Erfindungsgabe, erstaunlich vielseitig die Talente, die sie unter und in sich entdeckten. Manche entwickelten das Talent, aus Metallspänen attraktiven Schmuck anzufertigen oder aus Blechfolie gehämmerte Schälchen, die wie Silber glänzten. Solche selbstgebastelten Kunstgegenstände verwendeten sie als Geschenk, wenn eine Geburtstag hatte, oder auch als Tauschmittel, um zusätzlich eine Scheibe Brot in der Tasche zu haben. Nicht selten waren Zivilarbeiter oder Zivilangestellte ihre Tauschpartner.

Glasfaserwolle – «kriegswirtschaftlich wichtiger Rohstoff» –, vom Meister einbruchsicher verwahrt, für Häftlinge jedoch ein lebenswichtiger Stoff und mitgenommen, wann immer sie Zugang hatten. Auch Gummi, ein Spezialgummi, weich, schmiegsam – «nur für Flugzeug- und Schiffsausrüstung», verschwand aus den Vorräten der Siemens-AG, verschwand in den Rucksäcken der Arbeiter, in den Aktentaschen der Angestellten, verschwand in den Beuteln der Gefangenen. Elastik und Glasfaserwolle kamen sehr zustatten, als Sitz- und Kopfpolster, als Kälteschutz unter den Kleidern, als Fußwärmer, kurzum als Energiespeicher. – «Diebstahl, Verschwendung und Zweckentfremdung kriegswichtiger Rohstoffe» wurden hart bestraft, und das galt nicht nur für Häftlinge.

Ob bei Siemens, ob im Ravensbrücker Industriehof, wenn sie nach Schichtschluß in ihre Elendsquartiere schlurften, wanderte so manches mit. Weberinnen, Strickerinnen, Schneiderinnen trugen aus den Werkstätten Wollreste, Tuchstreifen, Stickgarne, Stopfgarne, Nähzwirne hinaus. Sie hatten alle große Angst vor Leibesvisitationen. Wehe dem Häftling, der es wagte, einen seidenen Faden mitzunehmen. – Im KZ hing ein Menschenleben ja immer an einem seidenen Faden. – Kamen sie «sauber» durch die Stichproben der Kontrolleure, war die Angst für dieses Mal ausgestanden. Man reckte sich, hob den Kopf höher. Erfolgserlebnisse, durch Wagemut und hohen Einsatz dem Feind abgerungen und allzuoft sehr, sehr teuer bezahlt.

Augen und Ohren der Aufpasser konnten nicht überall gleichzeitig sein, und diesen Riß im Bewachungssystem entdeckten Gefangene ziemlich schnell, nicht nur in den Werkhallen, auch in den Blocks. Zum Beispiel waren von den dreifach übereinander aufgestockten Doppelpritschen die obersten am schwierigsten zu erklettern, aber auch am schwierigsten zu durchsuchen, und es war genauso schwierig, die Frauen da oben mit Knüppel- oder Peitschenhieben zu traktieren. Deshalb waren diese höchsten Bettgestelle am begehrtesten, so etwas wie Zuflucht, Ort der Freizeitgestaltung, Diskutierklub. Hier versammelten sie sich zu fünft, zu sechst, wie im engsten Familienkreis, erörterten Familienprobleme – politische, ideologische, theoretische Fragen –, tauschten praktische Erfahrungen aus, formulierten ihre Vorstellungen über Künftiges. Dort oben etwas eingerichtet zu haben, wo man sich ein wenig heimisch, ein wenig sicher fühlen konnte, betrachteten sie als Erfolg.

Daß sie sich nicht ergebnislos zur Wehr setzten und sich Erleichterungen verschafften, vor allem gegen die hemmungslose Ausbeutung, beschreibt u. a. Sosja Schönemann, eine Polin, ehemals Anweishäftling in der Mattenflechterei, Sektion Kunstgewerbe: «In meiner Kolonne sind 156 Frauen beschäftigt gewesen – Zigeunerinnen, Tschechinnen, Polinnen, Jugoslawinnen. Wir stellten Zierkörbchen, Zierteller, Sofapüppchen, Damenhandtaschen, Damenpantöffelchen aus Brokat, Stroh oder Bast her, Spitzendecken, Wandteppiche, Läufer, künstliche Blumen und vielerlei schmückendes Beiwerk aus feinsten Garnen und bester Wolle. Meist nach Vorlage, meist Extrawünsche der SS. Himmler kassierte die Bestände fast immer, bis auf einen verschwindend kleinen Rest, sehr zum Ärger der Lager-SS. Da sie ihre Extras erfüllt sehen wollte, hatten wir Trümpfe auszuspielen und sagten, das könnten wir nur, wenn die Nachtschichten abgeschafft würden. Tagsüber schlafen, sich ausruhen – schier unmöglich. Die SS lenkte ein, wir brauchten nicht mehr zur Nachtschicht. Das hört sich alles sehr einfach an, heutzutage. Damals war jede kleinste Erleichterung, die wir dem Gegner abzutrotzen suchten, mit Lebensgefahr verbunden. Übrigens hat unser Kommando ‹Kunstgewerbe› gefährdete Kameradinnen vieler Nationen bei sich aufgenommen, sie waren da geschützter als anderswo, auch vor Selektionen und Abtransporten.»

Wenn ihre unerhörten Anstrengungen, die Fesseln der Gefangenschaft ein wenig zu lockern, von Erfolg gekrönt waren, ohne Ängste, ohne Opfer, ohne Leid ging es nie ab.

Hungerstreik

Ljuba Konnikowa, sowjetische Ärztin, sitzt im Zellenbau wegen Arbeitsverweigerung und Sabotage.

Man hatte ihr zugemutet, sich im Revier «doppelt nützlich» zu betätigen – als Ärztin und Reinemachefrau. Sie empfand es nicht als schimpflich, Fußböden, Spucknäpfe, Toilettenbecken und andere Behältnisse voller Urin, Eiter, Blut zu säubern, konnte es aber mit ihrem Gewissen nicht vereinbaren, gleichzeitig Wunden zu reinigen. Sie protestierte. Die Schikanen verstärkten sich. SS-Arzt Treite und SS-Oberschwester Marschall verurteilten Ljuba zu den niedrigsten Arbeiten. Sie protestierte. Daraufhin Strafversetzung zur Kürschnerei. «Mir ist jede Arbeit recht, wenn sie mich nicht entwürdigt, nicht meine Ehre, nicht mein Berufsethos verletzt.»

Pelze zertrennen, Felle zerschneiden, Seal, Persianer in ätzender Lauge schwenken betrachtete sie unter normalen Verhältnissen nicht als ehrenrührig. Hier jedoch wurde ihr Ehrgefühl sehr stark verletzt. Wer «fleißig, willig, gut arbeitet, erhält eine Prämie». Es war unter ihrer Würde, vom Gegner prämiert zu werden. «Die Natur schenkt dir ein Gesicht, lächeln mußt du selber. Wir konnten nicht lächeln. Ein Lob für ‹gute Arbeit› aus dem Munde unserer Halsabschneider? Nein, niemals! Wir lehnten solche ‹Prämien› ab, waren nicht fleißig, nicht willig, nicht gut, jedenfalls nicht im Sinne faschistischer Denkart.»

Reaktion der SS? «Zuerst hörten wir gar nichts, dann sikkerte durch, man wolle uns ‹abschalten›, ausschalten, nach Majdanek verfrachten.»

Damals wußten sie nicht, daß Majdanek ein Vernichtungslager war. Häftlinge im Revier, in der Verwaltung, im Arbeitseinsatz hatten da schon eher eine Ahnung, gewarnt durch den Vermerk «R. u.» – «Rückkehr unerwünscht». Und sie bekamen die Transportlisten zu Gesicht. Zwölf sowjetische Frauen und Mädchen aus dem Block der Roten Armee notiert; auf den dazugehörigen Karteikarten das bewußte R. u., also Vernichtung!! Das müssen wir verhindern. Aber wie? Ja, wenn es eine lange Liste wäre, da könnte man streichen, könnte auf den Karteikarten einiges ändern. Doch von vierundzwanzig Nummern und Namen die Hälfte streichen?

Während sie noch überlegten, hatte der Rote-Armee-Block schon einen Entschluß gefaßt: Hungerstreik!

Hungerstreik im KZ? Das hatte es noch nicht gegeben. Hier wird doch sowieso gehungert. Na und? Wir hungern, um Leben zu retten. – Neu, außergewöhnlich und von brisanter Wirkung. Die zwölf Kriegsgefangenen blieben auf ihrem Block, gestrichen von der Liste, wenigstens vorerst und von dieser Transportliste.

Das Tonband läuft, Tanja, die Leningraderin, spricht: «Ja, unser Block erregte Aufsehen, als wir in den Hungerstreik traten. Kommandant Suhren, der unsere Einigkeit brechen wollte, hatte an Gefangene aus anderen Blocks viel Brot verteilt und sie aufgehetzt, alles in den Russenblock zu werfen. Es war eine harte Probe, und vielleicht hätte die eine oder andere von uns gern ihren Hunger gestillt. Aber Maritschka Klugmann sagte, Brot, das uns auseinanderbringen soll, nehmen wir nicht an. – Später, als unser Streik durchgestanden und mit Erfolg beendet war, haben uns Kameradinnen in der Schneiderei oder bei Siemens, überhaupt in fast jeder Werkstatt, heimlich etwas zu essen gegeben. Das ist gutes Brot, echte Solidarität gewesen.»

Ohne Sanktionen ging der Hungerstreik nicht vorüber. Fünfundfünfzig sowjetische Frauen mußten auf Transport gehen – in Außenlager, nach Barth, nach Genthin.

Dazu Petrowna Samoilowa, Kiewerin: «Abschied von Ravensbrück, Ankunft in Barth. Unter uns vierzehn Angehörige der Roten Armee. Man sagte, wir würden in unseren Berufen arbeiten können, als Sanitäter, Ärzte usw. Andere warnten uns, Barth, Genthin, das ist Rüstung!

In Barth empfing man uns gleich mit massiven Drohungen. ‹Wer nicht in die Fabrik geht, wird aufgehängt!› Wir weigerten uns trotzdem. Auf den Gesichtern der deutschen Zivilangestellten konnten wir unterschiedlichste Gefühlsregungen ablesen – hier Erstaunen, Unverständnis, da unverhüllter Haß, dort zaghafte Sympathie. Ein Ingenieur rief nach Werkpolizei und Wachposten, um uns zu zwingen, die Arbeit aufzunehmen. Wir protestierten dagegen. Ljuba Konnikowa erinnerte an die Genfer Konvention und an das Versprechen, uns hier als Reinigungskräfte oder Sanitäter zu beschäftigen. Sie durfte gar nicht zu Ende sprechen, wurde festgenommen und abgeführt. Uns erwartete ebenfalls harte Strafe. Die mildeste: Strammstehen, im Freien. Es war Winter, Februar. Wir lernten die seltsam gespaltene Menschenliebe kennen. Tschechische und jugoslawische Frauen und Mädchen, sogenannte Ostarbeiterinnen solidarisierten sich mit uns, stellten sich zu uns in die Reihe. Die Faschisten ließen ihre Hunde los. Die Bevölkerung, die in der Nähe wohnte, empörte sich zwar, schaute aber tatenlos zu. – Eines Tages, so glaube ich, wird es eine Liebe geben, die nur noch versteht; eines Tages, so glaube ich, wird es ein Leben geben, in dem niemand mehr Strafe austeilt, weil alle sich lieben, achten, verstehen. Davon träume ich und bin glücklich, noch so etwas träumen zu können. Wer nicht mehr von Menschenliebe träumt, der ist gestorben, auch wenn er noch lebt.»

Arbeitsverweigerung war Sabotage. Auf Sabotage stand Todesstrafe – Tod durch den Strang.

Sie wußten, daß es keine leere Drohung war. Was blieb ihnen übrig, als in die Montagehallen zu gehen? Sterben wollten sie nicht. Warum das Leben aufs Spiel setzen, wenn es noch Auswege gibt, sich so anzustellen, damit für die Kriegswirtschaft nichts Gutes herausspringt?

Nach und nach wurden sie mit Hitlergegnern bekannt, die ihnen Zeitungen überließen, Butterbrote auch, und sie informierten, wie die Fronten verliefen. Wilhelm, ihr Vorarbeiter, drückte beide Augen zu, wenn sie ihre Frühstückspausen ausdehnten oder unverhältnismäßig lange an den hochempfindlichen Meßgeräten polierten. Sie stellten sich ungeschickt an, paßten günstige Momente ab, Ausschuß zu produzieren, fühlten sich darin bestärkt, weil sie erfuhren, daß auch Deutsche an Ausschuß interessiert waren und selber sabotierten, um den Krieg zu verkürzen.

Ljuba Konnikowa ausgesperrt, ausgeschaltet, in einen Bretterverschlag gesperrt. Ende Februar holte man sie nach

Ravensbrück. «Mir war klar, daß sie mich nicht aus Spaß zurückbringen. Aber es ist mir egal gewesen, ja, ich freute mich darauf, dachte, was sie wohl in meinem Block sagen werden, wenn ich wieder da bin.»

Das Wiedersehen ebenso freudvoll wie leidvoll. Zwar kümmerte sich die SS zunächst nicht um Ljuba, doch Mitte März rief man sie zur politischen Abteilung. Gestapo, Kommissar Ramdohr. Ein jüngerer Mann mit Phantasie. Gefürchtet, berüchtigt seine Methoden, Aussagen zu erpressen.

Ramdohr führte überall Verhöre durch, wo es ihm gerade einfiel – in seinem Dienstzimmer, im Keller der Kommandantur oder im Zellenbau; dort bevorzugte er das Bad. Im Bad vier große runde Holzwannen, über jedem Zuber eine Dusche. Nachts pflegte er politischen Häftlingen, die noch nicht gesagt hatten, was er gerne hören wollte, «Brausebäder» zu verordnen. – «Ein Bad gefällig, meine Dame?» Ramdohr drehte die Brause auf, heiß, kalt, starker Strahl, schwacher Strahl, so im Wechsel. Kneipkur nannte er das. «Ich war ein Gegner der SS», sagte der Gestapokommissar und SS-Mann, als er nach 1945 selber verhört wird. «Ich habe nicht nur Häftlinge, sondern auch SS-Leute vernommen und dem Staatsanwalt übergeben, wenn ich beweisen konnte, daß sie unehrenhaft gehandelt hatten.» Das war noch nicht einmal gelogen, nicht aus den Fingern gesogen. Gar manches Exemplar aus der Totenkopfstandarte handelte wider das Gesetz von «Blut-und-Ehre», knüpfte mit Frauen, die wegen «Verkehrs mit Ausländern», wegen «Rassenschande» und einschlägigen Übertretungen nazistischer Gesetze verhaftet worden waren, ein Techtelmechtel an. Kam das dem Gestapokommissar zu Ohren, mußte die Gefangene ihr Leben lassen und der SS-Mann auf seine turnusmäßige Beförderung verzichten.

Wer zu Ramdohr bestellt wurde, den behandelte er in den ersten Minuten ausgesucht höflich. «Bitte sehr, nehmen Sie Platz! Wie geht es Ihnen? Hoffentlich haben Sie keinen Grund zur Klage, das würde ich sehr bedauern. Möchten Sie meine ehrliche Meinung hören? Ich bewundere Ihre Haltung, wirklich, ganz ehrlich ...»

Ramdohr zog die Daumenschrauben langsam an. Seine

Schläger warteten im Nebenzimmer. Er genierte sich aber nicht, eigenhändig zuzuschlagen. «Ich kann auch andere Seiten aufziehn, meine Schöne, dann bist du leider nicht mehr ganz so schön.»

Ljuba Konnikowa erwachte im Bunker und wußte nicht zu sagen, wie sie über die ersten Tage hinweggekommen ist. «So schwer auch die physischen Leiden waren, die seelischen übertrafen alles andere ... Manchmal hörte ich leises Klopfen, und ich verstand, daß mich jemand trösten wollte: Du bist nicht verlassen, nicht vergessen! Wie schnell der Mensch sich doch erholt, wenn er Freunde hat, die ihm auch dort ihre Freundschaft bekunden, wo er ohnmächtig am Boden liegt, von ihnen entfernt, getrennt durch dickes Gemäuer, Wachposten und Folterknechte, die – sollte man meinen – jede menschliche Stimme ersticken. Sie ist aber nicht zu erstikken.»

Einzelhaft, monatelang – März, April, Mai. Wenn Ramdohr kam, hatte Ljuba den Wunsch, unverwundbar, unempfindlich gegen Schmerzen zu sein. Darüber hinaus aber war sie eins mit sich selbst. Es gab keine Frage, die sie dem Feind beantwortet hätte. Die faschistische Barbarei besiegen – dieses Ziel bestimmte ihr Denken und Tun. «Immer sagte ich mir, du befindest dich in der Gewalt eines Unmenschen. Schweigen ist jetzt deine einzige Waffe.»

Kalenderblätter

Hitlerdeutschland, ausgezogen, die Welt zu schlucken, befindet sich auf dem Marsch in den Abgrund. Seine Machtbereiche schrumpfen, sein Einfluß auf Vasallen schwindet, seine Truppen erleiden eine Niederlage nach der anderen, vornehmlich durch die wuchtigen Schläge der Sowjetarmee. Es gleicht einem stark verwundeten Raubtier, das laut brüllend in seine Höhle zurückkriecht.

Kalenderblätter, die Ereignisse aus den Monaten März, April, Mai 1944 beleuchten.

4./5. März. – Forcierte Angriffe der Roten Armee, die zur vernichtenden Niederlage faschistischer Truppen am Bug und zur Befreiung der rechts des Bug liegenden ukrainischen Gebiete führen. – Hitler setzt Erschießungsbefehl in Kraft: Es werden keine Kriegsgefangenen gemacht! Der Befehl richtet sich hauptsächlich gegen Kriegsgefangene aus der Sowjetunion.

8. März. – Internationaler Frauentag am Schwedtsee. Während zwei Ravensbrückerinnen den Posten ablenken, schleichen zwei andere am Stacheldraht entlang, der die Siemenshallen umzäunt. Sie treffen sich mit dem Genossen Fritz Schilling, ehemals Häftling im Männerlager, entlassen und nun dienstverpflichtet als Mitglied einer Handwerkerkolonne, die im Frauen-KZ arbeitet, sich jedoch relativ frei bewegen kann. Die beiden Frauen stehen am Zaun. Fritz Schilling gratuliert zum 8. März, reicht ihnen Briefe, Zeitungen, Glückwunschkarten durch den Draht, eine Landkarte auch und Medikamente.

11. März. – Hundertsiebzig sowjetische und polnische Frauen aus Sammellagern bei Riga und Białystock treffen in Ravensbrück ein.

15. März. – Elf junge Engländerinnen, die über Holland abgesprungen waren, von SS gefangengenommen und nach Ravensbrück verschleppt; neun am Abend des 15. März erschossen.

An diesem Märztag sind viele Ravensbrückerinnen umgekommen – ermordet, verhungert, verstorben, erfroren auch, obwohl kein klirrender Frost herrschte. Die Quecksilbersäule ist kein Maßstab, wenn das Blut in den Adern gefriert und das Herz in der Brust nur noch flackert.

22. März. – Seit Tagen geht am Schwedtsee das Gerücht, Ungarn neige dazu, sich von Hitlers Diktat zu lösen, die Opposition gegen das Bündnis mit dem Krupp-Staat wachse. Tausende Ungarn verbluteten auf den Schlachtfeldern – wofür, für wen, warum? Der Druck auf Horthy verstärke sich, so daß er schwankend werde und sich bereit fände, den deutschen Faschisten die Partnerschaft aufzukündigen. «Wir schöpften täglich neue Hoffnung. Ihre Macht bröckelte, es

brach auseinander, was sie einst gekittet hatten. Nun kriselte es auch in Ungarn.»

Doch Berlin hatte Budapest am Strick. Hitler beschloß, den wankelmütigen Horthy fester an sich zu binden und Ungarn zu besetzen. Wehrmacht und Waffen-SS marschierten am 19. März ein. Damit begann auch im Land an der Donau und Theiß die Entvölkerung nazistischer Machart. Eichmann fegte Ungarn «judenrein». 700 000 jüdische Bürger zur «Sonderbehandlung» nach Auschwitz; dort innerhalb von acht Wochen 435 000 umgebracht. Zwei slowakische Häftlinge, denen die Flucht aus diesem Todeslager gelang, berichteten in ihrer Heimat über ihre Erlebnisse, über ihre dramatische Flucht, über die Gaskammern, über den industriell betriebenen Völkermord, berichteten mündlich und schriftlich, versandten ihren Report an internationale Gremien. Er stieß auf Ungläubigkeit. «Das ist nicht wahr, das kann einfach nicht wahr sein! Das sind Wahnvorstellungen grausam Gequälter ...»

25. März. – Ravensbrück, frühmorgens nach dem Zählappell. Lagerarzt Treite schickt Läuferinnen von Baracke zu Baracke, die Blockältesten zu unterrichten, daß sie ab 13 Uhr mit allen «Schmuckstücken», allen «bedingt Tauglichen» und allen Häftlingen, die über sechzig Jahre alt sind, vorm Krankenrevier zu erscheinen haben.

Schon vormittags große Visite in sämtlichen Krankenbaracken. SS-Ärzte und SS-Schwestern laufen durch die Räume. Die Ärzte sagen: «Total überfüllt! Kein Zustand, schnellstens verändern! Betten frei machen! Transportfähige verlegen, nach außerhalb. Notieren Sie, Schwester!» Die SS-Schwestern notierten, wer als transportfähig eingestuft wurde.

Am Nachmittag, ab 13 Uhr, ist die Lagerstraße vor Revier I und II bevölkert. Da stehen alle Blockältesten mit den hierher befohlenen Häftlingen.

Massenuntersuchungen, Selektionen. – «Schneller, schneller! Transportfähig, verlegen! Haben Sie notiert, Schwester?» – Achthundert Häftlinge, so der Befehl, müssen nach Lublin-Majdanek.

Da es sich um einen Krankentransport handelte, wanderte die Liste zwei, drei Tage durchs Revier. SS-Ärzte und SS-Schwestern machten gar kein Geheimnis daraus, wer wohin befördert werden soll. Die politischen Gefangenen wußten damals noch nicht genau, was sich dahinter verbarg. Nur hatten sie ja ihre schlimmen Erfahrungen mit solchen Transporten, vor allem aus dem Jahre 1942, als man überfüllte Krankenräume und überfüllte Blocks leerte.

Hildegard, Pflegerin im Revier I, berichtete, was sich in diesen Märztagen 1944 ereignete: «Hand in Hand mit unseren Kameradinnen vom Arbeitseinsatz versuchten wir zu retten, wer zu retten war. Besonders stark gefährdet waren unsere älteren Genossinnen, deutsche wie ausländische. Von Jugend an hatten sie gegen Krieg und Reaktion gekämpft, hatten jahrelang hinter Zuchthausmauern gesessen, bevor sie ins KZ kamen. Sie mußten unbedingt geschützt werden. Entweder strichen wir ihre Nummern und Namen aus den Transportlisten, erklärten sie als verstorben, oder änderten ihre Geburtsdaten und brachten sie in irgendeinem Arbeitskommando unter.

Auf den Gängen und Korridoren des Reviers herzzerreißende Szenen. Die SS hatte viele Zigeunerinnen ‹ausgewählt›. Sobald sie hörten, eines ihrer Familienmitglieder steht auf der Liste, baten sie kniefällig, man solle sie doch auch mitnehmen. Man kann es wirklich nicht beschreiben. Unbeschreiblich auch, wie uns zumute war. Verzweifelt suchten wir den Verzweifelten zu helfen und zu raten – zu helfen, indem wir einer Mutter heimlich ihr krankes Kind zurückbrachten; zu raten, indem wir diese oder jene davon überzeugten, sich nicht mit auf die Liste setzen zu lassen.»

26. März. – Sowjetische Truppen der 2. Ukrainischen Front haben am Prut die Grenze der UdSSR erreicht.

30. März. – Schubweise verläßt der Krankentransport Ravensbrück. Wenige Monate später, als die SS Majdanek auflöst, weil die Front sich Lublin nähert, sind von den achthundert Ravensbrückerinnen noch zwölf am Leben; sie werden mit anderen Häftlingen, die das Vernichtungslager überstanden haben, nach Auschwitz geschafft.

8. April. – Sowjetische Truppen stoßen aus der Ukraine zur rumänischen und tschechoslowakischen Grenze vor. Der Kampf um die Befreiung Europas vom faschistischen Joch tritt in eine neue Phase.

Überall dort, wo sich Hitlers Armeen auf dem Rückmarsch befinden, räumen sie die Lager und Gefängnisse, «räumen auf», erschießen, ermorden, erhängen, sondern arbeitsfähige Häftlinge heraus, für den Schlund der Rüstungskonzerne.

Und in Deutschland selbst bohrt sich die Terrorschraube tiefer und tiefer, trifft jetzt auch Menschen, die bisher als gute Deutsche galten, nun aber plötzlich Defätisten, Schwarzseher, Meuterer, Saboteure sind; trifft unvermindert hart Menschen, die der Klassengegner seit eh und je als Verräter und Verbrecher bezeichnet. Mitte April wird Rosa Thälmann verhaftet. Im Polizeigefängnis Berlin-Alexanderplatz registriert man sie als Schutzhäftling Meier. Der Name Thälmann ist zu populär und könnte Sympathiekundgebungen hervorrufen.

15. April. – Vierhundertsiebzig junge Zigeunerinnen kommen aus dem «Mütterlager» Birkenau an den Schwedtsee zurück, mit Kindern. Doch nur wenige Kinder haben Birkenau überlebt, und von den wenigen, die überlebten, sind viele elternlos.

17. April. – Eintausend Frauen, immer fünf in einer Reihe, ziehen durch die Straßen von Lublin. «Schutzhäftlinge» und Kriegsgefangene, darunter dreiundfünfzig Angehörige der Roten Armee. Sie sind alle jung, kräftig, noch gesund und werden ausgetauscht gegen die achthundert Alten, Schwachen, Kranken aus Ravensbrück.

Noch 17. April. Genau in entgegengesetzter Richtung müssen sich ebenfalls weibliche Häftlinge zur Abfahrt bereithalten.

Aus dem Tagebuch der französischen Widerstandskämpferin Boubout Masson: «Gefängnis Rennes. Man will uns verladen. Wir sollen verladen werden, sollen warten und bereit sein. Warten – worauf? Bereit sein – wofür?

19. April. – ‹Alles fertigmachen!› – Wir sollen uns fertigmachen? Sie wollen uns fertigmachen! – Wir sind achtzig Frauen.

SS karrt uns auf Lastwagen zum Bahnhof. Noch sind wir in Frankreich. Wir singen, damit Frankreich uns hört. Unser Gesang verhallte nicht ungehört. Bürger der Stadt verabschieden uns mit Blumen und kleinen Geschenken. Wir tauschen Andenken aus. Die Deutschen wagen nicht, dagegen einzuschreiten.

Nächste Station – Paris. Umsteigen zum Zug nach Romainville. Im Vorbeigehen übergeben wir Eisenbahnern Briefe zur Weiterbeförderung. Merci, mon ami! Merci, du unbekannter Bruder aus dem Frontabschnitt des Schienenkrieges!

20. April. Fort Romainville. Sammellager. Schon Hunderte Französinnen ‹eingesammelt›. Wohltätigkeitsapostel verteilen Quäkerspeise – Biskuit, Bonbons, Erfrischungen. Weißbrot, Wein und Käse wär uns lieber, am liebsten wäre uns die zweite Front – Befreiung, Frieden.»

Noch 20. April. Die weiblichen Häftlinge aus Lublin treffen in Ravensbrück ein. «Wir sind richtig dankbar, als man uns erlaubt, den Viehwaggon zu verlassen», schreibt Antonina Nikiforowa, Dr. der Medizin, Anatomin, Angehörige der Roten Flotte. «Das also ist Deutschland? Bedrohlich, unheilvoll, wohin man schaut, überall fettiger Ruß. Dem hohen Kamin entweichen dicke Qualmwolken; sie verdunkeln den klarblauen Himmel, und die Mauer versperrt den Blick nach draußen ... In Lublin gab es keine Mauer, da konnte man durch den Zaun ins Freie sehen. Aber hier? Vollkommen abgeschnitten von der Außenwelt.»

Weiter aus Boubout Massons Tagebuch: «29. April. ‹Auf, auf! Ab gehts!› – Weg aus Romainville. Fünfhundert Französinnen.

Nächste Station – Pantin. Umsteigen in Güterwagen. Sechzig Frauen in einem Waggon. Licht und Luft gelangen nur durch schmale, mit Stacheldraht bespannte Öffnungen herein. Wenn wir uns gegenseitig zu den Luken hochstemmen, sind uns kurze Blicke auf heimatliche Gefilde vergönnt.

30. April. Zwischenfall in Chalons. Der Zug hält. Wir singen die Marseillaise, laut, ganz laut, um auf uns aufmerksam zu machen. Eisenbahner unterbrechen ihre Arbeit, kommen

zu uns. Bevölkerung drängt sich auf den Bahnsteigen – ‹Vive la France! Vive les femmes constantes!› – Sie winken, strekken zwei Finger aus – das V-Zeichen, Zeichen des Sieges; ballen ihre Hände zu Fäusten – Zeichen des Kampfes. Wir grüßen zurück, fühlen uns sehr geehrt, fühlen uns stolz und sehr ermutigt.

Nächste Station – Epernay. Der Zug hält nur einige Minuten, um Wasser nachzufüllen. Es geht über die Grenze. Wir verlassen Frankreich, rollen, rollen, und unsere Tränen rollen auch.

2. Mai. Wir rollen durch Deutschland, sechs Tage, sechs Nächte, bis zur Endstation. – Endstation? Ich merke, die Zahl doppeldeutiger Wörter nimmt zu. Der Tod ist uns schon entgegengeeilt, hat schon drei aus unserem Waggon geholt.

Ravensbrück. – ‹Alles raus!› Nach einer Biegung sehen wir, wohin der Weg führt. In eine Sackgasse, über der schwefliger Rauch hängt. Das Höllentor enpfangsbereit geöffnet. Wenn nicht alles so bitter ernst, so todtraurig wäre, man käme aus dem Lachen nicht heraus. Gleich anfangs eine Szene, urkomisch, zum Weinen. Am Tor ein fünfzig Meter langes Spalier. SS-Frauen, kläffende Hunde an der Leine; SS-Männer, Gewehr im Anschlag. Sie begaffen uns, als wären wir Exoten oder gefährliche Reptilien, belauern uns mit der argwöhnisch-lüsternen Neugier, mit der Großwildjäger ihre Beute belauern, auf die notfalls ein Fangschuß abgefeuert werden muß. Ravensbrück Endstation? – Wir sind eingeschlossen, eingekesselt.»

15. Mai. – Zugangsblock. Ein Lagerarzt interessiert sich für die Neuen. «Höre, da sind Mediziner angekommen, Sezierer auch, eine Nikiforowa. Wer ist das? Sofort her mit ihr!»

Antonina wird zur Pathologie beordert, aus dem Zugangsblock in den Abgangsblock, in die Totenkammer. Doch da hatten sich die Frauen aus Lublin schon mit den Französinnen bekannt gemacht, da hatten sie schon gemeinsame Erlebnisse, wußten schon, wie und wo man sich in den Baracken des Lagers wiederfinden könnte.

Boubout Masson: «Ein Trost, daß man hier auch Menschen trifft, wirkliche Menschen. Antonina! Zwar sind unsere

Gespräche etwas zu plötzlich unterbrochen worden, sie ist jetzt draußen, irgendwo in einer anderen Kloake dieses Bagnos. Macht nichts. Wir haben miteinander gesprochen, das kann uns niemand mehr nehmen. Und wenn ich der Quarantäne lebend entrinne, wartet eine sowjetische Genossin auf mich. Oder die Deutschen! So viele deutsche Frauen hier. Gefangene wie ich, Kameradinnen, die mit uns am gleichen Strang ziehen. Das ist gut zu wissen.»

Lächeln, eine Straftat

Als Ljuba Konnikowa im Mai 1944 zerschlagen, abgemagert, jedoch ungebrochen den Bunker verließ und wieder unter ihren Kameradinnen weilte, hatte sich die Welt verändert. Die Rote Armee hatte schon fast das gesamte Territorium der Sowjetunion befreit und verfolgte den zurückweichenden Gegner.

Das Land, von dem der Krieg ausging, liegt unter Beschuß. Tag für Tag, Nacht für Nacht Luftangriffe. Besonders schwere Bombardements auf Berlin. Himmlers Zentrale – das Reichssicherheitshauptamt – fühlt sich in der Reichshauptstadt nicht mehr sicher, verlegt einige Ressorts nach Drögen bei Fürstenberg. Drögen war diesem Hauptamt sowieso unterstellt, denn dort befand sich eine Gestaposchule. Das RSHA läßt sich also da mit einer Sonderabteilung nieder, die Sonderfälle zu bearbeiten hat, was Änderungen im Ravensbrücker Zellenbau nach sich zieht. Die erste Etage des Bunkers wird sogenannten Ehren- oder Sippenhäftlingen eingeräumt. Es sind nicht nur Frauen, es sind auch Männer, die neuerdings hier untergebracht werden. Sie genießen eine bessere Behandlung, dürfen spazierengehn, schreiben und Post empfangen, so oft sie wollen, erhalten Zeitungen, Bücher, hin und wieder sogar Besuch, vorn im Kommandanturgebäude, außerhalb der Mauer. Auch ist ihnen gestattet, ihre eigne Kleidung zu tragen, sie werden mit Herr bzw. Frau oder Fräulein angeredet. Bevorrechtete, prominente Häftlinge, ohne Nummer, ohne Winkel. Was nicht hieß, daß man sie weniger scharf bewachte oder ihnen kein Haar krümmte und sie nicht aufs Schafott führte.

Isa Vermehren, damals Kabarettistin, aufgetreten mit Werner Fink, ist eine solche prominente Gefangene. Ihr ältester Bruder war 1943 zu den Anglo-Amerikanern übergelaufen. Isa, ihre Eltern und ihr jüngerer Bruder sind dafür in «Sippenhaft» genommen worden. «Meine Zelle grau, düster, feucht, beklemmend ... Rechts an der Wand eine Pritsche, an der Wand gegenüber, in der Ecke, Klosett und Waschbecken. Dann noch ein Klapptisch, ein Hocker. Unter der Deckenwand ein kleines Fenster, die Scheibe aus dickem undurchsichtigem Glas. Beängstigend die glatte, aus Eisen und Eichenholz festgefügte Tür ohne Klinke ... Parallel zum Bunker – in etwa fünf Meter Abstand – verlief die Lagermauer. Zwischen diesen beiden Gemäuern war der Erschießungsgang ...

Zellenbau – Strafanstalt im KZ. Schon das unschuldige Lächeln war hier sträflicher Leichtsinn, konnte zum Verhängnis werden. – ‹Was, diese Drecksau lacht, die macht sich lustig über uns!› – Wir waren nur ‹Miststücke›, ‹Drecksäue›, ‹Mistbienen›, ‹Bastarde›, alles waren wir, nur keine Menschen. Wir aber wollten unser Menschenantlitz nicht verlieren ... Was verbindet uns Menschen? Ein Lächeln. Was wird international sofort als Verständigungsbereitschaft empfunden? Ein freundliches Lächeln. Also lächelten wir uns an, manchmal unter Tränen.»

Ein Lächeln genügte, dich in den Bunker und in den Tod zu schicken.

Renée Mirande-Laval, Französin, Rechtsanwältin, erhebt nach 1945 Anklage, sie war Augenzeugin: «Der 8. Februar 1944 – unser Ankunftstag. Wir sind NN-Häftlinge (Nacht und Nebel – die Autorin). Nach nazistischer Klassifizierung ist Ravensbrück kein Vernichtungslager gewesen. Nein, dort brachte man uns so nach und nach um.

Ravensbrück – ein Sumpf, im übertragenen und wahrsten Sinne des Wortes. Sumpffieber grassierte, das bis zu 41 Grad anstieg und plötzlich auf Untertemperatur abfiel. Es rührte von den zahlreichen Sümpfen in dieser Gegend. Sümpfe, die von uns trockengelegt werden mußten. Frauen, bis zum Bauchnabel im Schlamm ... Oder die Werkstätten – Todesmühlen. Weberei zum Beispiel. Vier Monate Handweberei, und man ist ruiniert. Zwölf Meter Stoff pro Schicht weben, das sind täglich 50000 Hand- und Beinbewegungen. Sommersüber mußten die vier hölzernen Webbalken mit bloßen Füßen bedient werden, im Takt – ‹eins und drei, zwei und vier!›.

Was hält der Mensch aus, was kann er aushalten? Diese Frage verstummte nie. Revierhelferinnen sagten, der menschliche Organismus ist ein Wunderwerk, er funktioniert auch unter anhaltend katastrophalen Bedingungen, bis zu dem Punkt, wo er sich zersetzt, sich auflöst. Solche Menschen sterben ganz sanft, wie eine Kerze, die niedergebrannt ist und lautlos verlischt; morgens finden wir sie tot im Bett, sie waren im Schlaf verstorben ... Oh ja, der Tod heftete sich an unsere Fersen, stand immer an unserer Seite.»

Klopfzeichen

Von allen unbemerkt, hat Eugenia Kocwa, die Polin, Monat für Monat an ihrem Fluchtplan gearbeitet, hat den Zeitpunkt festgelegt, ein erstes Versteck ausfindig gemacht, wo sie sich umkleiden wird, hat den Fluchtweg aufgezeichnet, ihn sich eingeprägt, die Skizze dann zerrissen, die Schnipsel verbrannt. Ihr Vorsatz: Sommer 1944 den Ausbruch wagen.

Mai. Maiengrün. Maria Liberakowa ist mit ihrer Waldkolonne im Freien.

Eine Waldlichtung. Der Tag sonnig und warm. Die Arbeit ruht. Die Häftlinge ruhen, dürfen sich ein Weilchen sonnen, liegen im Gras. Eugenia auch. Auf dem Waldboden ausgestreckt, wandern ihre Blicke durch den Dschungel der Gräser: Ach, es ist so schwer, ein Mensch zu sein. Wäre ich doch eine Ameise, dann könnte ich mich zwischen den standhaften Grashalmen verbergen ...

Die Pause ist vorüber. Die Arbeit geht weiter. Der Förster und seine zivilen Gehilfen haben Durst. Er schickt einige Häftlinge nach Fürstenberg. Eugenia ist dabei. «Wir holen Bier und Limonade ... Frühe Nachmittagsstunde, die Straßen wie ausgestorben. Die Häuschen inmitten der blühenden Gärten sauber, freundlich. Wir konnten uns nicht satt sehen an diesen schmucken Häusern, in denen unbekannte Menschen ein ganz normales Leben führten, ihre kleinen alltäglichen Sorgen und Freuden hatten, Kinder zeugten, Kinder erzogen ... Würden auch wir einmal wieder ein ganz normales Leben führen können?»

Ihr Wunsch, sich zu verkriechen, ihr Wunsch, frei zu sein und «ganz normal» zu leben, motiviert sie so stark, daß sie beschließt, ihren Plan schon eher zu verwirklichen.

Maria Liberakowa: «Ende Mai flüchtete Eugenia Kocwa. Während der Mittagspause. An diesem Tag kontrollierten uns nur zwei Aufseherinnen, sonst sind es mehr, drei, manchmal vier oder auch fünf. Mittags gingen wir wie immer in den Schuppen, der nahe einer Hühnerfarm stand. Dorthin brachte man auch den Essenkübel aus dem Lager. Wir mußten ungefähr zehn Minuten laufen. Nach der Pause, als wir uns wieder im Wald sammelten, merkte ich, Eugenia fehlte. Kein Gedanke daran, sie könnte geflohen sein. Ich dachte, sie wird sich nur etwas verspäten. Ich wartete. Sie kam jedoch nicht, war schon fast dreißig Minuten überfällig. Natürlich mußte ich das der SS-Aufseherin melden, zögerte es aber hinaus, hoffte, daß Eugenia noch auftauchte, ging ein Stück den Weg zurück. Vielleicht war sie gestrauchelt und lag irgendwo.

Ehe ichs meldete, ehe die Aufseherin das Lager verständigte und von da die Oberaufseherin mit SS-Männern und Suchhunden antrabte, waren gut anderthalb bis zwei Stunden vergangen.

Suchaktion in der näheren Umgebung! Ich erschrak, als sie im Schuppen herumstöberten. Wir hatten Aufzeichnungen über die Vivisektionen dort versteckt ... Aber sie fanden nichts, nur einige Trikotagen, ein paar Kartoffeln und andere kleine Schätze von uns.

Tagelange Fahndung. Großes Aufgebot. So wenig man uns achtet, wenn wir hinter Schloß und Riegel sitzen, so wichtig sind wir plötzlich, wenn wir entkommen, und nichts ist ihnen zu teuer, eine Gefangene, die sich befreit hat, wieder einzufangen. Ganze Kompanien wurden mobilgemacht. Ergebnislos. Von Eugenia keine Spur.

Auftrieb gab es schon, wenn jemandem die Flucht glückte. Nur hatte das ja auch sehr böse Auswirkungen. Gestapo übernahm den Fall. Das Waldkommando wurde in die Mangel genommen. Vorladung, Verhöre, Strafen.»

Maria Liberakowa hatte bereits im Herbst 1942 eine Bunkerstrafe durchstehen müssen, gleich nach ihrer Einlieferung. Sie war in Kraków verhaftet worden – wegen Beihilfe zur Flucht. Damals stimmte das. Sie hatte in den Bergen um Zakopane tatsächlich Verfolgten weitergeholfen. Nun sah Ramdohr in ihr eine der mutmaßlichen Helferinnen. Maria kannte seine Foltermethoden. Doch sie blieb stumm. Und auch wenn sie schwach geworden wäre, hätte sie nichts sagen können. Eugenia hatte sich niemandem anvertraut. Für Ramdohr war Maria ein «durchtriebenes Polakenweib». Er brauchte Geständnisse, egal, wie, selbst wenn sie unter Einfluß von Drogen zustandekamen. «Einmal erschien der SS-Arzt in meiner Zelle, prüfte meinen Puls, horchte mein Herz ab und sagte zu Ramdohr, nein, unmöglich, bringt nichts ein. – Worum es ging, wurde mir erst viel später klar. Ramdohr wollte seine Opfer aussagebereit narkotisieren. Der Arzt sollte mittels Betäubungsspritzen geistige Umnachtung erzeugen.»

Es kränkte den Gestapokommissar, diesen Fall ohne Geständnis zu den Akten legen zu müssen. Schließlich war es seine Aufgabe, herauszufinden, wer schuldig ist, und er fand eben in Maria Liberakowa die Schuldige, verurteilte sie «wegen erwiesener Begünstigung» zu fünf Monaten verschärfter Bunkerhaft.

Maria glaubte nicht, das zu überstehen. «Grauenvoll die Nächte. Gebrüll, Wimmern, Schluchzen. Das Klatschen der Schläge, unheimlich die Schmerzenschreie ...»

Außerhalb des Bunkers waren die Schmerzenschreie der

Gequälten nicht oder nur dann und wann zu vernehmen. Das wogende Getöse im Lager aber drang durch Mauern und Gitterfenster des Zellenbaus. «Von draußen und drinnen unerträgliche Geräusche, und nichts Tröstliches um mich herum, keines Freundes Stimme.»

Schwer für Häftlinge, die in Ramdohrs Trakt saßen, Verbindung herzustellen. «Wir sahen uns ganz selten und wenn, nur streng bewacht. Verständigung durch Blicke und Gesten. Aufpassen mußten wir höllisch, um nicht ertappt zu werden. Nach einer Woche hörte ich, daß jemand gegen die Wand oder gegen Heizungsrohre klopfte. Zuerst achtete ich nicht darauf. Als dieses dumpfe Klopfen sich zu bestimmten Tageszeiten wiederholte, wurde ich aufmerksam, begriff, daß es Zeichen sind, die mir etwas zu sagen hatten … Das Morsealphabet ist einfach, man bemüht sich vor allem, es rasch zu erlernen. Ein Hochgefühl, wenn du die Signale entschlüsseln und ihren Empfang bestätigen kannst. Energiestrom, der deine Isolierung durchbricht und dir neue Impulse gibt.»

Ihr Herz schlug höher, als die Klopfzeichen mitteilten: Engländer und Amerikaner haben die zweite Front eröffnet, Landung in der Normandie! – Rote Armee hat weite Gebiete der Karelo-Finnischen SSR befreit, kurz danach auch Minsk und Vilnjus, die belorussische und litauische Sowjetrepublik zurückerobert! – Ewig kanns nun nicht mehr dauern.

Sechs Wochen Bunkerhaft sind herum. Es ist Juli. Wenn ich rauskomme, so dachte Maria, wird November sein. Vielleicht ist da schon alles vorbei.

Sie kommt eher aus dem Bunker. Aber nichts ist vorbei. Ende Juli benötigte die Gestapo viele Einzelzellen für besondere Häftlinge – Militärs und Zivilpersonen, hochgestellte Leute, verdächtig der Mittäter- oder Mitwisserschaft. Leute um den Kreis der Männer des 20. Juli. «Es wird hier zu eng», schreibt Maria Liberakowa. «25. Juli 1944 – Tag meiner ‹Entlassung› aus dem Zellenbau in den Strafblock, und ich könnte nicht sagen, welche der Fallgruben schlimmer gewesen wäre. Wie sehnte ich mich in die Waldkolonne zurück, ja bisweilen sogar in meine einsame Zelle, und machte einmal mehr die Erfahrung, wie relativ doch alles ist.»

Der Tote Gang, die hohen Gäste und das Kreuz

Ob in den Baracken, im Bunker oder Strafblock – unter allen Häftlingen des Lagers ein Aufatmen, als sie von der Landung in der Normandie hörten: Endlich, endlich die zweite Front!

Aufjaulen der Nazis: «Es war unsere Absicht, sie hereinzulassen. Erst wenn wir sie hier haben, können wir sie zerschmettern. Unsere Geheimwaffe ist fürchterlich!»

Ihre Geheimwaffe – V1 – fliegt erstmalig in der Nacht vom 11. zum 12. Juni 1944 gegen London. Aber ihr blindwütiger Haß, ihre tollwütige Rache ist fürchterlicher. Am 10. Juni, wenige Tage nach Eröffnung der zweiten Front, grausames Massaker in dem französischen Dorf Oradour-sur-Glane. Brandschatzung, Zerstörung; Frauen, Kinder, Greise niedergemetzelt oder bei lebendigem Leibe verbrannt – in der Kirche, wo die Einwohner Schutz gesucht hatten.

Im Osten nähern sich in erbitterten Schlachten sowjetische Truppen der Grenze Polens. Seite an Seite mit ihnen kämpft die polnische Volksarmee, um ihr geschundenes Heimatland vom Feind zu befreien.

Auf den Straßen und Schienensträngen Europas bewegen sich Gespensterzüge – Evakuierungen, Deportationen aus Nord, Süd, West, vornehmlich aus Ost. Majdanek wird geräumt, Auschwitz «entvölkert». SS selektiert, mordet, vergast und treibt «noch verwendungsfähige» Häftlinge westwärts. Aus Birkenau werden dreitausend weibliche Gefangene Richtung Ravensbrück in Marsch gesetzt. Tagelang unterwegs, teils zu Fuß, teils in Viehwaggons. Wer nicht weiterkam, wer das Tempo nicht durchhielt, wurde erschossen, wer im Waggon umkam, aus dem Zug geworfen. Die Strecke besät mit Leichen.

An einem Juniabend rücken die ersten Kolonnen aus Birkenau in Ravensbrück ein. Sie lagern im «Toten Gang», einem schmalen Erdstreifen zwischen Mauer und Revier I, vom Lager durch ein halbhohes Gitter getrennt. Sie stehen, liegen, sitzen dort, als die Sirene zur Nachruhe heult. Vier

Uhr morgens, als die Sirene weckt, liegen sie noch da auf staubiger Erde, und viele haben ihre Augen für immer geschlossen.

Der «Tote Gang» – eine Neuerung, sozusagen eine Notlösung. Es stirbt sich schnell im Hungerjahr 1944, im Jahr der Massenabfertigung. Man wußte nicht, wohin mit den Leichen, stapelte sie unter freiem Himmel, eben auf jenem schmalen Weg. Er diente gleichzeitig als Warteraum für Zugänge.

Eines Tages – noch im Sommer – lagen dort keine Leichen mehr, es sei denn, Wartende sind vor Hunger, Erschöpfung, Entkräftung tot umgefallen. Man hatte den Gang verkürzt und hinter dem Revier I einen Leichenkeller gebaut. Nun konnte Himmler seinen angekündigten Besuch abstatten.

Er trifft ein, zutiefst befriedigt, daß man seine Befehle strikt befolgte, verzieht seine Lippen zu einem Lächeln, winkt allen wohlwollend zu, die in straffer Habachtstellung darauf gieren, von ihm bemerkt zu werden. «Vorbildlich», sagt er, «jawoll, vorbildlich. Überall Ruhe, Sauberkeit, Ordnung.»

Er hatte einige Herren bei sich, die nickten zustimmend. Von ihrem Gesichtswinkel aus war auch alles in Ordnung. Die Lagerstraße mit feinem Seesand bestreut. Auf dem großen Platz nichts Beunruhigendes, eher Angenehmes zu erblikken. In respektabler Entfernung standen einige nette Rot-Kreuz-Schwestern, mit blütenweißen steifgestärkten Häubchen, und einige adrette, strahlendsauber gekleidete Häftlinge, blaugraugestreift, sportlich praktisch, richtig schick anzusehn. Hinter den geöffneten Fenstern der vordersten Baracken bauschten sich weiße Mullgardinen, und vor den Baracken blühten bunte Sommerblumen. Die Herren waren beeindruckt – oh ja, doch, doch, hier läßt sichs gewiß nicht schlecht leben, fast ein Sanatorium.

Nur der Zwischenfall war etwas peinlich. Denn da humpelte – völlig unplanmäßig – aus den Baracken weiter hinten eine erschreckend magere und sehr schäbig gekleidete Frauensperson, kam immer näher, schlurfte, auf Krücken gestützt, über den feinen goldgelben Sand. Aber sie wurde noch rechtzeitig aufgehalten. Hilfsbereite Rot-Kreuz-Schwestern bemühten sich sofort barmherzig um sie. Allerdings fuchtelte die Frau mit ihren Krücken, als ob sie sich der barmherzigen Schwestern erwehren müsse. Ein Arzt eilte herbei, begleitet von Sanitätern. Man legte die offenbar stark Erregte mit sanfter Gewalt auf eine Trage. Zwei der Sanitäter trugen sie vom Platz.

Es war eine junge Polin, ein «Kaninchen». Sie wollte der ausländischen Delegation einige Wahrheiten sagen und landete im Bunker. Die fremden Herren wußten nicht, wohin man das Geschöpf trug, vermuteten sicherlich auch nichts Schlimmes. Nun ja, eine Kranke. Wo Ärzte, Schwestern, Sanitäter sind, da wird es ja wohl auch Kranke geben. – Es war eine Besichtigung, und die Herren waren vom Internationalen Roten Kreuz.

Himmlerbesuche blieben nie ohne direkte Folgen.

Am nächsten Tag plärren die Lautsprecher, rufen alle Zigeunerinnen zur Registratur. Die wenigsten der Frauen des Lesens und Schreibens kundig. Auf dem Tisch, an den sie scheu herantreten, liegen Listen aus. Ein SS-Mann klärt sie auf, es sei eine ganz harmlose Sache, freiwillig obendrein. Lagerkommandant Suhren beobachtet, wie die Frauen reagieren. Da sie zögern, verspricht er, ihnen die Freiheit zu schenken, wenn sie sich und ihre Kinder weiblichen Geschlechts sterilisieren lassen. «Nun macht schon euer Kreuz! Hier, in dieser Liste, hier, hinter dieser Nummer, kapito!» – Freiheit geht ihnen über alles, und so malen sie ihr Kreuz auf die Liste.

SS-Arzt Treite und seine Assistenten bereiten für den kommenden Sonntag alles vor. Professor Clauberg aus Auschwitz hatte sich angesagt, und noch einige SS-Ärzte aus anderen KZ-Lagern werden teilnehmen. Sie bringen Präparate mit. «Mal testen, wie das neue Serum anschlägt.»

Der Sonntag ist da. «Wir im Krankenbau hofften auf einen ruhigen Tagesverlauf», schreibt die Pflegerin Hildegard. «Plötzlich bewegten sich Zigeunerfrauen mit ihren Kindern an der Hand aufs Revier zu. Unter den Kindern aber nur Mädchen, die jüngsten vielleicht acht oder neun Jahre alt.

Treite hatte Sonntagsdienst und saß mit mehreren uns unbekannten Ärzten in seinem Ordinationsraum. Vermutlich eine der überstürzt angesetzten Schutzimpfungen, dachten wir. Treites Assistent läßt die ersten aus der Schlange ins Revier. Sie müssen vor dem Behandlungszimmer stehnbleiben, werden einzeln hineingerufen. Schmerzverzerrte, doch keine unglücklichen Gesichter, wenn sie wieder herauskommen; manche lächeln. Wir sind verblüfft, fragen, warum sie lächeln. Sie antworten: ‹Doktor spritzt, tut sehr weh, aber ich nun frei … Kommandant sagt, laß dir Spritze geben, und du hast Freiheit gewonnen.›»

Die Schmerzen verstärkten sich, hohes Fieber kam hinzu. Krank und elend sind sie geworden, unglücklich, viele starben daran. Frei ist keine gekommen, und die Kinder wußten nicht, was man ihnen zugefügt hatte.

Namenloses Glück im namenlosen Leid

Sich hier kennenlernen, sich hier wiederbegegnen, hier sich verabschieden müssen, zumeist für immer. Beinahe alltägliche Vorkommnisse, Alltag im KZ.

Wenn man zum Beispiel 1942 auf Block 3 Charlotte Eisenblätter kennengelernt und sie zwei Jahre lang neben sich gehabt hat, wie schwer ist dann der Abschied von ihr, wenn man genau weiß, es gibt kein Wiedersehn.

Charlotte Eisenblätter, 1914 geboren, ein Arbeiterkind, das jüngste von acht Geschwistern. 1928 hat Charlotte die Volksschule hinter sich, aber keine Aussicht auf eine Lehrstelle. Sie qualifizierte sich autodidaktisch vom Laufmädchen zur Sekretärin in einem Anwaltsbüro. Seit ihrem fünfzehnten Lebensjahr politisch engagiert, aktiv in der sozialistischen Jugendbewegung, hauptsächlich im Arbeitersport – Fichte, Wandersparte. Nach 1933 rückte sie nicht von ihrer Überzeugung ab, hielt die Kontakte mit revolutionären Sportlern aufrecht, so auch mit Werner Seelenbinder, fand durch ihn zum organisierten Widerstand, schloß sich der Robby-Gruppe an, einer illegalen KPD-Organisation, geleitet von Robert Uhrig. Charlotte – ein guter Wanderkamerad, eine treue Kampfgefährtin.

Ravensbrückerinnen schildern sie als eine zurückhaltende, ruhige, bescheidene Frau, ausgeglichen und gleichbleibend freundlich. Ein Mensch, der sich nicht in den Vordergrund drängte, der nicht auffiel, aber wenn er bei einem geheimen Treff fehlte oder abends nicht mit am Tisch saß, war da eine Lücke, die niemand schließen konnte.

Brief an eine Tote, geschrieben von Erika Buchmann, Kommunistin, ehemals Gefangene in Ravensbrück: «Liebe Charlotte, wir lernten uns im Strafblock kennen. Ein paar Worte von Dir zu mir genügten, um zu wissen, woher wir kommen und wohin wir wollen. Du hast nur ganz wenige Andeutungen gemacht über Deine politische Arbeit, so, als ob das alles selbstverständlich wäre. – Schwierigkeiten? Nun ja, natürlich, sagtest Du, viele sind verhaftet, viele aus unserer Gruppe. Es wird zum Prozeß kommen.

Ich konnte mir denken, wie dieser Prozeß ausgehn würde. Auf Dich wartete das Todesurteil ... Du mußt meine Gedanken erraten haben, denn Du sagtest noch, vielleicht ist der Krieg zu Ende, ehe unser Prozeß beginnt, vielleicht haben wir Glück.»

Zum letzten Male saßen sie mit ihr im Juli zusammen. Und erst bei diesem letzten Zusammensein erzählte Charlotte etwas genauer aus ihrer illegalen Tätigkeit: Und die Illegalen erfuhren, daß sie jede Aufgabe zitternd und zagend bewältigte, mit großer Angst im Herzen.

Der Volksgerichtshof tagte in Permanenz, permanent Prozesse, permanent Morde. Die gegen Mitglieder der Robby-Gruppe fanden etappenweise statt, schon seit Mitte 1943. Juli 1944 letzter Prozeß. Insgesamt 36 Todesurteile. Robert Uhrig, Charlotte Eisenblätter, Werner Seelenbinder und 33 ihrer Genossen hingerichtet.

Charlottes Abschiedsbrief: «Meine lieben Freunde und Bekannten! Am Vortag zu meinem Prozeß – heute ist Sonntag – drängt es mich, Euch allen noch einmal zu danken für Eure

Güte und Liebe, mit welcher Ihr mich in der Freiheit und besonders in den zwei Jahren meiner Inhaftierung beglückt habt. Diese Liebe und Güte wird mich auch das Schwerste ertragen lassen, denn es besteht kein Zweifel, daß ich ein Todesurteil erhalte. Ihr sollt deshalb aber nicht trauern, ich habe ein reiches Leben gehabt, wie es viele nicht haben, die 60 Jahre oder noch älter werden. Ich habe so viel glückliche Stunden genossen bei der Arbeit, im Freundeskreis und auf meinen Reisen. So ging mein Kampf letzten Endes nur dahin, allen Menschen zu solchen glücklichen Stunden zu verhelfen ... Es umarmt Euch in Liebe und Dankbarkeit Eure Lotte.»

Ihre Abschiedsgrüße richteten sich auch an Katja Niederkirchner. Wenige Tage bevor die Gestapo Charlotte aus Ravensbrück abholte, führten Wachposten Katja durchs Tor ins Lager. Die beiden Frauen hatten sich noch nie gesehen, und es blieb ihnen hier kaum Zeit, sich näher miteinander bekannt zu machen. Aber ihr Zusammengehörigkeitsgefühl hatte tiefe Wurzeln, war nicht abhängig von der Dauer ihrer persönlichen Begegnung.

Katja Niederkirchner, eine Berlinerin, geboren am 7. Oktober 1909. Ihr Vater, aus Ungarn stammend, war ein erfahrener, hochgeachteter Funktionär der Arbeiterbewegung. Katja eiferte ihm nach. Von Beruf Schneiderin, hatte sie gelernt, wie man durch neue Kleider Menschen verändert, verschönt. Das aber, so unterrichtete sie der Vater, ist bedeutend leichter, als Menschen innerlich zu verändern, zu verschönen. Lehrling noch, wird sie Mitglied des KJVD und 1929 Mitglied der KPD. 1929: Weltwirtschaftskrise. Katja erwerbslos. Sie nutzt die Zeit, lernt Maschineschreiben und Steno, besucht Sprachkurse – Russisch, Englisch – und Kurse bei der MASCH (Marxistische Arbeiterschule). Vor allem aber lernt sie für ihre Partei kämpfen und gehörte zu den nimmermüden Agitatoren, die Plakate klebten, Flugblätter verteilten, überall mitdiskutierten, wo sich Massen versammelten, von Haus zu Haus gingen und nichts unterließen, zur Aktionseinheit gegen den Faschismus aufzurufen. Im November 1932 unterstützte sie in Wort und Tat die streikenden Berliner Verkehrsarbeiter, geriet dafür ins Gefängnis und wurde im Frühjahr 1933 wegen «staatsfeindlicher Betätigung» aus Hitlerdeutschland ausgewiesen.

Zufluchtsland: Sowjetunion. Ihre Schwester Mia, bereits dorthin emigriert, erwartete Katja in Moskau. Winter 1933/34 kommt die ganze Familie nach, da auch Michael Niederkirchner des Landes verwiesen worden war, vorgeblich, weil er noch seine ungarische Staatsbürgerschaft besaß.

Kurz nach dem Überfall auf die Sowjetunion meldete sich Katja zum Fronteinsatz, leistete unter deutschen Kriegsgefangenen Aufklärungsarbeit. 1942/43 war sie Sprecherin bei Radio Moskau für Sendungen nach Deutschland. Ihr genügte das nicht. Sie forderte mehr von sich selbst und bereitete sich darauf vor, einen gefährlichen Auftrag zu übernehmen.

Am 7. Oktober 1943 überfliegt ein sowjetisches Flugzeug im Schutze der Dunkelheit die Frontlinie. An Bord zwei Fallschirmspringer – Katja, an diesem Tag Geburtstagskind, 34 Jahre alt geworden, und Theodor Winter, Wilhelm Piecks Schwiegersohn. Das vorgesehene Planquadrat ist erreicht. Partisanen geben vereinbarte Blinkzeichen. Theodor und Katja springen ab, segeln durch die Nacht. Zwei Beauftragte des ZK der KPD, gelandet auf polnischem Gebiet, um sich von da getrennt nach Berlin zu begeben – als Geschäftsreisende. Anständig, ja sehr gut gekleidet, legalisiert, einwandfrei ihre Papiere.

Katja ist nicht unbesorgt, aber auch nicht unruhig, weder äußerlich noch innerlich, als sie im D-Zug nach Berlin sitzt. Doch ausgerechnet in diesen Tagen hatten die Faschisten etwas Neues eingeführt: Den Sichtstempel im Reisepaß. Der fehlt in Katjas Papieren! Zugkontrolle, Verhaftung. Zunächst verhalten sich die Schergen ihr gegenüber noch galant. Man möchte ja wissen, wer sie eigentlich ist, woher sie kommt, wohin sie will, möchte Namen, Adressen, Lokalitäten, Geschäftsverbindungen von ihr erfahren. Sie schweigt. Monatelang wird sie verhört, von einem Gestapokeller in den anderen geschleift. Anfang Juli 1944 nach Ravensbrück, hier will man das Verfahren beenden.

Katja nun auf Block 3, eine Politische unter Politischen. Sie arbeitet in der Schneiderei, findet sich schnell zurecht, bekommt sehr bald Kontakt.

14. Juli – Nationalfeiertag der Franzosen. Irgendwie bringen es politische Gefangene immer zuwege, sich bei solchen Anlässen gegenseitig zu beglückwünschen – Sturm auf die Bastille! Sturm auf die Zwingburg!

Ein unglaublich schöner Tag mit unglaublich strahlenden Lichtblicken. Neuangekommene hatten Neuigkeiten zu berichten: Befreiungsfronten erobern geraubtes Land zurück! Bewaffnete Volkserhebungen in Europa. – Sowjetische und polnische Partisanen haben im Mai/Juni bei Lublin, in den Wäldern von Lipsko, Janów und Solska drei deutsche Divisionen angegriffen, ihnen erhebliche Verluste beigebracht und mehrere Dörfer befreit. In Jugoslawien schon seit langem heldenmütiger Kampf der Partisaneneinheiten unter Marschall Tito, jetzt beflügelt durch die Siege und den Vormarsch der Roten Armee, die im Nord- und Mittelabschnitt weiter nach Westen vordringt und im Süden vor dem Balkan steht. Große Gebiete Jugoslawiens sind befreit, die Befreiung Albaniens, Bulgariens, Rumäniens sei nicht mehr fern. Volkserhebungen und bewaffnete Kämpfe auch in westlichen Ländern, so in Frankreich, Belgien, Dänemark, Norwegen. Eisenhower spreche davon, der Krieg werde noch 1944 zu Ende sein. – Ach, wenn es doch wahr und wahrhaftig zuträfe!

Sich freuen, jubeln, jetzt laut jubeln dürfen.

Die Politischen kommen zusammen. Nicht alle auf einmal, nicht alle genau am 14. Juli, sondern wie es sich ergab. Und Katja war dabei. Sie lernte viele Kameradinnen, viele Genossinnen kennen, aus vielen europäischen Ländern, und natürlich auch die vom Block der Roten Armee. Die Namen sind gar nicht alle aufzuzählen. Katja hat sie sich auch nicht alle merken können. Übrigens machte man sich dort ja gewöhnlich nur mit Vornamen bekannt. Sie hatte das Bedürfnis, mit vielen bekannt zu werden, war ein Mensch, der ohne Kontakt mit seinesgleichen nicht richtig durchatmen konnte.

Knapp ein Vierteljahr ist sie auf Block 3 gewesen. Kurz und doch sehr lang. Sie rechnete damit, daß die Gestapo sie holt, wie Charlotte Eisenblätter geholt worden war. Doch jetzt – in diesen Sommermonaten – wollte sie nicht daran denken. Sie empfand das Zusammensein mit ihren Genossinnen als namenloses Glück im namenlosen Leid.

Umsturz?

Ravensbrück, 20. Juli 1944. Noch ehe die Häftlinge zum Morgenappell angetreten sind, herrscht auf der Lagerstraße Massengedränge. Achthundert Gefangene gehen auf Transport – fünfhundert, ausschließlich Französinnen, nach Leipzig; dreihundert, zusammengewürfelt aus verschiedenen Nationen, nach Watenstedt-Salzgitter. Da wie dort in die Rüstung!

Tagebuchnotizen von Boubout Masson: «20. Juli. Wir fahren ab. Wieder einmal ins Ungewisse. Menschenfracht wird verschickt – 300 Stück Mensch. Hundert Französinnen, die übrigen Polinnen und Russinnen. Güterzug. Womit denn sonst? Wir durchqueren Berlin, rangieren auf einem Verschiebebahnhof. Berlin raucht und ist ebenso traurig, ebenso verdreckt wie wir.

Das Ziel – Watenstedt. Es sei eine Konservenfabrik, wurde gesagt. Die Fabrik entpuppt sich als ordinäre Munitionsbude. Unterkunft hier aber besser als in Ravensbrück. Jede hat eine Pritsche für sich. Phantastisch, allein auf einem Strohsack, allein unter einer Decke! – Nachts plötzlich hellste Aufregung, Spektakel. Ein Attentat! Jemand hat einen Anschlag auf Hitler verübt! Wir sind auch hellwach, unheimlich gespannt, was sich daraus ergibt.»

Nichts ergibt sich. Nur neues Blutvergießen, neues Unheil. Vielleicht wird, als günstigstes Resultat, die Welt aufhorchen und bestätigt finden, daß der Hitlerfaschismus von jeher im eignen Lande entschiedene Widersacher hat, die ihn verhindern oder stürzen wollten.

Die Frage, was wäre nach dem 20. Juli geworden, wenn die Bombe Hitler tödlich getroffen hätte, ist müßig. Er war kein Alleinherrscher. Mit seiner Person wäre noch nicht jene

Macht gestürzt worden, die ihre Tyrannei durch ihn als Mittelsmann praktizierte. Die Verschwörer bewiesen hohe Tapferkeit, edle Gesinnung, ihr Versuch, das Blatt zu wenden, scheiterte. Denk ich an Deutschland in der Nacht ...

August. Sonnenglut. Und solche Spannungen, solche Angst, solches Sterben, solche Trauer unter der Hitze des August.

Hungertyphus, Flecktyphus, Diarrhöe. Das greift um sich. «Wie geht es dir?» Höflichkeitsfloskel, die wir täglich austauschen. Hier, im Lager, keine Floskel.

«Wie geht es dir, Maria? Wie fühlst du dich heute? Du wirst doch nicht schlappmachen! Werd uns bloß nicht ernsthaft krank!» – Marka Graf, Rosl Jochmann, Elisabeth Lynhardt, alle, die Maria Grollmuß zugetan sind, erkundigen sich besorgt nach ihrem Befinden. Sie trug die heimtückische Krankheit schon lange mit sich herum. Elisabeth Lynhardt, Dresdnerin, mit Maria auf Block 5, erinnert sich: «Sie litt unter Hautausschlägen. Maria kurierte sich selber, oder wir schleppten sie durch, und die Häftlingsärztin behandelte sie auf unserem Block, damit Maria nicht ins Revier muß. Eines Tages aber hatte sie sehr hohes Fieber, der Krankenbau war nicht länger zu umgehen. Wir vermuteten Gürtelrose. Doch es war ja viel, viel schlimmer. Ihre Gesundheit war zerrüttet, sie hatte alles zusammen, wurde von außen und innen zernagt – Ausschläge, Typhus, Ruhr und in ihrem Leib ein großer Tumor. Ihr blieb nur noch eine kurze Frist, und so mußten wir mit ansehn, wie sie verwelkte ... Am Sonnabend, 5. August 1944, kam ein Brief von ihrer Schwester aus Radibor. Cäcilia schrieb, sie habe sich vorgenommen, noch in diesem Sommer bestimmte Wege zu gehen, die sie beide in ihrer Jugend gemeinsam durchwandert sind ... Der Brief – ein letzter Gruß aus dem Heimatdorf. Sonntag, 6. August, nachmittags 15 Uhr, verstarb Maria.»

Bei Cäcilia Grollmuß klopft am 2. August eine Frau an die Tür. Es ist Eugenia Kocwa, im Mai aus Ravensbrück geflohen, im August bei Marias Schwester Obdach gefunden. Eugenia weiß nicht, daß Maria im Sterben liegt, kann Cäcilia nur sagen, Maria lebt, arbeitet auf den Feldern. Und die Todkranke in Ravensbrück ahnt nicht, daß ihre Schwester Verfolgten Asyl gewährt, Fäden weiterknüpft, die ihr selber nun aus den Händen gleiten. Daß es Eugenia ist, die zur Schwester flüchtete, hätte Maria sehr erschreckt. Von deren Plan wußte sie nicht, hatte nur erfahren, im Mai sei einer polnischen Kameradin die Flucht gelungen. Unbewußt, ungewollt hatte Maria Eugenias Vorhaben unterstützt, hatte ja oft genug von Radibor gesprochen – von Cäcilia und dem Vaterhaus –, hatte alles so bildhaft, so plastisch geschildert, daß man sich hingezogen fühlte. Eugenia war eine aufmerksame Zuhörerin.

Maria Grollmuß verstorben – an einem Sonntag im August. Entlang den Baracken, entlang der Mauer wucherte wildes Gras, blühten auch anspruchslose Feld- und Wiesenstauden, die blaue Akelei oder die pupurne Kornrade. Sie legten der Toten einen Strauß in den Arm und versprachen ihr, nichts zu vergessen, gelobten ihr, nichts zu verschweigen, wenn sie einst Freiheit und freier Rede Wort besitzen.

Da es ein Sonntag war, konnten sie Maria einen außergewöhnlich ehrenvollen letzten Freundesdienst erweisen, konnten die Verstorbene aufbahren. Und ihre engsten Mitstreiterinnen hielten Totenwache. Vielleicht hielten sie auch Zwiesprache mit ihr, flüsterten ihr Verse aus Heines «Wintermärchen» zu, die Maria selber so oft rezitiert hatte: «Denk ich an Deutschland in der Nacht, bin ich um den Schlaf gebracht ...»

Absetzbewegung

Glutheiße Sommertage. Tage, wolkenlos. Manchmal jäh hereinbrechende Gewitter, orkanartige Stürme, Regengüsse. Die Hitze danach um so mörderischer. Das Gras verdorrte, die Menschen verdorrten. Entkräftung, Verfall. Und immer neue Massen zogen durchs Ravensbrücker Tor – herein und hinaus. Und wer da alles in allem evakuiert, deportiert, verjagt, vertrieben, hin- und hergetrieben wurde!

Ab Sommer 1944 zogen Trecks über alle Landstraßen Europas. Völkerwanderung. Flüchtlinge, Zwangsevakuierte, Zwangsdeportierte – alle, alle auf ein Zentrum zugetrieben, vorwärtsgepeitscht von zurückflutenden Hitlertruppen. Ja, und auch die Deutschen treckten über Land, kehrten heim ins zerbombte, einst so berauschend rasant sich ausdehnende Tausendjährige Reich, nun ein Trümmerhaufen.

Und was die Privilegierten alles verschleppten, mitschleppten, angeschleppt brachten! Kein Tag, da nicht wenigstens ein Güterzug auf dem Anschlußgleis Fürstenberg–Ravensbrück anrollte. Tag und Nacht mußte die Ladekolonne Waggons entladen, Frontgut und Raubgut aus allen Ländern in riesigen Depots verstauen.

Im August kam ein Güterzug aus Holland, mit einer ganz besonders aufschlußreichen Sendung. Einem der Waggons entstieg der deutsche Botschafter mit Familie, einem zweiten sein Dienstpersonal. Das mußte gleich zupacken, Waggons abladen: Büromaschinen, sämtliche Akten, die komplette Wohnungseinrichtung und alles, was er in Holland zusammengeramscht hatte. Übrigens reiste der Diplomat auf Empfehlung Himmlers an. Bonzen seines Schlages war in Ravensbrück ein sicheres Lagerplätzchen für Raubgut reserviert.

Auch Züge aus dem Osten standen auf dem Gleis. Vor, während und nach dem Warschauer Aufstand verließen Tausende ihre Stadt, verführt durch scheinheilige Aufrufe, sich evakuieren zu lassen, sobald die Rote Armee auf Warschau vorrückt. Sie kamen mit Sack und Pack, mit Kind und Kegel, in der Hoffnung, ihr Leben zu retten, und – kamen ins KZ! Transporte solcher Art trafen schon Ende Juli in Ravensbrück ein. 3000 Warschauerinnen, als «seuchenverdächtig» erst mal in den «Toten Gang» gesperrt. Und die Sonne versteckte sich nicht hinter den Wolken, der Himmel ließ es zu. «Warum, warum? Warum wir?» – Ja, warum? «Lieber tot, als rot!» Die Parole ist noch heute in gewissen Gegenden aktuell.

Massenhafte Ausplünderung, massenhafter Raub von Gütern, massenhafter Menschenraub. In Belgien, Frankreich, Holland, Luxemburg, Polen machen sich Vorausabteilungen des SD, der SS, der Gestapo auf den Weg, der zurückführt, gehen aber nicht, ohne nicht alles mitzunehmen, was ihnen unter die Finger kommt. Was nicht mitgeschleppt werden kann, wird zerstört. «Taktik der verbrannten Erde» nannten sie das.

Tragisch der 18. August, als fünfhundert Französinnen am Schwedtsee vorbeilaufen und das Tor durchschreiten müssen. Der letzte Gefangenentransport, den SS-Offiziere am 12. August vom Bahnhof Gare du Nord losschickten. Am 19. August bricht in Paris der Aufstand aus. Am 21. August erscheint die erste legale Ausgabe der «Humanité». Am 25. August erklingen die Glocken der Kathedrale Notre-Dame. Paris ist befreit!

Raymonde Poirot, eine der Französinnen, die am 18. August in Ravensbrück durchs Tor mußten, befand sich mit vielen anderen im Wehrmachtgefängnis Fresnes, zehn Kilometer von Paris entfernt. «Als die Faschisten merkten, es wird brenzlich, beförderten sie uns noch in ihr untergehendes Reich. Viele meiner Kameradinnen hielten den Transport gar nicht durch, starben unterwegs, starben, als Paris sich erhob. Viele erkrankten unterwegs, starben hier im Lager, als Paris kämpfte, starben, als über Paris die Trikolore wehte.»

Paris befreit! Als sie das hörten, die Französinnen in Ravensbrück, da überwogen Jubel, Freude, Stolz, da vergaßen sie für den ersten Moment, daß sie selber noch nicht befreit waren. «Wir träumten in diesen Tagen nur von Paris. Alle Politischen, die es inzwischen auch schon erfahren hatten, kommen gratulieren. Wir Französinnen werden wie Heldinnen gefeiert, fühlen uns zum Heulen glücklich. Paris frei – das war für uns gleichbedeutend mit dem Zusammenbruch Hitlerdeutschlands. Wir glaubten, nun würde alles wie durch einen Wirbelsturm hinweggefegt, und wir zähltens an den Knöpfen ab – September, Oktober, November ... Weihnachten sind wir ganz bestimmt zu Hause. Wir waren in einem richtigen Freudentaumel, sangen, lachten, weinten, alle wie ein bißchen beschwipst, als hätten wir Sekt getrunken ...»

Weihnachten aber waren sie noch immer Gefangene, und viele, viele, die im August jubelnd die nahe Freiheit begrüßt hatten, erlebten sie nicht.

Gleiches Los verbindet

Himmler brütet unmittelbar nach dem Attentat auf Hitler die «Aktion Gitter» aus. Will heißen, alle Gegner, alle Kommunisten und Verdächtigen, alle, die bereits vor faschistischen Gerichten gestanden, im Gefängnis, Zuchthaus oder KZ gewesen oder Spitzeln aufgefallen sind, kommen hinter Gitter. Zuwachs auch auf der Sträflingsinsel am See der Tränen. Diesmal nur deutsche Frauen, nur politische.

Da ist eine Dresdnerin, Else Schöpke: «22. August 1944, früh gegen fünf Uhr, klopfte es. Zwei Zivilisten vor der Tür. Sie fragten nach meinem Mann, der sich auf Montage befand. Ich nahm an, es handele sich um seine Einberufung, nannte die Adresse seiner Firma. Erst später erfuhr ich, daß die Gestapo ihn suchte. Aber er war weg, untergetaucht. Noch am Abend des gleichen Tages kamen sie wieder, verhafteten mich, ohne Angabe von Gründen. Auch kein Gerichtsverfahren, nichts. Mir war allerdings schon bekannt, daß man in den letzten Tagen und Wochen mehrere Genossen Knall und Fall abgeholt hatte.

Ich kam zu einer Zeit nach Ravensbrück, als der Zustrom nicht abriß. Mein Gesundheitszustand verschlechterte sich von Tag zu Tag. Im Lager Seuchen. Zahllose Frauen fielen dem Typhus zum Opfer. Ständig die Sorge, sich auch anzustecken. Lene Overlach, Genossin aus Berlin, habe ich zu verdanken, daß sich meine Lage etwas besserte. Sie brachte mich als Schreibkraft unter. Ich war in der Registratur, hatte Karteikarten zu beschriften und entdeckte dort meinen ‹Steckbrief›, las den Verhaftungsgrund – ‹Aktion Gitter›, ‹Mitwisserschaft›.»

Dazu Genossin Lene Overlach: «Meistens erfuhren wir von den Zugängen, wer noch am Alex auf Abtransport wartet, und da konnten wir uns etwas darauf einrichten. Eines Tages, ich saß in der Aufnahme an der Schreibmaschine, hörte ich jemanden seinen Namen nennen, der uns von anderen bereits mitgeteilt worden war – Else Schöpke, ihr Mann geflüchtet. Ein Umstand, der sie schwer belastete, schwer gefährdete. Ich erhob mich unter dem Vorwand, Schreibpapier holen zu müssen, streifte wie unabsichtlich Elses Arm. Sie hatte verstanden ... Das ist einer jener Glücksmomente – der erste Kontakt war hergestellt. Dann gaben wir von einer zur anderen weiter, was getan werden muß, in diesem Fall. Abends und nachts suchten wir uns auf, beratschlagten, wie zu helfen wäre. Genossinnen vom Arbeitseinsatz bemühten sich, eine Tätigkeit für den gefährdeten Neuling zu finden. Nach gewisser Zeit brachten wir Else in einem Block unter, wo es weniger schwerfiel, das Lagerleben zu ertragen.»

Aus Erinnerungen von Martha Schulze: «22. August 1944, morgens 6 Uhr, holten mich zwei Mann von der Gestapo. Dort, wo sie mich hinführten, sah ich eine Menge Arbeiterfunktionäre – Sozialdemokraten, Kommunisten, Gewerkschafter. Wir waren sieben Frauen aus dem Bezirk Chemnitz, alle zusammen in eine Zelle gesteckt – Liesel Grabe, Hanna Himmler, Hedwig Keßler, Valeska Meinig, Erna Saupe, Grete Wittig und ich. Es ging sehr eng zu. Aber wir waren ja eng verbunden. ‹Raum ist in der kleinsten Hütte für das Fähnlein der sieben Aufrechten›, witzelte Erna. Kummer waren wir gewöhnt, also machten wir unseren Gagsch. Mit Humor ist manche schwere Hürde zu überspringen ... Wenige Tage danach verging uns das Lachen. Ravensbrück!

Noch keine Woche dort, da konnte ich vor Schmerzen kaum einen Schritt laufen. Die groben Holzschuhe hatten Füße und Knöchel aufgerieben. Offene Wunden, Entzündung, Eiterfluß. Und keine Möglichkeit, sich zu pflegen. Keine Heilsalbe, keine Mullbinde, nichts. Wir waren alle nach ganz kurzer Zeit schrecklich herunter. Ich erkrankte an Ruhr. Erna Saupe half mir, wo und wie sie konnte, säuberte mich, röstete Brothäppchen, besorgte was weiß ich woher Holzkohle, um gegen die Krankheit anzukämpfen. Aber es wurde immer schlimmer, so daß ich in die Ruhrbaracke mußte, aus der man selten lebend herauskam.

Als ich dort lag und nichts mehr helfen wollte, meinte die junge französische Ärztin, man müsse Zwieback haben und Glühwein. Und das glaubt keiner – am gleichen Abend noch warf jemand ein Päckchen Zwieback durchs Fenster auf mein Bett. Ich weiß bis heute nicht, wer. Am anderen Mittag kam eine kleine schwarzäugige Italienerin ins Revier gehuscht, zog eine Flasche Rotwein aus der Bluse und huschte wieder davon. Sie hatte ihr Leben riskiert, mit lachendem Gesicht ... Den Wein hatte eine andere Beherzte im Lebensmittelmagazin der SS-Offiziere gemopst, eine zweite schmuggelte ihn mit einer Fuhre Kartoffeln ins Lager, und Lidia, die Italienerin, brachte ihn in die Seuchenbaracke.»

Albine Lüdke, 23. August 1944 mit einem großen Trupp politischer Gefangener eingeliefert: «Genossinnen, die schon länger hier waren, rieten uns, sobald wie möglich in ein Arbeitskommando zu kommen, dann hätten wir Aussicht, auf Block 1, 2 oder 3 untergebracht zu werden, dort sei es nicht ganz so katastrophal. Wir – Martha Pfeiffer und ich – meldeten uns als Revierhelfer. Uns wurde schlecht, als wir da eintraten. Es ist gar nicht zu beschreiben, es ist alles unsagbar. Unsäglich schwierig schon die einfachste, primitivste Krankenhilfe, wie z. B. Fiebermessen. Für hundert Patienten nur ein einziges Fieberthermometer. Im Revier hing eine Bekanntmachung: ‹Wer Thermometer zerbricht, wird mit 25 Stockschlägen bestraft!› Wir banden uns das Glasröhrchen mit Papierstrick am Handgelenk fest. Satanisch, was der Gegner sich ausdenkt, um uns stets und ständig zu vergegenwärtigen, daß wir des Todes sind und er uns dahin treiben möchte, uns den Strick hoffentlich bald auch um den Hals zu knüpfen ... Und doch gibt es immer eine Alternative, und ich habe es nicht bereut, Samariter gewesen zu sein. Wir Helferinnen im Krankenhaus sahen viel Schreckliches, hatten wohl aber auch die schönsten Erfolgserlebnisse, wenn durch unsere Pflege ein Häftling wieder ins Leben zurückkehrte. Auch fanden wir schnell Kontakt, beinahe über Nacht, mit den sowjetischen Ärztinnen Lena und Ludmilla, mit der Pflegerin Anja aus Sewastopol, mit Hanka, der polnischen Ärztin, und deren Nichte Bronja. Eine Freundschaft, die den Faschismus besiegte und überdauerte.»

Zuwachs an deutschen politischen Häftlingen bedeutete auch Kräftezuwachs, bedeutete nicht zuletzt, den Hunger nach aktuellen Informationen stillen zu können. Die meisten waren erfahrene Illegale, wußten vom Kriegsverlauf, von der Situation und der Stimmung im Lande, und man hatte Gelegenheit zu fragen.

Gusta Fučikova – in Gedanken immer bei Julius, überzeugt, daß er lebt – erkundigte sich jedesmal, wie stark das Gefängnis Plötzensee durch Bomben beschädigt sei, ob Häftlinge unter den Trümmern liegen, ob es Gefangenen gelungen sei, sich zu retten. Ihr Herz schlug nur in Erwartung, ihren Mann wiederzusehen, ja, sie unterhielt sich mit ihm: Hör zu, liebster Julek, es wird dich gewiß interessieren. Ich wohne im Block «Lidice». An dem Tisch neben mir junge Mädchen, mit ihren Müttern aus Lidice hierher verbannt, als sie noch keine fünfzehn Jahre alt waren. Von Božena Holečkova und anderen erfuhr ich, daß im Lager sogar Kriegsgefangene sind, weibliche Rotarmisten. Ach, Julek, du müßtest sie sehen, ihre stolze, unbeugsame Haltung erleben. Wir treffen uns mit ihnen, heimlich natürlich. Jewgenia, die sanfte, mütterliche, ist Pädagogin, Geschichtslehrerin. Wir sitzen um sie herum. Genia erzählt aus dem Leben alter Bolschewiki, aus dem Kampf gegen die Weißen, erzählt von Frunse, Budjonny, Tschapajew und der Reiterarmee. Nein, es sind nicht alles Kommunistinnen, die ihr zuhören, Julek, aber sie gehören zu uns. In solchen Stunden fühlen wir uns frei, und ich genieße ganz intensiv das Glück, Familienmitglied zu sein.

Wenn sie nachts erwachte, lauschte sie auf das Klopfen ihres Herzens – ja, es pocht, es schlägt, es hält durch, Julek! Und eine seltsame, fast zärtliche Bewunderung erfüllte sie zu diesem kleinen unverdrossen zuckenden Muskel in ihrer Brust.

Antonina Nikiforowa, die sowjetische Ärztin, berichtet auch von der Familie. «Wir haben Kommunen gegründet. Wir tragen das gleiche Los, und es ist leichter zu ertragen, wenn man weiß, zu wem man gehört, wenn man weiß, einer ist für den anderen da. Zu fünft schlafen wir auf zwei nebeneinanderstehenden Betten, sind also eine Kommune, eine Großfamilie. Sergejewna, die älteste, betrachtet sich als Mutter. Dunja, Sina und Walja sind noch keine zwanzig. Es macht traurig, ansehn zu müssen, daß ihr junges, erst im Aufblühn begriffenes Leben verkümmern soll. Abends, wenn wir uns hingelegt haben und die Aufregungen, die Strapazen des Tages ein wenig abgeklungen sind, versuchen wir unser Gehirn anzustrengen, uns Gedichte, Liedtexte, Filme, Theaterstücke ins Gedächtnis zurückzurufen.

Manchmal finden in einem erweiterten Kreis richtige Politinformationen statt. Unsere Galka organisiert das. Deutsche Genossinnen nahmen daran teil, überlassen uns Zeitungen, dolmetschen auch. Jewgenia gibt ihnen Russischunterricht, sie lehren uns die deutsche Sprache.»

Eine internationale Familie – Oase in Ravensbrück. Kommune als Gegengewicht, als Schutzwall. Ein Netz, geknüpft, um dem Fangnetz des Gegners zu entgehen. Ein Zusammenschluß, der auf Dauer, auf Künftiges weist, über Gegenwärtiges hinausreicht, geschaffen, Menschlichkeit zu schaffen, auch hier nicht nur ums nackte Dasein zu ringen.

Jelena Salska, eine Polin, die Lernzirkel ins Leben rief, ist dem gegnerischen Netz nicht lebend entronnen. Aber ihre Notizen sind erhalten: «Wir lehrten und lernten, prüften und legten Prüfungen ab – Matura in Ravensbrück! Wann denn, wo denn? In freien Stunden. Oder auch bei der Arbeit auf den Feldern, im Wald, an den Maschinen, auf der Lagerstraße, im Block. Jede hatte etwas Lehrreiches zu vermitteln, jede hatte es nötig dazuzulernen. Lehrerinnen hatten wir und viele junge Mädchen, die von der Schulbank weg verhaftet worden waren oder nicht weiterlernen konnten, da die Lehranstalten für uns geschlossen wurden ... Wir nahmen den Stoff der Gymnasialklassen durch, wiederholten ihn. Astronomie z. B., während der Appelle. Frühmorgens, spätabends Sternenhimmel. Wir nutzten die Stehzeit, Sternbilder zu erklären, Bewegungen der Himmelskörper, des Mondes, der Sonne. Bewegungsgesetze – Kopernikus. Oder Geologie. Ravensbrück liegt in einer Zone der Endmoräne. Auf den Feldern Mineralien, die sich durch Besonderheiten auszeichnen. Wir baten unsere Feldbaukolonne, die verschiedenartigsten Steine mitzubringen. Eine Geologin (Janina Peretjakowicz – die Autorin) hielt Vorträge über Alter und Beschaffenheit der Funde. Wir hörten auch andere populärwissenschaftliche

Vorträge über Botanik, Literatur, Biologie, Chemie, Physik. Um nicht den Verstand zu verlieren, nicht in Depression zu versinken, ließen wir keine Gelegenheit aus, unsere Kenntnisse aufzufrischen, uns neue Kenntnisse anzueignen.»

Der Gegner indes wütete weiter, beging immer neue Verbrechen, erdachte immer neue Finten, seine Verbrechen zu vertuschen. Mitte September erfährt Rosa Thälmann in ihrer Zelle am Alex aus der Nazipresse, ihr Mann sei in Buchenwald bei einem Luftangriff ums Leben gekommen. Sie glaubt es nicht, daß er von Bomben getötet wurde. Sie kennt seine Mörder. Ihr wird schwarz vor Augen, sie sucht nach einem Halt, greift ins Leere, stürzt zu Boden.

Im Lager am See der Tränen ständiges Kommen und Gehen. Anfang September stehen Hunderte aus Holland zwangsdeportierte Frauen auf der Lagerstraße. Alle sehr jung, viele noch nicht einmal volljährig, und alle einheitlich gekleidet – blaue Monteuranzüge, auf den Köpfen dunkelblaue Tücher mit weißen Punkten –, als habe man sie geradewegs aus einem Internat für Lehrlinge technischer Berufe hierher versetzt. Wenige Tage nur, und sie waren nicht wiederzuerkennen. «Wenn wir zur Arbeit trotten, sieht es aus, als wären wir aneinandergekettet. Wie Galeerensträflinge, wie Treidler im Schlepptau zerren wir uns vom Fleck, als hätten wir Zentnergewichte an den Füßen», schreibt eine der jungen Holländerinnen. Es war in jenen Tagen und Wochen, als man sich zuflüsterte, die Faschisten seien rausgeflogen, raus aus Brüssel – fast ganz Belgien von deutscher Gewaltherrschaft frei! –, und alliierte Streitkräfte würden auf Nordbrabant, die südlichste Provinz Hollands, vorstoßen. Durch Ravensbrück aber dreht sich die Walze, an der Deichsel junge Mädchen aus Nordbrabant. «Wir ziehen diesen Koloß hin und her, her und hin, links und rechts je zwölf, ein Gespann aus 24 MS. ‹Hüjoo-hott, hauruck, hüjoo-hott!› kommandieren die Aufseherinnen. Keuchend ziehen wir das Ungetüm, walzen zwischen Block 25 und 26 eine große Fläche glatt. Warum? Wofür? Wir erfahren es bald. Ein dunkelgrünes, mit Tarnfarbe bekleckstes Wehrmachtzelt wird aufgerichtet. Unterkunft für Neuzugänge!»

Im Zelt keine Pritschen, nur Stroh und Laub. Kein Wasseranschluß, keine Waschgelegenheit, keine Toiletten in der Nähe. Wer ins Zelt eingewiesen wurde, mußte seine Notdurft im Freien verrichten, mußte um Erlaubnis bitten, sich in einer der Baracken Wasser holen oder sich und seine Sachen reinigen zu können. Die ersten Zeltbewohner – Flüchtlinge, evakuierte Warschauerinnen mit ihren Kindern.

Sendboten des Lebens

Der Herbst malt die Wälder bunt. Der Boden ist noch trokken, die Luft noch sonnendurchwärmt.

Um diese Zeit, als das Zelt schon stand, als die Bäume sich färbten und der Wind das Laub von den Trauerweiden am Seeufer schüttelte, erinnerte sich Gestapokommissar Ramdohr einer Frau, deren Akte er zum Abschluß bringen mußte.

Katja Niederkirchner empfing dankbar die Zuneigung ihrer Genossinnen und Kameradinnen. Das beruhte auf Gegenseitigkeit. Auch sie waren ihr dankbar, spürten Katjas Zuneigung allein schon dann, wenn sie mitreißend aus ihrer geliebten Wahlheimat erzählte. Die sowjetischen Frauen und Mädchen, mit denen sie in der Schneiderei arbeitete, nannten Katja einen Sendboten des Lebens. Als sie am 18. September geholt wurde, blieb sie eine Minute still sitzen, nach altem russischen Brauch, die Hände in den Schoß gelegt, versunken in Abschiedsgedanken, Ruhe und Gelassenheit ausstrahlend.

Ramdohr, Karrierist, will seinen Vorgängern den Rang ablaufen, will Katja entlocken, was seinen Kumpanen nicht gelang. Aber auch er scheitert. Sie muß in den Bunker, ohne zu wissen, was man mit ihr vorhat. Ihr wird kein Prozeß gemacht, man hat ja nichts in der Hand.

Sie sammelt sich, steht oft lange unterm Fenster, schaut hinauf zu dem kleinen Stück Himmel, das sie erblicken kann.

Von draußen kommen Beweise der Solidarität. Mit dem Eßnapf wird ihr ein Papierröllchen übergeben, darin zwei glattgepreßte herbstlich bunte Laubblätter. Wie kräftigend, diese Beilage! Der Text kurz: «Wir waren, wir sind, wir bleiben – trotz alledem!» Darunter Anfangsbuchstaben vieler Vornamen.

Seid bedankt und gegrüßt, ihr Lieben! Das denkt sie, das schreibt sie auch zurück.

Einig, eins sein mit meiner Partei, mit meinen Genossen – dieses Gefühl der Verbundenheit in höchster Not ist durch kein anderes Glücksempfinden zu überbieten. Rechne ich die Stunden zusammen, die wir miteinander verbracht haben, kommen nur sehr wenige heraus, und doch ist mir, als wären wir unser ganzes Leben lang beisammen gewesen. Das Herz besitzt seinen eigenen Zeitmesser. Wenn ich die Augen schließe, sehe ich neben mir die vielen, die mich begleiten. Immer mehr Genossen treten bei mir ein, ich sehe ihre Gesichter, ihre Gestalten ... Und jetzt auch hier, im Zellenbau, ein altvertrautes Gesicht. – Sepp, lieber Sepp, daß ich dir noch einmal begegne, müßte Vater wissen!

Ihr ist verwehrt, Briefe zu schreiben. Sie hat in Deutschland keine Angehörigen. Sie schreibt dennoch. Es sind Kassiber.

«21. September 1944, abends. – Vier Tage bin ich nun schon hier in der Zelle, und noch immer hat mir niemand gesagt, warum, weshalb ... Ich erwäge alle Möglichkeiten.»

«23. September 1944, abends. – Meine liebe, gute Hilde. Ich bin so froh, daß wir uns noch getroffen haben ... Jeden Tag schließe ich mit dem Leben ab und denke, heute abend ist es soweit, und die Nacht ist entsetzlich. Dann fängt wieder ein Morgen an, und die Qual beginnt von neuem. Werden sie heute kommen?»

Isa Vermehren, «Sippenhäftling», damals in Zelle 65, hat Katja nie gesehen und sie doch gekannt: «Hier wird man bisweilen ganz plötzlich aus der erhabensten Gefühlsregung in eisige Erstarrung gestürzt ... Gegen 21.30 Uhr hört man Türenschlagen, Riegel werden aufgeschoben, Stimmen schallen durch die Gänge. Stiefelschritte, das Klappern der Holzschuhe ... Eine Viertelstunde später im Durchgang zwischen Zellenbau und Lagermauer kurze harte Kommandos, ein merkwürdiges Knacken, das sich in Abständen wiederholt. Manchmal ein Aufschrei, dann peitschende Schüsse ... Exekutionen! Langsam erfaßte den ganzen Zellenbau helles Entsetzen. Das Lager ohnehin voller Grausamkeit, doch mit dem Heraufdämmern des Abends schien die Luft geschwängert von Mord und Tod, und wir lauschten erbebend auf jedes Geräusch, verfolgten zwischen 21.30 und 22 Uhr die Vorgänge im Bau, ob sich wieder eine Tür öffnet, und wer der nächste sein wird, den sie holen, und wann du selber hinausgeführt wirst.

Vor einigen Tagen sind vier junge Frauen eingeriegelt worden. Eine der vier gab sich dem Kommunisten Sepp, Zelle 9, als langjährige Bekannte zu erkennen. Sie sei mit ihren Eltern schon vor Jahren in die SU ausgewandert ... Sepp hat es fertiggebracht, ihr des öfteren etwas in die Zelle zu schmuggeln – Brot, Kassiber, Briefpapier und was er sonst noch zu verschenken hatte oder für sie von anderen erhielt ... Sehr lange konnte er freilich nicht für die junge Frau sorgen. Eines Abends ist auch sie in den Erschießungsgang geführt worden.»

Am 25. September lebt Katja noch, schreibt einige Zeilen, die Sepp weitervermittelt. «Heute will ich Abschied nehmen von meinen Lieben. Ich habe eine Ahnung, daß ich nicht mehr lange hier bin. Meinem lieben, teuren Vater müßt Ihr sagen, daß ich ihm keine Schande gemacht habe ... Meine gute Mutter, meine Schwester Mia, meine Brüder, allen meine letzten Grüße ... Vergeßt Eure Katja nicht.»

Aber es sind noch nicht die allerletzten Grüße. Ein Schnellgericht muß erst noch zusammentreten: Gestapokommissar Ramdohr, SS-Kommandant Suhren, Schutzhaftlagerführer Bräuning. Sie fällten das Urteil über Katja.

Bevor der September zu Ende geht, schlägt das Wetter um. Regen, Nebel, naßkalt, windig. Zu den täglichen tausend Ängsten gesellt sich die Angst vor dem Winter. Kälte, ein zusätzliches Martyrium. Allein die Appelle. Schon jetzt, Ende September, stehen sie bibbernd auf dem Platz, durchnäßt, durchkühlt, ohne Mantel, viele in Sommerkleidern. Wer mit den Außenkommandos abrückt, seufzt erleichtert, weil er sich noch rühren und endlich vom Fleck bewegen kann. Durchs Tor gehen, das Lager verlassen, noch gesund, noch fähig sein zu arbeiten – welch ein Privileg!

Die Siemenskolonne – ungefähr 1500 Häftlinge – zieht hinaus, hat das Tor hinter sich, biegt links ein. Ihr Weg führt am See entlang. Dann halblinks, ein Stück durch den Wald, über ausgefahrene Schneisen, die parallel zur Lagermauer etwas ansteigen.

Aus dem See dampfen Nebel. Das Städtchen am anderen Ufer von wallenden Dunstschwaden verschleiert. Die Frauen übernächtig, bleichgesichtig, ihre schmalen Gestalten von grauen Kitteln umschlottert, an denen der Wind zerrt. Grau der angebrochene Tag, grau die Regencapes der SS-Aufseherinnen, graubraun die bellenden Hunde, grau die Siemenshallen, in denen die Gefangenen für zehn Stunden verschwinden.

Unter den Siemenshäftlingen Gusta Fučikova, überhaupt viele tschechische Kameradinnen, aber auch belgische, deutsche, französische, holländische, jugoslawische, luxemburgische, österreichische, polnische, sowjetische. Yvonne, die Luxemburgerin, ist auch dabei.

Ihr war schon am Morgen elend. Sie hatte starke Schluckbeschwerden, dachte aber, das geht vorüber, wenn du erst mal im Trott bist. Es wird aber nicht besser, alle Gelenke schmerzen, jeder Handgriff fällt ihr schwer, jeder Schritt. «Yvonne, was ist dir? – Du bist ja ganz heiß, du zitterst wie Espenlaub! Kommt rasch, Yvonne knackst uns zusammen!»

Heiße und kalte Wellen überfluten ihren Körper, ihre Zähne schlagen aufeinander. Hohes Fieber, Schüttelfrost. Ihr ist, als dehnten sich die Wände der Halle, als öffnete sich das Dach und sie stiege der Öffnung entgegen. Sie spürt nicht, daß man sie wegträgt, zurück ins Lager, in den Krankenbau.

Yvonne schwebt. Fieberphantasien. Eine bedeutungsvolle Stille wird um sie geschaffen – jedes Wort, jeder Ton, jeder Ruf wie aus Himmelshöhen, mit vielfachem Nachhall, der verklingt, ohne zu erschrecken. Grünlich durchflutetes Dämmern hält sie umfangen. Das beruhigt. Die Natur erbarmt sich ihrer. Yvonne ist der Gegenwart entrückt. Der Kopf heiß und schwer, die Hände federleicht.

Als sie aus ihrem Dämmerzustand aufgetaucht und wieder voll bei Bewußtsein war, sagte Mila, die tschechische Häftlingsärztin: «Du machst vielleicht Sachen! Wie kann man sich als erwachsene Frau Scharlach erlauben?»

Sechs, sieben Wochen Krankenlager, davon ungefähr einen Monat in der Seuchenbaracke. Wie alles unglaublich anmutet, so auch die Erfahrung, daß man im Seuchenblock zwar schnell hinweggerafft werden konnte, aber vor dem Zugriff der SS ziemlich geschützt war. Hitlers Elite fürchtete die Ansteckungsgefahr.

Mila brachte nicht nur fiebersenkende Medikamente, legte nicht nur Kompressen an, brachte auch Grüße, Briefe, Zeitungen und andere wundersame Trostpflaster.

Ilse Hunger, die Leipzigerin aus dem Arbeitseinsatz, schreibt an Yvonne: «Mila muß uns immer über den Verlauf Deiner Krankheit berichten. Und wie ist jetzt Deine Stimmung? Ich habe einen schönen Spruch gelesen, aus einer Oper von Verdi: ‹Heb Dich auf aus dem Tal Deiner Tränen, breite die Schwingen, zagender Geist! Siehe, mit Gärten und Strömen und Zinnen lockt das Land, das Dir Freiheit verheißt.› – Wenn mir mal recht mies zumute ist, denke ich an diesen Spruch … Heute erhielt ich von daheim ein Paket mit Birnen. Laß Dir zwei davon gut schmecken. Wir grüßen Dich, Du Scharlachrote!»

An einem regnerischen Herbsttag – Yvonne noch fieberheiß, noch im Dämmerzustand – treffen vom Alex Neue ein.

Es ist der 27. September, und es sind nur einige deutsche politische Häftlinge. Eine der Gefangenen steht unter besonders scharfer Bewachung und soll auf den NN-Block. Ungewöhnlich, denn bisher wurden dort keine Deutschen einquartiert. Die Nachricht eilt der Gefangenen voraus. Gespannte Erwartung – wer könnte das sein? Es dunkelte schon, als die Blockälteste hereintrat, neben sich eine Frau, vielleicht fünfundfünfzig Jahre alt, mittelgroß, ein wenig untersetzt, volles, aber kränklichblasses Gesicht. Sie weicht unwillkürlich einen Schritt zurück, vor der Überfülle, dem Lärm, dem Stimmengewirr. Die Blockälteste sagt etwas zur Stubenältesten Sasja. Einige bemerken, daß Sasja überrascht zurückfragt, als habe sie nicht richtig verstanden: «Was? Wer? Rosa Thälmann?»

Wohlbekannt, der Name Thälmann – nicht bei allen, aber doch bei vielen. Rosa war sofort umringt. Eine Begrüßung, die sehr widersprüchliche Gefühle ausdrückte – Trauer um Ernst Thälmann, uneingeschränktes Mitgefühl, uneingeschränkte Sympathie für Teddys Frau, ja freudige Erregung, diese Frau persönlich kennenzulernen, sie neben sich zu wissen.

Rosa Thälmann sagte später, nach 1945: «Die Lagerleitung wollte jeglichen Kontakt zwischen mir und meinen deutschen Genossinnen unterbinden. Aber da hatte sie sich verrechnet. Unser Zusammengehörigkeitsgefühl ist eben nicht abzuwürgen. Und mit den Frauen vom NN-Block verband mich bald tiefe Freundschaft.»

Kaum hatte sie etwas Ruhe gefunden, erreichte sie die Nachricht, ihre Tochter Irma sei soeben in Ravensbrück eingeliefert worden. Zugangsblock, einen halben Kilometer von ihr entfernt, unerreichbar. Rosa nahe am Zusammenbruch. Spätnachts führt eine Frau mit roter Armbinde Irma Thälmann in die NN-Baracke. Mutter und Tochter für einige Stunden vereint. Vor Tagesanbruch mußten sie sich verabschieden. Irma gehörte zu einem Durchgangstransport, verließ Ravensbrück noch im Morgengrauen, fuhr weiter in ein Außenlager bei Neubrandenburg.

Und noch eine andere Frau muß sich verabschieden. Für immer. Katja Niederkirchner.

Genau an dem Tag, als man Rosa Thälmann vom Alex nach Ravensbrück überwies, schreibt Katja ihre allerletzten Zeilen.

«27. September 1944, morgens. – Heute früh war der Schutzhaft-Lagerführer bei mir und hat mir mein Urteil vorgelesen ... Ich hätte doch so gern die neue Zeit erlebt. Es ist so schwer, kurz vorher gehen zu müssen. Lebt alle wohl, vielen Dank noch einmal für alles Gute ...»

Ihre Schriftzüge steil, klar leserlich, ihre Hand ruhig, als sie schrieb. Wird sie denn nicht von Todesangst gepackt?

Katja war Kommunistin. Ihr letzter Wille, so steht zu vermuten, ist ein letzter Auftrag an sich selbst gewesen: Denk nicht nur an dich! Nimm dich zusammen! Enttäusche deine Genossen nicht! Und so schreibt sie mit ruhiger Hand.

Todesangst? Natürlich hat sie Angst, natürlich fühlt sie mit Grauen, wie die Sekunden verrinnen, natürlich möchte sie aufschreien: Noch nicht! Haltet die Zeiger an! Zeit, bleib doch stehn! Kommt, ihr Befreier, kommt doch schneller! Ich will leben, unsre Zeit erleben! – Aber sie schreit nicht, gibt dem Feind keine Gelegenheit, sich an ihren Qualen zu weiden. Wenigstens diesen Triumph, moralisch über ihn gesiegt zu haben, will sie davontragen.

mater dolorosa

Täglich Menschen sterben sehen, täglich Opfer beklagen müssen, nicht nur die vielen unbekannten, auch Menschen, die man kennt, verehrt, liebt. Unberührt ist da keiner durchgekommen. Auch die Standhaftesten waren nicht immun gegen Erschütterung, hatten nur ihre unerschütterliche Überzeugung, auf der richtigen Seite zu stehn, hielten nur aus, weil sie Freunde hatten, sich Freunde schufen und dieser Bund sich letzten Endes als fest genug erwies, Ohnmächtigen Schutz zu bieten.

Aber noch waren sieben Monate durchzustehen.

Was sah man denn Oktober, November, Dezember 1944 in Ravensbrück? Massen von Frauen und Mädchen, die sich nur mit Mühe aufrechthielten. Im «Toten Gang», in den Blocks, im Zelt, in den Krankenbaracken Massen von Frauen und Mädchen, die sich nicht mehr bewegen, nicht mehr aus eigner Kraft erheben konnten.

Sich erheben, aufstehen, wenn die Sirene weckt. Der Gang zum Appellplatz, die Zählung. Gespenstisch. Sie schlafen noch im Gehen. Die Augen geschlossen, wankend, taumelnd reihen sie sich ein. Heerschau der Entrechteten.

Eine halbe Stunde nach dem Zählappell scheint das Lager

wie ausgestorben zu sein. Im «Toten Gang» warten zwar noch Hunderte auf Abfertigung. Die Lagerstraße aber ist menschenleer. Niemand darf sich erlauben, hier ungebeten angetroffen zu werden. Nur die Kinder halten sich nicht an das Verbot. Zu sehen sind auch sie nicht. Sie verkriechen sich nahe der NN-Baracke, ob bei gutem oder schlechtem Wetter.

Kinder im KZ – die unschuldigsten der Unschuldigen. Neugeborene im KZ – die reinste Unschuld. Werdende Mütter im KZ – Schwangerschaft, Geburt, Mutter und Kind –, unaufhörliches Herzeleid. Nicht zu schildern. Einige Ravensbrückerinnen haben es versucht, nach der Befreiung. Es ist nur ein Stöhnen geworden, vermittelt nur eine Ahnung dessen, was wirklich gewesen ist.

Klage und Anklage der Jeanne Divoire, Belgierin: «Ihr lieben Kleinen von Ravensbrück, wir bitten um Verzeihung, wenn die Kunde von Euerm ungelebten Leben hier nur ein paar Seiten füllt; die Erinnerung an Euch, der Wille, nie wieder zuzulassen, was Euch angetan worden ist, erfüllt unsere Herzen ganz. Tag für Tag müßten wir der Welt von Euch erzählen. Tag für Tag eidesstattlich Zeugnis ablegen von den Qualen, die man Euch zufügte. Denn Ihr selber könnt es nicht. Leben, das war für Euch Hunger, Kälte, Schläge, Krankheit, Tod. Wer Euch dazu verurteilte, hatte kein Gesicht, war unbekannt, namenlos für Euch, nur zwei Buchstaben – SS. Die wenigen von Euch, die heute noch am Leben sind, könntens auch jetzt nicht benennen, könnten keine Namen nennen, könnten die Gesichter der Totenkopfträger nicht erkennen, weil sie gesichtslos waren und das Unnennbare, Abnorme, Entartete damals Euer normaler Alltag gewesen ist, als sei es so ganz selbstverständlich, als gäbe es gar nichts anders auf der Welt.

Viele Bilder ziehen an mir vorbei, schmerzlich und scharf belichtet, schmerzhaft deutlich: ‹Mutti, ich will in deinen Bauch zurück! – Mutti, ich bin so müde ..., es ist so dunkel und mir ist kalt ... Warum schreien die Leute so? Laß mich doch bitte, bitte noch im Bett liegen.› ‹Mein Liebling, du mußt aufstehn, rasch, es ist Appell.›

In Block 22 pfeift der Wind durch scheibenlose Fenster. Es

ist 5.30 Uhr, der Raum kalt, gleichzeitig aber auch muffig, stickig. ‹Raus, raus, hopp, hopp!› Die Peitsche knallt. Alles drängt zum Ausgang. Zwei Stunden stillstehn. Bleich, hohlwangig ihre kleinen Gesichter, sehr ernst im Ausdruck. Sie wissen, daß man sich ruhig verhalten muß, wenn die Aufseherin vorbeigeht.

Nach dem Appell sind die Kinder sich selbst überlassen. Sie raufen, balgen, vertragen sich, immer auf der Suche nach Eßbarem. Der Hunger treibt sie in alle Ecken und Winkel.

Schule? Lernen? Spielen? Da gibt es keine Schule. Die Kinder haben schon seit Jahren keine Bücher, keine Hefte, keine Buntstifte gesehen, und viele kennen so etwas überhaupt nicht, kennen auch kein richtiges Spielzeug. Sie spielen ‹SS›, ‹Strammstehn!›, spielen ‹Haschen›, ‹Verstecken›; ihre Abzählreime: ‹Du hast Brot, ich bin tot.› Nur wenige haben das Glück, tagsüber mit ihren Müttern zusammen zu sein, nur wenige das Glück, sich tagsüber in einer Baracke aufhalten zu können, betreut von Stubenältesten oder erkrankten Häftlingen.

Viele, viele sind Voll- oder Halbwaisen, aufgesammelt bei Massendeportationen oder hier im Lager verwaist. Nicht wahr, Stella, kleine Spanierin, auch Deine Mutter ist tot, und Du bist noch nicht einmal fünf Jahre alt. Block 10 hat Dich adoptiert, die Tbc-Baracke ist Dein Heim, Dein Schutz. Du leidest keinen allzu großen Hunger, Du frierst auch nicht so arg. Bist eine der wenigen ‹Privilegierten›, lebst verborgen, aber geborgen. Kleine Stella, wenn Du überleben solltest, was wird einmal aus Dir werden, nachdem Du all das gesehen und gehört hast, was Kinder niemals sehen und hören dürften? Im Augenblick scheinst Du gleichgültig gegen alles zu sein, zuckst nur die Schultern, wenn Du zu einer Kranken guten Morgen sagst und sie nicht erwidert, stumm bleibt, verstummt ist. Leben und Tod liegen hier dicht beisammen, daß Dir eines so egal ist wie das andere.

Oder Du, kleiner José, auch ein spanisches Kind. Als die Francofaschisten Deinen Großvater erschlugen, warst Du ein Junge von drei Jahren (1937), als sie Deinen Vater aufhängten, warst Du sieben Jahre alt (1941), neun, als man Deine

Mutter in Auschwitz ermordete (1943), zehn, als Du in Ravensbrück eine neue Mutter gefunden hast, eine Lagermutter. Kinderschicksale unseres Jahrhunderts.»

Stella und José überlebten, sind gerettet worden. Aber in Ravensbrück hatte der Tod Hochzeit, ein gieriger Gevatter. «Und da waren Kindergesichter, die mit großer Verwunderung in das Dunkle hineingegangen sind, und da hatte der Tod ihre Gesichter angehalten, inmitten des großen Staunens, und ihre Augen waren weit aufgerissen, jetzt ohne Blick, ganz leer, und durch die Leere stürzte uns alles entgegen, was große unschuldige Kinderaugen hier erblickt.»

Doch der Tod war auch damit nicht zufrieden, er holte sich die Allerjüngsten, die noch nicht einmal ihre Augen richtig öffnen, noch nicht einmal ihren ersten Schrei hervorbringen konnten. Ja, Kinder sind geboren worden, Babys, rund und rosig. Höchstens acht Tage von ihren Müttern umsorgt. Dann mußten die Wöchnerinnen zurück in den Block, zur Arbeit, und vertrauten ihre Babys kranken oder arbeitsunfähigen Mithäftlingen an. Kein warmes Bettchen, kein warmes Wasser, keine milde Seife, kein Puder, keine Salbe, keine Babywäsche, vor allem keine geeignete Säuglingsnahrung. Die Mütter nur selten in der Lage zu stillen. Vierzehn Tage später waren die Säuglinge nicht mehr lebensfähig – schlaff Haut und Gliederchen, der Leib aufgedunsen, das Gesichtchen aschgrau, faltig, der kleine Körper wundgescheuert. «Der Säugling auf dem Schoße seiner mater dolorosa – ich werde dieses Bild nie los. Die Schmerzensmutter drückt verzweifelt ihre Brüste zusammen, um einige Tropfen Milch herauszupressen für ihren Liebling, der schon sein Köpfchen nicht mehr drehen kann, schon keine Kraft mehr hat zu saugen.»

Kaum geboren, schon verstorben. Oftmals wurden sie gar nicht geboren, wurden ungeboren mit der Mutter getötet, oftmals auch totgeboren oder kurz nach der Geburt umgebracht.

Kindestötung im Mutterleib, zwangsweise Abtreibung, Schwangerschaftsunterbrechungen. Bei werdenden Müttern, die ins KZ kamen, weil sie trotz nazistischer Verbote einen jüdischen oder ausländischen Mann liebten, stand in den Begleitpapieren, daß die Schwangerschaft sofort zu unterbrechen ist. SS-Arzt Rosenthals Domäne. Selbst bei Hochschwangeren nahm er solche Eingriffe vor und legte sich eine Sammlung von Embryos an. War die Schwangere im neunten Monat und die Geburt nicht mehr aufzuhalten, veranlaßte Rosenthal eine SS-Schwester, das Neugeborene zu ersticken.

Dazu Hildegard: «Wenn Rosenthal einen festen Karton verlangte, wußten wir, wozu er dieses Behältnis brauchte, und wir bissen auf unsere Fäuste, um nicht laut aufzuschreien ... Rosenthal, pervertiert, masochistisch. Die Grausamkeit, die Erbarmungslosigkeit seines spezifischen Metiers hatte sich bereits in seinen Gesichtszügen eingefressen.»

SS-Ärzte ließen nichts unversucht, auch bei politischen Häftlingen Schwangerschaftsunterbrechungen vorzunehmen, besonders ab 1944, als sich unter den Neueingelieferten die Zahl werdender Mütter stark erhöhte.

Hanna Wasilczensko-Lubicz, verhaftet im August, während des Warschauer Aufstandes, ihr Mann und ihre Mutter ebenfalls festgenommen. Ihr Mann nach Sachsenhausen transportiert, sie und ihre Mutter nach Ravensbrück. Bei ihrer Ankunft war Hanna im siebenten Monat schwanger. Sie berichtet: «Anfang Oktober hatten sich alle schwangeren Frauen russischer, ukrainischer und polnischer Nationalität im Revier einzufinden. Man stellte an uns das ungeheuerliche Ansinnen, die Schwangerschaft unterbrechen zu lassen. Ich stand drei Wochen vor der Entbindung. ‹Freiwillige vor!› rief eine SS-Schwester. ‹Nur mutig, euch soll geholfen werden!›

Schweigen. Niemand meldete sich. Bis es eine nicht mehr aushielt und empört aufsprang. ‹Ich sehe hier viele Hochschwangere. Wie können Sie es wagen, uns eine Kindesabtreibung vorzuschlagen? Das kommt ja einem Mord an Mutter und Kind gleich!› – Die SS-Schwester erwiderte: ‹Ihr müßt selber wissen, was gefährlicher ist – Geburt oder Abtreibung.›

Wir waren sprachlos, wie gelähmt, hatten begriffen, daß man uns und unseren Kindern nach dem Leben trachtete.

Diese schreckliche Aufregung löste bei mir vorzeitig Wehen aus. Am 6. Oktober wurde mein Kind geboren, ein Junge, 4 kg schwer, gesund und schön. Ich war überglücklich, sah nur mein Kind! Im Wöchnerinnenzimmer von Revier I waren die Verhältnisse eigentlich nicht schlecht. Man hatte ein Bett für sich allein. Drei Tage nach der Entbindung wurde ich umquartiert. Revier II, der Raum ungeheizt, schmutzig, voller Ungeziefer. Auch lagen dort Frauen mit allerlei ansteckenden Krankheiten, zu zweit, zu dritt auf einer Pritsche. Säuglinge in einem Extrazimmer, gleichfalls ungeheizt, verdreckt, verwanzt, verlaust. Zwei Gitterbettchen standen drin, die Babys quergelegt. Eine einzige Zudecke über fünf Säuglinge ausgebreitet. Das Zimmer diente außerdem der HNO-Ärztin als Behandlungsraum. Nachts wurden die Babys eingeschlossen. Niemand schaute nach ihnen. Wir konnten kein Auge zumachen, stellten uns vor, wie sie dort lagen, bloßgestrampelt, ohne Hemdchen, ohne Jüpchen, in durchnäßten Windeln, auf durchnäßter Strohunterlage ... Wir hörten ihre kläglich schreienden Stimmchen. Am nächsten Morgen waren sie entkräftet, über und über zerstochen und wund ... Es war ganz, ganz furchtbar, und man wußte nicht, was man in seiner Not tun sollte, wie man diese armen kleinen Würmchen beschützen konnte. Höchste Lebenserwartung der Neugeborenen – sechs Wochen. Mein Sohn verstarb nach sechzehn Tagen ... Was Mütter durchgemacht haben, ist unvorstellbar. Wir mußten zusehen, wie sich unsere Kinder von Tag zu Tag veränderten, wie aus dem runden Babygesicht ein Greisengesicht wurde. Der ‹Übermensch› hatte in ‹weiser Vorsehung› nicht nur unsere Kinder getötet, er hatte gleichzeitig die Mütter zerbrochen.»

Hanna Wasilczenko-Lubicz verlor am 22. Oktober 1944 ihr Kind, am 16. Januar 1945 ihre Mutter, zu alledem die große Sorge um ihren Mann, von dem sie nicht wußte, wo er sich befand.

Zeltlager, Jugendlager

Maria Schindler, die Österreicherin, 1942 aus Ravensbrück nach Birkenau überstellt, wird November 1944 mit zweitausend anderen aus Birkenau zurücktransportiert. Viele überlebten die Fahrt nicht.

Bertl Teege, Emmy Thoma und Hannelore Fabian sind nicht dabei – weder unter den Toten noch unter den Zurückkehrenden. Sie sind auch nicht mehr in Birkenau. Wo dann? Frei, entlassen! Kurios, absonderlich, aber Tatsache. Entlassen und kriegsdienstverpflichtet – die eine als Bauernmagd, die andere als Hausmagd, die dritte als Kindermädchen. Alle drei haben – unabhängig voneinander – nach kurzer Zeit ihren Kriegsdienst quittiert, sich selbständig gemacht, eigene Wege gesucht, wirklich frei zu sein. Untergetaucht sind sie und erst wieder aufgetaucht, als das Hakenkreuz zerbrach. Sie überlebten, gehörten mit zu den Siegern.

Maria Schindler gehörte auch zu den Siegern, nur daß sie 1944 noch gefesselt war, außerstande, die Reiseroute durch den letzten Akt selbst zu bestimmen. «Oktober 44, als ich noch in Birkenau war, hatte es plötzlich geheißen, einige Gaskammern würden abgebaut. Meinungen, ob es vier, sechs oder acht Gaskammern dort gab, blieben geteilt. Wir konnten es nicht genau erkennen, lagen weit davon weg. Vier sind es aber ganz sicher gewesen, das sahen wir, schon allein an den Kaminen der Krematorien. Zischten hohe rotgelbe Flammen heraus, waren wieder einmal massenhaft Menschen ins Gas geschickt worden. Wir schwiegen. Was auch sollten wir reden? ... Und da unsere Mörder wußten, daß wir wußten, was sie tun, blieb ihnen nichts weiter übrig, als uns zu ermorden. So war das, und so war die Situation, als die Rote Armee immer näher rückte und die Faschisten ausrückten, natürlich nicht, ohne uns mitzunehmen, die wir noch ‹anderweitig verwendbar› ...

Als wir Birkenau verließen, sagte der Lagerkommandant: ‹Ab jetzt soll alles Vergangene vergessen sein. Ihr werdet euch im neuen Lager wie in einem Mädchenpensionat fühlen.› – Wir dachten wirklich, nun das Allerschlimmste überstanden zu haben. Aber es kam ja beinahe noch schlimmer.»

Wer von den jungen Frauen und Mädchen aus Birkenau lebend am Schwedtsee anlangte, lief an der Mauer vorbei, ein Stück am Seeufer entlang, dann einen oder anderthalb Kilometer durch Sumpf und Sand und bewaldete Hügel, sah linker Hand große Werkhallen – die von Siemens –, lief weiter bis zum Jugendlager Uckermark, dem «Erziehungslager» für halbwüchsige deutsche Mädchen. Das Geviert ist nicht so stark umgattert wie Ravensbrück, keine Starkstromanlage, der Stacheldraht nicht sehr dicht. Jetzt wird er dichter.

Maria Schindler: «Nun waren wir hinter diesem Stacheldraht. Eine unübersehbare Menschenmenge, verstreut, aufgeteilt, vermischt mit jungen deutschen Straffälligen. Nach einer Woche erneut umgruppiert, ausquartiert. Abmarsch aus dem Jugendlager ins Frauen-KZ. Dort in ein Zelt.»

Jugendlager, Zeltlager – hört sich fast wie Camping an.

Im Zelt bestialischer Gestank. Das Stroh, auf dem sie lagern, feucht, beschmutzt. Sie liegen auf ihrem eigenen Unrat – Typhuskranke, Ruhrkranke. Hinter dem Zelt ein Graben, zur Hälfte mit langen Rundhölzern bedeckt. Darauf hocken sie, zusammengekrümmt ihre Leiber. Wer nicht mehr die Kraft hat, das Zelt zu verlassen, krümmt sich über einem kleinen Pappeimer. Von Darmkrämpfen und vom Fieber geschüttelt, schleppen sie sich zu ihrer Lagerstatt. Einige verharren in Nähe der Eimer, verkohlte Holzstückchen nagend, in der anderen Hand ihr Brot, damit keiner es stiehlt, während sie in der Schlange stehen. – Brot! Halt es fest, dein Brot! Brot ist Leben! – Leben? Was nützt mir das Brot in meiner Hand, wenn mich die Krankheit zerstört?

Doch sie halten ihr Brot fest, weil ja ein Wunder geschehen könnte. Vielleicht erwache ich morgen, und es ist ... Was ist? Es wäre ja möglich, daß ich über Nacht gesunde ...

Maria Schindler und Hunderte aus Birkenau im Zelt. Das Zelt überbevölkert – Polinnen, Italienerinnen, Ungarinnen.

Die Ungarinnen, eine Tragödie für sich. Junge, fünfundzwanzig- bis dreißigjährige Frauen. Zerlumpt, halbverhungert, halbtot kamen sie an, aus Frankfurt am Main. Vor Monaten aus ihrem Heimatland dorthin deportiert, in Rüstungsfabriken. Ausgepreßt, dann ausgespuckt, «in Marsch gesetzt», zu Fuß nach Ravensbrück. Ihre Unterkunft – das Zelt.

Antonina Nikiforowa hat Protokoll geführt, auch über das Los der Ungarinnen. «Fast alle notdürftig bekleidet, manche nur in zerfetzten Pyjamas, als hätte man sie nachts hinaus auf die Landstraße gehetzt. Viele lebensgefährlich erkrankt. Revier und Krankenblocks waren sofort überfüllt. November kalt, Regenschauer, Sturm, Schneematsch. Im Zelt keine Möglichkeit zum Heizen. Täglich zahlreiche Tote. Wenn nachts alles schlief, jagte SS die Zeltbewohner auf die Lagerstraße, zum Zählappell. Auf diese Weise wurde das Zelt ‹entvölkert›.

Schon als die Ungarinnen eintrafen, brachte man ungefähr einhundert Verstorbene in den Leichenkeller. SS-Arzt Treite rief mich und sagte: ‹Sezieren Sie davon sieben oder acht, stellen Sie die Todesursache fest. Kann sein, wir haben es mit einer Epidemie zu tun.›

War es nicht augenfällig, woran diese Ungarinnen zugrunde gegangen sind? Ich erwiderte ihm, da brauche man nicht lange zu untersuchen, diese Frauen seien vor Entkräftung gestorben.

SS-Ärzte haben bis zuletzt aus ihrer grenzenlosen Menschenverachtung kein Hehl gemacht, haben bis zuletzt Menschen vernichtet, lebende und tote ‹verwertet›. Ich erinnere mich in diesem Zusammenhang mit Schaudern an Dr. Harms, an seine Wildlederhandschuhe, die er überstreifte, wenn er fröhlich pfeifend den Leichenkeller betrat. Mit Stablampe und Zange verrichtete er sein grausiges Werk. Ein Assistent öffnete mit einem Spatel die Münder der Toten. Man hörte das Klirren der Zange, die knirschenden Geräusche, wenn Harms Zahngold herausbrach. Sein Assistent drückte einen Stempel auf die linken Oberarme der Verstorbenen – ‹Zahnärztlich besichtigt›. Ohne diesen Stempel wird kein Leichnam in die Verbrennungsöfen geschoben.»

Antonina hatte aber auch Erlebnisse, die ihr Kraft gaben, das Grauen zu überwinden. «Ich lernte eine Kollegin kennen, eine Frau im weißen Kittel mit roten Winkel. Zdena Nedvedova, Tschechin, auch Ärztin. Ihre Sprache war mir nicht fremd und ihr nicht die meinige. Mit Genossin Zdena traf ich sehr oft zusammen. Immer lächelte sie freundlich, haderte nie mit ihrem Schicksal, klagte nie, hatte immer ein offenes Ohr für die Klagen anderer. Die Frauen aller Nationen verehrten, ja liebten sie, nannten sie die gute Fee, die Sonne von Ravensbrück. In der Revieraufnahme arbeitete Ana Horwath, eine Jugoslawin, Studentin der Medizin. Sie kannte beinahe alle ihre Patienten beim Vornamen, war ebenfalls sehr beliebt, rettete vielen das Leben, linderte viele Schmerzen, heilte viele Wunden, sichtbare wie unsichtbare.

Als ich einmal in die Schreibstube von Revier I kam, sprachen mich einige Frauen an, deutsche, auch mit rotem Winkel, auch heilkundige Lebensretter, Medizinerinnen, Pflegerinnen, illegale Funktionäre. Ich stotterte ein paar Brocken Deutsch. Mimik und Gestik aber waren bessere Verständigungsmittel. Tage danach überreichten sie mir ein kleines Päckchen. ‹Der sowjetischen Ärztin von deutschen Kommunisten.› Es war ein deutsch-russisches Wörterbuch. Ich besitze es noch heute.

Übrigens bedauerten mich alle, weil ich Tag für Tag hinunter mußte in diesen unheimlichen Keller. Aber sofern Harms sich nicht dort aufhielt, war das im Lager der einzigste Ort, wo niemand mehr schrie, niemand mehr litt.»

Wie lange noch?

Ende 1944 wurden die Zustände immer grausiger, immer katastrophaler. Der Irrsinn, der Wahnsinn raste durchs Lager. Und doch zeichnete sich gerade an diesem unglaublichen Chaos der Zusammenbruch des Tausendjährigen Reiches überdeutlich ab. «Der ganze Lagerbetrieb», so schreibt Boubout Masson in ihrem Tagebuch, «spiegelt den Zerfall Nazideutschlands wider. Es kracht aus allen Fugen, das klingt uns wie Musik in den Ohren.»

Ja, sie hatten auch während der letzten sechs, sieben Monate Tagebuch geführt. Nicht lückenlos, nicht zusammenhängend. Stichpunkte nur, hier und da Notizen, Eindrücke vom Tage, halbfertige Sätze, abgebrochen, unterbrochen, schwer zu entziffern, auf kleine Zettel, auf Packpapier, Knüllpapier oder Zeitungsränder gekritzelt. Briefe auch, die man sich gegenseitig schrieb, in der Sklavensprache, von Block zu Block, von da zum Krankenbau oder in den Bunker, in den Strafblock, überbracht von zuverlässigen Boten. Manches davon hinübergerettet in die Freiheit, später vervollständigt, als Bericht, als Artikel, als Erzählung veröffentlicht.

Mosaiksteinchen, die sie hinterlassen haben, zusammengefügt mit Aussagen, Erinnerungen Überlebender, in Kontext gesetzt zu Dokumenten des Gegners oder Enthüllungen über ihn, ergeben ein Bild dieser letzten Monate.

Briefe aus den Siemenshallen und den Ravensbrücker Blocks, geschrieben an Yvonne Useldinger, die von Ende September bis Mitte November 1944 im Krankenbau liegt:

«Ich kann leider nichts anderes schicken als viele gute Wünsche ... Gestern um 14 Uhr General-Appell, extra ordinär ... Mila und ich sind geistig abgewandert, haben lange im strömenden Regen an einer Barackenwand gelehnt, und ich erzählte ihr von Käthe Rentm(eister). Nun hat die Woche wieder angefangen und der neue Monat auch (Oktober – die Autorin). Was werden wir am Ende wissen? Gute Nacht, Yvonne, halt Dich tapfer! Innig, Deine Noen.» (Noen Beuzemaker, Holländerin, beschäftigt bei Siemens.)

«Allerbeste Grüße von Maggy. Die arme hat es so schwer, da Sophie ebenfalls erkrankt ist ... Schönes erlebt man zum Glück auch. Habe mich sehr gefreut über ein kleines Päckchen, das mir meine Cousine schickte, an die ich lange nicht mehr gedacht habe. Siehst Du, man vergißt uns draußen nicht! Anbei eine Kostprobe ... Deine Anne.» (Anni Schadia, Österreicherin, beschäftigt im I-Hof, Schneiderei I.)

«Durch Nonne (Noen Beuzemaker – die Autorin) habe ich ständig Nachricht von Dir ... Maggy, in ihrer Eigenschaft als Blokova (Blockälteste – die Autorin), wird sicherlich Erlaubnis bekommen, Dich zu besuchen, auch, um Dir einiges zu bringen. Ich sende Dir diesen kleinen Laubhalm mit den hübschen Herbstfarben, die uns in dieser Jahreszeit an unsere wunderbaren luxemburgischen Wälder erinnern. Gott, was hat man Heimweh! Aber man muß hoffen, sie bald wiedersehn zu können ... Seien wir Optimisten! Deine Mimmi.» (Mimmi Bontemps, Luxemburgerin, beschäftigt in der Häftlingsküche.)

«... nächste Woche kriegst Du es wahrscheinlich etwas besser – hat Mila es Dir schon gesagt? Ein Bett und also etwas mehr Platz, wenn Block 7 aufgemacht wird ... Hab nicht zuviel Schmerzen ... Herzlichst, Noen.»

«... hörte von Noen, daß es Dir gesundheitlich erträglicher geht und die Krankheit einen verhältnismäßig günstigen Verlauf nimmt ... Ich wünschte, Du hättest Deine Malutensilien bei Dir und könntest alles, was Dich bedrückt und Dir unangenehm ist, in einem Kolorit ausklingen und abebben lassen ... Diese Nacht konnte ich nicht einschlafen, weil meine Gedanken nicht von dem Abendrot loskamen und ich mich so stark danach sehnte, ohne Beschwerden, ohne das Knarren, das aus den gepreßten Häftlingsseelen herauszuhören ist, in dieser Farbenpracht zu versinken. Ein unzeitgemäßer Wunsch! Du kennst die Schwierigkeiten, die ich andeuten möchte ... Und ich weiß, woran Du denkst – an Nandchen, ihren Vater, ihre Großmutter und an so vieles, was damit zusammenhängt. Laß Dich nicht niederdrücken! Deine Cläre.» (Klara Rupp, Deutsche, beschäftigt bei Siemens.)

«Mila sagt, Du schaust besser aus. Ich hoffe es! Die Tage gehen schnell dahin, die Wochen auch. Bald wirst Du wieder bei uns sein ... Möglichst noch vor dem 7. November! Das wär schön, da hab ich ‹Jubiläum› – drei Jahre Rabennest –, nichts zum Jubeln, doch zum Jubeln, weil man noch lebt und verschiedene andere Jubiläen hat ... Es ist allerhand passiert, bei Siemens ... Wir gehen jetzt hier essen, in der hintersten Halle ... Zeiteinsparung! Die Herrschaften verkürzen uns alles, die Mittagspausen, den Schlaf, die Rationen, das Leben ... Neueste Neuigkeit: In Kürze ziehen wir um, vom Stammlager zu Siemens! Die Bretterbuden stehn schon ..., mach, daß Du sobald wie möglich gesund wirst, dann sprechen wir nochmal ... Weißt Du schon von Mara? (Mara Günsberg, eine Österreicherin, Oktober 1944 erschossen – die Autorin) Das war ein elender Tag. Mehr kann ich dazu nicht schreiben. Liebste Yvonne, wir denken an Dich, das spürst Du. Halt noch ein bißchen durch! Auf Wiedersehn. Noen.»

«... war das ein Umsturz der Gefühle! Drei Tage wußte man nicht, was und wie. Nur, daß viele von Siemens ‹entlassen›, ‹abgeschaltet› sind. (Wegen Sabotage! – die Autorin) Es hieß, die drei Ukrainerinnen würden irgendwohin ‹dienstverpflichtet›. Ach, wenn es doch wirklich so wäre, wie freute es mich, für Dasja besonders, sie ist noch so jung ... Nun habe ich keine Hilfe mehr beim Russischlernen ... Bibi und ich wurschteln weiter. Wir vermissen Dich sehr! Im Block ist es trostlos. Kein Platz zum Leben ... Hörte von Mila, Du hast jetzt auch noch Gelenkrheuma ... Scharlach ist heimtükkisch ... Am Ende sind wir gar schon oben, im Siemensquartier, ehe Du aus dem Revier kommst ... Wünsche Dir viel Kraft. Deine Cläre.»

«Die Front rückt immer näher ... Offensive an allen Seiten wieder in Schwung, schon wird in Nordösterreich gekämpft! ... Aber daß wir noch in diesem Winter Frieden erleben, glaube ich nicht ... Ach, Yvonne, noch einen ganzen Winter, und wir da oben so kalt und elend, nur Arbeitssklaven! Was wird das für eine Freude sein, wieder als Mensch zu leben, wo die Zeit so interessant ist, so großartig, wenn man sie in Freiheit genießen könnte! Ich bin so froh, daß Mila jeden Tag nach Dir guckt. Sie ist ein sehr liebenswerter Mensch, nicht wahr? Die Freundschaft zwischen ihr und mir wird von Mal zu Mal inniger, und wir sind sicher, daß wir sie erhalten können, auch nach der Trennung, wenn ich hinauf muß und sie hier im Stammlager bleibt ... Übrigens dauert es noch einige Wochen, bevor wir umsiedeln. Wer weiß, vielleicht erst nach Weihnachten ... Schau nicht so auf meine Schrift, ich glaube, das Rheuma hat auch mich erwischt ... Hier wird fast nie geheizt. Ich hab schon Pyjama, Pullover und eine Weste von Joschenka übergezogen, und doch schauert und friert man ... Sei gegrüßt von allen Bekannten Deiner Abteilung, Noen.»

«... jetzt bist Du eigentlich lange genug krank und könntest wohl wieder mal zu uns kommen! Wer malt uns denn sonst die Bilder für Weihnachten und Geburtstage und Neujahr? Und wer malt Nandchen fertig, hm? ... Sonderbar, wie die Welt um mich herum sich wandelt ... Fast alle guten Gesichter verschwunden. Ich selbst ändere mich ... Die letzten Tage waren ein Sturm sondergleichen. Hier hat sich viel abgespielt! Unsere Lebensbasis wird enger und enger ... Manchmal völlig unerträglich. Heute bin ich allein, fühle mich so verlassen ... Mein Herz ist unendlich traurig ... Einer nach dem anderen fällt! Wie lange noch, wie lange noch? Umarme Dich, Cläre.»

«... erhielt von sehr treuen Freunden ganz unverhofft ein Paket, und Du sollst ein bißchen davon kosten. Habe mich riesig gefreut, hatte gar nichts mehr von diesen Menschen gehört und weiß jetzt, sie leben noch in Leipzig und kommen mit meiner Schwiegermutter zusammen ... Auch Dir kann ich eine freudige Mitteilung machen. Deinem Bruder geht es wirklich gut. Er arbeitet in der Besoldungsstelle (KZ Dachau – die Autorin): ungefähr 80 Häftlinge arbeiten dort. Frohe Botschaft, nicht wahr? Sei zuversichtlich! Deine Ilse.» (Ilse Hunger)

«... gestern suchte ich Dich überall, auch bei Maggy auf dem Block! Denn eigentlich solltest Du ja am 4. November das Revier verlassen können. Wie war ich enttäuscht, Dich nirgends anzutreffen! Na gut, nicht zu ändern, warten wir halt noch eine Woche ... Nun zu Maggy. Ach, Yvonne, Du kannst Dir nicht vorstellen, wie schrecklich es bei ihr auf Block 22 ist. Da geht alles drunter und drüber, nicht eine Minute haben die armen Menschen Ruhe, fürchterlich! (Auf Block 22 meist nur Kranke, typhuskranke Zigeunerfamilien – die Autorin) Manchmal meint man, daß es nicht mehr weitergehen kann, und wundert sich über sich selbst ... Komm recht bald, wir brauchen Dich! Anne und Maggy.» (Anni Fichter, Deutsche; Maggy Moes, Belgierin.)

Hin- und hergerissen zwischen frohen Botschaften, stärkenden, trostreichen Worten und schrecklichen Ereignissen. Unsagbar müde sind sie. «Ich hab so Schlaf», schreibt Noen

Beuzemaker, «wo ich geh und steh, da könnt ich einschlafen.» Mit aller Kraft wehren sie sich, dem Schlafbedürfnis nachzugeben. Auch Mila Janu, die tschechische Ärztin, schleicht todmüde durch den Krankenbau. Manchmal bleibt sie über Nacht bei ihren Kranken, um die Schritte zur Wohnbaracke zu sparen, legt sich neben Yvonne. Sie fassen sich wie Kinder bei den Händen, pressen ihre Finger, als wollten sie Schmerz, Leid, Klage ersticken. Auch wenn eisiges Grauen aus dem Boden stieg und sie umkrallte, der Händedruck sagte ihnen: Noch pulsiert Blut in unseren Adern, die entsetzliche Gegenwart ist vergänglich, wir werden uns nichts vorlamentieren. «Man bildet bei sich die Fähigkeit aus, schweigend über Grauenhaftes hinwegzugehn. Was wir erleben, ist nicht auszusprechen, setzt sich in uns fest, nicht mit Worten, eigentlich mit gar nichts mehr abzutragen. Diese Kruste! Wir werden sie wohl überallhin mitnehmen», schreibt Yvonne in ihr Tagebuch.

Während ihres Krankenlagers erhielt sie viel Aufmunterung, ja, sie erhielt Aufträge von ihren Genossinnen. «Mal doch, Yvonne! Mal deine Bilder fertig, das Porträt deiner Tochter Ferdinande. Wir wünschen uns Aquarelle von dir!» – Mila brachte Zeichenblock, Pinsel, Tusche. Als Yvonne langsam genas, malte sie farbenfrohe Bilder, um von gräßlichen Bildern loszukommen.

Notunterkünfte, direkt neben den Siemenshallen errichtet. Am 3. Dezember 1944 ziehen die Siemenshäftlinge um, dreitausend Frauen und Mädchen. Noen, Anweishäftling, und deren Schwägerin Nel sind dabei, Yvonne auch und Gusta Fučikova. Neben ihr Ilse Mach, eine deutsche Kommunistin. Gusta beschreibt in ihren Erlebnisberichten den Umzug, schildert, daß es in mancher Beziehung dort oben leichter gewesen ist. Jede hatte ein eigenes Bett, wenigstens anfangs. Sie brauchten auch nicht mehr so lange Appell zu stehen, dafür verlängerte sich die Arbeitszeit um eine Stunde. Ohne Kummer und Schmerz war auch dieser Platzwechsel nicht vorübergegangen. Unten, in Ravensbrück, mußten sie erst einmal wieder durchs Bad und durch Kontrollen, wo man ihnen

erneut alles abnahm, was ihnen inzwischen lieb, teuer, unentbehrlich geworden. «Sachen, die wir wie unseren Augapfel gehütet hatten.»

Klirrender Frost, als sie hinaufzogen. Das Land tief verschneit. Der Schnee blütenweiß, unberührt. Vor den Siemensbaracken kleine Kiefern, so klein, daß nur ihre Spitzen aus dem Schnee lugten. Gusta zupfte einige Nadeln ab, rieb sie zwischen den Fingern – ein wundervolles Aroma. Ilse Mach versuchte einen Zweig abzubrechen, faßte kräftig zu und hatte das ganze Bäumchen in der Hand. Es waren keine verwurzelten, es waren überhaupt keine Bäume. Jemand hatte große Äste in den Schnee gesteckt, als Ziersträucher. «Wer weiß, wessen Kopf dieser menschliche Einfall in einer unmenschlichen Umgebung entsprungen war.»

Unter Ravensbrückerinnen sprach sich herum, bei Siemens gäbe es neue, saubere Blocks. Und schon wollten viele weg aus der lebensbedrohlichen Enge. Gertrud Popp auch. «Es glückte uns, mich aus der Uniformschneiderei loszueisen. Kurz vor Weihnachten gehörte ich zur Siemenskolonne. Die Werkhallen waren sehr groß. Wir arbeiteten mit Zivilisten zusammen, da war die SS nicht ganz so scharf darauf, uns zu malträtieren, kein Vergleich zur Atmosphäre in der Schneiderei. Achs und Wehs aber hier wie da. Für die Siemens-AG zahlte es sich doppelt und dreifach aus, wenn man uns wie Leibeigne an der Kandare hatte, es rentierte sich, wenn wir wie Knechte auf einem mittelalterlichen Fronhof gleich neben dem Stall schliefen, in dem wir uns abrackern mußten. Auch berechneten sie unsere Löhne genauso hoch wie die der zivilen Belegschaftsmitglieder, nur sahen wir keinen einzigen Pfennig. Gelegentlich mal eine ‹Prämie›. Ihr Wert? Fünf Groschen oder zwei Scheiben Brot oder 50 Gramm Wurst, ausgegeben entweder pro Schicht oder einmal pro Woche oder niemals. Das hing davon ab, wie wir unser ‹Pensum› erfüllten.»

Yvonne Useldinger über Siemens: «Nicht nur, daß dieser Nazistaat Ausländer ungesetzlich festnahm und ohne richterliches Urteil gefangenhielt, nein, er nötigte sie auch noch, für ihn zu schuften und zu sterben ...

Kamen Neue in Ravensbrück an, wurde zuerst für Siemens ausgewählt – junge Frauen, möglichst unter dreißig, mit flinken geschickten Händen und kräftig genug, den Akkord wenigstens ein halbes Jahr durchzuhalten, ohne vorher kaputtzugehn.

Spulerei, Halle II, eine der wichtigsten Produktionsanlagen. Hier mußte Präzisionsarbeit geleistet werden. Jede Spule hatte genau vorgeschriebene Wicklungen aufzuweisen, Wicklungen aus dünnstem Kupferdraht. Das erforderte im wahrsten Sinne des Wortes Fingerspitzengefühl. Die Gefangenen alles Ungelernte. Doch wehe, wenn eine nicht sofort begriff, was sie wie zu tun hatte. Ausländerinnen aber verstanden gewöhnlich kaum ein Wort Deutsch, wußten nicht, weshalb die Meister, Vorarbeiter, Aufpasser sie drangsalierten, anschrien, schlugen.

Brutalität, Abnormität, Absurdität – nur zu mildern durch unsere Solidarität. Jede Gefangene mußte Art und Höhe ihrer Leistung auf einem Laufzettel eintragen. Die Zettel liefen durch verschiedene Abteilungen zur Lohnbuchhaltung. Dort saßen politische Häftlinge, die hatten scharfsichtige Augen, geschickte, flinke Hände, veränderten Ziffern, Zahlen, Leistungskurven, Qualität zugunsten leistungsschwacher Kameradinnen ... Auch hatten wir gute Verbindungen nach draußen. Der Zivilarbeiter Grosenik – Einrichter bei Siemens, Halle III – übermittelte uns Nachrichten ausländischer Sender und beförderte unsere Briefe weiter.»

Am 22. Dezember 1944 schrieb Anni Fichter an Yvonne ins Siemenslager: «Jetzt sind es drei Wochen, daß Du fort bist. Es ist einsam um mich geworden. Aber mit Tatsachen muß man sich eben abfinden ... Sonntag habe ich Ilse (Hunger – die Autorin) und einige andere aufgesucht. Sie sind – wie wir – alle mit Weihnachtsfreuden für die Kinder beschäftigt. Es ist wirklich eine sehr, sehr schöne Aufgabe.»

«Vorfreude, schönste Freude ...»

Vorfreude, Freude in dieser Zeit, in der Vorweihnachtszeit des Jahres 1944? – Sie vermieden es, von Weihnachten zu sprechen, hatten Angst davor, fürchteten sich, daran zu denken, und sprachen doch darüber, dachten doch unentwegt daran. Ja, sie richteten sich aufs Feiern ein, auch aufs Schenken. Seit 1939 eigentlich zum allerersten Male, daß sich die Gefangenen mit besonderem Eifer darauf vorbereiteten.

480 Kinder sind im Lager. Noch nie waren so viele Kinder in der Hölle. Noch nie war das Lager so überfüllt, noch nie Hungersnot, körperlicher und geistiger Kräfteschwund so groß, noch nie der Gesundheitszustand so zerrüttet, noch nie die Aussicht zu überleben so gering. Hoffnungslosigkeit, Lethargie nahmen überhand.

Die Stärksten kämpften dagegen an. «Wir dürfen nicht aufgeben! Wir haben gelernt, aus allen möglichen und unmöglichen Situationen herauszufinden, und werden auch jetzt nicht kapitulieren, jetzt erst recht nicht, wo das Tausendjährige Reich zerfällt.»

Das war Oktober, November, als sie das sagten, die Abgesandten illegaler Widerstandsgruppen aus mindestens zehn Ländern. Sie bildeten eine internationale Gruppe, geleitet von Mela Ernst (Österreich), Kommunistin, Spanienkämpferin. Marta Desrumeaux (Frankreich) gehörte dazu, Jewgenia Klemm (Sowjetunion), Olga Körner (Deutschland), Anna-Lisa Rakel (Norwegen), um nur einige zu nennen.

Besprechung der Illegalen. Frauen, die sich angeregt unterhielten – so schien es. Sie regten sich auch an, gaben Anregungen weiter. Eine sehr ernste, außerordentlich wichtige Beratung. Lebenswichtig. «Soviel wie nur irgend möglich Menschenleben vor der Vernichtung retten, Hitlerdeutschland lebend überdauern! Das war unsere Losung, unsere Hauptaufgabe.»

Davon abgeleitet, rangierte an erster Stelle die Hilfe für Mutter und Kind.

«Was meint ihr darüber, wenn wir eine Weihnachtsfeier vorbereiten?» Die Illegalen fragten in jedem Arbeitskommando, in jeder Werkstatt in allen Sprachen: «Was meint ihr dazu?»

«Laßt mich bloß mit Weihnachten in Ruhe! Geht mir doch weg! Wer denkt denn hier an Weihnachten? Guckt euch doch um? Ich sehe nichts, was uns weihnachtlich stimmen könnte!»

«Denkt an die Kinder! Es soll für unsere Kinder sein!»

Es waren nicht Tausende, die mitmachten, aber Hunderte waren es schon. Sie bastelten, malten, klebten, strickten, schnitzten, häkelten, nähten, stickten. Wochenlang, in ihren kargen Freistunden.

Die Wirkung unerhört. Wer mitmachte, steckte andere an, wer mitmachte, dem taute das Herz auf. Hände, Herzen und Sinne regten, bewegten sich weg von dem grausigen Elend. «Sich regen, bringt Segen! Beeilt euch, Gutes zu tun!»

Auf den Blocks, in den Werkstätten, Büros, Schreibstuben, bei Siemens und in den Außenkommandos – überall suchten und fanden sie Anregungen und Material für Geschenke. Spielzeug entstand und Kinderbekleidung. Sie sparten Brot, Margarine, Marmelade. Vorbildlich hierin die sowjetischen Kameradinnen, sie spendeten am meisten, obwohl sie von allen am wenigsten besaßen. Im November, Dezember erhielten tschechische, deutsche und österreichische Häftlinge von ihren Verwandten und Bekannten Päckchen geschickt, auch Pakete aus anderen Ländern trafen ein und vom IRK. Die Sendungen kamen zwar stark ramponiert und von der SS mindestens zu Zweidrittel ausgeplündert an den Empfänger, ein Freudentag war es dennoch für jede, die zur Poststelle gerufen wurde. Nicht alle gaben etwas davon ab. Es kostete Überwindung, mit anderen zu teilen. Manche verschwiegen den Empfang solch seltener Genüsse; andere versteckten sich, wenn sie davon aßen, weil die Blicke der Hungrigen nicht zu ertragen waren. Wer den letzten Zipfel Wurst, das letzte Stück Rosinenkuchen, den letzten Apfel, den letzten Riegel Schokolade verzehrt hatte, bereute es bitter, schämte sich seiner Gier. – Wer will den Stab brechen? Viele gaben vorher ab, ehe sie sich schämen mußten; viele teilten ganz selbstverständlich, da es unter ihnen so Sitte. Vor allen und allem aber lagen auf den Weihnachtstellern der Kinder neben Marmelade- und Wurstbroten auch Obst und allerlei Backwerk. Norwegerinnen klebten 500 bunte Tütchen – Wundertütchen, angefüllt mit Leckereien, unbekannt den meisten der Lagerkinder.

Der Heilige Abend rückte näher, und noch wußten die Ravensbrückerinnen nicht, in welchem Raum die Bescherung stattfinden sollte und ob das überhaupt genehmigt werden würde. Häftlinge aus den Schreibstuben der Lagerverwaltung fühlten vor, ließen verlauten, man wolle während der Feiertage den Kindern Geschichten erzählen, ihnen ein Weihnachtsmärchen vorführen. Dann direkte Anfrage bei SS-Oberaufseherin Binz.

Unsicher, schwankend, weil das Fundament wackelte, auf das man Leute wie die Binz vereidigt hatte, erlaubte sie den Julklapp, freilich nicht, ohne spöttisch gegenzufragen: «Was wollt ihr machen? Ringelpietz, Märchen, Theater? Gott, von mir aus, meinetwegen, laßt doch die Puppen tanzen.»

Was sie sagte und wie sie es sagte – unwichtig. Wichtig nur, daß die Illegalen erreichten, was ihnen vorschwebte. «Wir feierten das als handgreiflichen Beweis internationaler Solidarität.»

Polnische Mädchen bauten aus Kistenbrettern und Pappkartons ein Kasperletheater. Die Requisiten, Kulissen, Beleuchtung usw. bastelten sowjetische Mädchen. Eine tschechische Bildhauerin schnitzte Puppenköpfchen aus Holz oder Kerzenwachs, eine Französin nähte die Kostüme, eine Österreicherin schrieb das Märchen.

Der Gegner bereitete auch heimlich etwas vor, außerhalb der Mauer. Unheimliche, ungeheuerliche Überraschungen. Wie unheimlich, wie ungeheuerlich sie sein sollten, gewahrten die Häftlinge erst Februar, März 1945, gewahrten zudem, daß die Umsiedlung der Siemenskolonne ein Detail jener geheimen Vorbereitung darstellte.

Planmäßige Veränderungen, die schon geraume Zeit vorgenommen wurden, Umbau und Ausbau des Krematoriums, Erweiterung, Vergrößerung der Kapazität – ein zweiter Schornstein ragte aus dem Dach. Für KZ-Häftlinge kein Grund, noch entsetzlichere Ungeheuerlichkeiten dahinter zu vermuten. Schließlich mußte die Verbrennungsanlage wachsen, wenn der Leichenberg wuchs.

Etwa fünfzig Schritt neben dem Krematorium, zum Seeufer hin, standen an der äußeren Lagermauer zwei kleine Baracken. Sie standen noch nicht lange, vielleicht anderthalb Jahre, und dienten als Abstellraum für Werkzeuge. Harmlose Geräteschuppen, wenn man nicht weiß, daß sie im Frühjahr 1944 unterkellert worden sind, daß sich im Zementfußboden eine Falltür befindet, daß im Herbst 1944 eine Handwerkerbrigade die Geräteschuppen ausräumen, sämtliche Fenster zunageln, das Innere umgestalten, es durch luft- und schalldichte Trennwände in Kabinen aufteilen mußte, und man nicht ahnte, welchem Zweck sie ab Dezember 1944 dienten. Badekabinen, Duschräume. Aus den Duschen strömt kein Wasser, da strömt Gas. Mordtechnik – nun auch in Ravensbrück installiert, im Dezember erstmalig angewendet. Zigeunerfamilien werden bei Nacht und Nebel durchs Tor hinausgeführt. SS-Posten begleiteten sie ein Stück, an der Kommandantur vorbei, an den Garagen entlang und am Krematorium, dann noch etwa fünfzig Schritt. Niemand hörte je wieder von ihnen. Nur aus den Schornsteinen schlugen wenig später helle Flammen. Aber das war nichts Ungewöhnliches.

Ein Problem bereitete dem KZ-Kommandanten Kopfzerbrechen, nämlich geheimzuhalten, daß Ravensbrück jetzt Gaskammern hatte, noch dazu in unmittelbarer Nähe. Viel zu kurz, der Anmarsch, sagte sich Suhren, da müssen wir Zwischenstationen einschalten. Er fragt bei Himmler an, und der befiehlt: Jugendlager Uckermark auflösen! Es wird aufgelöst und Suhren übergeben, noch im Dezember.

Uckermark – eine halbe Stunde Fußweg von Ravensbrück entfernt. Unter den jugendlichen Gefangenen freudige Überraschung, als sie hören, daß sie ihre Sachen packen dürfen. Bald darauf großes Erschrecken. Tränen, große Ängste. Leichtere Fälle können nach Hause gehn, und das noch vor Weihnachten – also große Freude. Sie haben ihren Entlassungsschein in Händen. Freifahrt bis zum Heimatort. Der Schein befördert sie nach Neujahr weiter: Kriegsdienstverpflichtung, Marschbefehl in die Rüstung, zur Wehrmacht, als Granatendreherin, als Flakhelferin. Andere Mädchen – in den Augen der Nazis politisch unverbesserliche oder schwererziehbare – kommen nicht frei, müssen nur den Standort wechseln. Der Stacheldraht, hinter dem sie nun sitzen, ist starkstromgeladen und überspannt siebenfach eine hohe Mauer, die von Ravensbrück.

Die Tore vom Jugendlager und vom Frauen-KZ öffnen und schließen sich, Abgänge, Zugänge hier wie da.

Das Tonband läuft. Marie Krügers tiefe rauhe Stimme. «Am 22. Dezember 1944 vom Alex nach Ravensbrück, nur deutsche Frauen, nur politische Häftlinge, Leidtragende der ‹Aktion Gitter›. Wir kamen in ein Zelt. Ich hatte schon viel Trauriges erlebt. Aber hier! Kann denn das möglich sein? Können Menschen so existieren, unter diesem Zeltdach? Wie in einem Raubtierkäfig. Nasses, in Fäulnis übergehendes Stroh, hier und da längliche schmale Holzbretter, darauf ein Etwas – Haut und Knochen. Auch ein Mensch! ... Hunderte am Boden kauernd, zitternd, frierend, dicht bei dicht, nackt ihre Füße, nackt ihre Arme. Viele krochen aus dem Hintergrund des Zeltes nach vorn, in dem Glauben, wir Neuen hätten etwas zu essen mitgebracht ...» Maries Stimme versagt, sie kann nicht weitersprechen.

Illegale standen ihr bei, halfen ihr damals dort heraus, und nicht nur ihr. Marta Desrumeaux, Käthe Rentmeister, Olga Körner, Ilse Hunger, Genia Klemm, Mela Ernst und viele andere kümmerten sich um viele. Eine sagte noch in derselben Nacht zu Marie, sie solle am nächsten Morgen, pünktlich zehn Uhr, im Bad sein. «Näheres an Ort und Stelle. Wir verlassen uns auf dich.»

Marie, eine kleine schmächtige Person, nicht mehr jung, sie ging damals schon stark auf die Fünfzig zu, hatte ein schweres Leben hinter sich, war abgehärtet, glaubte, nichts und niemand könne sie aus der Fassung bringen. Damals war sie fassungslos, zutiefst erregt und bewegt, ihr Gesicht gerötet, ihre Augen feucht, als die Genossin sagte: «Wir kümmern uns.» Da war es wieder, was an dieser Gemeinschaft so faszinierte: Daß man nicht allein gelassen wurde.

Sie halfen noch anderen aus dem Zelt heraus und versammelten sich am Nachmittag des 23. Dezember in Block 22 zur Bescherung.

Block 22 – kein Festsaal mit Festbeleuchtung und doch erleuchtet. Ein trauriger Saal, leer, ausgeräumt, entwest auch, denn hier hatten Kranke gelegen, typhuskranke Zigeunerfamilien, fort nun. Kahle Wände. Jetzt aber doch geschmückt. Kalt die Baracke. Jetzt aber doch erwärmt, erfüllt von erwartungsvoll klopfenden Kinderherzen, von zaghaft scheuem, nur allmählich anschwellendem Kinderlachen. Ein Puppentheater, ein weißgedeckter Tisch, Kerzenlicht, Tannengrün, Weihnachtsduft. Jemand spielt Mandoline – «O Tannenbaum ...» Ein Glöckchen erklingt. Der Vorhang öffnet sich. Die Kinder wie gebannt, wie verzaubert. Waren auch verzaubert, befanden sich in einem Märchenland, das ihnen noch nicht einmal im Traum erschienen war. Ihre Augen glänzten, ihre Wangen glühten. Und wie sie mitgingen, mitspielten, eingriffen in die Handlung der Puppen. Ja, und ihr Staunen über all die wunderbaren Dinge auf ihren Tellern. Noch lange danach erzählten sie von diesem aufregenden, einmaligen Erlebnis, das nicht nur Kinderherzen beglückte, denn es trug den Atem der Nächstenliebe durchs ganze Lager, bis in die Krankenbaracken, den Strafblock und den Bunker.

Heiliger Abend. Aus dem Offizierskasino dringt weihnachtliche Musik, stimmungsvoller Gesang: «Oh, du fröhliche-he, oh, du selige-he, gnadenbringende ...»

Gnadenbringend? Sie bringen keine Gnade, kennen keine Gnade, zu keiner Zeit, sind gnadenlos, erbarmungslos jederzeit. Es erbarmt sie nicht die Greisin, die vor ihnen auf den Knien liegt, bittend, flehend, sie zu verschonen. Es erbarmt sie nicht die Mutter, nicht das Kind. Am zweiten Weihnachtsfeiertag verwüsten sie genau jenen Block, in dem die Kinder beschenkt, gesättigt, erfreut worden waren, schlagen dort alles kurz und klein, wüten in anderen Blocks, schlagen auf Frauen, auf Kinder.

Aber es kommt ja alles noch viel grausamer, und von den 480 Lagerkindern haben nicht einmal 100 die Befreiung erlebt.

Schonung?

Zwischen Weihnachten und Neujahr informiert SS-Oberaufseherin Binz alle Blockältesten: «Ihr seht selber, wir können hier kaum treten ...» Ravensbrück müsse noch sehr viele aufnehmen, darum sei Uckermark geräumt und als Schonungslager eingerichtet worden, «für pflegebedürftige Häftlinge aus unserem Lager. Also, bereithalten, Januar, Februar wird umquartiert!»

Niedertracht, Heimtücke war immer im Spiel. Mißtrauisch waren politische Häftlingsfunktionäre immer, empfanden aber, was die Binz ihnen eröffnete, zunächst doch als Entlastung – vielleicht gar nicht so übel, Uckermark, mitten im Walde, gesündere Luft, mehr Licht, mehr Ruhe und hier in den Blocks und Krankenstuben etwas mehr Platz.

Noch vor Neujahr Sonderappelle, Visiten. Vorauswahl gebrechlicher, gehbehinderter, amputierter, kranker und alter Häftlinge. Von den älteren vornehmlich Strickerinnen, überhaupt all jene, denen eine rosafarbene Karte mit dem Aufdruck «bedingt tauglich» ausgehändigt worden war.

Rosarote Karte, anfangs auch als Erleichterung betrachtet und begrüßt. Wer sie besaß, dachte, nun bin ich endlich von der schweren Schufterei befreit, nun brauche ich nicht wieder in die Rüstung. Doch nichts hatte mit Menschenfreundlichkeit zu tun, stets lauerten eine Gemeinheit, eine Gefahr dahinter.

Schon 1943 kam Dr. Klimek – einer der SS-Ärzte – auf die Idee, ein raffiniertes Kontrollsystem zu entwickeln, um Selektionen zu vereinfachen. Ab 1942 stieg der Bedarf an Arbeitskräften für die Rüstung, es erhöhten sich aber auch Krankenstand und Sterbeziffer. Daraus ergaben sich Reibereien, Differenzen zwischen SS-Ärzten, Lagerleitung, Arbeitsdienst- und Wehrwirtschaftsführern. Letztere beklagten sich, weil das Revier kranke, schwächliche Häftlinge gesund schrieb und ihnen daher aus den KZ viel zu wenig brauchbare Arbeitskräfte zur Verfügung stünden. Dem abzuhelfen, erfand Dr. Klimek eine Kennkarte. Zweimal jährlich wurden danach alle KZ-Häftlinge auf ihre weitere Verwendbarkeit untersucht – Prüfen der Muskelkraft und des Reaktionsvermögens, körperlicher Leistungstest. Fielen die Ergebnisse nicht zur Zufriedenheit der Konzerndirektoren aus, erhielten die Geprüften besagte rosarote Karte. Jede Frau, die eine solche Kennmarke vorzeigte, war gebrandmarkt, auf den ersten Blick als «bedingt tauglich», also unbrauchbar zu erkennen.

Gefangene, für Uckermark ausgesondert, glaubten, der Kelch sei an ihnen vorübergegangen. Wieder einmal leuchtete der Hoffnungsstrahl etwas heller, und wieder kam der Wunsch auf, sich freiwillig zu melden. Schonungsbedürftig, pflegebedürftig sind alle. «Ach, Herr Doktor, ach, Schwester, notieren Sie mich doch auch!»

Das änderte sich mit einem Schlage, als Gerüchte auftauchten, Gerüchte, die aus Uckermark nach Ravensbrück drangen. Aber das war erst Februar, März 1945. Vor und kurz nach Neujahr schien es, als habe der Feind Erbarmen. Nicht nur die Aussicht, Ruhe, Waldesluft genießen zu können, ein wenig besser betreut zu werden, deutete darauf, auch am Ort selbst hatte sich manches zum Besseren gewendet.

Schärfste Gegensätze, Pol–Antipol. Irrsinnigste Ungereimtheiten, erklärbar dennoch. Die SS in panischer Angst, sich untereinander nicht einig, rivalisierende Gruppen – hie Fanatiker, da Rückversicherer.

Block 10, Tbc-Baracke, ein Barometer, daß die Lagerleitung nicht mehr Herr der Lage, daß sie den Überblick verliert. Besessen einerseits von zügelloser Vernichtungswut, läßt sie andrerseits die Zügel schleifen, überläßt es hie und da dem Ordnungsinn, dem Organisationstalent der Rotwinkligen, ordnend in das chaotische Durcheinander einzugreifen. Carmen Mory, der schwarze Engel, SS-Spitzel, Herrscherin über Block 10, wird gestürzt, abgelöst von Erika Buchmann, die lange Zeit Blockälteste im Strafblock gewesen ist.

Politische Häftlinge waren frei von Korruption und Intrige. Was sie vor allem auszeichnete, waren Hilfsbereitschaft, Unbestechlichkeit, Wahrhaftigkeit. Das brachte ihnen im Lager Achtung ein, die Gefangenen brachten ihnen Vertrauen entgegen.

Erika Buchmann erwirbt sofort die Sympathie aller Patienten, kann sich zudem auf einen Stamm erfahrener Helfer stützen. Häftlingsärztinnen, Samariterinnen, Kranke lobten den Tag, als das Scheusal Mory zu Fall gebracht wurde.

Simone Loché, Französin, Pflegerin auf Block 10: «Erika – ein Segen für alle Patienten. Unter den Tbc-Kranken auch Kinder, sechzehn Waisenkinder. Wir ersetzten ihnen Vater und Mutter, und nun hatten wir noch Erika als Beschützerin. Seit sie Blockälteste bei uns ist, gibt es auf einmal Milch. Wie froh das macht, unseren Pfleglingen frühmorgens einen Becher Milch ans Bett bringen zu können! – Vorher hatte die Mory alles unterschlagen und mit ihrem ergaunerten Reichtum abscheulichste Gaunereien betrieben, Häftlinge bestochen, als Spitzel angeworben, und wenn sie nicht ‹spurten›, dem Henker ans Messer geliefert oder für geistesgestört erklärt – ‹ab, ins Idiotenstübchen!› – Nun sind dem schwarzen Engel die Flügel gestutzt. Steter Tropfen höhlt den Stein. Worauf wir jahrelang abzielten, ist schließlich und endlich erfolgreich gewesen.»

Veränderung, Verbesserung auch für Wöchnerinnen und Neugeborene. Eine tschechische, zwei jugoslawische und drei deutsche politische Häftlinge nehmen den Kampf gegen die Säuglingssterblichkeit auf. Erstes Gebot: Sauberkeit und Ruhe. Sie handeln danach, haben Verbindung zur Wäschekammer, zur Kleiderkammer, zur Wäscherei, zum Revier, zur Küche. «Wir Wöchnerinnen kommen innerlich zur Ruhe, liegen nicht mehr im Dreck. Unsere Babys bekommen saubere Fläschchen und sind sauber gewickelt. Rührend sorgen sich die Kameradinnen um zusätzliche Verpflegung, um Arzneien, Puder, Wundsalbe. Angehörige vieler Nationen spenden für den Tbc-Block und für den Mutter-und-Kind-Block Lebensmittel aus IRK-Paketen. Auch Häftlinge der Ladekommandos versorgen uns mit nahrhafter Kost, requieren aus den SS-Depots, nehmen sich zurück, was der Gegner geraubt hatte. Die Französin Paulette Don Zimmet ist, was Rücknahme von rechtmäßig zustehendem Eigentum betraf, ganz besonders wagemutig gewesen.»

Bei den Rapporten erregt die sinkende Säuglingssterblichkeit das Mißfallen der SS-Oberschwester Marschall. Sie beschwert sich, trägt ihre Beschwerde dem Lagerkommandanten vor. «Da stimmt doch was nicht! Den Weibern gehts zu gut, ihre Wänster blühn und gedeihn. Ist doch nicht zu vertreten, wo die deutsche Frau draußen um den Endsieg ringt.»

Suhren befiehlt, Schwangere und Wöchnerinnen zu Schanzarbeiten einzusetzen, stößt jedoch beim Arbeitsdienstführer auf Ablehnung. «Was soll ich mit Hochschwangeren und Wöchnerinnen anfangen, können Sie mir das mal verraten? Nein, danke, kein Bedarf an Frauenzimmern, die jeden Augenblick nach der Hebamme schreien oder um ihre Bälger jammern.»

Wenn Spannungen zwischen Lagerleitung und Arbeitseinsatz auftraten, bekamen Illegale das ziemlich schnell durch Ilse Hunger zu erfahren. Vorsichtig mußten sie stets zu Werke gehn, und wenn sie glaubten, eine gefährliche Hürde genommen zu haben, standen sie urplötzlich vor der nächsten, weitaus gefährlicheren.

Silvester. Das Jahr 1945 bricht an. Jahreswechsel. Wende. – Wann kommt die Wende? – Wechsel, Änderungen ja, und das stündlich. Dem Wechsel auf Block 10 folgen ununterbrochen Verlegungen, Ortswechsel. Ein Ausräumen, Umräumen, Wegräumen.

Bedrückend die Qual der Verantwortung, Blockälteste zu sein.

Erika Buchmann spricht darüber und wiederholt das erste Gebot: «Mir war klar, daß ich nicht viel mehr für die Kranken würde tun können, als für Ruhe, Sauberkeit, gerechte Verteilung der Medikamente, für gerechte Zuteilung der Rationen zu sorgen. Allein das war schon ungeheuer schwierig. Ich übernahm den Block mit einem Krankenstand von 280 Patienten; er stieg in der ersten Januarhälfte auf 500 an. Die Frauen starben uns unter den Händen ... SS-Oberschwester Marschall ließ auch gar keinen Zweifel daran, daß hier nicht etwa die Krankheit, sondern die Kranken beseitigt werden sollten. ‹Häftlinge, die auf Block 10 kommen, sind mit ganz wenigen Ausnahmen abzuschreiben. Jede Sentimentalität ihnen gegenüber ist falsch.› So führte sie mich in meine

Funktion ein. Und nach diesem Prinzip war das System auch strukturiert.

Wenn man den Krankensaal betrat, starrten einem wachsbleiche Gesichter entgegen, weit geöffnet ihre Münder, weit aufgerissen ihre Augen. Der Weg in die Behandlungsräume führte über Tote und Sterbende. Das rührte kaum jemanden. Der Tod hatte seine Schrecken verloren; vielen erschien er als willkommener Befreier, und wir waren in ständiger Gewissensnot. Ein vierzehnjähriges Mädchen, schon vom Tod gezeichnet, bittet mich, nur ein einziges Mal in einem Bett liegen zu dürfen, das ihr allein gehört. Ich vertröste das Kind auf den Abend. ‹Ja, meine Kleine, bald, in ein paar Stunden wird ein Bett für dich frei, hab noch ein wenig Geduld.› Das antworte ich und hoffe nichts sehnlicher, als daß der Tod sich ihrer vor Einbruch der Dunkelheit erbarmt, weil ich dem Mädchen diese allerletzte Bitte nicht erfüllen kann. So ist es fast immer, du willst helfen und kannst nicht.» – Hart und dennoch nicht kalt und gleichgültig werden. Überzogen sein von einer undurchlässigen, unzerbrechlichen Glasur, die, wenn es der Umstand verlangt, sofort schmilzt. Nicht mehr gezwungen sein, aus der vorbeihastenden Folge unerträglicher Bilder fortgesetzt seelische Marter erdulden zu müssen. «Ohne Selbstbetrug, ohne barmherzige Lügen, ohne Träume, ohne Zukunftsvisionen schafft man es nicht, Auge in Auge mit einer infernalischen Realität zu leben. Wäre es mir nicht schon früher bewußt gewesen, spätestens hier, in der Arena des Gegners, hätte ich genau erfahren, daß wir Antifaschisten ein unabdingbares Recht auf Widerstand haben.»

Nichts geht verloren

Noen Beuzemaker besucht Mila im Krankenhaus. Mila ist keine Ärztin mehr. Sie hatte ihren Arbeitsplatz gewechselt. Nun braucht sie selbst ärztliche Hilfe, und die Krankheit, an der sie leidet, ist tödlich.

Noen sitzt auf Milas Pritsche. «Woran dachtest du eben»,

fragt Mila mit jener weichen, leise flirrenden Stimme, wie sie bei Schwerkranken üblich und aus der man zugleich das Lallen eines Kindes, das Zwitschern eines Vogels und die mühsamen Atemzüge eines Sterbenden zu vernehmen glaubt. Noen zwingt sich zu einem Lächeln. «Daran, daß du jetzt nicht durch Schnee und Schneesturm laufen mußt.» Das ist eine Lüge. In Wahrheit dachte Noen, daß es ein unverzeihlicher Fehler gewesen ist, Mila bei Siemens unterzubringen. Wäre sie hier geblieben, hätte die Krankheit sie vielleicht nicht so hart gepackt. Hätte, hätte, wenn und aber. Was weiß man überhaupt, wie man es richtig macht? Noen, die Trösterin, die selber Zuspruch benötigte.

Vor zwei Monaten war Mila noch aufopferungsvoll um ihre Kranken bemüht gewesen. Hatte sie, die Illegale, mit Illegalen einen Treff, wurde sie nach wenigen Minuten ungeduldig. «Ich muß zu meinen Kranken!» Sie ging einfach weg, kehrte bald darauf zurück, um zu erfahren, was vereinbart worden ist. Eine sensible Frau, rastlos, ruhelos, skeptisch, manchmal mutlos, leicht wieder zu ermutigen, anhänglich, sehr verläßlich.

Mila ist eingeschlafen. Behutsam löst Noen Milas Hand aus der ihrigen, erhebt sich, verläßt den Krankenbau, verläßt mit einer Gruppe Siemenshäftlinge das Stammlager, hoffend, beim nächsten Besuch ihre Freundin noch lebend anzutreffen.

In der Nacht vom 8. zum 9. Januar 1945 verstarb Mila. Kopfthyphus. Augenzeugen berichteten, daß sie schon seit Tagen aufgehört hatte, etwas zu sich zu nehmen. «Die Speicheldrüsen versagten, sie konnte nicht mehr schlucken ... Wir bildeten uns ein, es sei für andere vielleicht irgendwann einmal vorstellbar, was wir durchgemacht haben. Aber es ist unvorstellbar, und der Schrei in unserer Brust wird wohl nie verstummen, er wird auch nie von den anderen da draußen jemals so gehört werden, wie wir ihn hörten.»

Zdena Nedvedova verbringt die zweite Nacht an Milas Bett. Es ist Milas letzte Nacht. Zdena weiß es. Das Fieber ist gefallen. Das Gesicht der Sterbenden schimmert wie Elfenbein. Mila erwacht, öffnet die Augen und schließt sie wieder – ein Blick, tiefernst, ergeben, gefaßt. Zdena spürt, daß Mila noch bei Bewußtsein ist, ruft ihren Namen, «Hörst du mich? Sag doch was!» – Mila hört den Ruf und hört ihn doch nicht, sie wehrt sich nicht gegen den sanften Druck, der sich auf ihre Hand legt, folgt der anderen Hand aber auch nicht, erkennt noch, wer neben ihr sitzt, aber nur undeutlich. Sie hat die Schwelle schon überschritten, schwebt nicht mehr in Todesangst. Wer das Bewußtsein verliert, verliert auch die Angst. Ihre rechte Hand streicht fahrig über die graue Decke, ihre Lippen bewegen sich, als wollte sie noch etwas sagen. Zdena erfährt es nicht. «Uns überfällt das Lager täglich neu. Manchmal habe ich das unzähmbare Verlangen, morgens aufzuwachen und eine ganz andere, saubere, friedliche, schöne, gütige Welt zu erblicken.»

Noen möchte wissen, wie es Mila geht. Zdena schweigt. Noen braucht nun keine Antwort, schweigt auch. Keine Träne, nichts. Nur ein Gedanke: Jetzt auf der Stelle tot umsinken. Daß sie nicht mit sich Schluß machte, ist nicht ihr Verdienst, andere hinderten sie daran.

In memoriam Mila Janu: Geboren am 24. Mai 1912 in Hronov. Seit ihrem achtzehnten Lebensjahr politisch aktiv im Kommunistischen Jugendverband. Studium, Promotion, Doktor der Medizin, Mitglied der KPČ. Nach 1938 Illegalität. 1940 verhaftet – Gefängnis Pankrac, Gestapokeller, schwer mißhandelt. Endstation Ravensbrück. Kurz vor ihrem Tode schrieb sie noch auf, was sie fühlte und dachte: «Ich spüre, daß mein Körper nicht mehr genug Kraft hat, dem Ansturm der Krankheit zu widerstehen ... Meine Kräfte werden weniger und weniger, es geht immer weiter abwärts. Doch wenn ich aus dem Fieber erwache, kann ich zu meinem Erstaunen noch immer klar denken und mich erinnern ... Früher stellte ich mir das sehr schlimm vor, sich von der Welt verabschieden zu müssen. Später, als ich dem Sterben täglich begegnete, waren meine Empfindungen schon relativiert. Manchmal dachte ich sogar, daß der Tod eine Erlösung ist, eine Erlösung auch für die Lebenden, weil nun wieder ein Bett frei wird ... Und heute? Vor mir liegen nur noch einige Stunden, vielleicht ein Tag, vielleicht geht noch die Nacht vorüber ... Meine Kameradinnen besuchen mich, machen sich und mir Hoffnung, umgeben mich mit Liebe und Fürsorge, die mich rührt, ja erschüttert. Nie hätte ich geglaubt, daß ich ihnen so viel bedeute ... Mein ganzes Leben lang habe ich gesucht, einen Weg gesucht, auf etwas gewartet, mich nach etwas gesehnt. Und dann kam das Wunder. Ich fand Freundschaft. Doch wie alles in meinem Leben: kaum gefunden, muß ich gehn ... Vielleicht schlafe ich schnell und schmerzlos ein, und dann kommt wer, entdeckt meine Leiche. Alltäglich hier, nichts, worüber man erschrecken müßte, ein gewohntes Bild, gewohnt auch die Handgriffe. Jemand entkleidet mich, ein anderer trägt mich fort, in die Totenkammer. Dort muß ich warten. Zum letzten Male warte ich ... Endlich fährt man mich zum Tor hinaus ..., verbrennt mich mit vielen anderen zusammen – eine Gemeinschaft im Tode. Die Flammen schlagen hoch. Das wird bemerkt. Wir erregen also noch einmal Aufmerksamkeit ... Das Feuer erlischt, das Leben geht weiter. Nur ich werde nicht mehr sein. – Ach, warum muß ich gerade jetzt an die duftenden Gärten meiner Heimat denken? Warum sehe ich die violetten Abhänge voller blühendem Heidekraut und die blauen Bergrücken? Warum höre ich das Rauschen wogender Kornfelder ...? Es ist so süß in Deinen Armen, Jurkei.»

Mila Janu verstorben. Yvonne Useldinger kann sich wochenlang nicht davon erholen, trägt erst am 28. Februar in ihr Tagebuch ein: «Milas Tod traf uns alle furchtbar ... Noen will ihr folgen. Wir halten sie zurück. Sie waren unzertrennlich. – Schmerzliche Gedanken: Mila rettete mir das Leben ... Als ich Februar 44 Typhus hatte, bemühte sie sich aufopfernd um mich. Das Leben rettete sie mir im Oktober 44, als ich in der Seuchenbaracke lag – zwanzig und mehr Schwerkranke auf blankem Fußboden. Mila, selber schon krank, kam nachts und behandelte uns, brachte Medizin, heiße Getränke, leichtverdaulichen Mehlbrei, gab uns Spritzen, die das Fieber senkten und die Schmerzen linderten. Sie half mir auch aus der Seuchenabteilung heraus; sie und andere sorgten dafür, daß ich nach Block 7 verlegt werden konnte. Das war die Rettung. Mila gehörte zu unserer illegalen Gruppe ..., ich erhielt von ihr beinahe täglich Zeitungen, eine Seltenheit im Lager. Als wir Siemenshäftlinge umziehen mußten, zog sie mit uns, wollte an Noens Seite bleiben. Sie gingen noch einige wenige Wochen gemeinsam zur Schicht ... Nun gibt es diese Weggefährtin nicht mehr. Welch ein Schmerz, auch für mich. Offenbarte bisher eigentlich selten meine Gefühle. Verspüre aber in letzter Zeit die starke Neigung, mich mitzuteilen. Alles, was mir im Laufe des Tages widerfährt, will ich loswerden. Wenn ich es für mich behalte, erscheint es mir im Traum. Auch habe ich Angst, es zu vergessen. Und das ist schlimmer. Beruhigend schon, sich dem Tagebuch anzuvertrauen. So bleibt doch zu hoffen, daß es weitergetragen wird, daß es nicht ganz aus dem Weltgedächtnis verschwindet. Nein, es geht nichts verloren, nichts von dem, was hier geschah, auch nichts von dem, was wir erdacht, getan, entworfen, erträumt, ersehnt haben. Davon bin ich überzeugt.»

Befreiung nah und doch so fern

Nun hat jeder Tag historisches Gewicht.

17. Januar – Warschau befreit! Im Süden Polens rücken Truppenteile der Sowjetarmee, von Kraków kommend, auf Auschwitz vor. Der IG-Farben-Konzern räumt das Feld. Kriegsverbrecher setzen sich ab, das Gros in ihre alten Hochburgen Leverkusen (Bayer AG), Frankfurt am Main (Höchstwerke AG), Ludwigshafen (BASF).

18./19. Januar. – In Auschwitz befinden sich noch ungefähr 64000 Häftlinge, als die Faschisten das Lager räumen. Evakuierung. Männer, Frauen, Kinder, Tausende und aber Tausende Gefangene bei starkem Frost auf die Landstraße getrieben oder in offene Güterwagen gepeitscht.

23. Januar. – Sowjetische Truppen unter Marschall Konew erreichen zwischen Opole und Olawa die Oder. Truppen Marschall Shukows bewegen sich nördlich Poznán in erbitterten Kämpfen auf Küstrin zu. Hitler ernennt Himmler zum

Oberbefehlshaber der Heeresgruppe Weichsel, die eiligst zusammengeschoben worden war, «die Russen aufzuhalten und zurückzuwerfen». Himmler erläßt eine Bestimmung; sie ergeht einige Tage später als Geheiminformation an die KZ-Kommandanten von Ravensbrück und Sachsenhausen und besagt, Häftlinge, die nicht mehr laufen können, zu beseitigen, den Rest in Marsch zu setzen, entweder Richtung Süden (nach Mauthausen) oder Richtung Nordwest (nach Bergen-Belsen), sobald die Rote Armee bei Küstrin durchbrechen sollte.

Russische Panzer an der Oder! – Die Faschisten drehen der Zivilbevölkerung den Gashahn ab. Strom- und Gas-Sperre. Auch der Personenzugverkehr wird eingestellt. Sämtliche Transportmittel rollen nur noch «für den Endkampf». Deutschland liegt in Agonie. Eisige Kälte, Schneestürme, Finsternis.

In Ravensbrück macht Suhren mit SS-Ärzten und dem Arbeitsdienstführer die Runde. Sie besichtigen Häftlinge und Räumlichkeiten, treten an jedes Krankenbett, betrachten Fieberkurven und Befunde auf den Krankenblättern. Die Ärzte nicken, und jedesmal, wenn sie nicken, schreiben SS-Schwestern etwas auf.

Manche der Elendsgestalten, die noch wachen Sinnes den Vorgang verfolgen können, fragen sich ebenso bange wie hoffnungsvoll, was das bedeutet, fragen ihre Leidensgenossinnen, fragen Blockälteste, Pflegerin, Häftlingsärztin. Die Gefragten antworten: «Uns hat man gesagt, ihr kommt in eine bessere Umgebung – Uckermark. Da soll es angenehmer sein, vor allem nicht so beengt, nicht so unruhig wie hier.» Das klang zuversichtlich. Und wenn die sonst so gefürchteten SS-Ärzte ans Bett traten, begrüßte man sie innerlich, und viele, viele Häftlinge baten darum, mit auf dieser Liste eingetragen zu werden. Es war eine sehr lange Liste, und noch ahnte niemand, was sich dahinter verbarg.

27. Januar. – Rote Armee befreit Auschwitz. Weit über 50000 Menschen, die nun dieses Inferno überstanden hätten, befinden sich noch immer in den Klauen der SS, denn sie wurden zehn Tage vorher durch Eis und Schnee westwärts

getrieben. Ende Januar, Anfang Februar treffen sie nach und nach in den KZ-Lagern Buchenwald, Mauthausen, Sachsenhausen oder Ravensbrück ein, stark dezimiert.

Der 27. Januar ist ein Sonntag, frostig, stürmich. Auf dem Appellplatz in Ravensbrück Frauen und Mädchen, viele auf Krankentragen, viele aus dem Tbc-Block, manche schon auf Lastwagen verladen. Erster Abtransport, vielleicht hundert oder hundertfünfzig Gefangene, denen jetzt mindestens dreimal wöchentlich ebenso viele folgen. Der Lagerkommandant spricht noch ein paar Worte zu ihnen, versichert, sie hätten es da, wo sie hinkommen, erheblich leichter. «Keine Appelle mehr, reichlichere Verpflegung, fürsorglichere Betreuung.» Weit weg kämen sie auch nicht, wer noch gut zu Fuß sei, könne hinlaufen. «Ihr werdet euch dort von dem Marsch bald erholen, Uckermark ist ein Schonungslager.»

Sie hören es. Viele glauben es, verabschieden sich, unter Tränen und nicht ohne Angst, aber doch ein wenig beruhigt, von ihren Angehörigen, ihren Kameradinnen. «Hoffentlich haben wirs bald überstanden; hoffentlich sehen wir uns bald wieder!» Innige Umarmungen, herzzerbrechendes Schluchzen. Nur unter den Zigeunerinnen keine Abschiedstränen, sie brauchen sich nicht zu trennen, werden gemeinsam mit ihren Kindern abtransportiert, nicht nach Uckermark, nach Bergen-Belsen oder ins Nirgendwohin verweht, verglüht, erloschen.

28. Januar. – Häftlinge aus Auschwitz kommen in Ravensbrück an. Aber nicht nur für sie, auch für andere öffnet sich das Tor, nämlich für Flüchtlinge aus dem «Generalgouvernement», die sich, durch antikommunistische Propaganda verblendet, geradewegs unter den Schutz ihrer Mörder begeben. Alle, die über fünfzig Jahre alt sind, unabhängig ob Häftling oder Flüchtling, werden sofort nach Uckermark umdirigiert.

Ravensbrückerinnen lauschen in die Nacht. «Unser Gehör schärfte, verfeinerte sich. Jedes Wort, das wir zugeflüstert bekamen oder bei Gesprächen auffingen, untersuchten wir, klopften es ab auf seinen Wahrheitsgehalt, seinen guten oder bösen Sinn. Ein einziges Wort konnte uns niederschmettern – ‹Selektion› – ‹Transport› – ‹Stübchen› – ‹bedingt tauglich› – ‹abschalten› – ‹Schmuckstück›. Ein einziges kleines Wort konnte uns mit süßer Hoffnung erfüllen, uns hochheben, stolz und stark machen – ein einziges kleines Wort über den Vormarsch der Roten Armee. Wie warteten wir auf solche Nachrichten! Wie Ertrinkende stürzten wir uns auf jedes Fetzchen Zeitungspapier. Welche Mühe gaben wir uns, mit Menschen zusammenzukommen, die Radio hörten oder Zeitungen lasen. Ohne diese Nachrichten, ohne die Hoffnungen wäre es unmöglich gewesen weiterzuleben.» (Aus Erinnerungen Antonina Nikiforowas.)

Sie lauschten in die Nacht, lauschten auf Signale, hörten gute Signale: sowjetische Panzer an der Oder! – Und plötzlich eisiges Schweigen, schreiende Stille, gleichgültig herabrieselnde Schneeflocken, die alle Hoffnung zu ersticken drohten.

Das Lager im Schnee. Stromsperre. Weder morgens noch abends noch nachts Licht. Finsternis, frostiger Winter, der den Lebensmut nahm. Die Fronten in Ost und West versteiften sich. Die Freiheit rückte ins Ungewisse.

29. Januar. – Wieder treffen zweitausend Häftlinge aus Auschwitz ein. Wie unterbringen? Wovon beköstigen? Wohin mit den Kranken? Wohin mit den Toten?

Die Illegalen zum Umfallen müde, erschöpft, ratlos. Noch ehe sie helfend eingreifen konnten, verstarben Auschwitzer Kameradinnen. Frauen, die bislang alle nur denkbaren Fährnisse durchgestanden, überlebt hatten, hier in Ravensbrück kamen sie um.

Der Leichenberg wächst und wächst. Das Lager ringt mit dem Tode; es war, als hätten die Häftlinge aus Auschwitz ihn mitgebracht.

Beruhigungspillen

Frauen aus Auschwitz – Zeugen der größten Massenvernichtung, mit knapper Not der faschistischen Endlösung entronnen. Wie, so fragten sie sich, wird die letzte Etappe sein, das Ende von Ravensbrück?

Daß es hier seit Dezember 1944 Gaskammern gab, blieb vorerst noch unbekannt. Die Gefangenen ahnten es wenige Wochen später, machten gewisse unheimliche Beobachtungen, erinnerten sich in diesem Zusammenhang bestimmter Umbauten und Ausbauten, an Einbau von Trennwänden, Kabinen, Falltüren.

Streng geheim bleiben auch die Hitler-Himmler-Befehle, alle Lager zu räumen, sobald sich ihnen die Fronten nähern. «Kein Häftling darf dem Feind lebendig in die Hände fallen!»

Aus Auschwitz waren erfahrene Massenmörder zurückgekehrt: SS-Arzt Winkelmann, SS-Obersturmführer Schwarzhuber u. a. Mit ihrer Ankunft verstärkten sich die Selektionen, eröffnet übrigens mit Injektionen und Schluckimpfungen, angeblich gegen Typhus. Die Impfstoffe, eingespritzt oder eingeflößt, verursachten Ohnmachtsanfälle, Unwohlsein, Erbrechen, Bewußtlosigkeit. Es war kein Heilserum, es waren narkotische Toxine, hergestellt nach dem «Berka-Verfahren». Langsames Einschläfern durch Betäubungsmittel, um möglichst viele ihrer Opfer auf scheinbar natürlichem Wege loszuwerden oder sie in einen Dämmerzustand zu versetzen, der die furchtbaren Geschehnisse wie hinter einem Dunstschleier verhüllt: Sie begreifen nicht, was da eigentlich vorgeht, sind umnachtet.

Das «Berka-Verfahren» – auch von langer Hand vorbereitet. Am 20.5.1944 saßen einige Herren zusammen, Akademiker. «Bei dieser Besprechung referierte Stabsarzt Dr. Becker-Freising über die von Oberstabsarzt Dr. v. Sirany durchgeführten klinischen Versuche.» Die Herren zeigten sich beeindruckt. «Der Chef des Sanitätswesens ist davon überzeugt, daß beim Berka-Verfahren nach Genuß des Berkatits nach spätestens 6 Tagen gesundheitliche Schäden zu erwarten sind, welche eine dauernde Beeinträchtigung der Gesundheit bewirken, ja – nach Ansicht von Unterarzt Dr. Schäfer – innerhalb von 12 Tagen zum Tode führen.» Man nannte Symptome: «Durchfall, Krämpfe, Halluzinationen, rascher Verfall, Exitus.» Aber ganz zufrieden war man noch nicht. «Als Ergebnis der Vorbesprechung kam man dahin überein, neue kurzfristig durchzuführende Versuchsreihen anzusetzen.»

Oberstabsarzt v. Sirany hatte nach kurzer Zeit seine Forschungen erfolgreich abgeschlossen, natürlich nicht ohne Versuchsobjekte: KZ-Häftlinge! Viele hatten dabei den Tod gefunden. Was zählt das schon? «Opfer der Wissenschaft.» Produkte des Berka-Verfahrens – bestimmt für «Fronteinsätze, zur Bekämpfung des Feindes» – wurden auch in KZ-Lagern angewendet. Berka-Wasser, eine milchigweiße Flüssigkeit, alten und kranken Häftlingen als «Stärkungs- oder Schlaftrunk» gereicht. Injektionen auch und Präparate in pulverisierter oder fester Form – Beruhigungspillen, das Gedächtnis zu lähmen, die Sinne zu verwirren. «Wir erhielten Spritzen eingeimpft. Das geschah im I-Hof, gleich am Arbeitsplatz, und wiederholte sich. Wir waren danach tagelang wie benommen.» Aussage von Gertrud Popp, bis Dezember 1944 im Verwaltungsbüro, Schneiderei I, beschäftigt.

Impressionen

Ankunft im Schonungslager Ende Januar. Aus dem Bericht der Polin Kazimierza Roszenka: «Rauschen hoher Föhren, Waldesstille. Keine Mauer, kein elektrisch geladener Stacheldraht – wie schön!

Auf den ersten Blick schienen die Verhältnisse wirklich besser zu sein. In einer Beziehung sogar wesentlich besser: Es waren keine SS-Ärzte zu sehen. Im Revier nur Frau Dr. Perzamoska, Polin, Frau Dr. Riviere, Französin, und einige Pflegerinnen, alles Häftlinge wie wir. Es gab zuerst viel Hin und Her, denn es handelte sich ja um lauter Kranke, und man war sich nicht klar, wer in welchem Block einziehen sollte.

Fünf Baracken standen dort, eine davon das Revier, und Block sechs, die Turnhalle. Eingeräumt waren die Unterkünfte auch noch nicht. Ein Berg Strohsäcke lag im Schnee. Wer sich halbwegs rühren konnte, mußte die durchnäßten Strohsäcke ins Trockene bringen. Nach allem, was wir vorher durchgemacht hatten, enttäuschte uns das noch nicht. Unser Optimismus hielt ein, zwei Tage an, da erfaßte uns panische Angst. Ich weiß nicht, wann wir begriffen, daß man uns hier auf alle nur erdenkliche Art und Weise umbringen wollte. Wir sollten verhungern, denn wir bekamen fast nichts zu essen; wir sollten erfrieren, denn es wurde nicht geheizt und wir hatten kaum etwas zum Zudecken. Zu zweit und zu dritt lagen wir unter einer einzigen dünnen Decke. Nach wenigen Tagen fuhr SS-Oberaufseherin Binz vor und nahm uns nochmals die Hälfte aller Zudecken weg. ‹An der Front wird warmes Zeug nötiger gebraucht›, sagte sie.

So erlosch das Leben Ungezählter ‹ganz natürlich›. Es kam vor, daß über Nacht sämtliche Revierkranken verstarben. Man half da auch nach, mit Spritzen und weißem Pulver. Wer sich nicht erheben konnte, wer um Hilfe bat, wer nach einem Arzt rief, wurde von SS-Männern in einen entlegenen Raum geschleift und ‹erledigt›.»

Und aus Ravensbrück kommen unentwegt Transporte an.

Erlebnisse, aufgeschrieben von Gisela Krüger, Jahrgang 1923, seit August 1944 in Ravensbrück, obwohl ihr Hausarzt sie als haftunfähig erklärte, da sie an chronischer Arthritis litt. «Ich habe nie in einem Wohnblock gelegen. Immer nur im Krankenbau und ab November 44 auf Block 10, wegen ‹unheilbar fortschreitender Gelenktuberkulose‹, wie der SS-Arzt behauptete. Das stimmte aber nicht; er hatte ganz bewußt eine Fehldiagnose gestellt. Ich war auch eine der ersten, die man für Uckermark aussuchte, und hatte von vornherein instinktiv Angst.

Das Revier in Uckermark vollkommen leer, nur alte, feuchte Strohsäcke. Am Abend kam Suhren. ‹Nanu, keine Betten? Schaffen wir noch ran. Verflucht kalt hier›, sagte er und rieb sich die Hände, ‹wird aber noch eingeheizt, wird alles geregelt.› – Sie schafften sogar Bettgestelle herbei. SS-

Männer betätigten sich als Möbelträger, und einer knurrte: ‹Solche Umstände für die paar Tage!› Wir dachten, er meint, es lohne sich nicht, weil der Krieg bald zu Ende ist. Erst später ging uns auf, wie das gemeint war.»

Eindrücke, aufgezeichnet von Irène Ottelord, Französin, Jahrgang 1922, Februar 1944 verhaftet, zwei Monate später zum Schwedtsee deportiert: «Ich hatte ein Hüftgelenkleiden, besaß darum eine rosarote Karte, die mich als minderwertig abstempelte, ‹wertlos›, ein Krüppel. Ich hinkte damals stark und wurde am 2. Februar 1945 nach Uckermark überwiesen.

Das erste, was wir erblickten, waren Bäume. Bäume mitten im Lager, das erfreute. Auch die Baracken von hohen Kiefern umgeben. Und durch den Zaun konnten wir Felder, Wege, Wiesen, Bäche sehen, manchmal auch Frauen, Männer, Kinder, die vorbeiliefen. Aber dieser erste Eindruck täuschte gewaltig.»

Der 2. Februar ist ein Freitag. Die Front steht nur noch zwanzig Kilometer östlich Frankfurt/Oder.

Samstag, 3. Februar. Regnerisch, windig. Luftangriff auf Berlin. Es regnet Wasser, Bomben, Phosphor. Berlin in Rauch, Ruß, Feuer gehüllt. Die Nässe schlägt den Qualm nieder. Auf den Straßen ein zäher, schlüpfrig-rußiger, blutiger Brei, der an den Schuhsohlen festklebt. Der Volksgerichtshof brennt. Freisler soll unter den Trümmern liegen.

Am selben Tag treffen sich Stalin, Roosevelt und Churchill auf der Krim; die Jalta-Konferenz beginnt. Am selben Tag fordert Suhren wieder einmal die polnischen «Kaninchen» auf, sich freiwillig bei ihm zu melden, freiwillig ihren Block zu verlassen. Im Lager große Bereitschaft, die Polinnen zu schützen, ihnen Unterschlupf zu gewähren.

Mlada Tauferova – Ärztin aus Prag, in Ravensbrück auf der Röntgenstation tätig – erfährt, daß Suhren beabsichtige, den polnischen Kameradinnen eine Falle zu stellen. «Ich war außer mir. SS-Schwester Gerda bemerkte meine Erregung. Ich konnte mich nicht beherrschen und sagte, es ist sehr, sehr schwer, eine Gefangene zu sein. Sie antwortete mit einem seltsam traurigen Unterton, manchmal sei es auch sehr, sehr schwer, keine Gefangene zu sein. Mir schien, ich hätte in ihren Augen etwas aufglimmen sehn, was durchaus nicht von Ergebenheit zum Hakenkreuz sprach. Sollte ihre sonst so stramme Haltung sich nur als Maske erweisen, um ihr wahres Gesicht zu verbergen?»

Neben jenen, die Leben mißachteten und bereit waren, es zu zerstören, neben jenen, die gleichgültig mordeten, neben Verrohung und Verwilderung wachsen hier Menschen der Menschlichkeit entgegen, finden manche heraus aus dem Bannkreis des Verbrechens. «SS-Schwester Gerdas innere Unruhe beobachteten wir schon seit langem. Ihr Herz grämte sich, sie empfand ihre Lage bisweilen offenbar als unerträglich. Das zeigte sich in plötzlichen Aufwallungen. Man muß es erlebt haben, wie sie ohne Scheu vor Risiko dazwischentrat, wenn Häftlinge gepeinigt wurden. Einmal gestand sie mir, sie habe als Kind immer gebetet, daß nur ja niemand ihretwegen leiden müsse; aus diesem Grund sei sie auch Krankenschwester geworden.»

Ja, es gab einige wenige, die nun doch Mitgefühl zeigten. Auch SS-Oberaufseherin Langefeld geriet in Konflikt, brachte in den letzten Wochen die Zivilcourage auf, sich Gefangenen gegenüber menschlich zu verhalten. Für ihre Vorgesetzten war sie dadurch ein unzuverlässiges Element geworden und geriet zwischen die Mahlsteine, geriet an Gestapokommissar Ramdohr. Das eröffnete ihr einen Weg, sich frei zu machen von Irrlehren.

Wir sind noch beim 3. Februar 1945. Am frühen Vormittag dieses Sonnabends müssen vierzig, fünfzig Häftlinge aus Ravensbrück nach Uckermark laufen. Manche können gar nicht laufen, sind gehbehindert, sitzen auf einem Karren, der von anderen gezogen wird. Eine der Frauen berichtet: «Es war naßkalt, der Erdboden morastig, rutschig, vereist. Wir schlitterten mehr, als daß wir liefen, glitten oft aus. Die Räder der Karren versanken im Schneematsch. Unsere Kameradinnen, die wir ziehen mußten, jammerten aus Mitleid, weil wir uns so abzuschinden hatten ... Völlig erschlagen, völlig kaputt langten wir an. Die Baracke, in die man uns einwies, war total verkommen, der Wind pfiff durch zerschlagene Fensterscheiben, und nichts fanden wir vor, auf den Dielenbrettern nur Spreu. Verzweifelt drängten wir uns dicht aneinander, hofften, daß man uns wenigstens noch etwas Heißes zu trinken gab, hofften vergebens. So vergingen der erste Tag und die erste Nacht. Niemand von uns hatte geschlafen.

Sonntag, 4. Februar, noch immer nichts im Magen. Erst spätabends kam der Essenkübel aus Ravensbrück. Die Suppe lau, säuerlich, stinkend. Wir schlangen sie in uns hinein. Verheerend die Folgen – Erbrechen, Magenkrämpfe, Durchfall. Und nichts da, uns zu behandeln. Häftlingsärzte und Pflegerinnen bemühten sich ehrlich, soweit das möglich war. Doch ein SS-Hauptsturmführer hatte an diesem Sonntag sämtliche Verbandstoffe, sämtliche Medikamente abgeholt, und am 5. Februar wurden auch die Häftlingsärzte und fast alle Pflegerinnen zurückbeordert. Es blieben nur fünf Häftlingsfunktionäre – Vera Salvequart (Blockälteste vom Revier), Mia Lewandowski (Pflegerin), Grete Bötzel (Lagerälteste), Martha Rutenberg (Lagerschreiberin) und die Stubenälteste Paula Liebig. Als Ersatzpersonal trafen zwei SS-Männer ein, Kaspar Rapp und Franz Köhler, ‹Beutegermanen› aus Siebenbürgen.»

Gisela Krüger hat Tagebuch geführt. Hier einige Notizen aus ihrem dramatischen Almanach: «7. Februar 45. Geheizt wird in Uckermark nie, in keinem Block. Es kann gar nicht geheizt werden, denn es stehen keine Öfen drin, sie sind herausgerissen worden. Es gibt immer weniger zu essen. Wir sind alle schwer erkältet und müssen Appellstehn, obwohl gesagt worden war, man verschone uns hier damit. Keinerlei ärztliche Betreuung. Aber Vera hat ein Pulver. Wer es nimmt, schläft ein. Ich habe Angst, solche Angst ... Ich habe Fieber und große Schmerzen. Werd mich hüten, etwas zu sagen, denn das Pulver und Rapp und Köhler!

8. Februar. Alle Amputierten und Gehbehinderten sollen auf Transport! Mein Gott, wohin? Wir sind doch gerade erst eine Woche hier. Vera erklärt, sie kämen in ein Invalidenheim. Uckermark sei ja kein Versorgungsinstitut für Körperbehinderte.

9. Februar. Heute haben sie uns auch noch unsere Jacken und Mäntel fortgenommen!»

Wissen die Häftlinge des Stammlagers noch immer nicht, was in Uckermark geschieht? Nein. Durch die vielen Verschickungen ist in Ravensbrück etwas mehr Platz geschaffen worden. Häftlinge aus Auschwitz konnten inzwischen aufgenommen werden, aufgeteilt auf die verschiedenen Blocks, zugeteilt den verschiedenen Arbeitskommandos. Unter ihnen eine Frau, von der bereits die Rede war: Marie-Claude Vaillant-Couturier. Sie wird gleich im Bad erkannt, von Marta Desrumeaux. «Als wir uns erblickten, lagen wir uns auch schon in den Armen.»

Übrigens sprach Marie-Claude ausgezeichnet deutsch, hatte sich 1932/33 einige Zeit in Berlin aufgehalten. Land und Leute rechts des Rheins waren ihr nicht fremd, vornehmlich kannte sie die deutsche Arbeiterbewegung, kannte Ernst Thälmann. Sie war Bildreporterin der «Humanité» und nach 1940 führendes Mitglied der Résistance. 1942 verhaftet – Gestapokeller, Auschwitz, Ravensbrück. Immer und überall Verfechterin des streitbaren Humanismus, auch in Ravensbrück Berichterstatterin. Sie berichtet den Illegalen, was sie erlebt, erfahren, erkämpft, durchlitten hat. Und wird Revierschreiberin.

Antonina Nikoforowa über Marie-Claude: «Wir freundeten uns sofort an. ‹Je sais une femme›, das war einer ihrer ersten Sätze, und er blieb unsere Devise. Marie-Claude bat nicht für sich, und wir wußten, daß sie ein sehr wichtiges Anliegen hatte, wenn sie mit der Bitte um Unterstützung zu uns kam.»

Je sais une femme! Helft unseren Frauen! Könnt ihr uns helfen? – Notrufe, Hilferufe kamen von überall her. Selten laut schreiend, meistens gehaucht, geflüstert, mit ersterbender Stimme oder schriftlich von einer zur anderen weitergereicht.

Im ehemaligen Jugendlager verhallten die Notschreie ungehört. Da war niemand, der sich den Verzweifelten hilfreich näherte. Auch im Stammlager wird das uckermärkische SOS nicht gehört. Noch nicht.

Tagebuchnotizen von Yvonne aus dem Siemenslager: «11. Februar. – Rezitation (Rilke), Vortragskünstler – Nina und Ria

(Tschechinnen). Die Kontraste, die wir durchleben! Vernichtung, wohin man sieht. Doch wir, bei Siemens, erbauen uns an Rilke. Kein Muß, kein Befehl. Es ist unser freier Wille, wir befehlen uns das selbst, wollen uns selbst bestätigen, daß wir noch ein Ohr haben und Gefühl. Alle Tränen, die wir seit wer weiß wie lange zurückhielten, brachen aus uns hervor. Draußen hoher Schnee. Wir sehen Kinder mit Pudelmützen auf Rodelschlitten ...»

Im Stammlager nahezu ununterbrochen Ab- und Antransporte. Eintreffende werden ohne Verzug umgeleitet, nach Ukkermark oder Bergen-Belsen; von Bergen-Belsen oft zurückgeschickt. Zum Beispiel Zigeunerinnen, die aber stehenden Fußes Ravensbrück wieder verlassen müssen, in die Wälder getrieben, eingekreist, dem Hunger- und Kältetod preisgegeben. Ein letztes Glück: Sie dürfen zusammen sterben.

Und fast täglich Selektionen. Selektionen in Uckermark, Selektionen im Stammlager, in allen Blocks, allen Krankenbaracken, im Zelt. Im Zelt neuerdings Pritschen, dreifach übereinander, zweifach nebeneinander; der Tod springt von Pritsche zu Pritsche, erntet doppelt und dreifach, selektiert ohne SS.

13. Februar. – Budapest befreit! Unterm Zeltdach am Schwedtsee auch Ungarinnen. Sie hören nichts davon. Viele, viele werden es überhaupt nie erfahren, da für sie jede Befreiung zu spät kommt.

Auf Block 10 Visite. SS-Arzt Treite mustert aus, wer ins Schonungslager überwiesen wird. Sein Pensum? Ungefähr sechzig, siebzig Häftlinge täglich.

Am Abend dieses Tages fliegen englische Bomberverbände Dresden an. 22.03 Uhr die erste Welle. Der Feuersturm reißt Faschisten und Antifaschisten, Kriegsgefangene, Flüchtlinge, Häftlinge, alle, alle unterschiedlos mit sich fort, schleudert sie hoch in die glühende Heißluft und tief hinab in die Bombentrichter, jagt sie als lebende Fackeln durchs brennende Dresden, das über ihnen zusammenbricht, unter ihnen aufbricht. Die Erde brodelnde Lava, die Elbe kochende Gischt. «Dresden ist eine Perle», schwärmte 1934 Hitler, «ich werde dafür sorgen, daß sie die gebührende Fassung bekommt.»

14. Februar 1945, ein Mittwoch, Aschermittwoch? Neue Luftgeschwader über Dresden, jetzt amerikanische, Welle auf Welle, pausenlos. Elbflorenz versinkt in Schutt und Asche. Totaler Krieg. Wer wollte ihn? Weinte Krupp? Weinte Hitler? Weinte Thyssen? Weinte Himmler?

KZ-Kommandant Suhren hält seit dem 14. Februar Medikamente, Verbandmaterial, Mull, Watte, Heilsalben unter strengstem Verschluß. Revierhelferinnen und Häftlingsärztinnen ist bei härtester Strafe verboten, an Patienten, die über fünfzig Jahre alt sind, Medizin auszugeben.

Selektierte von Block 10, vormittags für Uckermark ausgesondert, verlassen nachmittags Ravensbrück, nicht ohne Geleitworte eines SS-Arztes, der wiederholt, es sei dort wahrlich besser, Verpflegung gut, Behandlung gut, Medikamente auch reichlicher, da auf Anraten des Herren Suhren große Mengen fürs Schonungslager abgezweigt worden wären.

Uckermark besser? – Tausendmal schlimmer! Eisige Räume, eisige Fußböden, festgefrorene besudelte Strohsäcke, Massensterben. Allmorgendlich Selektionsappelle. Gegen elf Uhr die erste und einzige Mahlzeit – ein halber Liter Wassersuppe und zwei Scheiben Brot. Keine heißen Getränke, nichts, nichts. Im Lager nur ein Waschraum, und der nur morgens und abends eine Stunde geöffnet. Aborte im Freien. «Man kann es sich nicht vorstellen», schreibt Gisela Krüger, «man kann es nicht wiedergeben, und es ist auch für jemanden, der so etwas nicht durchmachen mußte, unglaubhaft.»

Die Schwächsten, Hinfälligsten hier konzentriert, sich ihrer zu entledigen. Gebrechliche, zerbrechliche Körper, leicht umzubringen, geräuschloser als in Ravensbrück, unauffälliger. Übrigens starben sie den Mördern noch zu langsam. Suhren im Gespräch mit Rapportführer Seitz. Das Gespräch wurde belauscht.

Suhren zu Seitz: «Die Weiber sind zäh, das dauert, ehe die verrecken, bei den Männern geht das viel schneller.»

Frauen in Uckermark, wehrlos, hilflos, schutzlos daliegend, mit offener Tbc, offener Furunkulose, gelähmt, unfähig, sich selbst zu helfen. Sie flehen SS-Posten an, sie zu erschießen, wie andere um Narkotika flehen. Die Posten hören gar nicht hin, völlig Verrohte grölen lachend. «Warte, warte nur ein Weilchen ...»

Gisela Krüger: «Ich bin nur noch ein armes krankes Tier. Wilde Koliken zersäbeln meinen Leib. Niemand kümmert sich um uns, niemand säubert uns, niemand betreut uns. Erheben kann ich mich nicht. Auch gibt es kaum einen Tropfen Wasser, sich zu reinigen. Um mich herum sterben Mädchen und Frauen, die ich nicht kenne oder nicht wiedererkenne. Die SS läßt uns bei lebendigem Leibe verfaulen. Ja, es ist wahr, wir liegen in unseren eigenen Exkrementen. Aber sie, nur sie haben das verursacht, sie verbreiten Fäulnis, ihre bloße Anwesenheit verseucht auch das Gesündeste. Es gibt keine Worte, diese Tage zu beschreiben, sie sind unbeschreiblich. Gipfel des Grauens.»

Aus den Aufzeichnungen der jungen Französin Irène Ottelord: «Wir sterben unter Verhältnissen, die kein Mensch glauben würde. Innerhalb weniger Tage sind fünfundzwanzig meiner Kameradinnen auf die gräßlichste Weise umgekommen. Und auch hier unablässig Selektionen, Abtransporte. Halbtote müssen sich vor den Blocks aufstellen. Mich traf es wie ein Keulenschlag, als man mich zum zweiten Male ausrangierte. Die Unterkunft der Selektierten ist ein großer Saal, eine Turnhalle. Strohsack an Strohsack. Alle, die darauf liegen, winden sich in ihren Schmerzen. Die meisten sind bis zur Unkenntlichkeit entstellt, geschwächt, desolat. In einer Ecke der Halle Schwerkranke. Wenn sie noch Lebenszeichen von sich geben, heißt es: Sind die denn noch immer nicht krepiert?

Von heute auf morgen werden plötzlich einige von uns jüngeren aus der Turnhalle im Revier aufgenommen, ich gehöre dazu. Um ein Geringes ist es hier leichter, etwas wärmer. Wir haben richtige Pritschen und Waschgelegenheit – beinahe ein Luxus.» – Während der ersten Tage war Irène Ottelord sehr verwundert, im Waschraum jeden Morgen mehrere Frauen vorzufinden, die sich in Zuckungen auf dem Fußboden krümmten und schrecklich stöhnten. Sie lagen in Agonie! Eine Deutsche flüsterte ihr zu, sie solle sich in acht nehmen vor Spritzen, weißem Pulver und vor Vera Salvequart.

«Vera übte ein grausames Amt aus. Sie war ermächtigt, allen, die nicht rasch genug starben, ‹behilflich› zu sein.

Kurze Zeit später mußten wir jüngeren das Revier wieder verlassen. Dort sollten, wie es hieß, künftig nur Tbc-Kranke aufgenommen werden. Wir fürchteten uns sehr, in die Turnhalle zurückzukehren ... Ich war noch jung, hatte nur Rheuma, wollte nicht sterben, hatte Angst vor Ansteckung und vor den entsetzlichen Zuständen in dieser Totenhalle. Vera sagte, ich brauchte mir keine Gedanken zu machen, der Turnsaal sei desinfiziert, die Strohsäcke habe man auch ausgewechselt, es bestehe überhaupt kein Grund, sich zu ängstigen, zumal Schwerkranke mit offener Tbc umgebettet worden seien. Außerdem kämen wir – meine Freundin Gabi und ich – sowieso auf Transport, in ein Sanatorium oder ein Erholungsheim. Ich war direkt froh, das zu hören. Endlich, endlich weg aus dieser Mörderhöhle!»

Nachdem sich Irène schweren Herzens in die Turnhalle zurückbegeben hatte, erschien anderntags Vera Salvequart – in der linken Hand eine Tüte, in der rechten einen Löffel. Sie lief zwischen den Strohsäcken hin und her, neben ihr eine junge Gefangene, die ein Glas Wasser bereithielt. Alle, die morgen auf Transport gingen, so erklärte Vera, bekämen jetzt eine Medizin, als Stärkung für die Reise. «Ich erinnerte mich der Warnung: Nimm dich in acht vor weißem Pulver! Ich dachte, wenn sie zu dir kommt, weigerst du dich, und war überglücklich, als Vera mich ausließ. Man habe mich von der Transportliste gestrichen. ‹Nur deine Freundin fährt mit›, sagte sie.

Wer war nun die Glücklichere von uns beiden – Gabriele oder ich? Gabi schluckte das Pulver, schüttelte sich vor Angst und Ekel ... Ungefähr zehn oder fünfzehn Frauen bekamen dieses Pulver eingeflößt, merkwürdigerweise hauptsächlich solche, die körperlich und geistig noch verhältnismäßig rege waren. Sie schliefen danach rasch ein, schnarchten sehr laut. Manche kamen nach langem, festem Schlaf wieder zu sich, waren aber wie betäubt. Viele erwachten nie mehr.

Einmal hat man aus einer Kolonne, die sich erst wenige Stunden in Uckermark befand, vierzig Häftlinge zum sofortigen Weitertransport herausgestellt. Sie revoltierten. Es war ihnen unverständlich, warum man sie wieder fortschicken wollte. Sie weigerten sich, den LKW zu besteigen. Aber sie wurden hinaufgezerrt, hinaufgeprügelt. Als sie vor der Ravensbrücker Mauer aussteigen mußten, entfloh eine ältere Frau. Sie kam nicht weit. Man fand sie, brachte sie nach Ukkermark zurück. Von da erneut Abtransport. Sie wehrte sich nun nicht mehr, rief nur: ‹Glaubt ja nicht, daß wir in ein Erholungsheim fahren! Ins Jenseits geht die Fahrt, ins Gas, und dann durch den Schornstein. Aber mir ist schon alles egal.›

Niemand wollte das glauben. Wir dachten, die Frau ist schon so verwirrt, daß sie nicht mehr weiß, was sie sagt. Wenig später wußten wir, die Frau hatte recht, wußten nun, was es mit den Appellen, den Selektionen, den Abtransporten auf sich hatte, wußten, was passiert, wenn Vera mit weißem Pulver von Strohsack zu Strohsack lief.»

Blockälteste Vera Salvenquart, medizinische Gehilfin der Mörder, bewohnte ein schönes Zimmerchen, gut eingerichtet – Kachelofen, Couch, Schreibtisch, Sessel, Blumenständer. So ließ es sich leben, mit dem weißen Pulver in der Hand.

Morgens um 7 Uhr – Appell. Rapp und Köhler treffen eine Vorwahl, entscheiden, wen sie dem Arzt zur weiteren Verwendung empfehlen. Die Ausgemusterten oft ahnungslos, wenn auch nicht arglos, viele aber schon halb bewußtlos. Rapp und Köhler schreiben ihnen mit Tintenstift Nummern auf den linken Unterarm und quartieren sie in der Turnhalle ein. Nachmittags kommt Treite mit dem Fahrrad. Die Gezeichneten müssen nochmals antreten. Er radelt durch die Reihen der Todgeweihten. Manchmal dürfen einige aus der Turnhalle wieder in ihre alten Unterkünfte zurück.

Abends, gegen 18 Uhr, fährt ein LKW vor. «Auf gehts!» Man sagte jedesmal, ins «Erholungsheim Mittweida». So stand es auf den Transportlisten, die SS-Blockführerin Neudeck – Verantwortliche für Uckermark – in der Ravensbrükker Registratur ablieferte, und so stand es dann auch auf den Karteikarten. Und die Statistiker hatten «Abgänge» zu verbuchen.

Tag für Tag leerte sich die Turnhalle – sechzig, siebzig Strohsäcke frei. Aber sie waren bald wieder belegt. Die vorher dort lagen? Weggefahren, mit dem LKW ein Stück durch den Wald, am Siemenslager vorbei, dann rechts um die Ecke, ein kurzes Stück am Seeufer entlang. Da standen auch schon die Geräteschuppen, in den Akten getarnt als «Erholungsheim Mittweida».

Vera Salvequart hatte die Scheidenden vorbereitet, hatte ihnen ein Betäubungsmittel gereicht – hergestellt nach dem Berka-Verfahren –, so daß die meisten, falls sie überhaupt aus ihrem Schlaf erwachten, wirklich nicht bewußt erlebten, wohin der Lastwagen sie beförderte. Rapp, Köhler und die Neudeck halfen den taumelig Wankenden auf die Ladefläche, schoben nach, schlugen auch zu, wenn sie nicht flink genug hinaufkletterten. Wer aber konnte sich denn hier noch flink bewegen, wer konnte sich denn hier noch aus eigner Kraft aufrecht halten? Rapp und Köhler waren jung, stark, hatten kräftige Muskeln; eine Kleinigkeit, das Fahrzeug mit federleichten Geschöpfen zu beladen.

Der Wagen entfernt sich, kehrt nach einer Stunde zurück. «Dieses grausige Schauspiel wiederholte sich in manchen Nächten viermal», berichtet Martha Rutenberg, Häftling, Lagerschreiberin. «Es fiel mir auf, daß der Chauffeur und seine Beifahrerin nie ausstiegen, sich niemals am ‹Aufladen› beteiligten. Mia Lewandowski, Revierhelferin, weigerte sich übrigens, der Salvequart zur Hand zu gehn. ‹Beihilfe zum Mord? Nein! Damit will und kann ich mich nicht belasten. Die Last, die ich trage, das alles mit ansehn zu müssen, ist schon zu schwer.› Und niemand von uns hatte Verbindung zum Stammlager, niemand durfte schreiben. Uckermark – abgeschnitten. Unsere Isolation war perfekt, die Nachrichtensperre absolut.»

Ob Schonungslager, Sanatorium, Erholungsheim Mittweida oder Rot-Kreuz-Lazarett Malchow – immer war es eine Endstation, gewöhnlich die vor der Ravensbrücker Mauer, nahe Krematorium. Sie, die Hitler, Göring, Goebbels, Himmler und ihre ausführenden Organe, waren von Anfang an nur damit beschäftigt, das Volk und die Welt zu betrügen, dachten sich viele Decknamen aus, ihre Verbrechen zu tarnen, ihre Opfer zu täuschen.

«Da stehn im Buche beschrieben all die Millionenreihen Menschentage, da steht geschrieben: Länderverwüstungen und Völkerverheerung und feindliches Kriegsgemetzel ... und würgende Könige, giftige Tyrannen mit grimmigen Stacheln ... und schrecklichen Fluten zerstören die Häuser ... und fressende Feuer, geöffnete Erde mit schwefelndem Rachen zernichten im Augenblick den Vater, das Kind, die Mutter.

Da steht geschrieben: Säuglinge, blaugewürgt, greulich, greulich – därmzersetzendes Gift, gemischt den Unschuldigen, hohläugigen Krüppeln, Opfer der Kannibalen, der Bestien, gemästet von Menschenbraten, nagend an Menschengebein, aus Menschenschädeln saufend noch warmdampfendes Menschenblut ... Schmerzensgeschrei der Geschlachteten, und über bäucheschlitzenden Messern des Feindes Jauchzen.

Da steht geschrieben die Verzweiflung schwarz am Strick um Mitternacht, der Leib noch im quälenden Lebenskampf zuckend, die Seele erstickend am höllennahenden Anblick.

Da steht geschrieben, Väter verlassen Weib und Kind, ins Elend gestoßen von Betrügern; im Lumpengewand einherzieht der Wandrer, Bettelnahrung suchend den zerstümmelten Gliedern ... Das alles steht im Buch geschrieben, furchtbar, furchtbar. – Richter, warum tilgt ihr mit dem Flammenschwert nicht all diese Greuel von der Erde?» – Das fragt Hölderlin.

Das Neugeborene behüten

Von Ende Januar bis Mitte Februar hatte KZ-Kommandant Suhren 1700 Frauen, die aus polnischen Gebieten geflüchtet oder evakuiert worden waren – also keine Häftlinge gewesen sind –, von Ravensbrück nach Uckermark verlegen lassen. Mitte Februar sind nur noch 500 dieser Frauen am Leben.

Himmler – einer der Hauptverantwortlichen für Naziverbrechen aller Art – ordnet nunmehr an, die Evakuierten sofort auf freien Fuß zu setzen.

Furchtbarer war nie gemordet worden, als jene mordeten. Mehr Schande war niemals auf die Stirn eines Volkes gefallen als auf jenes, aus dem die Mörder kamen. Und nicht wenige Deutsche schämten sich, Deutsche zu sein, schämten sich ihres Vaterlandes. Und viele, sehr viele Menschen anderer Länder wünschten, das Vaterland der Deutschen möge zerfallen, auseinanderbrechen – kein Stein dürfe auf dem anderen bleiben, ausgebrannt wie eine Pestbeule, nichts, nichts soll da mehr sein als eine große unfruchtbare Steppe, öde, wüst, leer.

Aus Yvonnes Tagebuchnotizen: «19. Februar. – Ein Kind geboren, im Siemenslager, ein Junge! Anni Hendriks Erstgeborenes. Anni, Holländerin, seit September 44 in Ravensbrück; ihr Mann im August 44 erschossen. – Wir behüten Mutter und Kind.

Bin am Vormittag im Stammlager gewesen. Schreckensbilder. Leichen und lebende Leichname, wohin man blickt.

Dieser schauerliche Winter. Diese niemals abreißenden inneren Monologe. Stichpunkte festhalten! Wird man sich später überhaupt mitteilen können? Gibt es ein Später?»

Am selben Tag schreibt Noen Beuzemaker aus dem Siemenslager an Ilse Hunger ins Stammlager: «Uns ist ein Kind geboren – das erste Siemenskind! Gerade vor einer halben Stunde. Ein Junge, er heißt Berndt, gesund, mit kräftiger Stimme. Wenn wir ihn bloß behalten dürfen!!!??? Die Mutter ist auch gesund und sehr glücklich.»

Glücklich im tiefsten Elend. «Wir behüten Mutter und Kind!» Ja, sie behüteten, umsorgten Mutter und Kind, sorgten sich um das Neugeborene und sorgten somit für die Zukunft. Ein dramatischer Wettlauf mit dem Tode, und noch über zwei Monate bis zur Befreiung.

Aus Yvonnes Tagebuchnotizen: «25. Februar. – Habe Anni Hendrik besucht. Seltsame Gefühle beim Betrachten des Säuglings. Verschließe, was ich schreibe, in einem ‹Safe›, verschließe, was ich weiß, in meinem Kopf, präge es mir fest ein.

Wie vorzüglich, daß die Gedanken nicht als sichtbares Schriftband über meine Stirn laufen und sie mir nur über die Lippen kommen im Zirkel der politischen Verwandtschaft. Wir reichen unser Wissen unter Lebensgefahr von einer zur anderen, und es macht mich stolz, daß wir die Kraft besitzen, uns über den Ungeist zu erheben.

26. Februar. – Großer Transport von Ravensbrück nach Mauthausen, männliche und weibliche Häftlinge. Unter den Abtransportierten viele Französinnen, Holländerinnen, Belgierinnen ...»

Wie hängt das zusammen? Warum werden da noch so viele so weit weg befördert?

Graf Folke Bernadotte, Vertreter des IRK, hatte durch Emissäre bei Himmler interveniert. Noch nicht sehr energisch, noch nicht sehr nachdrücklich. Aber immerhin. Vertreter des IRK forderten, Kontakt mit dem Ravensbrücker Lagerkommandanten aufnehmen zu können, um Angehörige westlicher Nationen herauszuholen. Himmler ist einverstanden, vertröstet aber auf später und schickt ein Geheimschreiben an Suhren, Ravensbrück schnellstens zu durchkämmen, französische, belgische, holländische Häftlinge umgehend abzuschieben, möglichst viele und möglichst weit weg, damit – wenn die Delegierten eintreffen – nur noch wenige aus westlichen Ländern im Lager sind. Ab, nach Mauthausen bei Linz an der Donau, 2000 Gefangene – Frauen, Männer, Kinder –; 740 nur überleben das Nazireich.

Aus Yvonnes Tagebuch: «28. Febrauar – Stromsperre. Anni H(endrik) und das Baby vor Antransport nach M(authausen) bewahrt! Frühmorgens Gespräche mit Nel über unser Ich. Frauen aus Ravensbrück ziehen an unserem Lager vorbei, nach Uckermark. Was ist dort los? Es kursieren die ungeheuerlichsten Gerüchte.

Martha getroffen. Nur Trauriges erfahren: Ewa schwerkrank, Anja, Mathilde, Evely gestorben.

Nachmittags scheint die Sonne. Ihre Strahlen spazieren über mein Gesicht. Ich sitze an der Preßmaschine. In 20 Min. ist Schluß. Müde, unsagbar müde ... Ich gehe zum Spind, blicke in die Spiegelscherbe. Mein Gott, wie seh ich aus!

Eine alte Frau, verwelkt, verbraucht – und bin doch erst dreiundzwanzig.

Abends kein Licht, wieder Stromsperre. Letzter Februartag. Erinnerungen an meinen Mann. Vorstellungen: mein Kind, unser Kind, unsere zukünftige Familie. Wahnvorstellungen.»

Als Ende Februar, Anfang März die ersten Schreckensnachrichten aus Uckermark nach Ravensbrück und ins Siemenslager dringen, sträubt man sich dagegen: Unglaublich, das gibt es nicht!

Noch hofften sie, es handele sich nur um wilde Gerüchte. Und wenn tatsächlich etwas daran der Wahrheit entspreche, unmöglich, daß Vera Salvequart damit zu tun haben könnte. Als es sich doch bewahrheitete, als es doch unwiderlegbar so nach und nach ans Licht kam, sagten tschechische Kameradinnen: Vera, eine politische Gefangene! Sie ist verrückt, sie muß verrückt geworden sein! Sie war doch früher ein anständiger Kerl. Wie kann jemand so abgrundtief sinken?

Vera Salvequart, die junge Pragerin, steht 1946 in Hamburg vor einem englischen Militärgericht.

Frage des Richters an die Zeugin Irène Ottelord: «Haben Sie gesehen, daß Vera Salvequart Medikamente austeilte?»

Antwort: «Ja, ich habe sie weißes Pulver austeilen sehen. Meiner Freundin Gabriele verabreichte sie es auch.»

Frage: «Erhielten alle dieses Pulver?»

Antwort: «Nein, nicht alle. Vera Salvequart sagte, nur wer auf Transport geht, muß schlucken. Sie verteilte es nach einer Liste, die Chefarzt Dr. Trommer ihr aus Ravensbrück zugestellt hatte.»

Frage: «Können Sie beschreiben, was mit den Frauen geschah, als sie dieses Pulver eingenommen hatten?»

Antwort: «Sie schliefen danach sehr fest. Es schien ein Schlaftrunk zu sein. Am nächsten Morgen schliefen sie noch immer tief, man konnte sie derb rütteln und laut rufen, sie erwachten nicht, und wenn die eine oder andere erwachte und sich aufzurichten versuchte, fiel sie immer wieder in sich zusammen.»

Frage: «Sind diese Frauen abtransportiert worden?»

Antwort: «Ja, manche erwachten und kamen dann auf Transport. Die meisten aber erwachten gar nicht mehr. Auch meine Freundin lag tot neben mir.»

Frage: «Haben die Frauen gezögert, haben sie sich geweigert, dieses weiße Pulver einzunehmen?»

Antwort: «Ja, wenn Vera Salvequart mit dem Pulver kam, haben sie sich versteckt, sind unter oder in die Strohsäcke gekrochen, haben angstvoll geschrien, nein, nein, ich will davon nicht trinken.»

Frage: «Was tat die Angeklagte, wenn sich jemand weigerte?»

Antwort: «Manchmal kniete sie sich auf die Betreffende und hielt ihr die Nase zu. Gewöhnlich aber sagte sie, dann gebe ich dir eine Spritze, die wirkt viel schneller.»

Vera Salvequart sagt aus, sie sei selbst vom Tode bedroht gewesen, man habe sie qualvoll gepeinigt, gewaltsam gezwungen, anderen Gewalt anzutun. Auch habe sie ja keine Ahnung gehabt, daß Uckermark Vernichtung bedeutete, keine Ahnung, daß vor der Ravensbrücker Mauer Gaskammern standen und die Transporte nicht ins Erholungsheim, sondern ins Gas fuhren. Auch habe sie angenommen, es handele sich bei dem weißen Pulver und den Spritzen in der Tat um Stärkungsmittel, und da habe sie hier und da der einen oder anderen das Mittel eben aufgezwungen. «Es war doch nicht mit anzusehen, wie die Ärmsten litten, undenkbar, daß sie einen Transport überstehen würden, ohne kräftigende Medizin.»

Die Angeklagte, Revierhelferin in Ravensbrück. Ihre Stellung als Gehilfin bei Frau Dr. Herta Oberheuser – ein Rettungsring, das KZ lebend zu überstehen. Ausgezeichneter Posten, keine Sorgen ums tägliche Brot. Da hält mans schon aus, da hält man durch, da kommt man auch raus, kommt herum, nach Hohenlychen, bekommt von Frau Doktor neue Aufgaben. Einmal dem Feind die Hand gereicht, frißt er dich mit Haut und Haar. SS-Ärztin Oberheuser machte ihrer Gehilfin begreiflich: Entweder du übernimmst die Sache in Ukkermark, oder ich lasse dich fallen wie eine heiße Kartoffel.

Vera Salvequart wird 1947 zum Tode verurteilt, SS-Ärztin

Oberheuser zu 20 Jahren Gefängnis. Die Salvequart ist hingerichtet worden. Frau Doktor hat ihre Strafe nicht absitzen müssen. Sie kam in der BRD nach fünf Jahren frei und durfte wieder praktizieren.

Selektierer und Selektierte

Anfang März 1945 steigerte sich die Hetzjagd, das Meucheln wird forciert, und zwar mit Eintreffen SS-Hauptsturmführers Dr. Winkelmann. Er hatte an der Rampe Auschwitz-Birkenau mit einer kleinen Handbewegung Hunderte und aber Hunderte zum Gastod verurteilt und sich nach seiner unfreiwilligen Heimkehr für Monat Februar Urlaub ausgebeten. Gut erholt, voller Tatendrang reiste er in Ravensbrück an – ein Spezialist für Massenvernichtung, Selektion, Evakuierung.

Zunächst guckt er sich in Uckermark gründlich um. Das ist total überfüllt und kommt für weitere Antransporte vorläufig nicht in Frage. Ravensbrück aber ist auch überfüllt. Von Ost und West rücken die Fronten immer näher heran. Eile tut not, das Areal am Schwedtsee in eine menschenleere Insel zu verwandeln. Auf Winkelmanns Drängen beschließen die Herren der Lagerleitung, direkt von Ravensbrück aus Schwache, Kranke, Alte ins Gas zu schicken.

Erika Buchmann hat erlebt, wie das vor sich ging. «Ende Februar teilte man uns mit, Uckermark sei überbelegt, man werde jedoch die Krankentransporte nicht stoppen, im Gegenteil. Um diese Zeit hatte ein neuer SS-Arzt sein Amt angetreten. Dr. Winkelmann. Er kam zu uns, auf Block 10, sprach von eventueller Evakuierung des gesamten Lagers, fragte, wieviel Kranke imstande wären, 3 Kilometer zu laufen – ‹Sagen wir, bis Bahnhof Fürstenberg.› Dr. Loulou Le Porz, Französin, Häftlingsärztin, antwortete, daß auf unserem Block keine einzige Frau liege, der man zumuten dürfe, länger als zwei oder drei Minuten zu laufen. Winkelmann erwiderte: ‹Na schön, auch gut, dann seh ich mir die Schmuckstücke mal selber an.›

Stippvisite. Ein kurzer, flüchtiger Blick auf jede Patientin, ein noch kürzerer auf die Fieberkurve, die er sofort seiner Assistentin reichte. Sie legte die Krankenblätter vor sich hin, ordnete sie verschiedenen Stapeln zu. Wir suchten uns über Motivation, Aspekte, Diagnostik klar zu werden, gelangten aber zu keinem Ergebnis. Nur eins erkannten wir: Winkelmann schrieb 53 Nummern auf. Medizinischer Befund spielte, soweit wir sahen, keine Rolle, denn er hatte schwer und weniger schwer Erkrankte notiert. Patienten deutscher Nation standen nicht auf der Liste. Entweder ließ er sich von einer augenblicklichen Laune oder seinem ganz persönlichen Geschmack leiten, oder er bestimmte die Zahl nach einem Code. Vielleicht hatte er ein Soll zu erfüllen.»

Seitdem wurde fast täglich selektiert, nach zwei Gesichtspunkten – liquidieren und evakuieren. Anders gesagt: Alte, Kranke und Gehunfähige ins Gas, die übrigen auf die Straße – nach Bergen-Belsen, Rechlin, Malchow, Mauthausen. Und noch immer wußten Ravensbrückerinnen nicht, welche Bewandtnis es mit diesem Erholungsheim hatte.

KZ-Kommandant Suhren, KZ-Lagerführer Schwarzhuber, SS-Standortarzt Trommer, SS-Arzt Treite, SS-Arzt Winkelmann, SS-Oberscharführer Pflaum – Tag und Nacht ihren obersten Befehlsgebern zu Diensten. Sie gehen durch die Krankenblocks, mustern, sortieren, notieren.

Bei Winkelmann liegt die letzte Entscheidung. Er hebt leicht seine rechte Hand, schnipst Mittelfinger gegen Daumen. Das verursacht ein Geräusch, als ob eine Flasche entkorkt würde. Seine Assistentin weiß den Schnipser zu deuten: Häftlingsnummer auf einer Liste festhalten! Manche der Notierten fand schon vor Abtransport auf geheimnisvolle Weise den Tod: ein harmloses weißes Pülverchen oder eine Injektion, verordnet als «Stärkung für die Reise».

Dazu Erika Buchmann: «Eines Abends gab SS-Schwester Martha auf unserem Block in den Räumen 1 und 2 ungefähr fünfzig Patienten je einen Teelöffel weißes Pulver ... Am nächsten Morgen sieben Tote; fünf verstarben dann noch im Laufe des Tages. Andere schliefen 48 Stunden hintereinander, wir hatten große Mühe, sie am Leben zu erhalten.»

Aussage des Dr. Fischer, SS-Lazarett Hohenlychen, Prof. Gebhardts Mitarbeiter: «Gerieten Häftlinge in eine körperliche Verfassung, die ihren baldigen Tod wahrscheinlich machte, so war es nichts Seltenes, daß sie durch Berkatit oder Injektionen getötet wurden. Dr. Herta Oberheuser sagte mir, die Häftlinge, denen sie Petrol-Injektionen verabreiche, seien unheilbar krank ... Ich (Fischer – die Autorin) habe etwa 30 Schwerkranken mit einer Überdosis Morphium das Sterben erleichtert.»

Sie waren alle moralisch verkommen, versumpft, verroht, und kein ehemaliger Häftling würde es auf sich nehmen zu beurteilen, welcher Typ am brutalsten, gewissenlosesten gewesen. Mit Winkelmann jedoch schien der Leibhaftige gekommen zu sein. Wo er auftauchte, stand der Satan, die «Endlösung». Ravensbrückerinnen beschreiben ihn schon von seiner äußeren Erscheinung her als schreckerregend. «Er war bullig-feist, hatte ein gelbes verlebtes Gesicht, einen grausamen Blick, breite wulstige Lippen, große hervorstehende Zähne, Raubtiergebiß, plumpe gelblichbraun gefleckte Hände. – Winkelmann kommt, das hieß soviel wie der Tod persönlich.»

Zitterte jede, wenn er kam? Jede nicht, aber jede war gewarnt, sobald er sich blicken ließ. «Ich habe ihn nicht als Mensch gesehen, ich sah nur die Uniform, sah ihn als Gefahr in Uniform.» Aussage einer Französin.

Als Gefahr in SS-Uniform, so hatten ihn die Frauen in Auschwitz-Birkenau gesehen, und nun sahen sie ihn in Ravensbrück wieder, den Selektierer, und sie sagten ihren Ravensbrücker Kameradinnen: «Wenn Winkelmann hier ist, wird die Gaskammer nicht weit entfernt sein.»

Man ahnte, witterte das Unaussprechliche, bezweifelte es aber noch immer. «Ihr seht zu schwarz. Ravensbrück hat keine Massenvernichtungsanlage.»

Indes liefen die Selektionen auf Hochtouren. Neben ständigen Visiten Sonderappelle, Generalappelle, «Beschauung» auf der Lagerstraße. Die Häftlinge, aus sämtlichen Blocks gerufen, müssen langsam vorbeidefilieren. Wunde Füße, geschwollene Beine, graues Haar, blasse Gesichtsfarbe genüg-

ten schon. Wer aber hatte hier keine wunden Füße, keine geschwollenen Beine, kein ergrautes Haar, kein bleiches Gesicht? Entscheidung des Satans und seiner Helfer: «Alte, Schwache und Invalide ins Erholungsheim; Kräftigere zum Aufbau eines neuen Durchgangslagers!»

Keine weiß, ob das stimmt, keine weiß, ob es günstiger für sie wäre, alt zu sein, schwach, invalide oder jung, gesund, kräftig.

Zwei, drei Stunden dauert dieser Vorbeimarsch. Winkelmanns beliebteste Methode: Er gibt der Gefangenen einen Schubs. Verliert sie das Gleichgewicht, ist sie schon ausgestoßen, schon für «Mittweida» aufgeschrieben.

Die Selektierten dürfen nicht in ihre Blocks zurück. Eine halbe Stunde nach der Musterung haben sie am Tor zu stehen. Kameradinnen bringen ihnen schnell ein paar Sachen, Unterwäsche, Pullover, Schals, ein bißchen Wegzehrung. Im Arbeitseinsatz werden entsprechende Überstellungslisten getippt, in der Registratur die «Überstellten» aus der Kartei gestrichen.

Gefahr immer und überall

Sehr stark gefährdet die NN-Häftlinge – «Nacht und Nebel», «Rückkehr unerwünscht».

Aus Yvonnes Tagebuchnotizen: «1. März 1945 – Märzstürme. Sensationelle Parolen im Siemenslager. Die Ältesten sollen entlassen werden! Entlassen? Wann und wohin?

Abends wieder große Aufregung. NN-Häftlinge in Gefahr! – Die Märzstürme beginnen wirklich. Beistand dringlichst! Wir beraten. Nel, Anni, Tanja – Bettkarten. Noen, Cläre, tschech. u. a. Kameradinnen – Küchenproblem lösen.» Soll heißen: Gefährdete mit Hilfe einer Bettkarte im Liegeblock unterbringen, sie dort versorgen, ernähren, am Leben erhalten.

Antonina Nikiforowa weiß auch darüber zu berichten: «Einmal kam Marie-Claude sehr früh zu mir, ungewöhnlich zeitig, setzte sich neben mich, fix und fertig. Was war geschehen? SS hatte Jagd auf die NN-Häftlinge veranstaltet. Man will sie loswerden, irgendwohin verschwinden lassen. Viele aber konnten sich noch unsichtbar machen. Die Blockälteste teilte rasch Armbinden aus, grüne, gelbe, rote. So zu Lagerfunktionären avanciert, entgingen einige der Treibjagd, andere suchten und fanden Verstecke.»

Erlebnisse aus dem NN-Block, geschildert von der Polin Krystyna Iwanskaja: «Am 1. März 1945 brachte die SS-Blockführerin eine Liste und verbot allen, die auf der Liste standen, den Block zu verlassen. Es waren 60 Nummern und Namen, darunter 20 aus der Gruppe polnischer ‹Kaninchen›. Ganz offensichtlich, daß man uns vernichten wollte. Wir entzogen uns dem Zugriff des Gegners. Das Lager war groß, und es gab viele Menschen, so daß wir uns in der Masse verbergen konnten. Die Nächte verbrachten wir mal in diesem, mal in jenem Block, auch in Krankenstuben. Wenn der Morgen graute, versteckten wir uns immer woanders, mal in der Kleiderkammer, mal in der Wäscherei unter einem Haufen schmutziger Wäsche, mal auf den Toiletten. Manche lagen Tag und Nacht in einem Erdloch, dicht an den äußeren Barackenwänden, in Kälte, Dreck und Nässe. Wir sahen ganz verwildert, ganz verwahrlost aus, selbst unsere besten Freunde hätten uns nicht erkannt.»

Suhren setzte seine Leute an, nach den Verschwundenen zu fahnden, versprach ihnen über Lautsprecher, sie hätten nichts zu befürchten, wenn sie seine Anordnungen befolgten, lockte auch – wie so oft schon – damit, sie freizulassen. Aber sie kamen nicht aus ihren Verstecken. Er wendete schärfere Mittel an. SS umstellte zu verschiedenen Zeiten verschiedene Baracken, so auch den Block der Roten Armee, in dem sich mehrere der Gesuchten verborgen hielten. Aufseherinnen prügelten alle Gefangenen hinaus. Sie standen vor ihrem Block, umgeben von einem Bewachungskordon. Es dunkelte. «Wir verabredeten uns, auf ein Signal hin die Postenkette zu durchbrechen», schreibt Antonina. «Ein Trupp von uns, aus den Blöcken der Küchen-, Revier- und Schreibstuben-Kommandos, stürmt vor, Aufseherinnen und Posten wehren uns ab. Wir gehen zurück. Der nächste Trupp stürmt vor. Und jedesmal flüchten einige aus der Absperrzone mit uns zurück. – Todesangst kann eine ungeheure Triebkraft sein, man mobilisiert ungeahnte Kraftreserven, wächst über sich hinaus. Das haben Massenmörder nicht einkalkuliert, sie unterschätzen uns, glauben, alle ihre Opfer mit Entsetzen lähmen zu können.»

Mobil, beweglich, abwehrbereit sein und bleiben, über sich hinauswachsen, der Gefahr ins Auge blicken und oftmals unverzüglich reagieren.

Rosa Thälmann in großer Gefahr! Noch im Januar, Februar dachten die Illegalen, sie wäre im NN-Block sicher.

Sosja Schönemann, NN-Häftling und Stubenälteste, informierte Zdena Nedvedova, Antonina Nikoforowa, Olga Körner, Änne Kassing, Käthe Rentmeister u. a., daß Rosa mit auf der bewußten Liste stehe. Zuverlässige Samariterinnen vereinbarten daraufhin, sie in einem Krankenbau unterzubringen, wenn notwendig, müßte sie andere Personalien erhalten. Rosa war gewohnt, unter falschem Namen zu leben, in der Anonymität unterzutauchen. Und Illegale waren geübt, Listen, Tabellen, Fieberkurven, Rezepte, Namen und Nummern zu ändern.

Rosa Thälmann spricht davon, mit welcher Fürsorge ihre Genossinnen sie in Ravensbrück umgeben haben. Mit Rücksicht auf ihren besorgniserregenden Gesundheitszustand verschwiegen sie ihr zum Beispiel, daß ihre Tochter Irma sich in Arrest befindet. «Durch Zufall hörte ich aber davon, und mich verfolgte unablässig der Gedanke, meine Tochter sei vielleicht ebenfalls schon vernichtet. Als ich dann durch eine deutsche Kameradin die Nachricht erhielt, Irma habe den Arrest überstanden, war meine Gesundheit bereits vollends untergraben.» Hinzu kamen die Razzien und Selektionen. «Ich war den ständigen Aufregungen nicht mehr gewachsen. Da griffen die Kameradinnen ein, um mich vor dem sicheren Tod zu bewahren. Mit gefälschten Unterschriften gelang es ihnen, mich aus dem NN-Block herauszubringen ...» Hier, im Krankenbau, lag sie doch wenigstens unter Kontrolle der Häftlingsärztinnen. Außerdem verschafften sich die Illegalen zum Revier eher Zutritt als zum NN-Block. Rosa jetzt nicht mehr so isoliert, doch anfangs zutiefst erschüttert von dem Elend, das sie antrifft. «Die Verhältnisse im Krankenblock spotteten jeder Beschreibung, sie waren grauenhaft ...; ich hatte keine Hoffnung mehr zu gesunden. Aber die Kameradinnen bemühten sich ununterbrochen. Sie besorgten heißen Tee, brachten Backsteine, verstohlen auf einem elektrischen Kocher erwärmt und in Tücher eingewickelt, wenn ich fror; sie machten mir kalte Umschläge, wenn ich fieberte; sie kochten mir Brei, wenn ich nicht schlucken konnte; sie sparten sich die Bissen vom Munde ab, um mich zu stärken. ‹Du mußt gesund werden, du mußt!› Nach und nach übertrug sich ihr starker Wille auf mich. Als ich mich etwas kräftiger fühlte, brachten sie mich im Block der politischen Häftlinge unter, ohne danach zu fragen, ob sie selber dadurch in Gefahr geraten.»

Aus Yvonnes Tagebuch: «2. März. – Nächtliche Stürme. Ich gehe hinaus und möchte schreien, mit dem Sturm um die Wette brüllen. Eine Wohltat, offen gegen etwas anzukämpfen! – Alles still. Nur der Sturm tobt – draußen und in uns. Niemand schläft, alle warten, alle fragen, was wird morgen? – Heute früh sind NN-Häftlinge abgeschoben worden. Gerüchte über Transporte nach Mauthausen? Oder wohin?

Nachtschicht. Aber keiner arbeitet. Stromsperre. Maschinenlärm verstummt. Unsere Nerven sind aufs höchste belastet, angespannt. Nehme Kontakt mit meiner Gruppe.

3. März. – Ein Teil der NN-Häftlinge wieder zurückgekommen! 90 km von hier Front! Evakuierungsstimmung. Alarm, Fliegeralarm. Alle Räder stehen still.

4. März. – Schneestürme ... Ein frostiger Sonntag. Wir sprechen mit einem SS-Mann (Slowene). Er marschiert draußen am Drahtzaun auf und ab. Auch einer, frierend, fern der Heimat, fühlt sich fremd, einsam, verlassen und verraten.»

Was Illegale an diesem ersten Sonntag im März 1945 im Stammlager erleben, beobachten, feststellen, erfahren – so grausig, so ungeheuerlich –, es bestätigt ihnen, daß Abtransport nach Mittweida Vernichtung hieß und die Mordanstalt sich unweit Ravensbrück befinden mußte.

Am 4. März, vormittags, wieder eine dieser Visiten. Winkelmann, Treite, Schwarzhuber gehen durch mehrere Krankenbaracken, erscheinen auch auf Block 10, in dem Erika Buchmann Blockälteste ist. 93 ihrer Patienten – so die Anordnung – sind zu verlegen. Die Selektierer sagen nicht wann und nicht wohin. Es wird ein Überraschungschlag. Nachmittags gegen 15 Uhr steht ein LKW vor Block 10. SS-Mann Köhler und SS-Blockführerin Neudeck aus Uckermark steigen aus, kommen mit dem Befehl Schwarzhubers, die 93 Frauen in kürzester Frist reisefertig zu machen: «Abfahrt ins Erholungsheim Mittweida, in drei Schüben zu je einunddreißig Häftlingen.»

Erika sagt, das sei unmöglich, heute, am Sonntag, wo die Kleiderkammer geschlossen habe. «Unsere Kranken besitzen hier nichts, kein Kleid, keine Unterwäsche, keinen Mantel, weder Strümpfe noch Schuhe.» Köhler antwortet, das schere ihn einen Dreck, er müsse in spätestens einer halben Stunde «die erste Fuhre abkarren».

Das gibts doch nicht! Kranke so wegtransportieren, wie sie auf ihren Pritschen liegen? Das war erstmalig! Erika, die Häftlingsärztinnen, die Pflegerinnen waren entsetzt, versuchten Aufschub zu erzwingen.

Obwohl die Lagerälteste den politischen Häftlingen nicht sehr freundlich gesonnen war, lief Erika zu ihr, protestierte gegen die übereilt angesetzten Transporte: Man müsse doch die Patienten darauf vorbereiten, zumindest richtig bekleiden! – Die Thury meinte, Erika solle sich an eine diensthabende Schwester wenden, aber viel würde es nicht helfen, wenn man noch an Effekten herankäme. Offenbar wußte sie etwas darüber, welches Schicksal die Frauen erwartete. Nun wollte Erika es auch genauer wissen und fragte, wem eigentlich die Krankenblätter zu übergeben seien – dem Köhler, der Neudeck oder dem Schwarzhuber? Die Thury erwiderte: «Macht damit, was ihr wollt, steckt sie von mir aus in den Ofen.» Das war eindeutig, mehr brauchte sie gar nicht zu sagen. Zeit gewinnen, Zeit gewinnen! dachte Erika, rannte zu Block 2 und 3, alarmierte die Genossinnen, rannte wieder zu ihrem Block, sah schon von weitem, daß Köhler und die Neudeck damit begonnen hatten, den LKW zu beladen. Erika schlich um die Baracke, klopfte an mehrere Fenster, rief einer Kameradin zu: «Schnell, schnell, wer kann, muß augenblicklich verschwinden, egal, wie!» – Einige kletterten aus den Fenstern, andere versteckten sich im «Stübchen» oder in der Diätküche.

Inzwischen trugen Köhler und die Neudeck eine nach der anderen zum LKW; manche waren nur mit einem Hemd bekleidet. Erika Buchmann, außerstande sich zu beherrschen, schrie: «Was machen Sie denn da? Das sind kranke Menschen! Sie können doch nicht ohne Kleid, ohne Mantel ...» Die Neudeck schrie zurück: «Halt uns nicht auf! Deine Schmuckstücke brauchen keine Mäntel.»

Als der Lastwagen abgefahren war, versuchte Erika den Lagerführer Schwarzhuber zu sprechen, um wenigstens für diesen Sonntag weitere Abtransporte zu verhindern. Er stand am Haupttor. «Nix dran zu ändern, die Räder rollen», sagte er ironisch bedauernd. Verzweifelt lief sie zurück, traf auf Verzweifelte. Loulou Le Porz, Yvette Le Coq, Simone Loché, Renée Govers – alle händeringend. «Was sollen wir bloß tun? Was können wir tun?»

An diesem fürchterlichen Sonntag mußten sie noch eine andere grausige Entdeckung machen. Nun, da sie wußten, Mittweida ist die letzte Station, achteten sie auf jede Einzelheit, besonders darauf, wieviel Zeit zwischen Abfahrt und Rückkunft des Lastwagens verging. Es war nur eine sehr kurze Zeitspanne, und sie konnten daraus ersehen, daß dieses mysteriöse Erholungsheim ganz in der Nähe von Ravensbrück liegt.

Wenige Tage danach erfuhren sie, Winkelmann und Treite wollen Block 10 völlig ausräumen, auch das «Stübchen». Diesmal stand für die Politischen fest, dem organisiert entgegenzutreten. «Wenn wir auch nicht die Kraft hatten, Selektionen und Vernichtungstransporte zu vereiteln, so konnten wir sie doch unterhöhlen. Zuerst erwogen wir, unsere Funktionen niederzulegen, was von der SS natürlich glatt als Arbeitsverweigerung betrachtet worden wäre und für uns mindestens Strafblock bedeutet hätte. Den Kranken, den vom Tode

Bedrohten wäre damit nicht geholfen. Also ergriffen wir andere Mittel, verzögerten Selektionen und Abtransporte. Die Front rückte ja täglich näher. Wir fälschten Fieberkurven, Röntgenbefunde, Blutsenkungswerte, änderten Namen und Nummern, schrieben auf eigne Faust Kranke gesund, gaben anderen Injektionen, um sie in einen agonieähnlichen Zustand zu versetzen, damit sie als verstorben oder transportunfähig gelten. Auch deuteten wir Treite gegenüber an, welche Meinung wir zu diesen Transporten haben.»

Aussage des Treite, nach 1945, auf dem Prozeß gegen SS-Ärzte: «Ich bestreite nicht, daß wissenschaftliche Experimente zum Zwecke der Unfruchtbarmachung größerer Menschenmassen durchgeführt wurden; gebe auch zu, daß Amputationen vorgenommen worden sind, mit der Absicht, Kriegsverletzten die gesunden Gliedmaßen zu übertragen. Ich erinnere mich, daß viele Polinnen durch Genickschuß getötet wurden. Weil diese Schießerei völlig wild vonstatten ging und weil zu befürchten war, daß auch Lebende verbrannt würden, habe ich unter dem Zwang der Verhältnisse für eine anständige Art der Tötung gesorgt. Die war dann die Gaskammer.»

O ja, sie haben anständig getötet, die Herrenmenschen, es hatte alles seine Ordnung. Unanständig war nur, daß es nicht geheim blieb, daß es bemerkt wurde, daß Tarnung und Täuschung nicht absolut.

Die Illegalen trugen ihre Erfahrungen, ihre Wahrnehmungen, Beobachtungen zusammen, und aus den Details ergab sich die schreckliche Wahrheit über Uckermark und Mittweida.

Hanna Sturm, die Sozialistin aus Österreich, Anweishäftling der Tischlerkolonne und Lagerläuferin, hatte Gelegenheit, ziemlich ungehindert herumzukommen, hatte 1943/44 fast täglich in den zwei Geräteschuppen außerhalb der Mauer zu tun. Sie erinnerte sich, im Spätsommer 1944, als sie von SS-Oberscharführer Conrad beauftragt worden war, diese Schuppen zu entrümpeln, im Zementfußboden Falltüren entdeckt zu haben, die es 1943 noch nicht gab. Sie hatte nachgesehen, war hinuntergestiegen. «Unten stand ein großes Faß, vollgefüllt und mit einem Schlauch versehen, der sich durch ein Ventil öffnen und schließen ließ.» Fritz Schilling, Hannes Hader und andere Mitglieder der Handwerkerkolonne hatten im Frühherbst 1944 dort Installationsarbeiten verrichten, Trennwände und kleine Duschkabinen einbauen müssen. Und es wird ihnen nun klar, zu welchem Zweck, es wird ihnen klar, wo Transporte nach Mittweida enden.

«Als ich noch ein Mensch war, der das Recht hatte, seine Schritte hinzulenken, wohin es ihm gefiel, habe ich oft gezweifelt, wenn ich las, wie Schriftsteller Angst und Schrecken beschrieben: daß einem Schweiß ausbreche und das Herz stillstehe, daß man erstarre und es einem eisig den Rücken hinunterliefe und das Blut in den Adern gefriere. Ich hielt das alles für Klischees und schlechten Stil, und vielleicht ist es das auch. Aber eins trifft zu – es ist wahr. Ich habe das alles genau so empfunden, obwohl ich früher darüber lächeln mußte.» – Du hast vergessen, woher diese Zeilen stammen, doch sie könnten durchaus von einer Ravensbrückerin sein.

Der Schrecken brach aus in Ravensbrück. Brachen sie darunter zusammen, brachen sie in Panik aus? Ja und nein. Ein Wanken und Schwanken, ein Hin-und-Herwogen zwischen Todesangst und Lebenswille. Ein unwahrscheinliches Aufbäumen vor allem, ein Kräftesammeln. Umsinken und sich doch gegenseitig aufhelfen, und in stillen Nachtstunden den Atem anhalten: Hört ihr, wie Großdeutschland zerfällt? – Hoch über ihnen Motorengebrumm, aus der Ferne Geschützdonner. Kanonaden der Freiheit!

Erleben wir den Frühling?

Die Siemenshallen, bisher nur indirekt erschüttert von Selektionen und der Schreckenskunde aus Ravensbrück und Uckermark, noch nicht so schwer betroffen, aber doch gestreift. «Hauptsächlich ältere und hauptsächlich französische Häftlinge sollen ‹abgeschaltet›, ‹ausgeschaltet›, auf eine Liste gebannt werden, erfahren wir», schreibt Gusta Fučikova.

«Und immer wieder die Nachricht, daß man schwerkranke, alte, schwache Häftlinge mit allergrößter Wahrscheinlichkeit systematisch vernichtet. Unfaßlich, es steht außerhalb unseres Begriffsvermögens.»

Tagebuchnotizen von Yvonne über einen illegalen Treff im Stammlager: «5. März. Bin unten, in wichtiger Mission. Einige müssen in Sicherheit gebracht werden! Melde mich bei Rosl J(ochmann). Später Gespräche mit Maggy M(oes), Zigeunerblock. Maggy kommt um, sie muß weg da. Nur Anička V(avakova) wird helfen können, Maggy zu Siemens zu holen! – SS-Ärzte selektieren! M. Goedert (Trsp. Mauthausen) verstorben. Ries (Trsp. Bergen-Belsen) und Kips (Block 10) ermordet. – Wir hatten Schnee, wir hatten Eis. Nun ist Eisschmelze. Erleben wir den Frühling?»

Stammlager. – Gerti, Ditta, Toni – drei Österreichinnen, gezeichnet mit der eintätowierten Auschwitz-Nummer. Sollten sie nun doch noch hier ihr Leben lassen müssen?

Während der Appelle, während der Selektionen verstecken sie sich im Block, unter den Pritschen, auf den obersten Pritschen, im Strohsack. Sie hören die Aufseherin toben, weil drei Häftlinge fehlen. Das Gebrüll ebbt ab, als die Blockälteste sagt, drei seien schwer erkrankt und befänden sich seit einigen Stunden im Revier. Das war der Abendappell. Bis zum Morgenappell mußten sie ein anderes Versteck gefunden haben. Ihre Wege trennen sich. Sie bekommen Nummern und Namen Verstorbener. Eine wird im Typhusblock verborgen, die zweite im Industriehof, die dritte bei den Bibelforschern. Toni, im Typhusblock, fühlt sich zum ersten Male sicher. Es war, als hätte sie mit ihrem Namen alle Ängste abgestreift. Es lebte sich leichter, wenn man anders hieß. Mit dem Wechsel der Persönlichkeit entging sie der «Sonderbehandlung». Nicht irgendein gütiges Geschick, die Solidarität vollbrachte das. Toni, Ditta, Gerti und nicht wenige andere aus Auschwitz hatten auch kein Erkennungszeichen mehr auf ihren Unterarmen, nur eine kleine längliche Narbe. Die verräterische Nummer war wegoperiert worden, von der jugoslawischen Ärztin Maja.

Siemenslager. Aus Yvonnes Tagebuchnotizen: «6. März,

vormittags. Das Kind, Anni Hendriks Sohn, er soll ihr fortgenommen werden! Mir fehlen die Worte.

Nachmittags – Stein vom Herzen. Wir behalten Mutter und Kind! – Jauchzen? Dazu ist es noch zu früh.

7. März. Briefe von Maggy u. Anni. Abschiedsbriefe? Fragen und keine Antwort. Alles ungewiß, alles unsäglich traurig. Wir stürzen, taumeln. Schauderhaft.

8. März – Internationaler Frauentag 1945 – sieh dich um! Frauen, Frauen, überall nur Frauen, jede ein Roman, unerschöpfliche Quelle für Historiker, Psychologen, Verhaltensforscher, Literaten. Auf Generationen hinaus hätten sie zu analysieren, zu erforschen, zu schreiben.

9. März. – Im Stammlager gewesen. Überall schreiendes Entsetzen.»

Man hungert. Ravensbrückerinnen schildern, wie gehungert wird: «Hatten wir bisher geglaubt zu wissen, was Hunger ist, jetzt lernten wir ihn erst richtig kennen. Die Essenausgabe verzögerte sich oft bis zum Abend, und häufig gab es überhaupt nichts, tagelang nichts Warmes im Magen, keinen Bissen zwischen den Zähnen. Wir schluckten unseren Speichel oder ließen Schnee auf der Zunge zergehn, kauten Baumrinde, Grashalme ... Die Kiefernmuskeln schmerzten. Die Leere in den Gedärmen machte uns taumelig, und wir wußten nicht zu unterscheiden, welche Leere fürchterlicher, tödlicher, die um uns oder die in uns. Es bemächtigte sich unser eine gefährliche Apathie oder auch Euphorie. Kälte, Hunger, Durst, Angst, das Sterben ringsum versetzten uns zeitweilig in einen Zustand der Schwerelosigkeit und Entrücktheit.»

Ein Sonntagskind

Bei Siemens herrscht Ruhe. Man geht spazieren. Atempause. – Wie das?

Es ist Sonntag, der 11. März, und im Siemenslager ist der Schrecken noch nicht ausgebrochen. Selektionen und Abtransporte sind hier relativ selten. Die Wirtschaftsführer vom

Siemens-Konzern schieben der SS einige Riegel vor, nicht etwa aus Sympathie für Gefangene, aus Profitinteresse – Pensum, Pensum! Sie verbitten sich Störungen, verbitten sich unliebsamen Kräfteausfall. Zudem sind hier die jüngsten und kräftigsten Häftlinge eingesetzt. Durchschnittsalter fünfundzwanzig Jahre. Wer schlappmacht, wer das Pensum nicht bringt, kommt ins Stammlager oder nach Uckermark.

Sonntagsstimmung? Sonntagsruhe? – In Ravensbrück erhebt sich großer Lärm. Geschrei. Angstgeschrei. SS-Leute, die noch vor einigen Minuten schweigend und anscheinend gelangweilt um einen Block standen, bilden jetzt ein Spalier an der geöffneten Tür, aus der Häftlinge herausstürzen, hinausgepeitscht von SS-Blockführerin Drechsler. Jede Gefangene hat auf Kommando Dr. Winkelmanns durch dieses Spalier zu laufen, bis zu einem Graben, ungefähr einen bis anderthalb Meter breit, der zu überspringen ist. «Wenn eine Läuferin sich dem Graben näherte, schlossen wir vor Schreck die Augen.»

Solche «Turnfeste» hatte die Drechsler schon in Auschwitz-Birkenau organisiert, als Test. Wer den Graben überspringt, ist gesund, tauglich für Knochenarbeit, tauglich für den Evakuierungsmarsch. Wer versagt, muß entweder nach Uckermark oder ohne Umweg nach «Mittweida». Frauen und Mädchen nehmen Anlauf und wissen: Der Sprung entscheidet! Eben darum versagen die meisten, straucheln, fallen. Einige laufen barfuß, andere schlitzen ihre Kittelröcke seitlich auf, um besser springen zu können.

Noch Sonntag, der 11. März 1945. Während man im Siemenslager etwas Atem schöpft, während im Stammlager ein «Turnfest» veranstaltet wird, bei dem Häftlinge um ihr Leben springen, während über Uckermark, Siemens und Ravensbrück die Märzsonne strahlt, liegt in einer dunklen Ecke eine junge Frau in den Wehen.

Als die Wehen einsetzten, hatte sie sich ins Finstere verkrochen, in einen engen, dunklen Abstellraum der Wäscherei. Zwei Kameradinnen sind bei ihr, stecken ihr ein Tuch in den Mund, ihre Schreie zu dämpfen.

Es ist Raymonde Poirot, Französin, vierundzwanzig Jahre

alt, im August 1944, kurz bevor sich Paris befreite, noch nach Ravensbrück deportiert. Sie war damals im zweiten Monat schwanger. All die Monate hindurch hatte sie gehofft, der schreckliche Krieg, die schreckliche Gefangenschaft würden bald vorbei sein, und sie könnte ihr Kind in der Heimat zur Welt bringen.

Das Kind in ihr wuchs, sie spürte, wie es sich bewegte, und ihre Angst wuchs. Sie hielt sich die Ohren zu, wenn jemand erzählte, was hier mit Schwangeren, Wöchnerinnen, Neugeborenen geschah. Einmal, es war im Dezember, da hatte sie erfahren, daß Helén, auch eine Französin, mit ihrem Baby auf Block 11 liegt. Und sie besuchte die Kameradin. Seither verfolgt sie der Anblick dieser nackten abgemagerten Babys mit den runzligen, erdfahlen Gesichtchen. Unablässig hört sie das klägliche Wimmern. Möglich, daß es selbst den SS-Leuten unerträglich wurde, denn sie lieferten ab Januar 1945 zweimal wöchentlich Milch, jedenfalls sah diese Flüssigkeit milchig aus. Ergebnis: Brechdurchfall – vierzig kleine Leichen. Auch das und Gräßlicheres hatte Raymonde erfahren, und ihre Angst wuchs von Monat zu Monat. – Nein, du läßt dich und dein Kind nicht von Mörderhänden berühren! Du verkriechst dich in ein finsteres Loch und stirbst gemeinsam mit deinem Kind.

Aber sie stirbt nicht. Das Kind wird geboren, an diesem Sonntag im März 1945. Ein Sonntagskind, ein Junge. Sie nennt ihn Guy und wickelt ihn in Lumpen. «Mon petit chiffon», flüstert sie zärtlich und tauft ihn mit ihren Tränen. «Lumpi», unter diesem Namen ist Guy Poirot in die Geschichte von Ravensbrück eingegangen, und so nannten ihn die Geburtshelfer, die Ernährer und Erretter noch viele Jahre später.

Zwischen dem 2. und 11. März im Stammlager täglich Generalappelle, Visiten, Selektionen. Ravensbrück wird entvölkert. Das Zelt ist schon zur Hälfte geleert. Einige Blocks sind bereits vollkommen leer und erfüllen andere Zwecke. Die Baracken 30, 31, 32 – jetzt Auffangsblocks, umzäunt, abgesperrt, bewacht, Fenster vernagelt, vor den Türen Riegel. SS-Oberscharführer Pflaum hetzt alle Selektierten dahinein. Was für

Uckermark die Turnhalle, ist für Ravensbrück das Gelände, auf dem diese drei Baracken stehn, Vorhof zur Gaskammer!

12. März. Himmler empfängt auf seinem Landsitz in Hohenlychen einen gewissen Herrn Kersten zu einem Gespräch unter vier Augen. Der Extrakt dieses Gesprächs schlägt sich in einem höchst sonderbaren Abkommen nieder: «Hiermit bestätige ich, daß ich mit dem Medizinalrat Felix Kersten, Stockholm, folgende Vereinbarung getroffen habe:

1. Daß ich den Befehl des Führers, die KL beim Herannahen der Alliierten an ein Lager in die Luft zu sprengen, mit sämtlichen Insassen, nicht weitergebe und jede Sprengung verbiete. Ebenfalls jede Tötung der Gefangenen.
2. Daß ein KL beim Herannahmen der Alliierten ordnungsgemäß mit weißen Fahnen zu übergeben ist.
3. Daß jede weitere Tötung von Juden eingestellt und verboten wird.
4. Daß die KL nicht geräumt und die Gefangenen dort gelassen werden, wo sie sich zur Zeit befinden, und daß alle Häftlinge Lebensmittel aus Schweden empfangen dürfen.

Hohenlychen, den 12. März 1945 um 2 Uhr nachmittags

gez. Felix Kersten gez. Heinrich Himmler
RF-SS»

Was ist in ihn gefahren? Wie kann er sich seinem Führer widersetzen? Will er etwa abtrünnig werden? Nein. Es ist einer jener Gangstertricks faschistischer Politiker, sich zu entlasten und gleichzeitig weiter Mordbefehle zu erlassen.

16. März. Abtransporte von Ravensbrück – nach Uckermark, nach «Mittweida» und in das sogenannte Aufnahmelager Bergen-Belsen. Unter den Abtransportierten nach Bergen-Belsen Schwangere, Hochschwangere, Wöchnerinnen, Neugeborene.

Ein Kampf zwischen Goliath und David. Unbewaffnet – ohne Steinschleuder – gewappnet sein, das angeschlagene Monstrum Faschismus zu überlisten: Geburtshelfer, Lebensretter halten Schlupfwinkel bereit, Bedrohte zu verbergen, auch Raymonde und ihren «Lumpi». Sie sind bei Slavka Vaničkowa und Sophie Meyer-Nagel in der Wäscherei gut aufgehoben.

Amokläufer

Es regnet. Ein schöner warmer Frühlingsregen. Schneeglöckchen blühn und Märzenbecher, das Gras sprießt. Saftiges, frisches Grün, besprengt, berieselt Halme und Blüten vom glitzernden Naß, abgewaschen, befreit von Staub und Ruß.

Siemenshäftlinge vergleichen die Wiederbelebung der Natur unwillkürlich mit ihrem grauen grausigen Elend, ihrem lähmenden Schauder, ihrer bleiernen Mattigkeit. «Ob auch wir uns jemals wieder so strecken, so aufrichten können? Ob auch wir jemals wieder so aufblühen werden, so kräftig und frisch?» fragt sich Gertrud Popp.

Aus Yvonnes Tagebuch: «19. März. Im Stammlager gewesen, zur Zahnbehandlung.» – Häufig ein vorgeschützter Grund, sich in Ravensbrück mit Illegalen zu treffen. – «Viel, viel Schlimmes gesehn und gehört. Zwischendurch ein Wetterleuchten, Abglanz künftiger Völkerverständigung – das IRK kommt zu Hilfe! – Frühlingswind durch kahle Alleen, seltsame Dinge in seinem Wehn.»

Sie trauen ihren Ohren nicht, die Siemenshäftlinge, als Yvonne erzählt, unten vorm Ravensbrücker Tor stünden chromblitzende Autos vom Internationalen Roten Kreuz. – Das Ausland rührt sich! Am liebsten wären sie in Freudengeheul ausgebrochen. Die tollsten Vermutungen spukten durch ihre Köpfe. Doch drängte sich auch Mißtrauen auf, verdüsterte, bremste ihre Phantasie.

Mehrfach schon hatten IRK-Vertreter Ravensbrück besichtigt und nichts gesehen, nichts durchschaut. Man ließ sie nicht hinter die Kulissen schauen, zeigte ihnen nur eine aufgeputzte Fassade. Die Abgesandten entdeckten nichts, fuhren wieder weg, ohne etwas ausgerichtet zu haben.

Nun standen da unten hell funkelnde Autos, und es war März 1945. Die Hoffnung gewann über das Mißtrauen Oberhand. Ihre Gedanken und Gespräche drehten sich nur um dieses Ereignis und darum, was es ihnen verheißt – Entlassung, Befreiung, Heimkehr? Keine Freiheit. Dennoch Hilfe. Die Wagen mit dem roten Kreuz brachten Lebensmittel.

Gewiß, eine große Unterstützung, da seit Monaten über den Postweg nichts mehr zugestellt wurde. Lebensmittel – Lebenshilfe! Gleich darauf schwarze Schatten. Siemenshäftlinge beobachten eine merkwürdige Urnenbeisetzung. Das Grab – der Schwedtsee. Yvonne trägt unter dem 21. März in ihr Tagebuch ein: «Frühlingsanfang, und wir sind Augenzeugen, als Urnen abgeladen werden, große Aschebehälter, die der See verschluckt. Es ist so einfach, Menschen auszulöschen, es bleibt nicht einmal eine Spur, restlos, spurlos, namenlos versunken.»

Weiter aus ihren Notizen: «22. März – herrliche Sonne. Ob sie uns noch lange scheint? – Maggy M(oes) jetzt auch hier. Das ist Anička V(avakova) zu verdanken. Kleiner, sehr großer Erfolg.

Nach zehnstündiger Plakerei bei Siemens noch Schwerstarbeit außerhalb. Torfstechen. Nel und ich tragen gemeinsam vollbeladene Kästen. Wir spüren kaum die Last, sprechen nur davon, was nach dem Moor kommt. Abends Frontlageskizze ergänzt.»

Yvonne konnte nicht wissen, daß am Morgen dieses Tages eine bedeutsame militärische Operation begann. Angriff, Zangenbewegung der Roten Armee, ihre westlich der Oder liegenden Brückenköpfe zu erweitern. Die 5. Stoßarmee unter Generaloberst Bersarin stand bei Kienitz, nordwestlich Küstrin; die 8. Gardearmee unter Generaloberst Tschuikow stand bei Reitwein, südwestlich Küstrin. Punkt 9.15 Uhr setzen sich Truppenteile beider Armeen in Bewegung, treffen nach erbitterten und blutigen Gefechten zusammen, vereinigen sich bei Golzow. Die Brückenköpfe sind miteinander verbunden, gefestigt und ausgebaut. Vier Sätze nur über einen Kampf, der zehn Tage dauerte und den Sturm auf Berlin entscheidend vorbereiten half.

Aus dem Bericht Boubout Massons: «Gehe mit der Moorkolonne durchs Tor hinaus. Im Lager kaum ein Tag, an dem nicht selektiert wird. Gestern war unser Block dran. Von ungefähr 500 Häftlingen mußten 100 fort.

Die Zeit schleicht. Was für ein Glück, daß von den 40000 Gefangenen dieser Zwingburg wenigstens 20000 noch marschieren können – in die Werkstätten, ins Moor, in den Wald, auf die Felder. Entronnen! Entronnen? Abends zurück. Und wieder Musterung, diesmal en bloc und en gros. Generalappell. Das gesamte Lager muß antreten. Schwarzhuber, Suhren, Pflaum gehen auf Großjagd. Wahl, Auswahl. Zwei- bis dreitausend Häftlinge stehen auf der Abschußliste, Kinder auch!

Der Transport, sagt man, soll nach Rechlin. Wir bezweifeln das. Keiner weiß hier, was überhaupt noch stimmt, keiner kann hier sagen, was in der nächsten Minute passiert. Unsere Feinde laufen Amok, unberechenbar, sie erfinden immerzu neue Methoden, uns beiseite zu schaffen. Wir merken aber, ihre Organisation klappt nicht mehr. Und das ist unsere Chance.

Wir hören das Auseinanderbrechen der großdeutschen Kriegswalze wahrscheinlich deutlicher als die Millionen ‹Volksgenossen› außerhalb der Mauer. Angst, Haß, Zorn, Protest, wilde Aktionen und bewußter Widerstand auf seiten der Gefangenen, Hysterie, Vernichtungswahn, Fanatismus, enthemmter Terror auf seiten der Faschisten.

Haß, Angst, Zorn der Häftlinge verschafft sich Luft. Im Zigeunerblock ist eine SS-Aufseherin erstochen worden. Stich ins Wespennest. Als ob sie alle angestochen wären, so schwärmen Exekutionskommandos aus. Razzia, Großfahndung. Härteste Bestrafung des Zigeunerblocks, da keine verrät, wer zugestochen hat. Alle müssen ins Freie, alle müssen sich hinknien. Öffentliche Auspeitschung. Die Frauen sehr, sehr tapfer. Wenn eine vor Schmerz aufschreit, stimmen die anderen ein Lied an. Nach der Exekution dürfen sie sich noch nicht erheben. Viele sind sowieso nicht mehr imstande, bleiben stumm liegen, haben ausgelitten. Erst spät nachts wird erlaubt, den Platz zu verlassen. Wir hören die Geschlagenen auch beim Einzug in ihre Baracke singen.»

Aus Yvonnes Tagebuch: «23. März. Gespräche mit Ilse H(unger), Rosl J(ochmann), Käthe R(entmeister) u. a. – Im Stammlager noch keine Evakuierungsvorbereitungen. Möglichkeit wird aber erwogen. Gute Nachricht über Näherrükken der Fronten – im Osten bei Frankfurt/Oder, im Westen bei Frankfurt/Main. Nachtschicht gestern ausgefallen – Razzien, Alarmbereitschaft, Verzweiflungstat einer Zigeunerin. Das Stammlager ein Hexenkessel, Exekutionen.

25. März. Sonntag. Lenz, lau und still. Ruhestunde im märkischen Sumpf.»

Wie viele andere auch gibt Yvonne sich der kurzen Ruhe hin. – Mal an nichts denken, nur dösen und froh sein, daß die Brust sich noch hebt und senkt.

Der Gegner nutzt die Sonntagsruhe. Überraschend Selektionen unter Schwangeren, Wöchnerinnen und im Block für Mutter und Kind.

Nach übereinstimmenden Aussagen ist die Zeit vom 25. März bis zum 7. April die allerfurchtbarste gewesen. Abend für Abend Transporte von Uckermark ins Gas; Abend für Abend Transporte von Ravensbrück nach Uckermark oder unmittelbar in die Vernichtungsanlage. Und sie machten nicht halt vor werdenden Müttern, nicht vor Wöchnerinnen, nicht vor Kindern.

Erika Buchmanns Berichte erzählen davon: «Wir hatten auf unserem Block einige Kinder versteckt, die haben überlebt – wie Stella oder José. Aber es lagen bei uns auch kranke Kinder, aus Auschwitz nach Ravensbrück deportiert, erkrankt an Tbc. Wir behandelten, pflegten sie, hofften, sie retten zu können. Und dann kam Winkelmann! Das war Ende März 1945, als unsere kleinen Pfleglinge von seinen Gehilfen weggetragen wurden und SS-Aufseherinnen jüdische Waisenkinder durchs Lager führten, zum Tor hinaus, bis zur Gaskammer.»

Tagebucheintragung Yvonnes: «26. März – Front nur noch knapp 80 km von hier! Tägliche Frage: Was unternehmen wir, wenn SS total vernichten will?

Ostern vor der Tür. Wird es ein Fest der Auferstehung, oder kommen wir nur bis Karfreitag?

Evakuierung dauernd im Gespräch. Wann? Noch diese Woche? – Wir müssen bis zum Umfallen schuften. – Anni und das Kind, unsere größte Sorge. In den nächsten Tagen muß sich alles entscheiden. Man lebt in ständiger Erwartung, überreizt, überfordert, aufs Schlimmste wie aufs Beste gefaßt. – Keine Panikstimmung aufkommen lassen! Noch atmen wir. Uns kann schon gar nichts mehr erschüttern, uns erschüttert jede Kleinigkeit.»

Immer größer wird die Zahl der Gefangenen, die man aussondert. Immer häufiger Generalappelle. Angetreten die Häftlinge aus sämtlichen Blocks. Vorbeimarsch, langsam und mit hochgerafften Röcken, ohne Strümpfe. Frauen mit Wassersucht in den Beinen, Frauen mit Krampfadern, Frauen mit dünnen Beinen – so sagen die Selektierer – würden im Falle einer Evakuierung auf Lastwagen oder mit der Eisenbahn weiter befördert. Niemand glaubt das.

Plötzlich interessiert sich die SS auch bei Siemens für grauhaarige Frauen. «Jetzt sind wir dran! Jetzt hängt das Damoklesschwert über uns! Sich eine Tarnkappe aufsetzen, sich verwandeln. Aber wie?» schreibt Gertrud Popp. – Viele der jungen Frauen und Mädchen bekamen hier graues Haar. Eine Frisöse verrät ihnen, wie man es sich färben kann. «Wir beschaffen uns Schmieröl und Seidenpapier, verbrennen das Papier, mischen die feine Asche mit dem Öl, reiben unser Haar damit ein, kämmen, bürsten, striegeln ... Das Haar wird steif und fettig, erhält aber einen dunklen Glanz.»

27. März. Yvonne beim «Zahnarzt» – illegaler Treff in Ravensbrück. «Erfahre von einer großen Offensive im Westen – Speyer, Aschaffenburg.

28. März. Heute, 14 Uhr, Sammlung aller Häftlinge im Stammlager. Keine Werkhalle arbeitet. Was wird? Packen sie ein? Werden auch wir ‹verpackt›? Wir sind ihre Gegenstände. Wohin mit uns? Werden wir alle noch umgebracht, ‹ausgeräuchert›?

Nein, noch ist es nicht soweit, noch läßt man uns bei Siemens ‹unangetastet›. Brauchen sie uns? Wofür? Als Geiseln?

29. März. – Gestern Appell, sogenannter Gehversuch, ‹Gepäckmarsch›. Probelauf für den ‹Ernstfall›. Abends im Moor. Heute Gründonnerstag. – Sie sind Teufel in Menschengestalt, treiben Scherz mit uns. Frühmorgens eine Nachricht, die uns ins Herz trifft. Anni muß mit ihrem Söhnchen nach unten, ins Stammlager! Mütter und Kinder werden wegtransportiert, angeblich nach Hannover. Anni hat um 15 Uhr bereit

zu sein. Nel begleitet sie. Ich bewundere beide. Nel ist in solchen Dingen sehr beherrscht. Auch Anni tapfer. Sie befürchtet wie wir das Unausdenkbare und hofft wie wir auf ein Wunder.

Ach, es geht Schlag auf Schlag. Abends noch eine tieftraurige Nachricht: 16 tschechische Kameradinnen ins Gas geschickt, darunter 6 Frauen aus Lidice.»

Schlag auf Schlag. Das Krematorium Tag und Nacht in Betrieb. Wohin soll man den Blick richten, um die Qualmwolken nicht zu sehen? – Auf welches Gesicht du auch schaust, immer siehst du angstgeweitete Augen, siehst den grauenvollen Mechanismus, der unaufhörlich mahlt und walzt und rollt und stampft und nur deshalb existiert, damit du heute abend oder morgen früh oder in ein, zwei, drei Tagen nicht mehr existierst. – Wer bist du? Was bist du nach Ansicht dieses Gegners? Ein Mensch? Kein Mensch. Ein Stück Vieh, beliebig benutzbar, in Zellen gepreßt, verbrennbar zu seiner Zeit.

Schlag auf Schlag. Frauen, vor Wochen nach Rechlin, Malchow, Bergen-Belsen abgefahren, kehren zurück, mitten in der Nacht. Elfriede Ruff, politische Gefangene, damals Lagerwecker, muß Kameradinnen aus dem Schlaf reißen, die für Revier II zuständig sind. Nur sie, sonst niemanden weiter. Denn diese Rückkehrer werden nicht aufgenommen, sie verschwinden nach einigen Stunden wieder. Häftlinge der Transportkolonne hatten die Geschöpfe nur zu entkleiden. Das war alles. Eine Postenkette sperrte danach Revier II hermetisch ab. SS-Ärzte und SS-Schwestern begaben sich zu den Entblößten. Die Ärzte spritzen Morphium, die Schwestern reichten ein Glas milchigweißer Flüssigkeit. Im Morgengrauen schleppten SS-Wachmannschaften die Bewußtlosen auf Lastwagen. Abfahrt. Nicht sehr weit, nur bis zu den Geräteschuppen vor der Mauer. Es war Freitag, der 30. März, Karfreitag.

Aus Yvonnes Tagebuchnotizen: «30. März. Karfreitag – ‹gekreuzigt› oder? Nel erzählt von großen Abtransporten und – von einem Wunder. Anni Hendrik und ihr Söhnchen befinden sich noch unten, auf Block 5!

Ein Brief von Milas Vater an Noen Beuzemaker. Großes Leid in der Familie. Die Tränen versiegen nicht.

Karfreitag, abends. Lastwagen fahren vorbei, ins ‹Schonungslager›, sie sind nicht besetzt. Wenig später fahren sie zurück, vollbeladen, ihr Ziel: Mittweida – Und keiner schreit.

31. März – Evakuierung vor der Tür? Sie packen ein. Das Pack packt sich. SS im Stammlager beginnt damit, Apparaturen aus dem Revier zu verpacken. Es heißt, Siemens ziehe als letzter Trupp weg, geschlossen, 20 Kilometer täglich, zu Fuß. Zehn Tage soll der Marsch dauern. Was ist in zehn Tagen?»

Mit dem Vormarsch der Befreiungsarmeen wuchs im Lager die Spannung. «Der Gegner kopflos. Nach und nach überall Stillstand – kein Strom, kein Wasser, kein Material, nichts rollt mehr, nichts fließt mehr. Abbau, Demontage. Zerreißproben auch für uns Illegale. Doch das Schwungrad dreht sich jetzt für uns. Wir sind nicht kopflos, noch nicht.»

Gesteigerte Bombardements. Luftangriffe ohne Unterlaß. Alle Augenblicke Fliegeralarm. Auf Ravensbrück fallen keine Bomben. Furchtlos stehen die Häftlinge nachts unter freiem Himmel, der bereits den Siegern gehört, stehen untergehakt, erhitzen sich an Worten und an dem singenden, surrenden Brausen der Motoren hoch über ihnen.

Wenn keine Flugzeuge über Ravensbrück hinwegflogen, hörte man das dumpfe Dröhnen der Front. Sie horchten auf das Grollen, horchten auf das Pochen ihres Herzens, es klopfte überall, es pulsierte im Wettlauf mit der Zeit. Wer ist schneller, wer kommt eher – der Tod oder die Befreiung? Wann hört mein Herz zu schlagen auf? Steht es still, noch bevor der fünfzackige Stern hier eintrifft? Wie dünn ist unser Lebensfaden, an dem wir hängen, und wie stark wird er sein, wenn sich das Tor zur Freiheit öffnet?

Fest der Auferstehung?

Aus Yvonnes Tagebuchnotizen: «1. April 1945 – Ostern. Sich zusammenrollen und wie ein Igel das stachlige Fell sträuben. ‹Vom Eise befreit› ... Wann, ach wann?

Ist es ein Aprilscherz, ein Osterei mit Sprengsatz? – Urplötzlich Anordnung, alle Französinnen aufzuschreiben – heute, am ersten Osterfeiertag! – Warum, warum? Müssen sie auf Transport? Fängt man auch bei Siemens an zu selektieren? – Wir rätseln hin und her, kommen zu keinem Schluß. Gerüchte, Parolen, sie würden eventuell ausgetauscht, gegen deutsche Kriegsgefangene.»

Nicht nur bei Siemens, auch im Stammlager Selektionen. Diesmal aber lauter junge, gesunde Frauen und Mädchen, Schwangere auch und Wöchnerinnen, Mütter mit ihren Kindern, vorwiegend französischer Nationalität. Und sie hofften tatsächlich auf Austausch.

Gedämpfter Optimismus. Er war nicht ganz unberechtigt. Das Internationale Rote Kreuz pochte jetzt energisch darauf, Angehörige westlicher Nationen aus Ravensbrück herauszuholen. Himmler machte Zugeständnisse, suchte sich mit dem Westen zu arrangieren wie andere führende Nazis auch. Ostern jedenfalls klingen neue Töne an.

Das Lager ist groß, und wenn in einem Block Zuversicht aufflammt, tut sich in einem anderen jäh der Abgrund auf. 250 Hochschwangere und 18 Wöchnerinnen mit ihren Säuglingen werden am Morgen des ersten Osterfeiertages hinausbefördert, Richtung Bergen-Belsen! Vorbeugemaßnahme der SS. Wenn Abordnungen des IRK eintreffen, sollen sie keine werdenden Mütter, keine Neugeborenen, keine Frau vorfinden, die gerade entbunden hat.

Aber wie gesagt, das Lager ist groß, groß auch die Solidarität. Im Block für Mutter und Kind haben Häftlingsärzte, Samariter, Blockälteste, Stubenälteste um Neugeborene gekämpft, als hätte man sie selbst zur Welt gebracht. Anni Hendrik und ihr Berndt, Raymonde Poirot und ihr Guy sind noch hier, in ihrem Versteck.

2. April – Suhren stattet Uckermark einen Besuch ab. – Was will er? Zittern, Beben. Sie waren immer nur aufs Schlimmste gefaßt.

Er kommt in Begleitung einiger SS-Ärzte, um sich alle französischen Häftlinge zu besehen, die unter vierzig Jahre alt. Eine Liste wird aufgestellt. Man notiert nur Transportfähige. Das waren nicht viele, zehn vielleicht oder fünfzehn. Stehen sie auf einer Todesliste?

Hellhörige bemerken, daß lediglich der Name interessiert, nicht die Nummer! – Erregung, Vermutungen.

Marguerite Billard, Französin, Jahrgang 1920, erinnert sich: «Wenn uns sonst maßlose Angst, maßloser Schrecken durch die Glieder fuhr, so machte uns an diesem Ostermontag maßloses Staunen, maßlose Verwunderung zittern. Wir wurden höflich, zuvorkommend behandelt, wir wurden gebeten – erstmalig bat man uns um etwas! –, den vorgefahrenen Lastwagen zu besteigen, der uns nach Ravensbrück brachte. Wir wurden nicht hinaufgeprügelt. Auch in Ravensbrück alles ungewöhnlich. Niemand brüllte uns an, niemand schlug uns. Wir wurden ins Bad geführt. Ängstlich traten wir ein, mißtrauisch, in Erwartung irgendeines Unheils. Aber nichts dergleichen. Und das war uns eigentlich auch unheimlich. Wir durften uns gründlich säubern, durften unter der Dusche bleiben, solange es uns gefiel. Die SS-Aufseherin schenkte uns sogar Seife. – Himmel, hilf, die Welt stürzt ein!!! Wie lange ist es her, daß wir uns so herrlich abbrausen, abseifen konnten? Wir verstanden überhaupt nichts mehr. Abends reichte man uns Tee und Butterbrote, am nächsten Morgen ein gutes und reichliches Frühstück. Dann wieder unter die Dusche, von da zum Arzt, zur Untersuchung. Alles ohne Gebrüll, ohne Demütigung. Sollten sie über Nacht ihr Herz für uns entdeckt haben?

Deutsche Mithäftlinge klärten uns auf, woher dieser außerordentlich befremdliche Sinneswandel kam: Das IRK holt euch hier heraus! Ihr fahrt in eure Heimat! – Nun waren wir völlig aus dem Häuschen. Ostern – Fest der Auferstehung?!?! – Das Unfaßbare, Unglaubliche, lang Erträumte sollte sich erfüllen? Wir trauten der Sache nicht.»

Dazu Gusta Fučikova: «In jenen Frühlingstagen des Jahres 1945, als die Todesmaschine auf vollen Touren lief und die beiden Schornsteine unaufhörlich dunkelgraue Qualmwolken in die Gegend schleuderten, als beißender Rauch unsere Lungen, unsere Herzen zusammenpreßte und uns in den Kopf stieg, in diesen Frühlingstagen hatten wir eine Vision: Vor der Mauer des Hauptlagers standen Autobusse, cremefarben, luxuriös. Was ist das? Sahen wir richtig, oder sahen wir Traumbilder, sahen wir nur, was wir ersehnten?»

Keine Vision, keine Fata Morgana. Wirklichkeit!

«Wir lachten. Überhaupt lachten wir oft in den letzten Tagen und Wochen. Unsere Trauer, unsere Bitterkeit war aus uns herausgeflossen. Wir hatten keine Tränen mehr. Das Leid hatte uns so verhärtet, so ausgetrocknet, daß man sich nur noch mit einer schwermütigen Heiterkeit aufrecht hielt, die manchmal an Irrsinn grenzte.» Am 3. April 1945 standen vor der Ravensbrücker Mauer tatsächlich komfortable Reisebusse aus der Schweiz, aus Schweden.

Auf der Lagerstraße alle jüngeren Französinnen, auch jüdische und die aus dem NN-Block. Sie stehen aber nicht mehr als Häftlinge dort, sind keine Nummern mehr, tragen ihre Zivilkleidung, ohne Nummer, ohne Winkel, ohne Davidstern. Ein verschwindend kleiner Teil – 300 von rund 35000 Ravensbrückerinnen – darf in die Freiheit! Sie glauben es noch immer nicht, fürchten noch immer, es sei ein teuflischer Trick. Austausch? Entlassung? IRK-Begleitschutz? – Macht mir doch nichts weis. – Aber Marta Desrumeaux ist mit dabei, und das nimmt nun doch fast jeden Zweifel.

Dann passiert noch etwas schier Unglaubliches. Als Suhren der IRK-Delegation die Frauen übergeben will, weigern sie sich, das Lager zu verlassen, fordern, daß auch ihre alten und kranken Kameradinnen mit in die Freiheit genommen werden. Suhren sieht sich gezwungen, dieser Forderung nachzugeben.

Die Abfahrt verzögert sich. Aber das macht nichts, sie warten gern. So manche wartet ja auf ihre Mutter. Und so mancher älteren oder kranken Gefangenen, die keine Französin ist, kann man durch diese Verzögerung das Leben retten.

Zum Beispiel Mathilde Auferbauer, Österreicherin. Sie liegt im Krankenblock, fast gelähmt, mit einer schweren Rückgratverletzung – eine Folge der Gestapoverhöre. Während der letzten Wochen durchlebte sie qualvolle Minuten, wenn Winkelmann auftauchte, und manchmal wünschte sie zu sterben. Ihre Genossinnen sagten: «Keine Zeit zum Sterben, Mathilde! Wir müssen Zeit gewinnen! Wir werden Treite für deinen Fall interessieren. Du weißt, seine Leidenschaft sind komplizierte Versuchsoperationen, da läßt er sich von Winkelmanns Urteil nicht beeindrucken, du mußt ihm nur beweisen, daß du laufen kannst. Darum üben wir jetzt das Aufstehn und das Laufen.»

Sie übten mit ihr und brachten Mathilde so durch die Selektionen. Am 3. April, nachmittags, rief Zdena: «Rasch, rasch, Mathilde, du fährst weg, nach Schweden!» Mathilde wußte nicht, wie sie das auffassen sollte. «Heller Wahnsinn, was ihr da vorhabt ...»

Die Österreicherin Mathilde Auferbauer wurde unter einem anderen Namen auf die Liste der Repatriierten gesetzt. Sie hatte eine Sonnenbrille auf, um Hals und Kopf eine Stola geschlungen, so daß ihr Gesicht halb verdeckt war. Häftlinge trugen sie, halfen ihr über die Stufen in den Autobus. An ihrer Rettung waren viele beteiligt – außer Zdena Nedvedova noch Toni Bruha, Mizzi Buresch, Marta Desrumeaux, Aną Horwath, Ilse Hunger, Berta Lauscher, Ilse Mach, Hanna Sturm, Irma Trčsak u. a.

In einem dieser sehr bequemen und komfortabel ausgestatteten Reiseomnibusse nahm übrigens auch Raymonde Poirot Platz, auf ihrem Schoß ihr Sohn Guy, drei Wochen alt.

Vor einigen Tagen noch hatte Verzweiflung sie gepackt, als sie erfuhr, Französinnen würden in ihre Heimat zurückgeholt, nur Wöchnerinnen und Babys nicht.

Lisa Ullrich, deutsche politische Gefangene, Hüterin von Mutter und Kind, beruhigte Raymonde: «Keine Bange, mach dich nicht verrückt. Wir werden schon eine Lösung finden.»

Raymonde stand mit auf der Lagerstraße. Als sich das Tor öffnete und die erste Gruppe französischer Repatriierter hinausging, war sie wieder ganz verzweifelt, zweifelte, ob es gelingt, was zwischen ihr, der Blockältesten und einigen anderen Kameradinnen vereinbart worden war. Sekunden dehnten sich zur Ewigkeit. Endlich nahte Lisa schnellen Schritts, in ihren Armen ein Bündel, umwickelt mit einem großen bunten Wolltuch. «Raymonde, Mädchen, warte, warte», rief sie schon von weitem, «vor lauter Aufregung hast du dies hier vergessen mitzunehmen!» Überglücklich drückte Raymonde das kleine Bündel an ihr Herz. «Oh, Lisa, wie soll ich dir danken. Mein Leben lang werde ich mich an dich und diesen Augenblick erinnern!» In dem weichen, warmen Tuch lag ihr Söhnchen, ihr «Lumpi», gesättigt und ruhig schlafend. Nun zwang auch sie sich zur Ruhe. Vollkommen sicher fühlte sie sich aber erst, als sie im Bus saß. IRK-Fahrzeuge waren exterritoriales Gebiet.

Auflösung, aber noch keine Erlösung

Omnibusse aus Schweden, aus der Schweiz – Silberstreifen am Horizont. Kaum abgefahren, verfinsterte sich der Himmel über Ravensbrück. Die Vergasung ging weiter.

Und dann Abtransporte anderer Art: Demontage – «Schneller, schneller!» Maschinen aus den Werkstätten des Industriehofes werden nach Rechlin oder Malchow verladen, ferner wertvolle medizinische Instrumente und Apparaturen, Kostbarkeiten aus der Effektenkammer und den SS-Depots, sonderlich aber das belastende Material aus der Kommandantur und den Verwaltungsbüros. Einer der letzten Raub- und Entlastungszüge.

Malchow und Rechlin – Ausweichlager, getarnt als Lazarett. Kurz vor und kurz nach Ostern sind ungefähr 6000 Ravensbrückerinnen dorthin abgeschoben worden. In beiden Lagern keine Unterkünfte, keine Verpflegung, rein gar nichts. Tausende zugrunde gegangen; in Ravensbrück trafen unzählige Totenscheine ein; Häftlinge, die man von Rechlin oder Malchow zurückschickte, kamen tot oder sterbend an.

Aus Yvonnes Tagebuch: «5. April. – Unten im Stammlager kein Zahnarzt mehr da. Auflösung, aber noch keine Erlösung, nur die Toten sind erlöst. Siemens demontiert auch. – Rote Armee bei Angermünde, 60 km von hier! – Ich beginne mich umzustellen, überlege, wie ich es anfangen werde, draußen, in der Freiheit.

6. April, abends. Gute Nachricht. Norwegerinnen werden das Lager bald verlassen können.»

7. April. – Frauen aus skandinavischen Ländern sammeln sich zur Abfahrt. Dazu Erinnerungen von Johanna Hansen, Dänemark: «Als wir spürten, die Außenwelt nimmt mit uns Fühlung auf, konnte die Freiheit nicht mehr weit entfernt sein. An jenem Tag, da wir die ersten dänischen Rot-Kreuz-Pakete erhielten, blickten wir mit Stolz auf unser Heimatland. Aber die Zeit verging sehr langsam, und bisweilen erlosch unser Mut, unsere Hoffnung. Undenkbar, was aus uns geworden wäre, hätte es nicht von so vielen Seiten solidarische Hilfe gegeben. Drei norwegische Frauen – Sunneve Sandö, Birgit Nielsen und Sylvia Salvesen – übten bewundernswerte Solidarität, um Kameradinnen vor dem Gastod zu retten. Sylvia Salvesen ... und eine jugoslawische Kameradin versorgten uns mit Medikamenten, fälschten Atteste, Rezepte, Krankenblätter. Durch Professor Seip (Oslo), gleichfalls Gefangener, erhielt Sylvia Verbindung zum IRK, wurde hierbei tatkräftig unterstützt von Schwester Gerda (SS), die sich ihr verschworen hatte und sich uns anschloß. Deutsche Pflegerinnen, Häftlinge wie wir, halfen unermüdlich. Nicht zu vergessen die drei von der Schreibstube – zwei Deutsche und eine junge Polin – sowie Erika. Es ist gar nicht möglich, alle namentlich aufzuführen.

Während der Osterwoche war es ganz besonders schwer, lebend durchzukommen. Ich befand mich im ‹Schonungslager› – Vorhof zur Hölle, vergleichbar mit Auschwitz.

Am 7. April, Sonnabend nach Ostern, wurde bekannt, Omnibusse vom schwedischen Roten Kreuz seien auf dem Weg zu uns. Und sie kamen auch!»

Vom Siemenslager aus wird das beobachtet. Gusta Fučikova und einige ihrer Genossinnen waren Zeuge, als ein Bus mit nur achtzehn oder zwanzig Skandinavierinnen abfuhr. Das darf doch nicht wahr sein! Er muß doch umkehren! Da hatten doch mindestens noch vierzig Frauen Platz! Aber nein, der Bus fuhr weg. Heftigste Empörung. Warum ließen die Faschisten eigentlich nur junge und gesunde Gefangene frei? Wissen die IRK-Delegierten nicht, daß es hier auch alte und kranke Häftlinge gibt? Warum nehmen sie nicht so viel mit, wie in dem Fahrzeug unterzubringen sind? Und warum holen sie nur Angehörige westlicher Nationen?

8. April. – «Unten an der Mauer sind Leute dabei, eine Holzbude abzureißen. Wird die Gaskammer entfernt?» fragt Yvonne ihr Tagebuch. «Front nur noch 80 km von hier!!! Siemenshalle II stellt Betrieb ein! – Frauen aus Uckermark ziehen vorbei! Wo laufen sie hin? Wird das ‹Schonungslager› ausgeräumt?»

Ja, es wird geräumt, der Gegner baut ab. Eine Gaskammer ist verschwunden, Uckermark ist aufgelöst. 6000 Gefangene hatte die SS dort eingepfercht, 1500 überlebten. «Wir kehrten ins Stammlager zurück», schreibt Gisela Krüger. «Nie hätte ich gedacht, daß es mich glücklich machen würde, Ravensbrück wiederzusehn. Aber als ich in meinen ehemaligen Block eintrat, war mir, als käme ich ins Paradies.»

Ergänzend dazu Ilse Hunger: «Einerseits hoffnungsvolle Auflösungserscheinungen, andrerseits allergrößte Lebensgefahr. Die Zeichen ebenso günstig wie bedrohlich. Letzter ‹Gnadenakt› für Uckermark – ‹Karteikartentransport›. SS-Blockführerin Neudeck und Mordgehilfen verlangen vom Arbeitseinsatzbüro sämtliche Karteikarten jener Häftlinge, die aus Uckermark zurückgekommen und alt, krank oder arbeitsunfähig sind. Sie haben sich am Lagertor einzufinden. Lastwagen stehen bereit. Frauen und Karteikarten werden aufgeladen. Die ‹Fracht› geht ins Gas, in die Verbrennungsöfen.»

Friedel Hensel, eine Dresdener Genossin, erinnert sich: «Wer nicht in Rauch aufgegangen ist, verdankt das hauptsächlich dem Internationalismus, dem gegenseitigen rückhaltlosen Beistand. Ich bin dem Gastod entgangen, weil mich deutsche und polnische Kameradinnen davor bewahrten.»

Sie sagt das, als hätte sie nichts getan, als hätte sie sich nur helfen lassen. Wie vielen sie geholfen hat, darüber schweigt sie. Friedel war Küchenfrau, hatte Zugang zur Brotkammer, schälte Kartoffeln, schabte Runkelrüben und Möhren, zerschnitt Kohlblätter, kam an Würfelzucker, Sacharin, Margarine, Marmelade heran. Und es verging kaum ein Tag, an dem sie nicht mit ausgebeulten Schürzentaschen in ihrem Block erschien.

Protokoll ihrer Rettung: «Anfang Juni 1944 bekam ich hohes Fieber, hatte große Schmerzen im linken Bein. Befund – Phlegmone. Operation notwendig. Drei Monate Revier, dann drei Monate Krankenbau. Kurz vor Weihnachten zurück in meine Baracke. Fünfmal am Bein operiert, von oben bis unten zerschnippelt. Kameradinnen, darunter Gertrud Klapphut (Berlinerin) und unsere Blokova, Pani Maritschka, versteckten und ernährten mich über zwei Monate. Wenn keine Gefahr drohte, versuchte ich mich zu bewegen, an zwei Stöcken oder an den Wänden entlang tastend das Laufen zu lernen. Und immer die Frage: Schaffst du es, oder kommst du ins Gas. – Ich war während dieser Zeit zu nichts nütze, ein Nichts, eine ausgesprochene Null, hatte nur mit meinem eignen Gerippe zu tun und sagte: ‹Mädels, kümmert euch doch nicht um mich, ist doch vergebne Lebensmühe, ich machs nicht mehr lange.› Aber sie kümmerten sich, waren immer neben mir, stützten mich, sagten mir gute Worte. Die Leistungen meiner Genossinnen, meiner Gefährtinnen, die mich beschützten und dabei ihr Leben nicht schonten, sagen mir über Heldentum und menschliche Größe mehr als die klügsten Bücher.

Uns kleinen Leuten ist es ja immer dreckig gegangen, und oft sagte man sich, du bist nicht mehr als eine Mücke auf der Haut eines Elefanten. Aber eines Tages entdeckt unsereins, daß Mücken, wenn sie in Schwärmen auftreten, sehr wohl imstande sind, einen plumpen Koloß in die Wüste zu schikken.»

11. April. – Buchenwald befreit. Selbstbefreiungsaktionen! Amerikanische Truppen vor Eisleben. Befreiungsaktionen der Arbeiter! Mit Unterstützung vieler inzwischen befreiter kriegsgefangener Rotarmisten und polnischer «Ostarbeiter»

entwaffnen Bergarbeiter der antifaschistischen Kampfgruppe Mitteldeutschlands – geführt von Robert Büchner – den Volkssturm, die Hitlerjugend und die Invalidenkompanie des Standortkommandanten Oberst Seeger. Robert Büchner fordert Seeger auf, den sinnlosen Kampf gegen die anrückenden amerikanischen Truppen einzustellen. «Unsere Genossen beseitigten Panzer- und Minensperren. Einen Tag bevor die Amerikaner kampflos in Eisleben einzogen, übernahm Genosse Büchner auf Beschluß des antifaschistischen Komitees die Funktion des Oberbürgermeisters der Stadt», schreibt Otto Gotsche später.

Das war in der zweiten Aprilwoche des Jahres 1945.

In diesen Apriltagen wurde es frühzeitig und sehr rasch dunkel. Ravensbrückerinnen hatten den Eindruck, die Nacht breite sich wie eine schützende Zeltplane über ihr zerquältes Leben. «Es waren sanfte Nächte, mild, weich, dunkelgrün, manchmal – um Mitternacht – sogar still und scheinbar friedlich. Der Wind trug Blütenduft zu uns herüber. Wir waren sehr empfänglich für Stille, für sanft berauschende Frühlingsdüfte und ließen unserer Phantasie freien Lauf. Der lange, lange Winter ist vorbei, das Ende der Faschisten wird eingeläutet! – Wir freuten uns über ihre Unruhe, ihre Hektik, ihre schlotternde Angst.»

In der Nacht vom 12. zum 13. April heulen Alarmsirenen und reißen die Siemenshäftlinge aus dem Schlaf. SS-Posten und Aufseherinnen stürmen in die Baracken. «Wir müssen das Siemenslager verlassen. Gespenstisch der Anblick, als wir – unsere Habseligkeiten auf dem Buckel – durch die Nacht stolpern. Wir glaubten, die Evakuierung beginne, und waren entschlossen, bei der nächsten Gelegenheit zu fliehen. Es kam anders. Wir torkelten über das hüglige Gelände hinunter ins Stammlager», schreibt Yvonne in ihr Tagebuch.

Sie ist sehr oft in Ravensbrück gewesen, zu illegalen Treffs. Andere, so Gusta Fučikova, hatten das Hauptlager seit Monaten nicht gesehen. Auch Gusta vermutete, es sei die letzte Austreibung und man könne im Schutze der Nacht Freiheit durch Flucht gewinnen. «Wir glaubten schon, die Rote Armee sei im Anmarsch», erzählt sie in einem ihrer Erlebnisberichte. Doch es war noch nicht soweit. «In der rabenschwarzen Finsternis jagte man uns in eine leere, dem Geruch nach äußerst verschmutzte Baracke. Kaum konnten wir die Morgendämmerung erwarten, um festzustellen, wo wir uns befanden.»

Als sie durch die Dunkelheit getrieben wurden, hatten sie das Gefühl, sehr lange gelaufen zu sein, dachten, Siemens und Ravensbrück schon weit hinter sich gelassen zu haben. Wie bitter die Enttäuschung, als sie bemerkten, daß sie in Ravensbrück sind. Sie waren entsetzt, auch darüber, wie sich hier seit Anfang Dezember 1944 alles verändert hatte. Welch ein Unterschied zwischen damals und heute! Und verglichen mit den Ravensbrücker Häftlingen sahen die von Siemens fast gut genährt, gut gekleidet aus. Durch die verkommenen, schmutzstarrenden Baracken schlichen zerlumpte, ausgemergelte Wesen, halbverhungert. Was für ein schreiender Kontrast zur strahlenden Morgensonne und zum lachenden Lenz!

«Wehmütig denken wir an unsere sauberen Einzelbetten», schreibt Gertrud Popp. «Um die drei Blocks, in denen wir jetzt hausen, ist nochmals Stacheldraht gespannt. Befinden wir uns in Quarantäne oder wie? (Es sind bis vor kurzem Isolierblocks gewesen, von SS-Oberscharführer Pflaum Ende März als Ghetto abgeriegelt für Selektierte – die Autorin.) Im Lager Chaos, grenzenloser Notstand, grenzenloser Hunger. Wir müssen täglich weiterraxen, müssen wie früher täglich zwischen Ravensbrück und Siemens hin- und herpendeln.»

Vier Monate und zehn Tage hatten sie oben gewohnt – Schlafstätte direkt neben Ausbeutungsstätte. Es waren die Monate der größten Massenvernichtung. Da paßte es sowohl der Lagerleitung als auch der Konzernleitung nicht ins Konzept, daß tagtäglich 3000 Häftlinge dort vorbeizogen, wo Vergasung stattfand.

Und das hört auch jetzt noch nicht auf. Die SS hatte eine der Gaskammern nach Malchow expediert, ins sogenannte Lazarett. Über diesem Lazarett weithin sichtbar die Rotkreuzfahne. Zyklon B unter der Flagge einer international respektierten humanitären Organisation! Die Herren von Siemens waren natürlich sofort einverstanden, ihre Häftlingsunterkünfte frei zu machen, da aus verschiedenen Himmelsrichtungen Gefangene herangeschleppt wurden, die man schnell zu beseitigen hatte – in der noch verbliebenen Gaskammer oder im Lazarett.

Dazu Gertrud Popp: «Wenn wir im Siemenslager an unseren ehemaligen Schlafbaracken vorbeigehen, packt uns das blanke Grauen. Die neuen Bewohner sind männliche Häftlinge, aus irgendwelchen KZ hierhertransportiert, kaum noch menschenähnlich. Es nimmt und nimmt kein Ende, und der Durchschnittsdeutsche glaubt noch immer an den ‹Endsieg›.»

Während die Nazis vom Endsieg faseln, rückt die Rote Armee westlich von Oder und Neiße vor, und im Mansfeldischen beginnen Antifaschisten damit, Trümmer zu beseitigen, deutsches Land neu zu bebauen. Sie hatten sich darauf vorbereitet, wenn es soweit ist, keine Stunde zu säumen, die staatlichen Leitungs- und Machtpositionen zu entnazifizieren, zu demokratisieren. «Das ist uns gelungen», schreibt Otto Gotsche. «Am 14. April 1945 nahm ich meine Arbeit als Landrat der beiden Mansfelder Kreise auf.»

15. April. – Englische Truppen übernehmen Bergen-Belsen.

16. April. – Offensive der Roten Armee zur endgültigen Zerschlagung des Hitlerfaschismus. Angriff auf die Seelower Höhen.

Ravensbrückerinnen hören dies und das, hören und wissen vor allem: Nazideutschland liegt am Boden. – «Werden wir den neuen Anfang erleben? Die Faschisten wollens nicht wahrhaben, daß ihr Reich zusammenbricht, behaupten, zu ‹Führers Geburtstag› würden Wunderwaffen eingesetzt und alle verlorenen Gebiete zurückerobert», schreibt Ilse Hexter, politische Gefangene, beschäftigt in der Schneiderei. «Am 18. April sagte ein SS-Mann, daß ab 23. April alle Werkhallen im I-Hof wieder voll arbeiten. Die Lage ändere sich. ‹Bald sind wir wieder in Wien, in Warschau, in Paris, und dann fällt ganz sicher auch Moskau.› – Die SS richtete sich allen Ernstes darauf ein, Wehrmachtuniformen für den Winter 45/46 schneidern zu lassen.»

Torschlußpanik

Hitler hält nicht, was er verspricht. Der 20. April geht vorbei, ohne Wunderwaffen. Lagerkommandant Suhren stellt hastig noch ein Schanzkommando zusammen aus Häftlingen. Frauen, mit Spitzhacke, Spaten, Schaufel ausgerüstet, um acht Kilometer von Ravensbrück entfernt Panzersperren, Panzerfallen zu graben, zur Verteidigung der Sträflingsinsel. Eine Ansprache hat er gehalten. «Wenn das Lager nicht verteidigt werden kann und wir evakuieren müssen, bekommt jede Blei zu riechen, die einen Fluchtversuch wagen sollte.»

Am 20. April erteilt SS-Gruppenführer Müller im Reichssicherheitshauptamt Höß, dem ehemaligen Kommandanten von Auschwitz, den Geheimauftrag, Ravensbrück auszuradieren, Sprengkapseln anzubringen und kurz vor Toresschluß das Ganze in die Luft zu jagen.

Dem Geheimgespräch war folgendes vorausgegangen: IRK-Delegierte suchten den Gestapochef Müller zu bewegen, Sachsenhausen und Ravensbrück unter Aufsicht des IRK sowjetischen Truppen zu übergeben. Müller lehnt ab, mit der Entschuldigung, nach Oranienburg wäre kein Durchkommen. – Wie sah es in Wirklichkeit aus? Sowjetische Truppen standen zehn Kilometer vor Sachsenhausen, und die SS traf fieberhafte Vorbereitungen, das KZ aufzulösen. Internationale Beobachter hätten da gestört. – Einer der Delegierten erkundigt sich, ob man wenigstens nach Ravensbrück noch durchkomme. Müller antwortet, das würde schwierig sein, Straßen höchst unsicher, keine Garantie. Aber sie sollten es getrost probieren, er wolle ihnen gern behilflich sein.

Die Delegation bricht auf. Müller sofort ans Telefon. Er informiert Suhren, daß Abgesandte vom IRK unterwegs sind, er – Suhren – solle sie gebührend empfangen und nach Anhörung wieder höflich hinauskomplimentieren. Alles weitere sei ihm ja wohl bestens bekannt, Höß werde in Kürze eintreffen.

Ab 21. April auch in Ravensbrück Vorkehrungen, das Lager zu liquidieren.

Sachsenhausen ist schon so gut wie menschenleer. In den frühen Morgenstunden des 21. April hatte sich das Tor geöffnet. 35000 Häftlinge zogen hinaus. Der Todesmarsch begann. Die Bäume im Belower Wald sind Zeugen.

Ravensbrück «zieht nach». Eigentlich wird überall «nachgezogen», wo noch SS haust.

«Die Bestie schlägt um sich», schreibt Yvonne in ihr Tagebuch. «Wir teilen die Zeit schon nicht mehr in Wochen und Monate ein, rechnen nur nach Tagen, nach Stunden. Furcht und Hoffnung halten sich die Waage. Wir haben unsere Verzweiflungsanfälle; die Sekunde, der Augenblick entscheidet, ob wir darin untergehn oder nicht.»

Olga Körner beschreibt, was in diesem Vernichtungstaumel der Nazis alles möglich war: «Heilloses Durcheinander, aber auch Freude, Vorfreude. Die Rote Armee soll schon kurz vor Berlin stehen! Diese und andere Nachrichten schwirrten durch die Schneiderei. Nachrichten auch, die uns absurd erschienen – SS würde langjährige politische Häftlinge entlassen, deutsche, österreichische, tschechische. Großes Fragezeichen. Aber es stimmte. Man drückte ihnen Entlassungspapiere in die Hand und ein Stück Brot. Ohne ordentliche Ausweispapiere, ohne einen Pfennig werden sie aus dem Chaos ins Chaos entlassen, vogelfrei, herumstreunenden SS-Banditen ausgeliefert oder den Werwölfen.»

Dazu Gertrud Popp: «Eines Tages sollen sich deutsche politische Gefangene beim Lagerleiter einfinden, zwecks Angabe des Heimatortes. Was hatte man mit uns vor? – Suhren ruft verschiedene Namen auf, meinen auch, und sagt, es sei uns überlassen, wie wir nach Hause kommen.

Der Abschied von den Kameradinnen fällt schwer, tief schmerzlich die Trennung. Am 21. April unter Begleitung zweier SS-Männer zum Bahnhof Fürstenberg. Wir sind frei. Niemand hält uns auf, niemand pfeift uns zurück. Ist das die Freiheit, die uns so unerreichbar schien, ist sie es wirklich? In jenen Stunden, in denen man auf den Tod wartete und doch immer wieder dieses Fünkchen Hoffnung aufblitzte, hatte sich in uns die Vorstellung festgehakt, Freiheit müsse so etwas wie Tollheit sein, eine Sturzflut wirbelnder hochfliegender Gedanken und Gefühle, ein Vulkanausbruch, stetig anschwellender Jubelschrei, der Himmel und Erde erfüllt. Nun aber ist da nur ein beklemmendes Gefühl, ein beklommenes Herz, eine ganz allmähliche Entkrampfung. Kein Jubel, kein Freudentanz, Stille um und in uns, ein dumpfer Druck zwischen den Rippen.»

Noch 21. April. Kaum hatte Suhren Gertrud Popp und einige andere ins Ungewisse entlassen, zitiert er wieder politische Gefangene zu sich, darunter Lenchen Weber, im Januar aus Auschwitz-Birkenau gekommen, jetzt im Ravensbrücker Revier Samariterin. Sie glaubt, ebenfalls entlassen zu werden, verabschiedet sich bei ihren Genossinnen, als müsse sie sich entschuldigen, daß sie nun gehen darf. «Bald kommt ihr ja alle hier raus.» Lenchen wird nicht entlassen, sie wird umgebracht, erschossen, mit ihr noch 46 politische Häftlinge, alles Frauen aus Auschwitz.

Simone Loché, Paris, erinnert sich Lenchens. Simone, Pflegerin auf Block 10, lag ab Mitte März 1945 selber als Kranke auf der Tbc-Station. Ihre Gefährtinnen befürchteten, daß Winkelmann sie aussondert, und betteten sie um, von Block 10 auf den Block für Mutter und Kind. Ihr muß eine Kanüle eingesetzt werden. Häftlingsärzte wagten die Operation. «Wer alles an meiner Lebensrettung beteiligt war, weiß ich nicht. Viele sind es gewesen, viele, die ich gar nicht kannte, auch nie zu Gesicht bekam. Lenchen aber kenne ich. Dich vergess ich nie. Bist ein Lenchen gewesen, wie Jenny und Karl Marx' Lenchen es war, still, einfach, bescheiden, immer da, wenn man dich brauchte, hast mich an der Hand festgehalten und mich aufgepäppelt. Das werde ich niemals vergessen.»

23. April. – Die von Gestapo-Müller avisierten IRK-Parlamentäre sitzen beim Lagerkommandanten Suhren. Er wimmelt sie ab. Auf das Thema Übergabe läßt er sich gar nicht ein, höchstens darauf, die Gefangenen «vor näher rückenden Kampfhandlungen in Sicherheit zu bringen». Das ist den Unterhändlern nicht verdächtig, sie fragen nur, wieviel Frauen noch im Lager sind. Suhren antwortet, es handele sich um 17000. Da unterschlug er mindestens 4000. Ende März wa-

ren es ungefähr 37000. In der Zwischenzeit hatte er etwa 16000 auf Transport geschickt – ins Gas, nach Mauthausen, Bergen-Belsen, in Neben- und Ausweichlager und in Lager, die mit dem Roten Kreuz getarnt waren. Allein aus diesem Zahlenvergleich geht hervor, daß die SS plante, noch Tausende zu vernichten.

Aussage Suhrens, als ihn nach 1945 ein Richter befragt: «Die französischen und skandinavischen Häftlinge mußten entsprechend der Genfer Konvention dem IRK übergeben werden.» Man hört deutlich sein Bedauern heraus. «Nachdem dies geregelt war, mußten auch die Staatsangehörigen der übrigen westlichen Länder freigelassen werden. Aber der Autopark genügte nicht im entferntesten, alle Personen zurückzuführen.»

Um den 23. April herum vernahmen Ravensbrückerinnen, alle polnischen transportfähigen Häftlinge würden entlassen und in einer Stadt nahe der Ostseeküste dem IRK übergeben. «Verkehrsituation äußerst prekär», sagte Suhren, auch besitze das IRK nicht so viele Transportmittel, und es würde immer komplizierter, vom Norden her Ravensbrück zu erreichen. Er stellte in Aussicht, man befördere sie mit der Eisenbahn bis Stralsund, dort solle die Übergabe stattfinden.

Von einer Fahrt in die Freiheit war nichts zu bemerken. Stark bewaffnete SS-Männer begleiteten die «Entlassenen» und verhehlten nicht, daß es ein «Himmelfahrtskommando» ist. Die Polinnen kamen nie an, viele, viele fanden in den Belower Wäldern ihr Grab.

Gleich darauf ein neuer Abtransport, nach Malchow, von da angeblich ins Ausland – Dänemark oder Schweden. Die Häftlinge überwiegend Jüdinnen. Ein jüdisches Geschwisterpaar namens Philipp meldete sich freiwillig, «um aus Ravensbrück wegzukommen. Doch der Transport wurde zurückgehalten, weil keine Eisenbahn mehr fuhr und die Straßen total verstopft waren. Großes Glück für uns, denn einer der SS-Leute, die uns bewachten, sagte: ‹Wenn ihr nach Malchow ins Lazarett kommt, dann gnade euch Gott.› – Malchow, ein übelberüchtigtes Lager, es hieß, man habe die Ravensbrücker Gaskammer dorthin ‹verpflanzt›.»

Massenhaft Scheinentlassungen und nur zwischendurch echte Zugeständnisse, tatsächliche Fahrten in die Freiheit.

Aus Yvonnes Tagebuch: «23. April. Ein Montag. Ich werde ihn mir merken müssen, er ist denkwürdig. Aufgerufen sind alle Holländerinnen, alle Belgierinnen, alle Luxemburgerinnen. – Das IRK holt uns! So nach und nach jedenfalls. Wir Siemenshäftlinge müssen uns noch gedulden. Vorerst werden ältere Frauen repatriiert. Suhren hatte das zugesagt, übergab den Parlamentären sogar 200 Kranke. Als die Omnibusse hereinfahren, herrscht unter den Frauen, die im Revier liegen, starke Erregung. Sie hatten so viel Furchtbares erlebt, daß sie an Rettung nicht glaubten.»

Nein, sie glaubten nicht daran. Auch Marguerita Gagossian, eine Belgierin, glaubte es nicht. Sie war NN-Häftling und in der Handstrickerei mit Paula Gössel, einer deutschen Gefangenen, bekannt geworden. «Zweimal kurz hintereinander schrieb mich die SS ‹bedingt tauglich› (rosarote Karte!), was Vernichtung bedeutete. Paula Gössel und andere von Block 3 verhinderten das. Im Arbeitseinsatz hatten Kameradinnen meinen Namen aus der Liste entfernt und durch den einer Toten ersetzt. Ich war sehr, sehr oft lebensgefährlich bedroht. Meine Freunde hielten mich vom 2. Februar bis zum 22. April 1945 verborgen ... Am 23. April tauchte ich wieder auf, mit Zittern und Zagen, und wir beruhigten uns erst, als wir auf hoher See waren, Schweden entgegen.»

Mit Zittern und Zagen. O ja, denn der Tod lauerte gleich nebenan. Während Marguerita Gagossian dem Leben entgegenfuhr, lief Winkelmann durch Block 10.

Dazu Erika Buchmann: «Am 22. 4. erhielten wir eine Liste mit fünfundzwanzig Namen und Nummern, darunter acht, die nicht zu den Schwerkranken zählten. Wir sagten Winkelmann, die Liste stimme nicht, acht Patienten seien aus dem Tbc-Block entlassen und auf ihre Wohnblocks zurückverlegt worden. Er nahm das zur Kenntnis und erwiderte: ‹Pech gehabt, die restlichen siebzehn entlassen wir auch, aber nicht auf ihre Wohnblöcke, sondern nach Hause. Ja, richtig gehört, sie sind frei, husch-husch, die Waldfee.› – Ein ganz abgefeimtes Täuschungsmanöver, dachten wir. Die Patienten hörten das auch, was Winkelmann gesagt hatte, es sprach sich herum. Und immer, immer wieder dieses Schwanken zwischen Furcht und Hoffnung. Hier war doch alles möglich! Hatte er gelogen oder nicht? – Die siebzehn Frauen sollten sich abends vor der Registratur melden. Wir brachten sie hin. Spät nachts kamen sie zurück, durchfroren, durchnäßt. Aber sie waren wenigstens wieder da. Für uns ein Zeichen, daß man sie eventuell doch nach Hause entlassen würde. Winkelmann entließ sie auch. Sie fuhren hinaus, nicht sehr weit, nur bis zum Geräteschuppen ... Es war am 23. 4., einen Tag, bevor SS die Vernichtungsanlage abmontierte.»

Aus Yvonnes Tagebuchnotizen: «24. April. – Vor dem Abendappell rasch einige Zeilen. Wie betrunken von den letzten Neuigkeiten. Kopf wirr vor lauter Freude.

Was hat es gegeben?

Gaskammer außer Betrieb! – Ein Alpdruck weicht. Internationale Kommission zur Überprüfung der Zustände eingetroffen! – Hannover, Eisenach, Leipzig, Berlin Frontgebiete!!!

Brief von Walter aus Dachau! Überglücklich, daß er gesund und guten Mutes.

Gerücht erhärtet sich, daß alle westeuropäischen Häftlinge entlassen werden (IRK-Forderung!).

Buchenwald befreit!!!

Wir fühlen uns nicht mehr als Brennmaterial. Evakuierungsfrage auch gelöst, unter uns Illegalen. Wir weigern uns, das Lager als Gefangene zu verlassen!»

Sie rüsten, die Illegalen, machen sich stark für die allerletzte Etappe. Richten sich auf Evakuierung ein und darauf, im Lager zu bleiben. Sorge, Vorsorge auch, besonders Gefährdete in IRK-Bussen unterzubringen – deutsche, österreichische und Angehörige osteuropäischer Nationen. Auftrag an alle Aktiven, mit ihren Vertrauten auszumachen, jetzt Brot einzusparen, es zu trocknen, um für den äußersten Notfall Wegzehrung bei sich zu haben. Genossinnen aus der Effektenkammer legen Zivilkleidung bereit, als Fluchthilfe.

Das Tonband läuft. Tanjas Stimme: «Am vierundzwanzigsten April sagten mir meine Lagermütter von Block drei, der

Rote-Armee-Block muß kommende Nacht auf Transport. Das war schlimm. Viele versteckten sich, ich auch. Deutsche Genossinnen nähten jetzt schnell auf meinen Kittel ihren roten Winkel.

Jetzt war ich Deutsche und wieder bei meinen Lagermüttern. Ilse Hunger, Trude Mittag, Charlotte Müller, Marie – ach, ich weiß nicht, wer noch, so viele haben mir Stärkung gegeben.»

Am 24. April 1945 klingelt bei SS-Gruppenführer Müller das Telefon. Suhren am Apparat. «Mir ist soeben gemeldet worden, Höß habe einen Autounfall erlitten. – Jawoll, schwerer Unfall. – Jawoll, tödlich. – Jawoll, Gruppenführer, einer unserer Besten.»

Höß aber hatte keinen Autounfall, hatte sich nicht das Genick gebrochen, hatte nur die Richtung geändert, Absetzbewegung. Einer ihrer Besten hatte sich davongemacht, war nach Schleswig-Holstein geflohen, auf einem Bauernhof untergekrochen, als Landarbeiter. Am 12. März 1946 wurde er entdeckt und vor ein polnisches Gericht gestellt.

Abschied

25. April 1945 – Begegnung an der Elbe. Sowjetische und amerikanische Truppen in Torgau. Begrüßung, Umarmung. – Goebbels und Nazipropagandist Fritzsche sprechen über den Deutschlandsender vom «Endsieg». Im Mansfelder Gebiet sind Antifaschisten Bürgermeister. Arbeiter schließen sich dort zu Kampfgruppen zusammen – Selbstschutz.

Die Rote Armee hat Berlin eingekreist, der Ring wird enger und enger, die Aussicht auf eine bessere Zukunft weiter.

Nun haben es die Faschisten in Ravensbrück sehr eilig, nun wissen sie nicht, wo zuerst anfangen. Die SS reißt das Zelt und den zweiten Geräteschuppen ab, läßt Zeugen und Zeugnisse ihrer Schandtaten verschwinden. Da waren noch die elf Männer, Häftlinge, dazu verurteilt, im Krematorium die Leichen zu verbrennen. Nun mußten auch sie verbrennen. Mit ihnen der Prügelbock und der ganze Aktenkram, die Blockbücher, die Karteikästen, die Tabellen über Ist und Soll, die Krankenblätter, der Schriftverkehr. Letzte Verbrennungsaktion. Noch einmal lodern Flammen aus den Schornsteinen des Krematoriums. Und noch einmal proklamiert Hitler, er werde den sowjetischen Truppen «vor den Mauern der Reichshauptstadt das alte Schicksal Asiens bereiten» und den «bolschewistischen Ansturm in einem Blutbad ersticken». Dies kaum ausgestoßen, nahm er Gift.

Aus Yvonnes Tagebuch: «Wir schleppten uns all die Jahre nur von Stunde zu Stunde, von einem Tag zu anderen wankend. Und dann dieser Tag, dieser 25. April! Worte stürzten über meine Lippen, Worte, die unseren Freudenausbruch nicht annähernd ausdrückten, eine tiefe Bewegung überflutete mich, überflutete uns. Ich ließ mich davon tragen, sie durchströmte mich wie das Wasser der Kaskaden – wiederbelebend. Aphrodite.

Über das Unmögliche: Es war doch ganz unmöglich, daß ... Tritt aber Unmögliches, jahrelang mit allen Fasern des Herzens Herbeigewünschtes ein, verschmelzen Licht und Finsternis. Und der Abschied – immer dieser Abschied! Man reißt sich los und kommt nicht voneinander los. Die Gesichter der Freunde, Genossen, Kameraden – Ergriffenheit, Wehmut über dieses Abschiednehmen von Menschen, mit denen du zusammengewachsen bist. Wir standen eng umschlungen, ertranken fast in unseren Tränen.»

So würde es denn wahr werden, daß sie frei ist, niemals wieder zurück muß in dieses Lager, außer im Traum? – Yvonne sah sich nach Ilse um, Ilse Hunger nickte ihr zu, lächelte, froh, aber auch traurig. Wie sollte nicht traurig sein, wer hier zurückblieb? Doch das Zurückbleiben war es nicht allein, es war auch die Trennung, das Auseinandergehen zweier Frauen, die sich wie Schwestern liebten. Kein Abschied ist schmerzlicher, als der in einem solchen Lager, wo die Menschen sich auf Gedeih und Verderb miteinander verbanden, sich festhielten, aneinander gefesselt waren. Eine Fessel, die nur unter Schmerzen zu lösen ist und deren Abdruck immer zu spüren sein wird, unauslöschlich.

Yvonne außerhalb der Mauer. «Nun fahren wir also, fahren nach Schweden! Es gelang uns, einige deutsche Kameradinnen mitzunehmen, wie Änne Kassing, Sophie Dehm u. a.

Lastautos im Konvoi. Sie fahren schnell durch das furchtbare Land, nordwestwärts. Am Steuer unseres IRK-Wagens ein Kanadier. Unterwegs, kurz vor Wismar, überholten uns Wehrmachtfahrzeuge, getarnt mit dem Roten Kreuz. Sie waren schon weit vor uns, als plötzlich englische Flugzeuge heranbrausten. Der Kanadier stoppte, bat uns auszusteigen und hinter einer Böschung Schutz zu suchen. Die Flieger griffen an. Tiefflug. Bordkanonen ratterten, Dreck spritzte hoch, Erdklumpen und Steine prasselten auf uns nieder. Schreie, Stöhnen ... Unweit von mir eine Holländerin, schwerverwundet. Einige Meter daneben sehe ich eine andere Frau liegen, silberweiß ihr Haar – Sophie! Sophie Dehm! Sie lebt noch, hebt schwach eine Hand, deutet auf ihren Rücken. Ein Granatsplitter hatte sich zwischen ihre Schulterblätter gebohrt. Ich sage, nicht sehr schlimm, Sophie, in Schweden gibt es gute Ärzte. Sie schüttelt den Kopf. ‹Nein, nein, laßt mich hier!› Ich bin zutiefst erschüttert. Als ich mich umblicke, sehe ich Änne Kassing wie eine Statue im Gebüsch sitzen. Noen Beuzemaker ist bei ihr. Wir fragen, ob sie Schmerzen habe. Änne rührt sich nicht, sagt nichts. Wir helfen ihr auf, stützen sie, aber Änne bricht immer wieder zusammen ... Sanitäter kamen und trugen die Verwundeten fort. Änne, Sophie – wir haben euch wie in einer Schlacht auf dem Schlachtfeld liegenlassen müssen. Es war ein schreckliches Erlebnis, das schrecklichste überhaupt.»

Sie sind beide ihren Verletzungen erlegen – Sophie Dehm bei Freunden nahe Wismar, Änne Kassing in Dänemark.

Letzte Etappe

Suhrens letzte Lagebesprechung. «Meine Herren, fertigmachen, zum Abmarsch!» – Ravensbrück räumen, möglichst gründlich, möglichst «alles fertigmachen», durchs Tor hinausjagen, was noch laufen kann; das Lager verminen, sich selber absetzen, kurz vorher Sprengladungen zünden – nach uns die Sintflut.

Das war am 26. April. In Ravensbrück befinden sich noch 18000 Häftlinge.

Am nächsten Morgen sind alle Blockältesten aufgefordert, zum Rapport zu erscheinen. Mitteilung Suhrens: «Das Lager wird geräumt. Abmarsch in drei Etappen. Letzte Etappe 29. April. Kein Gepäck erlaubt, nur Decke und eiserne Ration.»

Die von der Siemens-AG haben schon eingepackt und verlassen am 27. April Hals über Kopf ihre heiligen Hallen.

Am selben Tag beginnt auch die Evakuierung von Ravensbrück – schubweise, in drei Marschkolonnen. Die Gefangenen weigern sich zu gehen. Nervosität bei der SS. Wildgewordene feuern blindlings in die Menge.

Mit Waffengewalt zusammengetrieben, zieht der erste Trupp hinaus. Dreitausend Kranke bleiben, es bleiben auch Pflegerinnen, Ärztinnen, zahlreiche andere Häftlingsfunktionäre und viele, die sich heimlich wieder aus den abrückenden Kolonnen entfernt und irgendwo verborgen haben. «Rosa Thälmann kam sich verabschieden», berichtet Antonina Nikoforowa. «Wir schlugen ihr vor, doch lieber bei uns zu bleiben. Aber sie mochte sich nicht von ihren Genossinnen trennen, ging mit Käthe Rentmeister, Ilse Hunger und all den anderen.»

Aus den Aufzeichnungen einer Ravensbrückerin, die in der Schälküche arbeitete und zum letzten Trupp gehörte: «Wir wollten nicht hinaus. Wir hatten nur den einen Wunsch, hier im Lager das Ende abzuwarten. Das schien uns sicherer. Der Abmarsch verzögerte sich immer und immer wieder. Die Stunden vergingen. Das Lärmen der Front sehr nahe. Es hieß, sowjetische Truppen seien nur noch 20 Kilometer von Ravensbrück entfernt. Unsere Herzen klopften – ach, wenn sie doch kämen, jetzt, in dieser Sekunde! – Schon vor Tagen lief ein Gerücht, die SS hätte das Lager vermint und würde alles in die Luft sprengen, sobald sich das Tor hinter der dritten und letzten Marschsäule geschlossen habe ... Für einige unserer kranken Kameradinnen, die gern mit hinaus wollten, hatten wir zwei Karren besorgt, klapprige Tafelwagen, die zerrten wir hinter uns her, meine Freundin und ich. Nur ganz langsam schoben sich die Reihen vorwärts zum Tor. Wir hielten uns etwas abseits, immer mit dem Gedanken beschäftigt, doch auszuscheren. Was tun? Sich hinausschieben lassen oder nicht? – Suhren und Gefolge hatten sich bereits aus dem Staube gemacht. Auf der Lagerstraße ein Menschengewimmel. Kurz entschlossen stahlen wir uns davon, gingen zurück zur Häftlingsküche, natürlich nicht ohne unsere Kameradinnen, die auf den Handwagen saßen. Es fiel gar nicht auf; und was sollte uns noch passieren? Mehr als erschießen konnten sie uns nicht ...

Als die letzten der Evakuierungskolonne das Lager verlassen hatten, türmten die SS-Männer, unter wüstem Abgesang, mit Knallerei und mordandrohenden Gebärden, sie würden nicht gehen, ohne einen Scherbenhaufen zu hinterlassen: ‹Ihr verreckt alle!›»

Der 27., 28. und 29. April 1945 – in Ravensbrück Tage der Massenvertreibung, da man jede Sekunde darauf gefaßt sein mußte, das Leben zu verlieren.

Auch Gusta Fučikova ist am 29. April noch im Lager, wie viele andere Illegale, die vereinbart hatten, sich der Evakuierung zu widersetzen. Ein Genosse der Handwerkerbrigade hatte über ein Flugblatt der Roten Armee informiert, das die Bevölkerung aufforderte, ihre Wohnungen nicht zu verlassen. Diesen Aufruf bezogen sie auch auf sich. Am späten Nachmittag des 29. April wagten sie sich aus ihren Verstekken. Die Lagerstraße menschenleer. Auch keine SS mehr zu sehen, nur eine Torwache, fünf oder sechs Mann.

Ani Horwath, eine jugoslawische Partisanin, jung, energisch, tatkräftig, nahm jetzt das Heft in die Hand und sagte: «Wir müssen uns umschaun, unsere Kranken brauchen Medizin, was zu essen und zu trinken. Suchen, suchen! Vielleicht finden wir einiges von dem, was die Faschisten gehortet haben.»

Sie liefen durchs Lager, entdeckten eine verschlossene Baracke, brachen sie auf, entdeckten eine Unmenge Lebensmittelpakete, machten noch andere lebenswichtige Funde – in SS-Magazinen, im Kasino, in der SS-Apotheke, in den Küchen, Kantinen und Vorratskammern. Alles in allem beileibe nicht genug für dreitausend Kranke. Doch es half über die nächsten Tage hinweg. Die Welt sah etwas freundlicher aus. Hoch oben am Himmel jagten Flugzeuge, Bomber und Aufklärer. Die an- und abschwellenden Motorengeräusche aus der Luft, das Geschützfeuer der nahen Front klang wie eine Symphonie und entfachte ihren Elan. Wer nicht bettlägerig war und sich noch rühren konnte, faßte mit zu. Sie arbeiteten wie die Bienen, freiwillig und mit Hingabe. Manchmal sprang sogar ein Lachen von einer zur anderen, da und dort auch ein Lied, als wäre der Druck schon von ihnen gewichen, als bestünde keine Gefahr mehr.

Der Abend kam, es dunkelte. Gusta und ihre Genossinnen waren beisammen, saßen am Tisch, zum ersten Male seit undenklichen Zeiten froh und entspannt. Plötzlich zuckte ein greller Lichtschein durch die Fenster, gleich darauf gewaltige Explosionsgeräusche. Ein Beben und Zittern ringsum, als ob die Erde mit einem Knall auseinanderbricht und alles über ihnen zusammenfällt. Sie dachten, jetzt ist es aus! Erwarteten jeden Augenblick neue Explosionen. Doch es blieb still. Erst viel später wurde ihnen bekannt, daß nahe Fürstenberg ein Munitionsdepot in die Luft geflogen war. Ravensbrück, obwohl vermint, explodierte nicht. Genossen der Handwerkerbrigade hatten Minen und Sprengsätze entschärft. «Wenn ich heute daran denke, erscheint es mir unbegreiflich, wie wir damals inmitten der Kanonaden, des Bombenhagels, der Explosionen tief und fest schlafen konnten. Aber wir schliefen tatsächlich», schreibt Gusta. «Mit dem Morgen des 30. April zog ein schöner Tag herauf. Als ich die Baracke verließ, empfing mich eine seltsame, ungewohnte, feiertägliche Stille. Die eben vergangene Nacht schien ein Großreinemachen vorgenommen zu haben. Den klaren Himmel zerpflügte kein einziges Flugzeug mehr, nirgends peitschte ein Schuß, kein Rauchwölkchen verdeckte die Sonne.

Ich vernahm Schritte. Eine lettische Genossin kam auf mich zu. ‹Ich gratuliere dir zum Sieg!› sagte sie ergriffen. Wir

gingen beide zum Tor. Es stand offen, die Wachstube war verlassen ...

Wir liefen hinaus. Überall herrschte majestätische Stille. Am See blieben wir stehen.»

Der See glitzerte silberhell, spiegelblank, als sei er nie getrübt worden. Sie schauten hinüber zum Städtchen am jenseitigen Ufer. Von Türmen und Dächern wehten lange weiße Fahnen. Fürstenberg hatte sich ins Gewand der Unschuld gehüllt.

Nicht nur die zwei Frauen am See, auch alle anderen Ravensbrückerinnen bewegte die Frage: Hat man sich da drüben wirklich ergeben? Haben sie kapituliert? Ist der Krieg aus, wirklich alles vorbei – Krieg, Faschismus, Verfolgung? Ist die Stadt für uns über Nacht zur sicheren Stadt geworden? Der Teufel mochte das glauben. Freilich, es gab auch dort Antifaschisten, und Gusta hatte erfahren, daß Rosa Thälmann von mutigen Fürstenbergern aus dem Evakuierungstreck befreit und in Sicherheit gebracht worden war. Doch während der Jahre hier im KZ ist diese Ortschaft am Schwedtsee kein guter Nachbar gewesen. «Wir würden nicht sicher sein, solange wir nicht mit der Roten Armee Tuchfühlung hatten.» Und sie stellten sich vor, da käme mindestens eine Division sowjetischer Soldaten, sie zu befreien und zu beschützen. Aber noch war die Rote Armee nicht hier, noch konnten Faschisten zurückkehren, versprengte Totenkopfleute oder Werwolfbanden über die Frauen herfallen.

«Es war noch sehr früh am Tage. Und da erblickten wir ihn», berichtet Gusta. «Er kam auf einem Fahrrad, von einer Seite, von der wir es am wenigsten vermutet hätten – von dort, wo wir vor kurzem die Straße aufgegraben hatten. Er war klein, untersetzt, die Uniform staubbedeckt. Ein Rotarmist! Unser Befreier!»

Sie rannten auf ihn zu, weinend, lachend. Immer mehr Ravensbrückerinnen eilten herbei, umarmten, küßten ihn. Er stand wie verdattert zwischen ihnen, verlegen, überrumpelt. Jede wollte ihn begrüßen, und jede fragte, wo ist die Rote Armee, wann kommt die Rote Armee? – Als es ihm schließlich gelang, sich aus den stürmischen Umarmungen frei zu machen, schob er seine Mütze aus der Stirn und sagte mit weitausladender Handbewegung: «Wjesdje – iberrall –, prijechatsch sjuda.» Aus seiner Geste und der Art, wie er seine Worte betonte, sprach so viel Kraft, daß nun alle Angst von ihnen abfiel und sie überzeugt waren, diesem einen Rotarmisten folge die ganze Sowjetarmee hierher nach Ravensbrück. Er fragte noch: «Gdje Faschisti?» Geflohen, antworteten sie, im Lager jedenfalls würden keine mehr sein, vielleicht aber in Fürstenberg und den umliegenden Wäldern. Er drehte sein Rad um, winkte und fuhr los.

«Wir haben ihn nicht wiedergesehen. Niemals haben wir auch nur seinen Namen erfahren. Der so sehnsüchtig, so lang erwartete Befreier – und keine von uns hat ihn gefragt, wie er heißt!»

Erst spätnachmittags erschienen sowjetische Truppen. Aber auch sie zogen weiter. Nur einige wenige Soldaten und Offiziere blieben als Schutz.

Du bist frei, Gusta! Eigentlich hätte sie sich unbändig freuen, hätte jauchzen, jubilieren müssen. «Aber all meine Begeisterung schien sich wohl mit der Umarmung des ersten Rotarmisten erschöpft zu haben ...»

Epilog

Man ging aus dem Lager, frei nun, ging wie von einem aussätzigen Feld. Und dies alles sollte man je vergessen, wie man eine schwere Krankheit vergißt? Einmal war der Schleier fortgerissen, der über dem Geheimnis brutalster Machtausübung liegt, und man hatte in Abgründe geschaut. Gestählt nun, vielleicht, aber nicht unverwundbar. Ein Teil aller Leidenden auf dieser Erde – hinabgestoßen an den Urquell aller Qualen, jetzt wieder heraufgestiegen, heraufgehoben.

Befreiung – ein einmaliger Kraftakt? Das Gefühl, nun gesiegt zu haben? Nein, das war es nicht. Zuversicht, ja, und die Überzeugung: Wir werden es schaffen.

Kaum eine unter ihnen, so kräftig, so stark, so mutig, Schwierigkeiten und Gefahren ohne die Hilfe der anderen zu bewältigen. Wer kann das schon? Keine unter ihnen, die rundum vollkommen gewesen wäre. Wer ist das schon? Sie gingen weder sorglos noch arglos noch achtlos durch ihre neugewonnenen Tage. Nein, paradiesisch ist es noch nicht, das Leben, und ohne Fehl und Tadel sind wir noch lange nicht, aber wir sind zu Hause, endlich!

Frage an die Toten von Ravensbrück: Seid Ihr in Sorge, Eure Stimmen, Eure Rufe könnten verhallen, ungehört im Tosen unserer Zeit?

Ravensbrück – heute Gedenkstätte, Museum ... Große alte Bäume, gepflegter Rasen, gepflegte schmale Wege, Blumenrabatten, das Denkmal am Seeufer, die Mauer, das Grab. Frühling, Birkengrün, Maiengrün, Fahnen auch und Trauermusik. – Wo bin ich? Ist das Ravensbrück? So hat es damals nicht ausgesehen. Man erkennt nichts wieder – ein anderer Ort, in einem anderen Land in einem anderen Leben.

Damals, ach, wie lange ist das her? Unerträglich, diese Gefangenschaft? Ja, sagen Überlebende, aber zutreffend ist es nicht, es gibt kein Wort dafür, denn wir habens, wir mußtens ja ertragen.

Brief einer Unbekannten, geschrieben 1949:

«Nun ist das Wiedersehen da. Vier Jahre vergangen seit unserer Befreiung. Manche von uns, die in ihre Heimat zurückkehrte, finden wir nicht mehr unter uns. Schwere Krankheit – Folgen der Haftzeit – entführte sie aus den Reihen der Lebenden. Viele kehrten heim und fanden ihre Angehörigen nicht mehr. Unser Wiedersehen ist nicht nur ein freudiges. Wir können nicht unbeschwert glücklich sein, wahrscheinlich nie, solange wir atmen. Denn wenn auch die Wunden mit der Zeit vernarben, die Schmerzen mit der Zeit vergehn, die Bilder aus Ravensbrück sind nicht in uns wegzuwischen, die Schreie nicht zu löschen, wie man ein Tonband löscht, um es neu zu bespielen.

Vieles bewegt uns, als wir uns umarmen, und die Erinnerung schießt hoch, wie überkochende Milch. Ein Film, der sich wie von selbst zurückspult, den man anhält – weißt du noch? Wißt ihr noch?

Wir stehen auf dem Fürstenberger Marktplatz. Ein langer, langer Zug begibt sich hin zum Lager, auf den uns bekannten Wegen. Dort der Kartoffelkeller – alle Schrecken der ersten Lagerzeit stehen auf ... Hier im Wald arbeitete das Kommando ‹Forst Neues Gut›. Und nun liegt vor uns der See – ob das Wasser salzig schmeckt von den Tränen, die an seinen Ufern geflossen? Links die Häuser der SS, weiter oben die der SS-Offiziere – alles wie damals, nur daß jetzt Menschen drin wohnen. SS gibt es nicht mehr, hierzulande nicht. Wir gehen außen an der Lagermauer entlang. Da, rechts, ist der Weg zu Siemens und zum Schonungslager, und dort, an der Mauer, wo jetzt die vielen Kränze liegen, standen die Geräteschuppen. Wir laufen langsam zur Opferschale. Ehrenappell. Blumen über Blumen. Die Fahnen senken sich, die Musik erfüllt unsere Herzen mit unendlicher Trauer. Ich blicke zum Krematorium – kein Pesthauch quillt aus dem breiten Kamin, der Himmel zartblau, voller Schäfchenwolken.

Ich schaue in die Gesichter. Von der schwersten Zeit unseres Lebens sprechen? Ich weiß nicht, ob man jemals erschöpfend darüber sprechen, erschöpfend darüber berichten kann. Da gab es die zwölf Jahre, und jedes Jahr hat zwölf Monate, jeder Monat dreißig Tage, jeder Tag vierundzwanzig Stunden, jede Stunde sechzig Minuten, und jede Minute kann so lang sein wie zwölf Jahre, und die schrecklichste Minute kann immer noch von einer schrecklicheren übertroffen werden, und die allerschrecklichste Minute meines Lebens war die, als ich begriff, daß es nie, niemals möglich sein wird, ja gar nicht möglich gemacht werden darf, dem Gegner mit gleicher Münze heimzuzahlen, was er an uns, was er an der Menschheit verbrochen hat.»

Auf einer Wiese liegen, am Rande eines Waldes, das Gesicht der Sonne zugekehrt – es klingt so einfach. Wir aber kennen den Preis für dieses einfache Leben. Ich wünschte, die Opfer der Barbarei könnten unser Tun und Lassen beobachten und niemand brauchte sich ihres Urteils zu schämen.

NACHBEMERKUNG

Über zehn Jahre arbeitete Christa Wagner am vorliegenden Buch. Sehr viel Zeit nahmen allein die Suche und Sichtung des Materials in Anspruch, die Auswertung der bisher erschienenen Veröffentlichungen über das Frauen-Konzentrationslager Ravensbrück, das Studium der Erinnerungsberichte überlebender Häftlinge, die Befragung von Frauen, die Monate und Jahre in diesem Lager am Schwedt-See hatten hizubringen müssen. Hinzu kam die Beschäftigung mit dem historischen Hintergrund, auf dem sich der Massenmord an Zehntausenden europäischen Frauen vollzog.

Sie erfuhr von menschlicher Größe, von Standhaftigkeit und Patriotismus, von Solidarität und selbstloser Hilfe, von Aufopferung und Haß, von Siegeszuversicht in dunkelsten Stunden, aber auch von Angst und Furcht, von Schmerz und großer Trauer. Sie registrierte nicht schlechthin das grauenvolle Geschehen am uckermärkischen Schwedt-See, dem See der Tränen, ihr Herz blutete mit den Opfern, ihr Hirn haßte mit den Kämpfenden, und es gab Momente, da das Wissen um das perfektionierte Massenmorden an Frauen und Kindern sie zu erdrücken drohte. Sie hat in den Jahren der Arbeit an diesem Buch die Geschichte des Lagers durchlebt, das Schicksal unzähliger Unbekannter und vieler bekannter Häftlinge mit- und nacherlebt. Es gab auch Augenblicke, da sie meinte, nicht mehr weiterschreiben zu können, weil das Wissen jedes Vorstellungsvermögen überstieg, weil sie das Grauen nicht in Worte fassen konnte. Wenn sie sich in solchen Situationen zwang, ihre Arbeit abzuschließen, geschah das auch, weil sie sich durch ihre Kenntnis verpflichtet fühlte.

Als Genossinnen der Lagerarbeitsgemeinschaft Ravensbrück vor Jahren erste Gespräche mit der Autorin führten, hat offensichtlich das persönliche Schicksal dieser ehemaligen Häftlinge sie stark berührt, und je mehr sie sich mit dem Stoff befaßte, reifte in ihr die Absicht, den bereits vorliegenden Veröffentlichungen über das Konzentrationslager Ravensbrück keine bloße Dokumentation hinzuzufügen. Sie ging auch davon aus, daß nur ein Kollektiv von Wissenschaftlern in der Lage sei, eine Geschichte Ravensbrücks zu erarbeiten. So entwickelte sie den Gedanken, sich vor allem an jüngere Leser zu wenden und für sie ein emotional bewegendes Buch zu schreiben. Davon ließ sie sich leiten, als sie ihre Materialsammlung auswertete. Es ging ihr darum, das Schicksal einzelner Häftlinge und ganzer Häftlingsgruppen ergreifend und überzeugend darzustellen. Sie wollte die Herzen und Hirne ihrer Leser erreichen, wenn sie den Kampf der Frauen aus vielen Ländern um das Überleben der Kinder gestaltete. Und sie zeigt überzeugender, als das vielleicht mit Zahlen möglich wäre, die ganze Unmenschlichkeit des faschistischen Systems und seiner Werkzeuge, indem sie vom Schicksal werdender Mütter und Neugeborener berichtet. Sie verstand ihren sich selbst gegebenen Auftrag als kleines Teilchen in dem von der Literatur zu zeichnenden Mosaik.

Am See der Tränen wurde nicht nur Leid geboren. Hier wuchs auch die Kampfgemeinschaft Gleichgesinnter gegen faschistische Weltherrschaftspläne und imperialistischen Krieg, ein Kampfbündnis, dessen Traditionen es zu bewahren gilt.

Es ist der Autorin nicht mehr vergönnt gewesen, das Erscheinen ihres Buches, für das sie ganz aufgegangen war und um dessentwillen sie auf manches verzichtete, zu erleben. Das Manuskript befand sich wenige Wochen in der Druckerei, als sie tödlich verunglückte.

Christa Wagner war ein überaus bescheidener Mensch

und hätte für dieses Buch nie Dank erwartet, weil sie meinte, man könne ihr nicht für den Kampf und die Verdienste anderer, nämlich der Frauen von Ravensbrück, danken. Jeder, der sie gekannt und mit ihr zusammengearbeitet hat, hat sie als streitbare, parteiliche Frau und Genossin schätzen gelernt, die für ihre Idee brannte. Wir hoffen, daß ein Funke den Leser erreicht.

März 1987 Militärverlag der DDR

INHALTSVERZEICHNIS